CARL HIAASEN

Die Glücksfee

Buch

Geld allein macht doch nicht glücklich: Das erkennt JoLayne Lucks, Tierpflegerin in dem kleinen Nest Grange in Florida, nach ihrem 28 Millionen $ Lottogewinn glasklar. Denn die Summe wird leider nur über zwanzig Jahre verteilt ausgezahlt, so daß sie sich ihren Herzenswunsch – ein Grundstück für ihre Schildkrötenzucht – immer noch nicht erfüllen kann. JoLayne schweigt sich sicherheitshalber über ihr Lottoglück aus. Aber in einem Kuhdorf mit 12 Lottospielern, von denen 11 erklärt haben, ganz sicher *nichts* gewonnen zu haben, ist Anonymität ein Fremdwort. Und so dauert es nicht lange, bis alle etwas von dem Kuchen abhaben wollen: vor allem JoLaynes Bekannte Demencio und Dominick Amador, zwei Exil-Kubaner, die mit einer weinenden Madonna und stigmatisierten Händen und Füßen das Bigotterie-Geschäft im Dorf ankurbeln.

Die ganze Sache hat sowieso einen Haken: Der Jackpot muß mit einem zweiten Gewinner geteilt werden. Bodean Gazzer und sein Freund Chub, zwei miese Kleingangster, sehen dazu keine Notwendigkeit. Sie setzen alles daran, ihr den Lottoschein zu entwenden. Doch JoLayne gibt nicht auf: Zusammen mit dem Reporter Tom Krome und ihrem Freund Moffitt jagt sie die Gangster quer durch die Everglades. Und ihre Chancen stehen nicht schlecht, daß sie am Ende doch die Glücksfee sein wird …

Autor

Carl Hiaasen, Reporter und Starkolumnist des *Miami Herald*, ist dem Establishment von Florida verhaßt, greift er doch mit spitzer Feder genau jene Themen auf, die die skrupellosen Geschäftemacher im Sunshine State nicht an die große Glocke hängen wollen: Profitgier, Touristennepp und Umweltzerstörung. Seine Romane zeichnen sich durch spannende Plots, fräsenden Humor und pointierte Dialoge aus. Er gilt als bissiger Kritiker des amerikanischen Lifestyle.

Carl Hiaasen im Goldmann Verlag:

Striptease. Roman. Verfilmt mit Demi Moore (43628) · Große Tiere. Roman (42957) · Stürmische Zeiten. Roman (44398)

Carl Hiaasen

Die Glücksfee

Roman

Aus dem Amerikanischen
von Michael Kubiak

GOLDMANN

Die Originalausgabe erschien 1997
unter dem Titel »Lucky You«
bei Alfred A. Knopf, New York

Umwelthinweis:
Alle bedruckten Materialien dieses Taschenbuches
sind chlorfrei und umweltschonend.

Taschenbuchausgabe April 2000

Umschlaggestaltung: Design Team München
Umschlagfoto: Tony Stone/Craymer
Druck: Elsnerdruck, Berlin
Verlagsnummer: 44589
FB · Redaktion: Bernd Wiesner
Herstellung: Sebastian Strohmaier
Made in Germany
ISBN 3-442-44589-2

1 3 5 7 9 10 8 6 4 2

Für Laureen,
die einzige unter Millionen

Dieser Roman ist reine Fiktion. Alle Namen und Charaktere sind Phantasieprodukte oder werden romanhaft eingesetzt. Pearl Key ist zwar ein imaginärer Ort, allerdings werden die wenig wählerischen Freßgewohnheiten der Blaukrabbe und des Gemeinen Schwarzgeiers zutreffend beschrieben. Es empfiehlt sich jedoch, WD-40, ein Markenerzeugnis, nicht im Zahnbereich anzuwenden.

- 1 -

Am Nachmittag des 25. November fuhr eine Frau namens JoLayne Lucks zum Grab 'n' Go Minimarkt in Grange, Florida und kaufte Spearmint-Certs, ungewachste Zahnseide und einen Spielschein für das staatliche Lotto.

JoLayne Lucks kreuzte die gleichen Zahlen an, die sie seit fünf Jahren jeden Samstag ankreuzte: 17–19–22–24–27–30.

Ihre Lottozahlen hatten folgende Bedeutung: Jede bezeichnete ein Alter, in dem sie sich von einem lästigen Mann befreit hatte. Mit 17 war es Rick, der Pontiac-Mechaniker, gewesen. Mit 19 Ricks Bruder Robert. Mit 22 ein Börsenmakler namens Colavito, doppelt so alt wie JoLayne, der keines seiner Versprechen eingelöst hatte. Mit 24 ein Polizist, ebenfalls ein Robert, der in Schwierigkeiten geraten war, weil er sich dafür, daß er gebührenpflichtige Verwarnungen unter den Tisch fallen ließ, mit Sex hatte bezahlen lassen. Mit 27 war es Neal, der Chiropraktiker, gewesen, zwar durchaus freundlich zuvorkommend, aber schon nach kurzer Zeit mehr lästiges Anhängsel als Partner.

Und mit 30 schickte JoLayne schließlich Lawrence, einen Anwalt, in die Wüste, ihren einzigen Ehemann. Lawrence wurde genau eine Woche nach seiner Trauung mit JoLayne von seinem Ausschluß aus der Anwaltskammer unterrichtet. Dennoch blieb sie fast ein Jahr lang bei ihm. JoLayne mochte Lawrence nämlich und wollte seinen Beteuerungen hinsichtlich der zahlreichen Betrugsvorwürfe durchaus glauben, die Auslöser seiner Probleme mit der Anwaltskammer von Florida gewesen waren. Während er eine Wiederaufnahme seines Verfahrens betrieb, nahm Lawrence einen Job als Gebührenkassierer auf dem Beeline Expressway an, ein mutiger Karrierewechsel, der JoLayne zu Herzen rührte. Bis Lawrence eines Tages geschnappt wurde, als er sich mit einem 30 Pfund schweren Sack voller Kleingeld, vorwiegend Vierteldollar- und Zehncentmünzen, aus dem Staub machen wollte. Noch ehe er die Kaution zahlen konnte, packte JoLayne den größten Teil seiner Habe, inklusive seiner teuren Hermès-Krawatten, zusammen und schenkte alles der Heilsarmee. Dann reichte sie die Scheidung ein.

Fünf Jahre später war sie noch immer ledig und unbemannt, als sie, zu ihrer großen Freude, im Florida-Lotto gewann. Sie saß zufälligerweise um 11 Uhr abends mit einem Teller voller Truthahnreste vor dem Fernseher, als die Gewinnzahlen gezogen wurden.

JoLayne fiel nicht in Ohnmacht, schrie und tanzte auch nicht wild durchs Haus. Sie lächelte jedoch und dachte an die sechs abgelegten Männer aus ihrem bisherigen Leben. Trotz allem hatten sie ihr am Ende doch noch etwas eingebracht.

Achtundzwanzig Millionen Dollar, um genau zu sein.

Eine Stunde vorher und fast dreihundert Meilen entfernt rollte ein bonbonroter Dodge Ram in Florida City auf den Parkplatz eines Supermarkts. Zwei Männer stiegen aus dem Wagen: Bodean Gazzer, allgemein nur Bode genannt, und sein Partner Chub, der darauf bestand, keinen Nachnamen zu haben. Obgleich sie auf einem Behindertenparkplatz standen, war keiner der beiden Männer in irgendeiner Weise körperlich gehandikapt.

Bode Gazzer war eins fünfundsechzig klein und hatte dies seinen Eltern niemals verziehen. Er trug Schlangenlederstiefel mit fast zehn Zentimeter hohen Absätzen und stolzierte in einer Weise herum, die weniger auf ausgeprägte Muskelkraft als auf ausgeprägte Hämorrhoiden schließen ließ. Chub war eins fünfundachtzig groß, hatte einen ausladenden Bierbauch, feuchte Augen, einen Pferdeschwanz und war unrasiert. Er trug ständig eine geladene Pistole bei sich und war Bode Gazzers bester und einziger Freund.

Sie kannten sich erst seit zwei Monaten. Bode Gazzer hatte Chub aufgesucht, um falsche Behindertenaufkleber zu kaufen, die ihm zum besten und günstigsten Parkplatz vor dem Amt für Bewährung & Straferlaß oder irgendeiner anderen der staatlichen Dienststellen verhelfen würden, in denen sein Erscheinen gelegentlich erforderlich war.

Genauso wie sein schäbiger Bewohner verströmte Chubs Wohnwagen einen feuchten Schimmelgeruch. Chub hatte soeben einen neuen Satz falscher Abziehbilder gedruckt, die er lässig wie ein Kartenspiel auf dem Küchentisch aufgefächert hatte. Deren Ausführung war, in scharfem Gegensatz zur Umgebung, makellos – das weltweit bekannte Rollstuhlsymbol stand scharf umrissen auf marineblauem Hintergrund. Kein Verkehrspolizist würde seine Echtheit in Zweifel ziehen.

Chub hatte Bode Gazzer gefragt, was für einen Typ er haben wolle – einen Stoßstangenaufkleber, ein Schild für die Heckscheibe oder einen Stander fürs Armaturenbrett. Bode meinte, ein einfaches Schild fürs Fenster wäre ausreichend.

»Zweihundert Bucks«, sagte Chub und kratzte sich mit einer Salatgabel die Kopfhaut.

»Ich bin im Augenblick knapp bei Kasse. Mögen Sie Hummer?«

»Wer mag den nicht?«

So schlossen sie einen Handel ab – das falsche Behindertenschild gegen zehn Pfund frischen Floridahummer, den Bode aus mehreren Fangkörben vor Key Largo gestohlen hatte. Es war eigentlich unausweichlich, daß der Wilderer und der Fälscher sich verbünden sollten, teilten sie doch die gleiche leidenschaftliche Abneigung gegen Regierung, Steuern, Homosexuelle, Einwanderer, Minderheiten, Waffengesetze, selbstbewußte Frauen und ehrliche Arbeit.

Chub hatte sich niemals als jemand mit einer politischen Aufgabe gesehen, bis er Bode Gazzer kennenlernte, der entscheidend mithalf, Chubs vielfältige Haßgefühle zu einer einzigen giftigen Philosophie zu bündeln. Chub hielt Bode Gazzer für den klügsten Menschen, den er je kennengelernt hatte, und fühlte sich deshalb geschmeichelt, als ihm sein neuer Freund vorschlug, sie sollten zusammen eine Miliz bilden.

»Du meinst so was wie die Truppe, die das Gerichtsgebäude in Nebraska in die Luft gesprengt hat?«

»Oklahoma«, korrigierte Bode Gazzer ungehalten. »Und das war außerdem die Regierung, die es diesen beiden weißen Typen angehängt hat. Nein, ich rede von einer Miliz. Bewaffnet, diszipliniert und wohlgeordnet. Wie es im Zweiten Zusatzartikel zur Verfassung steht.«

Chub kratzte sich am Hals, wo ihn eine Milbe gebissen hatte. »Wohlgeordnet von wem, wenn ich mal fragen darf?«

»Von dir, mir, Smith and Wesson.«

»Und das ist erlaubt?«

»So steht es jedenfalls in der verdammten Verfassung.«

»Dann ist es wohl okay«, meinte Chub.

Bode Gazzer hatte danach erklärt, daß die Vereinigten Staaten von Amerika von einem New World Tribunal übernommen werden sollten, welches von fremdsprachigen NATO-Verbänden, die sich jenseits der mexikanischen Grenze und auch an geheimen Orten in den Bahamas sammelten, mit Waffen versorgt wurde.

Chub blickte wachsam zum Horizont. »Auf den Bahamas?« Er und Bode saßen im Neunzehn-Fuß-Außenborder von Bodes Vetter und räuberten vor Rodriguez Key Hummerfallen aus.

Bode Gazzer nickte. »Die Bahamas bestehen aus an die siebenhundert Inseln, mein Freund, von denen die meisten unbewohnt sind.«

Chub begriff. »Lieber Herr Jesus«, stöhnte er und zog die Hummerfallen mit gesteigertem Eifer ins Boot.

Eine einsatzfähige Miliz aufzustellen und zu unterhalten war teuer, und weder Chub noch Bode Gazzer hatten Geld. Bodes Vermögen steckte in seinem neuen Dodge, während Chub seine Kohle in seine illegale Druckerei und sein Waffenarsenal investiert hatte. Daher begannen sie im staatlichen Lotto zu spielen, das, wie Bode meinte, die einzige richtig großzügige Einrichtung war, die die Regierung von Florida für ihre Bürger geschaffen hatte.

Jeden Samstagabend steuerten die beiden Männer deshalb, wo auch immer sie sich gerade befanden, den nächsten Supermarkt an, parkten dreist auf dem blau markierten Behindertenparkplatz, marschierten in den Laden und kauften fünf Teilnahmescheine. Sie spielten keine speziellen Zahlen. Oft hatten sie getrunken, daher zogen sie es vor, einen Blankoschein zu lösen und den Computer die Zahlenauswahl vornehmen zu lassen.

Am Abend des 25. November kauften Bode Gazzer und Chub ihre fünf Lottoscheine und drei Sechserpacks Bier im 7-Eleven von Florida City. Eine Stunde später, als die Gewinnzahlen gezogen wurden, waren sie vom nächsten Fernseher meilenweit entfernt.

Sie parkten auf einem Feldweg in einer Baumschule, ein paar Meilen neben dem Turkey-Point-Kernreaktor. Bode Gazzer saß auf der Motorhaube seines Dodge Pick-up und zielte mit einem von Chubs Ruger Sturmgewehren auf einen Briefkasten des U.S. Post Office, den sie von einer Straßenecke in Homestead mitgenommen hatten. Dies wäre ein revolutionärer Akt gewesen, hatte Bode verkündet, ähnlich wie die Boston Tea Party.

Der Briefkasten stand im Scheinwerferlicht des Trucks. Bode und Chuck wechselten sich mit der Ruger ab, bis ihnen die Munition und das Budweiser ausgingen. Dann durchwühlten sie die Post und hofften auf Bargeld oder Barschecks, aber alles, was sie fanden, waren Werbung und Postwurfsendungen. Anschließend schliefen sie auf der Ladefläche ein. Kurz nach Tagesanbruch wurden sie von zwei kräftigen Latinos geweckt, zweifellos die Vorarbeiter der Baumschule, die die Ruger kassierten und die beiden vom Gelände jagten.

Erst einige Zeit später, nachdem sie zu Chubs Wohnwagen zurückgekehrt waren, erfuhren sie von ihrem außergewöhnlichen Glück. Bode Gazzer saß auf der Toilette, und Chub lümmelte auf der Schlafcouch vor dem Fernseher. Eine blonde Nachrichtensprecherin gab die Lotto-Gewinnzahlen der Ausspielung vom Vortag bekannt, die Chub auf die Rückseite seiner jüngsten Räumungsverfügung kritzelte.

Als er den lauten Schrei hörte, kam Bode Sekunden später mit heruntergelassener Hose und Boxershorts aus der Toilette gehumpelt. Chub schwenkte das Lotterielos und kreischte, als hätte er Feuer unterm Hintern.

Bodean Gazzer war wütend. »Du verscheißerst mich wohl!«

»Wir haben gewonnen, Mann! Wir haben gewonnen!«

Bode streckte sich nach dem Los, aber Chub hielt es hoch und außerhalb seiner Reichweite.

»Gib schon her!« befahl Bode, fuchtelte mit den Armen in der Luft herum, wobei seine Genitalien grotesk hin und her hüpften.

Chub lachte schallend. »Zieh um Gottes willen erst mal die Hose hoch!« Er reichte Bode den Lottoschein, und sein Freund las die Zahlen noch einmal laut vor.

»Bist du sicher?« fragte er.

»Ich hab sie aufgeschrieben, Bode. Ja, ich bin sicher.«

»Lieber Himmel. Mein Gott. Achtundzwanzig Millionen Dollar!«

»Da ist leider noch etwas. In den Nachrichten hieß es, daß es zwei Gewinnscheine geben würde.«

Bode Gazzers Augen zogen sich zusammen und bekamen einen harten Glanz. »Erzähl keinen Scheiß!«

»Zwei Scheine haben gewonnen. Womit immer noch, warte mal, vierzehn Millionen auf uns warten. Ist das zu fassen?«

Bodes Zunge, fett und fleckig wie ein Salamander, leckte über die Mundwinkel. Er sah aus, als sammelte er Spucke. »Wer hat den anderen? Den anderen verdammten Schein?«

»Das wurde im Fernsehen nicht gesagt.«

»Wie können wir das rausbekommen?«

Chub zuckte mit den Achseln.

»Mein Gott, wen interessiert das schon? Solange wir vierzehn Millionen kriegen, ist mir scheißegal, ob der verdammte Jesse Jackson den anderen Schein hat.«

Nun begannen Bode Gazzers unrasierte Wangen zu zucken. Er drehte den Lottoschein zwischen den Fingern hin und her. »Es muß doch eine Möglichkeit geben, das rauszufinden. Meinst du nicht? Rauszufinden, welcher Scheißer die selben Zahlen getippt hat. Es *muß* eine Möglichkeit geben.«

»Warum?« fragte Chub, aber es dauerte eine Weile, ehe er eine Antwort erhielt.

Am Sonntag morgen weigerte Tom Krome sich, in die Kirche zu gehen. Die Frau, die in der vorangegangenen Nacht mit ihm geschlafen hatte – sie hieß Katie, hatte rotes Haar und Sommersprossen auf den Schultern –, sagte, sie sollten hingehen und um Vergebung für das bitten, was sie getan hatten.

»Für welchen Teil davon?« erkundigte sich Tom Krome.

»Das weißt du verdammt genau.«

Krome vergrub sein Gesicht in einem Kopfkissen. Katie redete weiter und zog sich dabei ihre Strumpfhose an.

Sie sagte: »Es tut mir leid, Tommy, aber so bin ich nun mal. Es wird allmählich Zeit, daß du das begreifst.«

»Meinst du, es ist falsch?«

»Was?«

Er lugte unter dem Kissen hervor. »Meinst du, wir haben etwas Falsches getan?«

»Nein. Aber vielleicht ist Gott damit nicht einverstanden.«

»Demnach ist dieser Kirchenbesuch eine reine Vorsichtsmaßnahme.«

Katie trat vor den Spiegel, um ihr Haar im Nacken zu einem Knoten zusammenzustecken. »Kommst du nun mit oder nicht? Wie sehe ich aus?«

»Ausgesprochen tugendhaft«, antwortete Tom Krome.

Das Telefon klingelte.

»Tugendhaft? Nein, mein Lieber, ich muß leider zugeben, daß du dich da ein wenig irrst. Geh bitte ans Telefon.«

Katie schlüpfte in ihre Stöckelschuhe und balancierte wie ein Storch auf eleganten schlanken Beinen durchs Zimmer. »Willst du wirklich nicht mitkommen? In die Kirche, Tom, ich kann es nicht glauben.«

»Ja, ich bin nun mal ein heidnischer Bastard.« Krome nahm den Telefonhörer ab.

Sie wartete mit verschränkten Armen an der Schlafzimmertür.

Krome deckte die Sprechmuschel ab und flüsterte: »Es ist Sinclair.«

»Am Sonntagmorgen?«

»Ich fürchte.« Krome versuchte, enttäuscht zu klingen, aber er dachte: Es gibt doch einen gnädigen Gott.

Sinclairs Titel beim *Register* war Stellvertretender Geschäftsführender Redaktionsassistent für Features und Lifestyle. Er vertraute darauf, daß niemand außerhalb der Zeitungsbranche die Bedeutungslosigkeit seiner Position durchschaute. Bei kleineren Zeitungen war es einer der unaufregendsten und niedrigsten Jobs. Sinclair hätte dennoch nicht glücklicher sein können. Die meisten seiner Reporter und Redakteure waren nämlich jung und unverfroren offen dankbar, eine Anstellung zu haben, weshalb sie genau das taten, was Sinclair von ihnen verlangte.

Sein größtes Problem war Tom Krome, der zufälligerweise auch noch sein bester Schreiber war. Krome kam von den Sensationsnachrichten, und diese Tätigkeit hatte ihn zum Zyniker und mißtrauisch gegenüber jeglicher Autorität gemacht. Sinclair hatte Angst vor Krome. Er hatte schreckliche Geschichten gehört. Außerdem war Krome mit fünfunddreißig zwei Jahre älter und hatte daher einen Vorsprung an Lebensjahren und Erfahrung. Sinclair erkannte, daß nicht die allergeringste Chance bestand, Krome jemals Respekt einflößen zu können.

Seine Angst – in der Tat Sinclairs größte Sorge als der SGRA für Features und Lifestyle – betraf vor allem die Tatsache, daß Krome ihn eines Tages vor versammelter Belegschaft demütigen könnte. Daß er ihm im übertragenen Sinn vor Marie oder Jacqueline oder einer der Sekretärinnen die Eier abriß. Sinclair wußte instinktiv, daß er eine solche Episode seelisch nicht überleben würde, daher war er dazu übergegangen, Krome so lange und häufig wie möglich vom Redaktionsbüro fernzuhalten. Zu diesem Zweck verwendete Sinclair fünfundneunzig Prozent seines mageren Reisespesenetats für Aufträge, die Krome in sicherer Entfernung von der Stadt hielten. Es funktionierte bestens: Krome schien froh über seine Abwesenheit zu sein, und Sinclair konnte im Büro eine ruhige Kugel schieben.

Die schwierigste von Sinclairs Aufgaben war die Verteilung lahmer Story-Aufträge. Tom Krome zu Hause anzurufen war besonders nervenaufreibend. Gewöhnlich mußte Sinclair brüllen, um sich gegen die laute Rockmusik oder die Frauenstimmen im Hintergrund durchzusetzen. Er konnte sich nur vage vorstellen, wie Krome lebte.

Sinclair hatte noch nie zuvor an einem Sonntag angerufen. Er entschuldigte sich mehrmals.

Tom Krome sagte: »Machen Sie sich deswegen mal keine Sorgen.«

Sinclair fühlte sich ermutigt. Er meinte: »Ich dachte, daß diese Sache nicht warten könnte.«

Krome hatte keine Mühe, seine Erregung zu unterdrücken. Was immer auch der Grund für Sinclairs Anruf sein mochte, Sensationsnachrichten waren es ganz bestimmt nicht. Heiße Luft schon eher, aber keine Nachrichten. Er schickte Katie eine Kußhand und entließ sie mit einem Winken zur Kirche.

»Ich habe einen Tip bekommen«, fuhr Sinclair fort.

»*Sie* haben einen Tip bekommen?«

»Mein Schwager hat heute morgen angerufen. Er wohnt in Grange.«

Krome dachte, du liebe Güte. Eine Handwerksmesse. Ich bringe diesen Wichser um, wenn er mich wieder zu einer Handwerksmesse schickt.

Aber Sinclair fragte: »Spielen Sie Lotto, Tom?«

»Nur wenn der Jackpot bei vierzig Millionen steht. Alles, was darunter liegt, ist doch nur ein besseres Taschengeld.«

Keine Reaktion von Sinclair, der sich nicht von seinem Anliegen ablenken ließ. »Gestern gab es zwei Gewinner. Einen in Dade County, den anderen in Grange. Mein Schwager kennt die Frau. Ihr Name lautet – können Sie sich so etwas vorstellen? – Lucks.«

Tom Krome stöhnte innerlich auf. Das war die absolute Sinclair-Schlagzeile: LADY LUCKS GEWINNT IN LOTTERIE!

Mal gab es Ironie. Mal gab es Alliterationen.

Und dann gab es auch noch die seichte, absolut unwichtige Sensationsnachricht. Sinclair nannte sie Zuckerstückchen. Er glaubte fest daran, daß die Aufgabe seiner Abteilung darin bestand, die Leser all die schlimmen Dinge vergessen zu machen, denen sie in anderen Rubriken der Zeitung begegneten. Er wollte, daß sie sich wohl fühlten, daß ihnen ihr Leben, ihre Religion, ihre Familien, ihre Nachbarn, ihre Welt Spaß machten.

Einmal hatte er ein Memo ans Schwarze Brett geheftet, in dem er seine Philosophie des Schreibens darlegte. Jemand – Sinclair hatte Krome in Verdacht – hatte eine tote Ratte danebengenagelt.

»Wieviel hat sie gewonnen?« erkundigte sich Krome.

»Der Jackpot betrug achtundzwanzig Millionen, also bekommt sie die Hälfte. Was halten Sie davon, Tom?«

»Kommt darauf an.«

»Sie arbeitet bei einem Tierarzt. Sie liebt Tiere, sagt Roddy.«

»Das ist nett.«

»Außerdem ist sie eine Schwarze.«

»Aha«, entgegnete Krome. Die weißen Redakteure, die die Zeitungen leiteten, liebten positive Geschichten über Minderheiten. Sinclair witterte offenbar einen am Jahresende fälligen Bonus.

»Roddy sagt, sie ist ein Schuß.«

Krome hakte nach. »Roddy – ist das Ihr Schwager? Der Tipgeber?«

»Richtig. Er sagt, sie wäre eine ganz besondere Marke, diese JoLayne Lucks.« Die Schlagzeile, die Sinclair vorschwebte, lautete tatsächlich: LOTTO-LADY LUCKS LACHT!

Tom Krome wollte es genau wissen. »Ist dieser Roddy mit Ihrer Schwester verheiratet?«

»Mit Joan. Ja, das stimmt«, antwortete Sinclair ungehalten.

»Was zum Teufel treibt Ihre Schwester denn in Grange?«

Grange war ein Provinznest, das vor allem berühmt war für seine Wunder, Stigmatisierungen, Manifestationen und weinenden Madonnen. Ein Besuch dieses Ortes galt in der christlichen Tourismus-Szene als ein Muß.

»Joan ist Lehrerin«, klärte Sinclair ihn auf. »Roddy arbeitet im Staatsdienst.« Sinclair wollte damit deutlich machen, daß sie keine Spinner waren, sondern verantwortungsvolle Bürger. Er bemerkte, daß seine Handflächen feucht geworden waren, weil er schon viel zu lange mit Tom Krome redete.

»Diese Lady Lucks«, hakte Krome in einem Tonfall nach, der die unvermeidliche Schlagzeile verhöhnte, »ist sie eine Jesus-Fanatikerin? Ich bin nämlich nicht in der Stimmung, mir irgend etwas vorbeten zu lassen.«

»Tom, das weiß ich wirklich nicht.«

»Sobald sie behauptet, daß Jesus ihr die Glückszahlen eingegeben hat, ist es das Ende der Story. Dann komme ich nach Hause. Verstanden?«

»Roddy hat nichts dergleichen angedeutet«, erwiderte Sinclair.

Lässig spielte Krome sein Trumpf-As aus.

»Denken Sie nur mal an die Leserpost, die wir bekommen werden.«

»Was meinen Sie denn damit?« Sinclair haßte Leserbriefe fast genauso wie Telefonanrufe. Die besten Stories waren die, die keinerlei Reaktion, egal welchen Tenors, von seiten der Leser hervorriefen. »Welche Post?« hakte er nach.

»Sie dürfte tonnenweise eingehen«, erklärte Krome, »wenn wir in einem Artikel behaupten, Jesus wäre so etwas wie ein Glücksspieler. Können Sie sich das ausmalen? Teufel noch mal, wahrscheinlich meldet sich sogar Ralph Reed persönlich bei Ihnen. Als nächstes werden sie unsere Anzeigenkunden boykottieren.«

Das sah Sinclair ein. »Dann sollten wir diesen Aspekt eben außer acht lassen. Um jeden Preis.« Nach einer kurzen Pause: »Vielleicht ist das alles doch keine so gute Idee.«

Am anderen Ende verzog Kromes Gesicht sich zu einem zufriedenen Grinsen. »Ich fahre heute nachmittag mal nach Grange rauf. Ich schaue mich dort um und sage Ihnen dann Bescheid.«

»Okay«, erwiderte Sinclair. »Prüfen Sie alles nach. Wollen Sie die Telefonnummer meiner Schwester?«

»Das ist nicht nötig«, wehrte Krome großzügig ab.

Sinclair verspürte einen kurzen Schauer der Erleichterung.

Demencio füllte gerade die Glasfibermadonna auf, als seine Frau, Trish, eilig herauskam, um ihm mitzuteilen, daß jemand in der Stadt im Lotto gewonnen hatte.

»Ich nehme nicht an, daß wir es sind«, sagte Demencio.

»Es ist angeblich JoLayne Lucks.«

»Typisch.«

Demencio nahm den oberen Teil des Madonnenkopfs ab und griff in die Statue hinein, um die Plastikflasche herauszuholen, die früher die Scheibenwischerflüssigkeit eines 1989er Civic Hatchback enthalten hatte. Nun wurde die Flasche nur noch mit Leitungswasser gefüllt, das mit ein wenig Parfüm vermischt wurde.

»Du hast fast kein Charlie mehr«, stellte Trish fest.

Demencio nickte irritiert. Das würde tatsächlich ein Problem werden. Es war wichtig, einen Duft zu benutzen, den die rechtschaffenen Gläubigen nicht erkannten. Anderenfalls würde ein gewisses Mißtrauen geweckt. Er hatte mal Lady Stetson ausprobiert, woraus beinahe eine Revolte entstanden wäre. Der dritte Pilger in der Schlange, eine Bankkassiererin mit Geiernase aus Huntsville, hatte die Marke sofort erschnüffelt. »Hey, die Muttergottes weint echte Coty-Tränen!«

Die Frau wurde daraufhin diskret vom Schrein weggezogen, ehe es Ärger gab. Demencio jedenfalls hatte sich danach geschworen, in Zukunft noch vorsichtiger zu sein. Die Tränen der Madonna mit einem Duft zu versetzen gab dem Ganzen den letzten Schliff, dachte er. Die frommen Seelen, die so lange unter der heißen Sonne Floridas ausharrten, verdienten mehr als nur einen Tropfen Salzwasser auf ihren Fingerspitzen – schließlich war dies die Mutter Jesu, um Himmels willen. Ihre Tränen mußten einfach einen ganz besonderen Geruch haben!

Trish hielt die Plastikflasche fest, während Demencio den letzten Rest Charlie hineinträufelte. Erneut staunte sie. Wie klein und zierlich seine braunen Hände waren. Und wie ruhig. Ihr Mann wäre ein wunderbarer Chirurg gewesen, wenn er dazu nur die Chance gehabt hätte. Wenn er in, sagen wir, Boston, Massachusetts und nicht in Hialeah, Florida, geboren wäre.

Demencio setzte die Plastikflasche wieder in die Madonna ein. Transparente dünne Leitungen verliefen vom Flaschenverschluß nach oben bis zur Innenseite der Augenlider der Statue, in die Demencio, clever wie er war, nadeldünne Löcher gebohrt hatte. Ein dickerer schwarzer Schlauch verlief durchs Innere der Statue bis zu einer anderen Öffnung in ihrer rechten Ferse. Der schwarze Schlauch war mit einem kleinen Gummiblasebalg verbunden, der von Hand oder Fuß bedient werden konnte. Wenn der Blasebalg betätigt wurde, stiegen die falschen Tränen aus der Flasche in die beiden dünnen Röhren und weiter bis zu den Augen der Madonna.

Das Ganze war eine Kunst, und Demencio betrachtete sich als einen der Besten in diesem Geschäft. Er achtete darauf, daß die Tränen klein und echt wirkten und stets in kurzen Intervallen flossen. Je länger die Gläubigen festgehalten wurden, desto mehr Limonade, Biskuitkuchen, T-Shirts, Bibeln, geweihte Kerzen und Sonnencreme kauften sie.

Natürlich von Demencio.

Fast jeder in Grange wußte, welches Spiel er trieb, aber sie sagten nicht viel dazu. Einige waren zu sehr damit beschäftigt, ihre eigenen Schwindelunternehmen zu betreiben. Außerdem waren die Touristenscharen nicht zu verachten, und wenn man es genau betrachtete, bestand wahrlich kein großer Unterschied zwischen Mickey Mouse und einer Glasfibermadonna.

Trish meinte immer: »Alles, was wir eigentlich verkaufen, ist Hoffnung.«

Demencio meinte: »Ich verdiene mein Geld lieber mit Religion als mit der Kopie eines verdammten Nagetiers.«

Er machte damit ein hübsches Sümmchen, obgleich er nicht reich war und es ganz gewiß niemals sein würde. Nicht so reich wie Miss JoLayne Lucks, über deren erstaunlichen und völlig unverdienten Geldsegen er jetzt nachdachte.

»Wieviel hat sie gewonnen?« fragte er seine Frau.

»Wenn die Gerüchte stimmen, vierzehn Millionen.«

»Weiß sie es nicht genau?«

»Sie redet nicht darüber.«

Demencio schnaubte ungehalten. Jeder andere würde laut jubelnd und schreiend durch die Stadt rennen. Vierzehn Millionen Bucks!

Trish berichtete: »Sie haben nur bekanntgegeben, daß es zwei Gewinnscheine gibt. Einer wurde unten in der Gegend von Homestead gelöst, der andere hier in Grange.«

»Im Grab 'n' Go?«

»Jawohl. Soweit sie es feststellen konnten, verkaufte der Laden in der vergangenen Woche zweiundzwanzig Lottoscheine. Einundzwanzig sind verfallen. JoLaynes ist als einziger noch übrig.«

Demencio setzte die Glasfibermadonna wieder zusammen. »Und was hat sie vor?«

Trish berichtete, daß JoLayne Lucks laut ihrer Nachbarn den ganzen Morgen nicht aus dem Haus gekommen war und auch nicht ans Telefon ging.

»Vielleicht ist sie gar nicht zu Hause«, vermutete Demencio. Er trug die Madonna ins Haus. Trish folgte ihm. Er stellte die Statue in eine Ecke direkt neben seinen Golfsack.

»Komm, wir besuchen sie mal«, schlug er vor.

»Weshalb?« Trish fragte sich, was Demencio vorhatte. Sie kannten diese Lucks noch nicht einmal so gut, daß sie sie auf der Straße grüßten.

»Um ihr ein wenig Biskuitkuchen zu bringen«, meinte Demencio. »Das ist genau die richtige Art nachbarschaftlicher Aufmerksamkeit für einen Sonntagmorgen. Ich meine, weshalb zum Teufel sollen wir so etwas nicht tun?«

- 2 -

JoLayne Lucks hatte nicht damit gerechnet, daß Trish und Demencio plötzlich vor ihrer Haustür standen, und Demencio hatte nicht erwartet, so viel von JoLaynes Beinen zu sehen. Sie kam in einem pfirsichfarbenen Sportbüstenhalter und einem himmelblauen Höschen heraus.

»Ich hatte keinen Besuch erwartet«, entschuldigte sie sich mit schläfriger Stimme.

»Wir können ja später noch mal vorbeikommen«, schlug Trish vor.

»Was haben Sie da?«

»Kuchen«, antwortete Demencio.

Er war von JoLaynes makellosen muskulösen Beinen wie gebannt. Wie kam es, daß sie sich so entwickelt hatten? Er hatte sie noch nie joggen gesehen.

»Kommen Sie rein«, sagte sie, und Demencio schüttelte die Hand seiner Frau ab und folgte der Einladung.

Dann standen sie da. Jeder eine Seite des Kuchentellers festhaltend, während JoLayne Lucks kurz verschwand, um in eine Jeans zu schlüpfen. In dem kleinen aufgeräumten Haus gab es keinerlei Anzeichen für eine Feier anläßlich eines Lottogewinns. Trish deutete mit einem vielsagenden Kopfnicken auf das hübsche Klavier im Wohnzimmer. Demencios Blick wurde dagegen von einem Aquarium voller junger Schildkröten angezogen – es mußten um die fünfzig Stück sein, die hektisch und mit großen Glubschaugen hinter der Glasscheibe umherpaddelten.

Zu Trish meinte er: »Ich möchte bloß wissen, was *das da* zu bedeuten hat.«

»Sei still. Es sind Haustiere, was sonst?«

Als JoLayne zurückkam, hatte sie ihr Haar unter eine Baseballmütze gestopft, was Demencio ausgesprochen reizvoll und sexy fand – und zwar sowohl die Idee als auch den Anblick. JoLayne meinte zu Trish, der Kuchen sähe köstlich aus.

»Biskuitkuchen«, erläuterte Demencios Frau. »Ein Rezept meiner Großmutter. Mütterlicherseits.«

»Bitte, setzen Sie sich doch.« JoLayne trug den Teller zur Küchenanrichte. Trish und Demencio nahmen steif und unbehaglich auf einer antiken Zweiercouch aus Kirschholz Platz.

»Sind das Ihre Schildkröten?« erkundigte Demencio sich.

JoLayne lächelte ihn strahlend an. »Möchten Sie eine?«

Er schüttelte den Kopf. Trish hielt eine Begründung für angemessen. »Wir haben einen eifersüchtigen alten Kater.«

JoLayne entfernte die Plastikfolie vom Kuchen und brach mit den Fingern ein Stück an. Andächtig stopfte sie es sich in den Mund. »Was führt Sie eigentlich zu mir?«

Trish schaute zu Demencio, der auf seinem Platz auf der Couch hin und her rutschte. »Nun ja«, begann er, »eigentlich war es so, daß wir von Ihrem großen Glück gehört haben. Sie wissen...«

JoLayne half ihm nicht weiter. Sie aß den Biskuitkuchen.

Demencio druckste herum. »Es geht um den Lottogewinn, wollte ich sagen.«

Eine ihrer schmalen, geschwungenen Augenbrauen ruckte hoch, bildete einen steilen Bogen. Sie kaute weiter. Demencio suchte verzweifelt nach einer erfolgversprechenden Taktik. Die Frau kam ihm so vor, als sei sie geistig ein wenig weggetreten.

Trish kam ihm zu Hilfe. »Wir haben vorbeigeschaut, um Ihnen zu gratulieren. So etwas ist in Grange noch nie passiert.«

»Nein?« Mit einer eidechsenhaften Zungenbewegung entfernte JoLayne Lucks einen Kuchenkrümel von einem ihrer kobaltblau funkelnden Fingernägel. »Ich dachte, hier geschehen ständig Wunder. Fast jeden Sonntag, nicht wahr?«

Demencio errötete, erkannte er doch sofort eine Anspielung auf sein Madonna-Unternehmen. Trish ergriff mutig das Wort: »Was ich meinte, JoLayne, war, daß niemals jemand irgend etwas gewonnen hat. Ich kann mich jedenfalls an keinen erinnern.«

»Da könnten Sie recht haben.«

»Es ist nur eine Schande, daß Sie den Jackpot mit jemandem teilen müssen.« Trish klang aufrichtig mitfühlend. »Nicht, daß vierzehn Millionen zu verachten sind, aber es wäre doch schön, wenn Sie die alleinige Gewinnerin sein würden. Es wäre auch schön für Grange.«

Demencio schickte seiner Frau einen zornigen Blick. »Es ist auch so noch schön genug für Grange«, stellte er klar. »Damit kriegen wir ganz bestimmt endlich einen Platz auf der Landkarte.«

»Wollen Sie eine Tasse Kaffee?« fragte JoLayne Lucks.

»Was kommt denn nun als nächstes, Mädchen?« erkundigte sich Trish.

»Ich dachte, ich füttere erst mal die Schildkröten.«

Trish kicherte unsicher. »Sie wissen, was ich meine. Ein neues Auto vielleicht? Ein Haus am Strand?«

JoLayne legte den Kopf schief. »Ich glaube, wir reden aneinander vorbei.«

Demencio reichte es. Er stand auf und zog seine Hose hoch. »Ich will Ihnen nichts vormachen. Wir sind hergekommen, um Sie um einen Gefallen zu bitten.«

JoLayne strahlte. »Das klingt schon ganz anders.« Sie bemerkte, wie Trishs Hände sich vor innerer Anspannung zu Fäusten ballten.

Demencio hüstelte krampfhaft, um sich die Kehle freizuräuspern. »In Kürze sind Sie eine Berühmtheit, man sieht Sie in der Zeitung und im Fernsehen. Ich hatte mir gedacht, daß Sie sicherlich ein gutes Wort einlegen können, falls man Sie fragen sollte, wem Sie Ihr Lottoglück verdanken.«

»Ein gutes Wort für Sie?«

»Für die Madonna, ja.«

»Aber ich habe den Schrein noch nie aufgesucht.«

»Ich weiß, ich weiß.« Demencio hob die Hände in einer beschwichtigenden Geste. »Es war ja auch nur so eine Idee. Ich kann Ihnen nichts als Gegenleistung anbieten. Schließlich sind Sie ja jetzt Millionärin.«

Obgleich er inständig hoffte, daß JoLayne nicht auf die Idee kam, einen Anteil von seinen Einnahmen zu verlangen, war er durchaus bereit, zehn Prozent abzutreten.

Trish schloß sich der Bitte an. »Es wäre nur ein Gefallen, wie er gerade meinte. Nicht mehr und nicht weniger. Ein Gefallen für einen Nachbarn.«

»Weihnachten steht vor der Tür«, fügte Demencio hinzu. »Eine kleine Geste würde schon ausreichen. Hauptsache, sie kommt von Ihnen.«

JoLayne geleitete sie zur Tür, indem sie sich zwischen sie schob und sich bei beiden einhakte. Sie sagte: »Das ist durchaus etwas, worüber man nachdenken kann. Und wissen Sie, Trish, der Kuchen ist wirklich köstlich.«

»Sie sind ja so nett.«

»Wollen Sie wirklich keine Schildkröte?«

Gemeinsam entfernten Demencio und seine Frau sich vom Haus. »Trotzdem vielen Dank«, flöteten sie unisono und kehrten schweigend nach Hause zurück. Trish zog die Möglichkeit in Erwägung, daß sie eine falsche Information erhalten hatte, da JoLayne sich nicht gerade wie jemand benahm, der einen Toaster gewonnen hatte, geschweige einen Lotto-Jackpot. Demencio war unterdessen zu dem Schluß gekommen, daß JoLayne entweder eine angehende Irre oder eine hervorragende Schwindlerin war und daß weitere Nachforschungen dringend nötig waren.

Bodean James Gazzer hatte einunddreißig Jahre damit zugebracht, die Kunst des Schuldzuweisens zu perfektionieren. Sein persönlicher Wahlspruch – *An allem Unangenehmen, das geschieht, ist wer anders schuld* – konnte mit einiger Phantasie auf jeden Umstand angewendet werden. Was Bode auch ausgiebig tat.

Die darmwärts auftretenden Störungen, die ihn gelegentlich heimsuchten, waren sicherlich die Folge übermäßigen Genusses von Milch, die von heimlich bestrahlten Kühen stammte. Die Kakerlaken in seiner Wohnung waren von den schmuddeligen Einwanderern nebenan hereingeschmuggelt worden. Seine schreckliche finanzielle Notlage war durch streikende Bankcomputer und gegen ihn intrigierende Wall-Street-Zionisten ausgelöst worden. Seine ständige Erfolglosigkeit auf dem Arbeitsmarkt in Süd-Florida hatte er einem tief verwurzelten Vorurteil gegen englischsprechende Bewerber zu verdanken. Sogar das lausige Wetter hatte einen Schuldigen: die Luftverschmutzung in Kanada, die die Ozonschicht auflöste und die hohen Luftströmungen umlenkte.

Bode Gazzers schuldzuweisende Talente wurden schon in früher Jugend ausgebildet. Als jüngster von drei Söhnen schlug er ein wenig aus der Art und entwickelte eine ausgeprägte Vorliebe für Schuleschwänzen, Vandalismus und Ladendiebstahl. Seine Eltern, beide Lehrer, versuchten ernsthaft, den Jungen auf die rechte Bahn zurückzulenken, nur um von ihm hören zu müssen, daß er sie für seine Probleme verantwortlich machte. Bode nahm den Standpunkt ein, daß er schikaniert wurde, weil er zu klein war, und daß seine geringe Körpergröße den undisziplinierten Ernährungsgewohnheiten seiner Mutter – und der gefräßigen Mitwirkung seines Vaters – während der Schwangerschaft zuzuschreiben wäre. Daß Jean und Randall Gazzer von Natur aus von eher zierlicher Statur waren, spielte für den jungen Bode überhaupt keine Rolle – aus dem Fernsehen wußte er, daß die Menschen als Rasse im Laufe der Evolution stetig größer wurden, und deshalb erwartete er, seine Eltern zu überholen, wenn auch nur um drei bis fünf Zentimeter. Aber Bode hörte im achten Schuljahr auf zu wachsen, eine Tatsache, die während der alle zwei Monate stattfindenden Meßzeremonie am Pfosten der Küchentür von der Familie traurig vermerkt wurde. Eine vielfarbige Folge von Bleistiftstrichen bestätigte Bodes schlimmste Befürchtungen. Seine beiden älteren Brüder strebten weiterhin in die Höhe, während es damit bei ihm im reifen Alter von vierzehn Jahren zu Ende war.

Diese bittere Erkenntnis härtete Bode Gazzer gegen seine eßfreudigen Eltern im speziellen und die Gesellschaft im allgemeinen ab. Er entwickelte sich zum »schlechten Einfluß« in der Nachbarschaft und wurde ein dreister Anführer bei der Verübung von harmlosen und nicht so harmlosen Straftaten. Er arbeitete sorgfältig daran, ein Gauner zu werden, gewöhnte sich das Rauchen filterloser Zigaretten, öffentliches Ausspucken und einen reichhaltigen Schatz an obszönen Schimpfwörtern an. Immer wieder provozierte er absichtlich seine Brüder, so daß sie ihn verprügelten, damit er erzählen konnte, er wäre wieder mal in eine Straßenschlacht unter rivalisierenden Banden verwickelt gewesen.

Bodes pädagogisch tätige Eltern hielten nichts von der Prügelstrafe und rührten ihn – bis auf ein einziges Mal – nicht an. Jean und Randall Gazzer zogen es lieber vor, Probleme »auszudiskutieren«, und verbrachten viele Stunden am Abendbrottisch damit, ausgiebig mit dem aufsässigen Bodean zu »interagieren«. Er war ihnen absolut überlegen. Er hatte nicht nur die rhetorischen Fähigkeiten seiner Mutter und seines Vaters geerbt, sondern er war auch grenzenlos kreativ. Ganz gleich, was passierte, Bode dachte sich stets eine sorgfältig konstruierte Ausrede aus, von der er grundsätzlich niemals abwich, selbst dann nicht, wenn die Beweise gegen ihn erdrückend waren.

Als er seinen achtzehnten Geburtstag feierte, füllte die Liste seiner Jugendstrafen bereits drei Seiten, und seine verzweifelten

Eltern hatten sich der Hilfe und Obhut eines Zen-Lehrers anvertraut. Bode genoß mittlerweile seine Rolle als Familien-Outlaw, als schwarzes Schaf, als der tragisch Unverstandene. Er konnte alles erklären und tat es auch beim geringsten Anlaß. Als er zweiundzwanzig wurde, lebte er von Bier, großspurigem Gerede und einer Vielzahl höchst praktischer Ressentiments. »Ich habe bei Gott endgültig verschissen«, verkündete er in den Bars, die er frequentierte, »also bleibt mir ja vom Leibe!«

Eine Reihe ungesunder Bekanntschaften lockte Bode Gazzer am Ende in die Welt des Hasses und der hartgesottenen Intoleranz. Früher, wenn er die Schuld für seine eigene Not verteilte, hatte Bode sich an traditionell autoritäre Institutionen gehalten – Eltern, Brüder, Polizisten, Richter –, ohne dabei Faktoren wie Rasse, Religion oder ethnische Herkunft zu berücksichtigen. Er hatte seine Vorwürfe weit gestreut und damit kaum nennenswerte Reaktionen ausgelöst. Aber Fremdenfeindlichkeit und Rassismus verliehen seiner Nörgelei eine neue Bösartigkeit. Nun war es nicht nur irgendein Sturmtruppen-Cop, der Bode mit gestohlenen Videorecordern erwischte, sondern es war der *kubanische* Sturmtruppen-Cop, der es offensichtlich auf alle eingeborenen Amerikaner abgesehen hatte. Es war nicht nur der doppelzüngige Verteidiger, der Bode in die Pfanne haute, es war der doppelzüngige *jüdische* Anwalt, der sich offenbar auf einem Rachefeldzug gegen die Christen befand, und es war nicht der zugekokste Bondsman, der sich weigerte, die Kaution für Bode vorzustrecken, sondern es war der zugekokste *Neger*-Bondsman, der wollte, daß er im Knast blieb und dort liebeshungrige Mithäftlinge rund um die Uhr mehr oder weniger freiwillig passiv beglückte.

Bode Gazzers politisches Erwachen fiel mit einer längst überfälligen Korrektur seiner gesetzeswidrigen Gewohnheiten zusammen. Er hatte sich entschlossen, Einbrüche, Autodiebstähle und andere Eigentumsdelikte zugunsten von Fälschungen, Scheckreiterei und anderen sogenannten Papiervergehen einzuschränken, für die Richter nur höchst selten Zuchthausstrafen verhängten.

Zufälligerweise empfahl die Haßfraktion, für die Bode sich interessierte, mit Nachdruck den Betrug als eine Form des zivilen Ungehorsams. Militante Pamphlete proklamierten, daß die Schädigung von Banken, öffentlichen Versorgungsbetrieben und Kreditkartenunternehmen eine zulässige Kampfmaßnahme gegen die amerikanische Regierung und all die Liberalen, Juden, Schwulen, Lesbierinnen, Neger, Umweltschützer und Kommunisten sei, die diese mittlerweile unterwandert hätten. Bode Gazzer schloß sich begeistert dieser Logik an. Er erwies sich jedoch im Verteilen fauler Schecks kaum geschickter als im Kurzschließen von Oldsmobile Limousinen.

Zwischen seinen stets nur kurzen Gefängnisaufenthalten hatte er seine Wohnung mit regierungsfeindlichen Plakaten dekoriert, die er von diversen Waffenausstellungen mitgebracht hatte. Darauf wurden David Koresh, Randy Weaver und Gordon Kahl als moderne Helden dargestellt.

Immer wenn Chub die Wohnung betrat, hob er eine Budweiser-Flasche hoch, um den Märtyrern an Bodes Wänden zuzuprosten. Durchs Fernsehen hatte er eine vage Vorstellung vom Leben und Wirken eines Koresh oder Weaver, von Kahl wußte er dagegen nur wenig, und zwar lediglich, daß er ein Farmer aus Dakota und Steuer-Protestler war, den Agenten des FBI zu Klump geschossen hatten.

»Diese verdammten Sturmtruppen«, knurrte Chub nun, indem er sich eines Begriffs bediente, den er während einer kleinen, aber sehr lebhaften Milizversammlung auf Big Pine Key aufgeschnappt hatte. Er trug sein Bier zu einem Futonsofa hinüber, auf dem er sich breitbeinig niederließ und entspannte. Schnell verließen seine Gedanken die gefallenen Patrioten und wandten sich seinen eigenen rosigen Aussichten zu. Bode Gazzer kauerte vor dem Dinette-Servierwagen und steckte die Nase in eine Zeitung. Er war ziemlich übel gelaunt, nachdem er vom zuständigen Büro der Staatslotterie erfahren hatte, daß er und Chub die 14 Millionen Dollar nicht auf einmal erhalten sollten – sondern daß sie ihnen in gleichen Raten über einen Zeitraum von zwanzig Jahren ausbezahlt werden würden.

Und was noch schlimmer war: Die Zahlungen wären steuerpflichtig!

Chub, der ganz gut rechnen konnte, versuchte Bode Gazzer mit dem Hinweis aufzumuntern, daß 700 000 Dollar pro Jahr, auch vor Steuern, immer noch eine Menge Kleingeld wären.

»Nicht genug, um eine patriotische Heimatwehr auszurüsten«, giftete Bode.

Chub zuckte mit den Achseln. »Die Lotto-Regeln sind nun mal so. Was zum Teufel willst du dagegen tun?« Er stand auf, um den Fernseher einzuschalten. Nichts geschah. »Ist der Kasten im Eimer oder was?«

Bode strich die zerknitterte Zeitung glatt und sagte: »Mein Gott, raffst du das denn nicht? Das ist alles, worüber wir die ganze Zeit reden, alles, wofür sich zu kämpfen lohnt – Leben, Freiheit und das Recht auf Glück, alles zusammengenommen.«

Chub schlug mit der flachen Hand auf den Fernseher. Er war jetzt nicht in der Stimmung, sich eine von Bodes Ansprachen anzuhören, aber er schien nichts dagegen tun zu können.

Bode Gazzer fuhr fort: »Endlich ziehen wir mal im wahrsten Sinne des Wortes das große Los, und was geschieht? Der beschissene Staat Florida speist uns mit winzigen Almosen ab. Und dann wird uns das wenige, das wir kriegen, auch noch von der Steuer weggeschnappt.«

Während er seinem Freund zuhörte, verflüchtigte sich nach und nach auch Chubs Euphorie über ihr großes Glück. Er hatte das Lotto immer als Möglichkeit betrachtet, Unmengen von Geld zu scheffeln, ohne einen Finger dafür rühren zu müssen. Aber so, wie Bode es ihm erklärte, war Lotto lediglich ein weiteres schlimmes Beispiel für die Einmischungspraxis der Regierung, für Steuermißbrauch und Liberalenbetrug.

»Meinst du, es wäre ein Zufall, daß wir das Geld mit jemand anderem teilen müssen?«

Chub massierte sich mit der Öffnung der Bierflasche seinen behaarten Nacken. Er war gespannt, worauf sein Freund hinauswollte.

Bode klopfte mit den Fingerknöcheln auf den Dinette. »Ich kann es dir jetzt schon prophezeien: Das Arschloch mit dem anderen Lottoschein ist entweder ein Neger, ein Jude oder ein Kubaner.«

»Red nur weiter!«

»Genauso machen sie es immer, Chub. Sie bescheißen anständige Amerikaner wie dich und mich. Meinst du, sie lassen zu, daß zwei Weiße den ganzen Jackpot mit nach Hause nehmen? Heute auf keinen Fall, niemals!« Bodes Nase tauchte wieder in die Zeitung. »Wo ist Grange? Drüben bei Tampa?«

Chub war verblüfft über die Theorie seines Freundes. Er konnte sich nicht vorstellen, wie Lotto hätte manipuliert werden können. Wenn das möglich wäre, wie hatten er und Bode dann überhaupt auch nur die Hälfte gewinnen können?

Während ihrer noch kurzen Freundschaft hatte Bodean Gazzer alle möglichen Verschwörungen konstruiert, um zahlreiche verwirrende Ereignisse zu erklären – zum Beispiel, wie kam es nur, daß sich ausgerechnet in der Weihnachtszeit fast immer eine Flugzeugkatastrophe ereignete?

Bode kannte die Antwort, und natürlich spielte dabei die amerikanische Regierung eine Rolle. Der Federal Aviation Administration drohte ständig eine drastische Kürzung ihres Etats, über dessen Höhe und Zuteilung gewöhnlich im Dezember abgestimmt wurde, ehe der Kongreß sich für die Weihnachtsferien verabschiedete. Infolgedessen, offenbarte Bode seinem Bewunderer Chub, sabotiere die FAA jedes Jahr vor Weihnachten einen Flieger auf Grund der Erkenntnis, daß die Politiker nicht den Mut hätten, den Etat für die Erhaltung der Sicherheit in der Zivilluftfahrt anzugreifen, während die Welt verfolgen durfte, wie zerfetzte Leichen aus einem verbrannten Flugzeugrumpf herausgekratzt wurden.

»Denk mal drüber nach«, hatte Bode Gazzer gefordert – und Chub tat es. Angesichts der zahlreichen Flugzeugabstürze erschien ein Regierungskomplott viel wahrscheinlicher als das Prinzip des unglücklichen Zufalls.

Das staatliche Lotto zu manipulieren war jedoch etwas ganz anderes. Chub zog noch nicht mal in Erwägung, daß die Liberalen einen solchen Betrug durchziehen könnten.

»Das macht keinen Sinn«, meinte er zweifelnd. Viele stinknormale Weiße hatten ebenfalls gewonnen. Er hatte ihre Gesichter im

Fernsehen gesehen. Apropos Fernsehen, er wünschte sich, der Kasten wäre nicht defekt. Er wollte sich nämlich lieber ein Footballspiel ansehen, als über das nachdenken zu müssen, was Bode Gazzer ihm da gerade erzählte.

»Du wirst schon sehen«, unkte Bode gerade. »Du wirst sehen, daß ich recht habe. Gut, aber wo zum Teufel liegt Grange, Florida?«

Chub murmelte: »Im Norden.«

»Du bist mir eine schöne Hilfe. Von hier aus liegt alles im Norden.«

Chub zog einen 357er Colt Python aus seinem mit Nieten verzierten Gürtel und schoß mehrere Löcher in die Wangen David Koreshs.

Bode Gazzer richtete sich hinter dem Dinette auf. »Welches Problem quält dich denn?«

»Ich fühle mich ganz komisch, und das gefällt mir nicht.« Chub schob die Pistole in seinen Hosenbund, so daß der heiße Lauf auf seinem Oberschenkel lag. Ohne deswegen zusammenzuzukken, meinte er: »Wenn jemand vierzehn Millionen Bucks gewonnen hat, sollte er sich eigentlich prima fühlen. Das tue ich aber nicht.«

»Genau!« Bode Gazzer durchquerte mit schnellen Schritten den Raum und drückte Chub in einer feucht-klebrigen Umarmung an sich. »Nun siehst du« – Bodes Stimme sank zu einem Flüstern herab – »wohin es mit diesem unserem Land gekommen ist. Jetzt begreifst du wohl, weshalb gekämpft werden muß!«

Chub nickte ernst. Dabei behielt er seine Sorge für sich, daß »kämpfen« nach verdammt schwerer Arbeit klang und daß schwere Arbeit wohl das allerletzte war, womit sich ein frischgebackener Millionär abgeben sollte.

Der Schrumpfungstrend, der die Zeitungen Anfang der neunziger Jahre heimsuchte, hatte das Ziel, die aufgeblähten Gewinnspannen zu erhalten, derer die Industrie sich während des größten Teils des Jahrhunderts hatte erfreuen können. Eine neue, seelenlose Gattung von Konzernmanagern hatte, unbelastet von einer Leidenschaft für ernsthaften Journalismus, einen bequemen Weg gefunden, die Produktionskosten einer Tageszeitung zu reduzieren. Das erste Opfer war die Gründlichkeit.

Die Verringerung des Platzes, der den Nachrichten eingeräumt wurde, rechtfertigte eine Verringerung des Personals. Bei sehr vielen Zeitungen waren Verschlankungsmaßnahmen die beliebte Rechtfertigung für die Abschaffung von Luxuseinrichtungen wie Polizeireportern, Regionalausgaben, Auslandsbüros, medizinischen Korrespondenten, Umweltexperten und, natürlich, investigativen Reporterteams – die sowieso ständig einflußreichen öffentlichen Würdenträgern und wichtigen Werbekunden auf die Zehen traten. Während die Zeitungen immer dünner und seichter wurden, gaben sich die Leute, die sie veröffentlichten, verstärkt Mühe, Wall Street davon zu überzeugen, daß die Leser es weder bemerkten noch daran Anstoß nahmen.

Es war Tom Kromes Pech, eine komfortable Nische bei einer angesehenen, aber zum Untergang verurteilten Zeitung gefunden zu haben und zu einer Zeit entlassen worden zu sein, als der Markt von hungrigen, erfahrenen Schreibern nur so überschwemmt wurde. Es war außerdem sein großes Pech, den Höhepunkt seiner Karriere als investigativer Reporter zu einer Zeit erreicht zu haben, als die meisten Zeitungen für derartige spezielle Fähigkeiten kein Geld mehr bezahlen wollten.

The Register, zum Beispiel, suchte einen Scheidungs-Kolumnisten. Sinclair war damit während Kromes Bewerbungsgespräch herausgerückt.

»Wir suchen etwas Humorvolles, etwas Lustiges«, hatte Sinclair gesagt. »Etwas Optimistisches.«

»Optimistisch?«

»Da draußen wenden wir uns an eine wachsende Leserschaft«, hatte Sinclair erklärt. »Sind Sie schon mal geschieden worden?«

»Nein«, hatte Krome gelogen.

»Perfekt. Kein Ballast, keine Bitterkeit, keine Boshaftigkeiten.«

Sinclair war ganz wild auf Alliterationen – Krome lernte diese Vorliebe zum erstenmal kennen.

»Aber in Ihrer Anzeige in *E&P* war von einem Feature-Writer die Rede.«

»Es ist ja auch ein Feature, Tom. Fünfhundert Worte. Zweimal in der Woche.«

Krome hatte gedacht, ich weiß, was ich am besten tue – ich gehe nach Alaska! Ich fange im Sommer Lachse und arbeite im Winter an einem Roman.

»Tut mir leid, daß ich Ihre Zeit vergeudet habe.« Er war aufgestanden, hatte Sinclairs Hand geschüttelt – die sich tatsächlich genauso schlaff und glitschig wie ein toter Lachs angefühlt hatte – und war nach New York zurückgeflogen.

Eine Woche später hatte der Redakteur angerufen und Krome einen Posten als Feature-Writer mit 38 000 Dollar im Jahr angeboten. Keine Scheidungskolumne, Gott sei Dank – der Chefredakteur des *Register* hatte, wie sich herausstellte, in dieser Thematik nichts Optimistisches erkennen können. »Ein totgeborenes Kind«, hatte Sinclair im Flüsterton gemeint.

Tom Krome nahm den Job als Feature-Writer an, denn er brauchte das Geld. Er sparte für eine Hütte auf Kodiak Island oder vielleicht auch in der Nähe von Fairbanks, wo er ganz alleine leben wollte. Er hatte vor, sich ein Schneemobil zu kaufen und Wölfe, Karibus und gelegentlich auch einen Grizzly in freier Wildbahn zu fotografieren. Er hatte weiterhin die Absicht, einen Roman über eine der Phantasie entsprungene Schauspielerin namens Mary Andrea Finley zu schreiben, die auf einer tatsächlich existierenden Person namens Mary Andrea Finley basierte, die es die letzten vier Jahre erfolgreich geschafft hatte, Tom Krome daran zu hindern, sich von ihr scheiden zu lassen.

Er packte seine Sachen für die Lotto-Story, als Katie von der Kirche zurückkam.

»Wohin willst du?« Ihre Handtasche krachte wie ein Ziegelstein auf den Küchentisch.

»Der Ort heißt Grange«, antwortete Tom Krome.

»Da war ich schon mal«, entgegnete Katie spitz. *Der Ort heißt*

Grange. Als wüßte sie noch nicht mal, daß es eine Stadt war. »Es gibt dort diese Manifestationen«, stellte sie fest.

»Stimmt.« Krome fragte sich, ob Katie auch zu den frommen Pilgerscharen gehörte. Möglich war alles. Er kannte sie schließlich erst seit zwei Wochen.

Sie fügte hinzu: »Es gibt dort auch eine Muttergottes, die richtige Tränen weint.« Sie ging an den Kühlschrank und schenkte sich ein Glas Grapefruitsaft ein. Krome wartete auf mehr Informationen über Grange. »Und auf dem Highway«, fuhr sie fort, während sie trank, »mitten auf einer Fahrspur, soll das Gesicht von Jesus Christus zu sehen sein.«

Tom Krome nickte. »Davon habe ich auch schon gehört.«

»Ein Fleck«, meinte Katie weiter. »Dunkelviolett. Wie Blut.«

Oder auch nur Getriebeöl, dachte Krome.

»Ich war nur einmal dort«, berichtete Katie. »Wir haben in dem Nest auf dem Weg nach Clearwater zum Tanken haltgemacht.«

Krome nahm erleichtert zur Kenntnis, daß sie nicht zu den Stammgästen von Grange gehörte. Er stopfte einen Stapel frischer Unterhosen in den Koffer. »Was für einen Eindruck hattest du von dem Ort?«

»Unheimlich.« Katie leerte das Glas mit dem Fruchtsaft. Sie schlüpfte aus den Schuhen und setzte sich an den Tisch, von wo aus sie Tom bequem beim Packen zuschauen konnte. »Ich hab die weinende Madonna nicht gesehen, nur den Jesus auf der Fahrbahn. Aber die ganze Stadt kam mir irgendwie unheimlich vor.«

Krome unterdrückte ein Grinsen. Das »unheimlich« gefiel ihm.

Katie fragte: »Wann kommst du zurück?«

»In ein oder zwei Tagen.«

»Rufst du mich an?«

Krome schaute hoch. »Na klar, Katie.«

»Wenn du in Grange angekommen bist, meine ich.«

»Hm … sicher.«

»Du dachtest wohl, ich meine, du sollst anrufen, wenn du wieder zurück bist. Oder?«

Krome staunte darüber, daß er sich, ohne große Mühe, an einem

Sonntag noch vor Mittag in ein verfängliches Gespräch verstrickt hatte. Er versuchte lediglich, seine Sachen zu packen, mehr nicht, trotzdem hatte er es offenbar geschafft, Katies Gefühle zu verletzen.

Nach seiner Theorie war es die Pause zwischen dem »Hm« und dem »sicher« gewesen, die bei ihr einen Alarm ausgelöst hatte.

Die einzige Chance bestand in einer bedingungslosen Kapitulation: Ja, ja, liebste Katherine, verzeih mir, ich bin ein absolutes Arschloch, gefühllos und egoistisch. Wo war ich nur mit meinen Gedanken! *Natürlich* rufe ich dich an, sobald ich in Grange ankomme!

»Katie«, sagte er, »ich ruf dich an, sobald ich in Grange bin.«

»Es ist schon okay. Ich weiß ja, daß du sehr beschäftigt bist.«

Krome klappte den Koffer zu, ließ die Schlösser zuschnappen. »Ich *will* anrufen, klar?«

»Okay, aber nicht zu spät.«

»Ja, ich werde dran denken.«

»Art kommt ...«

»Um halb sieben nach Hause. Ich weiß.«

Art war Katies Ehemann. Kreisrichter Arthur Battenkill, jr.

Krome hatte ein schlechtes Gewissen, weil er Art betrog, obgleich er den Mann gar nicht persönlich kannte und obgleich Art selbst Katie mit seinen beiden Sekretärinnen betrog. Das wäre allgemein bekannt, hatte Katie ihm versichert, während sie ihm anläßlich ihres zweiten »Rendezvous« die Hose öffnete. Auge um Auge, hatte sie gesagt. So steht es in der Bibel.

Trotzdem fühlte Tom Krome sich schuldig. Das war nichts Neues. Möglicherweise war es sogar nötig. Seit seiner Teenagerzeit hatte Schuld in jeder romantischen Beziehung, die Tom Krome je gehabt hatte, eine wesentliche Rolle gespielt. Zur Zeit war sie ein ständiger und grausamer Gefährte in seinem Scheidungskrieg.

Katie Battenkill hatte ihn mit ihrem feingeschnittenen, offenen Gesicht und ihrer lüsternen Unverfrorenheit in ihren Bann geschlagen. Sie war ihm im wahrsten Sinne des Wortes eines Tages nachgelaufen, während er durch die Stadt joggte. Er war in eine Wohltätigkeitsdemonstration geraten – er konnte sich nicht mehr daran erinnern, ob für eine Krankheit oder eine Behinderung – und hatte ihr unbeholfen ein paar Geldscheine in die Hand gedrückt. Dann hatte er plötzlich eilige Schritte hinter sich gehört. Sie hatte ihn schließlich eingeholt. Dann aßen beide in einer Pizzeria zu Mittag, wo Katie als erstes erklärte: »Ich bin verheiratet und habe so etwas noch nie getan. Mein Gott, habe ich einen Hunger.« Tom Krome hatte sie zwar sehr gerne, aber er begriff sofort, daß Art eine wesentliche Rolle in dieser Konstellation spielte. Katie regelte ihre Probleme auf ihre eigene Art und Weise, und Krome war sich seiner Rolle in diesem Spiel durchaus bewußt. Sie gefiel ihm gut, einstweilen.

Auf Strümpfen folgte Katie ihm nach draußen zu seinem Wagen. Er stieg ein, vielleicht ein wenig zu eilig, und steckte den Schlüssel ins Zündschloß. Sie beugte sich vor und gab ihm einen Abschiedskuß. Es war ein sehr langer Kuß. Anschließend blieb sie neben dem Wagen stehen. Er bemerkte, daß sie eine Einwegkamera in der Hand hielt.

»Für deine Fahrt«, sagte sie und reichte ihm die Kamera. »Es sind noch fünf Bilder drin. Vielleicht auch sechs.«

Krome bedankte sich, meinte aber, es wäre unnötig. Sinclair würde einen Fotografen schicken, falls die Lotto-Geschichte sich ausweiten sollte.

»Der fotografiert doch nur für die Zeitung«, wandte Katie ein. »Aber dies ist für mich. Könntest du ein Foto von der weinenden Madonna machen?«

Für einen Moment glaubte Krome, daß sie scherzte. Doch das tat sie nicht.

»Bitte, Tom.«

Er steckte die Pappkamera in seine Jackentasche. »Und wenn sie nicht weint? Die Jungfrau Maria. Willst du auch dann ein Bild von ihr?«

Katie bemerkte nichts von dem sarkastischen Unterton, der sich in seine Stimme geschlichen hatte. »O ja«, seufzte sie inbrünstig. »Auch ohne Tränen.«

- 3 -

Der Bürgermeister von Grange, Jerry Wicks, gratulierte JoLayne Lucks zu ihren Schildkröten.

»Meine Babys«, sagte sie zärtlich. Ihre blauen Fingernägel funkelten, als sie einen Kopf Eisbergsalat zerrupfte und ins Aquarium warf. Die Schildkröten erpaddelten sich in stummer Erregung ihr Abendessen.

Jerry Wicks fragte: »Wie viele sind es denn?«

»Sechsundvierzig, glaube ich.«

»Du meine Güte.«

»Es sind Rotbänder, Suwanees und zwei junge Floridas, die, wie man mir erklärte, etwas ganz Besonderes sind. Und sehen Sie nur, wie gut sie sich vertragen.«

»Ja, Ma'am.« Jerry Wicks konnte eine nicht von der anderen unterscheiden. Er war jedoch beeindruckt vom Lärm, den die fressenden Reptilien verursachten. Das Schmatzen würde ihn um den Verstand bringen, wenn er sich hier zu lange aufhielte.

»JoLayne, ich bin natürlich nicht ohne Grund vorbeigekommen – es heißt, Sie hätten im Lotto gewonnen.«

JoLayne trocknete sich die Hände mit einem Handtuch ab. Sie bot dem Bürgermeister ein Glas Limonade an, das er ablehnte.

»Es ist natürlich Ihre Privatangelegenheit«, fuhr er fort, »und Sie brauchen mir nicht mit ja oder nein zu antworten. Aber wenn es stimmt, dann hat niemand es mehr verdient als Sie …«

»Und warum?«

Jerry Wicks war um eine Antwort verlegen. Gewöhnlich wurde er in der Nähe von gutaussehenden Frauen nicht nervös, aber an diesem Nachmittag war JoLayne Lucks mit einer ganz besonders starken Aura umgeben. Es handelte sich um eine Art Glanz, ein boshaftes Funkeln, angesichts dessen er sich ziemlich mickrig und zugleich irgendwie schutzlos fühlte. Er wünschte sich, so schnell wie möglich wegrennen zu können, ehe er wie ein läufiger Waschbär winselnd vor ihr kniete.

»Ich bin hergekommen, JoLayne, weil ich an die Stadt denke. Es wäre toll für Grange, wenn es zuträfe. Das mit dem Gewinn.«

»Publicitymäßig, nicht wahr?« entgegnete sie.

»Genau«, rief er erleichtert aus. »Es wäre eine in jeder Hinsicht willkommene Abwechslung von dem …«

»Religionsscheiß?«

Der Bürgermeister krümmte sich. »Nun, ich würde es nicht …«

»Wie der Fleck auf der Schnellstraße oder die weinende Jungfrau«, unterbrach ihn JoLayne, »oder Mister Amadors falsche Stigmata.«

Dominick Amador war ein Bauunternehmer aus dem Ort, der seine Lizenz verloren hatte, nachdem die Mauern der Sankt Arthur Katechismusschule aus keinem ersichtlichen Grund während eines Wolkenbruchs im Sommer eingestürzt waren. Dominick Amadors Kumpel rieten ihm, nach Dade County umzuziehen, wo unfähigen Bauunternehmern keinerlei Gefahr drohte, aber Dominick wollte bei seiner Frau und seinen Freundinnen in Grange bleiben. Eines Abends hatte er beim Black Jack und beim Xanax eine immense Pechsträhne und bohrte sich mit einem 3-Achtel-Zoll-Holzbohrer ein makelloses Loch in jede Handfläche. Jetzt war Amador eine Attraktion auf der christlichen Pilgertour von Grange, trat als Zimmermann auf (»genauso wie Jesus«) und kratzte fleißig an den runden Wunden in seinen Händen herum, damit sie stets verschorft und blutig aussahen. Gerüchte besagten, daß er sich auch in Kürze die Füße durchbohren wollte.

Der Bürgermeister sagte zu JoLayne Lucks: »Wissen Sie, es ist nicht meine Aufgabe, über andere zu urteilen.«

»Aber Sie sind doch ein religiöser Mensch«, erwiderte sie. »Sie sind doch gläubig, oder?«

Jerry Wicks fragte sich, wie das Gespräch nur so weit hatte vom Thema abschweifen können. Er antwortete: »Was ich glaube, ist nicht von Bedeutung. Andere tun es – ich habe es in ihren Augen gesehen.«

JoLayne steckte sich ein Certs in den Mund. Es tat ihr leid, daß sie den Bürgermeister derart in Verlegenheit brachte. Jerry Wicks war eigentlich kein übler Bursche, sondern nur ein bißchen soft. Sein schütteres blondes Haar wies die ersten grauen Strähnen auf. Seine rosigen Wangen waren leicht erschlafft, hinzu kamen zwei Reihen makelloser, weißer kleiner Zähne und schüttere, treuherzige Augenbrauen. Jerry betrieb eine Versicherungsagentur, die er von seiner Mutter geerbt hatte. Vorwiegend Wohnhaus- und Kfz-Versicherungen. Er war harmlos und umgänglich. JoLayne hatte alle Policen mit ihm abgeschlossen. Fast jeder in der Stadt tat es.

»Ich denke«, erklärte Jerry, »daß es ganz gut ist, wenn Grange publicitymäßig mal in einem etwas anderen Licht erscheint.«

»Endlich erfährt die Welt«, stimmte JoLayne ihm zu, »daß es hier auch ganz normale Menschen gibt.«

»Richtig«, befand der Bürgermeister.

»Nicht nur die Jesus-Freaks und Gauner.«

Diese klaren Worte bewirkten in Jerry Wicks einen Schmerz, der einem heftigen Magenkrampf ähnelte. »JoLayne, bitte.«

»Oh, Verzeihung, daß ich eine so zynische junge Lady bin. Fragen Sie bloß nicht, wodurch ich so geworden bin.«

Mittlerweile begriff der Bürgermeister, daß JoLayne Lucks nicht die Absicht hatte, ihm zu erzählen, ob sie im Lotto gewonnen hatte oder nicht. Das rhythmische Schmatzen ihrer hungrigen Schildkröten war beinahe unerträglich geworden.

»Wollen Sie eine?« fragte sie. »Für den kleinen Jerry?«

Jerry Wicks meinte, nein, danke. Er betrachtete das Gewimmel im Aquarium und dachte, wer redet hier eigentlich von Verrückten?

JoLayne langte über den Küchentisch und boxte ihm spielerisch in die Rippen. »Hey, lachen Sie doch mal.«

Der Bürgermeister bekam bei ihrer Berührung eine Gänsehaut. Er lächelte verschämt, senkte den Blick und hatte eine flüchtige unanständige Phantasievorstellung: JoLaynes blaue Fingernägel, die langsam über seine bleichen, mit Aknenarben übersäten Schulterblätter harkten.

Sie lächelte schelmisch. »Sie sind doch hergekommen, um mir etwas zu erzählen, Jerry. Also lassen Sie mal hören, ehe wir beide an Altersschwäche sterben.«

»Ja, klar. Da kommt demnächst ein Zeitungsreporter in die Stadt. Vom *Register*. Er hat ein Zimmer in der Pension reservieren lassen – Mrs. Hendricks hat es mir erzählt.«

»Für heute?«

»Das hat sie zumindest gesagt. Aber egal wann, auf jeden Fall interessiert er sich für den Lottogewinner. Um einen ausführlichen Hintergrundartikel zu schreiben, nehme ich an.«

»Oh«, entfuhr es JoLayne Lucks.

»Machen Sie sich mal keine Sorgen.« Als Bürgermeister hatte Jerry Wicks einige Erfahrung im Umgang mit der Presse. »Sie bringen am liebsten Geschichten über einfache Leute, die einen großen Treffer landen.«

»Tatsächlich.« JoLayne schürzte die Lippen.

»*Human interest* nennen sie das.« Der Bürgermeister wollte sie beruhigen, daß sie nichts zu befürchten hätte, wenn man sie um ein Interview bitten würde. Er hoffte, daß sie sich kooperativ und freundlich zeigte, da immerhin der Ruf von Grange auf dem Spiel stand.

»*Muß* ich mit ihm reden?« fragte JoLayne Lucks.

»Nein.« Jerry Wicks bekam plötzlich Herzstiche.

»Ich lege nämlich großen Wert auf meine Privatsphäre.«

»Der Mann braucht nicht zu Ihnen ins Haus zu kommen. Tatsächlich wäre es sogar besser, wenn er es nicht täte.« Der Bürgermeister machte sich Sorgen wegen JoLaynes Schildkrötenhobby und darüber, wie grausam sich ein hochnäsiger Großstadtreporter darüber lustig machen könnte. »Vielleicht sollten Sie sich mit ihm im Restaurant des Holiday Inn verabreden.«

»Hmm«, meinte JoLayne.

Das Wandtelefon in der Küche klingelte. Sie stand auf. »Ich muß noch Besorgungen machen. Vielen Dank, daß Sie vorbeigekommen sind.«

Jerry Wicks winkte großzügig. »Ich dachte nur, ich sollte Ihnen erzählen, was nun alles auf Sie zukommt. Im Lotto den Hauptpreis zu gewinnen ist wirklich eine Sensation.«

»Das muß es wohl sein«, sagte JoLayne Lucks.

Der Bürgermeister verabschiedete sich von ihr und ging hinaus. Während er vom Haus zur Auffahrt hinunterging, konnte er Jo-Laynes Telefon unaufhörlich klingeln hören.

Chub schlug vor, sie sollten direkt nach Tallahassee fahren und sich ihre Hälfte des 28-Millionen-Dollar-Jackpots so schnell wie menschenmöglich abholen. Bodean Gazzer meinte, nein, noch nicht.

»Wir haben hundertachtzig Tage Zeit, um das Geld abzuholen. Das sind sechs volle Monate.« Er lud einen gekühlten Zwölfer-Pack in den Truck. »Zuerst müssen wir den anderen Schein finden, ehe sein augenblicklicher Besitzer damit Kasse machen kann.«

»Vielleicht hat er das längst getan, und wir kommen viel zu spät.«

»Denk nicht so negativ.«

»Das *Leben* ist nun mal verdammt negativ«, stellte Chub fest.

Bode breitete ein gestreiftes Badetuch über die Beifahrerhälfte der vorderen Sitzbank, um die neuen Polster vor dem Waffenöl und dem Schweiß zu schützen, die Chubs natürliche Marinade darstellten. Chub reagierte auf diese Vorsichtsmaßnahme leicht beleidigt, sagte aber nichts.

Ein paar Minuten später, während sie über die Schnellstraße brausten, faßte Bode Gazzer seinen Plan zusammen: »Eindringen, den Schein einsacken, abhauen.«

»Und was ist, wenn wir ihn nicht finden?« fragte Chub. »Angenommen, das Papier wurde zu gut versteckt?«

»Jetzt fängst du schon wieder an.«

»Ich habe nicht viel Lust, wegen nichts und wieder nichts im Knast zu landen.«

»Beruhige dich, verdammt noch mal!«

»Ich meine, Herrgott, wir sind schließlich Millionäre«, fuhr Chub fort. »Millionäre, hörst du? Und die geben sich nicht mit Einbrüchen ab!«

»Nein, aber sie stehlen genauso. Wir benutzen Brecheisen, sie tun es mit Hilfe von Juden und Aktenkoffern.«

Wie üblich war etwas dran an dem, was Bode sagte. Chub machte es sich mit einer Dose Budweiser gemütlich, um darüber nachzudenken.

»Hey, ich will auch nicht ins Gefängnis«, gestand Bode jetzt. »Angenommen, wir kommen vor Gericht, wer soll dann die White Rebels aufbauen?«

Die White Rebel Brotherhood war der Name, den Bodean Gazzer seiner neuen Miliz zu verleihen gedachte. Chub hatte gegen den Namen nichts einzuwenden. Schließlich sollten damit keine Visitenkarten gedruckt werden.

Bode fragte: »Hey, Mann, hast du überhaupt das Buch gelesen, das ich dir gegeben habe? Über die Technik des Überlebens?«

»Nein, habe ich nicht.« Chub war bis zum Kapitel gekommen, in dem der Verzehr von Käfern und anderem Kleingetier empfohlen wurde, und das hatte ihm gereicht. »Wie unterscheidet man giftige von eßbaren Insekten.« Lieber Himmel!

»Über Grillrippchen habe ich kein Kapitel gefunden«, knurrte er ungehalten. »Dazu ist dem Autor wohl nichts eingefallen.«

Um die Spannung ein wenig abzubauen, wollte Bode von Chub wissen, ob er Lust hätte, eine Wette darauf abzuschließen, wer den anderen Lottoschein besaß. »Ich setze zehn Bucks darauf, daß es ein Neger ist. Was meinst du – ein Jude oder ein Kubaner?«

Chub hatte noch nie einen Befürworter der Vorherrschaft der weißen Rasse getroffen, der »Neger« anstatt »Nigger« sagte. »Gibt es da einen Unterschied?« fragte er sarkastisch.

»No, Sir«, entgegnete Bode.

»Warum nennst du sie dann nicht bei ihrem richtigen Namen?«

Bode umklammerte das Lenkrad. »Ich könnte sie auch Kokosnüsse nennen, was würde es schon bedeuten? Ein Wort ist genauso wie das andere.«

Chub kicherte. »Kokosnüsse.«

»Was hältst du davon, dich einmal nützlich zu machen? Such mal eine Radiostation, die weiße Musik spielt, falls das überhaupt möglich ist.«

»Was'n los? Hast du für diesen *Neger*-Rap nichts übrig?«

»Schrecklich«, stöhnte Bode Gazzer.

Er schämte sich, zugeben zu müssen, daß er das Wort »Nigger« nicht aussprechen konnte. Er hatte es nur ein einziges Mal in seinem bisherigen Leben in den Mund genommen, nämlich mit zwölf Jahren. Damals hatte sein Vater ihn sofort aus dem Haus gezerrt und ihm den blanken Hintern mit einem Lederriemen versohlt. Danach hatte seine Mutter ihn in die Küche geschleift und ihm den Mund mit Comet Universalreiniger und Essig ausgewaschen. Es war die schlimmste – und einzige – körperliche Züchtigung in Bode Gazzers Kindheit, und die hatte er seinen Eltern niemals verziehen. Er hatte auch den gräßlich scharfen Geschmack von Comet nicht vergessen, dieses Brennen, das seine empfindliche Kehle immer wieder heimsuchte, wenn er das Wort »Nigger« auch nur flüsterte. Es laut auszusprechen kam überhaupt nicht in Frage.

Was durchaus als schweres Handicap für einen selbsternannten Rassisten und Milizgründer anzusehen war. Bode Gazzer vermied es, so gut er konnte, und suchte Zuflucht in wortreichen Umschreibungen.

Er wechselte das Thema und sagte zu Chub: »Du brauchst übrigens Tarnkleidung, Buddy.«

»Finde ich nicht.«

»Welche Größe haben deine Hosen?«

Chub rutschte in seinem Sitz tiefer und tat so, als versuchte er zu schlafen. Er wollte nicht nach Grange fahren. Er wollte auch nicht in ein fremdes Haus einbrechen und einen Lottoschein stehlen.

Und er wollte erst recht keine Tarnkleidung tragen. Bode Gazzers gesamte Garderobe bestand aus Tarnkleidung, die er auf die Nummer einer gestohlenen MasterCard bei Cabela's bestellt hatte, als der letzte Herbstkatalog herausgekommen war. Bode glaubte, Tarnkleidung wäre wichtig fürs Überleben, wenn die NATO-Truppen von den Bahamas aus mit der Invasion begännen und die White Rebel Brotherhood sich in den Wald zurückziehen mußte. Bevor Bode seinen Kleiderschrank öffnete, hatte Chub nicht die geringste Ahnung gehabt, daß Tarnkleidung in den verschiedensten Grün- und Braunschattierungen, je nach Fauna des Einsatzgebietes, angeboten wurde. Da gab es das einfache Trebark, ein schlichtes Rinden-Muster, von Bodes Parka, das Realtree-Design von Bodes Regenanzug, dann Mooseiche, Waldgeist und Holzwurm – Bodes Kollektion von Overalls, Hemden und Hosen, das Koniferen-Muster von Bodes schlangensicheren Stiefeln und schließlich True-Leaf, ein Laubmuster, das die Allwetter-Bergstiefel zierte, die Bode sich ebenfalls gekauft hatte.

Chub widersprach Bodes Versicherung nicht, daß eine solche Auswahl an Tarnkleidung ihren Träger bei entsprechend kluger Zusammenstellung zwischen Eichen und Fichten unsichtbar machte. Da er in den Bergen von Nord-Georgia aufgewachsen war, wollte Chub im Wald gar nicht unsichtbar sein. Im Gegenteil, er wollte gesehen und gehört werden. Vor allem wollte er nicht fälschlicherweise von einem wilden Bären oder einem läufigen Rotluchs für einen Baumstamm gehalten werden.

Er sagte daher zu Bode Gazzer: »Zieh du deine Klamotten an, und ich trage meine.«

Bode hob mürrisch eine frische Bierdose vom Wagenboden auf und öffnete sie, daß es zischte. »Weißt du, was in der Verfassung steht? ›Wohl-*geordnete* Miliz‹. Geordnet heißt hier soviel wie diszipliniert, okay? Und die Disziplin fängt bei Uniformen an.«

Bode trank einen Schluck und klemmte sich die Dose in den Schoß seiner Mooseichen-Hose, um beide Hände für das Lenkrad frei zu haben. Chub lehnte sich gegen die Tür, wobei sein Pferdeschwanz einen fettigen Streifen auf der Scheibe hinterließ. Er sagte: »Ich trage trotzdem kein Tarnzeug.«

»Warum denn nicht, verdammt noch mal?«

»Weil man darin aussieht wie ein verdammter wandelnder Komposthaufen!«

Bode Gazzer lenkte den Truck abrupt aufs Straßenbankett. Wütend trat er auf die Bremse.

»Hör mal zu...«, begann er.

»Nein, du hörst jetzt zu!« unterbrach ihn Chub und war blitzschnell über ihm.

Bode spürte, wie die Coltmündung sich ins weiche Fleisch seines

Halses bohrte, genau an der Stelle, wo sich der Ansatz seiner Zunge befand. Chubs heißer Bieratem fächelte über seine Stirn.

»Jetzt laß uns nicht streiten«, flehte Bode heiser.

»Ist kein Streit. Wird ein Fangschuß.«

»Hey, Bruder, wir sind doch Partner.«

»Dann sag mir, wo unser Schein ist, du Sackgesicht!« knurrte Chub.

»Der Lottoschein?«

»Nein, der Abholschein der Wäscherei.« Chub spannte den Revolver. »Na, wo ist nun der Fetzen?«

»Tu das nicht.«

»Ich zähle bis fünf.«

»In meiner Brieftasche. In einem Pariser.«

Chub grinste schief. »Laß sehen.«

»In einem Trojan. Einer von den gerippten, ohne Feuchtigkeitsfilm.« Bode holte ihn aus der Brieftasche und zeigte Chub, was er am Vortag getan hatte – er hatte die Plastikverpackung mit einem Rasiermesser geöffnet und den Losabschnitt ins zusammengerollte Kondom bugsiert.

Chub verstaute die Pistole wieder in seinem Hosenbund und rutschte zurück auf die Beifahrerseite. »Ganz schön raffiniert, das muß ich zugeben. Niemand klaut jemandem die Gummis. Alles andere wird geklaut, nur das nicht.«

»Genau«, sagte Bode. Sobald sein Herz wieder normal schlug und nicht mehr hüpfte, legte er den Gang ein und lenkte den Truck zurück auf die Fahrbahn.

Chub beobachtete ihn gleichmütig, aber nicht ohne den Anflug einer Drohung in seiner Miene. Er stellte klar: »Du begreifst doch, was passieren könnte? Wir wären keine Partner mehr, wenn ich dir das Hirn aus dem Schädel blasen und den Lottoschein für mich alleine nehmen würde.«

Bode nickte widerwillig. Bis jetzt war ihm nicht in den Sinn gekommen, daß Chub ihn berauben könnte. Offensichtlich lohnte es sich, darüber einmal intensiver nachzudenken. Er erwiderte: »Es wird alles bestens klappen. Du wirst schon sehen.«

»Okay«, sagte Chub. Er öffnete eine Bierdose. Das Bier war halbwarm und schäumte. Er schloß die Augen und leerte die Dose mit wenigen Schlucken bis zur Hälfte. Er wollte Bode Gazzer vertrauen, aber es war nicht immer einfach. *Neger*, um Gottes willen. Warum benutzte er ständig dieses Wort? Es störte Chub und brachte ihn zu der Frage, ob Bode wirklich das war, was er zu sein behauptete.

Dann kam ihm ein anderer Gedanke. »Gibt es in Grange einen Puff?«

»Wer weiß«, antwortete Bode, »und wen interessiert's.«

»Vergiß nur nicht, wo du den Lottoschein versteckt hast.«

»Jetzt mach aber halblang, Chub.«

»Wäre schon eine verdammt blöde Art und Weise, vierzehn Millionen Dollar zu verlieren, wenn der Zettel in den Bettlaken eines Puffs landet.«

Bode Gazzer starrte krampfhaft geradeaus auf die Fahrbahn. Er sagte: »Mann, du hast vielleicht eine lebhafte Phantasie.«

Das Gehirn eines beschissenen Eichhörnchens, aber eine lebhafte Phantasie.

Tom Krome hielt sich nicht damit auf auszupacken. Er warf seine Reisetasche aufs Bett und stürmte hinaus. Die Inhaberin der Pension erklärte ihm bereitwillig den Weg zum Haus von JoLayne Lucks an der Ecke Cocoa und Hubbard Street gegenüber dem Park. Kromes Plan sah vor, daß er sich aufrichtig für die Störung entschuldigte, Miss Lucks zum Abendessen einlud und dann nach und nach mit seinem Interview begann.

Als durchreisender Journalist in Kleinstädten hatte er die Erfahrung gemacht, daß einige Leute einem auf Anhieb ihre ganze Lebensgeschichte auftischten, während andere nicht einen Ton von sich gaben, selbst wenn einem die Flammen aus den Haaren schlugen. Während er vor der Haustür wartete, hatte Krome keine Ahnung, was ihm bevorstand. Er hatte angeklopft. Keine Reaktion. Er klopfte erneut. Im Wohnzimmer brannte Licht, und Krome hörte Radiomusik.

Er umrundete das Haus, gelangte in den Garten und stellte sich auf die Zehenspitzen, um einen Blick durchs Küchenfenster zu werfen. Reste einer Mahlzeit standen auf dem Tisch, der für eine Person gedeckt war. Kaffeetasse, Salatschüssel, ein Teller mit einem zur Hälfte verzehrten Biskuit.

Als Krome zur Haustür zurückkehrte, stand sie offen. Das Radio schwieg, im Haus war es still.

»Hallo!« rief er.

Er machte einen halben Schritt ins Haus. Das erste, was er sah, war das Aquarium. Das zweite war Wasser auf dem Holzfußboden. Eine Tropfenspur.

Am Ende der Diele erklang eine Frauenstimme. »Schließen Sie bitte die Tür. Sind Sie der Reporter?«

»Ja, das bin ich.« Tom Krome fragte sich, woher sie es wußte. »Sind Sie JoLayne?«

»Was wollen Sie? Ich bin wirklich nicht darauf vorbereitet.«

»Sind Sie okay?« erkundigte sich Krome.

»Kommen Sie doch her und sehen Sie selbst.«

Sie saß in der Badewanne. Schaum bedeckte ihre Brüste. Sie hatte sich ein Handtuch um ihr Haar gewickelt und eine Schrotflinte in den Händen. Krome hob die Arme und beteuerte: »Ich tue Ihnen nichts.«

»Wie sollten Sie denn auch?« entgegnete JoLayne. »Ich habe schließlich ein Gewehr und Sie nur einen Kassettenrecorder.«

Krome nickte. Der Pearlcorder, den er gewöhnlich bei Interviews benutzte, befand sich in seiner rechten Hand.

»Der ist ja wirklich winzig«, stellte JoLayne fest. »Setzen Sie sich.« Sie deutete mit der Schrotflinte auf die Kommode. »Wie heißen Sie?«

»Tom Krome. Ich bin beim *Register*.« Er setzte sich auf den Platz, den sie ihm gezeigt hatte.

Sie sagte: »Ich hatte heute schon mehr Besuch, als mir lieb ist. Ist das immer so, wenn man reich ist?«

Krome grinste innerlich. Sie würde ihm eine tolle Story liefern.

»Nehmen Sie die Kassette heraus«, befahl JoLayne Lucks, »und lassen Sie sie in die Badewanne fallen.«

Krome gehorchte. »Sonst noch was?«

»Ja. Glotzen Sie nicht so.«

»Tut mir leid.«

»Erzählen Sie mir bloß nicht, Sie hätten noch nie eine Frau beim Baden gesehen. Du meine Güte, liegt es am Schaum? Der hält sich wirklich nicht allzu lange.«

Krome konzentrierte sich auf die Zimmerdecke. »Ich kann morgen noch einmal herkommen.«

JoLayne sagte: »Würden Sie bitte aufstehen. Gut. Jetzt drehen Sie sich um. Nehmen Sie den Bademantel vom Haken und reichen Sie ihn mir – und nicht gucken, bitte.«

Er hörte ein Plätschern, als sie aus der Wanne stieg. Dann erlosch das Licht im Badezimmer.

»Das war ich«, bemerkte sie. »Kommen Sie bloß nicht auf dumme Gedanken.«

Es war so dunkel, daß Krome noch nicht mal seine Nasenspitze sehen konnte. Er spürte etwas Hartes in seinem Rücken.

»Schrotflinte«, klärte ihn JoLayne auf.

»Verstanden.«

»Ziehen Sie sich aus.«

»Um Himmels willen.«

»Und steigen Sie in die Badewanne.«

»Nein!« widersprach er.

»Wollen Sie Ihr Interview, Mr. Krome?«

Bis zu diesem Moment war alles, was im Haus von JoLayne Lucks passiert war, bestes Material für Kromes Feature-Story. Aber nicht dieser Teil, das mit Waffengewalt erzwungene Entkleiden des Reporters. Sinclair würde es niemals erfahren.

Sobald Krome im Wasser saß, knipste JoLayne Lucks das Licht wieder an. Sie lehnte die Schrotflinte gegen die Toilette und kniete sich neben der Badewanne auf den Fußboden. »Wie fühlen Sie sich?« fragte sie.

»Seltsam.«

»Nun, das brauchen Sie nicht. Sie sehen für einen Mann doch ganz passabel aus.« Sie wickelte das Handtuch von ihrem Kopf und schüttelte ihr Haar.

Tom Krome rührte im Wasser herum, um mehr Schaum zu erzeugen. Er versuchte vergeblich, seine stark eingeschrumpfte Männlichkeit zu verbergen. JoLayne fand das absolut anbetungswürdig. Krome rutschte dagegen verlegen hin und her. Er dachte an die schwierigen und manchmal gefährlichen Situationen, in denen er sich als Reporter schon befunden hatte – Protestmärsche, Drogenrazzien, Wirbelstürme, Polizeischießereien, sogar ein ausländischer Umsturz. Dennoch hatte er sich niemals so gelähmt und hilflos gefühlt. Die Frau hatte es wirklich sorgfältig geplant.

»Weshalb tun Sie das?« fragte er.

»Weil ich vor Ihnen Angst hatte.«

»Es gibt nichts, wovor Sie Angst haben müßten.«

»Das sehe ich auch.«

Dann lachte er. Er konnte nicht anders. JoLayne Lucks lachte ebenfalls. »Sie müssen zugeben, so etwas bricht das Eis.«

»Sie haben die Haustür offengelassen«, erklärte Krome.

»Das habe ich.«

»Und tun Sie das immer, wenn Sie Angst haben? Die Haustür offenlassen und sich splitternackt in die Badewanne setzen?«

»Mit einer Remington«, erinnerte JoLayne ihn, »geladen mit Truthahnschrot. Ein Geschenk von meinem Daddy.« Sie ließ heißes Wasser in die Badewanne nachlaufen. »Frieren Sie?«

Krome behielt die Hände gefaltet im Schoß. Es hatte keinen Sinn, sich total lässig zu geben, aber er tat es dennoch. JoLayne legte das Kinn auf den Badewannenrand. »Was wollen Sie wissen, Mr. Krome?«

»Haben Sie tatsächlich im Lotto gewonnen?«

»Ja, das habe ich.«

»Warum sind Sie darüber nicht glücklich?«

»Wer sagt, daß ich es nicht bin?«

»Behalten Sie Ihren Job bei Dr. Crawford?« Die Inhaberin der Pension hatte ihm verraten, daß JoLayne Lucks beim Tierarzt arbeitete.

Sie entgegnete: »Hey, Ihre Finger sind ja schon ganz verschrumpelt.«

Krome war entschlossen, sich durch seine Nacktheit nicht ablenken zu lassen. »Darf ich Sie um einen Gefallen bitten? In meiner Hosentasche befinden sich ein Notizbuch und ein Kugelschreiber.«

»O nein, das tun Sie nicht.«

»Aber Sie haben es doch versprochen.«

»Wie bitte?« Sie griff wieder nach der Flinte, schlug mit dem Lauf heftig gegen den stählernen Wasserkran der Badewanne, der zwischen Kromes Füßen aus der Wand ragte.

Okay, dachte er. Spielen wir nach ihren Regeln.

»JoLayne, haben Sie vorher schon mal irgendwas gewonnen?«

»Bei der Bikini-Konkurrenz in Daytona. Ich war achtzehn, du lieber Himmel, aber ich weiß, was Sie denken.« Sie verdrehte die Augen.

»Was war der Preis?« fragte Krome.

»Zweihundert Dollar.« Sie hielt inne. Blies die Wangen auf. Lehnte die Schrotflinte gegen das Waschbecken. »Sehen Sie, ich kann nicht lügen. Es war ein Nasser-T-Shirt-Wettstreit. Ich behaupte immer, es wäre eine Bikini-Konkurrenz gewesen, weil das nicht ganz so schlampenmäßig klingt.«

»Mein Gott, Sie waren doch noch ein Kind.«

»Aber Sie werden es trotzdem in Ihrer Zeitung bringen. Es ist einfach zu skandalträchtig, um es wegfallen zu lassen.«

Sie hatte recht. Es war eine unwiderstehliche Anekdote – aber eine, die man sehr geschmackvoll, sogar ergreifend erzählen konnte, wie JoLayne sicherlich erkennen würde, wenn sie am Ende Tom Kromes Artikel lesen würde. In der Zwischenzeit konnte er nicht viel mehr tun, als die glitzernden Schaumbläschen zu betrachten, die an den nassen Haaren auf seiner Brust klebten. Er kam sich wehrlos und lächerlich vor.

»Vor was haben Sie Angst?« fragte er JoLayne.

»Ich habe ein ungutes Gefühl.«

»So etwas wie eine Vision? « Krome fragte ins Blaue hinein, um in Erfahrung zu bringen, ob sie eine von den Verrückten dieses Ortes war. Er hoffte nicht, auch wenn das seiner Story enorm viel Farbe verliehen hätte.

»Keine Vision, nur ein Gefühl«, stellte sie richtig. »Es ist so ähnlich, als würde man das Heraufziehen eines Unwetters erahnen, obgleich am Himmel nicht die kleinste Wolke zu sehen ist.«

Es war eine einzige Qual, ein gutes Zitat nach dem anderen nutzlos und nicht schriftlich festgehalten verplätschern zu sehen und zu hören. Erneut bat er um sein Notizbuch.

JoLayne schüttelte den Kopf. »Das ist kein Interview, Mr. Krome. Das ist die Vorbesprechung fürs Interview.«

»Aber Miss Lucks…«

»Vierzehn Millionen Dollar sind ein ganzer Haufen Geld. Ich glaube, daß alle möglichen Gauner und Betrüger davon angelockt werden.« Sie griff ins Wasser – schob geschickt die Hand unter Tom Kromes Gesäß – und zog den Abflußstopfen der Badewanne heraus. »Trocknen Sie sich ab und ziehen Sie sich wieder an«, bat sie ihn. »Wie möchten Sie Ihren Kaffee?«

- 4 -

Demencio trug den Abfall hinaus, als der rote Pickup unter einer Straßenlaterne stoppte. Zwei Männer stiegen aus und reckten und streckten sich. Der kleinere trug spitze Cowboystiefel und olivfarbene Tarnkleidung wie ein Jäger. Der größere hatte einen dünnen Pferdeschwanz und eingesunkene Junkieaugen.

Demencio sagte: »Die Besichtigung ist vorbei.«

»Besichtigung von was?« fragte der Jäger.

»Der Madonna.«

»Ist sie etwa gestorben?« Der Pferdeschwanzträger wirbelte zu seinem Freund herum. »Verdammt, hast du das gehört?«

Demencio setzte den Müllsack auf den Bordstein. »Ich spreche von der Heiligen Madonna, der Jungfrau Maria, der Mutter Jesu.«

»Nicht von der Sängerin?«

»Nee, nicht von der Sängerin.«

Der Jäger fragte: »Was ist denn da zu besichtigen?«

»Die Leute kommen von weit her, um zum Standbild der Madonna zu beten. Manchmal weint sie echte Tränen.«

»Ohne Scheiß?«

»Ohne Scheiß«, beteuerte Demencio. »Kommen Sie doch morgen wieder her und sehen Sie selbst.«

Der Pferdeschwanzträger erkundigte sich: »Wie hoch ist denn der Eintritt?«

»Was Sie entbehren können, Sir. Wir nehmen nur Spenden an.« Demencio versuchte höflich zu sein, aber diese beiden Männer machten ihn nervös. Mit Bauerntrampeln wurde er fertig, aber hartgesottene Rednecks flößten ihm Angst ein.

Die Fremden flüsterten miteinander, dann ergriff der Mann in der Tarnkleidung wieder das Wort. »Hey, *amigo*, sind wir hier in Grange?«

Demencio, der spürte, wie sich beim Wort *amigo* sein Nacken zusammenzog, erwiderte: »Ja, richtig, das sind wir.«

»Gibt es hier irgendwo einen 7-Eleven?«

»Wir haben nur einen Grab 'n' Go.« Demencio deutete die Straße hinunter. »Etwa eine halbe Meile von hier.«

»Vielen lieben Dank«, sagte der Jäger.

»Und von mir sogar doppelt lieben Dank«, meinte der Pferdeschwanzträger.

Ehe der Pick-up sich entfernte, entdeckte Demencio an der hinteren Stoßstange einen rot-weiß-blauen Aufkleber: MARK FUHRMAN FOR PRESIDENT.

Das sind ganz bestimmt keine Pilger, dachte Demencio.

Chub war durch das, was der Kubaner gesagt hatte, neugierig geworden. Eine Statue, die weint? Weshalb?

»Du würdest auch weinen«, sagte Bodean Gazzer, »wenn du in einem Scheiß-Kaff wie diesem festhängen würdest.«

»Demnach glaubst du ihm nicht.«

»Nein, das tue ich nicht.«

Chub wandte ein: »Ich habe aber schon früher im Fernsehen weinende Jungfrauen Marias gesehen.«

»Ich habe auch Bugs Bunny im Fernsehen gesehen. Gibt es ihn deshalb wirklich? Aber vielleicht glaubst du, daß es einen echten Hasen gibt, der singt und einen verdammten Smoking trägt…«

»Das ist nicht dasselbe.« Chub fühlte sich durch Bodes ätzenden Sarkasmus verletzt. Manchmal schien sein Freund zu vergessen, wer die Pistole hatte.

»Da ist es ja schon!« verkündete Bode und deutete auf eine flackernde Neonreklame mit dem Schriftzug Grab 'n' Go. Er stellte den Wagen auf den Behindertenparkplatz am Eingang und knipste die Innenbeleuchtung seines Trucks an. Aus einer Tasche holte er den zusammengefalteten Ausschnitt des *Miami Herald*. Die Meldung besagte, daß der zweite Lottoschein mit den Gewinnzahlen »in der ländlichen Gemeinde Grange« abgegeben worden wäre. Der Gewinner, so hieß es weiter, hätte sich bisher nicht gemeldet, um sich seinen Anteil des Preises auszahlen zu lassen.

Bode las den Artikel laut vor, und Chub meinte: »So viele Lottoannahmestellen wird es in so einem armseligen Provinznest sicher nicht geben.«

»Fragen wir mal«, schlug Bode vor.

Sie betraten den Grab 'n' Go und luden zwei Zwölferpacks Bier, einen Beutel Beefalo Fleischkräcker, eine Stange Camel Zigaretten und einen Walnußkuchen in ihren Einkaufswagen.

Während der Kassierer die Preise in die Registrierkasse eingab, erkundigte Bode sich nach den Lottoscheinen.

»Wie viele wollen Sie? In dieser Stadt kriegen Sie die nur bei uns«, erklärte der Kassierer.

»Das ist interessant.« Bode Gazzer zwinkerte Chub vielsagend zu.

Der Angestellte war achtzehn oder neunzehn Jahre alt. Er war ziemlich beleibt und hatte einen frischen Sonnenbrand. Auf dem Kopf glänzte ein Bürstenhaarschnitt, und seine Nase war mit Pickeln übersät. Ein Namensschild aus Plastik an seinem Arbeitskittel identifizierte ihn als SHINER.

Er sagte: »Vielleicht haben Sie es schon gehört – gestern hat ein Schein aus dieser Annahmestelle gewonnen.«

»Das ist doch nicht möglich!«

»Ich schwöre bei Gott. Ich hab den Schein der Frau doch selbst angenommen.«

Bode Gazzer zündete sich eine Zigarette an. »Hier in diesem Laden? Niemals.«

Chub meinte: »Du willst uns wohl verarschen.«

»Doch, ehrlich.« Der Angestellte legte eine Hand auf seine Herzgegend. »Die Frau heißt JoLayne Lucks.«

»Tatsächlich? Und wieviel hat sie gewonnen?« wollte Chub wissen.

»Nun, zuerst hieß es achtundzwanzig Millionen, aber dann kam heraus, daß sie den Gewinn teilen muß. Jemand anders hatte die gleichen Zahlen, wie es in den Nachrichten hieß. Jemand aus der Gegend um Miami.«

»Das ist aber toll.« Bode bezahlte das Bier und die anderen Waren. Dann ließ er einen Fünfdollarschein auf die Theke flattern. »Wissen Sie was, Mister Shiner? Geben Sie mir fünf Quick Picks. Vielleicht haben Sie auch bei mir eine glückliche Hand.«

Der Angestellte lächelte. »Da sind Sie hier genau richtig. Diese Stadt ist nämlich berühmt für Wunder.« Er holte die Scheine aus der Lostrommel, ließ sie vom Computer mit dem Registrierungsstempel versehen und reichte sie Bode Gazzer.

»Wohnt diese Joleen hier im Ort?« erkundigte Chub sich beiläufig.

»Ihr Haus steht genau gegenüber dem Park. Und ihr Name ist Jo-*Layne*.«

Chub kratzte sich im Nacken. »Vielleicht ist sie noch ledig und sucht einen Ehemann.«

Der Angestellte grinste und senkte die Stimme. »Nehmen Sie es mir nicht übel, Sir, aber für Sie dürfte sie ein wenig zu dunkel sein.«

Sie lachten schallend. Bode und Chub verabschiedeten sich und gingen hinaus zum Wagen. Für eine Weile saßen die beiden Männer im Führerhaus, tranken Bier, knabberten Fleischstreifen und sagten kein Wort.

Schließlich gab Chub sich einen Ruck. »Es ist tatsächlich genauso, wie du vermutet hast.«

»Jawohl. Das ist es.«

»Verdammt. Eine Negerin.« Mit beiden Händen brach Chub sich ein Stück von dem Nußkuchen ab.

»Iß schneller«, riet Bode ihm. »Wir haben eine Menge zu tun.«

Tom Krome verbrachte drei Stunden bei JoLayne Lucks. Das Ganze ein Interview zu nennen wäre die reinste Übertreibung gewesen. Er hatte noch nie jemanden kennengelernt, Politiker und Strafgefangene inklusive, der so beharrlich das Gespräch in eine falsche Richtung steuern konnte. JoLayne Lucks hatte dazu noch den Vorteil sanfter Augen und eines Charmes, dem Krome allzu bereitwillig erlag. Am Ende des Abends wußte sie alles Wesentliche über ihn, während er so gut wie nichts über sie erfahren hatte. Sogar die Schildkröten blieben ein Rätsel.

»Woher haben Sie die?« fragte er.

»Aus verschiedenen Bächen. Hey, Ihre Armbanduhr gefällt mir.«

»Danke. Sie ist ein Geschenk.«

»Bestimmt von einer Lady.«

»Von meiner Frau. Es ist schon lange her.«

»Wie lange sind Sie schon verheiratet?«

»Wir wollen uns scheiden lassen...« Und schon kam er wieder ins Erzählen.

Um halb elf rief JoLaynes Vater aus Atlanta an. Sie entschuldigte sich, daß sie bei seinem ersten Versuch von vorhin nicht abgenommen hatte. Sie sagte, sie hätte Besuch gehabt.

Als Tom Krome sich erhob, um zu gehen, bat JoLayne ihren Vater, sich einen Moment zu gedulden. Sie brachte Krome zur Tür und meinte, es hätte sie gefreut, ihn kennengelernt zu haben.

»Darf ich morgen noch einmal herkommen«, fragte er, »um mir ein paar Notizen zu machen?«

»Nein.«

Sie schob ihn mit sanfter Gewalt nach draußen. Die Fliegentür fiel zwischen ihnen ins Schloß.

»Ich habe entschieden«, bekräftigte sie, »daß ich nicht in Ihre Zeitung kommen will.«

»Bitte.«

»Tut mir leid.«

Tom Krome sagte: »Sie verstehen nicht.«

»Nicht jeder möchte berühmt werden.«

Er spürte, wie sie ihm entglitt. »Bitte. Eine Stunde mit dem Recorder. Es wird ganz prima, Sie werden sehen.«

Das war natürlich eine glatte Lüge. Ganz gleich, was Krome über JoLayne Lucks und ihren Lottogewinn schreiben würde, es wäre überhaupt nicht prima. Es kommt niemals etwas Gutes dabei heraus, wenn man der Welt verrät, daß man überraschend Millionär geworden ist, und JoLayne war clever genug, das zu begreifen.

Sie sagte: »Tut mir leid für Ihre Mühe, aber ich ziehe meine Privatsphäre vor.«

»Sie haben eigentlich gar keine Wahl.« Das war ein Teil, den sie nicht verstand.

JoLayne trat auf die Fliegentür zu. »Wie meinen Sie das?«

Krome zuckte mit den Achseln. »Es wird eine Story in den Zeitungen geben, so oder so. Was mit Ihnen passiert ist, interessiert alle Leute. Es ist für sie eine Sensation. So läuft das nun mal.«

Sie machte kehrt und verschwand im Haus.

Krome stand unter dem Vordach und hörte das Summen und Blubbern der Aquariumpumpe. Er fühlte sich ziemlich beschissen, aber das war nichts Neues. Er holte eine seiner Visitenkarten heraus und schrieb auf die Rückseite: »Rufen Sie mich bitte an, wenn Sie es sich anders überlegen sollten.«

Er klemmte die Karte in den Türrahmen und kehrte in die Pension zurück. In seinem Zimmer entdeckte er eine Nachricht auf der Schubladenkommode. Katie hatte angerufen. Außerdem Dick Turnquist.

Krome ließ sich auf die Bettkante sinken und dachte über die geringe Wahrscheinlichkeit nach, daß sein New Yorker Scheidungsanwalt ihn an einem Sonntag abend in Grange, Florida, aufgestöbert hatte, um ihm gute Nachrichten zu übermitteln. Er ließ sich zwanzig Minuten Zeit, bis er zurückrief.

JoLayne Lucks arbeitete als Arzthelferin bei Dr. Cecil Crawford, dem städtischen Tierarzt. JoLayne hatte eine Ausbildung als Krankenschwester absolviert und hätte im Bezirkskrankenhaus leicht das Doppelte verdienen können, wenn sie nicht tierische Patienten den menschlichen vorgezogen hätte. Und sie glänzte in ihrem Job. Jedermann in Grange, der ein Haustier besaß, kannte JoLayne Lucks. Während Doc Crawford häufig unfreundlich und ungeduldig reagierte, war JoLayne stets sanft und voller Sorge. Daß man sich von ihr erzählte, sie habe ein ziemlich exzentrisches Privatleben, war höchst interessant, aber letztendlich unwichtig. Sie hatte eine ganz besondere Art des Umgangs mit Tieren. So gut wie jeder konnte sie gut leiden, darunter auch eine ganze Reihe eingefleischter Rassenfanatiker, die insgeheim erklärten, daß sie die einzige farbige Person wäre, der sie vertrauten. JoLayne fand es höchst bemerkenswert, daß viele der örtlichen Rassisten kleine, neurotische, bösartige Hunde besaßen. Die Frauen bevorzugten Zwergpudel, die Männer völlig verfettete Chihuahuas. In Dade County, wo JoLayne aufwuchs, waren es deutsche Schäferhunde und Pitbulls.

Der Job in Dr. Crawfords Praxis war erst JoLaynes zweite Anstellung nach Verlassen der Schwesternschule. Ihren ersten Job hatte sie in der berüchtigten Notaufnahme des Jackson Memorial Hospital in Miami gehabt. Dort hatte JoLayne drei der sechs bedeutsamen Männer ihres Lebens kennengelernt.

Dan Colavito, den Börsenmakler, der täglich aufs neue gelobte, auf Zigarren, Kokain und rezeptfreie Aufputschmittel zu verzichten. Er war an einem Samstagabend mit vier gebrochenen Zehen ins Jackson Memorial gekommen, weil er auf den Ocean Drive gerannt war und ohne einen ersichtlichen Grund gegen einen Wagen getreten hatte, der sich am Ende als die Limousine von Julio Iglesias entpuppt hatte.

Robert Nossario, den Polizisten, der während seiner Verkehrsstreifen mit besonderer Vorliebe attraktive junge Autofahrerinnen anhielt, von denen die wenigsten sich eines Vergehens schuldig gemacht hatten. Officer Nossario war mit einem schwer lädierten Hoden in die Notaufnahme gebracht worden. Er berichtete, er wäre unglücklich auf seinen Schlagstock gestürzt, als er versucht hatte, einen Einbrecher dingfest zu machen.

Dr. Neal Grossberger, den jungen Chiropraktiker, der JoLayne mindestens zweimal pro Stunde anrief, wenn sie zu Hause war, und der jammerte wie ein zwangsweise trockengelegter Säufer, wenn sie sich weigerte, den Pieper zu tragen, den er ihr gekauft hatte – in Babyblau, passend zu ihrer Krankenhaustracht –, und der sich morgens nicht anziehen konnte, ohne sie anzurufen und zu fragen, welche Socken er tragen sollte. Neal war atemlos ins Krankenhaus gestürmt, nachdem er eine zweifelhafte Pfahlmuschel verzehrt hatte, und hatte sieben geschlagene Stunden in der Notaufnahme auf die Anzeichen einer besonders heftigen Salmonellenvergiftung gewartet, zu der es überhaupt nicht gekommen war.

JoLayne kündigte schließlich den Krankenhausdienst, nachdem sie Lawrence Dwyer, den Anwalt, kennengelernt und geheiratet hatte. Wie die anderen Liebhaber JoLaynes verfügte Lawrence über gute Eigenschaften, die sofort zu erkennen waren, und schlechte, die sich erst nach längerer Zeit offenbarten. Es war Lawrence, der JoLayne vorgeschlagen hatte, in den Norden nach Grange zu ziehen, wo er sich darauf konzentrieren konnte, gegen seinen Ausschluß aus der Anwaltskammer zu kämpfen, da er dort sicher wäre vor den Ablenkungen der Großstadt und rachsüchtigen Ex-Mandanten. JoLaynes Zuneigung zu Lawrence – und ihre Entschlossenheit, eine funktionierende Ehe zu führen – war so groß, daß sie darauf verzichtete, die vier Stapel Prozeßakten seines Betrugsverfahrens in Miami zu lesen. Sie hatte sich statt dessen entschieden, den Unschuldsbeteuerungen ihres Mannes zu glauben. Sie basierten auf einer komplizierten Theorie über prozessuale Winkelzüge, Verschwörung der Justiz und einen schlampigen Buchhalter, dessen »Nullen haargenau aussahen wie Sechsen.«

In Grange war es JoLayne gewesen, die das alte Haus an der Ecke Cocoa und Hubbard Street gefunden hatte, und es war JoLayne, die die Anzahlung geleistet hatte. Sie war zutiefst gerührt und insgeheim sehr stolz darauf gewesen, daß Lawrence den Job als Kassierer auf dem Beeline Expressway angenommen hatte – bis er verhaftet wurde, weil er den Riesensack Kleingeld gestohlen hatte. An diesem Abend, nachdem sie alle Kleider, sämtlichen Schmuck und alle Toilettenartikel ihres Mannes für die Heilsarmee in Kartons verpackt hatte, verbrannte JoLayne im Garten des Hauses seine Gesetzesbücher, Akten sowie die Ausschlußverfügungen und die sonstige Korrespondenz mit der Anwaltskammer von Florida. Nach der Scheidung fragte sie Dr. Crawford, ob sie ihr Erscheinen in der Praxis auf drei Tage in der Woche reduzieren könnte. Sie sagte, sie bräuchte ein wenig Zeit für sich selbst.

Zu dieser Zeit begann sie, den Simmons Wood zu erkunden, ein hügeliger Flecken mit Eichen, Fichten und Palmettobüschen am Stadtrand. Ein- oder zweimal pro Woche parkte JoLayne auf dem Highway, setzte über den niedrigen Maschendrahtzaun und verschwand zwischen den Bäumen. Jedes grüne Dickicht war ein Abenteuer, jede Lichtung ein Heiligtum. Sie führte sogar Buch über die Wildtiere, die sie dort beobachtete: Schlangen, Opossums, Waschbären, Füchse, ein Rotluchs, ein halbes Dutzend verschiedener Grasmückenarten. Die jungen Schildkröten stammten aus einem Bach – JoLayne kannte seinen Namen nicht einmal. Das Wasser dieses Bachs hatte die Farbe von Aprikosentee, und es strömte durch eine Gruppe von Mooseichen hinunter zu einem sandigen, unterspülten Felsvorsprung. Dort machte JoLayne gewöhnlich Rast, um ihre Mittagsmahlzeit zu verzehren. An einem Nachmittag zählte sie elf kleine Schildkröten auf den flachen Steinen und den Baumstämmen. Sie konnte sich nicht daran satt sehen, wie sie ihre kleinen bunten Hälse reckten und ihre schuppigen Beinchen ausstreckten, um möglichst viel Sonnenschein einzufangen. Als ein kleiner Alligator vorbeischwamm, warf JoLayne ihm ein Stück von ihrem Schinkenbrot zu, um ihn von den Schildkröten abzulenken.

Sie hatte niemals daran gedacht, die kleinen Burschen aus dem Bach herauszuholen bis zu dem Tag, als sie wieder einmal am Rand des Simmons Wood parkte und ein neu aufgestelltes Schild mit der Aufschrift ZU VERKAUFEN am Highway entdeckte. 44 Acres, gewerblich nutzbar. Zuerst glaubte JoLayne, es wäre ein Irrtum. Vierundvierzig Acres konnte nicht stimmen – es hörte sich viel zu klein an. Der Wald schien grenzenlos zu sein, wenn JoLayne dort spazierenging. Sie war sofort in die Stadt zurückgefahren und hatte das Rathaus von Grange aufgesucht, um im Grundbuch nachzuschauen. Auf dem Papier sah der Simmons Wood nierenförmig aus, was JoLayne überraschte. Während ihrer Spaziergänge hatte sie sich nicht vorstellen können, daß das Gebiet in irgendeiner Form begrenzt wäre, aber genau dies stellte sich nun heraus. Die Angaben auf dem Schild ZU VERKAUFEN waren auch hinsichtlich der Größe des Gebietes korrekt gewesen. Danach hatte JoLayne von zu Hause aus die Immobilienagentur angerufen, die das Schild aufgestellt hatte. Der Makler, ein Freund von JoLayne, informierte sie, daß das Gelände für den Bau eines Einkaufszentrums freigegeben worden wäre. Gleich am nächsten Tag fing JoLayne damit an, die jungen Schildkröten aus dem Bach zu holen. Sie konnte den Gedanken einfach nicht ertragen, daß sie vielleicht von Planierraupen lebendig begraben würden. Sicherlich hätte sie auch versucht, die anderen Tiere zu retten, aber die waren entweder zu schnell, um eingefangen zu werden, oder zu aufwendig in der Haltung. Daher konzentrierte sie sich auf die Schildkröten, und aus einem Katalog für Haustierzubehör in der Praxis von Dr. Crawford bestellte sie das größte Aquarium, das sie sich leisten konnte.

Und als JoLayne erfuhr, daß sie im Staatlichen Zahlenlotto von Florida gewonnen hatte, wußte sie sofort, was sie mit dem Geld tun mußte. Sie würde den Simmons Wood kaufen und ihn erhalten.

Sie saß am Küchentisch, gab Zahlen in ihren Taschenrechner ein, als sie ein lautes Klopfen von der Haustür hörte. Sie nahm an, daß Tom, der Zeitungsmann, es noch einmal versuchen wollte. Wer sonst wäre so dreist, sie um Mitternacht besuchen zu wollen?

Die Fliegentür schwang auf, ehe JoLayne sie erreichte. Ein Fremder trat in ihr Wohnzimmer. Er war gekleidet wie ein Jäger.

Krome fragte: »Haben Sie sie gefunden?«

»Ja«, antwortete Dick Turnquist.

»Wo?«

»Ich würde es Ihnen nur ungern sagen.«

»Dann lassen Sie's«, meinte Krome. Er lag auf dem Bett und hatte die Hände hinterm Kopf verschränkt. Um den Hörer am Ohr festzuhalten, hatte er ihn in den Winkel über seinem Schlüsselbein geklemmt. Jahre der Gespräche mit Redakteuren aus Motelzimmern hatten ihm geholfen, eine entspannte, freihändige Telefontechnik zu entwickeln.

Turnquist berichtete: »Sie hat in eine Rehabilitationsklinik eingecheckt, Tom. Sie behauptet, sie wäre tablettensüchtig.«

»Das ist doch lächerlich.«

»Sie erzählt, daß sie Prozacs wie Pfefferminzbonbons schlucke.«

»Ich will, daß sie vorgeladen wird.«

»Das wurde doch längst versucht«, meinte Turnquist. »Der Richter meint, man sollte sie in Ruhe lassen. Er verlangt eine Anhörung, um festzustellen, ob sie tatsächlich nur ›beschränkte geistige Fähigkeiten‹ hat.«

Krome lachte bitter. Turnquist äußerte sein Mitgefühl. Mary Andrea Finley widersetzte sich schon seit fast vier Jahren der Scheidung. Sie konnte noch nicht einmal mit Angeboten für enorme Unterhaltszahlungen oder eine einmalige Abfindung in bar umgestimmt werden. *Ich will kein Geld, ich will Tom.* Niemand war mehr darüber verblüfft als Tom selbst, der sich seiner Defizite als Mitglied eines Haushalts durchaus bewußt war. Der Streit hatte sich brutal in die Länge gezogen, weil die Klage in Brooklyn eingereicht worden war, mit Ausnahme des Vatikanstaats wahrscheinlich der ungünstigste Ort, um sich scheiden zu lassen. Was die Prozedur noch schwieriger gestaltete, war außerdem die Tatsache, daß die von ihrem Mann getrennt lebende Mrs. Krome eine begabte Bühnenschauspielerin war, die – wie sie immer wieder bewiesen hatte – fähig war, auch den mißtrauischsten und hartgesottensten Richter von ihrem angegriffenen mentalen Zustand zu überzeugen. Sie hatte darüber hinaus die Angewohnheit, manchmal monatelang mit irgendwelchen obskuren Tourneetheatern zu verschwinden – die jüngste Inszenierung war eine Musicalversion von *Das Schweigen der Lämmer* –, wodurch die Übergabe gerichtlicher Vorladungen ungemein erschwert wurde.

Tom Krome stöhnte: »Dick, ich halte das nicht mehr lange durch.«

»Die Anhörung zu ihrem geistigen Zustand findet morgen in zwei Wochen statt.«

»Wie lange kann sie das noch hinauszögern?«

»Sie meinen, wo der Verzögerungsrekord steht?«

Krome richtete sich auf dem Bett auf. Er fing das Telefon auf, ehe es in seinen Schoß fiel. Er hielt die Sprechmuschel an seine Lippen und brüllte: »Hat sie denn endlich einen verdammten Anwalt?«

»Das bezweifle ich«, entgegnete Dick Turnquist. »Ruhen Sie sich aus, Tom.«

»Wo ist sie?«

»Mary Andrea?«

»Wo ist das Rehabilitationszentrum?« fragte Krome.

»Das brauchen Sie nicht zu wissen.«

»Dann lassen Sie mich mal raten. In der Schweiz?«

»In Maui.«

»Scheiße!«

Dick Turnquist sagte, es könnte alles noch viel schlimmer sein. Tom Krome jedoch hielt dem entgegen, daß er das nicht glaube. Er gab dem Anwalt die Erlaubnis, für die bevorstehende Anhörung zwei Experten in Sachen Genuß von Prozac zu engagieren.

»Das dürfte nicht allzu schwierig sein«, fügte Krome hinzu. »Wer würde sich nicht über einen kostenlosen Ausflug nach Hawaii freuen?«

Zwei Stunden später wurde er durch das leichte Kratzen von Fingernägeln auf seiner Wange geweckt.

Katie. Krome begriff, daß er eingeschlafen war, ohne seine Tür abzuschließen. Idiot! Er federte ruckartig hoch.

Im Zimmer war es stockdunkel. Er roch Parfümseife.

»Katherine?« Himmel, sie mußte ihrem Mann weggelaufen sein!

»Nein, ich bin's. Bitte machen Sie kein Licht an.«

Er spürte, wie die Matratze nachgab, als JoLayne Lucks sich neben ihm hinsetzte. In der Dunkelheit fand sie eine seiner Hände und führte sie zu ihrem Gesicht.

»O nein«, sagte Krome.

»Sie waren zu zweit.« Ihre Stimme klang undeutlich.

»Lassen Sie mal sehen.«

»Es soll dunkel bleiben. Bitte, Tom.«

Er strich über ihre Stirn an den Wangen entlang. Ein Auge war zugeschwollen – eine Beule, die sich heiß anfühlte. Ihre Oberlippe war aufgeplatzt, blutig und verkrustet.

»Mein Gott«, hauchte Krome. Er sorgte dafür, daß sie sich hinlegte. »Ich rufe einen Arzt.«

»Nein«, erwiderte JoLayne.

»Und die Polizei.«

»Bitte nicht!«

Krome hatte das Gefühl, als würde jeden Moment seine Brust explodieren. Sanft zog JoLayne ihn nach unten, so daß sie nebeneinander lagen.

»Sie haben den Schein«, flüsterte sie.

Er brauchte einen Moment, um zu verstehen. Den Lottoschein, natürlich.

»Sie haben mich gezwungen, ihn herauszugeben«, berichtete sie.

»Wer?«

»Ich habe sie noch nie gesehen. Sie waren zu zweit.«

Krome hörte, wie sie schluckte und mit den Tränen kämpfte. Sein Kopf dröhnte – er mußte irgend etwas tun. Die Frau ins Krankenhaus bringen. Die Polizei benachrichtigen. Die Nachbarn befragen für den Fall, daß irgend jemand etwas gesehen oder gehört hatte …

Aber Tom Krome konnte sich nicht rühren. JoLayne Lucks hing an seinem Arm, als wäre sie kurz vor dem Ertrinken. Er drehte sich auf die Seite und nahm sie behutsam in den Arm.

Sie erschauerte und wiederholte: »Sie haben mich gezwungen, ihn herauszugeben.«

»Ist ja okay.«

»Nein …«

»Sie erholen sich schon wieder. Das ist das wichtigste.«

»Nein«, schluchzte sie. »Sie verstehen nicht!«

Nach ein paar Minuten, als sich ihr Atem wieder etwas beruhigt hatte, tastete Krome in Richtung Nachttisch und knipste die Lampe an. JoLayne schloß die Augen, während er ihre Wunden und Blutergüsse betrachtete.

»Was haben sie Ihnen sonst noch getan?« fragte er.

»Sie haben mich in den Magen geboxt. Und woandershin.«

JoLayne bemerkte, wie seine Augen aufblitzten und seine Kiefermuskeln zuckten. Dann erklärte er: »Es wird Zeit aufzustehen. Wir müssen etwas unternehmen.«

»Verdammt richtig«, sagte sie. »Deshalb bin ich ja zu Ihnen gekommen.«

- 5 -

Sie begutachteten sich abwechselnd im Rückspiegel, wobei Chub wütend schimpfte: »Diese beschissene Niggerschlampe. Verdammt noch mal. Wir hätten sie umbringen sollen!«

»Ja, ja«, sagte Bodean Gazzer.

Sie hatten beide heftige Schmerzen und sahen ziemlich schlimm aus. Chub hatte tiefe Kratzer in den Wangen, und sein linkes Augenlid war in der Mitte eingerissen – die eine zerfetzte Hälfte zwinkerte, die andere nicht mehr. Er war mit Blut – vorwiegend seinem eigenen – besudelt.

»Ich hab noch nie so verdammte Fingernägel gesehen«, knurrte er. »Du vielleicht?«

Bode murmelte zustimmend. Sein Gesicht war mit zahlreichen dunkelvioletten Bißspuren gezeichnet. Die Wahnsinnige hatte ihm außerdem fast die halbe Augenbraue abgebissen, und Bode beschäftigte sich ausgiebig damit, die Wunde zu betasten.

Mit heiserer Stimme meinte er: »Die Hauptsache ist, daß wir den Schein haben.«

»Den ich am besten aufbewahre«, warf Chub ein, »nur, um auf Nummer Sicher zu gehen.« Und um für Chancengleichheit zu sorgen, dachte er. Es käme gar nicht in Frage, Bode Gazzer beide Gewinnscheine zu überlassen.

»Ist mir ganz recht«, erwiderte Bode, aber das war natürlich gelogen. Er hatte einfach zu schlimme Schmerzen, um zu widersprechen. Noch nie zuvor hatte er erlebt, daß eine Frau sich so rasend wehrte. Mein Gott, sie sahen aus wie von einem Alligator ausgekotzt!

Chub nickte. »Das sind Tiere. Gottverdammte wilde Tiere!«

Bode stimmte ihm zu. »Weiße Schlampen stellen sich niemals so an. Noch nicht mal für vierzehn Millionen Bucks.«

»Es ist mein Ernst – wir hätten sie killen sollen.«

»Stimmt. Aber warst du es nicht, der keine Lust hatte, in den Knast zu wandern?«

»Leck mich am Arsch.«

Chub preßte ein blutdurchtränktes Taschentuch auf sein zerfetztes Augenlid. Er erinnerte sich noch, wie erleichtert er gewesen war, als er erfuhr, daß es sich bei der Frau, die ebenfalls gewonnen hatte, um eine Schwarze handelte. Ihm war eine schwere Last von den Schultern gefallen! Wenn sie nämlich weiß gewesen wäre – vor allem katholisch und schon etwas älter, so wie seine Großmutter –, hätte Chub niemals den Mumm gehabt, sie zu berauben. Und erst recht nicht, ihr ins Gesicht und in den Unterleib zu schlagen, was bei dieser wilden JoLayne-Schlampe nötig gewesen war.

Einem weißen Girl schiebt man einen Pistolenlauf in den Mund, und schon tut es, was man von ihm verlangt. Die aber natürlich nicht.

Wo ist der Lottoschein?

Kein Wort.

Wo ist der gottverdammte Schein?

Bode Gazzer meinte: »Hey, du Schlauberger, mit einer Pistole im Mund kann sie kaum antworten.«

Chub nahm sie weg. Doch die Frau spuckte auf den Lauf. Und danach ihm auch noch ins Gesicht.

Woraus Bode und Chub folgerten, daß es in Sachen Vergewaltigung oder Folter nichts gab, was sie der Frau antun konnten, um sie endlich zum Rausrücken des Scheins zu veranlassen.

Es war schließlich Bodes Idee gewesen, eine der Schildkröten zu erschießen.

War schon toll, dachte Chub, daß er diese Schwäche der Frau entdeckt hatte.

Er hatte eine kleine Schildkröte aus dem Becken geholt und sie vor JoLayne auf den Fußboden gesetzt. Das kleine Biest hatte fröhlich geschmatzt und war sofort auf JoLaynes nackte Füße zumarschiert.

Danach hatte Chub mitten auf den Schildkrötenpanzer geschossen, woraufhin das Biest wie ein kleiner grüner Eishockeypuck über den Boden geflitzt und gegen die Wände geprallt war.

In diesem Moment war die Frau zusammengebrochen und hatte ihnen verraten, wo sie den Lottoschein versteckt hatte. Im Klavier, unfaßbar! Und was sie alles hatten anstellen müssen, um das Papier endlich in die Finger zu kriegen!

Aber sie hatten es geschafft. Nun saßen sie hier, im gelben Licht einer Straßenlampe, verrenkten sich die Hälse vor dem Innenspiegel und schauten sich an, wie schlimm dieses Niggergirl sie zugerichtet hatte.

Chubs zahlreiche Kratzer verliehen seinen eingesunkenen Wangen ein apartes Streifenmuster. Schon der leiseste Lufthauch brannte wie Salzsäure in den Hautrissen. Er stöhnte: »Ich glaube, ich muß genäht werden.«

Bode Gazzer schüttelte entschieden den Kopf. »Kein Arzt, bis wir wieder zu Hause sind.« Dann warf er einen eingehenderen Blick auf Chubs blutende Wunden, erkannte die drohende Gefahr für seine neuen Sitzpolster und erklärte: »Heftpflaster. Das ist es, war wir uns sofort besorgen müssen.«

Er wendete auf dem Highway und fuhr im Höchsttempo in die Stadt zurück. Sein Ziel war der Grab 'n' Go Supermarkt, wo er hoffte, einen Erste-Hilfe-Kasten zu finden und erste Vorbereitungen zur Gründung seiner Miliz treffen zu können.

Shiners Teenagerzeit war erträglich verlaufen, bis seine Mutter die Religion entdeckte. Davor hatte sie ihm erlaubt, Football ohne Helm zu spielen, innerhalb der Stadtgrenzen mit seiner 22er zu schießen, mit Kanonenschlägen Barsche zu fischen, zu rauchen, die

Mädchen zu belästigen und mindestens zweimal pro Woche die Schule zu schwänzen.

Als Shiner dann eines Nachts sehr spät von einem Whitesnake-Konzert in Tampa nach Hause zurückkehrte, traf er seine Mutter, die in der Küche auf ihn wartete. Sie trug ihre Plastiksandalen, ein kurzes Nachthemd und den senffarbenen Blazer ihres Ex-Gatten, der aus seiner Zeit bei Century 21 zurückgeblieben war – für Shiners Augen eine einzige Beleidigung. Wortlos hatte seine Mutter Shiners Hand ergriffen und ihn durch die Haustür nach draußen gezogen. Im Mondschein waren sie eine halbe Meile weit bis zu der Kreuzung gestolpert, wo die Sebring Street auf den Highway trifft. Dort war Shiners Mutter auf die Knie gefallen und hatte zu beten begonnen. Es war kein ruhiges Gebet, sondern es bestand aus Schreien und Heulen und zerriß den nächtlichen Frieden ringsum.

Verwirrt und verlegen hatte er schließlich verfolgen müssen, wie seine Mutter auf allen vieren auf die Fahrbahn kroch und ihr Gesicht an den ölverschmierten Asphalt schmiegte.

»Ma«, hatte er gebeten, »hör auf damit.«

»Siehst du Ihn denn nicht?«

»Wen? Du wirst noch überfahren.«

»Shiner, siehst du Ihn nicht?« Sie sprang auf. »Sohn, es ist Jesus. Sieh doch! Unser Herr und Erretter! Siehst du Sein Antlitz nicht auf der Straße?«

Shiner war bis zu der Stelle gegangen und hatte sie eingehend betrachtet. »Es ist nur ein alter Ölfleck. Oder Bremsflüssigkeit.«

»Nein! Es ist das Antlitz unseres Herrn Jesus.«

»Von mir aus, aber ich haue ab.«

»Shiner!«

Er erwartete, daß diese Jesus-Nummer vergessen wäre, sobald sie wieder zur Vernunft käme, aber da irrte er sich. Seine Mutter hatte den ganzen Tag am Straßenrand gekniet und gebetet und den nächsten Tag ebenfalls. Einige Christen, die in der Gegend ihren Urlaub verbrachten, schenkten ihr einen eisblauen Sonnenschirm und eine Plastikthermobox voll Limonade. Am darauffolgenden Samstag kam ein Reporter von einer Fernsehstation in Orlando mit einem

Kamerateam in die Stadt. Schon bald war der Ölfleck-Jesus eine regionale Berühmtheit und Shiners Mutter ebenfalls. Danach lief für ihn nichts mehr so, wie es sollte.

Eines Tages kam er nach Hause und ertappte seine Mutter dabei, wie sie eine Sammlung Heavy Metal-CDs verbrannte, die sie schon seit einiger Zeit als »Satans-Hostien« bezeichnet hatte. Sie untersagte ihm, Bier zu trinken oder Zigaretten zu rauchen, und drohte damit, seine fünf Dollar wöchentliches Taschengeld einzubehalten, wenn er die Freitagabende nicht zu Hause verbrachte und Kirchenlieder sang. Um aus dem Haus rauszukommen – und nicht ständig die Pilger sehen zu müssen, die regelmäßig hereindrängten, um ein Foto von seiner Mutter zu machen – trat Shiner in die Armee ein. Nach weniger als einem Monat schied er aus der Grundausbildung aus und kehrte zwanzig Pfund leichter, aber um etliches mürrischer als bei seiner Abreise, nach Grange zurück. Für einen angespannten Arbeitsmarkt hatte Shiner weder eine angemessene Ausbildung noch praktische Fähig- und Fertigkeiten vorzuweisen, daher übernahm er am Ende die Friedhofsschicht im Grab 'n' Go. Samstags arbeitete er jeweils in Doppelschicht. Nicht viel passierte dort, abgesehen mal von den Überfällen, die an jedem zweiten oder dritten Wochenende stattfanden. An einigen Tagen kamen kaum ein halbes Dutzend Kunden durch die Tür, woduch Shiner jede Menge Zeit hatte, um ausgiebig die jeweils neuesten Ausgaben von *Hustler* und *Swank* durchzublättern. Er achtete stets darauf, sich mit den Nacktmagazinen in den Gefrierkost-Gang zurückzuziehen, dem einzigen Ort im ganzen Laden, der vom Fischaugenobjektiv der Überwachungskamera nicht eingesehen werden konnte. Shiner schnitt die Magazine auseinander und arrangierte seine liebsten Unterleibsfotos auf dem Plexiglasdeckel der Eistruhe – es war dort hinten so kalt, daß man sich fast die Eier abfror, aber er konnte nicht riskieren, im vorderen Teil des Ladens erwischt zu werden. Seine Mutter wäre ruiniert gewesen, wenn ihr einziger Sohn gefeuert werden würde, weil er während der Arbeitszeit onaniert hatte, vor allem wenn er dabei auf einem Videoband festgehalten worden wäre. Obgleich Shiner eine rasende Wut auf seine Mutter verspürte, wollte er ihre Gefühle nicht verletzen.

Um zwei Uhr am Morgen des 27. November beugte er sich hektisch keuchend über ein Exemplar *Best of Jugs*, das Fachblatt für Brustliebhaber, als er das Klingeln der Katzenglocke hörte, die an der Vordertür des Ladens befestigt war. Er richtete schnell seine Kleidung und eilte dann in Richtung Kasse. Es dauerte einen Moment, bis er die beiden Kunden als dieselben Männer erkannte, die kurz vorher am gleichen Abend Fleischkräcker und Computerlottoscheine gekauft hatten. Offenbar waren sie in eine Schlägerei in einer Bar geraten.

»Was ist denn mit Ihnen passiert?« erkundigte sich Shiner.

Der kleine Typ in Tarnkleidung fragte nach Heftpflaster. Der mit dem Pferdeschwanz verlangte Malzbier. Shiner holte das Gewünschte – endlich geschah mal etwas Aufregendes! Er war den Männern dabei behilflich, ihre zahlreichen Wunden zu säubern und zu verbinden. Der Mann im Tarnanzug stellte sich als Bodean Gazzer, kurz Bode genannt, vor. Er sagte, sein Freund heiße Chub.

»Angenehm«, meinte Shiner.

»Sohn, wir brauchen deine Hilfe.«

»Okay.«

Bode fragte: »Glaubst du an Gott und die Familie?«

Shiner zögerte. Nicht schon wieder – noch mehr Pilger!

Aber dann ergriff Chub das Wort. »Glaubst du an Waffen?«

»An das Recht, Waffen zu tragen«, stellte Bode Gazzer klar. »Es steht in der Verfassung.«

»Klar«, entgegnete Shiner.

»Hervorragend. Und der weiße Mann – glaubst du an den weißen Mann?«

»Aber klar, verdammt noch mal!«

»Gut«, lobte Bode Gazzer.

Er riet Shiner, sich selbst einmal ganz genau zu betrachten. Sich anzusehen, wo er gelandet war: hinter der Theke eines armseligen, beschissenen Gemischtwarenladens, wo er Kubaner und Neger und Juden und wahrscheinlich sogar ein paar Indianer bedienen mußte!

»Wie alt bist du, Junge?« wollte Chub wissen.

»Neunzehn.«

»Und ist das alles, was du in deinem Leben erreichen wolltest?« Chub grinste abfällig, während er mit einer ausholenden Geste auf den Verkaufsraum deutete. »Ist dir das hier, wie soll ich sagen, in die Wiege gelegt worden?«

»Verdammt, nein.« Shiner hatte Schwierigkeiten, Chub in die Augen zu schauen. Das zerfetzte Augenlid sah irgendwie unheimlich aus und verwirrte ihn. Die geschlossene Hälfte war bleich und tot, die andere Hälfte wie ein zerfranster Vorhang, hinter dem gelegentlich der gelbliche, blutunterlaufene Augapfel verschwand.

»Ich wette, du hast keine Ahnung«, legte Bode Gazzer los, »daß deine schwerverdienten Steuerdollars in eine erstklassige NATO-Truppe, die eine Invasion der USA vorbereitet, hineingepumpt werden.«

Shiner hatte nicht den geringsten Schimmer, wovon der Mann im Tarnanzug da redete, allerdings ließ er sich das nicht anmerken. Er hatte in seinem ganzen Leben noch nie von der NATO gehört und bisher nicht mal genug Einkommenssteuer bezahlt, um eine Schachtel Patronen zu finanzieren, geschweige denn eine ganze Invasion.

Autoscheinwerfer auf dem Parkplatz lenkten ihn ab. Ein Dodge Caravan voller Touristen bremste vor den Benzinzapfsäulen.

Chub runzelte die Stirn. »Sag Ihnen, du hättest geschlossen.«

»Wie bitte?«

»Na los!« bellte Bode.

Der Angestellte befolgte den Befehl. Als er in den Laden zurückkehrte, flüsterten die beiden Männer miteinander.

Der mit dem Namen Chub sagte: »Wir haben uns gerade darüber unterhalten, daß du ein fähiger Rekrut sein würdest.«

»Für was?« fragte Shiner.

Bode senkte die Stimme. »Bist du daran interessiert, Amerika vor dem sicheren Untergang zu retten?«

»Ich denke schon. Ja.« Dann, nachdem er ein paar Sekunden nachgedacht hatte: »Muß ich dazu meinen Job kündigen?«

Bode Gazzer nickte gewichtig. »Schon bald«, sagte er.

Shiner hörte aufmerksam zu, als die Männer ihm erklärten, wo

Amerika einen Fehler gemacht und zugelassen hatte, daß Washington in die Hände von Kommunisten, Lesbierinnen, Schwulen und Verfechtern der Rassenvermischung gefallen war. Shiner erfuhr zu seiner Entrüstung, daß er wahrscheinlich schon längst einen eigenen Grab 'n' Go leiten könnte, gäbe es nicht so etwas wie den »affirmative action plan« – ein Anti-Diskriminierungsgesetz, das offensichtlich von den Kommunisten ausgedacht worden war und bewirkte, daß die Schwarzen nach und nach die Macht im Staate übernahmen.

Sehr schnell begann Shiner, sein Universum zu durchschauen. Er war erfreut zu hören, daß dieses miese Leben, das er führte, nicht allein seine Schuld war. Nein, es war die Folge eines komplizierten und teuflischen Komplotts, einer Riesenverschwörung gegen den einfachen, arbeitsamen weißen Mann. Die ganze Zeit war auf Shiner herumgetrampelt worden, und er hatte es noch nicht einmal gewußt! Aus völliger Unkenntnis hatte er immer geglaubt, daß alles seine eigene verdammte Schuld gewesen wäre – zuerst sein vorzeitiger Abgang von der High-School und schließlich sein Ausscheiden aus der Armee. Er hatte ja keine Ahnung von den mächtigeren, dunklen Kräften gehabt, die ihn da »unterdrückten« und »herumkommandierten«. Die ihn zum Sklaven machten, fügte Chub hinzu.

Der Gedanke daran machte Shiner wütend und erfüllte ihn gleichzeitig mit einer seltsamen Hochstimmung. Bode Gazzer und Chub wirkten Wunder für sein Selbstbewußtsein. Sie vermittelten ihm das Gefühl, etwas wert zu sein. Sie schenkten ihm Stolz. Und was am besten war, sie lieferten ihm eine Entschuldigung für sein Versagen, zeigten ihm jemanden, den er dafür verantwortlich machen konnte! Shiner verspürte eine unendliche Erleichterung.

»Woher wissen Sie das alles?«

»Wir haben es am eigenen Leib erfahren müssen«, erklärte Bode.

Chub schaltete sich wieder ein. »Du sagst, du hättest eine Waffe?«

»Jawoll«, antwortete Shiner. »Eine 22er Marlin.«

Chub schnaubte abfällig. »Nein, mein Junge, ich meinte eine *richtige* Waffe.«

Nun äußerte sich Bode Gazzer etwas genauer über die drohende Invasion von NATO-Truppen von den Bahamas und über ihre Mission, den Vereinigten Staaten eine totalitäre Weltherrschaft aufzuzwingen. Shiner machte große Augen, als er von der White Rebel Brotherhood erfuhr.

»Von denen habe ich schon gehört!« rief der junge Mann.

»Tatsächlich?« Chub schaute verblüfft zu Bode, der nur mit den Achseln zuckte.

Shiner nickte eifrig. »Ja. Das ist doch eine Band, nicht wahr?«

»Nein, du Blödmann, das ist keine Band. Es ist eine Miliz«, stellte Chub richtig.

»Eine wohlgeordnete Miliz«, fügte Bode hinzu, »so wie sie im zweiten Zusatzartikel zur Verfassung erwähnt wird.«

»Oh«, sagte Shiner. Er kannte noch nicht mal den ersten.

In leisem, verschwörerischem Tonfall schilderte Bode Gazzer, daß die White Rebel Brotherhood sich auf einen langen bewaffneten Widerstand vorbereitete – einen schwerbewaffneten Widerstand –, und zwar gegen jede Macht, sei sie nun ausländisch oder heimisch, die eine Bedrohung für etwas darstellte, das die »Souveränität« der amerikanischen Bürger genannt wurde.

Bode legte Shiner eine Hand in den Nacken. Er drückte sachte zu. »Was hältst du davon?«

»Das klingt wie ein guter Plan.«

»Möchtest du in die WRB eintreten?«

»Soll das ein Witz sein?«

Chub räusperte sich. »Antworte dem Mann. Ja oder nein.«

»Klar«, piepste Shiner. »Was muß ich tun?«

»Uns einen Gefallen«, erwiderte Chub. »Es ist ganz einfach.«

»Es ist eher ein Auftrag«, ergänzte Bode Gazzer. »Betrachte es als eine Art Test.«

Shiners Gesichtsausdruck verdüsterte sich. Er haßte Tests, vor allem wenn sie aus Multiple-choice-Aufgaben bestanden. Damit war er bei den SATs durchgefallen.

Chub erahnte die Vorbehalte des Jungen. »Vergiß, daß es ein Test sein soll«, sagte er zu ihm. »Es ist ein Gefallen, den du uns tun sollst. Ein Gefallen für deine neuen weißen Brüder.«

Sofort hellte sich Shiners Miene wieder auf.

Als Tom Krome JoLaynes Wohnzimmer sah, riet er ihr – zum viertenmal –, die Polizei zu rufen. Das Haus war eine Fundgrube an Beweisen: Fingerabdrücke, Fußabdrücke, eine Menge Blut, das untersucht werden konnte. JoLayne meinte allerdings, niemals, unmöglich, und begann aufzuräumen. Widerstrebend ging ihr Krome dabei zur Hand. Dem zerlegten Klavier war kaum noch zu helfen, und das Einschußloch im Holzfußboden ließ sich auch nicht entfernen. Den Blutspuren rückten sie dagegen mit Ammoniak und Wasser zu Leibe.

Anschließend ging JoLayne unter die Dusche, während Krome die tote Schildkröte unter einer Linde im Garten begrub. Als er wieder ins Haus kam, stand JoLayne, eingewickelt in ihren Bademantel, im Wohnzimmer.

Sie troff vor Wasser und zerpflückte Salatblätter, die sie ins Aquarium streute.

»Die anderen sind offenbar in Ordnung«, flüsterte sie.

Krome zog sie sanft von den Schildkröten weg. »Was haben Sie eigentlich dagegen, die Polizei zu rufen?«

JoLayne befreite sich aus seinem Griff und bückte sich nach einem Schrubber. »Sie würden mir nicht glauben.«

»Warum nicht? Sehen Sie sich doch nur mal im Spiegel an.«

»Ich meine nicht die Schläge. Ich rede vom Lottoschein.«

»Was ist damit?« fragte Krome.

»Ich habe keine Beweise, daß ich ihn je besessen habe. Wodurch es verdammt schwierig wird, glaubwürdig zu behaupten, daß er mir gestohlen wurde.«

Dieses Argument hatte etwas für sich. Der Computer der Staatlichen Lotto-Gesellschaft von Florida zeichnet zwar auf, wie viele Gewinnscheine wo verkauft worden waren, aber es gab keinerlei Möglichkeit, die Eigentümer zu identifizieren. Das lag daran, daß Lottoscheine neben Bier und Zigaretten frei über die Theke ausgegeben wurden. Die Namen der Käufer festzuhalten – die in die Hunderttausende gingen – wäre unmöglich gewesen. Infolgedessen gab es für die Lottozentrale nur ein einziges Kriterium für die Vergabe des Jackpots: den Besitz des Gewinnscheins. Wenn man den nicht vorlegen konnte, erhielt man auch kein Geld – ganz gleich, welche Begründung man vorbrachte. Aus diesem Grunde waren im Laufe der Jahre Riesenvermögen von hungrigen Haustieren und kleinen Kindern, die ihre ersten Zähne bekamen, sowie von Waschmaschinen und Toiletten und Hausbränden vernichtet worden.

Und nun von Räubern.

Tom Krome war hin- und hergerissen zwischen seinem Mitleid mit JoLayne Lucks und der Erkenntnis, daß er in eine ziemlich tolle Sensationsgeschichte hineingestolpert war. Ihm gelang offenbar nur unzureichend, seine Freude darüber zu verbergen, denn JoLayne sagte: »Ich bitte Sie inständig, nicht über diese Sache zu schreiben.«

»Aber damit würden die Schweine aufgescheucht.«

»Und ich würde niemals an das Geld herankommen. Begreifen Sie denn nicht? Sie würden eher den verdammten Schein verbrennen, als in den Knast zu gehen. Sie würden ihn verbrennen oder vergraben.«

Krome hob nacheinander die Füße hoch, um JoLaynes heftig und mit metronomhafter Regelmäßigkeit hin und her wischendem Schrubber Platz zu machen.

»Wenn diese Kerle es mit der Angst zu tun bekommen«, fuhr sie fort, »dann ist dieser vierzehn Millionen teure Lottoabschnitt nur noch Altpapier. Sobald sie eine Schlagzeile über das lesen, *was* sie getan haben … nun, dann ist alles vorbei. Das wäre das gleiche, als würde ich zur Polizei gehen.«

Sie hatte wahrscheinlich recht, dachte Krome. Aber würden die Räuber nicht ohnehin annehmen, daß JoLayne den Diebstahl meldete? Genau das würden doch die meisten Leute tun.

Er hörte nicht mehr das hektische Scharren ihres Schrubbers. Sie war in der Küche, stützte sich vor dem offenen Kühlschrank auf den Schrubber und ließ die kalte Luft die Schmerzen ihrer Wunden und Prellungen im Gesicht lindern.

Tom Krome sagte: »Ich packe ein paar Eiswürfel in eine Plastiktüte.«

JoLayne schüttelte den Kopf. Das Haus war still bis auf das Summen der Aquariumpumpe und das stetige Schmatzen der Schildkröten, die den Salat vertilgten.

Nach einigen Sekunden gab JoLayne sich einen Ruck und meinte: »Okay, es ist so, daß sie gedroht haben, sie würden mich umbringen, wenn ich irgendwem von dem Lottoschein erzählen würde. Sie sagten, sie kämen zurück und würden meine Babys erschießen, eins nach dem anderen. Und zum Schluß mich.«

Krome kroch eine Gänsehaut über die Arme.

JoLayne fuhr fort: »Sie verlangten von mir, ich sollte erzählen, mein Freund hätte mich verprügelt. Das sollte ich dem Arzt auftischen! ›Was für ein Freund?‹ frage ich. ›Ich habe keinen Freund.‹ Und der Kleine sagt: ›Jetzt hast du einen‹, und boxt mir in die Brust.«

Plötzlich bekam Krome keine Luft mehr. Er stolperte durch die Hintertür hinaus. JoLayne fand ihn auf den Knien im Tomatenbeet. Sie strich ihm übers Haar und meinte, er solle sich beruhigen und es nicht so schwer nehmen. Es dauerte nicht lange, und das Dröhnen in seinen Ohren wurde leiser und verstummte. Sie brachte ihm ein Glas kalten Fruchtsaft, und sie setzten sich nebeneinander auf einen Eisenzaun gegenüber einer Vogeltränke.

Kromes Stimme klang belegt. »Würden Sie diese Kerle wiedererkennen?«

»Natürlich.«

»Sie gehören ins Gefängnis.«

»Tom…«

»Sie tun folgendes. Gehen Sie zur Polizei und zur Lottozentrale und schildern Sie dort, was passiert ist. Den Überfall und die Morddrohungen. Machen Sie eine Aussage, erstatten Sie Anzeige. Und dann sollen die Behörden sich um diese Schweine kümmern…«

»Nein.«

»Hören Sie, diese Burschen werden schon bald auftauchen. Sie haben nur sechs Monate Zeit, um sich den Lottogewinn abzuholen.«

»Tom, das ist es doch, was ich ständig versuche, Ihnen klarzumachen. Ich habe keine sechs Monate Zeit. Ich brauche das Geld jetzt – sofort.«

Krome starrte sie an. »Wofür denn, um alles in der Welt?«

»Ich brauche es einfach.«

»Vergessen Sie doch das Geld ...«

»Das kann ich nicht.«

»Aber diese Kerle sind Monster. Irgendwann nehmen sie sich jemand anderen genauso vor, wie sie es mit Ihnen getan haben. Vielleicht sogar noch schlimmer.«

»Nicht unbedingt«, widersprach JoLayne. »Nicht, wenn wir sie aufhalten.«

Das Unglaubliche an der ganzen Sache war, daß sie es tatsächlich ernst meinte. Krome hätte am liebsten schallend losgelacht, aber er wollte ihre Gefühle nicht verletzen.

JoLayne klopfte ihm aufs rechte Knie. »Wir können es schaffen. Sie und ich, wir können sie aufstöbern.«

»Wie heißt es doch so schön: um verdammt nichts in der Welt.«

»Sie fahren einen hellroten Pick-up.«

»Es wäre mir sogar egal, wenn sie mit dem Raumschiff *Enterprise* unterwegs wären.«

»Tom, bitte.«

Er ergriff ihre Hände. »In meinem Gewerbe ist Angst ein sehr vernünftiges und absolut gesundes Gefühl. Und zwar weil Tod und Verderben keine abstrakten Dinge sind. Sie sind verdammt real.«

»Wenn ich Ihnen nun verraten würde, wofür ich das Geld brauche – würde das vielleicht Ihre Meinung ändern?«

»JoLayne, ich glaube nicht.« Es tat ihm körperlich weh, sie zu betrachten und sehen zu müssen, was sie mit ihr getan hatten.

Sie entzog ihm ihre Hände und ging zum Aquarium. Krome konnte sie halblaut reden hören – mit sich selbst, mit den Schildkröten oder vielleicht auch mit den Männern, die sie so furchtbar zugerichtet hatten.

»Es tut mir aufrichtig leid«, beteuerte er.

Als JoLayne sich umdrehte, schien sie überhaupt nicht verärgert oder enttäuscht zu sein. »Überlegen Sie doch mal«, forderte sie ihn mit einem hinterhältigen Grinsen auf. »Angenommen, ich kriege den Lottoschein tatsächlich zurück – was für eine tolle Story würde Ihnen dann durch die Lappen gehen!«

Tom Krome lächelte. »Sie sind unmöglich, wissen Sie das?«

»Ich habe also recht. Bitte helfen Sie mir, die Kerle zu suchen.«

Er entgegnete: »Ich habe eine viel bessere Idee. Darf ich mal Ihr Telefon benutzen?«

Shiner erwachte und sah seine Mutter vor sich, die sich über ihn beugte. Sie trug ein weißes Brautkleid, das sie immer montags anzog, wenn sie beim Ölfleck-Jesus betete. Diese Kluft kam bei den christlichen Touristen sensationell gut an – es war nicht ungewöhnlich, daß Shiners Ma abends mit zweihundert Dollar an Geldspenden nach Hause kam. Der Montag war pilgermäßig ihr bester Wochentag.

Nun verlangte sie von Shiner, daß er seinen fetten Hintern nach unten bewegte. Im Wohnzimmer wartete Besuch für ihn.

»Und ich habe schon jetzt eine Stunde Verspätung«, sagte sie und gab ihm einen derart kräftigen Klaps, daß er sich gleich wieder unter seine Decke verkroch.

Er lauschte dem Rascheln ihres Hochzeitskleides, als sie die Treppe hinuntereilte. Dann ertönte der Knall, als die Haustür zuschlug.

Shiner zog sich eine Jeans über und ging nachschauen. Die Frau erkannte er – mit einiger Besorgnis – als JoLayne Lucks. Den Mann kannte er nicht.

JoLayne erklärte: »Tut mir leid, wenn ich Sie geweckt habe, aber es handelt sich um eine Art Notfall.«

Sie stellte ihren Freund als Tom vor. Dieser schüttelte Shiner die Hand und sagte: »Der Angestellte der Tagesschicht im Supermarkt gab mir Ihre Adresse und meinte, es würde Ihnen nichts ausmachen.«

Shiner nickte geistesabwesend. Er gehörte zwar nicht zu denen, denen es leicht fiel, zwei und zwei zusammenzuzählen, aber er stellte sehr schnell die Verbindung zwischen JoLaynes lädiertem Gesicht und denen seiner beiden neuen weißen Rebellenbrüder, Chub und Bodean, her. Aus reiner Höflichkeit hätte Shiner sich wahrscheinlich bei JoLayne erkundigen sollen, wer ihr eins auf die Schnute gegeben habe, aber er traute sich nicht, diese Frage zu stellen, befürchtete er doch, dabei sein Gesicht nicht in der Gewalt zu haben und sich durch ein Blinzeln zu verraten.

Der Mann namens Tom setzte sich jetzt neben Shiner auf die Couch. Er war nicht gekleidet wie ein Cop, aber Shiner beschloß, auf alle Fälle vorsichtig zu sein.

JoLayne sagte: »Ich habe ein großes Problem. Sie erinnern sich doch bestimmt an den Lottoschein, den ich am Samstag bei Ihnen im Laden ausgefüllt habe, nicht wahr? Nun, ich hab ihn verloren. Fragen Sie mich nicht, wie oder wo, mein Gott, denn das ist eine lange Geschichte. Der Punkt ist nur, daß Sie außer mir der einzige sind, der weiß, daß ich ihn abgegeben habe. Sie sind mein einziger Zeuge.«

Shiner geriet immer ins Nuscheln, wenn er nervös wurde. »Samstag?«

Er wagte es nicht, JoLayne Lucks anzusehen, sondern starrte beharrlich auf seinen Bauchspeck, in den sich die Knautschfalten der Bettlaken eingedrückt hatten.

Schließlich murmelte er: »Ich kann mich nicht erinnern, Sie am Samstag gesehen zu haben.«

JoLayne konnte die Worte nicht verstehen. Shiner redete zu leise. »Wie bitte?« fragte sie.

»Ich entsinne mich nicht, daß Sie am Samstag im Laden waren. Sind Sie sicher, daß es nicht schon vor einer Woche war?« Shiner fing an, aufgeregt die krausen schwarzen Haare unter seinem Bauchnabel zu kraulen.

JoLayne kam zu ihm herüber, legte eine Hand unter sein Kinn und drückte seinen Kopf hoch. »Schauen Sie mich an.«

Er erstarrte innerlich, als er spürte, wie ihre blauen Fingernägel seinen Hals berührten.

Sie erklärte: »Jeden Samstag kreuze ich die gleichen Zahlen an.

Jeden Samstag komme ich in den Grab 'n' Go und löse einen Schein. Sie wissen, was diesmal passiert ist, nicht wahr? Sie wissen, daß ich gewonnen habe.«

Shiner schob ihre Hand weg. »Vielleicht waren Sie am Samstag da, vielleicht auch nicht. Wie dem auch sei, ich achte niemals auf die Zahlen.«

JoLayne Lucks trat zurück. Sie schien ziemlich wütend zu sein. Der Mann namens Tom ergriff nun das Wort. »Mein Sohn, du weißt doch sicherlich, daß einer der beiden Gewinnscheine aus deinem Laden kommt.«

»Ja, das weiß ich. Aus Tallahassee wurde deshalb extra angerufen.«

»Nun, wenn Miss Lucks die Zahlen nicht gespielt hat, wer war es dann?«

Shiner leckte sich die Lippen und dachte, verdammt. Diese Lügerei war aber verdammt viel schwieriger, als er erwartet hatte. Aber ein Blutschwur war nun mal ein Blutschwur.

Er entgegnete: »Spät abends kam ein Mann vom Highway rein. Löste ein Quick Pick und kaufte einen Sechserpack Budweiser Light.«

»Moment, Moment – willst du etwa behaupten«, protestierte JoLayne mit sich erhebender Stimme, wobei sie ebenfalls zum vertraulich herablassenden Du wechselte, »willst du mir weismachen, daß irgendein ... *Fremder* den Gewinnschein abgegeben hat?«

»Ma'am, ich weiß ehrlich nicht, wer was abgegeben hat. Ich bediene nur den Computer und achte kein bißchen auf die verdammten Zahlen.«

»Shiner, du weißt genau, daß ich gewonnen habe. Weshalb lügst du? Sag's mir!«

»Ich lüge nicht.« Das Nuscheln kam kaum über seine Lippen.

Der Mann namens Tom fragte: »Dieser geheimnisvolle Mann, der spät reinkam und das Quick Pick löste – wer war das?«

Shiner schob seine Hände unter die Oberschenkel, um das Zittern zu verbergen. Er antwortete: »Ich habe ihn noch nie vorher gesehen. Er war ziemlich dünn und hatte einen Pferdeschwanz.«

»O nein.« JoLayne drehte sich zu ihrem Begleiter um. »Was sagen Sie nun, Mr. Um-nichts-in-der-Welt.« Dann rannte sie aus dem Haus.

Der Mann namens Tom folgte ihr nicht sofort, was Shiners Nervosität enorm steigerte. Später beobachte er durch das Fenster, wie der Mann einen Arm um JoLaynes Schultern legte, als sie die Sebring Street hinunterschlenderten.

Shiner zog an seiner Zigarette wie ein Ertrinkender und erinnerte sich an das, was Bode und Chub ihm erklärt hatten. *Dein Wort gegen ihres.*

Das war geschafft. Er hatte es nicht vermasselt.

Na prima, dachte Shiner. Jetzt gehöre ich zur Bruderschaft.

Aber während des ganzen restlichen Vormittags ging ihm nicht aus dem Kopf, was JoLaynes Freund zu ihm gesagt hatte, ehe er das Haus verließ.

Wir unterhalten uns noch einmal, du und ich.

Einen Teufel werden wir, dachte Shiner. Erst muß er mich mal finden.

- 6 -

Mary Andrea Finley Krome war weder von Prozac noch von irgend etwas anderem süchtig. Sie litt auch nicht unter ständigen Depressionen oder war seelisch labil, schizoid oder selbstmordgefährdet.

Sie war vielmehr stur. Und es war ihre erklärte Absicht, niemals eine geschiedene Frau zu sein.

Ihre Ehe mit Tom Krome war nicht gerade ideal. Tatsächlich war sie eine mehr oder weniger leere Farce. Dennoch war dies eine Tradition bei den Finley-Frauen, nämlich sich mit gutaussehenden, egozentrischen Männern zu verbinden, die schnell das Interesse an ihnen verloren.

Sie hatten sich in Manhattan in einem Café in der Nähe von Radio City kennengelernt. Andrea hatte den ersten Kontakt hergestellt, nachdem sie bemerkt hatte, daß der gutaussehende Mann am Ende der Theke eine Biographie von Henrik Ibsen las. Was Mary Andrea nicht wußte, war, daß das Buch Tom Krome von einer jungen Frau, mit der er sich gelegentlich traf – sie studierte Theaterwissenschaft an der NYU –, aufgedrängt worden war und daß er sich viel lieber mit der Lebensgeschichte von Mickey Mouse beschäftigt hätte. Nichtsdestoweniger war Krome angenehm überrascht, als die braunhaarige Unbekannte drei Hocker näher zu ihm rückte und erzählte, sie hätte mal für eine kleine Rolle in *Ein Puppenheim* vorgesprochen.

Die Anziehungskraft machte sich sofort bemerkbar, obgleich sie mehr das Körperliche betraf, als die beiden sich selbst gegenüber zuzugeben bereit waren. Zu jener Zeit war Tom Krome mit den Recherchen für einen Zeitungsartikel über Medicaid-Fabriken beschäftigt. Er war einem betrügerischen Radiologen auf der Spur, der jeden Dienstagvormittag im Downtown Athletic Club Squash spielte, anstatt Myleogramme zu begutachten, wie er es zu tun behauptete, während er der Regierung Tausende Dollar an Honorar abnahm. Mary Andrea Finley sprach gerade für die Rolle der ruhelosen Farmersfrau in einem Stück von Sam Shepard vor.

Sie und Tom »gingen« fünf Wochen miteinander und wurden dann in einer katholischen Kirche in Park Slope getraut. Danach sahen sie einander nicht sehr häufig, was zur Folge hatte, daß es ein wenig länger dauerte, bis sie begriffen, daß sie überhaupt nichts gemeinsam hatten. Toms Beruf als Reporter hielt ihn den ganzen Tag auf Trab, während Mary Andreas Bühnenarbeit die Nächte und die Wochenenden belegte. Wenn sie es denn mal schafften, Zeit zusammen zu verbringen, schliefen sie so oft es ging miteinander. Dies war eine Tätigkeit, in der sie in jeder Hinsicht perfekt aufeinander eingestimmt waren. Ihr in derart übertriebenem Maße zu frönen, ersparte es ihnen, sich gegenseitig dabei zuzuhören, wenn sie über ihre Berufe und ihre Karriereaussichten redeten, für die keiner der beiden besonders viel Interesse aufbrachte.

Mary Andrea hatte kaum bemerkt, daß die Beziehung zerbrach.

Sie erinnerte sich lediglich daran, daß Tom eines Tages mit trauriger Miene von draußen hereinkam und um die Scheidung bat.

Ihre Antwort lautete: »Mach dich nicht lächerlich. In fünfhundert Jahren hat es in der Finley-Familie keine einzige Scheidung gegeben.«

»Das«, hatte Tom daraufhin gemeint, »erklärt die vielen Psychopathen.«

Mary Andrea schilderte dieses Gespräch ihrem Berater im Mona Pacific Mineral Spa und Residential Treatment Center in Maui, einer Einrichtung, die ihr von mehreren ihrer Schauspielerkollegen an beiden Küsten wärmstens empfohlen worden war. Als der Berater Mary Andrea fragte, ob sie, und ihr Mann jemals wunschlos glücklich gewesen wären, sagte sie, ja, für etwa ein halbes Jahr.

»Vielleicht auch sieben Monate«, fügte sie hinzu. »Dann erreichten wir einen gewissen Ruhezustand. Das ist doch normal für junge Ehepaare, nicht wahr? Das Problem ist nur, daß Tom nicht der Typ für einen solchen Zustand ist, daß er eine durchweg unruhige Persönlichkeitsstruktur besitzt. Er muß ständig in Bewegung sein, entweder nach oben oder nach unten. Entweder er klettert, oder er stürzt ab.«

Der Berater entgegnete: »Ich verstehe, was Sie meinen.«

»Jetzt läßt er mich von Anwälten und Gerichtsboten verfolgen. Das ist sehr rücksichtslos.« Mary Andrea war eine stolze Person.

»Haben Sie denn Grund zu der Annahme, daß er es sich mit Ihrer Ehe vielleicht noch einmal anders überlegt?«

»Wer redet davon, daß er sich irgend etwas anders überlegen soll? Ich will lediglich, daß er sich diese absurde Idee von einer Scheidung aus dem Kopf schlägt.«

Der Berater schaute verwirrt drein. Mary Andrea fuhr fort, indem sie ihn mit ihrer Auffassung konfrontierte, daß die Scheidung als Institution mehr und mehr obsolet werde. »Überflüssig. Unnötig«, fügte sie hinzu.

»Es ist schon spät«, sagte der Berater. »Möchten Sie etwas haben, damit Sie besser einschlafen können?«

»Sehen Sie sich Shirley MacLaine an. Sie hat, Moment mal,

dreißig Jahre lang nicht mit ihrem Mann zusammengelebt. Die meisten Menschen wußten noch nicht mal, daß sie verheiratet ist. Das ist die Art und Weise, wie man ein solches Problem löst.«

Mary Andreas Theorie besagte, daß die Scheidung schutzlos und verletzbar machte, während die Ehe – auch wenn man nicht mit seinem Partner zusammenblieb – eine gewisse Sicherheit bot.

»Niemand kann sich an einen heranmachen«, führte sie aus. »Rein rechtlich betrachtet.«

Der Berater war verblüfft. »So habe ich das noch nie betrachtet.«

»Okay, es ist nur ein lächerliches Stück Papier. Aber betrachten Sie es mal nicht als eine Falle, sondern sehen Sie es als kugelsicheren Schutzschild«, führte Mary Andrea Finley Krome weiter aus. »Shirley sieht das genau richtig. Könnten Sie mir vielleicht eine Tasse Earl Grey Tee bestellen?«

»Fühlen Sie sich besser?«

»Sehr. In ein oder zwei Tagen sind Sie mich schon wieder los.«

»Es besteht keine Eile. Sie sind hier, um sich gründlich auszuruhen.«

»Mit einem Stück Zitrone«, sagte Mary Andrea. »Bitte.«

Sinclair verbrannte sich die Zunge am Kaffee, da ein heftiges Schlukken die reflexartige Reaktion darauf war, daß er sah, wie Tom Krome den Nachrichtensaal durchquerte. Während er ein zerknautschtes Taschentuch auf seinen Mund preßte, erhob Sinclar sich, um seinen Starreporter mit einem Ausdruck falscher Herzlichkeit zu begrüßen, die von allen, die die Szene beobachteten, auf Anhieb durchschaut wurde.

»Lange nicht gesehen!« sprudelte es aus Sinclair hervor. »Sie sehen toll aus, großer Meister.«

Krome deutete auf das Privatbüro des Redakteurs. »Wir müssen reden«, forderte er.

»Ja, ja, das habe ich schon gehört.«

Als sie hinter der Glaswand alleine waren, sagte Sinclair: »Joan und Roddy haben heute morgen angerufen. Ich vermute, die Neuigkeit ist längst in ganz Grange herum.«

Krome ging ebenfalls davon aus. Er bemerkte: »Ich brauche ungefähr eine Woche.«

Sinclair runzelte die Stirn. »Wofür, Tom?«

»Für den Bericht.« Krome musterte ihn kühl. Er hatte mit dieser Reaktion gerechnet, da er Sinclairs unausgesprochenes Credo nur zu gut kannte: große Stories, große Probleme.

Der Redakteur lehnte sich in einer gekünstelten Pose der Nachdenklichkeit zurück. »Ich glaube nicht, daß wir aus dieser Sache ein richtiges Feature herausholen, oder?«

Krome amüsierte sich ingesheim über das kollektive »wir«. Die Zeitung schickte ihre Redakteure der mittleren Führungsebene in eine Managerschule, in der ihnen neben anderen geistlosen Tricks beigebracht wurde, in Streitigkeiten mit dem Personal möglichst häufig das Wort »wir« zu benutzen. Die Theorie besagte, daß ein solcher Plural unterschwellig eine gewisse Firmenloyalität in die Diskussion einfließen ließ, was für eine friedliche Stimmung und eine gesteigerte Bereitschaft zum Einlenken sorgen sollte.

Sinclair fuhr fort: »Ich glaube, wir machen daraus lieber eine tägliche 10-Zoll-Kolumne auf der Stadtseite. RÄUBER STEHLEN LOTTOSCHEIN, GLÜCKLOSE LADY LAMENTIERT.«

Krome beugte sich vor: »Wenn diese Schlagzeile jemals im *Register* erscheint, komme ich persönlich zu Ihnen nach Hause und schneide Ihnen die Lunge mit einem Tranchiermesser raus.«

Sinclair fragte sich, ob es nicht klüger wäre, die Tür offenzulassen, für den Fall, daß er die Flucht ergreifen müßte.

»Keine tägliche Story«, stellte Krome klar. »Die Frau gibt keine öffentlichen Erklärungen ab. Sie hat noch nicht mal bei der Polizei Anzeige erstattet.«

»Aber Sie haben mit ihr gesprochen.«

»Ja, aber inoffiziell und nicht, um es zu veröffentlichen.«

Sinclair stärkte sich mit einem weiteren Schluck Kaffee. »Dann sehe ich wirklich keine Story. Ohne Aussagen von ihr oder von seiten der Cops sehe ich keine Story.«

»Das wird schon. Lassen Sie mir nur noch etwas Zeit.«

»Wissen Sie, was Roddy und Joan gesagt haben? Es gibt Gerüchte, daß diese Lucks ihren Lottoschein verloren und dann diese Geschichte von dem Raub einfach erfunden hat. Sie wissen schon, um Mitgefühl zu wecken.«

Krome schüttelte den Kopf. »Mit allem gebührenden Respekt für Roddy und Joan, aber sie reden komplette Scheiße.«

Sinclair verspürte einen närrischen Impuls, seine Schwester und ihren Mann zu verteidigen, aber der verflüchtigte sich schnell. »Tom, Sie wissen, wie unterbesetzt wir sind. Eine Woche klingt eher nach einer ausführlichen Recherche als nach einem simplen Feature, meinen Sie nicht auch?«

»Es ist eine Story, basta. Eine *gute* Story sogar, wenn wir Geduld haben.«

Sinclairs Taktik bei aufkeimendem Sarkasmus bestand darin, ihn zu ignorieren. Er entgegnete: »Bis diese Lady den Wunsch äußert, mit den Cops zu reden, können wir nicht viel tun. Vielleicht wurde der Lottoschein gestohlen, vielleicht auch nicht. Vielleicht hat sie ihn auch niemals besessen – diese großen Jackpots locken die verrücktesten Typen ans Tageslicht.«

»Wem sagen Sie das?«

»Wir haben andere Stories für Sie, Tom.«

Krome massierte sich die Augen. Er dachte an Alaska, an Bären, die im Fluß standen und mit den Tatzen Regenbogenforellen fingen.

Und er hörte Sinclair sagen: »In der Volkshochschule wird ein Kurs über das Junggesellenleben vorbereitet. ›Als Junggeselle in den neunziger Jahren.‹ Ich glaube, das könnte ein Renner werden.«

Krome troff vor Verachtung. »Noch bin ich kein Junggeselle. Und laut meinen Anwälten wird es bis dahin auch noch ziemlich lange dauern.«

»Das ist doch unwichtig. Schreiben Sie einfach drumherum, Tom. Sie führen ein lediges Leben, das ist das entscheidende.«

»Ja. Ein lediges Leben.«

»Warum nehmen Sie nicht an dem Kursus teil? Diese Woche geht es um Nähen – das könnte doch ganz spannend sein, Tom. Natürlich ein Bericht in der ersten Person.«

»Nähen für Junggesellen.«

»Sicher«, sagte Sinclair.

Krome seufzte insgeheim. Das war wieder mal ausgesprochen »spannend«.

Dabei wußte Sinclair doch ganz genau, was Krome für spannend hielt. Lieber würde er Nachrufe schreiben. Oder über das Scheiß-Wetter berichten. Oder sich Eisenbahnnägel durch die Nase hämmern lassen.

Mit völlig unberechtigter Zuversicht wartete Sinclair auf Kromes Antwort. Welche lautete:

»Ich rufe Sie von unterwegs an.«

Sinclair ließ die Schultern sinken. »Nein, Tom, es tut mir leid.«

»Sie wollen damit sagen, daß ich die Story los bin?«

»Ich sage, daß es im Augenblick keine Story gibt. Bis wir einen Polizeibericht oder eine Erklärung von dieser Lucks-Tante kriegen, gibt es außer Klatsch und Gerüchten nichts, was wir in der Zeitung bringen können.«

Das war gesprochen, als wäre er ein alter Nachrichtenjäger, dachte Krome. Ein echtes Ben-Bradlee-Zitat.

Er forderte: »Geben Sie mir eine Woche.«

»Das kann ich nicht.« Sinclair zappelte nervös herum und ordnete den Stapel rosafarbener Telefonnotizen auf seinem Schreibtisch. »Ich wünschte, ich könnte es, aber ich kann nicht.«

Tom Krome gähnte. »Dann muß ich wohl kündigen.«

Sinclair erstarrte. »Das ist nicht witzig.«

»Endlich sind wir uns einig.« Krome salutierte lässig, dann schlenderte er durch die Tür hinaus.

Als er heimkam, stellte er fest, daß jemand sämtliche Fenster in seinem Haus mit einer großkalibrigen Waffe zerschossen hatte. An der Tür hing eine Nachricht von Katie.

»Es tut mir leid, Tom, es ist alles meine Schuld.«

Als sie schließlich eintraf, etwa eine Stunde später, hatte er den größten Teil der Glasscherben bereits beseitigt. Sie kam die Treppe herauf und reichte ihm einen Scheck über 500 Dollar. Dabei beteuerte sie: »Ehrlich, ich schäme mich ganz furchtbar.«

»All das nur, weil ich nicht angerufen habe?«

»Könnte man so sagen.«

Krome hätte eigentlich damit gerechnet, sich viel heftiger über die zerbrochenen Fenster zu ärgern, aber je länger er darüber nachdachte, desto mehr wurde dieses Ereignis für ihn zu einer Art persönlichem Meilenstein: das erste Mal, daß eine sexuelle Beziehung zu einem höheren Versicherungsanspruch führte. Krome fragte sich, ob er am Ende vielleicht in die Niederungen billiger Affären hinabgestiegen war.

Er sagte zu Katie: »Nun komm schon rein.«

»Nein, Tommy, nicht hier. Es ist nicht sicher.«

»Aber der Durchzug ist doch ganz angenehm, oder nicht?«

»Fahr mir nach.« Sie machte kehrt und ging zu ihrem Wagen – verdammt schnell für jemanden, der Sandalen trug. Auf der Interstate verlor sie ihn zweimal beinahe im Verkehr. Sie gelangten zu einem mexikanischen Restaurant unweit der Hunderennbahn. Katie setzte sich in eine vor neugierigen Blicken geschützte Ecknische. Krome bestellt für sie beide Bier und *fajitas*.

»Ich schulde dir eine Erklärung«, begann sie.

»Laß mich mal raten: Du hast Art alles erzählt.«

»Ja, Tom.«

»Darf ich erfahren, warum?«

»Ich war traurig, weil du nicht wie versprochen angerufen hast. Und dann verwandelte sich die Traurigkeit in ein Schuldgefühl. Ich lag neben diesem Mann, meinem Ehemann, im Bett, und hatte dieses schreckliche Geheimnis.«

»Aber Art bumst doch seine Sekretärinnen schon seit Jahren!«

Katie wandte ein: »Das ist nicht dasselbe.«

»Offensichtlich nicht.«

»Außerdem ergibt zweimal falsch nicht einmal richtig.«

Krome hielt sich zurück. Wenn es um Schuld und Schuldgefühle ging, war er ein Profi. Er fragte Katie: »Was für eine Pistole hat Art benutzt?«

»Oh, er hat es nicht selbst getan. Er hat seinen Gehilfen geschickt.«

»Damit er meine Fenster zerschießt?«

»Es tut mir leid«, wiederholte Katie.

Das Bier wurde gebracht. Krome trank, während Katie erklärte, ihr Mann, der Richter, hätte sich als eifersüchtiger Irrer entpuppt.

»Zu meiner großen Überraschung«, fügte sie hinzu.

»Ich kann nicht glauben, daß er seinen Gehilfen dafür bezahlt, herauszukommen und mein Haus unter Beschuß zu nehmen.«

»Oh, er hat ihn gar nicht bezahlt. Das wäre ein Verbrechen gewesen – Art ist überaus vorsichtig, wenn es um das Gesetz geht. Der junge Mann hat ihm mehr oder weniger einen Gefallen getan. Um beim Chef einen Stein im Brett zu haben, das ist jedenfalls mein Eindruck.«

»Willst du meinen hören?«

»Tom, ich konnte Sonntag abend nicht einschlafen. Ich mußte die Angelegenheit einfach mit Art klären.«

»Ich nehme an, er hat es auch mit dir geklärt.«

»Das wird er«, entgegnete Katie. »Bis dahin solltest du dich allerdings ein wenig bedeckt halten. Ich glaube nämlich, daß er die Absicht hat, dich töten zu lassen.«

Die *fajitas* kamen auf den Tisch, und Tom Krome griff zu. Katie meinte bewundernd, er nähme die Nachricht ja bemerkenswert gelassen auf. Krome gab ihr recht: Er war wirklich außergewöhnlich ruhig. Der Schritt, bei der Zeitung zu kündigen, erfüllte ihn mit einem seltsamen und sorglosen inneren Frieden. Krome fragte: »Was genau hast du Art erzählt? Ich bin nur neugierig.«

»Alles«, antwortete Katie. »Jede Einzelheit. Das ist nun mal das Prinzip einer aufrichtigen Beichte.«

»Ich verstehe.«

»Ich bin so verfahren, daß ich extra morgens um drei Uhr aufgestanden bin und eine komplette Liste angefertigt habe, angefangen mit dem ersten Mal. In deinem Wagen.«

Krome griff nach einem Tortillachip. »Du meinst …«

»Die Blasnummer, ja. Und jedes Mal danach. Sogar wenn ich mal nicht zum Höhepunkt gekommen bin.«

»Und das hast du alles in deine Liste eingetragen? Alle Details?«

Er nahm sich einen zweiten Chip und kratzte damit einen Graben in die Salsasauce.

Katie erzählte: »Ich habe es ihm gleich gestern abend gestanden, ehe er zur Arbeit ging. Und, Tom, ich habe mich auf Anhieb besser gefühlt.«

»Da bin ich aber froh.« Krome versuchte sich zu erinnern, wie oft er und Katie in den zwei Wochen, die sie sich kannten, miteinander geschlafen hatten. Wie sah diese Liste wohl auf dem Papier aus? Er stellte es sich als Punkteliste in winziger Pariser Schrift vor, genauso wie eine Ergebnisspalte auf der Sportseite.

Sie sagte: »Beinahe hätte ich es vergessen, hast du das Bild für mich gemacht? Von der weinenden Jungfrau Maria?«

»Noch nicht. Aber ich werde es tun.«

»Keine Eile«, erklärte Katie.

»Es ist schon okay. Ich fahre heute abend zurück.«

»Das muß ja eine tolle Story sein.«

»Es ist alles relativ, Katie. Ich will wirklich nicht das Thema wechseln, aber du hast gerade gesagt, Art hätte die Absicht, mich zu töten.«

»Nein, dich töten zu lassen.«

»Richtig. Natürlich. Bist du sicher, daß das nicht nur leeres Gerede von ihm war?«

»Wahrscheinlich schon. Aber er ist auf jeden Fall sehr wütend.«

»Hat er dir weh getan?« fragte Krome. »Würde er so etwas tun?«

»Niemals.« Katie schien diese Frage zu amüsieren. »Wenn du die Wahrheit wissen willst, ich glaube sogar, daß ich ihn damit angetörnt habe.«

»Mit deiner Beichte?«

»Ja. So als würde er plötzlich erkennen, was ihm fehlte.«

Krome erwiderte: »Wer hätte das gedacht.«

Er bezahlte die Rechnung. Draußen auf dem Parkplatz legte Katie eine Hand auf seinen Arm und bat ihn, ihr bitte Bescheid zu sagen, falls die 500 Dollar nicht ausreichten, um die zertrümmerten Fenster zu ersetzen. Krome meinte, sie sollte sich deswegen mal keine Sorgen machen.

Dann erklärte sie: »Tommy, wir können uns nicht mehr sehen.«

»Du hast recht. Das wäre falsch.«

Seine Einsicht schien ihre Laune aufzuhellen. »Es freut mich, daß du das sagst.«

Dem triumphierenden Unterton in ihrer Stimme nach zu urteilen, glaubte Katie, daß sie durch die Tatsache, erst mit Tom Krome geschlafen und dann ihr Lasterleben ihrem Ehemann gestanden zu haben, ihnen allen drei dazu verholfen hätte, bessere Menschen zu werden. Ihr Gewissen war geweckt und verfeinert worden. Sie alle hatten eine Lektion gelernt. Sie waren alle spirituell gereift.

Krome verzichtete großzügig darauf, diesen grotesken Gedanken zu zerpflücken. Er gab Katie einen Kuß auf die Wange und sagte ihr Lebewohl.

Demencio schwang sich an Hardee's Theke auf den Hocker direkt neben Dominick Amador. Dieser führte gerade sein allmorgendliches Ritual durch, indem er mit einem Löffel Crisco-Fett in ein Paar graue Sportsocken füllte. Die Socken wurden über Dominicks Hände gezogen, um seine falschen Stigmata zu verbergen. Das Crisco diente dazu, die Wunden feucht zu halten und eine Verschorfung zu verhindern – Dominicks Lebensunterhalt hing schließlich von Löchern in seinen Handflächen ab, die roh und frisch erscheinen mußten, als wären sie erst kürzlich an ein Kreuz genagelt gewesen. Sollten die Wunden jemals heilen, wäre er ruiniert.

Er sagte zu Demencio: »Ich muß dich um einen großen Gefallen bitten.«

»Das ist doch nichts Neues.«

Dominick verzog beleidigt das Gesicht. »Mein Gott, welche Laus ist dir denn über die Leber gelaufen?«

»Diese dämliche Tussi hat den Lottoschein verloren. Ich nehme an, du weißt es noch gar nicht.«

Demencio hielt die Sportsocken auf, während Dominick die Hände hineinsteckte. Einer der Socken hatte vorne in der Spitze ein ausgefranstes Loch, aus dem ein weißer Tropfen Backfett drang.

Dominick streckte und krümmte die Finger und nickte zufrieden. »Das ist schon viel besser. Danke.«

»Vierzehn Millionen Dollar den Bach hinunter«, grollte Demencio.

»Soweit ich gehört habe, wurde sie ausgeraubt.«

»Ich bitte dich.«

»Hey, jeder in der Stadt wußte, daß sie den Gewinnschein hatte.«

»Aber wer ist denn dreist genug, um so etwas zu tun?« fragte Demencio. »Mal im Ernst, Dom.«

»Da hast du natürlich auch recht.« Die einzigen Raubüberfälle, die in Grange passieren, wurden von durchreisenden Gaunern verübt, die aus Miami kamen oder dorthin unterwegs waren.

»Soll ich mal raten?« fragte Demencio. »Sie hat den Schein auf irgendeine dämliche Art und Weise verloren und sich dann diese Story mit dem Raubüberfall ausgedacht, damit die Leute sich nicht über sie lustig machen.«

»Es heißt, sie wäre ziemlich seltsam.«

»›Zerstreut‹ ist das richtige Wort.«

»Zerstreut«, wiederholte Dominick. Er aß einen mit Marmelade gefüllten Doughnut. Der Streuzucker blieb dabei an den Socken um seine Hände kleben.

Demencio erzählte ihm von JoLaynes Schildkröten. »Sie muß an die hundert von diesen verdammten Biestern im Haus halten. Erzähl mir bloß nicht, daß das normal ist.«

Dominicks Augen zogen sich zusammen, als er angestrengt nachdachte. Dann wollte er wissen: »Kommen im Alten Testament nicht auch Schildkröten vor?«

»Woher zum Teufel soll ich das wissen?« Daß Demencio eine weinende Jungfrau besaß, bedeutete noch lange nicht, daß er die ganze Bibel auswendig kannte oder sie auch nur jemals gelesen hatte. Einige Korinther-Briefe waren ziemlich harte Kost für jemanden wie ihn.

Dominick wiegte den Kopf. »Vielleicht stellt sie irgendein Exponat zusammen. Du weißt schon, etwas für unsere Touristen. Nur kann ich mich nicht an Schildkröten in der Bibel erinnern. Es gibt Lämmer und Fische – und natürlich eine große Schlange.«

Demencios Pfannkuchen kamen aus der Küche. Während er sie in Sirup ertränkte, sagte er: »Vergiß es einfach.«

»Aber hatte Noah nicht auch Schildkröten? Er hatte doch von jedem Tier zwei Stück in seiner Arche.«

»Richtig. JoLayne baut eine Arche. Das wird die Erklärung sein.« Demencio nahm verärgert sein Frühstück in Angriff. Er hatte die verdammten Schildkröten lediglich erwähnt, um zu verdeutlichen, wie bescheuert JoLayne Lucks sein konnte. Sie wäre genau der abgedrehte Typ, der einen 14-Millionen-Lottoschein verbummeln würde.

Daß ausgerechnet die gewonnen hatte! schäumte Demencio innerlich. Es würde wahrscheinlich mehr als tausend Jahre dauern, bis mal wieder jemand in Grange den Jackpot gewann. Dominick Amador bemerkte: »Warum bist du denn so wütend – es war doch nicht dein Geld.« Dominick kannte JoLayne nicht sehr gut, aber sie war zu seinem Kater Rex immer sehr nett gewesen. Das Tier hatte Probleme mit dem Zahnfleisch und mußte alle zwei Wochen zum Tierarzt. JoLayne war außer Dominicks Tochter der einzige Mensch, der mit Rex fertig wurde, ohne ihn in eine maßgeschneiderte Katzen-Zwangsjacke zu stecken.

»Überleg doch mal«, führte Demencio aus. »Jeder von uns hätte ganz dick abgesahnt – ich, du, die ganze Stadt. Stell dir nur mal vor, was wir alle daraus hätten machen können: JoLayne hat nur deshalb im Lotto gewonnen, weil sie in einem geheiligten Ort lebt. Vielleicht hat sie vor meiner weinenden Maria gebetet, oder sie wurde von deinen gekreuzigten Händen berührt. Es würde sich rumsprechen, und jeder, der Lotto spielt, würde nach Grange kommen und sich seinen Segen holen.«

Daran hatte Dominick natürlich nicht gedacht. Das Segens-Gewerbe würde einen ungeahnten Boom erleben.

»Das beste wäre«, fuhr Domencio fort, »nicht nur Christen kämen hierher, sondern jeder, der Lotto spielt. Juden, Buddhisten, Hawaiianer… es wäre ganz egal. Ein Spieler ist ein Spieler – sie glauben allesamt nur ans Glück.«

»Eine Goldgrube«, gab Dominick ihm recht. Mit einem Ärmel wischte er sich einen Marmeladenrest vom Kinn.

»Und jetzt ist das alles in die Hose gegangen«, schimpfe Demencio. Ärgerlich warf er seine Gabel auf den Teller. Wie konnte jemand nur einen 14-Millionen-Lottoschein verlieren? So etwas schaffte noch nicht mal die dämliche Lucy Ricardo!

Dominick vermutete: »Da ist wahrscheinlich viel mehr passiert, als man uns erzählt hat, das garantiere ich dir.«

»Ja, ja. Vielleicht waren es Marsmenschen. Vielleicht ist hier auch mitten in der Stadt ein Ufo gelandet...«

»Nein, aber ich habe gehört, sie wäre ziemlich schlimm verprügelt worden.«

»Das überrascht mich auch gar nicht«, erwiderte Demencio. »Willst du mal meine Theorie hören? Sie ist auf sich so wütend, weil sie den Schein verloren hat, daß sie sich einen Baseballschläger schnappt und sich damit selbst auf den gottverdammten Schädel schlägt. Das würde ich nämlich tun, wenn ich einen derartigen Scheiß gebaut hätte.«

Dominick Amador zuckte mit den Achseln. »Also, ich weiß nicht...« Dann fuhr er damit fort, seine Doughnuts zu zerlegen. Nach ein paar Minuten, es sah so aus, als hätte sich Demencio wieder beruhigt, bat Dominick ihn um einen weiteren Gefallen.

»Es betrifft meine Füße«, sagte er.

»Die Antwort lautet nein.«

»Ich brauche aber jemanden, der sie mir durchbohrt.«

»Dann frag doch deine Frau.«

»Bitte«, bettelte Dominick. »Ich habe in der Werkstatt schon alles bereitgelegt.«

Demencio knallte sechs Dollar auf die Theke und rutschte von seinem Hocker hinunter. »Bohr dir deine Füße selbst an«, meinte er zu Dominick. »Ich bin dazu jetzt nicht in Stimmung.«

JoLayne Lucks wußte genau, was Dr. Crawford dachte: Jetzt hat die Kleine endlich einen Freund, und schon verprügelt er sie nach Strich und Faden.

»Bitte starren Sie mich nicht so an. Ich weiß, daß ich schrecklich aussehe«, erklärte JoLayne.

»Wollen Sie darüber sprechen?«

»Soll ich ehrlich sein? Nein.« Damit, daß sie nicht darüber reden wollte, wäre die Angelegenheit für Doc Crawford sicher noch nicht erledigt. Daher fügte sie zu seiner Beruhigung hinzu: »Es ist nicht das, woran Sie denken.«

Dr. Crawford befahl: »Halt still, du kleiner Scheißer.«

Er meinte Mickey, den Welsh Corgi auf dem Untersuchungstisch. JoLayne gab sich alle Mühe, den Hund festzuhalten, doch er krümmte und wand sich wie ein Wurm auf einer Kochplatte. Die kleinsten waren immer am schwierigsten festzuhalten – Cocker, Pudel, Spitze – und die gemeinsten dazu. Allesamt verdammte Beißer. Dann schon lieber jeden Tag einen Zentner Dobermann, dachte JoLayne.

Zu Mickey, dem Corgi, murmelte sie: »Sei lieb, Baby.« Woraufhin Mickey seine gelben Fangzähne in ihren Daumen schlug und nicht mehr losließ. So schmerzhaft es auch war, diese Anordnung erlaubte es JoLayne Lucks, den Kopf des Hundes zu fixieren, so daß Dr. Crawford ungehinderten Zugang zu der Impfstelle hatte. Sobald Mickey den Einstich der Nadel spürte, ließ er JoLayne los. Dr. Crawford lobte sie dafür, daß sie nicht die Ruhe verloren hatte.

JoLayne meinte: »Warum soll ich so etwas persönlich nehmen? Sie würden auch beißen, wenn Sie ein Hundehirn hätten. Ich habe schon Menschen kennengelernt, für die eine solche Entschuldigung nicht galt und die noch weitaus schlimmere Dinge getan haben.«

Dr. Crawford schmierte ihren Daumen mit Betadine ein. JoLayne stellte fest, daß die Salbe aussah wie Steaksauce.

»Soll ich davon auch etwas auf Ihre Lippe tupfen?« fragte der Arzt.

Sie schüttelte den Kopf und wappnete sich gegen die nächste Frage. Wie ist das passiert? Aber er meinte nur: »Zwei Wundklammern wären auch nicht schlecht.«

»Oh, das ist nicht nötig.«

»Sie trauen mir nicht.«

»Nein.« Mit ihrer freien Hand tätschelte sie die kahle Stelle auf Dr. Crawfords Kopf. »Ich komme schon wieder auf die Beine«, beruhigte sie ihn.

JoLaynes restlicher Arbeitstag bestand aus einer Katze (Daisy), drei Katzenjungen (namenlos), einem deutschen Schäferhund (Kaiser), einem Papagei (Polly), einem Kater (Spike), einem Beagle (Bilko), einem Labrador Retriever (Contessa), vier Labradorwelpen (namenlos) und einem Nashornleguan (Keith). JoLayne handelte sich keine weiteren Bisse oder Katzer ein, obgleich der Leguan sich ausgiebig auf ihrem Laborkittel erleichterte.

Als sie nach Hause kam, erkannte sie Tom Kromes blauen Honda, der in der Auffahrt parkte. Er saß in der Hollywoodschaukel auf der Vorderveranda. JoLayne ließ sich neben ihm nieder und stieß sich ab. Quietschend begann die Schaukel zu schwingen.

JoLayne bemerkte: »Ich denke, wir sind im Geschäft.«

»Tja.«

»Was hat Ihr Boß gesagt?«

»Er sagte: ›Tolle Story, Tom! Bleiben Sie dran!‹«

»Wirklich?«

»Das waren genau seine Worte. Hey, was ist denn mit Ihrem Kittel passiert?«

»Leguanpisse. Und jetzt erkundigen Sie sich bitte nach meinem Daumen.«

»Lassen Sie mich mal sehen.«

JoLayne streckte die Hand aus. Krome studierte die Bißspur mit gespielter Ernsthaftigkeit.

»Grizzly«, diagnostizierte er.

Sie lächelte. Junge, Junge, fühlte sich seine Berührung gut an. Kräftig und sanft und was sonst noch alles. So fing es immer an, mit einem warmen, vagen Kribbeln.

JoLayne sprang aus der Schaukel und sagte: »Wir haben noch eine Stunde bis Sonnenuntergang. Ich möchte Ihnen etwas zeigen.«

Als sie zum Simmons Wood kamen, deutete JoLayne auf das Schild ZU VERKAUFEN. »Deshalb kann ich kein halbes Jahr warten, bis diese Wichser geschnappt werden. Jeden Tag kann jemand daherkommen und dieses Gelände kaufen.«

Tom Krome kletterte hinter ihr über den Zaun und folgte ihr durch den Fichten- und Palmettowald. Sie blieb stehen, zeigte ihm Rotluchslosung, Rotwildspuren und einen Habicht in einem der Baumwipfel.

»Vierundvierzig Acres«, verkündete JoLayne.

Sie flüsterte es, daher antwortete Krome ebenfalls im Flüsterton. »Wieviel wollen sie dafür?«

»Drei Millionen und ein paar kaputte«, entgegnete sie.

Krome erkundigte sich nach der Nutzung.

»Einzelhandel«, antwortete JoLayne und verzog das Gesicht.

Sie blieben auf einem Sandhügel stehen, der den Bach überragte. JoLayne setzte sich und schlug die Beine übereinander. »Ein Einkaufszentrum und ein Parkplatz«, sagte sie, »genauso wie in dem Song von Joni Mitchell.«

Tom Krome hatte das Gefühl, er sollte alles mitschreiben, was sie sagte. Sein Notizbuch steckte in der Gesäßtasche seiner Jeans und schien auf sich aufmerksam zu machen. Als hätte er noch immer seinen Zeitungsjob.

JoLayne deutete auf das teefarbene Gewässer. »Von dort kommen die Schildkröten. Sie haben jetzt die Baumstämme verlassen, aber Sie sollten mal herkommen, wenn die Sonne scheint.«

Sie flüsterte noch immer, als befände sie sich in der Kirche. Womit die Umgebung, wie er feststellte, auf eine gewisse Art und Weise durchaus Ähnlichkeit hatte.

»Was halten Sie von meinem Plan?«

»Ich finde ihn phantastisch«, befand Krome.

»Sie machen sich über mich lustig.«

»Ganz und gar nicht...«

»O doch. Sie denken, ich wäre verrückt.« Sie stützte das Kinn in die Hände. »Okay, Sie Schlaumeier, was würden Sie denn mit dem Geld tun?«

Krome setzte zu einer Antwort an, aber JoLayne gab ihm ein Zeichen, er sollte still sein. Ein Reh war am Bach erschienen und trank. Sie beobachteten es, bis die Dunkelheit hereinbrach, dann kehrten sie schweigend zum Highway zurück. Dabei orientierte Krome sich an JoLaynes weißem Laborkittel, der vor ihm zwischen den Bäumen und Büschen hindurchschlüpfte.

Wieder im Haus, verschwand sie im Schlafzimmer, um sich umzuziehen und ihren Anrufbeantworter abzuhören. Als sie wieder herauskam, stand er am Aquarium und beobachtete die jungen Schildkröten.

»Stellen Sie sich das mal vor«, sagte sie. »Die Chemical Bank hat angerufen. Diese Arschlöcher haben meine Visacard schon mit einem halben Vermögen belastet.«

Krome wirbelte herum. »Sie haben mir nicht gesagt, daß die Kerle auch Ihre Kreditkarte mitgenommen haben.«

JoLayne streckte die Hand nach dem Küchentelefon aus. »Ich muß die Nummer sperren lassen.«

Krome fing ihre Hand ab. »Nein, tun Sie das nicht. Das ist doch eine tolle Neuigkeit. Sie haben Ihre Visacard, und sie scheinen absolute Idioten zu sein.«

»Ja, ich könnte vor Freude schreien.«

»Sie wollen sie doch suchen, stimmt's? Jetzt haben wir eine Spur.«

JoLayne wurde hellhörig. Sie setzte sich an den Küchentisch und öffnete einen Karton gesalzene Goldfischkräcker. Das Salz brannte auf ihren Lippen und ließ ihr die Tränen in die Augen steigen.

Krome erklärte: »Sie tun jetzt folgendes. Rufen Sie die Bank an und erkundigen Sie sich, wo die Karte benutzt wurde. Erzählen sie denen einfach, Sie hätten sie Ihrem Bruder oder Ihrem Onkel oder wem auch immer geliehen. Aber sperren Sie sie nicht, JoLayne. Nicht eher, als bis wir genau wissen, wohin diese Typen wollen.«

Sie tat genau, was er ihr geraten hatte. Die Leute von der Chemical Bank waren überaus nett. Sie schrieb die Angaben auf und reichte Krome den Zettel, der nur »Wow!« rief.

»Tatsächlich, wow.«

»Sie haben zweitausenddreihundert Dollar bei einer Waffenausstellung ausgegeben?«

»Und zweihundertsechzig in einem Hooters«, ergänzte JoLayne. »Ich weiß nicht, was mir unheimlicher vorkommt.«

Die Waffenausstellung fand im War Memorial Auditorium in Fort Lauderdale statt, das Hooters befand sich in Coconut Grove. Die Räuber schienen nach Süden zu fahren.

»Packen Sie Ihre Sachen«, forderte Tom Krome sie auf.

»Mein Gott, ich habe die Schildkröten vergessen. Sie wissen ja, wie hungrig die werden können.«

»Sie begleiten uns aber nicht.«

»Natürlich nicht«, sagte JoLayne.

Sie hielten am ATM an, um sich Bargeld zu holen. Wieder im Wagen, stopfte sie sich eine Handvoll Goldfische in den Mund und meinte: »Fahren Sie so schnell Sie können, Partner. Meine Visa-Karte ist bei dreitausend leer.«

»Dann sollten wir sie auffüllen. Schicken Sie gleich morgen früh einen Scheck auf die Reise – ich will, daß diese Typen richtig die Sau rauslassen.«

JoLayne raffte Kromes Hemdfront zusammen und schüttelte ihn heftig. »Tom, ich habe noch genau vierhundertundzweiunddreißig Dollar auf meinem Konto.«

»Nehmen Sie es locker«, riet er ihr. Dann fügte er mit einem vielsagenden Blick hinzu: »Es wird allmählich Zeit, daß Sie anfangen wie ein Millionär zu denken.«

- 7 -

Chubs richtiger Name lautete Onus Dean Gillespie. Er war das jüngste von sieben Kindern, und seine Mutter, Moira Gillespie, brachte ihn zur Welt, als sie bereits siebenundvierzig war und irgendwelche Gedanken an Mutterschaft längst abgeschlossen hatte. Onus' Vater, Greve, pflegte eine klare, unmißverständlich offene Sprache und erinnerte seinen Sohn stets daran, daß seine Lebensbahn mit einem fehlerhaften Pessar begonnen hatte und daß sein Auftauchen in Mrs. Gillespies Bauch in etwa genauso willkommen gewesen war wie »eine Kakerlake auf einem Hochzeitskuchen«.

Nichtsdestoweniger wurde Onus in seiner Kindheit weder geschlagen noch benachteiligt. Greve Gillespie verdiente gutes Geld als Holzfäller in Nord-Georgia und war zu seiner Familie sehr großzügig. Sie wohnten in einem großen Haus mit einem Basketballkorb in der Auffahrt, einem gebrauchten Wasserskiboot auf einem Anhänger in der Garage und einem ledergebundenen Satz World Book-Enzyklopädien im Souterrain. Alle Geschwister von Onus besuchten die Georgia State University, und Onus selbst hätte es auch dorthin geschafft, wenn er sich nicht bereits im Alter von fünfzehn Jahren für ein Leben in Faulheit, Trunkenheit und absoluter Unwissenheit entschieden hätte.

Er zog aus dem elterlichen Haus aus und schloß sich ziemlich üblen Leuten an. Er fand einen Job in der Fotoabteilung eines Drugstores, wo er einen beachtlichen Nebenverdienst einstrich, indem er die Negative der Kunden kontrollierte, die schärfsten aussuchte und Abzüge an lüsterne Jugendliche auf der High-School verhökerte. Sogar noch als Erwachsener konnte Onus Gillespie nur staunen, daß es auf dieser Welt Frauen gab, die es ihren Freunden oder Ehemännern gestatteten, sie oben ohne zu fotografieren. Er träumte davon, irgendwann einmal so eine Frau kennenzulernen, aber bisher hatte es sich nicht ergeben.

Als er vierundzwanzig war, fand Onus per Zufall eine gutbezahlte Anstellung in einem Möbel- und Einrichtungshaus. Dank eines aggressiven Gewerkschaftsbüros im Ort schaffte er es, sich trotz einer abenteuerlichen Anwesenheitsstatistik, ausgiebig dokumentierter Unfähigkeit und einer gefährlichen Vorliebe für Teppichbodenkleber sechs Jahre lang in diesem Job zu halten. Fast bis zur Bewußtlosigkeit stoned, hatte Onus eines Tages den Gabelstapler in eine Schneidemaschine gelenkt. Es war zwar nur ein leichter Unfall bei niedrigster Geschwindigkeit, doch Onus leitete daraus eine exorbitante Forderung nach Unfallentschädigung ab.

Zu seiner ausgedehnten »Rekonvaleszenz« gehörten einige bierselige Angel- und Jagdausflüge. Eines Morgens wurde Onus dabei beobachtet, wie er mit einer Prostituierten im Arm und einem toten Bärenjungen auf den Schultern aus dem Wald auftauchte. Der

Mann, der ihn dabei erwischte, war ein Versicherungsdetektiv, dessen Firma nun überzeugend darlegen konnte, daß Mr. Onus Gillespie nicht im mindesten verletzt war. Erst jetzt erhielt er die Kündigung vom Möbelhaus. Er zog es vor, keinen Einspruch einzulegen.

Moira und Greve stellten ihrem aus der Art geschlagenen Sprößling einen letzten Scheck aus, dann verstießen sie ihn. Onus brauchte keine ausdrückliche Aufforderung, um den Staat zu verlassen. Abgesehen von einer bevorstehenden Gerichtsverhandlung wegen Versicherungsbetrugs und Wilderei hatte Onus einen ziemlich unfreundlichen Brief vom Internal Revenue Service erhalten, in dem man sich danach erkundigte, weshalb er in seinem ganzen bisherigen Erwachsenenleben noch nie einen Antrag auf einen Steuerjahresausgleich gestellt hatte. Um seiner Besorgnis Nachdruck zu verleihen, schickte der IRS einen Tieflader und zwei unfreundliche Männer, um Onus' besonders präparierten Ford Econoline Van abzuholen. Er war leicht zu erkennen. Ein üppiges Gemälde auf der Seitenwand zeigte Kim Basinger als nackte Meerjungfrau, die auf einem Narwal ritt. Onus begeisterte sich seit dem Film 9½ *Wochen* für die schöne Schauspielerin aus Georgia und betrachtete das Gemälde als Symbol seiner Liebe.

Es war die Beschlagnahme seines geliebten Econoline, die Onus Gillespie zu einem Regierungsgegner machte – ähnlich feindselig wie er inzwischen auch seinen Eltern gegenüberstand, die sich nicht nur geweigert hatten, seine Steuerschulden zu zahlen, sondern auch den IRS-Leuten einen Tip gegeben hatten, wo sie den Van finden konnten. Vor seinem hastigen Aufbruch hatte Onus seinen Führerschein verbrannt und seinen Familiennamen abgelegt. Er nannte sich jetzt Chub – so war er von seinen Brüdern und Schwestern in seiner Jugend gerufen worden, als er so etwas wie ein Gewichtsproblem hatte. Weil er sich nicht für einen Nachnamen entscheiden konnte, beschloß er, damit zu warten, bis ihm irgend etwas Zündendes einfiel. Er reiste per Anhalter nach Miami – mit nichts als den Kleidern, die er am Leibe hatte, siebzehn Dollar im Portemonnaie und, in einer Reißverschlußtasche, mit dem einzigen faßbaren Wertgegenstand, der Behindertenparkerlaubnis, die er dem Firmenarzt anläßlich seiner Forderung nach Schadensersatz abgeluchst hatte.

Reines Glück und eine Runde Freibier mündeten in einer Freundschaft mit einem Amateurfälscher, der Chub seine Druckausrüstung anvertraute, solange er im Staatsgefängnis einsaß. In Null Komma nichts produzierte Chub nachgemachte Behindertenaufkleber und verkaufte sie gegen Bares an die Autofahrer im Ort. Sein liebster Aufenthaltsort war das Bundesgefängnis in Miami, das berüchtigt war für seinen Mangel an Parkplätzen. Zu Chubs zufriedenen Kunden gehörten Stenotypistinnen, Kautionsbürgen, Drogenanwälte und sogar ein oder zwei Bundesrichter. Sein Ruf verbreitete sich, und er galt schon bald im gesamten County als zuverlässiger Lieferant von nachgemachten Rollstuhl-Schildern und Aufklebern.

Deshalb wurde er auch von Bode Gazzer aufgesucht, der in der Stadt ständig Parkprobleme hatte. Nachdem er kurz vorher den Dodge Ram gekauft hatte, hielt Bode es für allzu leichtsinnig, den Wagen drei oder vier Blocks weit entfernt zu parken, während er sich mit der Bürokratie der Bewährungsbehörde herumschlug. Diese Gegend bot sich nicht gerade für einen gemütlichen Spaziergang an. Es wimmelte dort von Haitianern und Kubanern! Er hatte alptraumhafte Visionen, daß sie seinen herrlichen neuen Wagen völlig auseinandernahmen.

Chub empfand auf Anhieb eine geistige Verwandtschaft mit Bode, dessen umfassende Theorien und versponnene Erklärungen in ihm eine tröstliche Saite zum Schwingen brachten. Zum Beispiel hatte es Chub tief getroffen, daß er von seinen Eltern für einen Steuerbetrüger gehalten worden war, doch Bode Gazzer richtete ihn moralisch wieder auf, indem er ihm eine ganze Reihe einleuchtender Gründe aufzählte, weshalb kein aufrechter weißer Amerikaner den Steuerbehörden auch nur einen Penny überlassen sollte. Chub erfuhr zu seiner großen Freude und Erleichterung, daß das, was er ursprünglich als sich Drücken vor einer Schuld angesehen hatte, in Wirklichkeit ein Akt durchaus legitimen bürgerlichen Protestes war.

»So etwas wie die Boston Tea Party«, hatte Bode gemeint und

wieder einmal auf sein liebstes historisches Schlüsselereignis Bezug genommen. »Die Leute damals waren gegen eine Besteuerung, ohne eine angemessene Vertretung zu haben, und genau dafür kämpfst auch du. Der weiße Mann hat in dieser Regierung seine Stimme verloren, also warum soll er dann ihre Rechnungen bezahlen?«

Das klang wie Musik in Chubs Ohren. Wie eine verdammt gute Musik. Und Bode Gazzer hatte unzählige solcher würdigen Erklärungen auf Lager.

Einige von Chubs Bekannten, vor allem die Kriegsveteranen, nahmen Anstoß an seinem Behindertenparkplatz-Schwindel. Nicht so Bode. »Denk doch mal nach«, hatte er zu Chub gemeint. »Wie viele Rollstuhlfahrer sieht man eigentlich auf den Straßen? Und dann sieh dir an, wieviel tausend Parkplätze für sie reserviert werden. Irgendwie paßt das nicht zusammen, es sei denn ...«

»Es sei denn was?«

»Es sei denn, diese Parkplätze sind gar nicht für die Behinderten vorgesehen«, hatte Bode eine gewagte Vermutung angestellt. »Welche Farbe haben denn diese Behindertenabzeichen?«

»Sie sind blau.«

»Hmm-mm. Und welche Farbe haben die Helme, die von den Soldaten der Vereinten Nationen getragen werden?«

»Woher soll ich das verdammt noch mal wissen? Blau?«

»Jawohl, mein Freund!« Bode Gazzer hatte Chubs Arm geschüttelt. »Erkennst du das denn nicht, Junge? Wenn eine Invasion stattfindet, was meinst du wohl, wer auf den blauen Rollstuhlplätzen parken wird? Das werden Soldaten sein. UN-Soldaten!«

»Herrgott im Himmel!«

»Nach meiner Einschätzung erweist du dem Land sogar einen verdammt guten Dienst mit diesen nachgemachten Behindertenschildern und -aufklebern. Jedes verkaufte Schild bedeutet einen Parkplatz weniger für den Feind. So betrachte ich die ganze Angelegenheit.«

Und so wollte Chub auch in Zukunft alles andere betrachten. Er war kein Gauner, er war ein Patriot! Das Leben wurde immer besser.

Im Augenblick war er mit seinem besten Kumpel unterwegs.

Im Begriff, Millionäre zu werden.

Und dabei einen langen, gemütlichen Nachmittag bei Hooters verbringend, angereichert mit gegrillten Hähnchenschenkeln, die sie mit Corona-Bier hinunterspülten.

Und gleichzeitig mit den Serviererinnen in ihren glänzenden orangefarbenen Shorts flirtend, die, Allmächtiger Gott, die tollsten jungen Beine hatten, die Chub je unter die Augen gekommen waren. Und Hintern so stramm und reif wie Golden Delicious-Äpfel.

Und draußen stand ihr Pick-up, der randvoll mit Waffen beladen war.

»Ich trinke«, verkündete Bode Gazzer und hob sein Glas, »auf Amerika.«

»Amen.« Chub rülpste.

»Das hier ist es, worauf es ankommt.«

»Aber sicher.«

»Muschi und Waffentechnik, davon kann es niemals genug geben«, erklärte Bode. »Das kannst du mir glauben!«

Als die Rechnung kam, waren sie sturzbetrunken. Mit einem überlegenen Grinsen warf Bode die gestohlene Kreditkarte auf den Tisch. Chub erinnerte sich vage daran, daß sie die Visa-Karte der Niggerin nach der Waffenausstellung, wo sie mit ihr eine TEC-9, eine Cobra M-11, eine gebrauchte AR-15, einen Kanister Pfefferspray und mehrere Kartons Munition gekauft hatten, eigentlich hatten wegwerfen wollen.

Chub waren Waffenausstellungen weitaus lieber als Waffenläden, weil Ausstellungen dank des Einflusses der National Rifle Association von praktisch jeder staatlichen oder bundesstaatlichen Gesetzesauflage befreit waren. Chub hatte die Idee gehabt, sich auf der Ausstellung in Fort Lauderdale umzusehen. Er war jedoch sehr dagegen gewesen, für derart auffällige Waffen mit einer gestohlenen Kreditkarte zu bezahlen. Er hielt das für geradezu schwachsinnig.

Erneut hatte Bode Gazzer jedoch seinen Freund beruhigen können, indem er Chub erklärte, daß viele Händler auf der Ausstellung in Wirklichkeit getarnte ATF-Agenten wären und die Benutzung einer falschen Kreditkarte die aufdringlichen Gesetzeshüter auf eine vergebliche Suche nach »J. L. Lucks« und seinem neu gekauften Waffenarsenal schicken würde.

»Die haben bald alle Hände voll zu tun«, hatte Bode prophezeit, »anstatt den ganzen Tag gesetzestreue Amerikaner zu belästigen.«

Sein zweiter Grund für die Benutzung einer gestohlenen Visa-Karte war eher pragmatisch als politisch: Sie hatten kein Bargeld. Aber Bode hatte sich mit Chub darauf geeinigt, die Kreditkarte nach der Waffenausstellung auf jeden Fall zu vernichten, ehe die Chemical Bank damit begann, Nachforschungen anzustellen.

Chub war gerade im Begriff, seinen Partner an diese Absicht zu erinnern, als eine außergewöhnlich langbeinige Serviererin erschien und die Visa-Karte vom Tisch angelte.

Bode faltete ehrfürchtig die Hände. »Das ist es, wofür wir kämpfen, mein Freund. Jedesmal, wenn dich Zweifel an unserem Anliegen beschleichen, denk an dieses reizende junge Ding und an das Amerika, das die Kleine verdient.«

»A-men«, schnaufte Chub mühsam.

Die Serviererin erinnerte ihn auffällig an seine geliebte Kim Basinger: helle Haut, sündige Lippen, blondes Haar. Chub war wie elektrisiert. Er fragte sich, ob das Mädchen einen Freund hatte und sie ihm gestattete, von ihr Oben-ohne-Fotos zu machen. Chub erwog bereits, sie an ihren Tisch zu holen und zu einem Bier einzuladen, doch dann geriet Bode Gazzer in sein Blickfeld und erinnerte Chub daran, wie sie beide aussehen mußten. Bode in seiner Tarnkleidung und den Cowboystiefeln, das Gesicht voller Blutergüsse und Bißwunden, und Chub selbst, ramponiert und verschwollen, sein zerfetztes linkes Augenlid mit einer improvisierten Augenklappe bedeckt.

Das Girl müßte blind oder verrückt sein, um an einer solchen Bekanntschaft interessiert zu sein. Als sie an den Tisch zurückkehrte, erkundigte Chub sich mutig nach ihrem Namen. Sie sagte, sie heiße Amber.

»Okay, Amber, wenn ich Sie mal was fragen darf – haben Sie schon mal von der White Rebel Brotherhood gehört?«

»Klar«, entgegnete die Serviererin, »die haben im vorigen Sommen im Vorprogramm der Geto Boys gespielt.«

Bode, der gerade die Visa-Quittung unterschrieb, schaute hoch und meinte: »Da irren Sie sich aber gewaltig, meine Liebe.«

»Ich glaube nicht, Sir. Ich habe nämlich auf dem Konzert ein T-Shirt gekauft.«

Bode runzelte die Stirn, Chub zwirbelte seinen Pferdeschwanz und stieß einen Pfiff aus. »Das nenne ich einen Tritt in die Eier!«

Amber nahm die Kreditkartenanweisung vom Tisch, deren Betrag auch ein 100-Dollar-Trinkgeld enthielt, belohnte sie mit einem dankbar verschämten Augenaufschlag und ihrem freundlichsten Lächeln, woraufhin Chub sich auf ein Knie sinken ließ und darum bat, ihre orangefarbenen Shorts als Andenken an diesen Nachmittag mitnehmen zu dürfen. Zwei hispanische Rausschmeißer erschienen augenblicklich, um die beiden Milizionäre aus dem Restaurant hinauszugeleiten.

Später, als sie inmitten ihrer neuen Handfeuerwaffen im Truck saßen, kicherte Chub. »Soviel zu deiner White Rebel Brotherhood.«

»Halt die Schnauze«, nuschelte Bode Gazzer, »ehe ich dir auf die Schuhe kotze.«

»Nur zu, Bruder. Ich bin verliebt.«

»Von wegen.«

»Ich bin verliebt, und ich habe eine Mission.«

»Fang bloß nicht damit an!«

»Nein«, warnte Chub, »versuch du lieber nicht, *mich* aufzuhalten.«

Um sich zu vergewissern, ob die Serviererin wegen des Namens ihrer Miliz recht hatte, suchten sie einen Schallplattenladen in einem Einkaufszentrum in Kendall auf. Träge suchte Bode in den Regalen herum, bis er den Beweis in der Hand hielt. Es war eine Compact Disk mit dem Titel *Nocturnal Omission*, aufgenommen in

Muscle Shoals, Alabama, von der White Rebel Brotherhood. Bode sah zu seinem Entsetzen, daß drei der fünf Bandmitglieder Neger waren. Sogar Chub sagte nun: »Das ist gar nicht lustig.«

Bode ließ ein halbes Dutzend Exemplare der CD mitgehen, die er mit der TEC-9 in Trümmer schoß, nachdem sie zu Chubs Wohnwagen zurückgekehrt waren. Sie machten es wie beim Tontaubenschießen. Chub schleuderte die CDs in die Luft, während Bode darauf feuerte. Sie hörten erst damit auf, als die Pistole eine Ladehemmung hatte. Chub klappte zwei ramponierte Gartenstühle auf und entfachte in einem verrosteten Ölfaß ein Feuer. Bode beschwerte sich, daß sein Bierrausch allmählich verflog, daher öffnete Chub eine Flasche billigen Wodkas, die sie zwischen sich hin- und hergehen ließen, während die Sterne herauskamen.

Schließlich meinte Chub: »Ich glaube, unsere Miliz braucht einen neuen Namen.«

»Ich bin schon viel weiter als du.« Bode setzte die Flasche an die Lippen, trank, setzte sie wieder ab. »The White Clarion Aryans. Ist mir gerade eingefallen.«

»Nun, mir gefällt's«, meinte Chub, auch wenn er sich nicht sicher war, ob er wußte, was »Clarion« bedeutete. Er nahm an, daß das Wort in einem Weihnachtslied in Verbindung mit Engeln vorkam.

»Können wir uns die WC...« Er verstummte und versuchte sich zu entsinnen, ob Aryan mit E oder A am Anfang geschrieben wurde.

Bode Gazzer half ihm: »WCA. Ich wüßte nicht, weshalb nicht.«

»Weil das ziemlich lang ist.«

»Nicht länger als der *erste* Name.«

»Aber es klingt wirklich cool«, sagte Chub.

White Clarion Aryans. Er hoffte inständig, daß keine klugscheißerische Rockband oder Rap-Truppe oder andere patriotische Vereinigung sich bereits diesen Namen ausgedacht hatte.

Bode erhob sich in seinem zerknautschten Tarnanzug aus dem Gartensessel und reckte die nun leere Wodkaflasche gen Himmel. »Auf die verdammte WCA. Einsatzbereit, gesichert und geladen.«

»Verdammt richtig«, bekräftigte Chub. »Die WCA.«

In diesem Moment bewunderte der junge Mann namens Shiner, die Augen von Valium leicht glasig, die Buchstaben W.R.B., die in einer deutschen Wehrmachts-Schrift quer über seinen linken Bizeps frisch eintätowiert worden waren. Unter den Initialen befand sich ein schreiender Adler, der ein Feuer spuckendes Gewehr in den Klauen hielt.

Der Tätowierungskünstler arbeitete in einem Harley-Laden in Vero Beach, Shiners erster Station auf seiner Reise in den Süden nach Florida City, wo er sich mit seinen neuen weißen Brüdern treffen wollte. Er hatte im Grab 'n' Go gekündigt und einen ziemlich schrillen Abgang veranstaltet – Mr. Singh, der Eigentümer, hatte wissen wollen, weshalb Shiners Impala auf dem einzigen Behindertenparkplatz des Ladens stand. Und Shiner hatte sich hinter der Theke aufgerichtet und erwidert: »Ich hab 'ne Genehmigung.«

»Ja, aber das verstehe ich nicht.«

»Hinten auf der Heckscheibe. Sehen Sie?«

»Ja, ja, aber du bist doch gar kein Krüppel. Die Polizei wird dir schon auf die Schliche kommen.«

Shiner hustete theatralisch. »Ich hab's in der Lunge.«

»Du bist kein Krüppel.«

»Behindert bin ich. Das ist ein Unterschied. Den Lungenschaden habe ich mir in der Armee geholt.«

Und Mr. Singh wedelte mit seinen schlanken braunen Armen und rannte nach draußen, um das Rollstuhlabzeichen etwas genauer in Augenschein zu nehmen. Er fragte: »Woher hast du das? Wie? Erzähl schon.«

Shiner strahlte. Die Reaktion des kleinen Mannes war ein Beweis für Chubs hervorragende Fähigkeiten als Fälscher.

Er grinste Mr. Singh an. »Es ist völlig echt, Boß.«

»Ja, ja, aber wie kommst du da ran? Du bist doch kein Krüppel, bist nicht behindert oder sonst was, und lüg mich ja nicht an. Und jetzt setz endlich den Wagen weg.«

Darauf erwiderte Shiner: »Behandeln Sie so einen Behinderten? Dann kündige ich, Penner.«

Er fischte sich drei Hundertdollarscheine aus der Registrierkasse und drängte sich an Mr. Singh vorbei, der lautstark protestierte: »Hey, Junge, leg sofort das Geld zurück! Aber dalli!«

Er schimpfte weiter über das Videoband, das Shiner auf Bodean Gazzers Anweisung aus der Überwachungskamera des Ladens geholt hatte – für den Fall, wie Bode erklärte, daß die Kassette noch nicht zurückgespult und das Überwachungsvideo vom 25. November noch nicht überspielt worden war, dem Tag, an dem JoLayne ihre Lottozahlen getippt hatte.

Bode Gazzer hatte Shiner nahegelgt, daß das Band immens wichtig wäre, falls die Behörden nachhaken sollten, wie sie in den Besitz des in Grange gespielten Lottoscheins gekommen wären. Die Kamera könnte dann beweisen, daß sie den Laden zum erstenmal nach dem Tag der Lottoziehung betreten hätten.

Daher entfernte Shiner, kurz nachdem Chub und Bode abgefahren waren, das belastende Videoband aus Mr. Singhs Recorder und ersetzte es durch ein leeres Band. Shiner fragte sich, während er den Impala über die Stadtgrenze lenkte, wie Mr. Singh den Austausch bemerkt hatte. Normalerweise überprüfte der kleine Scheißer den Recorder niemals, es sei denn, es hatte ein Überfall stattgefunden.

Shiner wäre um einiges nervöser gewesen, wenn er gewußt hätte, daß Mr. Singh von demselben neugierigen Mann besucht worden war, der JoLayne Lucks zu Shiners Haus begleitet hatte. Dem Mann namens Tom. Er hatte Mr. Singh gedrängt, die Überwachungskamera des Grab 'n' Go zu überprüfen. Bei dieser Gelegenheit stellten sie fest, daß das Überwachungsband vom Wochenende gegen ein neues, leeres Band ausgetauscht worden war.

Shiners Befürchtungen hinsichtlich des Videodiebstahls verflüchtigten sich schnell im Zuge der Tätowierungsprozedur. Sie wurde von einem bärtigen, halbnackten Biker vorgenommen, dessen Brustwarzen mit silbernen Schädelnadeln gepierced waren. Als der letzte indigoblaue Bogen des B vollendet war, legte der Biker die Tätowiernadel beiseite und zog den Stecker aus der Wandsteckdose. Shiner konnte gar nicht aufhören, stolz zu grinsen, sogar als der Biker seinen Arm ziemlich grob mit Alkohol einrieb, der in den winzigen Einstichen schrecklich brannte.

Was für ein herrlicher Adler! freute Shiner sich. Er konnte es kaum erwarten, dieses Kunstwerk Bode und Chub zu zeigen.

Indem er auf die martialische Schrift deutete, fragte Shiner den Biker: »Weißt du, was WRB heißt?«

»Scheiße, na klar. Ich habe sämtliche Alben von der Truppe.«

»Nein«, wandte Shiner ein. »Ich meine nicht die Band.«

»Was dann?«

»Das wirst du schon bald erfahren.«

Der Biker hatte für Klugscheißer nichts übrig. »Ich kann's kaum erwarten.«

Shiner sagte: »Ich gebe dir einen Tip: Es steht im zweiten Zusatzartikel zur Verfassung.«

Der Biker stand auf und beförderte den Tätowierhocker mit einem lässigen Tritt in eine Ecke. »Ich hab auch einen Tip für dich, du kleiner Wichser. Gib mir mein Geld und sieh zu, daß du deinen mageren weißen Arsch von dannen bewegst.«

Demencio bastelte an seiner weinenden Madonna herum, als die Türklingel anschlug. Draußen stand JoLayne Lucks mit einem hochgewachsenen, adretten weißen Mann. JoLayne trug ein Ende des Aquariums, der weiße Mann das andere.

»'n Abend«, begrüßte sie Demencio, der nichts anderes tun konnte, als sie hereinzubitten.

»Trish ist zum Einkaufen«, entgegnete er überflüssigerweise und ziemlich zusammenhanglos.

Sie stellten das Aquarium neben Demencios Golfschlägern auf den Fußboden. Der Weg die Treppe hinauf hatte die kleinen Schildkröten allesamt an ein Ende des Beckens rutschen lassen.

JoLayne Lucks sagte: »Ich möchte Ihnen meinen Freund Tom Krome vorstellen. Tom, das ist Demencio.«

Die Männer schüttelten sich die Hand, wobei Krome die enthauptete Madonna betrachtete und Demencio sich auf die aufgeregt umherpaddelnden Schildkröten konzentrierte.

»Was tun Sie da?« fragte JoLayne.

»Es ist nichts Schlimmes. Ihr eines Auge ist verstopft.« Demencio wußte, daß Lügen in diesem Moment nur vergeudete Energie wäre. Es war alles vorhanden und lag ausgebreitet auf dem Wohnzimmerteppich, so daß jeder Narr sofort Bescheid wissen mußte – die zerlegte Statue, die Schläuche, der Gummiball zum Pumpen.

JoLayne nickte verblüfft. »Also so bringen Sie sie zum Weinen.«

»So wird's gemacht.«

Der Mann namens Tom interessierte sich besonders für die Parfümflasche.

»Eine koreanische Marke«, erklärte Demencio, »aber eine gute. Sehen Sie, ich möchte, daß die Tränen angenehm riechen. Den Pilgern gefällt das.«

»Das ist eine gute Idee«, lobte JoLayne, obgleich ihr Freund Tom das Gesicht skeptisch verzog. Sie erklärte Demencio, sie hätte eine Aufgabe für ihn.

»Sie und Trish müssen sich um die Schildkröten kümmern, bis ich wieder zurück bin. In meinem Wagen habe ich noch einen Sack frischen Romanasalat, und ich lasse Ihnen Geld für mehr hier.«

»Wohin wollen Sie denn, JoLayne?« erkundigte sich Demencio.

»Ich habe in Miami einiges zu erledigen.«

»Das hat doch sicherlich mit dem Lotto zu tun, nicht wahr?«

Tom Krome ergriff das Wort. »Was haben Sie gehört?«

»Daß der Abschnitt verlorengegangen ist – das habe ich gehört«, antwortete Demencio.

JoLayne Lucks versprach, ihm die ganze Geschichte zu erzählen, wenn sie wieder nach Grange zurückgekehrt wäre. »Und ich entschuldige mich aufrichtig dafür, daß ich so geheimnisvoll tue, aber Sie werden mich schon verstehen, wenn Sie später alles erfahren.«

»Wie lange werden Sie denn weg sein?«

»Ehrlich gesagt, weiß ich das nicht«, gab JoLayne zu, »aber ich biete Ihnen folgendes an: eintausend Dollar, um sich um meine Lieblinge zu kümmern. Ganz gleich, ob für einen Tag oder für einen Monat.«

Tom Krome schien geschockt zu sein. Demencio stieß bei der Summe einen Pfiff aus.

»Es ist mir völlig ernst damit«, bekräftige JoLayne.

Und du spinnst offensichtlich, dachte Demencio. Einen Riesen, um für eine Ladung Schildkröten den Babysitter zu spielen?

»Das ist mehr als angemessen«, bemerkte er und bemühte sich, Kromes Blick zu meiden.

»Ich denke auch«, sagte JoLayne. »Also… Trish erzählte, Sie hätten eine Katze.«

»Scheiß auf die Katze«, erwiderte Demencio. »Entschuldigen Sie meine gepflegte Ausdrucksweise.«

»Ist sie geimpft? Ich kann mich nicht daran erinnern, Sie bei Doc Crawford gesehen zu haben.«

»Es ist nur eine blöde Streunerin. Trish legt für sie immer ein paar Essensreste auf die Treppe.«

»Na schön«, sagte JoLayne. »Aber die Abmachung ist hinfällig, wenn sie eins von meinen Babys erwischt.«

»Keine Sorge.«

»Es sind fünfundvierzig. Ich hab sie gezählt.«

»Fünfundvierzig«, wiederholte Demencio. »Ich passe genau auf.«

JoLayne reichte ihm einen Hundertdollarschein als Anzahlung sowie zwanzig Dollar für einen Salatvorrat. Sie versprach, ihm den Rest zu geben, wenn sie von ihrer Reise zurück wäre.

»Was ist mit Trish?« fragte sie. »Wie verträgt sie sich mit Reptilien?«

»Oh, sie ist ganz verrückt danach. Vor allem nach Schildkröten.« Demencio konnte kaum sein Gesicht ernst halten.

Krome nahm die Kamera heraus. Es war eins von diesen Einwegmodellen aus Pappe. Demencio erkundigte sich, wozu sie gedacht wäre.

»Ihre Jungfrau Maria – darf ich ein Foto machen? Es ist für eine Freundin.«

Demencio nickte. »Ich denke schon. Warten Sie nur noch einen Moment, bis ich sie wieder zusammengesetzt habe.«

»Das wäre toll. Setzen Sie sie zusammen, und lassen Sie sie weinen.«

»Mein Gott, Sie wollen auch noch Tränen haben?«

»Bitte«, sagte Tom Krome, »wenn es nicht zuviel Mühe macht.«

- 8 -

Es war schon nach Mitternacht, als Tom Krome und JoLayne Lucks vor dem Comfort Inn in South Miami unweit der Universität anhielten. Aus Furcht, daß ihre häßlichen Wunden und Blutergüsse allgemein Neugier erregten, blieb JoLayne im Wagen sitzen, während Krome sie im Motel anmeldete. Sie erhielten angrenzende Einzelzimmer.

Krome schlief schnell ein – eigentich ein Wunder angesichts der Tatsache, daß er keinen Job mehr, nur noch dreizehnhundert Dollar auf seinem Bankkonto und eine von ihm getrennt lebende Frau hatte, die einerseits vorgab, tablettensüchtig zu sein, und sich andererseits weigerte, in die Scheidung von ihm einzuwilligen. Als hätte das noch nicht ausgereicht, bei ihm ein akutes Gehirnfieber auszulösen, trachtete ihm auch noch ein eifersüchtiger Richter nach Gesundheit und Leben, dessen Frau er nicht mal einen Monat lang gebumst hatte. All diese gewichtigen Probleme hatte Krome beiseite geschoben, um sich selbst in größte Gefahr zu begeben, indem er zwei bewaffnete Psychopathen verfolgte, die eine Frau beraubt und mißhandelt hatten, die Krome so gut wie gar nicht kannte.

Trotzdem schlief er wie ein junger Hund. So beschrieb JoLayne Lucks, die bei ihm im Zimmer saß, seinen Schlaf, als er bei hellem Tageslicht aufwachte.

»Als gäbe es nichts auf der Welt, worum Sie sich Sorgen machen müßten«, hörte er sie erklären. »Das ist das wirklich Schöne an meinem Job – daß ich jungen Hunden und Katzen beim Schlafen zusehen darf.«

Krome richtete sich auf beiden Ellbogen auf. JoLayne trug einen Sportbüstenhalter und eine Radlerhose. Ihre Beine und Arme waren schlank, aber ausgesprochen muskulös. Er wunderte sich, daß es ihm vorher noch nicht aufgefallen war.

»Babys schlafen genauso«, fuhr sie fort, »aber Babys zu betrachten macht mich traurig. Und ich weiß noch nicht einmal, weshalb.«

»Weil Sie wissen, was sie im späteren Leben erwartet.« Krome machte Anstalten, sich aus dem Bett zu rollen, doch dann fiel ihm ein, daß er nur mit einer Unterhose bekleidet war.

JoLayne warf ihm ein Handtuch zu. »Sie sind aber einer von der ganz schüchternen Sorte. Soll ich mich auch noch umdrehen?«

»Das ist nicht nötig.« Nach der Badewannen-Episode gab es schließlich nichts mehr zu verbergen.

»Gehen Sie unter die Dusche«, riet sie ihm. »Ich verspreche Ihnen, daß ich nicht hingucke.«

Als Krome wieder ins Wohnzimmer kam, war sie eingeschlafen und lag auf seinem Bett. Einige Sekunden lang stand er da und lauschte dem flüsternden Rhythmus ihres Atems. Es war erschreckend, wie gut er sich fühlte, wenn man sich das wahnwitzige Risiko vor Augen hielt, das vor ihm lag. Dieses völlig fremde Gefühl, eine Mission zu haben, erfüllte ihn mit frischer Energie, und er beschloß, diese Reaktion nicht zu eingehend zu analysieren. Eine Frau war mißhandelt worden, die Männer, die es getan hatten, mußten dafür bezahlen – und Krome hatte nichts Besseres zu tun, als zu helfen. Aber wie dem auch sei, Waffennarren durch Süd-Florida zu hetzen war allemal besser, als hirnlose Zeitungsartikel über das Junggesellendasein in den neunziger Jahren zu schreiben.

Er schlich sich nach nebenan in JoLaynes Zimmer, damit er sie nicht aufweckte, wenn er telefonierte. Zwei Stunden später kam sie mit verquollenen Augen herein. »Ich hatte vielleicht einen Traum«, stöhnte sie.

»Schlimm oder gut?«

»Sie kamen auch darin vor.«

»Reden Sie nicht weiter.«

»In einem Heißluftballon.«

»Das ist doch nicht möglich.«

»Kanariengelb mit einem orangefarbenen Streifen.«

Krome meinte: »Lieber hätte ich auf einem schönen Pferd gesessen.«

»Schimmel oder Rappe?«

»Das ist egal.«

»Ja, schon gut.« JoLayne verdrehte die Augen.

»Es muß nur schnell sein«, fügte Krome hinzu.

»Vielleicht das nächste Mal.« Sie gähnte, setzte sich auf den Boden und schlug dabei die Beine über Kreuz, um sich darauf zu hocken. »Sie waren wohl fleißig, nicht wahr?«

Er erzählte ihr, daß er Geld besorgt hätte, um die weitere Jagd zu finanzieren. Natürlich wollte sie wissen, woher er es hatte, aber Krome wich aus. Die Kreditbank der Zeitungsbranche, die noch nichts von seiner Kündigung erfahren hatte, war so entgegenkommend gewesen, ihm die notwendigen Mittel zu leihen. JoLayne hätte einen Affentanz veranstaltet, wenn er ihr die Wahrheit gesagt hätte.

»Ich habe bereits telegrafisch dreitausend auf Ihr Visa-Konto überwiesen«, berichtete er, »damit die Schweine flüssig bleiben.«

»Ihr eigenes Geld?«

»Nicht meins, sondern das der Zeitung«, antwortete er.

»Verschwinden Sie.«

»Schon mal was von einem Spesenkonto gehört? Ich kriege alles, was ich für Hotelzimmer und für Sprit ausgebe, zurück.«

Krome klang wie der Zeitungszar persönlich. Er hatte keine Ahnung, ob JoLayne Lucks ihm seine Lügen abkaufte. Ihre Zehen wackelten, und das konnte so gut wie alles bedeuten.

Sie sagte: »Die müssen auf die Story aber richtig scharf sein.«

»Hey, so ist das nun mal in unserem Gewerbe.«

»Das Nachrichtengeschäft, nicht wahr? Erzählen Sie mir mehr darüber.«

»Die Männer, die Sie geschlagen haben«, wich Krome aus, »haben Ihren Lottoschein noch nicht vorgelegt. Ich habe in Tallahassee nachgefragt. Sie haben noch nicht einmal ihre Namen durchgegeben.«

»Sie warten, um ganz sicher sein zu können, daß ich nicht zur Polizei gehe. Genau so, wie Sie es prophezeit haben.«

»Sie halten eine Woche lang durch, vielleicht auch zehn Tage, ehe der Lottoschein ihnen ein Riesenloch in die Tasche brennt.«

»Das ist nicht sehr lange.«

»Ich weiß. Wir brauchen einige handfeste Hinweise, um sie zu finden.«

»Und dann …?«

Sie hatte die gleiche Frage schon früher gestellt, und Krome hatte darauf keine Antwort parat gehabt. Alles Weitere hing davon ab, wer die Kerle waren, wo sie wohnten, was sie sich auf dieser Waffenmesse angeschafft hatten. Daß die Männer daran gedacht hatten, das Überwachungsvideo des Grab 'n' Go zu stehlen, zeigte, daß sie doch nicht so dumm waren, wie Krome anfangs angenommen hatte.

JoLayne erinnerte ihn daran, daß ihre Remington im Kofferraum lag. »Das Schöne an Schrotflinten ist«, sagte sie, »ihre große Streuwirkung.«

»Oh, demnach haben Sie schon mal auf Menschen geschossen?«

»Nein, Tom, aber ich kenne das Gewehr. Dafür hat mein Daddy gesorgt.«

Krome reichte ihr das Telefon. »Rufen Sie mal die netten Leute bei Visa an. Mal sehen, was unsere Partylöwen weiterhin vorhaben.«

Sinclair hatte beim *Register* niemandem verraten, daß Tom Krome gekündigt hatte, da er hoffte, daß dies nur ein billiger Bluff gewesen war. Gute Reporter waren leicht reizbar und impulsiv. An diesen Lehrsatz erinnerte sich Sinclair noch aus seiner Zeit in der Schule für Zeitungsmanagement.

Dann erschien die Frau, die die polizeilichen Aktivitäten beobachtete, mit einem fotokopierten Bericht in Sinclairs Büro, den er überaus beunruhigend fand. Die Fenster des Krome-Hauses waren von bisher unbekannten Personen zerschossen worden, und es gab keine Spur vom Hauseigentümer. Da nirgendwo frische Blutspuren oder gar Leichen gefunden worden waren, beurteilten die Cops diesen Vorfall als einen zufälligen Akt von Vandalismus. Sinclair glaubte allerdings, daß die ganze Angelegenheit viel ernster war.

Er ging in Gedanken gerade sämtliche Möglichkeiten durch, die sich ihm boten, als seine Schwester Joan aus Grange anrief. Aufgeregt berichtete sie Sinclair die neuesten Gerüchte. Die Lotto-Frau,

JoLayne Lucks, habe am Vorabend die Stadt in Begleitung eines Weißen verlassen, vermutlich ein Zeitungsreporter.

»Ist das dein Mann?« fragte Joan.

Sinclair hatte ein ungutes Gefühl, während er nach einem Stift und nach Papier suchte. Da er noch nie als Reporter gearbeitet hatte, fehlte ihm natürlich die Schreibpraxis.

»Noch mal ganz von vorne«, flehte er seine Schwester an, »und rede langsam.«

Aber Joan hatte noch mehr Klatsch anzubieten und plapperte fröhlich drauflos: Der Angestellte im Grab 'n' Go hatte sich ebenfalls aus dem Staub gemacht – ja, der Tpy, der ursprünglich erzählt hatte, JoLayne Lucks' Gewinnschein angenommen zu haben und der es sich nachher anders überlegt hatte.

»Wow«, entfuhr es Sinclair, während er krampfhaft mitschrieb. »Etwas ausführlicher, bitte.«

Dieser wacklige Supermarktverkäufer gab der Geschichte einen ganz neuen Dreh. Joan erzählte ihrem Bruder, was im Ort über Shiner bekannt war. Sinclair unterbrach sie, als sie auf die Mutter des jungen Mannes und den Ölfleck-Jesus zu sprechen kam.

»Ich brauche deine Bestätigung«, sagte er zu Joan. »Sie reisen zusammen – der Verkäufer, dieser Schreiberling und die Lucks-Tante? Ist das richtig so?«

Seine Schwester meinte: »Oh, es gibt jede Menge verrückter Theorien. Die Bermuda-Geschichte gefällt mir persönlich am besten.«

Sinclair kritzelte treu und brav das Wort »Bermuda« auf seinen Notizblock. Er fügte ein Fragezeichen hinzu, um seine Zweifel anzudeuten. Schließlich bedankte er sich bei Joan für den Tip, und sie versprach, sich wieder zu melden, sobald sie etwas Neues hören sollte. Nachdem er aufgelegt hatte, zog Sinclair in seinem Büro die Vorhänge zu, was für seine gesamte Belegschaft als ein Signal galt – obgleich ihm das überhaupt nicht bewußt war –, daß ein Notfall vorlag.

In ungestörter Einsamkeit konnte Sinclair nun unter den verschiedensten Möglichkeiten auswählen. Tom Kromes Schicksal interessierte ihn sehr, wenn auch nur unter rein beruflichen Aspekten. Von einem Redakteur wurde erwartet, daß er die Illusion von totaler Kontrolle über sein schreibendes Personal aufrechterhielt oder zumindest jederzeit eine vage Vorstellung vom jeweiligen Verbleib seiner Leute hatte. Die Situation mit Krome wurde durch die Tatsache verkompliziert, daß er vom Textchef des *Register*, dem in seiner gehobenen Position der tägliche Streß erspart blieb, mit diesem Mann zusammenarbeiten zu müssen, als wertvolles Talent betrachtet wurde. Sinclair vertrat die zynische Theorie, daß Krome sich das Wohlwollen des Textchefs mit einem einzigen längeren Artikel errungen hatte – eine Reportage über eine umstrittene Performancekünstlerin, die sich selbst und gelegentlich auch Zuschauer mit Zucchinis, Kartoffeln und tiefgefrorenem Kürbis traktierte. Mit großer Mühe hatte Krome es geschafft, den Freiübungen der jungen Frau einen ziemlich weit hergeholten Symbolismus abzuringen, und sein wohlwollender Artikel hatte das National Endowment for the Arts dazu gebracht, ihr ein Stipendium von jährlich 14 000 Dollar zu bewilligen. Die Künstlerin war so dankbar, daß sie die Zeitung aufsuchte, um sich bei dem Reporter – der wie immer außerhalb der Stadt unterwegs war – zu bedanken, und statt dessen zum Chef vom Dienst geführt wurde – der sie natürlich zum Essen einlud. Eine Woche später fand Tom Krome zu seiner Verblüffung einen Fünfundsiebzig-Dollar-Bonus auf seinem Gehaltsscheck.

War das Leben fair? Sinclair wußte, daß es unwichtig war. Er mußte davon ausgehen, daß seine eigene Karriere in Mitleidenschaft gezogen würde, falls Krome unerwartet in einem Krankenhaus, einem Gefängnis oder einer Leichenhalle auftauchte oder in einen handfesten Skandal verwickelt würde. Dennoch hatte Sinclair nicht die geringste Möglichkeit, den Gang der Ereignisse zu beeinflussen, weil ihm zwei entscheidende Fehler unterlaufen waren. Zuerst einmal hatte er es zugelassen, daß Krome seinen Job kündigte, und es zweitens unterlassen, irgend jemanden bei der Zeitung davon zu informieren. Wenn es also nach Sinclairs Chefs ging, arbeitete Krome noch immer für ihn.

Was wiederum bedeutete, daß Sinclair dafür verantwortlich gemacht wurde, falls Krome starb oder anderweitig in Schwierigkeiten geriet. Da Sinclair weder über den Einfallsreichtum noch über ausreichend Personal verfügte, um seinen verlorenengegangenen Reporter zu suchen, setzte er seine gesamte Energie dafür ein, sich nach allen Seiten abzusichern. Er verbrachte zwei Stunden damit, ein Memorandum zu formulieren, das sein letztes Treffen mit Krome behandelte und ausführlich auf den persönlichen Streß einging, unter dem der Mann offensichtlich gestanden hatte. Sinclairs schriftliche Darstellung gipfelte darin, daß Krome gekreischt habe, er kündige, danach Sinclairs Schreibtisch umgekippt habe und aus dem Nachrichtensaal hinausgestürmt sei. Natürlich hatte Sinclair sich geweigert, die Kündigung seines mit Problemen beladenen Freundes anzunehmen, und ihn statt dessen bei voller Bezahlung als wegen Krankheit abwesend geführt. Aus Rücksicht auf Kromes Privatsphäre hatte Sinclair niemandem, nicht einmal seinem Chef vom Dienst, etwas davon erzählt.

Sinclair las sich das Memorandum mindestens ein halbes dutzendmal durch. Es war ein glänzendes Beispiel für Management-Sophisterei, indem es einerseits Zweifel an der mentalen Stabilität eines Angestellten weckte und andererseits den Autor als loyalen, aber zugleich auch besorgten Vorgesetzten erscheinen ließ.

Vielleicht brauchte Sinclair dieses Schriftstück noch nicht einmal, um seinen Kopf aus der Schlinge zu ziehen. Vielleicht vergaß Tom Krome ganz einfach die bescheuerte Lotto-Tante und kehrte an seinen Arbeitsplatz beim *Register* zurück, so als wäre nichts geschehen.

Aber Sinclair hatte da so seine Zweifel. Das wenige, das er von seinen eigenen undeutlichen Kritzeleien entziffern konnte, verursachte ihm heftige Magenkrämpfe.

Bermuda?

Chub konnte sich einfach nicht entscheiden, wo er nun den gestohlenen Lottoschein deponieren sollte – nur wenige Verstecke waren so genial wie Bode Gazzers Kondom. Zuerst verstaute Chub das wertvolle Stück in einem seiner Schuhe, wo es gegen Abend triefnaß vor Schweiß war. Bode warnte ihn, daß die Lottozentrale den Schein nicht anerkennen würde, wenn er »entstellt« wäre, ein juristischer Begriff, den Bode großzügig dahingehend interpretierte, daß er auch die Zustände »naß« und »stinkend« einschloß. Gehorsam steckte Chub daraufhin den Schein in eine Schachtel Hohlmantelpatronen, die er stets bei sich trug. Erneut äußerte Bode Gazzer ernste Bedenken. Er wies darauf hin, daß, wenn Chub in eine Feuersbrunst geraten sollte, die Munition in seiner Hose explodieren und neben anderem auch den Lottoschein zerstören könnte.

Die einzige Idee, die Chub in dieser Hinsicht kam, war ein Trick, den er in irgendeinem ausländischen Gefängnisfilm gesehen hatte, wo der Held, der einen Häftling spielte, ein geheimes Tagebuch in seinem After versteckt hatte. Der Typ kritzelte seine Eintragungen in ameisenkleinen Buchstaben auf Kaugummipapier, das er winzig klein zusammenfaltete und sich in den Hintern schob, damit die Gefängniswärter nichts bemerkten. Berücksichtigte man Bodes geringe Meinung von Chubs persönlicher Hygiene, so war Chub sich einigermaßen sicher, daß sein Partner diese After-Safe-Idee strikt ablehnen würde. Er irrte sich nicht.

»Und wenn ich den Schein vorher in Plastikfolie einwickle?« bot Chub an.

»Es ist mir egal, ob du den Zettel in Kryptonit verpackst, aber eins ist sicher, dieser Lottoschein verschwindet nicht in deinem Arsch.«

Statt dessen befestigten sie ihn mit einem breiten Streifen Heftpflaster an der Außenseite von Chubs Oberschenkel auf einer unbehaarten Fläche, die – wie Bode zugab – von Chubs würzigem Schweiß weitgehend unbehelligt geblieben war. Bode machte Chub mit Nachdruck darauf aufmerksam, daß er den Lottoschein-Verband auf jeden Fall entfernen müsse, falls er jemals auf die Idee kommen sollte, so etwas wie ein Bad zu nehmen.

Chub fand diese Beleidigung gar nicht nett und äußerte das auch. »Wenn du nicht aufpaßt, was du redest«, warnte er Bode Gazzer, »werde ich mit deinem ach so wertvollen Wagen etwas derart Schreckliches tun, daß du dich der Karre nachher nur noch in einem dieser Astronautenanzüge nähern kannst.«

»Mein Gott, reg dich doch nicht gleich wieder so auf.«

Später fuhren sie wie üblich zum 7-Eleven, um dort ihr gewohntes Frühstück aus Orange Crush und Dolly Madisons einzunehmen. Bode klaute eine Zeitung und suchte darin nach einer Meldung über den Lottoschein-Raub in Grange. Zu seiner Erleichterung fand er nichts dergleichen. Chub erklärte, daß er Lust auf ein paar Schießübungen hätte, daher fuhren sie zu Bodes Wohnung, holten die AR-15, einen Kasten Bier und nahmen den Eighteen-Mile Stretch nach Süden. Unterwegs bogen sie auf eine Schotterstraße ab, die zu einem kleinen Felstümpel führte. Dieser lag nicht weit entfernt von einem Gefangenenlager, in dem Bode schon einmal vier Monate lang eingesessen hatte. Am Tümpel trafen sie auf eine Gruppe adrett gekleideter Männer, die Pistolenhalfter und Ohrenschützer trugen. Aus den Fahrzeugtypen – durchweg die neuesten Cherokee-, Explorer- und LandCruiser-Modelle – und der Akkuratesse, mit der sie nebeneinander abgestellt worden waren, schloß Bode, daß die Schützen anständige und harmlose Familienväter waren, die sich in Selbstverteidigung üben wollten. Die Männer standen nebeneinander und feuerten mit Pistolen und halbautomatischen Waffen auf Pappsilhouetten, wie sie auch von der Polizei in der Schießausbildung benutzt werden. Bode bemerkte mit zunehmender Unruhe, daß zu der Gruppe auch ein Neger, ein oder zwei mögliche Kubaner und ein hagerer kahler Bursche, der wahrscheinlich Jude war, gehörten.

»Wir müssen verschwinden. Dieser Ort erscheint mir nicht allzu sicher.« Bode spielte perfekt die Rolle des Milizkommandeurs.

»Dann warte mal einen Moment«, sagte Chub. Er nahm seine Augenklappe ab und schlenderte zur Schützenlinie. Dort brachte er lässig die AR-15 in Anschlag und verwandelte in ein paar betäubenden Sekunden die Pappkameraden in einen Konfettiregen. Dann, sozusagen als Zugabe, erwischte er auch noch einen einzelnen Bussard, der in mehr als dreihundert Metern Höhe am Himmel über ihnen seine Kreise zog. Wortlos packten die Familienväter ihre Pistolen ein und verließen den Übungsplatz. Einige hatten es sogar so eilig mit dem Abfahren, daß sie noch nicht einmal ihre Ohrenschützer abnahmen, ein Anblick, über den Bode Gazzer sich vor Lachen ausschüttete.

Chub leerte ein halbes Dutzend Magazine, ehe er genug hatte und Bode das Gewehr reichte, der jedoch keine Lust zum Schießen hatte. Der Lärm der Gewehrsalven hatte die Migräne nach Bodes morgendlichem Kater wiederaufleben lassen, und nun wünschte er sich nichts anderes als völlige Ruhe. Er und Chub setzten sich an den Rand des Tümpels und nahmen den Kasten Bier in Angriff.

Nach einer Weile fragte Chub: »Wann können wir denn nun endlich unsere Gewinne abholen?«

»Schon bald. Aber wir müssen vorsichtig sein.«

»Dieses Niggergirl wird schon nichts verraten.«

»Wahrscheinlich nicht«, sagte Bode. Aber wenn er sich an den Kampf erinnerte, mußte er zugeben, daß ihm die Frau überhaupt nicht so ängstlich erschienen war, wie sie es eigentlich hätte sein müssen. Wütend wie eine Hornisse, klar, und sie hatte auch babymäßig geflennt, als Chub ihre Schildkröte erschossen hatte – aber da war kein ängstliches Zittern zu entdecken, trotz der Schmerzen. Dabei hatten sie sich besondere Mühe gegeben, bei ihr den Eindruck zu erwecken, daß sie zurückkommen und sie umbringen würden, wenn sie nicht die Schnauze hielt. Bode hoffte, daß sie es ihnen abgenommen hatte und sie sich daran hielt.

Chub riß ihn aus seinen Überlegungen. »Laß uns morgen nach Tallahassee fahren«, schlug er nun vor, »und das Geld holen.«

Bode lächelte freudlos. »Hast du in letzter Zeit mal in den Spiegel geguckt?«

»Wir erzählen einfach, wir hätten einen Unfall gehabt.«

»Mit – mit irgendwelchen Raubkatzen?«

»Wie dem auch sei, sie müssen uns das Geld geben, egal, wie wir aussehen. Selbst wenn wir Lepra hätten, müßten die Scheißer den Kies rausrücken.«

Geduldig erklärte Bode Gazzer, wie verdächtig es wäre, wenn zwei offensichtlich engbefreundete Personen je einen halben Lotto-Jackpot mit Lottoscheinen für sich beanspruchten, die an völlig verschiedenen Orten gelöst worden waren.

»Es wäre besser«, meinte Bode, »wenn wir uns gar nicht kennen würden. Für die Lottozentrale haben wir uns noch nie gesehen.«

»Okay.«

»Und falls jemand fragt, dann habe ich meinen 14-Millionen-Schein in Florida City abgegeben und du deinen in Grange. Und vorher sind wir uns noch nie begegnet.«

»Kein Problem«, entgegnete Chub.

»Und noch eins, wir dürfen auf keinen Fall gemeinsam in Tallahassee aufkreuzen. Einer von uns fährt am Dienstag hin, der andere von mir aus eine Woche später. Nur um auf Nummer Sicher zu gehen.«

»Und anschließend«, erklärte Chub, »schmeißen wir das ganze Geld zusammen.«

»Du hast es erraten.«

Chub rechnete laut. »Wenn die ersten Schecks über siebenhundert Riesen lauten, ergeben sich bei zwei insgesamt eine Million und vierhunderttausend Bucks.«

»Vor Steuern, vergiß das nicht«, erinnerte ihn Bodean Gazzer. Er hatte das Gefühl, als würde sein Schädel in der Mitte gespalten, eine Qual, die durch die lästige Beharrlichkeit seines Partners noch verschlimmert wurde.

»Aber was ich noch wissen will«, setzte Chub erneut an, »ist, wer nun zuerst geht. Wer sich sein Geld holt, meine ich.«

»Welchen Unterschied macht das denn?«

»Ich glaube, keinen.«

Sie stiegen wieder in den Truck und fuhren über die Schotterstraße zurück zum Stretch. Chub blickte aus dem Fenster, während Bode fortfuhr: »Mir gefällt das Warten genausowenig wie dir. Je eher wir das Geld in die Finger bekommen, desto eher können die White Clarion Aryans marschieren. Dann können wir endlich mit der Rekrutierung beginnen. Und Unterstände, Bunker und wer weiß was noch alles bauen.«

Chub zündete sich eine Zigarette an. »Und wo kriegen wir in der Zwischenzeit genügend Geld her?«

»Eine gute Frage«, mußte Bode Gazzer zugeben. »Ich möchte

bloß wissen, ob das Niggergirl mittlerweile die Kreditkarte hat sperren lassen.«

»Das ist durchaus wahrscheinlich.«

»Und es läßt sich feststellen.«

Chub produzierte einen Rauchkringel. »Wie stellst du dir das denn vor?«

»Wir haben den Tank nur noch zu einem Viertel gefüllt«, stellte Bode fest. »Paß mal auf, wir fahren zur Shell-Tankstelle am Highway und versuchen unser Glück an der Selbstbedienungssäule. Wenn sie die Visa-Karte wieder ausspuckt, hauen wir schnellstens ab.«

»Ja?«

»Ja. Es kann überhaupt nichts passieren.«

Chub wiegte den Kopf. »Und wenn die Zapfsäule die Karte annimmt?«

»Dann haben wir für einen weiteren Tag Luft.«

»Das klingt nicht übel.« Chub zog genußvoll an seiner Zigarette. Er träumte bereits wieder von gegrillten Hähnchenschenkeln und einer ganz bestimmten blonden Schönheit in seidig glänzenden orangefarbenen Shorts.

Der Bankcomputer zeigte an, daß JoLaynes Visa-Karte seit dem vorangegangenen Nachmittag bei Hooters nicht mehr benutzt worden war.

»Was nun?« fragte sie und winkte mit dem Telefonhörer.

»Bestellen Sie eine Pizza«, empfahl Tom Krome, »und warten Sie ab, bis sie wieder auf dumme Gedanken kommen.«

»Und was ist, wenn sie es nicht tun?«

»Sie werden«, prophezeite er. »Sie können einfach nicht widerstehen.«

Die Pizza war vegetarisch und wurde kalt angeliefert. Sie verzehrten sie trotzdem. Anschließend streckte JoLayne sich aus, verschränkte die Arme unter dem Kopf und zog die Beine an.

»Sit-ups?« fragte Tom Krome.

»So was Ähnliches«, meinte sie. »Würden Sie mir helfen?«

Er kniete sich auf den Fußboden und hielt ihre Fußknöchel fest.

JoLayne zwinkerte ihm zu. »Das haben Sie sicherlich schon früher mal gemacht.« Dann hob sie den Kopf und den halben Oberkörper, um ihre Bauchmuskeln zu trainieren.

Er zählte im stillen mit. Nach einhundert lockeren Ausführungen schloß sie die Augen und absolvierte hundert weitere. Er ließ sie eine Minute lang ausruhen, dann meinte er: »Das war ja richtig unheimlich.«

JoLayne zuckte schmerzerfüllt zusammen, als sie sich aufrichtete. Sie preßte die Fäuste auf ihren Bauch und stöhnte: »Die Schweine haben mich ganz schön fertiggemacht. Normalerweise schaffe ich dreihundertfünfzig bis vierhundert.«

»Ich denke, Sie sollten sich nicht mehr darüber aufregen.«

»Sie sind an der Reihe.«

»JoLayne, bitte.«

Und dann lag Krome plötzlich auf dem Rücken, nur hielt sie nicht seine Füße fest, wie ein anständiger Sportkamerad es tun würde, sondern hockte rittlings auf seiner Brust und drückte seine Arme nach unten.

»Wissen Sie, ich habe nachgedacht«, sagte sie. »Über das, was Sie kürzlich gesagt haben, daß es eigentlich völlig egal ist, ob man es mit Schwarz oder Weiß zu tun hat.«

»Haben wir uns nicht über Träume und Pferde unterhalten?«

»*Sie* vielleicht.«

Ganz bewußt machte Tom Krome sich schlaff. Er verfolgte damit die Absicht, den Frontalkontakt, der unbeschreiblich reizvoll war, so gering wie möglich zu halten. Er versuchte gleichzeitig an etwas zu denken, das ihn ablenkte, das sein Blut abkühlte. Sinclairs Gesicht war in dieser Hinsicht das nächstliegende Objekt, aber Krome konnte es nicht vor seinem geistigen Auge aufrufen.

JoLayne fuhr nun fort: »Es ist wichtig, daß wir uns darüber unterhalten...«

»Später.«

»Dann macht es Ihnen also *doch* etwas aus. Ob weiß oder schwarz.«

»JoLayne?«

Ihre Nasen befanden sich jetzt auf Tuchfühlung, und sie preßte ihren Körper fester gegen seinen. »Tom, sagen Sie mir die Wahrheit.«

Er drehte den Kopf zur Seite. Totale Schlaffheit war nun nicht mehr beizubehalten.

»Tom?«

»Was ist?«

»Betrachten Sie diese Situation vielleicht völlig zu Unrecht als einen plumpen Verführungsversuch?«

»Halten Sie mich für verrückt?«

JoLayne erhob sich. Als er sich aufsetzte, hockte sie auf dem Bett und beobachtete ihn aufmerksam. »Und jetzt ab in die Dusche mit Ihnen!«

»Ich dachte, wir hätten eine rein professionelle Partnerschaft«, bemerkte er. »Ich bin der Reporter, und Sie sind die Story.«

»Wollen Sie damit etwa sagen, daß Sie von uns beiden der einzige sind, der Fragen stellen darf? Ich halte das für alles andere als fair.«

»Fragen Sie ruhig, aber bitte keine Ringkämpfe mehr«, lenkte Krome ein und dachte: Sie ist ja nur eine halbe Portion.

JoLayne versetzte ihm einen Rippenstoß. »Okay, wie viele schwarze Freunde haben Sie? Ich meine richtige, enge Freunde?«

»Ich habe überhaupt nicht viele enge Freunde, egal, mit welcher Hautfarbe. Ich bin nicht gerade das, was man so gesellig nennt.«

»Aha.«

»Dort wo ich arbeite, habe ich einen schwarzen Kollegen – Daniel. Wir spielen ab und zu Tennis. Und dann sind da Jim und Jeannie. Beides Anwälte. Wir treffen uns des öfteren zum Dinner.«

»Ist das Ihre Antwort?«

Krome gab sich geschlagen. »Okay, die Antwort lautet, ich habe niemanden. Keine richtigen, engen schwarzen Freunde.«

»Genau das habe ich mir schon gedacht.«

»Aber ich bemühe mich nach Kräften, das zu ändern.«

»Ja, das tun Sie wirklich«, entgegnete JoLayne. »Kommen Sie, wir machen einen kleinen Ausflug.«

- 9 -

JoLaynes Freund verspätete sich um zwanzig Minuten, die längsten zwanzig Minuten im Leben Tom Kromes. Sie warteten in einer Bar namens Shiloh's in Liberty City. JoLayne Lucks trank Ginger Ale und knabberte in einem fort Salznüsse. Sie trug einen breitkrempigen Hut und eine Sonnenbrille mit großen runden, pfirsichfarbenen Gläsern. Es war völlig gleichgültig, was Tom Krome trug. Er war der einzige weiße Gast. Mehrere Anwesende hatten dazu bereits ihre Bemerkungen gemacht, und die waren gar nicht freundlich gewesen.

JoLayne riet ihm, sein Notizbuch auf die Theke zu legen und so zu tun, als schriebe er darin. »Dann sehen Sie wenigstens ein bißchen amtlicher aus.«

»Gute Idee«, lobte Krome. »Nur habe ich das Ding leider im Motelzimmer liegengelassen.«

JoLayne schnalzte mit der Zunge. »Diese Männer, ihr würdet sogar noch euren kleinen Freund vergessen, wenn er nicht angewachsen wäre.«

Ein schlaksiger Transvestit in einer phantastischen messingblonden Perücke kam auf Krome zu und bot ihm an, ihm für vierzig Dollar einen zu blasen.

Krome winkte ab. »Vielen Dank, aber ich bin in Begleitung.«

»Dann mache ich es für Sie umsonst.«

»Verlockend«, sagte JoLayne, »aber ich denke, heute verzichten wir mal darauf.«

Mit einer knochigen Hand umfaßte der Transvestit eins von Kromes Beinen. »Dolly läßt ein Nein niemals als Antwort gelten. Und Dolly hat ein scharfes Messer in der Handtasche.«

JoLayne lehnte sich zu Krome hinüber und flüsterte: »Geben Sie ihm einen Zwanziger.«

»Niemals.«

»Red lauter«, forderte der Dolly-Typ. Grotesk lange künstliche Fingernägel bohrten sich in Kromes Unterschenkel. »Komm schon,

Mann, laß uns zu deinem Wagen gehen. Du kannst die elegante Lady auch mitnehmen, wenn du willst.«

»Dein Kleid gefällt mir«, sagte Krome jetzt. »Bist du damit nicht schon mal im Fernsehen aufgetreten?«

Der Transvestit lachte kehlig und drückte mit der Hand fester zu. »Dolly macht den Kleinen ja richtig heiß.«

»Nein, nur sauer.«

Um die Hand des Dolly-Typen von seinem Knie zu lösen, drehte Krome dessen Daumen im Uhrzeigersinn, bis er aus dem Gelenk sprang. Das Knallgeräusch sorgte in der Bar für Totenstille. JoLayne Lucks war schwer beeindruckt. Sie mußte unbedingt herauskriegen, wo er diesen Trick gelernt hatte.

Während er auf die Knie sank, schrie der Transvestitenprostituierte und ruderte mit dem lädierten Greiforgan in der Luft herum. Um die Verletzung seiner Ehre zu rächen, walzten zwei brabbelnde Crackheads heran, jeder mit einem glänzenden Messer bewaffnet. Sie fingen an, darüber zu diskutierten, wer den weißen Jungen als erster stechen dürfte und wie oft. Es war der ideale Moment für JoLaynes Freund, um aufzutauchen, und seine Ankunft sorgte dafür, daß die Szene beendet wurde. Der Dolly-Typ verlor während seines überhasteten Abgangs in der Tür sogar einen seiner Stöckelschuhe.

Der Name von JoLaynes Freund lautete Moffitt, und er stellte keinerlei Fragen über die Crackheads oder die jammernde Prostituierte. Moffitt war gebaut wie ein Mittelgewichtsboxer und gekleidet wie ein teurer Rechtsanwalt. Sein grauer Anzug saß maßgeschneidert, und seine karierte Krawatte war aus Seide. Er trug ein dünnes Brillengestell mit altmodischen runden Gläsern, und in der Innentasche steckte ein zierliches Mobiltelefon. Moffitt umarmte JoLayne zur Begrüßung, für Tom Krome dagegen hatte er nur ein flüchtiges Kopfnicken übrig.

Der Barkeeper brachte Moffitt eine Diät-Cola und eine Schüssel entkernter Oliven. Er steckte sich eine in den Mund und bat JoLayne dann, die Brille abzunehmen.

Nachdem Moffitt ihr Gesicht eingehend betrachtet hatte, wandte er sich an Krome. »Sie hat mir am Telefon ihre Version erzählt, aber ich möchte auch noch Ihre hören – haben Sie sie so zugerichtet?«

»Nein.«

»Denn falls ich das Gegenteil erfahren sollte, verhelfe ich Ihnen zu einer Fahrt im Krankenwagen ...«

»Ich war es nicht.«

»... höchstwahrscheinlich in einem Leichensack.«

JoLayne ergriff nun das Wort. »Moffitt, er war es wirklich nicht.«

Sie zogen an einen Tisch in einer Nische um. Moffitt verlangte eine Visitenkarte, und Krome fischte eine aus seinem Portemonnaie. Moffitt bemerkte, daß er noch nie etwas vom *Register* gehört hätte. Woraufhin JoLayne zu ihm meinte, er solle mal etwas freundlicher sein.

Moffitt zuckte mit den Achseln. »Tut mir leid, aber ich traue nun mal niemandem von den Medien.«

»Da kann ich nur staunen«, entgegnete Krome. »Eigentlich sind wir daran gewöhnt, überall nur geliebt und bewundert zu werden.«

Moffitt verzog keine Miene. Zu JoLayne meinte er: »Was hast du jetzt vor, Jo? Was brauchst du von mir?«

»Hilfe. Und sag mir bloß nicht, ich solle mich an die Cops wenden, denn wenn ich das wirklich tue, kriege ich meinen Lottoschein niemals zurück.«

Moffitt nickte gleichmütig. Sein Mobiltelefon piepte. Er schaltete es aus. »Ich tue, was ich kann«, versprach er.

JoLayne meinte, Krome einiges erklären zu müssen. »Wir kennen uns seit dem Kindergarten. Er achtet persönlich darauf, daß es mir gutgeht, und ich tue das gleiche für ihn.«

»Erzähl dem Mann keine Lügen. Ich kann von Glück sagen, wenn ich mal eine Weihnachtskarte bekomme.« Moffitt klopfte mit den Knöcheln auf die Theke. »Erzähl mir von den Kerlen, die das getan haben.«

»Rednecks«, meinte JoLayne, »reaktionär und rassistisch bis auf die Knochen. Sie nannten mich unter anderem eine verkommene Niggerschlampe.«

»Nett.« Moffitts Stimme klang gepreßt. Als er nach seiner Cola griff, bemerkte Krome die Ausbuchtung unter seinem linken Arm.

»Wir verfolgen sie«, berichtete JoLayne.

»Verfolgen«, hakte Moffitt nach. »Wie?«

»Mit Hilfe ihrer Kreditkarte«, erklärte Krome und deutete mit einem Kopfnicken auf JoLayne. »Sie hinterlassen eine breite Spur.«

Moffitt schien beeindruckt zu sein. Er holte einen goldenen Cross-Kugelschreiber hervor und griff nach einem Stapel Cocktailservietten. In kleiner, gestochener Schrift notierte er die Details, die JoLayne ihm nannte – den Kauf des Lottoscheins, wie sie Tom Krome kennengelernt hatte, den Einbruch, die Mißhandlungen, den roten Pick-up-Truck, die fehlende Videokassette im Grab 'n' Go. Als sie ihren Bericht beendete, hatte Moffitt beide Seiten dreier Servietten vollgeschrieben. Diese faltete er jetzt säuberlich zusammen und steckte sie in die Innentasche seines Sakkos.

»Jetzt habe ich noch mal eine Frage«, meldete sich Tom Krome.

JoLayne stieß ihn an und meinte, er solle es gutsein lassen. Moffitt schien ungeduldig zu werden.

»Für wen arbeiten Sie?« erkundigte sich Krome dennoch. »Was treiben Sie?«

»Benutzen Sie doch mal Ihre Phantasie«, riet Moffitt ihm. Dann, zu JoLayne gewandt: »Ruf mich in ein oder zwei Tagen an, aber nicht im Büro.«

Dann stand er auf und ging. In der Bar blieb es still, Dolly oder seine Freunde ließen sich nicht wieder blicken.

JoLayne lächelte mitfühlend. »Der arme Moffitt – ich bereite ihm schlaflose Nächte. Er macht sich immer so viele Sorgen um mich.«

»Das dürfte wohl die Pistole erklären.«

»Ach das... er arbeitet für die Regierung.«

»Und als was?«

»Ich sag ihm, er soll's Ihnen erklären«, versprach JoLayne und erhob sich. »Ich hab schon wieder Hunger, Sie auch?«

Ambers Freund hieß Tony. Er hatte sie gedrängt, ihren Job aufzugeben, bis sie zur ersten Stellvertreterin für Miss September im

Hooters Girl Kalender gewählt wurde. Danach kam Tony drei- oder viermal in der Woche ins Restaurant, so stolz war er. Je mehr Bier er dort trank, desto lauter prahlte er mit Amber herum. Dies, so erkannte sie, war eben seine dezente Art, die Kunden darauf aufmerksam zu machen, daß sie vergeben war.

Einige Monate vorher hatten die Manager von Hooters Amber und drei andere Serviererinnen gebeten, für Werbeplakate zu posieren, die an geile Collegestudenten am Strand von Fort Lauderdale verteilt werden sollten. Als Amber von dieser Plakataktion erzählte, trat Tony sofort einem Fitneßclub bei und fing damit an, Steroide zu injizieren. Nach zehn Monaten hatte er zweiunddreißig Pfund zugenommen und sich eine derart auffällige Akne auf beiden Schultern eingehandelt, daß Amber ihm verbot, Trikothemden zu tragen.

Anfangs hatte sie sich durch Tonys Überraschungsbesuche im Restaurant geschmeichelt gefühlt, vor allem da die anderen Serviererinnen ihn so toll fanden – ein Prachtexemplar von einem Mann! Amber verriet natürlich niemandem, daß Tony es nicht schaffte, sich in einem Job zu halten, daß er sich schamlos von seinen Eltern aushalten ließ, daß er seit seinem zehnten Schuljahr kein Buch mehr gelesen hatte und daß er im Bett nicht gerade sensationell war. Und daß er, seit er mit dem Bodybuilding begonnen hatte, immer launischer und brutaler wurde. Einmal hatte er sie, triefnaß wie sie war, an den Haaren aus der Dusche ins Bett geschleift. Sie hatte auch schon darüber nachgedacht, ihn zu verlassen, aber bisher hatte sich nichts Besseres angeboten. Tony sah wirklich gut aus – zumindest in einem kurzärmeligen Hemd –, und in Ambers Welt war das durchaus wichtig und machte einiges an Mängeln wett.

Trotzdem wünschte sie sich, er würde endlich davon ablassen, ständig an ihrem Arbeitsplatz zu erscheinen. Seine Anwesenheit lenkte sie nicht nur ab, sondern bedeutete auch einen Rückgang ihrer Einnahmen. Amber hatte es genau verfolgt: Immer wenn Tony da war, verringerte sich das Trinkgeld, das sie einnahm, um mindestens ein Drittel. Daher weckte der Anblick ihres muskelbepackten Lieblings, als er an diesem Mittwoch abend – wobei der Mittwoch rein trinkgeldmäßig ohnehin schon ein ziemlich flauer Tag war – durch die Tür hereinstolzierte, in der stellvertretenden Miss September weder große Freude noch irgendwelche zärtlichen Gefühle. Die lockere, fröhliche Atmosphäre bei Hooters stachelte Tonys Platzhirschgehabe nur noch weiter an, und bei jeder sich bietenden Gelegenheit bedachte er seine mit Tabletts beladene Prinzessin mit einer indiskreten Umarmung, einem schmatzenden Kuß oder einem Klaps auf den Po. Tonys prahlerischer Besitzerstolz sollte andere Gäste davon abhalten, mit Amber zu flirten, was auch der Fall war. Unglücklicherweise bremste er allerdings gleichzeitig die Spendierfreudigkeit der Gäste.

Ambers einzige Hoffnung an diesem Abend war das ziemlich schmierig aussehende Paar Rednecks an Tisch sieben. Es waren dieselben zwei, die ihr am Vortag per Kreditkarte ein 100-Dollar-Trinkgeld hatten zukommen lassen. Der kleinere der beiden trug einen frischen Tarnanzug, während sein Gefährte mit dem Pferdeschwanz – der Typ, welcher ihr die Shorts hatte abkaufen wollen – offenbar weder die Kleider gewechselt noch sich rasiert hatte. Auf seinem linken Auge befand sich nun ein neuer Fahrradschlauchflicken. Amber versuchte sich gar nicht erst vorzustellen, was sich dahinter versteckte. Die Gesichter der beiden Männer wiesen noch immer die Spuren tiefer Kratzer auf, so als hätten sie sich gegenseitig mit Rasiermessern bearbeitet. Amber konnte diese Möglichkeit nicht völlig verwerfen.

Aber für ihre Zwecke konnten die Rednecks nicht ungehobelt und unheimlich und abstoßend genug sein. Als wären die beiden attraktiv und sexy und gepflegt, Mel Gibson und Tom Cruise, die gemeinsam zum Hähnchenessen erschienen waren – so behandelte Amber sie. Es fiel ihr zwar nicht gerade leicht, aber hundert Bucks waren nun mal eine Menge Geld.

»Schätzchen«, sagte gerade der mit dem Pferdeschwanz, »du hast mit der White Rebel Brotherhood übrigens recht gehabt. Es ist tatsächlich eine verdammte Rockband.«

»Sie hätten die mal live erleben sollen«, entgegnete Amber. Sie stellte zwei eisgekühlte Flaschen Corona-Bier auf den Tisch.

Der kleinere der beiden Männer fragte sie, ob der Name der Band vielleicht so etwas wie ein Scherz sein sollte. »Ich denke dabei an die Neger, die in der Band spielen«, fügte er hinzu.

Amber nickte. »Ich denke schon, daß es witzig gemeint sein soll, ja.«

Der mit dem Pferdeschwanz verrieb das Kondenswasser von der Bierflasche auf seinen Handflächen. »Nun, Bode findet das gar nicht so spaßig. Und ich auch nicht, wenn ich ganz ehrlich bin.«

Ambers plakatträchtiges Lächeln ließ nicht nach. »Die Musik ist jedenfalls absolute Klasse. Das ist alles, was ich weiß.«

Dann entfernte sie sich mit den leeren Flaschen und einer Bestellung für eine weitere Portion Zwiebelringe. Ihr Weg zur Küche führte sie direkt an Tonys Tisch vorbei, und natürlich hakte er die Finger hinter den elastischen Bund ihrer Shorts.

»Nicht jetzt«, wehrte sie ab.

»Wer sind diese Schmierlappen?«

»Gäste, mehr nicht. Und jetzt laß mich meine Arbeit machen«, sagte Amber.

Tony knurrte: »Sind die etwa scharf auf dich? Jedenfalls hat es für mich so ausgesehen.«

»Wenn du so weitermachst, kriege ich noch Schwierigkeiten mit dem Boß. Laß mich los, okay?«

»Zuerst kriege ich aber noch einen Kuß.« Mit einem Arm zog er sie an sich.

»Tony!«

»Ein Küßchen für Tony ist doch völlig in Ordnung.«

Und natürlich mußte er ihr dabei auch gleich die Zunge zwischen die Zähne schieben, und das mitten im Restaurant. Aus den Augenwinkeln bemerkte Amber, daß die Rednecks die Szene genau verfolgten. Tony mußte es ebenfalls gesehen haben, denn er strahlte triumphierend, als Amber sich schließlich aus seiner Umarmung befreien konnte.

Als sie ein paar Minuten später die Zwiebelringe an den Tisch brachte, meinte der Pferdeschwanzträger: »Hat man dir eigentlich schon mal gesagt, daß du aussiehst wie Kim Basinger?«

»Tatsächlich?« Amber spielte die Geschmeichelte, obgleich sie sich viel eher mit Daryl Hannah verglich.

»Bode findet das auch, nicht wahr?«

»Sie gleicht ihr aufs Haar«, bestätigte der Mann im Tarnanzug, »und ich bin sicherlich der bessere Beobachter. Schließlich sind meine beiden Augen heil.«

Amber lächelte. »Das finde ich wirklich nett von Ihnen. Kann ich Ihnen noch etwas bringen?«

»Was für ein Zufall, das kannst du«, entgegnete der Mann mit dem Pferdeschwanz. »Wie wäre es beispielsweise mit einem von diesen glühendheißen Küssen, die du gerade diesem Typen da hinten gegeben hast?«

Amber errötete. Mit einem feucht-lüsternen Grinsen fügte der Mann im Tarnanzug hinzu. »Ja, ich finde diese Spezialität gar nicht auf der Speisekarte.«

Der Pferdeschwanzträger erkannte, daß Amber die Idee mit dem Kuß überhaupt nicht verlockend fand. Er hob das Gesicht und tippte mit einer schmutzigen Fingerspitze auf den Fahrradschlauchflicken. »Vielleicht liegt es ja an mir. Vielleicht hast du Vorurteile gegen Behinderungen.«

Amber, die – wie alle guten Kellnerinnen – spürte, daß ihr Trinkgeld in Gefahr geriet, erwiderte schnell: »Nein, o nein. Ich kann das erklären. Das ist mein Freund.«

Gleichzeitig drehten die beiden Männer ihre Stühle, um Tony quer durch das Restaurant zu begutachten. Er begegnete ihren Blicken mit einem herausfordernden Grinsen.

Der Mann mit dem Pferdeschwanz schüttelte ungläubig den Kopf. »Na so was. Was für einer ist er denn? Etwa Kubaner?«

Amber meinte, nein, Tony käme aus Los Angeles. »Manchmal übertreibt er ein wenig. Tut mir leid, wenn es Sie gestört hat.«

Mit einem Mund voller Zwiebelringe meinte der namens Bode: »Ich wette, er ist Mexikaner. Die trifft man ja überall in Kalifornien an.«

Auf dem Rückweg zur Bar blieb Amber vor Tonys Tisch stehen und berichtete kurz, was geschehen war. »Dank dir denken sie jetzt, daß ich alle Gäste küsse. Sie meinen, das gehörte zum Service. Bist du jetzt zufrieden?«

Tonys Augen verdunkelten sich. »Diese Dreckschweine – sie wollten einen Kuß?«

»Tu uns allen einen großen Gefallen und geh nach Hause«, flüsterte Amber.

»Verdammt noch mal nicht zu machen. Nicht jetzt.«

»Tony, um Gottes willen …«

Er blähte die Nüstern auf, wölbte den Brustkorb, streckte die Arme. Alles, was jetzt noch fehlt, dachte Amber, ist ein Posierspiegel.

»Diese Scheißkerle mache ich fertig«, erklärte Tony.

»Nein, das tust du nicht«, erwiderte Amber und schaute enttäuscht zum plötzlich verwaisten Tisch hinüber. »Sie sind weg.«

Sie eilte zurück, hoffte, ein paar Dollar zu finden. Nichts – sie hatten einfach die Zeche geprellt. *Scheiße,* dachte sie. Die müßte sie jetzt aus ihrer eigenen Tasche blechen.

Plötzlich war sie eingehüllt in eine Duftwolke von Tonys Eau de Cologne, das in etwa so dezent roch wie Farbenverdünner. Sie spürte ihn hinter sich. »Verdammter Idiot«, schimpfte sie und begab sich in die Küche. Daraufhin stürmte Tony erwartungsgemäß hinaus.

Zwei Stunden später kehrten Ambers seltsame Gäste zurück und nahmen an ihrem alten Tisch Platz.

Sie gab sich Mühe, sich ihre Erleichterung nicht anmerken zu lassen. »Wo sind Sie denn die ganze Zeit geblieben?«

»Wir brauchten ein wenig frische Luft«, erklärte der mit dem Pferdeschwanz und zündete sich eine Zigarette an. »Hast du uns vermißt, Süße? Aber sag mal, wohin ist denn dein küssender Freund verschwunden?«

Amber tat so, als hätte sie ihn nicht verstanden. »Was kann ich Ihnen bringen?«

Der Mann im Tarnanzug bestellte vier neue Biere, zwei für jeden, und eine frische Ladung Hähnchenflügel. »Schreiben Sie alles auf unsere Rechnung«, forderte er sie auf und hielt die Visa-Karte mit zwei dicken Fingern hoch.

Amber wartete gerade darauf, daß ihre Getränkebestellung ausgeführt wurde, als die Frau hinter der Bar ihr den Telefonhörer reichte. »Für dich, Schätzchen«, sagte sie. »Rate mal, wer.«

Tony, natürlich. Er brüllte.

»Beruhige dich doch«, bat Amber. »Ich verstehe kein Wort.«

»Mein Wagen!« jammerte er. »Jemand hat meinen Wagen abgefackelt!«

»Oh, Tony.«

»Mitten in der verdammten Auffahrt! Sie haben einen Flammenwerfer benutzt!«

»Wann?«

»Während des Catchens, vermute ich. Er brennt noch immer. Etwa fünf Typen sind gerade dabei, die Flammen zu löschen...«

Die Barkeeperin setzte das Tablett mit den Getränken auf die Theke. Amber meinte währenddessen zu Tony, daß ihr das Unglück mit dem Wagen aufrichtig leid tue, aber sie müßte zurück an ihre Arbeit.

»Ich ruf dich während der Pause an«, versprach sie.

»Der schöne Miata, Amber!«

»Ja, Baby, ich hab's gehört.«

Als sie den beiden Rednecks die Biere und die Hähnchenflügel brachte, fragte der Typ namens Bode: »Süße, du bist unsere Rock-'n'-Roll-Expertin. Gibt es eine Band, die sich White Clarion Aryans nennt?«

Amber überlegte kurz. »Von denen habe ich noch nie etwas gehört.«

»Gut«, sagte Bode.

»Nicht nur gut«, meinte sein Freund mit dem Pferdeschwanz, »sondern ver-dammt phan-tas-tisch!«

JoLayne verlangte von Tom Krome, daß er ihr den Daumen-Trick beibrachte. »Ich denke an das, was Sie mit diesem Mannweib bei Shiloh's getan haben.«

Als sie vor einer Ampel anhalten mußten, ergriff Krome ihre linke Hand, um es ihr zu demonstrieren.

»Nicht zu fest!« bat sie.

Behutsam zeigte er ihr, wie man jemanden kampfunfähig machte, indem man ihm mit einer einzigen Bewegung den Daumen umdrehte und aus dem Gelenk hebelte. JoLayne fragte, wer ihm diesen Trick beigebracht hätte.

»Die Zeitung hat mich einmal zu einem Kursus für Selbstverteidigung geschickt«, erzählte Krome. »Ich sollte darüber eine Story schreiben. Der Lehrer war so ein Ninja-Typ und wog gerade mal hundertzwanzig Pfund. Aber er kannte jede Menge gemeiner kleiner Tricks.«

»Zum Beispiel?«

»Die Finger in die Augen zu stoßen ist eine andere von diesen hinterhältigen Techniken«, berichtete Krome. »Oder ein fester Griff zwischen die Beine ist auch ganz unterhaltsam.«

»Braucht man so etwas in der Zeitungsbranche?«

»Heute mußte ich mich das erste Mal auf diese Art und Weise wehren.«

JoLayne empfand es als sehr angenehm, daß er ihre Hand erst losließ, als die Ampel auf Grün schaltete und sie weiterfahren mußten. Sie machten auf dem Parkplatz eines Burger King auf der Northwest Avenue halt und speisten bei heruntergedrehten Fenstern. Der Wind war kühl und angenehm, so daß sie nicht einmal der Lärm von der Interstate störte. Nach dem Mittagessen kehrten sie in JoLaynes Kindheit zurück: Kindergarten, Grundschule, High-School. Der Tierladen, wo sie immer in den Sommerferien gearbeitet hatte. Der Haushaltswarenladen, den ihr Vater früher geführt hatte. Die Tankstelle, in der sie ihren ersten Freund kennengelernt hatte.

»Er kümmerte sich immer um Daddys Grand Prix«, erinnerte sie sich. »Er war ein As im Abschmieren und eine völlige Niete, was Beziehungen betraf. Rick hieß er.«

»Wo ist er jetzt?«

»Mein Gott, ich hab nicht die geringste Ahnung.«

Während Krome den Wagen lenkte, erzählte JoLayne von den wichtigsten Männern in ihrem Leben. »Tut es Ihnen nicht leid«, fragte sie, »daß Sie Ihr Notizbuch im Motel liegengelassen haben?«

Er lächelte, löste aber den Blick nicht von der Straße. »Ich habe ein verdammt gutes Gedächtnis.« Dann, nachdem er einen Autobus überholt hatte: »Was ist mit Moffitt – gehört er nicht auf die Liste Ihrer sechs Männer?«

»Wir sind nur befreundet.« JoLayne fragte sich, ob Kromes Interesse rein professioneller Natur war, und ertappte sich bei der Hoffnung, daß dies nicht zutraf. »Er ist mit meinen beiden Schwestern, meiner besten Freundin, einer Kusine und auch mit meiner Lehrschwester im Jackson Memorial ausgegangen. Aber niemals mit mir.«

»Wie kam das?«

»Gegenseitiges Einverständnis.«

»Aha«, sagte Krome. Er bezweifelte stark, daß es auf Gegenseitigkeit beruhte, und glaubte vielmehr, daß Moffitt sich noch auf dem Sterbebett fragen würde, weshalb JoLayne ihn nicht gewollt hatte.

»Wir kannten uns schon so lange«, erklärte sie, »so daß wir viel zuviel voneinander wußten. Es war ein Abkommen zwischen uns.«

»Okay«, meinte Krome. Er lenkte den Wagen an den Bordstein, um zwei Streifenwagen und einen Krankenwagen vorbeizulassen. Als das Sirenengeheul leiser wurde und verklang, fügte JoLayne hinzu: »Außerdem ist Moffitt viel zu ernst für mich. Sie haben es ja selbst gesehen. Weshalb ich Ihnen dieses ganze Zeug erzähle, mein Gott, das weiß ich nicht.«

»Weil es mich interessiert.«

»Aber es gehört nicht zur Story.«

»Woher wollen Sie das denn wissen?« fragte Krome.

»Weil ich es Ihnen sage. Es gehört *nicht* zur Geschichte.«

Er zuckte mit den Achseln.

»Was um alles in der Welt habe ich mir nur dabei gedacht«, fragte sich JoLayne, »Sie in diese Sache reinzuziehen? Erstens sind Sie ein Mann, und gerade bei Männern habe ich ziemlich miese Instinkte. Zweitens sind Sie Reporter, lieber Himmel. Nur ein völlig Verrückter würde einem Reporter glauben, habe ich recht? Und last but not least …«

»Bin ich schrecklich weiß«, ergänzte Krome.

»Treffer!«

»Aber Sie trauen mir trotzdem.«

»Vertrauen ist ein großes Rätsel.« JoLayne nahm den breitkrempigen Hut ab und schleuderte ihn auf den Rücksitz. »Können wir mal an einem Münzfernsprecher anhalten? Ich muß Clara anrufen, ehe es zu spät wird.«

Clara Markham war die Immobilienmaklerin, die die Interessenliste für den Simmons Wood führte. Clara wußte, daß JoLayne das Grundstück kaufen wollte, weil JoLayne sie an dem Tag angerufen hatte, als sie im Lotto gewonnen hatte. Aber dann, zwei Tage später, hatte JoLayne sich noch einmal gemeldet und erklärt, daß irgend etwas dazwischengekommen sei und daß es vielleicht noch eine Weile dauern könnte, bis sie in der Lage wäre, die Anzahlung zu leisten. Clara hatte versprochen, keine weiteren Angebote mehr anzunehmen, bevor sie noch einmal mit JoLayne gesprochen hatte. Sie war trotz allem eine Freundin.

Krome entdeckte eine Telefonzelle vor einem Imbißladen in der 125th Street. JoLayne rief Clara Markham im Immobilienbüro an.

JoLayne meldete sich: »Hey, wie kommt es, daß du noch so spät arbeitest?«

»Ich habe zu tun, Mädchen.«

»Wie geht's meinem alten Freund Kenny?«

Kenny war Claras fetter Perserkater. Wegen seiner makellosen buschigen Schnurrhaare hatte Clara ihn nach Kenny Rogers, dem Countrysänger, benannt.

»Viel besser«, berichtete Clara. »Die Haarkugel-Krise ist überstanden, kannst du Dr. Crawford bestellen. Aber ich fürchte, ich habe andere schlechte Nachrichten.«

JoLayne atmete zischend ein. »Verdammt. Wer ist es?«

»Ein Pensionsfonds der Gewerkschaft, der in Chicago sitzt.«

»Und die bauen Einkaufszentren?«

»Kind, die bauen alles.«

»Wie lautet das Angebot?« erkundigte sich JoLayne düster.

»Genau drei. Zwanzig Prozent Anzahlung.«

»Mist, verdammter!«

Clara fügte hinzu: »Sie wollen in einer Woche eine Reaktion.«

»Ich biete locker über die drei Millionen. Warte.«

»Jo, ich verzögere es, so lange ich kann.«

»Das finde ich wirklich nett von dir.«

»Und sag Dr. Crawford auch danke für die Salbe. Bestell ihm, Kenny würde sich auch bedanken.«

JoLayne Lucks hängte ein und setzte sich auf den Bordstein. Eine Gruppe Teenager kam aus dem Imbißladen und stolperte beinahe über sie.

Tom Krome stieg aus dem Wagen. »Ich nehme an, es gibt noch einen weiteren potentiellen Käufer.«

JoLayne nickte niedergeschlagen. »Ich habe eine Woche Zeit, Tom. Sieben lausige Tage, um mir meinen Lottoschein zurückzuholen.«

»Dann nichts wie los.« Er ergriff ihre Hände und zog sie auf die Füße.

Das Gelände, das den Namen Simmons Wood trug, befand sich seit 1959 im Besitz von Lighthorse Simmons, dessen Vater zu den ersten Siedlern von Grange gehört hatte. Lighthorse nutzte das hügelige bewaldete Gelände für die private Jagd und suchte es regelmäßig auf, bis er höchstpersönlich nahezu jedes Lebewesen in dem Gebiet zur Strecke gebracht hatte. Dann wandte er sich dem Angelsport zu. Und obgleich eine Fliegenrute einem niemals das Blut genauso in Wallung bringen konnte wie ein Gewehr, gewann Lighthorse Simmons zunehmend Gefallen daran, schnelle kleine Blaufelchen und Barsche aus dem Bach zu holen. Am Ende, mit zunehmendem Alter, hörte er sogar auf, sie zu töten.

Ironischerweise war es dann die Kugel eines Jägers, die Lighthorses lange Verwaltung des Simmons Wood beendete. Das Unglück geschah eines Abends kurz nach Einbruch der Dämmerung – Lighthorse befand sich am Bachufer, wo er vornübergeneigt dastand und eine Portion Red-Man-Kautabak hervorwürgte, die er ungewollt verschluckt hatte. Im diffusen Zwielicht boten der breite Strohhut des Alten, seine braune Wildlederjacke und die gebückte Haltung –

zumindest für einen kurzsichtigen Besucher des Waldes – den Anblick eines kapitalen Sechsenders.

Die Kugel durchschlug Lighthorses rechte Kniescheibe, und auch nach drei Operationen konnte er nicht ohne ständige quälende Schmerzen durch den Simmons Wood spazieren. Im Rahmen der Schadensregulierung erhielt er zwar von der Versicherung auch einen Elektrowagen, doch dieser erwies sich als völlig ungeeignet für das unebene Gelände. Eines regnerischen Morgens prallte Lighthorse gegen einen Baumstumpf, und der Wagen kippte um. Lighthorse war für fast vier Stunden völlig hilflos. In diesem Zeitraum wurde er ausgiebig von einem leicht erregbaren wilden Eber bedrängt – eine Tierart, die ursprünglich aus Jagdgründen von Lighthorses eigenem Vater in Grange angesiedelt worden war.

Nach diesem Unfall setzte Lighthorse nie mehr einen Fuß in den Simmons Wood und leitete alle rechtlich vorgeschriebenen Schritte ein, um das Gelände in kommerziell nutzbaren Baugrund umwidmen zu lassen, doch letztendlich konnte er sich nicht zu einem Verkauf durchringen. Deshalb blieb das Gelände lange Zeit unberührt – und die Morgenstille wurde nicht von Gewehrschüssen zerrissen –, so daß zahlreiche Wildtiere dorthin zurückkehrten. Doch als Lighthorse im Alter von fünfundsiebzig Jahren verstarb, boten die Verwalter seines Erbes das Gelände auf dem Immobilienmarkt an. Der Ort enthielt für den Sohn und die Tochter des Alten keinerlei sentimentale Erinnerungen. Für die beiden bedeuteten die möglicherweise hohen Einnahmen durch den Grundstücksverkauf mehrere neue Ölbohrtürme in Venezuela und als Dreingabe vielleicht auch noch eine feudale Skihütte in New Hampshire.

Auf der anderen, der Käuferseite, stand Bernard Squires, Anlageberater für die Central Midwest Brotherhood of Grouters, Spacklers and Drywallers International. Bernard Squires war die sehr delikate Aufgabe zugefallen, den Pensionsfonds der Gewerkschaft möglichst geschickt zu verteilen, um die Existenz von Millionen Dollars, die alljährlich vom organisierten Verbrechen – insbesondere dem Richard-Tarbone-Clan in Chicago – abgeschöpft wurden, zu verschleiern.

Bernard Squires Lebensunterhalt, und höchstwahrscheinlich auch sein Leben, hingen von seinem Talent ab, Anlagemodelle zusammenzustellen, in denen riesige Summen auf unverdächtige und plausible Art und Weise versickern konnten. Natürlich hegte er eine besondere Vorliebe für bauliche Entwicklungsprojekte. Nicht eine Sekunde lang sah Bernard auf dem Gelände des Simmons Wood ein pulsierendes, profitables Einkaufszentrum. Für ein solches Einkaufszentrum war Grange – eine der wenigen Gemeinden in Florida, die laut Aussage ungläubiger Volkszähler während des allgemeinen Wirtschaftsbooms der achtziger und neunziger Jahre tatsächlich geschrumpft waren – ein denkbar schlechter Standort. Wenn nämlich auch die kümmerliche Bevölkerung einen Zuwachs der bescheidenen Besucherzahlen der durchreisenden Touristen verzeichnen konnte, mußte die Kaufkraft des durchschnittlichen Grange-Besuchers diplomatisch als »sehr, sehr bescheiden« eingestuft werden. Kein größerer Kaufhauskonzern und keine nationale Handelskette würde auch nur im Traum daran denken, sich hier niederzulassen, wie Bernard Squires sehr wohl wußte.

Er verfolgte von Anfang an den Plan, dort einen sehr teuren Fehlschlag zu inszenieren. Indem er als Bank auftrat, würde der Pensionsfonds den Kauf des Simmons Wood finanzieren und eine Reihe von Verträgen mit Baufirmen abschließen, die insgeheim von Richard Tarbone und seinen Partnern kontrolliert wurden. Der Simmons Wood würde gerodet und eingeebnet, ein Betonfundament gegossen und vielleicht sogar ein oder zwei Mauern errichtet werden.

Dann käme eine Pechsträhne. Mangel an Arbeiskräften und Baumaterial. Verzögerungen durch Schlechtwetterperioden. Ausbleibende Rückführung der Baukredite. Unerwartete Konkurse von diversen Baufirmen. Und als wäre das noch nicht genug, würde die eingeschaltete Vermietungsagentur melden, daß kaum jemand Interesse äußere, in die schon in Kürze fertiggestellte Simmons Wood Mall einzuziehen. Das Projekt würde ins Stocken geraten und schließlich sterben, und auf dem Gelände bliebe eine Ruine zurück. In Florida wimmelte es davon.

Wie hoch auch immer der Verlust durch das gescheiterte Simmons-Wood-Projekt wäre, die Summe würde sich auf jeden Fall verdoppeln, wenn sie als rote Zahl in den Büchern der Central Midwest Brotherhood of Grouters, Spacklers und Drywallers International erschiene. Auf diese Art und Weise gedachte Bernard Squires, die anderweitigen Einnahmen des Tarbone-Clans zu verstecken. Falls andere Gewerkschaftsvertreter eine Riesengaunerei vermuteten, waren sie schlau genug, nicht zu genau hinzusehen. Überdies erwirtschaftete der Pensionsfonds Gewinn, dafür sorgte Squires schon. Sogar die Steuerprüfer stellten die offiziellen Angaben nicht in Frage. In Immobilien zu investieren war, wie jeder wußte, das reinste Würfelspiel. Manchmal gewann man, manchmal verlor man.

Sobald die Abschreibungsmöglichkeiten ausgeschöpft wären, würde Bernard Squires den Simmons Wood einem Versicherungs-Konglomerat oder vielleicht auch den Japanern andrehen – auf jeden Fall jemandem mit ausreichenden Geldmitteln, um das dämliche Einkaufszentrum fertigzustellen oder die Bauruine abzubrechen und von vorne anzufangen. Im Augenblick war Bernard Squires jedoch ausschließlich daran interessiert, den Kauf abzuschließen.

Es war Richard »Der Eispickel« Tarbones dezidierter Wunsch, das Grundstück bei Grange so schnell wie möglich in seinen Besitz zu bringen. »Und rufen Sie mich ja nicht an«, hatte er Squires klargemacht, »bevor Sie verdammt gute Neuigkeiten für mich haben. Tun Sie alles, was nötig ist, verstehen Sie?«

Bernard verstand.

Die Vorstellung begann mit einigen Hindernissen. Erneut weinte Demencios Glasfiber-Madonna nicht richtig – diesmal auf Grund eines Knicks im Plastikschlauch zwischen der Wasserflasche und den Augen. Ein Tränenkanal war völlig ausgetrocknet, während es aus dem anderen heraussprudelte wie aus einem Springbrunnen. Ein Pilger aus Guatemala, der einen Spritzer auf die Stirn abbekommen hatte, zog lauthals die Authentizität dieses Wunders in Zweifel.

Glücklicherweise tat er das auf spanisch, so daß seine Beschwerde für die anderen Besucher des Schreins unverständlich blieb. Trish, die die Madonna bediente, setzte Demencio am Frühstückstisch von den Einzelheiten dieses Tränenleitungsproblems in Kenntnis. Er riet ihr, die Pumpe, *pronto*, stillzulegen. Keine Tränen mehr an diesem Tag.

»Aber heute kommt eine ganze Pilgergruppe«, erinnerte Trish ihn. »Der Missionsbus aus West Virginia.«

»Ach, Scheiße.«

Jede Woche änderte Demencio den Wein-Plan der Madonna. Es war wichtig, zwischen die »nassen« Tage auch ein paar »trockene« einzuschieben, sonst verlöre das himmlische Wunder seinen Reiz. Außerdem, so hatte Demencio beobachten können, waren einige Pilger aufrichtig froh, wenn die Jungfrau Maria nicht schon bei ihrem ersten Besuch weinte. Dann hatten sie nämlich einen triftigen Grund, während eines zukünftigen Urlaubs noch einmal nach Grange zurückzukehren, genauso wie Touristen Jahr für Jahr in den Yellowstone Park zurückkommen in der Hoffnung, endlich mal einen Elch in freier Wildbahn zu sehen.

Daher sah Demencio keinen Anlaß zu großer Besorgnis, als seine Frau ihm mitteilte, daß die Madonna nicht richtig funktionierte. Gewöhnlich herrschte in der Wochenmitte ein eher ruhiger Betrieb, und es war eigentlich eine gute Gelegenheit, einen unvorhergesehenen trockenen Tag einzuschieben. Aber er hatte den verdammten Missionsbus mit seinen knapp über sechzig christlichen Pilgern aus Wheeling glatt vergessen. Der Prediger hieß Mooney oder Moody oder so ähnlich, und jedes zweite Jahr durchquere er Florida mit frischem Pilgernachwuchs. Trish backte dann einen Zitronenkuchen, und Demencio spendierte eine Flasche Scotch, und der Prediger forderte als Gegenleistung seine treuen Anhänger auf, in Demencios Heiligtum reichlich zu spenden. Demencio fühlte sich deshalb verpflichtet, eine derart zuverlässige Besuchergruppe mit Tränen zu belohnen.

Vor diesem Hintergrund war das hydraulische Versagen der Madonna schon eine kleinere Krise. Demencio wollte die morgendliche Vorstellung nicht abbrechen, um die Madonna zwecks einer dringenden Reparatur ins Haus zu schaffen – ein solcher Schritt hätte sicherlich selbst bei den gläubigsten Besuchern für einiges Mißtrauen gesorgt. Als er durch den Vorhangschlitz hinausblickte, zählte Demencio neun Opfer im Vorgarten, die erwartungsvoll die Statue umringten.

»Hast du eine Idee?« fragte Trish.

»Still«, befahl ihr Ehemann. »Laß mich nachdenken.«

Aber es war nicht still. Ein Schmatzgeräusch erfüllte den Raum: JoLaynes Schildkröten, die soeben ihr Frühstück verzehrten.

Demencios nachdenklicher Blick richtete sich auf das Aquarium. Anstatt den Romanasalat in kleine Stücke zu zerreißen, hatte er den gesamten Salatkopf ins Becken geworfen. Sein Anblick hatte die jungen Schildkröten in höchste Erregung versetzt, und nun waren sie damit beschäftigt, sich durch die Salatmassen zu fressen.

Demencio mußte zugeben, daß es ein seltsam eindrucksvoller Anblick war. Fünfundvierzig gierige Schildkröten bei einer Freßorgie. Er hatte eine Idee. »Hast du noch diese Bibel?« fragte er seine Frau. »Ich meine die mit den Illustrationen.«

»Irgendwo bestimmt, ja.«

»Außerdem brauche ich Farbe«, sagte er, »wie man sie im Bastelladen bekommt, um Modellflugzeuge zu bemalen.«

»Wir haben nur noch zwei Stunden Zeit, bis der Bus hier ist.«

»Keine Sorge, es dauert nicht lange.«Demencio ging zum Aquarium. Er bückte sich und fragte: »Okay, wer von euch möchte denn ein großer Star werden?«

- 10 -

Am Morgen des 28. November – die Berge verschwanden hinter Regenschleiern – verließ Mary Andrea Finley Krome das Mona Pacifica Mineral Spa und Residential Treatment Center auf der Insel Maui. Sie flog direkt nach Los Angeles, wo sie am nächsten Tag einen Vorsprechtermin für einen Fernsehwerbefilm zu einem neuen selbst durchführbaren Schwangerschaftstest wahrnahm. Danach flog sie weiter nach Scottsdale, um wieder zur Tourneetruppe des *Schweigen-der-Lämmer*-Musicals zurückzukehren, in dem sie die Rolle der Clarice, jener unerschrockenen jungen FBI-Agentin, spielte. Mary Andreas Reiseplan wurde durch gewisse Quellen an Dick Turnquist, Tom Kromes Scheidungsanwalt, weitergemeldet. Dieser sorgte daraufhin dafür, daß ein Gerichtsbote hinter der Bühne des Matineetheaters in Arizona auf sie wartete.

Irgendwie bekam Mary Andrea Wind von dem Hinterhalt. Mitten im Finale, in dessen Verlauf alle Darsteller auf die Bühne kamen und sangen –

»Oh, Hannibal, mein Kannibal'
Wie herrlich häßlich kannst du sein!«

– hatte Mary einen überzeugenden Zusammenbruch, der sie als zuckendes Häufchen Mensch auf die Bühnenbretter sinken ließ. Der Gerichtsbote hielt sich zurück, während Sanitäter die lallende Schauspielerin auf eine Krankenbahre schnallten und sie zu einem Ambulanzwagen hinaustrugen. Als Dick Turnquist endlich von den Umständen unterrichtet wurde, hatte Mary Andrea Finley Krome auf wunderbare Art und Weise das Bewußtsein und die Herrschaft über sich selbst wiedererlangt, sich aus dem Krankenhaus in Scottsdale abgemeldet, einen Thunderbird gemietet und war in der Wüste verschwunden.

Dick Turnquist übermittelte Tom Krome per Fax die schlechte Nachricht. Krome holte sie in einem Kinko's Schreibwarenladen am Highway gegenüber des Campus der Universität von Miami ab. Er las sie erst, als er und JoLayne unter einer Straßenlaterne anläßlich ihrer, wie sie es nannte, Großen Überwachungsaktion parkten.

Nachdem er den Bericht des Anwalts überflogen hatte, riß Krome ihn in Fetzen. JoLayne meinte: »Ich weiß, was diese Frau will.«

»Ich auch. Sie möchte für immer verheiratet sein.«

»Da irren Sie sich, Tom. Sie wird in eine Scheidung einwilligen. Nur muß es ihre Idee sein, das ist alles.«

»Vielen Dank, Dr. Freud.« Krome wollte nicht länger über seine zukünftige Ex-Frau nachdenken, denn dann würde er nicht mehr schlafen können wie ein Baby, sondern ständig durch bohrende Kopfschmerzen und mit vom Zähneknirschen blutigem Zahnfleisch aufwachen.

Er fuhr fort: »Sie verstehen nicht. Mir und den Anwälten aus dem Weg zu gehen, das ist für Mary Andrea reiner Sport. Es ist wie ein Wettkampf, der ihr perverses Bedürfnis nach Dramatik befriedigt.«

»Darf ich fragen, wieviel Sie ihr schicken?«

Krome lachte ätzend. »*Nada*. Keinen verdammten Penny! Das ist ja der Punkt. Ich habe alles versucht, die monatlichen Schecks gestoppt, die Kreditkarten gesperrt. Die gemeinsamen Konten aufgelöst, ihren Geburtstag vergessen, genauso unseren Hochzeitstag, ihre Mutter beleidigt, mit anderen Frauen geschlafen, dabei enorm übertrieben, mit wie vielen – und sie will sich noch immer nicht scheiden lassen. Sie will ja noch nicht einmal vor Gericht erscheinen!«

JoLayne nickte. »Schön. Aber eins haben Sie noch nicht versucht.«

»Das würde gegen das Gesetz verstoßen.«

»Erzählen Sie ihr, Sie gingen mit einer Schwarzen. Das funktioniert gewöhnlich.«

»Mary Andrea wäre das völlig gleichgültig. Hey, sehen Sie doch mal.« Tom Krome deutete auf die andere Seite des Parkplatzes. »Ist das nicht der besagte Pick-up-Truck?«

»Ich bin mir nicht sicher.« JoLayne beugte sich gespannt vor. »Es könnte sein.«

Als am Morgen die Einwegkamera mit der Post ankam, brachte Katie sie sofort in ein Expreß-Fotolabor. Nach einer Stunde konnte sie sehen, daß Tom in Grange seine Sache recht gut gemacht hatte: Nur zwei Bilder zeigten seinen Daumen und der Rest die Madonna. In den Nahaufnahmen glänzten die Augen der Statue überzeugend.

Katie verstaute die Fotos in ihrer Handtasche und fuhr zu einem frühen Mittagessen mit ihrem Ehemann in die Stadt. Dort praktizierte sie ihre neue Politik ehelicher Gemeinsamkeit und totaler Offenheit, indem sie die Fotos zwischen dem Brotkorb und der Karaffe Sangria auf den Tisch legte.

»Tom hat sein Versprechen gehalten«, fügte sie als Erklärung hinzu.

Richter Arthur Battenkill jr. legte seine Salatgabel hin und blätterte die Bilder durch. Sein dumpfer Gesichtsausdruck und seine heftig mahlenden Kaubewegungen erinnerten Katie lebhaft an ein weidendes Schaf.

»Was zum Teufel ist denn das?« erkundigte er sich.

»Die Jungfrau Maria. Die weinende.«

»Die weinende?«

»Siehst du hier?« Katie deutete auf ein Foto. »Sie sagen, sie würde richtige Tränen vergießen.«

»*Wer* sagt das?«

»Es ist nur eine Legende, Arthur. Mehr nicht.«

»Ich tippe eher auf einen ausgemachten Schwindel.« Er gab die Fotos seiner Frau zurück. »Und die hat dir dein schreibender Liebhaber geschickt?«

Katie nickte. »Ich hatte ihn darum gebeten – und er ist nicht mehr mein Liebhaber. Es ist aus, wie ich dir schon mindestens ein halbes Dutzend Male erklärt habe. Wir haben uns getrennt, okay?«

Ihr Mann trank einen Schluck Wein. Dann, während er an einem Stück kubanischem Brot knabberte, meinte er: »Mal sehen, ob ich es richtig verstehe. Es ist vorbei, aber er schickt dir noch immer persönliche Fotos.«

Katie überspielte ihre Verärgerung, indem sie mit einem Löffel leicht gegen den Stiel des Weinglases klopfte. »Du hörst nicht sehr gut zu«, befand sie, »dafür, daß du Richter bist.«

Ihr Mann kicherte. Seine herablassende Reaktion veranlaßte Katie zu der Frage, ob diese ganze Ehrlichkeits-Nummer nicht ein großer Fehler war. Bei jemandem, der so eifersüchtig war wie Arthur, wäre es vielleicht klüger, ein paar harmlose Geheimnisse für sich zu behalten.

Wenn er doch nur mal seinen guten Willen zeigen würde und genauso offen wäre wie sie, dachte Katie. Und aus heiterem Himmel erkundigte sie sich: »Wie geht es eigentlich Dana?«

Dana war eine der beiden Sekretärinnen, mit denen Richter Arthur Battenkill jr. zur Zeit gelegentlich schlief.

»Ihr geht es gut«, entgegnete er so kühl und gelassen wie ein Astronaut.

»Und Willow – ist sie noch immer mit diesem Profispieler zusammen?«

Willow war die andere Sekretärin, Arthurs Reservegeliebte.

»Sie leben noch immer zusammen«, erzählte der Richter, »aber Oscar spielt nicht mehr Baseball. Ein Riß des Drehmuskels am Handgelenk oder so etwas Ähnliches.«

»Das ist schade«, bedauerte Katie.

»Vielleicht war es auch eine Sehnenentzündung. Wie dem auch sei, er ist auf die Uni zurückgekehrt, um endlich seinen Studienabschluß zu machen. Im Restaurantmanagement, wie Willow einmal andeutete.«

»Schön für ihn«, sagte Katie und dachte: Soviel also zu Oscar.

Der Richter lächelte zufrieden, als sein Fisch gebracht wurde – er lag in einem Nudelnest und war mit Krabbenfleisch und Artischocken überbacken. Katie hatte sich für die Quiche aus Gartengemüse entschieden, in der sie lustlos herumstocherte. Sie hatte nicht ernsthaft erwartet, daß ihr Mann sämtliche Ehebrüche zugeben würde, aber es hätte ihn sicherlich nicht umgebracht, wenn er wenigstens einen gestanden hätte. Willow wäre ein vielversprechender Beginn gewesen, denn sie war eigentlich nichts Besonderes.

Katie sagte: »Vergangene Nacht hast du dich ständig im Bett herumgewälzt.«

»Du hast es also bemerkt.«

»Schon wieder dein Magen?«

»Ich bin aufgestanden«, nuschelte Arthur mit vollem Mund,

»und hab mir noch einmal deine bemerkenswerte Liste durchgelesen.«

Hm-mm, dachte Katie.

»Du und dein junger Mann«, schmatzte er und schluckte dramatisch. »Jedes verkommene, lüsterne, perverse Detail. Ich kann es kaum fassen, daß du so genau mitgezählt hast.«

»So ist das meistens mit ehrlichen, aufrichtigen Bekenntnissen. Wenn ich ein wenig übertrieben habe, dann entschuldige ich mich hiermit«, entgegnete Katie.

»Dreizehn Geschlechtsakte in vierzehn Tagen.« Ihr Mann wikkelte gerade eine blaßgrüne Nudel um seine Gabel. »Inklusive dreimal Blasen – was, übrigens, zweimal mehr ist, als du mir in den vergangenen vierzehn *Monaten* gegönnt hast.«

Wer zählt denn hier mit, dachte Katie. »Arthur, iß deinen Fisch, ehe er kalt wird.«

»Ich verstehe dich nicht, Katherine. Nach allem, was ich für dich getan habe, stößt du mir ein Messer ins Herz.«

Sie sagte: »Halt, stopp! Du regst dich praktisch über nichts auf.«

»Dreimal Blasen ist nicht gerade das, was ich als ›praktisch nichts‹ bezeichnen würde.«

»Du hast den eigentlichen Sinn des Ganzen überhaupt nicht begriffen. Du siehst nicht, worum es eigentlich geht.« Sie griff unter den Tisch und schob die Hand ihres Mannes von ihrem Oberschenkel hinunter.

»Dein junger Mann«, sagte er, »wo ist er jetzt? In Lourdes? Jerusalem? Vielleicht in Turin – wo er sich das Leichentuch ansieht?«

»Arthur, er ist nicht mein junger Mann. Ich habe keine Ahnung, wo er steckt. Und du – du bist nichts als ein überheblicher alter Esel.«

Der Richter tupfte sich mit der Serviette säuberlich die Lippen ab. »Ich entschuldige mich, Katherine. Weißt du was, wir nehmen uns jetzt irgendwo ein Hotelzimmer.«

»Fahr zur Hölle«, erwiderte sie.

»Bitte …«

»Unter einer Bedingung. Du hörst endlich auf, ständig von Tommy zu reden.«

»Abgemacht«, versprach Arthur Battenkill jr.

Freundlich winkte er dem Kellner und bat um die Rechnung.

Ein paar Stunden später flog Tom Kromes Haus in die Luft.

Auf dem Weg zum Frühstück hielten Bodean Gazzer und Chub an, um ein paar Wanderarbeiter zu schikanieren, die per Anhalter auf dem Highway One unterwegs waren. Chub hielt seine 357er im Anschlag, während Bode die üblichen Fragen stellte:

Wie hieß der vierzehnte Präsident der Vereinigten Staaten?

Wo wurde die Verfassung unterzeichnet?

Sagen Sie den zweiten Zusatzartikel zur Verfassung auf.

Wer spielte die Hauptrolle in Rote Dämmerung?

Insgeheim war Chub froh, daß er sich nicht denselben Fragen stellen mußte. Offenbar schnitten die beiden Mexikaner nicht besonders gut ab, denn Bode forderte sie in gebrochenem Spanisch auf, ihre grünen Karten vorzuzeigen. Ängstlich holten die Männer ihre Brieftaschen heraus, die Bode im Schotter am Straßenrand ausleerte.

»Sind sie legal?« fragte Chub.

»Das hätten sie gerne.«

Mit einem kraftvollen Tritt kickte Bode die armselige Habe der Wanderarbeiter durch die Gegend – Führerscheine, Landarbeiter-Ausweise, Kinderfotos, Heiligenbilder, Briefmarken, Autobusfahrkarten. Chub meinte, eine Aufenthaltserlaubnis gesehen zu haben, doch Bode zerfetzte sie mit einem Stiefelabsatz. Dann nahm er das Bargeld aus den Portemonnaies der Männer und befahl ihnen, schnellstens zu verschwinden, *muchachos*!

Später, im Truck, erkundigte sich Chub, wieviel Geld die Arbeiter dabei gehabt hätten.

»Zusammen acht Dollar.«

»Oh, Mann.«

»Hey, diese acht Dollar gehören von Rechts wegen weißen Amerikanern wie uns! Diese verdammten Illegalen, Chub – rate mal, wer ihre Arztrechnungen und Lebensmittelmarken bezahlt? Ich und du, wir sind es. Jedes Jahr Milliarden Dollars für Fremde.«

Wie üblich sah Chub keinen Grund, das Wissen seines Freundes um solche Dinge anzuzweifeln.

»Und ich rede von *Milliarden*«, unterstrich Bode Gazzer noch einmal. »Also betrachte das Ganze nicht als Raub, mein Freund. Es war vielmehr eine Rückzahlung.«

Chub nickte. »Wenn du es so siehst, okay.«

Als sie vom 7-Eleven zurückkamen, entdeckten sie einen fremden Wagen, der schräg hinter Chubs Wohnanhänger stand. Es handelte sich um einen Chevrolet Impala älteren Baujahrs, von dem man den Lack abgeschliffen hatte. Einer von Chubs nachgemachten Behindertenaufklebern prangte auf der Heckscheibe.

»Immer langsam«, meinte Chub und holte die Pistole aus dem Hosenbund.

Die Tür des Anhängers stand offen, der Fernseher brüllte. Bode legte die Hände wie einen Trichter an den Mund und schrie: »Beweg deinen Hintern nach draußen, egal, wer du bist! Und streck ja die Hände in die Höhe!«

Shiner erschien, mit nacktem Oberkörper und Fastglatze, in der Türöffnung. Auf seinem Gesicht lag das sorglose Grinsen eines harmlosen Schwachsinnigen. »Da bin ich!« verkündete er.

»Zuerst erkannten Bode und Chub ihn gar nicht.

»Hey«, sagte Shiner, »ich bin's – euer neuer weißer Bruder. Wo ist die Miliz?«

Chub ließ die Pistole sinken. »Was zum Teufel hast du denn aus dir gemacht, mein Junge?«

»Ich hab mir die Haare abrasiert.«

»Darf ich fragen, weshalb?«

»Damit ich ein Skinhead bin«, erwiderte Shiner.

Bodean Gazzer stieß einen Pfiff aus. »Nimm's mir nicht übel, mein Sohn, aber du hast schon mal besser ausgesehen.«

Das Problem befand sich auf Shiners Schädel: eine auffällige längliche Narbe, die wie ein abstoßendes Zeichen auf seiner blassen Schädelplatte schimmerte.

Chub wollte von Shiner wissen, ob er von irgendwelchen verrückten Niggern oder Kubanern in Miami ein Brandzeichen verpaßt bekommen hätte.

»Nee. Ich bin auf einem Kurbelgehäuse eingeschlafen.«

Bode verschränkte die Arme. »Und dieses Kurbelgehäuse«, begann er, »befand es sich etwa immer noch im Wagen?«

»Jawohl, Sir, und der Motor lief.« Shiner erklärte es, so gut er konnte: Der Vorfall hatte vor fast zwei Jahren an einem Samstag nachmittag stattgefunden. Er hatte ein paar Biere, zwei Joints und vielleicht ein halbes Röhrchen Roofies intus, als er beschloß, den Impala zu tunen. Er hatte den Wagen angelassen, die Motorhaube geöffnet und war sofort mit dem Kopf auf den Motorblock gesunken und eingeschlafen.

»Das Scheißding ist innerhalb kürzester Zeit kochendheiß geworden«, berichtete Shiner.

Chub konnte nicht länger zuhören. Er stieg in den Wohnwagen, um die Toilette zu benutzen, den Fernseher auszuschalten und sich ein kaltes Budweiser zu holen. Als er wieder herauskam, sah er Bode Gazzer neben Shiner auf der vorderen Stoßstange des Chevy sitzen.

Bode winkte ihn herüber. »Hey, unser Junge hat alles genauso gemacht, wie wir es ihm erklärt haben.«

»Wie das denn?«

»Die Negerin war bei ihm zu Hause und hat nach dem Lottoschein gefragt.«

»Und zwar hartnäckig«, ergänzte Shiner. »Ich habe ihr aber klargemacht, daß nicht sie es war, die gewonnen hat. Ich sagte, sie hätte höchstwahrscheinlich die Samstage verwechselt.«

»Guter Mann«, lobte Chub. »Was hat sie als nächstes getan?«

»Sie war obersauer und rannte raus. Sie schien auch ziemlich schlimm verprügelt worden zu sein. Das waren sicherlich Sie, dachte ich mir sofort.«

Bode drängte Shiner, seinen Bericht zu beenden. »Dann erzähl mal, wie du deinen Job im Laden gekündigt hast.«

»Ach ja. Mr. Singh meinte, ich dürfte nicht auf dem Behindertenparkplatz stehen, auch wenn ich den blauen Rollstuhl im Fenster hätte. Daraufhin habe ich mir den rückständigen Lohn aus der Kasse geholt und bin abgerauscht.«

»Er hat auch das Überwachungsvideo mitgenommen«, meinte Bode. »Genau so, wie wir es ihm erklärt haben.«

»Ja. Ich hab's im Handschuhfach verstaut.« Shiner deutete mit einem Kopfnicken auf den Impala.

»Raffiniert«, befand Chub und zwinkerte mit seinem gesunden Auge. In Wirklichkeit war er von Shiner nicht sonderlich beeindruckt. Auch Bode Gazzer bekam erste Zweifel. Der Junge legte jene Art von unterwürfiger Einfalt an den Tag, die auf eine lange, traurige Zukunft in irgendwelchen öffentlichen Verwahr-Einrichtungen schließen ließ. »Seht mal hier«, sagte Shiner und spannte die Muskeln seines teigigen linken Arms. »Ich hab eine absolut neue Tätowierung: W.R.B. Um es ganz offiziell zu machen.«

Über den Rand seiner Bierdose hinweg warf Chub seinem Kumpel Bode einen Blick zu, der ihm mitteilte: Sag du es ihm.

»Und wie findet ihr das?« fragte Shiner. »Fünfundsiebzig Bucks für den Fall, daß ihr auch so etwas haben wollt.«

Bode erhob sich vom Kotflügel und wischte sich die Rostspuren von seiner Tarnhose. »Der Punkt ist, wir mußten den Namen ändern.

Shiner hörte auf, seinen Arm zu beugen und zu spannen. »Der Name lautet nicht mehr White Rebel Brotherhood? Weshalb denn?«

»Du hattest recht mit der Rockband«, entgegnete Bode.

»Ja«, bemerkte Chub, »wir wollten nicht, daß es eine Verwechslung gab.«

»Und wie lautet der neue Name?«

Bode sagte es ihm. Shiner bat ihn, es zu wiederholen.

»White Clarion Aryans«, erklärte Bode langsam.

Shiner preßte die Lippen aufeinander. Betrübt betrachtete er die in seinen Bizeps eingebrannten Initialen. »Die neuen wären dann … W-C-A?«

»Richtig.«

»Scheiße«, fluchte Shiner halblaut. Dann schaute er hoch und brachte ein Lächeln zustande. »Nun ja.«

Eine unbehagliche Stille setzte ein, in der Shiner seine Hand verschob, damit sie die Tätowierung bedeckte. Sogar Chub hatte Mitleid mit ihm. »Aber weißt du«, tröstete er Shiner, »du hast auf jeden Fall einen tollen Adler auf dem Arm.«

»Das stimmt, verdammt noch mal«, pflichtete Bode Gazzer ihm bei. »Ein verdammt mächtiger Vogel. Was hat er denn eigentlich in den Klauen? Eine M16?«

Die Miene des Jungen hellte sich auf. »Genau. Eine M16, so habe ich es von dem Tätowierungstypen verlangt.«

»Nun, er hat gute Arbeit geleistet. Wie wär's mit einem Bier?«

Später fuhren sie zum Sports-Authority-Laden und kauften – unter Verwendung der gestohlenen Visa-Karte – Zelte, Schlafsäcke, Luftmatratzen, Moskitonetze, Petroleum für Laternen und andere Ausrüstungsgegenstände für einen ausgedehnten Aufenthalt unter freiem Himmel. Bode meinte, sie sollten alles für einen schnellen Einsatz bereitlegen, falls die NATO-Sturmtruppen ohne Vorwarnung an der Küste landeten. Dabei stellte Bode zu seiner Freude fest, daß Shiner im Gegensatz zu Chub eine ausgesprochene Vorliebe für Kleidung in Tarnfarben hatte. Als Trostpflaster kaufte Bode ihm einen besonders leichtgewichtigen Trebark-Parka – Shiner konnte es kaum erwarten, zum Wohnwagen zurückzukehren und alles an- und auszuprobieren.

Während er hineinrannte, um die Kleider zu wechseln, meinte Bode zu Chub: »Er benimmt sich wie ein kleines Kind am Weihnachtsmorgen.«

Eher wie ein verdammter Schwachsinniger, dachte Chub. Er sagte: »Hast du vielleicht noch eine Reservemütze? Ich möchte mir nämlich den kahlen Schädel unseres Nachwuchs-Skinheads nicht länger ansehen müssen.«

In seinem Wagen fand Bode einen feuchten, zerknautschten australischen Buschhut. Die Schimmelflecken paßten perfekt zum Tarnmuster der Kleidung. Shiner reckte stolz den Kopf, als er ihn aufsetzte und sich den Riemen unters Kinn schob.

Sie verbrachten den Nachmittag am Felstümpel, wo sich schnell zeigte, daß man dem jungen Rekruten auf keinen Fall die schweren Waffen anvertrauen konnte. Chub hatte gesetzeswidrig die AR-15 zu einer automatischen Waffe umgebaut. Sie war einfach zu stark für das jüngste Mitglied der White Clarion Aryans, und zwar sowohl physisch wie auch emotional. Als er das Gewehr von Chub entgegennahm, stieß Shiner einen Komantschenkriegsruf aus und brüllte: »Wo liegen die Bahamas? Wo sind die beschissenen NATO-Kommunisten?« Dann wirbelte er herum und begann wild draufloszuballern – Kugeln tanzten über das Wasser, prallten singend von Kalksteinfelsen ab, schlugen in die Teichkolben und ins Riedgras.

Bode und Chub gingen hinter dem Truck in Deckung. Bode murmelte: »Das ist nicht gut. Mein Gott, das ist überhaupt nicht gut.«

Chub stieß einen heiseren Fluch aus. »Ich brauche erst mal was zu trinken.«

Es dauerte ein paar Minuten, ehe Shiner bereit war, die AR-15 aus der Hand zu geben, und danach durfte er nur noch mit seiner alten 22er Marlin herumknallen. Bei Einbruch der Dämmerung kehrten die drei, nach Schießpulver und schalem Bier riechend, zu Chubs Wohnwagen zurück. Als Bode Gazzer fragte, ob irgendwer Hunger hätte, meinte Shiner, er könne eine ganze Kuh verspeisen.

Chub konnte keine weitere Stunde in Gegenwart des hyperaktiven Schwachkopfs verbringen. »Du mußt hierbleiben«, instruierte er Shiner, »und Wache halten.«

»Was soll ich denn bewachen?« fragte der Junge.

»Die Waffen. Und alles, was wir heute gekauft haben«, sagte Chub. »Der jüngste in der Truppe hält immer Wache. Ist das nicht so, Bode?«

»Na klar.« Auch Bode ging Shiners Gesellschaft allmählich auf die Nerven. Er erklärte: »Die Zelte und das ganze andere Zeug sind überlebenswichtige Ausrüstungsgegenstände. Die können wir auf keinen Fall unbeaufsichtigt zurücklassen.«

»Mein Gott, ich sterbe vor Hunger«, klagte Shiner.

Chub klopfte ihm auf die Schulter. »Wir bringen dir auch ein paar Hähnchenflügel mit. Willst du sie extra scharf gewürzt?«

Laut Auskunft der Bank war JoLaynes Kreditkarte an zwei aufeinanderfolgenden Tagen im gleichen Hooters-Restaurant benutzt worden – eine leichtsinnige Praxis, die Krome durchaus positiv deutete. Die Lottoscheindiebe waren offensichtlich keine Profigauner.

JoLayne wandte zwar ein, daß niemand so dreist sein könne, gleich dreimal hintereinander dort zu erscheinen, aber Krome meinte, es wäre nun mal die beste Spur, die sie im Augenblick hätten. Momentan warteten er und JoLayne vor dem Restaurant und beobachteten, wie ein roter Pick-up-Truck auf dem Behindertenparkplatz anhielt.

»Sind sie das?« fragte Krome.

»Die Kerle, die in mein Haus kamen, waren nicht behindert. Keiner von ihnen«, erklärte JoLayne mit Nachdruck.

Zwei Männer – ein großer, ein kleiner – stiegen aus dem Truck. Sie marschierten ohne Rollstuhl, Krücken oder auch nur einen einfachen Spazierstock ins Restaurant.

»Da muß ein Wunder geschehen sein«, sagte Krome.

JoLayne war sich nicht sicher, ob es dieselben Männer waren, die sie mißhandelt hatten. »Wir sind zu weit weg.«

»Dann müssen wir eben näher ran.«

Er ging alleine ins Restaurant und setzte sich an einen etwas abseits stehenden Tisch. Wenig später kam JoLayne durch die Tür, getarnt mit Hut und überdimensionaler Sonnenbrille. Sie nahm mit dem Rücken zur Bar am Tisch Platz.

»Haben Sie das Autokennzeichen notiert?« fragte sie.

»Jawohl, Ma'am. Und was ist mit dem Stoßstangenaufkleber? ›Fuhrman for President.‹«

»Wo sind sie?« fragte sie gepreßt. »Haben sie mich gesehen?«

»Wenn der Tisch, den ich meine, der richtige ist, haben sie keinen von uns bemerkt.«

Auf der anderen Seite des Restaurants unterhielten sich zwei sehr auffällige Gäste mit einer hübschen blonden Serviererin. Ihr strahlendes Neonlächeln löste für Krome auch das Rätsel, weshalb die Scheißkerle die letzten Abende mit einer heißen Kreditkarte hier verbracht hatten: Sie waren offenbar verliebt. Einer der Männer trug einen Tarnanzug komplett mit Mütze. Sein Gefährte hatte einen schmierigen Pferdeschwanz und einen Fahrradschlauchflicken über einem Auge. Krome konnte auch erkennen, daß die Gesichter der Männer mit Kratzern und Blutergüssen gezeichnet waren.

»Sie sagten doch, einer wäre gekleidet gewesen wie ein Jäger.«

JoLayne nickte. »Das stimmt.«

»Dann riskieren Sie mal einen Blick.«

»Ich habe Angst.«

»Es kann nichts passieren«, beruhigte Krome sie.

Sie drehte sich gerade so weit um, daß sie zu dem anderen Tisch hinüberschauen konnte. »O mein Gott«, stieß sie atemlos hervor und ging gleich wieder in Deckung.

Tom Krome tätschelte ihre Hand. »Wir haben es geschafft, Partner.«

JoLaynes Gesichtsausdruck war hinter der großen Sonnenbrille nicht zu deuten. »Geben Sie mir die Autoschlüssel.«

»Weshalb?« fragte Krome und kannte die Antwort. Sie wollte nicht den Wagen aufschließen, sondern den Kofferraum.

JoLayne sagte: »Wir warten, bis sie gehen …«

»Nein, nicht hier.«

»Tom, wir haben die Remington. Was können Sie gegen uns ausrichten?«

»Vergessen Sie's.«

Eine Kellnerin erschien, aber JoLayne war nicht ansprechbar. Krome bestellte Hamburger und Cola für sie beide. Als sie wieder ungestört waren, versuchte er ihr zu erklären, daß der Parkplatz eines stark frequentierten Restaurants nicht gerade der ideale Ort war, um jemanden mit einer Schrotflinte zu bedrohen, schon gar nicht zwei betrunkene, weiße, rassistische Psychopathen.

JoLayne sagte: »Ich will endlich meinen verdammten Lottoschein zurückhaben.«

»Sie werden ihn schon kriegen. Wir haben die Schweine aufgestöbert, das ist die Hauptsache. Jetzt können sie uns nicht mehr abhängen.«

Erneut schaute sie über die Schulter und erschauerte beim Anblick des Gauners mit dem Pferdeschwanz. »Sein Gesicht werde ich niemals vergessen. Aber an die Augenklappe kann ich mich nicht erinnern.«

»Vielleicht haben Sie ihn geblendet«, scherzte Krome.

JoLayne deutete ein Lächeln an. »Lieber Gott, das hoffe ich.«

- 11 -

Der Brandanschlag auf Tom Kromes Haus war die schlimmste berufliche Krise in Sinclairs Karriere. Den ganzen Nachmittag hindurch feilte er an seinem exkulpativen Memorandum und wartete darauf, zum Chef vom Dienst des *Register* zitiert zu werden. Ebenso wie Krome hatte der Chef vom Dienst sein Handwerk in der Nachrichtenredaktion gelernt und betrachtete daher die Welt ziemlich skeptisch. Er war ein schlaksiger, energischer Mann von Mitte Vierzig, leicht ergraut, zu Allergien neigend, kurz angebunden, illusionslos. Er war berüchtigt für seinen laserscharfen Blick und seinen Mangel an Geduld.

Sein letzter Kontakt mit Sinclair lag sieben Wochen zurück und hatte aus einem kurzen Telefongespräch bestanden: keine beschissene PMS-Kolumne, haben Sie verstanden! Es war ein Produkt von Sinclairs seltenen Brainstorming-Aktionen gewesen – ein regelmäßig erscheinender Artikel, der sich mit dem Postmenstrualen Syndrom, den sogenannten Wechseljahren, beschäftigte. Die Kolumne sollte natürlich einmal im Monat erscheinen. Der Chef vom Dienst verwarf diese Idee vehement und mit unverhohlener Abscheu, so daß Sinclair die Verantwortung dafür schnellstens einem seiner Untergebenen zuschob.

Selbst unter den günstigsten Umständen war der direkte Kontakt mit dem C.v.D. nervenzerfetzend. Daher erbleichte Sinclair schlagartig, als er kurz nach sechs Uhr gerufen wurde, um sich zu der Tom-Krome-Situation zu äußern. Als er das Büro betrat, wurde Sinclair brüsk mit einer Armbewegung in einen Polstersessel dirigiert. Auf der anderen Seite eines Mahagonieschreibtisches überflog der Chef vom Dienst einen Polizeibericht, den Sinclair – der noch nie so etwas gesehen hatte – gar nicht als solchen erkannte. Was er über die Feuersbrunst in Kromes Heim wußte, hatte er während eines kurzen Toilettengesprächs mit einem klatschsüchtigen Stadtreporter erfahren. Natürlich war Sinclair über diese Nachricht zutiefst beunruhigt, aber noch mehr störte ihn, daß er darüber nicht formell durch die üblichen Kanäle in Kenntnis gesetzt worden war. Schließlich war er immer noch Kromes direkter Vorgesetzter. Glaubte denn heutzutage niemand mehr an E-Mail?

Mit einem nachdenklichen Seufzer drehte der Chef vom Dienst sich um und warf den Polizeibericht auf eine Anrichte. Sinclair nutzte den Augenblick, um eine frische Kopie seines Memorandums auf den Schreibtisch zu legen, die der Chef vom Dienst sofort zusammenknüllte und ihm entgegenschleuderte. Der Papierball landete in seinem Schoß.

»Das habe ich schon längst gesehen«, giftete der Chef vom Dienst.

»Aber… wann?«

»Und zwar sämtliche Fassungen, Sie Arsch.«

»Oh.«

Sinclair begriff sofort, was geschehen war. Mit einem Tastendruck auf seinem Computerterminal konnte der Chef vom Dienst jeden Text im riesigen redaktionellen Speicher der Zeitung aufrufen. Sinclair hatte sich in dem Glauben gewiegt, daß sein Boß überhaupt nicht verfolgte, was in der Feature-Abteilung vor sich ging, aber das traf offensichtlich nicht zu. Der Chef vom Dienst hatte auf elektronischem Weg den Werdegang des Krome-Memos von der ersten Ideenskizze bis zur geschliffenen Endfassung verfolgen können.

Sinclair verspürte plötzlich einen fiebrigen Hitzeschub und geriet außer Atem. Er pflückte das zerknüllte Papier aus seinem Schoß und stopfte es unauffällig in eine Hosentasche.

»Was ich so faszinierend fand«, meinte der Chef vom Dienst, »war der kreative Prozeß – wie jede neue Fassung ein noch schwärzeres Bild von Toms Seelenzustand zeichnete. Und die Details, die Sie hinzugefügt haben... nun, ich mußte wirklich lachen. Vielleicht haben Sie Ihren Beruf verfehlt, Sinclair. Vielleicht sollten Sie an der schreibenden Front kämpfen.« Der Chef vom Dienst musterte ihn, als wäre er ein Hundehaufen auf einem Perserteppich. »Möchten Sie etwas trinken? Einen Schluck Wasser? Kaffee?«

»Nein, vielen Dank«, murmelte Sinclair matt.

»Können wir uns darauf einigen, daß Ihr ›Memo‹ absolute Pferdescheiße ist?«

»Ja.«

»Okay. Jetzt habe ich noch einige Fragen. Haben Sie irgendeine Idee, weshalb Tom Kromes Haus angezündet wurde?«

»Eigentlich nicht«, gab Sinclair zu.

»Wissen Sie, wo er sich zur Zeit aufhält?«

»Bermuda, wenn man den Gerüchten glaubt.«

Der Chef vom Dienst kicherte verhalten. »Sie fliegen ganz bestimmt nicht nach Bermuda, Sinclair, Sie begeben sich an den Ort, wohin Sie Tom geschickt haben, und Sie werden ihn suchen. Übrigens, Sie sehen verdammt schlecht aus.«

»Das ist mir auch schon aufgefallen.«

»Eine andere Frage: Arbeitet Tom eigentlich überhaupt noch für uns?«

»Soweit es mich betrifft, ja«, brachte Sinclair mit aller Überzeugungskraft hervor, die er aufbieten konnte.

Der Chef vom Dienst nahm seine Brille ab und fing an, die Gläser mit einem Papiertaschentuch gründlich zu reinigen. »Und soweit es *Tom* betrifft? Besteht die entfernte Möglichkeit, daß er es mit seiner Kündigung ernst gemeint hat?«

»Ich... ich denke schon.«

Benommen von einer plötzlichen Atemnot, rechnete Sinclair jeden Moment mit einem akuten Herzstillstand. Er hatte viele Artikel über todkranke Patienten gelesen, die unheimliche außerkörperliche Erlebnisse in Krankenwagen und Unfallstation gehabt hatten. Genauso kam Sinclair sich jetzt auch vor – in der Luft über die Anrichte des Chefs vom Dienst schwebend und sich selbst dabei beobachtend, wie er kastriert wurde. Die Empfindung war allerdings weder so schmerzlos noch so traumgleich, wie Leute, die beinahe gestorben waren, es beschrieben hatten.

»Die Leute vom Brandstiftungsdezernat durchsuchen heute die Trümmer«, berichtete der Chef vom Dienst. »Sie wollen wissen, ob das Feuer vielleicht mit einer Story in Verbindung steht, an der Tom gerade arbeitet.«

»Ich wüßte nicht, inwiefern.« Sinclair schnappte nach Luft wie ein Flußpferd. Allmählich kehrte das Gefühl wieder in seine tauben Finger und Zehen zurück.

Der Chef vom Dienst meinte: »Vielleicht können Sie mir verraten, was genau er gerade geschrieben hat.«

»Ein ganz schnelles Feature. Keine umfangreiche Recherche.«

»Über was?«

»Eine Frau, die im Lotto gewonnen hat«, sagte Sinclair. Er fügte spontan hinzu: »Eine Schwarze.« Damit der Boß auch sah, daß Sinclair stets Ausschau nach positiven Meldungen über Minderheiten hielt. Vielleicht linderte das seine augenblickliche Zwangslage ein wenig, vielleicht aber auch nicht.

Der Chef vom Dienst kniff die Augen zusammen. »Mehr nicht – ein Lotto-Feature?«

»Mehr nicht«, bestätigte Sinclair.

Er wollte nicht bekanntgeben, daß er Tom Kromes Bitte abgeschlagen hatte, den Raub weiter zu verfolgen. Sinclair glaubte, daß diese Entscheidung ihn als feige und kurzsichtig hätte dastehen lassen, vor allem wenn Krome ermordet in irgendeinem Straßengraben aufgefunden werden sollte.

»Wo wohnt denn diese Lotto-Tante?« hakte der Chef vom Dienst nach.

»In Grange, einer Kleinstadt.«

»Ein ganz normales Feature?«

»Mehr nicht.«

Der Chef vom Dienst runzelte die Stirn. »Also, Sie lügen schon wieder, Sinclair. Aber es ist meine eigene verdammte Schuld, daß ich Sie eingestellt habe.« Er stand auf und nahm sein Anzugjackett von der Sessellehne. »Sie fahren nach Grange und kommen erst wieder zurück, wenn Sie Tom gefunden haben.«

Sinclair nickte. Er würde seine Schwester anrufen. Sie und Roddy würden ihn sicherlich in ihrem Gästezimmer schlafen lassen. Sie könnten ihn außerdem in der Stadt herumführen und ihn mit ihren Informanten zusammenbringen.

»Nächste Woche werden die Ameliaträger bekanntgegeben«, verkündete der Chef vom Dienst und schlüpfte in sein Jackett. »Ich habe Krome übrigens gemeldet.«

»Wirklich?«

Erneut wurde Sinclair überrumpelt. Die »Amelias« waren ein nationaler Journalistenwettbewerb, der nach der mittlerweile verstorbenen Amelia J. Lloyd benannt worden war. Sie galt allgemein als Mutter des modernen Zeitungsfeatures. Kein Ereignis war prosaisch oder harmlos genug, um Amelia Lloyds wacher Aufmerksamkeit zu entgehen. Backwaren-Verkaufsaktionen, Handwerksmessen, Wohltätigkeitsveranstaltungen, Buchstabierwettbewerbe, Kaufhauseröffnungen, Blutspendeaktionen, Ostereiersuchevents – Amelias kunstvolle Prosa hauchte all diesen unwichtigen Anlässen aufregendes Leben ein. In ihrer kurzen, aber meteorhaften Karriere hatte sie mit ihren Texten den *New Orleans Times Picayune*, den *St. Louis Post Dispatch*, die *Tampa Tribune*, den *Miami Herald* und den *Cleveland Plain Dealer* beglückt und aufgewertet. Es geschah in Cleveland, wo Amelia J. Lloyd in Ausübung ihrer Pflicht den Tod fand, als sie während einer Freimaurer-Parade von einem Modell-Duesenberg überfahren wurde. Sie war erst einunddreißig Jahre alt.

Bis auf eine Handvoll elitärer Blätter meldeten alle Zeitungen ihre Feature-Abteilungen zu den jährlichen Amelias, denn es war der einzige Wettbewerb, der so tat, als wäre die Produktion warmer Luft ernsthafter, bedeutender Journalismus. Beim *Register* wurden die Nominierungen traditionsgemäß vom stellvertretenden Chefredaktionsassistenten für Features und Lifestyle abgegeben. Sinclair hatte Tom Krome ganz bewußt nicht für die Amelias gemeldet, weil in seinen Geschichten stets, jedenfalls nach Sinclairs Überzeugung, ein harter oder sarkastischer Unterton zum Ausdruck kam, den die

Juroren möglicherweise als abstoßend empfinden konnten. Außerdem hegte Sinclair die Befürchtung, daß, wenn Krome dank einer grausamen Fügung des Schicksals tatsächlich den Wettbewerb gewinnen sollte – oder auch nur auf einem der vorderen Plätze landen würde –, er Sinclair irgendwann mal vor der gesamten Belegschaft körperlich attackieren könnte. Krome soll vor Zeugen nämlich die Bemerkung gemacht haben, daß ein Amelia – auch wenn er mit einem Scheck über 500 Dollar einherging – ein Schandfleck wäre.

Daher war Sinclair einigermaßen beunruhigt, als er erfuhr, daß der Chef vom Dienst, ohne ihn darüber zu informieren, Sinclairs sorgfältig ausgewählte Kandidaten durch Tom Krome ersetzt hatte.

»Ich wollte Ihnen darüber eine Aktennotiz schicken«, erklärte der Chef vom Dienst, ohne sich zu entschuldigen.

Sinclair legte sich seine Antwort sehr sorgfältig zurecht. »Tom hat dieses Jahr einige Super-Storys geliefert. Für welche Kategorie haben Sie ihn benannt?«

»Sein Gesamtwerk.«

»Aha. Gut.« Sinclair dachte, Gesamtwerk? Die Regeln verlangten ein Minimum von acht Artikeln, und man ging allgemein davon aus, daß sie optimistisch und positiv sein sollten – genauso wie die, welche Amelia J. Lloyd zu schreiben pflegte. Sinclair war sich nicht sicher, ob Tom Krome in seiner ganzen Karriere auch nur acht optimistische *Adjektive* benutzt hatte. Und wieso hatte der Boß überhaupt die Zeit gefunden, die Texte eines ganzen Jahres zu prüfen?

»Wissen Sie eigentlich«, sagte der Chef vom Dienst, während er seinen Aktenkoffer packte, »wie lange es her ist, daß der *Register* einen nationalen Preis gewonnen hat?

*Irgend*einen nationalen Preis?«

Sinclair schüttelte den Kopf.

»Acht Jahre«, belehrte ihn der Chef vom Dienst. »Dritter Platz in Aktualität, American Society of Newspaper Editors. Acht verdammte Jahre.«

Sinclair, der spürte, daß es von ihm erwartet wurde, stellte die Frage: »Mit welcher Story?«

»Tornado vernichtete eine Grundschule. Zwei Tote, dreiundzwanzig Verletzte. Raten Sie mal, wer sie verfaßt hat. Ich war's.«

»Ohne Scherz?«

»Nun glotzen sie doch nicht so geschockt.« Der Chef vom Dienst klappte den Aktenkoffer zu. »Ich habe noch einen heißen Tip für Sie: Wir werden wohl einen Amelia in der Feature-Kategorie gewinnen. Sozusagen den ›Ersten Preis‹. Ich erwarte, daß Tom in der nächsten Woche wieder im Nachrichtensaal sitzt, wenn die Preisträger offiziell bekanntgegeben werden.«

Sinclair glaubte zu ertrinken. »Woher wissen Sie, daß er gewonnen hat?«

»Einer der Juroren hat es mir verraten. Eine Ex-Ehefrau, falls Sie irgendwelche Fragen in dieser Richtung haben sollten. Die einzige, die noch mit mir redet. Wann starten Sie nach Grange?«

»Gleich morgen früh.«

»Machen Sie uns keine Schande, okay?«

Der Chef vom Dienst war noch drei Schritte von der Bürotür entfernt, als Sinclair fragte: »Soll ich Sie von unterwegs anrufen?«

»Aber jeden Tag, *amigo*. Und ganz im Ernst, vermasseln Sie es nicht.«

Chub glaubte, daß er bei Amber Fortschritte machte. Jeden Abend kam sie ihm freundlicher und gesprächiger vor. Bodean Gazzer war jedoch der Meinung, daß sein Freund sich das alles einbildete – die Kleine redete ausgiebig mit all ihren Gästen.

»Quatsch«, widersprach Chub. »Siehst du nicht, wie sie mich anschaut?«

»Ein bißchen ängstlich, würde ich meinen. Das liegt wahrscheinlich an der verdammten Augenklappe.«

»Du kannst mich mal«, sagte Chub, obgleich er insgeheim besorgt die Möglichkeit einräumte, daß Bode recht haben könnte. Wahrscheinlich gehörte Amber tatsächlich zu den Frauen, die nicht gerade von Narben und Augenklappen angetörnt wurden.

»Vielleicht solltest du sie abnehmen«, schlug Bode vor.

»Hab ich schon versucht.«

»Was du nicht sagst.«

»Es liegt an dem Gummiklebstoff«, erklärte Chub. »Er ist so haltbar wie Zement.«

Bode Gazzer meinte, er wäre froh, daß nur Chubs linkes Auge verklebt sei, denn das rechte wäre immerhin das Ziel-Auge, das er zum Schießen bräuchte. »Aber ohne Klappe wäre es natürlich noch besser«, fügte er hinzu. »Mit dieser Klappe hast du bei jeder Schießerei einen blinden Fleck.«

Chub biß in einen Hähnchenflügel und zermalmte ihn geräuschvoll zwischen seinen Zähnen zu Brei, den er hinunterschluckte. »Wenn es um Waffen geht, brauchst du dir um mich keine Sorgen zu machen. Sogar mein blinder Fleck hat volle Sehkraft.«

Als Amber an ihren Tisch kam, um die leeren Bierflaschen einzusammeln, erkundigte Chub sich verschmitzt grinsend nach ihrem Freund.

»Er ist nicht da«, antwortete sie.

»Das sehe ich, Schätzchen.«

Chub hätte am liebsten eine Bemerkung über Tonys verbrannten Sportwagen fallenlassen, einen kleinen Hinweis darauf, daß er und Bode daran beteiligt gewesen waren, damit Amber begriff, daß er durchaus ernste Absichten bei ihr hatte. Aber er war sich nicht sicher, ob sie überhaupt clever genug war, um diese Verbindung herzustellen, und vor allem ob sie der Typ Frau war, den man mit einer gezielten Brandstiftung für sich einnehmen konnte.

»Noch eine Runde?« fragte sie.

Chub fragte: »Wann hast du Feierabend?«

»Spät.«

»Wie spät?«

»Sehr spät.«

Bode Gazzer schaltete sich ein. »Bring uns noch vier neue.«

»Sofort«, erwiderte Amber dankbar und hatte es eilig, den Tisch zu verlassen.

»Scheiße«, murmelte Chub. Vielleicht lag es tatsächlich an der Augenklappe. Er vermutete, daß sie daran keinerlei Anstoß mehr nehmen würde, wenn sie erführe, daß er schon bald Millionär wäre.

Bode gab ihm den Rat, sich ein wenig zurückzuhalten. »Denk daran, daß ich dir empfohlen habe, ja nicht aufzufallen. Außerdem machst du dem Mädchen doch angst.«

Chub entfernte mit Daumen und Zeigefinger einen Hähnchenknochensplitter aus seinem Gaumen. Er sagte: »Wann hast du das letzte Mal mit etwas anderem gebumst als mit deiner Hand?«

Bode Gazzer erwiderte, als Weißer habe er die Pflicht, besonders wählerisch zu sein, wenn es darum gehe, seine Saat zu verteilen.

»Deine was?« fragte Chub voller Spott.

»So steht es in der Bibel: meine Saat.«

»Der Mensch kann nie genug Waffen und Muschis bekommen. Das hast du selbst erklärt.«

Das habe ich allerdings, dachte Bode betrübt. In Wahrheit wollte er nicht, daß Chub von einer Hooters-Kellnerin oder irgendeiner anderen Frau abgelenkt wurde, ehe sie den Lottogewinn abgeholt hatten. Danach bliebe ihnen noch genügend Zeit für solche Zerstreuungen.

Bode versuchte zu improvisieren. »Alles hat seine guten und seine schlechten Seiten, Chub. Wir Weißen haben eine große Verantwortung – wir sind eine vom Aussterben bedrohte Rasse. Genauso wie das Einhorn.«

Chub gab nicht nach. Er entsann sich, daß er mal eine 45er Halbautomatik besessen hatte, hergestellt in Jugoslawien oder Rumänien oder an irgendeinem anderen gottverlassenen Ort, die nach jedem vierten oder fünften Schuß eine Ladehemmung hatte. »Das war wirklich eine schlechte Kanone«, sagte er, »aber ich hatte noch nie eine schlechte Muschi.«

Sie diskutierten bis zum Geschäftsschluß, wobei Bode die Position verteidigte, daß Milizionäre körperliche Beziehungen ausschließlich mit reinweißen, christlichen Frauen europäischer Abstammung unterhalten sollten, für den Fall, daß aus dieser Verbindung ein Kind hervorginge. Chub – der seine ohnehin schon spärlichen Möglichkeiten nicht noch weiter eingeschränkt sehen wollte – beharrte darauf, daß weiße Männer geradezu moralisch verpflichtet wären, ihre überlegenen Erbanlagen so reichhaltig und weit wie möglich zu verteilen, und daher mit jeder Frau Sex haben sollten, die es wünschte, ungeachtet ihrer Rasse, Konfession oder Herkunft.

»Außerdem ist deutlich zu sehen«, fügte er hinzu, »daß Amber so weiß ist wie jungfräulicher Schnee.«

»Ja, aber ihr Freund ist Mexikaner. Das macht sie durch den engen Kontakt ebenfalls zur Mexikanerin«, wandte Bode ein.

»Du kannst jetzt endlich mal die Schnauze halten.«

»Der Punkt ist, daß wir verdammt vorsichtig sein müssen.«

Der Restaurantmanager ließ zweimal die Beleuchtung flackern, und das Restaurant begann sich zu leeren. Bode verlangte noch einen Karton Hähnchenflügel zum Mitnehmen, aber ein schwarzer Küchenhelfer erklärte ihm, daß die Küche bereits geschlossen habe. Bode bezahlte die Essensrechnung wiederum mit der gestohlenen Visa-Karte und ließ erneut ein völlig aberwitziges Trinkgeld abbuchen. Anschließend bestand Chub darauf, auf dem Parkplatz zu warten für den eher unwahrscheinlichen Fall, daß Amber eine Mitfahrgelegenheit brauchte. Nach einer Viertelstunde erschien sie. Sie bürstete ihr Haar, während sie durch die Tür heraustrat. Für Chub sah sie in ihrer verwaschenen Jeans fast genauso schön und verführerisch aus wie in ihren knappen Arbeitsshorts. Er forderte Bode auf zu hupen, damit sie sah, daß die beiden Männer im Truck auf sie gewartet hatten. Bode weigerte sich.

Daraufhin drehte Chub das Fenster herunter, um sie zu rufen. In diesem Moment fuhr kein anderer als Tony höchstpersönlich mit einem neuen pechschwarzen Mustang Kabriolett vor. Amber stieg ein, und der Wagen verließ den Parkplatz mit quietschenden Reifen.

»Was zur Hölle war das denn?« fragte Chub verzweifelt.

»Vergiß es.«

»Das Arschloch muß ganz gut bei Kasse sein, wenn er sich zwei Wagen leisten kann.«

Bode Gazzer schüttelte verzweifelt den Kopf. »Mein Gott, wahrscheinlich ist es ein Mietwagen. Und jetzt vergiß es endlich!«

Halbbetrunken hatte Bode einige Mühe, den Wagen rückwärts aus der für Behinderte reservierten Parkbucht herauszufahren. Er bemerkte nicht den blauen Honda auf der anderen Seite des Parkplatzes und bekam auch nicht mit, daß derselbe Wagen sich hinter ihnen in den nach Süden rollenden Verkehr auf dem Highway One einfädelte.

Bevor die beiden Rednecks in ihr Haus eingefallen waren und sie angegriffen hatten, war JoLayne in ihrem ganzen bisherigen Erwachsenenleben von nur zwei Männern geschlagen worden. Einer war schwarz, der andere weiß. Beide waren, als es geschah, mit ihr befreundet.

Der Schwarze war Robert, der Polizeibeamte. Er hatte JoLayne ins Gesicht geschlagen, als sie ihn, mit erdrückenden Beweisen in der Hand, beschuldigt hatte, von weiblichen Verkehrsteilnehmern Sex zu erpressen. Gleich am nächsten Morgen fand Robert eine lebendige Zwergklapperschlange in der Schublade mit seiner Unterwäsche, woraufhin er kreischend quer durch das Schlafzimmer hüpfte. JoLayne nahm vorsichtig die Schlange aus der Schublade und setzte sie in einer nahe gelegenen Wiese aus. Später machte sie sich über Robert wegen seiner kleinmädchenhaften Reaktion lustig und erklärte ihm, daß der Biß einer Zwergklapperschlange nur in den allerseltensten Fällen für einen Menschen tödlich wäre. In dieser Nacht schlief er mit entsichertem Dienstrevolver auf dem Nachttisch, eine Praxis, die er sorgfältig beibehielt, bis er und JoLayne sich trennten.

Der Weiße, der sie schlug, war ausgerechnet Neal, der unselbständige Chiropraktiker. Es war eines Abends passiert, als JoLayne eine Stunde später als gewöhnlich vom Jackson Memorial Hospital nach Hause zurückkehrte. Der Grund für die Verspätung war ein allzu reizbarer Kokaindealer mit schweren privaten Problemen. Vier mehrfach angeschossene Opfer waren gleichzeitig in die Notaufnahme gebracht worden, wo JoLayne gerade Dienst hatte. Obgleich dieser Amoklauf die Hauptmeldung in den Elf-Uhr-Nachrichten war, blieb Neal, der Chiropraktiker, mißtrauisch. Er hielt es für wahrscheinlicher, daß JoLayne so spät gekommen war, weil sie mit einem attraktiven Thoraxchirurgen oder vielleicht auch mit einem der neuen Anästhesisten herumpoussierte. Im Verlauf einer lautstarken Eifersuchtsszene schlug Neal wild und ungezielt zu und traf dabei JoLaynes Handtasche. Sie stürzte sich sofort auf ihn und brach ihm mit zwei gestochenen Geraden das Nasenbein. Schon bald bat Neal, der Chiropraktiker, sie schniefend und schnaufend um Verzeihung. Er rannte hinaus und kaufte für JoLayne ein mit Diamanten besetztes Armband, das sie ihm in absolut neuwertigem Zustand am Tag ihrer Trennung zurückgab.

Sie war also nicht daran gewöhnt, von Männern, ganz gleich welcher Hautfarbe, geschlagen zu werden. Sie forderte es nicht heraus, duldete es nicht und glaubte leidenschaftlich an schnelle, schonungslos gründliche Vergeltung. Weshalb sie auch die Schrotflinte im Kofferraum von Tom Kromes Honda nicht aus ihren Gedanken verdrängen konnte.

»Haben Sie schon einen Plan?« erkundigte sie sich bei Krome. »Wenn nicht, dann habe ich einen für Sie parat.«

Krome nickte wissend. »Den haben Sie ganz bestimmt.«

Er ließ sich zurückfallen und vergrößerte den Abstand zwischen ihnen und dem roten Pick-up-Truck, der auf der Fahrspur leicht hin und her schlingerte, wahllos beschleunigte und wieder abbremste. Der Fahrer war betrunken – das hätte sogar ein völlig unerfahrener Jungpolizist sofort erkannt. Krome wollte nicht, daß die Kerle einen Unfall produzierten, aber er hätte es ebenfalls nicht gerne gesehen, wenn sie von der Polizei angehalten würden. Wer wußte schon, was sie in einem solchen Fall mit dem Cop machten? Falls sie es zuließen, daß man sie einbuchtete, könnte es mehrere Wochen dauern, bis sie wieder rauskämen, je nachdem wie viele Strafbefehle gegen sie vorlägen. Und soviel Zeit hatte JoLayne Lucks nicht.

Kromes Plan sah vor, daß sie den beiden Männern bis zu ihrem Zuhause folgten und sich dort über ihre weiteren Möglichkeiten informierten.

»Mit anderen Worten, wir beobachten«, stellte JoLayne fest.

Krome hoffte, daß der Unterton in ihrer Stimme lediglich Ungeduld und nicht Mißbilligung signalisierte. »Korrigieren Sie mich, falls ich mich irre, aber ich dachte, es ginge nur darum, Ihren Lottoschein zurückzuholen. Falls Sie lieber diese Kerle erschießen und sich dann aus dem Staub machen wollen, dann sagen Sie es mir bitte rechtzeitig, damit ich aussteigen kann.«

Sie hob beschwichtigend die Hände. »Tut mir leid, Entschuldigung.«

»Sie sind wütend. Das wäre ich auch.«

»Rasend«, korrigierte sie.

»Ganz ruhig. Wir sind dicht dran.«

»Haben Sie sich das Autokennzeichen gemerkt?«

»Das sagte ich doch schon. Ja«, antwortete Krome.

»Hey, Sie rasen schon wieder.«

»Das habe ich bemerkt.«

»Verlieren Sie sie bloß nicht!«

»JoLayne!«

»Verzeihung. Ich bin ja schon still.«

Sie verfolgten den Truck bis nach Homestead. Unterwegs hielt er dreimal am Straßenrand an, wo einer oder beide Rednecks lässig ausstiegen, um zu pinkeln. Jedesmal fuhr Krome weiter. Sobald er ausreichenden Vorsprung vor ihnen hatte, lenkte er den Honda auf einen unbeleuchteten Randstreifen, wo er nicht zu sehen war, und wartete, bis der Pick-up wieder vorbeifuhr. Schließlich verließen die Rednecks den Highway One in östlicher Richtung, bogen auf eine Schotterstraße nach Süden ein, die mitten durch eine Tomatenfarm lief. Hier gab es keinen anderen Verkehr mehr – nur eine wallende Staubwolke, die vom Truck hochgewirbelt wurde. Der Staub roch schwach nach Pestiziden.

JoLayne schob den Kopf aus dem Seitenfenster und tat so, als inhalierte sie genußvoll die frische Luft. »Grüne Weiten! Dazu der Duft würziger Erde. Ein Paradies!« rief sie aus.

Krome verlangsamte die Fahrt und schaltete die Scheinwerfer aus, damit die Rednecks sie nicht im Rückspiegel bemerkten. Nach ein paar Meilen machten die Tomatenfelder dichtem Palmettogebüsch und Dade-County-Fichten Platz. Die Straße beschrieb einen weiten Bogen und verlief dann parallel zu einem Drainagekanal. Auf der anderen Seite des Wasserlaufs konnte JoLayne die Umrisse von Baracken, kleinen Wohnwagen und stehengelassenen Automobilen erkennen.

Eine halbe Meile vor ihnen auf der Schotterstraße leuchteten die Bremslichter des Pick-up hell durch die Staubwirbel. Krome bremste sofort und schaltete den Motor des Honda aus. Die einsetzende Stille verriet, daß der Fahrer des Trucks das gleiche getan hatte.

»Eine hübsche Gegend«, stellte Krome sarkastisch fest.

»Das ist nicht gerade Star Island.« JoLayne legte eine Hand auf seinen Arm. »Können wir denn jetzt, bitte, den Kofferraum öffnen?«

»Einen Moment noch.«

Sie konnten den roten Truck nicht sehen, hörten aber, wie die Türen zugeschlagen wurden. Dann ertönte die Stimme eines Mannes und hallte durch die Dunkelheit über den Kanal.

»Was hat das alles zu bedeuten?« flüsterte JoLayne.

Ehe Tom Krome darauf antworten konnte, wurde die Nacht von einer Gewehrsalve zerrissen.

Allein mitten im Nirgendwo hatte Shiner die Nerven verloren. Die Geräusche waren zwar die gleichen wie in den Wäldern um Grange – Frösche, Grillen, Waschbären –, aber hier erschien ihm jedes Fiepen und Rascheln viel lauter und unheimlicher. Shiner mußte ständig an all die NATO-Soldaten denken, die auf den Bahamas biwakierten.

Nur achtzig Meilen entfernt, hatte Bodean Gazzer gesagt und in die Wildnis gedeutet, auf der anderen Seite des Golfs.

So kümmerlich sie auch war, Shiners Phantasie hatte keinerlei Schwierigkeiten, sich eine Phalanx blaubehelmter feindlicher Soldaten auf einer Flotte von Landungsbooten vorzustellen. Er war besessen von der Idee, daß die Vereinigten Staaten von Amerika jede Minute überfallen werden könnten, während Bode und Chub in der Stadt waren und sich mit Bier vollaufen ließen.

Gegen alle Anweisungen holte Shiner die AR-15 aus Chubs Mobilheim heraus und kletterte über eine Leiter auf das Dach. Dort, eingehüllt in seinen neuen Tarnparka und den verschimmelten

Buschhut auf dem Kopf, wartete er. Und während er zwar nicht bis zu den Bahamas blicken konnte, hatte er jedoch hervorragende Sicht auf die Schotterstraße und den Entwässerungskanal der Tomatenfarm.

Ob zu Land oder zu Wasser, dachte Shiner, die Scheißkerle sollten es ruhig versuchen.

Das Gewehr in seinen Händen fühlte sich gut an. Es beruhigte seine Nerven. Er fragte sich, welche Waffen die NATO-Kommunisten wohl bei sich hätten. Russische, hatte Bode Gazzer vermutet, oder nordkoreanische. Shiner beschloß, sie dem ersten Soldaten, den er erschoß, wegzunehmen und als Souvernir zu behalten. Vielleicht hackte er ihm auch ein Ohr ab – er hatte von solchen gräßlichen Sitten während seines dreiwöchigen Armee-Intermezzos von einem Ausbilder erfahren, der in Vietnam gekämpft hatte. Shiner war zwar nicht klar, was er mit einem abgetrennten NATO-Ohr tun sollte, aber er würde es ganz bestimmt irgendwo verstecken, wo seine Mutter es niemals finden würde. Genauso die Gewehre und Pistolen. Seit sie den Ölfleck-Jesus gefunden hatte, reagierte seine Mutter nämlich auf Schußwaffen höchst allergisch.

Nach einer Stunde auf dem Dach verspürte Shiner plötzlich einen bohrenden Hunger. Leise kletterte er nach unten und schaute in Chubs Kühlschrank nach, wo er zwei lederartige Stücke Pepperoni-Pizza und eine Dose Ölsardinen ohne Haut und Gräten fand. All dies nahm Shiner zu seinem Ausguck mit. Er zwang sich, langsam zu essen und jeden Bissen zu genießen – wenn die Invasion erst einmal begonnen hätte, gäbe es sicherlich für lange, lange Zeit keine Pizza mehr.

Zweimal feuerte Shiner die AR-15 auf verdächtige Geräusche ab. Das erste Geräusch stammte von einem unvorsichtigen Opossum – keinem feindlichen Pionier –, das Chubs Mülltonne umkippte, während sich das zweite Geräusch als Wasserhuhn entpuppte – nicht als Kampftaucherkommando –, das zwischen den Wasserlilien herumplanschte.

Lieber auf Nummer Sicher gehen, als sich überrumpeln zu lassen, dachte Shiner.

Nach einer Weile nickte er ein, eine Wange gegen den kalten Lauf des Gewehres gepreßt. Er träumte, er wäre wieder im Ausbildungscamp, wo er versuchte, Liegestütze zu machen, während ein muskulöser schwarzer Sergeant sich über ihn beugte und ihn eine Tunte, einen Waschlappen, ein schwanzloses Wunder nannte. Auch im Traum bewältigte Shiner die Liegestützen nicht besser als im realen Leben, daher wurde das Gebrüll des Sergeants ständig lauter. Plötzlich zückte er seine Pistole und meinte zu Shiner, er würde ihm in den Hintern schießen, wenn seine Knie noch einmal den Erdboden berührten, was natürlich schon beim nächsten Liegestütz geschah. Voller Wur stellte der Sergeant einen schweren Stiefel auf Shiners Rücken und drückte gleichzeitig die Pistolenmündung gegen seinen zitternden Hintern und feuerte...

Bei der Erschütterung schreckte Shiner aus dem Schlaf hoch und drückte krampfhaft die AR-15 an seine Brust. Dann hörte er es wieder – keinen Gewehrschuß, sondern eher den Knall von einer Tür, die zugeschlagen wurde. Er begriff, daß dies nicht mehr zu seinem Traum gehörte, sondern daß es wirklich war. Jemand steckte dort draußen in der von summenden Insekten erfüllten Nacht. Vielleicht waren es die NATO-Soldaten. Vielleicht war das, was Shiner hatte zuschlagen hören, die Geschützturmklappe eines sowjetischen Panzers.

Während sie auf den Wohnwagen zugingen, wurden Bodean Gazzer und Chub von einer rauhen angespannten Stimme, die vom Wohnwagendach kam, aufgehalten. »Halt! Wer da?«

Sie wollten gerade darauf antworten, als die Dunkelheit in einem orangenen und blauen Funkenregen explodierte. Die Salve aus dem Maschinengewehr scheuchte sie unter den Pick-up-Truck, wo sie sich fluchend verkrochen und sich die Ohren zuhielten, bis Shiner das Magazin leergeschossen hatte.

Dann verschaffte Chub sich Gehör. »Wir sind es, Arschgesicht!« rief er.

»Wer ist wir?« entgegnete die Stimme auf dem Wohnwagendach. »Wer da?«

»Wir! *Wir!*«

»Identifizieren Sie sich!«

Bode Gazzer ergriff das Wort. »Die White Clarion Aryans. Deine Brüder.«

Nach einer längeren Pause hörten sie: »Oh, Scheiße. Kommen Sie raus.«

Während er sich unter dem Pick-up-Truck hervorschlängelte, meinte Chub: »Wir haben jetzt einen hirntoten Skinhead am Bein.«

»Psst«, machte Bode. »Hörst du das?«

»Herrgott im Himmel!«

Ein anderer Wagen war auf der Schotterstraße. Er entfernte sich schnell.

Chub griff nach seiner Pistole. »Was tun wir?«

»Wir verfolgen die Schweine«, entgegnete Bode, »sobald wir unseren John-Wayne-Nachwuchs vom Dach runtergeholt haben.«

- 12 -

Tom Kromes Herzschlag beschleunigte sich, als die Scheinwerfer im Rückspiegel auftauchten. JoLayne Lucks drehte sich um.

»Wie im Kino«, sagte sie.

Krome riet ihr, sich festzuhalten. Ohne auf die Bremse zu tippen, lenkte er den Wagen von der Schotterstraße herunter und über einen Erdwall: Hüpfend und schwankend blieben sie inmitten einer Gruppe australischer Fichten stehen.

»Öffnen Sie Ihre Tür«, befahl er, »aber steigen Sie erst aus, wenn ich mein Okay gebe.«

Sie gingen auf den Vordersitzen in Deckung, so daß ihre Gesichter nur wenige Zentimeter voneinander entfernt waren. Sie hörten, wie der Pick-up-Truck sich näherte, wie seine überdimensionalen Reifen auf dem gestampften Lehm rumpelten.

Aus heiterem Himmel fragte JoLayne plötzlich: »Ich möchte bloß wissen, was Martha Stewart in so einer Situation tun würde.«

Jetzt dreht sie endgültig durch, dachte Krome.

»Mal im Ernst«, meinte JoLayne. »Das ist eine Frau, die absolut nutzlos ist, es sei denn, man braucht dringend ein Makramee oder eine Zierschachtel. Haben Sie die gute alte Martha schon mal im Fernsehen gesehen? Wie sie Blumen pflanzt und irgendwelche Kuchen backt?«

Krome erwiderte: »Beruhigen Sie sich.« Er hob den Kopf, um hinauszuschauen.

»Ich habe zwei linke Hände, wenn es um handwerkliche Fähigkeiten geht. Ich bin ein absoluter Trampel. Ich kann jedoch mit einem Gewehr umgehen ...«

»Still«, raunte Krome.

»... wie es sich zufälligerweise in unserem Besitz befindet.«

»JoLayne, halten Sie sich bereit.«

»Eine tadellose Schrotflinte.«

In der Dunkelheit spürte Krome, wie sie näher zu ihm rutschte. Ihre Wange berührte seine, und es verblüffte ihn selbst am meisten, als er sie küßte. Es war nichts Besonderes, lediglich ein harmloser Geschwisterkuß, der sie beruhigen sollte. Jedenfalls redete er sich das ein.

JoLayne drehte ihr Gesicht weg, sagte jedoch nichts. Der Pickup-Truck näherte sich zügig. Krome fühlte, wie ihr Arm über seine Schulter wischte, als streckte sie ihn nach ihm aus, um sich an ihm festzuhalten.

Das war allerdings nicht der Fall. Sie hatte es vielmehr auf die Wagenschlüssel abgesehen, die sie geschickt aus dem Zündschloß zog. Blitzschnell stieß sie die Tür auf und rollte sich hinaus.

»Nein!« rief Krome, aber JoLayne stand schon am Kofferraum. Als er sie erreichte, hielt sie bereits die Remington in den Händen.

In ihrer Nähe hellte sich die Straße auf. Insekten schwirrten in den weißen Lichtkegeln der Truckscheinwerfer umher. Krome zog JoLayne Lucks eilig hinter einen Fichtenstamm. Er schlang einen Arm um sie und klemmte damit die Schrotflinte zwischen ihnen ein.

»Lassen Sie mich los«, verlangte sie.

»Haben Sie die Flinte gesichert?«

»Seien Sie doch nicht so ein Arsch, Tom.«

»Sshhh.«

Während der Pick-up vorbeifuhr, hörten sie aufgeregte Männerstimmen. Tom Krome lockerte seinen Griff um JoLayne erst, als der Truck verschwunden und die Nacht wieder vollkommen still war.

»Das war knapp«, stellte er fest.

JoLayne legte die Schrotflinte nicht gerade sehr sanft in den Kofferraum. »Makramee!« murmelte er. »Ich glaube, ich spinne.«

Demencio sonnte sich noch immer im Lob des Reverend Joshua Moody, der sich vor der Abfahrt an seine neugierige Herde gewandt hatte.

»In dreißig Jahren, die ich schon Wunder- und Geheimnistouren veranstalte, ist dies einer der erstaunlichsten Vorgänge, die ich je gesehen habe.«

Er sprach von den apostolischen Schildkröten.

Später, nachdem die christlichen Pilger aus West Virginia hingerissen und völlig verzaubert waren und in Trishs Kollektenkorb die Summe von 211 Dollar lag – gar nicht eingeschlossen, was die Gruppe für Limonade, T-Shirts, Biskuitkuchen und Sonnenöl ausgegeben hatte –, war Demencio von Reverend Moody auf die Seite gezogen worden. »Sie müssen mir genau erklären, wo die Tiere herkommen!«

»Es ist so, wie ich bereits gesagt habe.«

»Hey, ich habe das schon getan, ehe Sie geboren wurden.« Der Prediger zog eine seiner schneeweißen Augenbrauen hoch. »Na los, reden Sie, ich verrate Sie schon nicht...«

Demencio war ganz kühl bei seiner Rolle geblieben. »Zuerst waren die Schildkröten völlig normal. Und dann, am nächsten Tag, werfe ich einen Blick ins Aquarium, und da sind plötzlich diese Apostel. Alle zwölf.«

»Sicher, sicher.« Mit einem ungeduldigen Seufzer hatte Reverend Moody daraufhin Demencio in Ruhe gelassen. »Ausgerechnet dort eine heilige Erscheinung – auf einem Schildkrötenpanzer, bei Gott, ich fasse es nicht!«

»Keine Erscheinung«, erklärte Demencio knapp, »sondern lediglich ein Abbild.«

Die Idee, Schildkröten zu benutzen, hatte Reverend Moody in ungläubiges Staunen versetzt – wie hatte ein schlichter Laie wie Demencio nur auf etwas derart Originelles kommen können? Er wollte sich nicht dazu äußern. Daher hatte der Prediger aus professioneller Rücksicht die Angelegenheit auf sich beruhen lassen. Freundlich drückte er nun Demencios Hand und sagte zu ihm: »Sie sind ein ganz raffinierter Hund.« Dann drängte er die Pilger, schnellstens den Bus für die Rückreise zu besteigen.

Demencio hatte vor dem Haus gestanden und gewinkt, bis sie nicht mehr zu sehen waren. Mit einem selbstzufriedenen Grinsen hatte er sich dann zu seiner Frau umgedreht, die gerade die tränenfeuchten Spendengelder sortierte und zählte.

»Wir haben es geschafft!« stellte sie hocherfreut fest.

»Einfach unglaublich!«

»Du hattest recht, Liebling. Die würden tatsächlich auf alles fliegen.«

Als Kind hatte Demencio mal gesehen, wie auf einem Flohmarkt in Hialeah bemalte Schildkröten angeboten wurden. Auf einigen Panzern waren Rosen oder Sonnenblumen zu sehen, andere Schildkröten zeigten Flaggen, Herzen oder Disney-Figuren. Demencio hatte sich gedacht, daß es kaum weniger absurd wäre, JoLaynes Schildkröten mit den Gesichtern von religiösen Persönlichkeiten zu schmücken. Es war Demencios einzige Hoffnung gewesen, einen Profit aus Reverend Moodys Besuch zu erzielen, da die weinende Madonna vorübergehend außer Betrieb war.

Nachdem Trish mit den Malutensilien nach Hause zurückgekommen war, hatte Demencio die lebhaftesten Exemplare aus JoLaynes Aquarium ausgesucht. Dem schwierigen Prozeß des Malens war dabei eine kurze Diskussion vorausgegangen, wie die Apostel am respektvollsten auf dem Panzer eines im Schlamm lebenden Tiers dargestellt werden könnten. Weder Demencio noch seine Frau kannten die Namen auch nur der Hälfte der ursprünglichen Jünger, daher hatten sie in einer Bibel nachgeschlagen, die aber unglücklicherweise auch keinen vollständigen Porträt-Satz enthielt. Trish hatte dann in einer Kiste mit der Hinterlassenschaft ihres verstorbenen Vaters gekramt und ein Time-Life-Buch über die größten künstlerischen Meisterwerke der Welt gefunden. Darin befand sich eine Fotografie von Leonardo da Vincis *Abendmahl*. Trish hatte das Foto kurzerhand herausgerissen und auf die Werkbank ihres Mannes gelegt.

»Das ist toll«, hatte er gemeint, »aber wer ist wer?«

Trish hatte sich einen Kopf herausgepickt. »Ich glaube, das ist Judas. Oder vielleicht Andreas.«

»Jesus Christus!«

»Dort«, meinte Trish hilfsbereit, »genau in der Mitte.«

Woraufhin Demencio sie weggeschickt und sich ins Bemalen der Schildkröten vertieft hatte. Es machte keinen Sinn, besonders künstlerisch zu arbeiten, denn die rissigen Panzer der Tiere waren ein schlechter Malgrund und außerdem nicht viel größer als Silberdollars. Bärte waren das wichtigste Element der Porträts, sagte Demencio sich. Alle prominenten Persönlichkeiten in der Bibel trugen Bärte.

Schnell hatte Demencio eine wirkungsvolle Technik entwickelt – mit der linken Hand hielt er jeweils die Schildkröte fest, während er mit der rechten den Pinsel bediente. Er hatte zügig und konzentriert gearbeitet, und nach drei Stunden war das Werk vollbracht. Obgleich jeder Apostel über einen reichlichen Bartwuchs verfügte, hatte Demencio sich bemüht, jeden ein wenig anders zu gestalten.

Als sie die winzigen Konterfeis begutachtete, fragte Trish: »Und wer ist nun wer?«

»Woher soll ich das wissen?«

Und wie Demencio erwartet hatte, war es auch völlig gleichgültig. Was dem einen Pilger sein Matthäus, war dem anderen sein Johannes.

Begeistert hatten Reverend Moodys Anhänger sich um den Schildkrötenpferch gedrängt, den Trish aus einem Plastikgartenzaun gebastelt hatte. Demencio hatte die Namen der Apostel nacheinander aufgerufen, während er gezielt ungenau auf die lebhaft umherkriechenden Tiere gezeigt hatte. Die Pilger waren nicht nur überzeugt von der Authentizität dieser Erscheinung, sie waren geradezu überwältigt. In die Mitte des Geheges hatte Demencio die Glasfiber-Madonna gestellt, die – wie er ansagte – an diesem Tag höchstwahrscheinlich keine Tränen vergießen würde. Die Pilger hatten dafür absolutes Verständnis – die Muttergottes war sicherlich hoch erfreut über den unerwarteten Besuch der engsten Vertrauten ihres Sohnes.

Die apostolischen Schildkröten erwiesen sich als ein derartiger Erfolg, daß Demencio beschloß, sie gleich am nächsten Morgen erneut einzusetzen. Gegen Mittag war der Hof seines Hauses völlig überfüllt. Demencio bereitete sich in der Küche gerade ein Sandwich, als Trish hereinkam und besorgt meldete, daß die Schildkröten in der Sonne auszustrocknen drohten und die Farbe auf den Panzern abzublättern begann. Demencio löste das Problem, indem er einen kleinen Graben rund um die Glasfiber-Madonna aushob und ihn mit Wasser aus dem Gartenschlauch füllte. Später erkundigte sich ein göttlich inspirierter Tourist, ob das Wasser, in dem die Schildkröten paddelten, Weihwasser wäre. Als Demencio dies bejahte, bat der Mann, für vier Dollar einen Becher voll erwerben zu dürfen. Die anderen Besucher folgten seinem Beispiel und bildeten sofort eine Warteschlange, und es dauerte nicht lange, da mußte Demencio den Graben erneut füllen.

Er war selig über den unerwarteten Dollarsegen.

Schildkrötenverehrung! Revered Moody hatte durchaus recht gehabt – es war einfach eine geniale Idee.

Die Vorstellung verlief ohne Zwischenfall bis zum Nachmittag, als Dominick Amador erschien, um sich an Demencios Pilgerüberschuß schadlos zu halten, indem er seine feuchtglänzenden Stigmata in aufdringlichster Weise darbot. Trish verscheuchte ihn mit einem Gartenrechen. Die Auseinandersetzung fand vor den Augen von Bürgermeister Jerry Wicks statt, der jedoch keinen Versuch unternahm, sich in den Streit einzumischen, um dem schamlosen Dominick zu helfen.

Bürgermeister Wicks war in Begleitung von drei Personen am

Heiligtum eingetroffen, die eindeutig keine Pilger waren. Zwei von ihnen hatte Demencio schon mal in der Stadt gesehen. Die dritte Person war ein Fremder. Demencio empfing die Gruppe mit der erzwungenen Höflichkeit eines überaus geschäftigen Mannes, der dringend zur Bank mußte, was auch tatsächlich zutraf.

»Bitte«, sagte der Bürgermeister. »Wir halten Sie auch nicht lange auf.«

»Sie haben einen ungünstigen Zeitpunkt erwischt«, entschuldigte sich Demencio und füllte den letzten von drei dicken Umschlägen.

»Es geht um JoLayne Lucks«, erläuterte Jerry Wicks.

»Ja, und?« Demencio dachte, Scheiße, es wäre auch zu schön gewesen, um wahr zu sein. Die verdammten Schildkröten sind wahrscheinlich gestohlen.

Trish erschien im Hausgang und rief: »Noch mehr Salat!«

Demencio legte die Umschläge in eine Schublade, die er abschloß, und ging zum Kühlschrank. »Setzen Sie sich doch«, sagte er lauernd zu seinen Besuchern. »Ich komme gleich zu Ihnen.«

Roddy und Joan fanden es aufregend, Joans Bruder bei einer derart wichtigen journalistischen Mission behilflich zu sein. Tatsächlich hätten sie mindestens mit dem gleichen Eifer am wöchentlichen Landwirtschaftsbericht mitgearbeitet. Roddy war staatlicher Beamter und kontrollierte Benzinzapfsäulen, während Joan in der Grundschule des County eine dritte Klasse unterrichtete. Sie hatten nicht viel Gesellschaft in Grange, daher waren sie hoch erfreut, als Sinclair seinen Besuch für ein paar Tage ankündigte, um an der Lotto-Geschichte zu arbeiten. Da es ihr Tip an die Zeitung gewesen war, der den Stein ins Rollen gebracht hatte, empfanden Roddy und Joan es als ihre Pflicht, Sinclair bei der Suche nach seinem Starreporter zu helfen, der zusammen mit JoLayne Lucks verschwunden war. Das Lotto-Rätsel war die größte Affäre, die Grange seit Menschengedenken heimgesucht hatte, und Roddy und Joan stellten zu ihrer großen Freude fest, daß sie mittendrin steckten. Sinclair hielt sich noch keine zwanzig Minuten in der Stadt auf, als sie ihn auch schon mit dem Bürgermeister bekannt machten, der Sinclairs Bericht von Tom Kromes Verschwinden verwirrt und mit dem Anflug von Unmut lauschte.

»Was auch geschehen ist«, versicherte Jerry Wicks, »Sie können ganz sicher sein, daß kein Einwohner von Grange dafür verantwortlich war. Wir sind die gastfreundlichste Gemeinde in ganz Florida!«

Sinclair balancierte das Notizbuch auf seinen Knien, während er jedes Wort mitschrieb. Sinclair nahm an, daß dies die Arbeitsweise echter Reporter wäre, indem sie wie unter Hochspannung stehende Stenographen jeden Artikel und jede Präposition notierten. Er wußte es nicht besser und war einfach zu stolz gewesen, sich im Nachrichtensaal zu erkundigen, ehe er zu seiner Reise aufgebrochen war.

Ein großes Manko von Sinclairs präziser Mitschreibtechnik waren die ausgedehnten Sprechpausen zwischen dem Moment, wenn der jeweilige Satz gesprochen wurde, und dem Augenblick, in dem Sinclair ihn aufgeschrieben hatte. Er war nämlich ein ungewöhnlich langsamer Schreiber. Jahre an einer Computertastatur hatten dafür gesorgt, daß ein Stift in der Hand für ihn etwas geradezu exotisch Fremdes war. Hinzu kam, daß er ein Ordentlichkeitsfanatiker war, was die Situation noch verschlimmerte. Es reichte ihm nicht, jede noch so unwichtige Bemerkung schriftlich festzuhalten, nein, er achtete auch auf eine tadellose Zeichensetzung.

Roddy und Joan mimten aus Familienloyalität ungeteilte Aufmerksamkeit, während Sinclair sich für eine halbe Ewigkeit über sein Notizbuch beugte. Der Bürgermeister wurde jedoch ein wenig unruhig.

»Ich hätte nichts dagegen«, erklärte er, »wenn Sie einen Kassettenrecorder benutzen würden.«

Sinclairs einzige Antwort war ein neu ausbrechender Schreibanfall.

Jerry Wicks wandte sich daraufhin an Roddy: »Weshalb schreibt er das denn auf?«

»Keine Ahnung.«

»Wen interessiert denn, was ich über den Kassettenrecorder gesagt habe ...«

»Keine Ahnung, Mr. Bürgermeister. Er muß einen triftigen Grund dafür haben.«

Sinclair bremste sich mitten im Satz. Mit einem dümmlichen Gesichtsausdruck schaute er hoch und steckte die Kappe auf den Schreiber. Jerry Wicks schien erleichtert zu sein. Er schlug vor, sie sollten denjenigen aufsuchen, der JoLayne Lucks als letzter gesehen hatte, ehe sie die Stadt verließ. Der Name des Mannes laute Demencio, sagte der Bürgermeister, und er habe eine sehr populäre religiöse Wallfahrtsstätte. Sinclair meinte, er müsse so bald wie möglich mit diesem Mann reden. Er verstaute das Notizbuch in der Gesäßtasche seiner Hose, wie er es oft bei den Reportern im Nachrichtensaal des *Register* gesehen hatte.

Während er auf der Rückbank des Bürgermeisterwagens Platz nahm, teilte Joan ihrem Bruder murmelnd mit, daß sie im Haus einen tragbaren Sony-Recorder habe.

»Vielen Dank«, erwiderte Sinclair spitz, »aber ich komme bestens zurecht.«

Und als sie bei Demencio ankamen, holte er wieder sein Notizbuch hervor. »Würden Sie Ihren Namen bitte buchstabieren?« fragte er mit gezücktem Schreiber.

»Sind Sie ein Cop?« Demencio wandte sich an den Bürgermeister. »Ist er von der Polizei?«

Jerry Wicks teilte ihm mit, wer Sinclair war und was ihn nach Grange getrieben hatte. Sie saßen in Demencios Wohnzimmer – der Bürgermeister, Roddy, Joan und Sinclair. Demencio thronte in seinem Lieblingsfernsehsessel, spielte nervös mit einem Kopf Romanasalat und warf ihn wie einen Softball von Hand zu Hand. Der Fremde gefiel ihm nicht, aber er wollte sich auf keinen Fall die Chance auf eine kostenlose Zeitungsreklame für sein Heiligtum verderben.

Sinclair fragte: »Wann haben Sie JoLayne Lucks das letzte Mal gesehen?«

»Vorgestern«, antwortete Demencio, »als sie die Schildkröten vorbeibrachte.«

Roddy und Joan betrachteten neugierig das Becken mit den jungen Schildkröten und interessierten sich auch brennend für die bemalten draußen im Wassergraben, aber aus irgendeinem Grund verfolgte Sinclair dieses Thema nicht weiter. Sorgfältig schrieb er Demencios Antwort auf, dann fragte er:

»Befand sich in Miss Lucks Begleitung ein Mann?«

»Ein Weißer?«

»Ja. Mitte Dreißig«, fügte Sinclair hinzu. »Etwa eins achtzig groß.«

»Das ist er. Er machte Fotos von meiner Jungfrau Maria. Sie vergießt echte Tränen.«

Roddy, der helfen wollte, meinte: »Die Leute kommen von weither, um vor der weinenden Madonna zu beten.«

»Jeden Vormittag findet eine Erscheinung statt«, ergänzte Demencio. »Sie sollten es sich einmal ansehen.«

Sinclair gab dazu keinen Kommentar ab. Er arbeitete noch immer hochkonzentriert am ersten Teil von Demencios Antwort. Er war bis zum Wort »Jungfrau« gekommen, als Roddys Bemerkung ihn aus dem Konzept brachte und er den Rest von Demencios Einwurf vergaß. Nun war Sinclair gezwungen, die in seinem Gedächtnis noch verfügbaren Bruchstücke zu rekonstruieren.

»Haben Sie gesagt ›es weint‹ oder ›sie weint‹?«

»Sie weint«, erklärte Demencio, »wie ein besoffener Pastor.«

Weder Roddy noch Joan konnten sich vorstellen, eine derart rüde Bemerkung gedruckt in einer Familienzeitung zu lesen, aber Sinclair schrieb sie für alle Fälle auf.

»Und zwölf von meinen Schildkröten«, fuhr Demencio fort, »tragen die Apostel auf dem Rücken. Es ist das Irrste, was Sie je gesehen haben – schauen Sie sich mal draußen den Graben an.«

»Etwas langsamer, bitte«, flehte Sinclair verzweifelt. Er hatte einen Krampf in den Fingern. »Der Mann, der sich in JoLayne Lucks Begleitung befand – sind sie zusammen weggefahren?«

»Ja. In seinem Wagen.«

Während Sinclair schrieb, schwiegen Roddy, Joan und der Bürgermeister. Jede Ablenkung hätte ihn noch mehr gebremst. Demencio wurde jedoch langsam ungeduldig. Er hatte angefangen, den Salatkopf zu zerpflücken und die Blätter nach Größe zu sortieren und auf der Couch zu kleinen Häufchen aufzuschichten. Er befürchtete, daß der Zeitungsmann auch nach dem finanziellen Arrangement fragte, das er mit JoLayne für die Pflege ihrer Schildkröten getroffen hatte. Demencio machte sich keine Illusionen darüber, daß eintausend Dollar ein üblicher oder vertretbarer Preis waren oder der Zeitungsmann ernsthaft glaubte, dieser Vorschlag sei von JoLayne gekommen.

Aber als Sinclair schließlich von seinen Notizen hochschaute, fragte er nur: »Haben sie erwähnt, wohin sie wollten?«

»Nach Miami«, antwortete Demencio erleichtert.

Joan, die ihre Position als führende Tipgeberin in Gefahr sah, warf ein: »Wir haben irgend etwas von Bermuda gehört. Haben sie vielleicht Bermuda erwähnt?«

»Mir haben sie Miami genannt. JoLayne sagte, sie hätte dort etwas zu erledigen.«

»Langsamer«, bat Sinclair, der sich wie ein rheumatischer Juwelier über seinen Notizblock neigte. »Bitte.«

Bei Demencio war der letzte Rest Gastfreundlichkeit aufgebraucht. »Geschrieben wird es M-i-a-…«

»Ich weiß, wie man es schreibt«, fuhr Sinclair hoch.

Der Bürgermeister steckte sich eine Faust in den Mund, um nicht laut loszuplatzen.

Sie legten mehrere Meilen auf den Wirtschaftswegen der Farm zurück, ohne den anderen Wagen zu sichten. Bodean Gazzer war zu betrunken und müde, um die Suche fortzusetzen. Chub bot zwar an, das Steuer zu übernehmen, aber Bode wollte davon nichts wissen. Kein anderer durfte seinen neuen Dodge Ram fahren. Er parkte am Rand eines Tomatenfeldes und schlief ein, während Chub und Shiner sich wegen der Schießerei am Wohnwagen stritten. Zuerst meinte Bode, daß Chub viel zu streng mit dem Jungen sei, doch er änderte seine Meinung sehr schnell, als er bei Tagesanbruch die beiden gezackten Löcher in der Karosserie des Trucks entdeckte.

»Schieß ihm die verdammten Eier ab«, sagte Bode zu Chub.

»Ich hatte doch keine Ahnung, daß Sie es waren!« protestierte Shiner.

Bode griff wütend nach der Pistole in Chubs Hosenbund. »Los, gib mir die Kanone.«

Chub schlug seine Hand weg. »Jemand könnte es hören.«

»Aber ich dachte, daß ihr die NATO seid!« jammerte Shiner. »Ich hab mich doch entschuldigt, oder etwa nicht?«

»Sieh dir an, was du mit meinem Wagen gemacht hast.«

»Ich bezahl den Schaden, ehrlich.«

»Einen Scheiß wirst du«, knurrte Bodean Gazzer.

Shiner war nur noch ein zitterndes Bündel Angst. »Gebt mir noch eine Chance«, bettelte er.

»Noch eine Chance? Scheiße«, wetterte Chub. Er hatte bereits entschieden, daß der Junge ein hoffnungsloser Versager war – sie mußten zusehen, ihn loszuwerden. Er und Bode konnten ja eine Münze werfen, um zu entscheiden, wer dem Jungen die Neuigkeit beizubringen habe.

Chub ging ein Stück vom Wagen weg, um seine Blase zu entleeren. Dabei stieß er auf eine verrostete Dose Sprühlack – und das mitten in einem Tomatenfeld! Es war zu schön, um wahr zu sein. Da Bode etwas gegen Schnüffeln hatte, achtete Chub darauf, daß er dem Wagen weiterhin den Rücken zuwandte. Er kniete sich in den weichen Sand und schüttelte aufgeregt die Dose. Das Klappern beruhigte ihn wie der Rhythmus eines alten, geliebten Songs. Er wölbte die Hände um die Düse und drückte den Sprühknopf mit dem Kinn nach unten, aber keine Farbe schoß heraus. Er hielt die Düse direkt unter seine Nase und schnüffelte vergebens nach einem Hauch von Verdünnerdämpfen. Nicht die Spur. Er fluchte, stand auf und schleuderte die leere Dose so weit er konnte ins Gelände.

Als er seine Hose öffnete, um zu pinkeln, landete eine Pferdebremse mitten auf der Spitze seines Penis. Chub bezweifelte, daß man sich noch weniger als Millionär fühlen konnte als er in diesem

Moment. Mutlos verscheuchte er die Bremse und beendete sein Geschäft. Dann holte er den Colt Python aus seinem Hosenbund und verstaute ihn in seiner linken Achselhöhle. Er tastete sorgfältig sein rechtes Hosenbein ab, bis er die Bandage fand. Wenigstens war der Lottoschein noch vorhanden und in Sicherheit. Er fragte sich, was seine Eltern wohl sagen würden, wenn sie wüßten, daß 14 Millionen Dollar an seinem Oberschenkel klebten!

Als er zum Pick-up zurückkehrte, sah er, daß Bodean Gazzer sich beruhigt hatte. Shiner erkundigte sich ganz ernsthaft nach dem bevorstehenden Angriff der NATO auf die Vereinigten Staaten und fragte, ob es etwas Besonderes gab, worauf er achten müsse. Er meine ein eindeutiges Signal, daß er zur Waffe greifen und sie benutzen könne.

»Wie zum Beispiel Helikopter. Ich hab schon mal was von diesen verdammten schwarzen Modellen gehört«, sagte er. »Und zwar im Internet.«

Bode entgegnete: »Ich würde nicht mehr mit Hubschraubern fliegen. Zum Teufel, vielleicht steigen sie sogar auf Zeppeline um. Das kommt ganz darauf an.

»Verdammt«, bemerkte Shiner.

»Ich will euch mal was sagen, es würde mich gar nicht überraschen, wenn es mitten in der Nacht geschähe, und zwar ganz ruhig und ohne Aufsehen. Man wacht morgens auf, und der verdammte Briefträger hat einen blauen Helm auf dem Kopf.«

Shiner erschauerte. »Was dann – bringen sie alle Weißen um?«

Chub schüttelte den Kopf. »Die Frauen nicht. Die vergewaltigen sie. Sie töten nur die Männer.«

»Nein«, widersprach Bode Gazzer. »Zuerst machen sie uns so bettelarm, daß wir uns weder Lebensmittel noch Medizin oder Kleider mehr leisten können.«

»Wie soll das denn gehen?« fragte Shiner.

»Das ist ganz einfach. Angenommen, sie erklärten unser Geld für illegal. Alles, was man gespart hat, wäre nichts als Klosettpapier. Unterdessen drucken sie neue Dollars, die sie millionenweise an Neger, Kubaner und so weiter verteilen.«

Chub setzte sich auf die Stoßstange des Trucks und versuchte, sich den Kater aus dem Schädel zu massieren. Er kannte Bodes Verschwörungstheorie über den Austausch der amerikanischen Währung bereits. Das Thema war am Abend vorher schon mal zur Sprache gekommen, als Chub erneut empfahl, endlich die Kreditkarte der Niggerin loszuwerden, ehe sie aufgespürt werden konnte. Bode meinte, sie müßten sie unbedingt behalten für den Fall, daß das New World Tribunal die Banken übernahm und neues Geld ausgab. Dann hätten ihre hartverdienten amerikanischen Dollar nämlich keinen Wert mehr.

Welche Dollar? hatte Chub überlegt. Sie waren absolut pleite.

»Und das neue Geld«, erklärte Bode gerade ihrem Rekruten, »trägt statt George Washington und U.S. Grant die Porträts von Jesse Jackson und Fidel Castro.«

»Scheiße! Und was tun wir dann?«

»Plastik«, erwiderte Bode. »Wir benutzen Plastik. Stimmt's nicht, Chub?«

»Aber sicher doch.« Chub stand auf, kratzte sich im Schritt. Es war schon so lange her, daß er einen Fünfzigdollarschein in der Hand gehabt hatte, daß er sich gar nicht mehr erinnern konnte, wer darauf abgebildet war. Wenn es nach Chub ging, hätte es ebensogut James Brown sein können.

»Besorgen wir uns lieber was zu essen«, sagte er.

Während der Fahrt nach Florida City schlief Shiner ein und entblößte dabei die Zähne wie ein Hund. Bode und Chub nutzten die Ruhe, um die Ereignisse des Vorabends zu besprechen. Waren sie tatsächlich verfolgt worden oder hatten sie sich nur etwas eingebildet, und der Wagen, den sie gehört hatten, gehörte zur Farm und hatte eine Routinefahrt unternommen?

Bode Gazzer stimmte für die letzte Variante. Er meinte, wenn sie einen Verfolger gehabt hätten, dann wäre er ihm sicherlich schon kurz nach dem Restaurant aufgefallen.

»Wenn du nüchtern gewesen wärest, ganz bestimmt«, sagte Chub.

»Niemand war hinter uns her, das garantiere ich dir. Wir waren nur ein wenig nervös von der dämlichen Herumballerei des Jungen.«

Chub wiegte den Kopf. »Ich bin mir nicht so sicher.«

Er hatte das untrügliche Gefühl, daß ihre Glückssträhne langsam zu Ende ging. Ganz sicher war er sich dessen nach dem Frühstück im Restaurant, als die Kellnerin nicht sofort mit der Kreditkarte zurückkam. Chub beobachtete, wie sie sich an der Kasse mit dem Restaurantmanager beriet. In der einen Hand hielt der Manager die gestohlene Visa-Karte und in der anderen den Telefonhörer.

Chub flüsterte über den Tisch: »Das Spiel ist aus.«

Bodean Gazzer stand sofort unter Strom. Als er die Füße wieder in seine Cowboystiefel steckte, trat er Chub ungewollt vors Knie. Dieser schaute wütend unter den Tisch und knurrte: »Nimm dich bloß in acht.«

Shiner riß die Augen weit auf und zerknüllte die Papierserviette. »Was zum Teufel tun wir jetzt!«

»Flitzen, mein Junge. Was sonst?« Chub fuhr spielerisch mit den Fingerknöcheln über Shiners kahlgeschorenen marmorierten Schädel. »Flitzen wie der Wind.«

- 13 -

Bode Gazzers Vorliebe für gestohlene Kreditkarten drückte sich in der zweistelligen Ziffer auf seinem Vorstrafenregister aus, das außerdem neun Verfahren wegen Scheckreiterei, fünf wegen Sozialhilfebetrugs, vier wegen Stromdiebstahls, drei wegen Plünderung von Hummerfallen und zwei wegen absichtlicher Beschädigung von Privateigentum – eine Parkuhr und ein Getränkeautomat – enthielt.

All das förderte Moffitt zutage, nachdem JoLayne Lucks ihn angerufen und ihm die Zulassungsnummer des roten Pick-up-Trucks ihrer beiden Peiniger durchgegeben hatte. Die Nummer wurde in einen Computer eingegeben, der Namen und Geburtsstadt von Bodean James Gazzer ausspuckte. Diese Angaben wanderten in einen anderen Computer, der Mr. Gazzers Vorstrafenregister auflistete.

Moffitt war über nichts von dem, was er fand, sonderlich überrascht, am wenigsten über die Tatsache, daß Bodean Gazzer trotz seiner zahlreichen Verbrechen weniger als dreiundzwanzig Monate seines wertlosen Lebens hinter Gittern verbracht hatte.

Obgleich diese Information nicht über die Computer zu erhalten war, hätte es Moffitt wenig verwundert zu erfahren, daß Bode Gazzer ein eingefleischter Verfechter der Vorherrschaft der weißen Rasse und Gründer einer jungen rechtsgerichteten Miliz war. Bode Gazzer wäre hingegen überaus verblüfft und entsetzt gewesen, hätte er erfahren, daß er die Aufmerksamkeit eines Agenten des verhaßten Büros für Alkohol, Tabak und Schußwaffen auf sich gelenkt hatte und daß dieser Agent ein verdammter Neger war.

Für Moffitt war es qualvoll und himmlisch zugleich, JoLayne Lucks zu sehen und ihr nahe zu sein. Sie flirtete niemals mit ihm oder wickelte ihn auch nur andeutungsweise ein. Es war auch gar nicht nötig. Sie brauchte nur zu lachen, ihr Gesicht zu verziehen oder bloß durch einen Raum zu schreiten. Das reichte schon aus.

Moffitts Zustand war traurig, aber nicht dramatisch. Manchmal dachte er monatelang nicht an sie. Wenn er es tat, dann nicht schwärmerisch, verträumt – sondern mit einer gelassenen, stillen Wehmut, die er im Laufe der Jahre kultiviert hatte. Er war Realist. Er lebte mit seinen Gefühlen. Wann immer sie anrief, rief er zurück. Wann immer sie etwas brauchte, sorgte er dafür. Dies vermittelte ihm ein gutes Gefühl wie nichts anderes auf der Welt.

Sie trafen sich in einem Imbißrestaurant am Highway One in South Miami. JoLayne wartete keine halbe Minute, bis sie sich nach dem Mann erkundigte, dem der Pick-up-Truck gehörte.

»Wer ist es? Wo wohnt er – draußen bei den Tomatenfarmen?«

»Nein«, entgegnete Moffitt.

»Wie lautet seine Adresse?«

»Vergiß es.«

»Wieso? Was hast du vor?«

»Seine Bude auf den Kopf stellen«, kündigte Moffitt an.

JoLayne war sich nicht ganz sicher, ob sie begriff, was er damit meinte.

»Alles durchsuchen«, erklärte Tom Krome, »und zwar rücksichtslos.«

Moffitt nickte. »Unterdessen solltest du deine Visa-Karte sperren lassen. Wir haben jetzt einen Namen, und das ist alles, was wir brauchen.«

Sie alle bestellten Kombi-Teller und Eistee. JoLayne aß nicht viel. Sie hatte das Gefühl, vom eigentlichen Geschehen gezielt ferngehalten zu werden.

»Wenn du das Haus dieses Typen auf den Kopf stellst…«

»Das Apartment.« Moffitt tupfte sich mit einer Serviette den Mund ab.

»Okay, wenn du das tust«, begann JoLayne erneut, »dann wäre ich gerne dabei.«

Moffitt schüttelte heftig den Kopf. »Noch nicht einmal ich werde dabei sein. Offiziell, meine ich.« Er holte seinen Ausweis heraus und legte ihn vor Tom Krome offen auf den Tisch. »Erklären Sie es ihr«, bat Moffitt und deutete mit einer Sparerib auf die Plastikkarte.

Als Krome das Emblem der Behörde erkannte, wußte er Bescheid. Die Einrichtung war nach dem Waco-Einsatz schwer kritisiert worden. Waffengegner riefen nach ihrer Abschaffung und verglichen die Beamten mit stiefelbewehrten Nazis. Der Kongreß strengte eine Untersuchung an. An der Spitze rollten einige Köpfe, und die Angestellten hatten schlagartig den schlechtesten Ruf.

»Ein riesiger Haufen Scheiße«, sagte Krome zu JoLayne.

»Ich kriege auch die Zeitungen, Tom, und ich kann lesen.« Sie bedachte Moffitt mit einem wütenden Blick. »Also rede nicht wie mit einem kleinen Kind mit mir!«

Der Agent zuckte mit den Achseln. »Keine Schlagzeilen mehr, so lauten unsere Anweisungen aus Washington. Und deshalb werde ich diesen Einbruch ganz alleine durchziehen.«

JoLayne stocherte mit ihrer Plastikgabel im Krautsalat herum. Sie hätte allzugern gewußt, wer diese reaktionären Bastarde waren, wie sie lebten und auf die Idee gekommen waren, von allen Glückspilzen, die jemals im Lotto gewonnen hatten, sich ausgerechnet an sie heranzumachen. Weshalb waren sie bis nach Grange gefahren, um einen Schein zu stehlen, anstatt darauf zu warten, bis jemand in Miami oder Fort Lauderdale den Jackpot gewann, was eigentlich ständig passierte?

Es ergab alles keinen Sinn. JoLayne wollte Moffitt deshalb begleiten und in die Wohnung des Mannes einbrechen. Seine Schränke durchwühlen, unter sein Bett schauen, seine Post über Wasserdampf öffnen. JoLayne wollte einfach ein paar Antworten.

»Alles, was ich dir versprechen kann«, sagte Moffitt, »ist der Schein. Wenn er dort ist, dann finde ich ihn auch.«

»Verrat mir doch wenigstens seinen Namen.«

»Weshalb denn Jo – damit du im Telefonbuch nachschlagen und mich im Wettrennen zu seiner Wohnung schlagen kannst? Nein, nichts zu machen.«

Sie beendeten schweigend ihre Mahlzeit. Krome folgte Moffitt auf den Parkplatz, während JoLayne noch sitzen blieb, um ein Stück Apfelkuchen zu verzehren.

Der Agent erklärte: »Sie wird mit dem Lottoschein nicht aufhören. Das ist Ihnen doch klar, oder?«

»Vielleicht doch.«

Moffitt lächelte. »Wenn sich dieses Girl etwas in den Kopf setzt, dann bleiben Sie in einer Staubwolke zurück. Glauben Sie mir.« Er stieg in seinen Wagen, eine der üblichen Regierungslimousinen, und stöpselte sein Mobiltelefon in die Buchse des Zigarettenanzünders ein. »Weshalb tun Sie das?« fragte er Krome. »Ich hoffe, Sie haben bessere Gründe als ich.«

»Wahrscheinlich nicht.« An dieser Stelle erwartete Krome eine Warnung, daß er lieber sorgfältig auf JoLayne aufpassen sollte, sonst würde ihm etwas passieren.

Aber statt dessen erzähle Moffitt: »Mit uns lief es bisher wie folgt: zwei Verabredungen. Ein Kinobesuch und ein Spiel der Dolphins. Sie haßt Football.«

»Welchen Film haben Sie gesehen?«

»Irgendwas mit Nicholson. Es liegt schon zehn oder elf Jahre zurück. Die Dolphins wurden vernichtend geschlagen, daran kann ich mich noch erinnern. Wie dem auch sei, danach waren wir nur noch gute Freunde. Ihre Entscheidung, nicht meine.«

Krome stellte klar: »Ich habe überhaupt nichts Derartiges im Sinn.«

Moffitt lachte verhalten. »Mann, Sie hören mir nicht zu. *Sie* entscheidet. Immer. In allem.« Er startete den Motor.

»Seien Sie nur vorsichtig in der Wohnung«, riet ihm Krome.

»Sie sind es, der vorsichtig sein muß.« Moffitt zwinkerte ihm zu.

Als Krome ins Restaurant zurückkehrte, verkündete JoLayne, daß der Apfelkuchen köstlich sei. Dann fragte sie, was Moffitt ihm auf dem Parkplatz erzählt habe.

»Wir haben uns über Football unterhalten.«

»Ja, das kann ich mir gut vorstellen.«

»Ihnen ist doch hoffentlich klar«, erwiderte Krome, »daß er ein verdammt hohes Risiko eingeht.«

»Und das bewundere und schätze ich auch sehr, wirklich.«

»Dann haben Sie eine sehr seltsame Art, das zu zeigen.«

JoLayne rutschte unbehaglich auf ihrem Platz hin und her. »Sehen Sie, ich muß vorsichtig sein, was ich zu Moffitt sage. Wenn ich undankbar klinge, dann nur deswegen, damit ich nicht zu dankbar klinge. Ich möchte nicht... Mein Gott, Sie wissen schon. Der Mann hegt noch immer sehr starke Gefühle für mich.«

»Er ist scharf auf Sie, sagt man im Volksmund.«

JoLayne senkte den Blick. »Stopp.« Sie hatte ein schlechtes Gewissen, daß sie Moffitt in die Jagd nach ihrem Lottoschein hineinzog. »Ich weiß, daß er sich eigentlich einen Durchsuchungsbefehl beschaffen müßte, und ich weiß auch, daß er seinen Job verlieren kann, wenn man ihn erwischt...«

»Er käme sogar ins Gefängnis.«

»Tom, er möchte mir helfen.«

»Egal wie. Er würde alles tun, um Sie glücklich zu machen. Das ist der Fluch derer, die hoffnungslos verliebt sind. Jetzt meine Frage: Wollen Sie das Lottogeld, oder denken Sie an Rache?«

»Beides.«

»Und wenn Sie wählen müßten?«

»Dann das Geld.« JoLayne dachte an den Simmons Wood. »Ich will das Geld«, bekräftigte sie.

»Gut. Dann belassen Sie es auch dabei. Sie tun Agent Moffitt damit einen großen Gefallen.«

Und mir auch, dachte Krome.

Champ Powell war der beste Gerichtshelfer, den Richter Arthur Battenkill jr. jemals eingestellt hatte. Er war hoch intelligent, fleißig und sehr ehrgeizig. Arthur Battenkill mochte ihn sehr. Man brauchte Champ Powell die Bedeutung von Loyalität nicht beizubringen, denn er war fünf Jahre lang Polizist gewesen, ehe er sein Jurastudium begann – für einen Stellvertreter des Sheriffs von Gadsen County eine erstaunliche Leistung. Champ kannte die Regeln der Straße. Die Guten hielten zusammen, halfen einander, deckten sich gegenseitig, wenn es mal eng wurde. So kam man voran und holte einen Vorsprung heraus.

Daher fühlte sich Champ Powell geschmeichelt, als Richter Battenkill ihn in einer delikaten persönlichen Angelegenheit um Rat fragte – es ging um einen Burschen namens Tom Krome, der plötzlich zwischen dem angesehen Richter und seiner reizenden Frau Katie stand. Es war schon spät, Champ Powell saß noch in der Gerichtsbibliothek und suchte nach einem Präzedenzurteil zu einer Zwangsversteigerungsklage, als er Richter Battenkills Hand auf seiner Schulter spürte. Der Richter setzte sich und erläuterte mit ernsten Worten den Fall Krome. Er fragte Champ Powell, was er denn tun würde, wenn es seine Frau wäre, die mit einem anderen Mann »herummachte«. Champ – der diese häßliche Situation sowohl aus der Teilnehmer- wie auch der Beobachter-Perspektive kannte – meinte, er würde zuerst versuchen, dem anderen Kerl angst zu machen und ihn aus der Stadt zu jagen. Richter Battenkill entgegnete, das wäre ganz hervorragend, wenn er nur wüßte, wie er so etwas bewerkstelligen könnte, ohne sich in Schwierigkeiten zu bringen. Champ Powell erwiderte, er solle sich mal keine Sorge machen. Er übernehme das schon selbst. Woraufhin ihm der Richter so überschwenglich dankbar war, daß Champ Powell im Rechtsgewerbe für sich eine goldene Zukunft voraussah. Mit einem einzigen Telefonanruf konnte Arthur Battenkill ihm nämlich einen Job in jeder Anwaltsfirma im Panhandle besorgen.

Noch am gleichen Abend fuhr der Gerichtshelfer zu Tom Kromes Haus und zerschoß die Fenster mit einem Jagdgewehr. Der Richter belohnte ihn am nächsten Morgen im Gerichtssaal mit einem kollegialen Augenzwinkern und einem nach oben gerichteten Daumen. Zwei Tage später rief Richter Battenkill Champ Powell jedoch an, um ihm wütend mitzuteilen, daß Krome immer noch Kontakt mit Katie hätte und ihr okkulte Fotografien – von einer weinenden Statue – schickte. Champ war entrüstet. Mit Erlaubnis des Richters machte er früher Feierabend, damit die Geschäfte noch geöffnet waren und er sich die notwendigen Utensilien besorgen konnte. In einem Bastel- und Baumarkt erstand er zwölf Gallonen Terpentin und einen Wischmop. Jeder halbwegs erfahrene Brandstifter hätte Champ Powell erklärt, daß zwölf Gallonen reichlich übertrieben wären und allein die Dämpfe ausreichen würden, um einen Elefanten auf die Bretter zu schicken.

Aber der Gerichtshelfer hatte keine Zeit, um den Rat eines Fachmanns einzuholen. Mit heiliger Wut im Herzen und einem Halstuch vor der Nase verteilte Champ Powell das Terpentin gründlich in Tom Kromes Haus, benetzte damit den Fußboden und die Wände jedes Zimmers. Er war in der Küche, als er schließlich ohnmächtig wurde, gegen den Gasherd kippte und beim zu-Boden-gehen wild um sich griff. Natürlich blieben seine Hände am Brennerschalter hängen und drehten diesen auf. Als die Explosion erfolgte, war sie über eine Meile weit zu hören. Das Haus brannte innerhalb von neunzig Minuten bis auf die Grundmauern nieder.

Champ Powells sterbliche Überreste wurden erst mehrere Stunden nach Löschen des Brandes entdeckt.

Feuerwehrleute hievten einen teilweise geschmolzenen Kühlschrank hoch und fanden darunter etwas, das wie ein verkohlter menschlicher Unterkiefer aussah. Größere Knochenfragmente und Reste gallertartiger Gewebesubstanz wurden aus den Trümmern aufgesammelt und, in einen Plastikbeutel verpackt, dem ärztlichen Leichenbeschauer geschickt, der herausbekam, daß es sich bei dem Opfer um einen weißhäutigen Mann von einem Meter achtzig Körpergröße und knapp über dreißig Jahren handelte. Darüber hinaus war eine eindeutige Identifizierung ohne Einsicht in zahnärztliche Unterlagen nicht möglich.

Aufgrund der Rasse des Opfers, seiner Größe und seines ungefähren Alters gelangten die brandtechnischen Ermittler zu dem Schluß, daß es sich bei dem Toten mit großer Wahrscheinlichkeit um Tom Krome selbst handelte und daß er entweder ermordet oder bewußtlos geschlagen worden war, als er den Brandstifter in seinem Haus überraschte.

Die gräßlichen Details der Entdeckung und die Verdachtsmomente, die sich daraus ergaben, gelangten am nächsten Morgen zum Polizeireporter des *Register*, der umgehend den Chef vom Dienst davon in Kenntnis setzte. Er rief sofort die Besatzung des Nachrichtensaals zusammen und berichtete ihnen, was die Leute vom Brandstiftungsdezernat gefunden hatten. Der Chef vom Dienst fragte nach, ob irgend jemand den Namen vom Tom Kromes Zahnarzt kennen würde, aber niemand meldete sich – obgleich einige Kollegen bissige Bemerkungen über Kromes strahlendes Lächeln machten und die Vermutung äußerten, daß ein solches Gebiß das Werk eines hochbezahlten Spezialisten sein müßte. Ein Medizinalassistent wurde damit betraut, jede Zahnklinik der Stadt anzurufen und sich nach Kromes Röntgenaufnahmen zu erkundigen. In der Zwischenzeit sollte ein Featureschreiber schon mal für alle Fälle einen Nachruf auf Krome formulieren. Der Chef vom Dienst meinte, daß die Zeitung mit einer entsprechenden Meldung so lange wie möglich zu warten hätte, jedoch aufs Schlimmste vorbereitet sein müßte. Nach der Konferenz kehrte er eilig in sein Büro zurück und versuchte, Sinclair in Grange zu erreichen. Eine Frau, die sich als Sinclairs Schwester zu erkennen gab, berichtete, er hielte sich zur Zeit »am Schildkröten-Altar« auf, bot jedoch an, ihm eine Botschaft auszurichten. Eine solche gab ihr der Chef vom Dienst, nämlich: »Sagen Sie ihm, er soll verdammt noch mal bis Mittag im Büro anrufen oder sich schon mal nach einem neuen Job umsehen.«

Zufälligerweise hatten Champ Powell und Tom Krome neben ihrer Rasse und äußeren Erscheinung noch ein anderes charakteristisches Merkmal gemeinsam: eine abgesplitterte Ecke an Zahn Nummer 27, dem rechten unteren Eckzahn. Champ Powell hatte seinen beschädigt, als er 1993 während des Gator Bowl in betrunkenem Zustand versucht hatte, eine Flasche Busch mit den Zähnen zu öffnen. Tom Kromes abgesplitterte Ecke rührte von einem Ziegelstein her, der ihn während eines Straßenkampfs in der Bronx – über den er damals berichtete – erwischt hatte.

Einer von Kromes entfernten Vettern zeigte sich hilfsbereit und erwähnte den abgesplitterten Zahn – und seine heldenhafte Geschichte – gegenüber einem Reporter des *Register*, der diese Information wiederum an den ärztlichen Leichenbeschauer weitergab. Dieser untersuchte sofort den verkohlten Unterkieferknochen, der aus den Trümmern von Kromes Haus geborgen worden war. Der Zahn Nummer 27 sah tatsächlich so aus, als wäre er mal von einem Ziegelstein getroffen worden. Zufrieden diktierte der Leichenbeschauer daraufhin einen Bericht, in dem er mit einiger Sicherheit die Leiche in der Brandruine als Tom Krome identifizierte.

Der *Register* brachte die Meldung und den Nachruf auf der Titelseite unter einem vier Spalten großen Farbfoto von Tom Krome. Es war das Bild von seinem Presseausweis – ein unterbelichtetes Porträtfoto, auf dem Toms Haare vom Wind zerzaust und seine Augen halb geschlossen waren –, Katie brach dennoch zusammen, als sie es sah, und verschwand, in Tränen aufgelöst, im Schlafzimmer. Richter Arthur Battenkill jr. blieb am Frühstückstisch sitzen und las den Artikel mehrere Male. So angestrengt er auch nachdachte, er konnte sich nicht an den Zustand von Champ Powells Gebiß erinnern.

Als er ins Gerichtsgebäude kam, stellte er fest, daß sein eifriger Gerichtshelfer schon den zweiten Tag nicht zur Arbeit erschienen war. Die Sekretärinnen boten an, zu seiner Wohnung zu fahren und nachzuschauen, aber der Richter meinte, das wäre nicht nötig. Er tat so, als fiele ihm ein, daß Champ die Absicht geäußert hatte, nach Cedar Key zu fahren und seine Eltern zu besuchen. Später zog Arthur Battenkill jr. sich in sein Büro zurück und schloß die Tür. Er schlüpfte in seine schwarze Robe, löste die Schnürsenkel seiner Schuhe und setzte sich hin, um darüber nachzudenken, was vom Standpunkt der Schuldhaftigkeit schlimmer für ihn wäre – wenn die verbrannte Leiche Champ Powell oder Tom Krome gehörte.

So oder so kamen Probleme auf ihn zu, erkannte der Richter, aber ein lebendiger Krome brächte ihm weitaus mehr Verdruß als ein toter Champ. Arthur Battenkill jr. begann zu hoffen, daß die Zeitung recht hatte und es sich um Kromes gegrillte Knochen handelte, die in seinem Haus gefunden worden waren. Daß Champ Powell sich irgendwo versteckt hielt – wie man es eigentlich von einem erfahrenen Cop erwarten durfte – und darauf spekulierte, daß sich die allgemeine Aufregung legte. Bestimmt würde er sich in ein oder zwei Tagen beim Richter melden, und gemeinsam würden sie dann ein einleuchtendes Alibi konstruieren. So müßte es ablaufen. In der Zwischenzeit war da nur noch Katie, die – unterbrochen von Weinkrämpfen – Arthur Battenkill jr. beschuldigte, den kaltblütigen Mord an ihrem früheren Geliebten arrangiert zu haben. Der Richter hatte zunächst keine Ahnung, wie er damit fertigwerden sollte, aber dann überlegte er, ob eine neue Diamantbrosche seiner Frau über ihre Trauer hinweghelfen würde.

In der Mittagspause verließ er das Gericht, um eine solche zu kaufen.

Als sie ins Motel zurückkehrte, zog JoLayne ihr Sportzeug an und unternahm einen Spaziergang. Tom Krome führte einige Telefongespräche – mit seinem Anrufbeantworter beim *Register*, wo sein Versicherungsagent eine seltsam dringende Nachricht hinsichtlich Kromes Hausversicherungspolice hinterlassen hatte; mit seinem Anrufbeantworter zu Hause, der offenbar defekt war; mit Dick Turnquist, der meldete, daß Kromes zukünftige Ex-Frau offenbar – ausgerechnet in Jackson Hole – gesichtet worden sei.

Krome schlief vor dem Fernseher während der Übertragung eines Golfturniers auf ESPN ein. Er wachte nach Luft ringend auf. JoLayne hockte rittlings auf ihm und bearbeitete seinen Brustkorb mit ihren übernatürlich blauen Fingernägeln.

»Hey!« sagte sie. »Hey, Sie, hören Sie zu!«

»Gehen Sie runter...«

»Nicht eher«, drohte sie, »als bis Sie mir verraten, was hier zum Teufel eigentlich los ist.«

»JoLayne, ich kann nicht atmen...«

»›Unerhörtes Risiko‹, das haben Sie zu mir gesagt. Aber dann dämmerte es mir: Weshalb um alles in der Welt sollte ein offizieller Vertreter des Gesetzes Ihnen – einem Zeitungsmenschen, verdammt noch mal – erzählen, daß er einen Einbruch beabsichtigt? Von wegen Risiko. Ich nenne das absolut dämlich!«

»JoLayne!«

Sie verlagerte ihr Gewicht teilweise auf ihre Knie, so daß Krome wieder einatmen konnte.

»Vielen Dank«, ächzte er.

»Gern geschehen.«

Sie beugte sich vor, bis ihre Nasen sich berührten. »Er ist clever, mein Moffitt. Er würde niemals vor einem Presseheini eine solche Sache ausplaudern, wenn er nicht genau wüßte, daß es überhaupt keine Story gibt. Und die gibt es auch nicht, oder? Deshalb haben Sie die ganze Zeit, die wir schon unterwegs sind, kein einziges Mal Ihr Notizbuch hervorgeholt, nicht wahr?«

Krome bereitete sich darauf vor, seine Rippen vor einer neuerlichen Attacke zu schützen. »Ich sagte Ihnen doch, daß ich nicht jede Kleinigkeit aufschreibe.«

»Tom Krome, Sie sind ein Haufen Scheiße.« Sie setzte sich mit ihrem ganzen Gewicht auf seine Brust. »Raten Sie mal, was ich getan habe. Ich habe Moffitt über sein Mobiltelefon angerufen, und was meinen Sie, was er mir erzählt hat? Sie arbeiten gar nicht mehr für die Zeitung, Sie sind krank geschrieben. Er hat es überprüft.«

Krome versuchte sich aufzurichten. Krank geschrieben, dachte er. Dieser Idiot von Sinclair – er hatte es tatsächlich geschafft, ihm eine absolut spektakuläre Kündigung zu vermasseln.

»Warum haben Sie mir das nicht gesagt?« wollte JoLayne wissen. »Was ist los mit Ihnen?«

»Okay.« Er schob einen Arm unter ihre Knie und schob sie sanft von sich herunter. Sie blieb auf dem Bett liegen, auf die Ellbogen gestützt, und fixierte ihn.

»Ich warte, Tom.«

Er richtete den Blick auf die Decke über sich. »Folgendes ist passiert. Mein Redakteur hat die Lotto-Geschichte gekippt, deshalb habe ich gekündigt. Daß ich krank geschrieben bin, ist mir völlig neu – wahrscheinlich hat Sinclair es als Ausrede seinem Chef aufgetischt.«

JoLayne konnte es nicht glauben. »Sie haben meinetwegen Ihren Job aufgegeben?«

»Nicht Ihretwegen. Sondern weil mein Redakteur ein nutzloses, feiges Windei ist.«

»Ehrlich? Ist das der einzige Grund?«

»Und weil ich versprochen habe, Ihnen zu helfen.«

JoLayne rutschte näher zu ihm. »Hören Sie, Sie dürfen nicht bei der Zeitung aufhören. Das geht nicht, verstehen Sie?«

»Es wird schon gut enden. Glauben Sie mir.«

»Ihr verdammten Kerle, ich kann es einfach nicht fassen! Jetzt bin ich schon wieder an so einen Verrückten geraten.«

»Was ist so verrückt daran, wenn man ein Versprechen halten will?«

»Mein Gott«, seufzte JoLayne. Er meinte es tatsächlich ernst. Dieser Kerl war ein Unikum. Sie befahl: »Rühren Sie sich nicht, okay? Ich tue jetzt etwas absolut Unverantwortliches.«

Krome machte Anstalten, sich zu ihr umzudrehen, aber sie stoppte ihn und schloß ihm mit einer Hand sanft die Augen.

»Sind Sie taub? Ich sagte doch gerade, Sie sollten sich nicht bewegen.«

»Was wird das?« fragte er.

»Ich schulde dir einen Kuß«, erklärte sie, »von gestern abend. Und jetzt halte endlich still, sonst beiß ich dir die Lippen ab.«

- 14 -

Tom Krome wurde völlig überrumpelt.

»Nun, sag was«, murmelte JoLayne.

»Wow.«

»Etwas Originelles.«

»Du schmeckst wie Certs.«

Sie küßte ihn wieder. »Mit Spearmintgeschmack. Ich glaube, ich bin süchtig nach diesen verdammten Dingern.«

Krome drehte sich auf die Seite. Er sah, daß sie sich über seine Nervosität köstlich amüsierte. »Ich bin ziemlich schlecht in dieser Rolle«, entschuldigte er sich.

»Mit anderen Worten, du würdest lieber auf das ganze Vorgeplänkel verzichten und gleich mit dem Bumsen anfangen.«

Krome spürte, wie er errötete. »So habe ich das nicht ...«

»Ich hab nur einen Scherz gemacht.«

Er setzte sich auf. Sie war einfach unglaublich.

»Tom, es war unheimlich süß von dir, daß du deinen Job an den Nagel gehängt hast. Völlig unverständlich, aber süß. Ich dachte, daß du einen Kuß verdient hast.«

»Es war ... sehr schön.«

»Versuch wenigstens, dich unter Kontrolle zu halten«, forderte JoLayne. »Du tust jetzt folgendes: Du steigst in den Wagen und fährst nach Hause. Zurück an die Arbeit. Zurück in dein Leben. Du hast für mich schon mehr als genug getan.«

»Niemals.«

»Sieh mal, ich komme schon zurecht. Sobald Moffitt meinen Lottoschein gefunden hat, verschwinde ich auch von hier.«

»Ja, klar.«

»Ich schwöre es, Tom. Ich gehe zurück nach Grange, um dort die Großgrundbesitzerin zu spielen.«

Krome schüttelte den Kopf. »Ich steige niemals aus einer Story aus.«

»Nun stell dich nicht so an.«

»Was ist denn, wenn Moffitt den Schein nicht findet?«

JoLayne zuckte mit den Achseln. »Dann sollte es eben nicht sein. Fang endlich an zu packen.«

»Nichts zu machen. Ich gehe nicht eher, als bis du dein Geld hast.« Er ließ sich auf das Kissen zurücksinken. »Angenommen, du landest wieder bei den nassen T-Shirts. Ich würde mir das niemals verzeihen.«

Sie legte den Kopf auf seine Brust. »Was möchstest du denn?«

»Eine von diesen Spearmintpastillen wäre ganz okay.«

»Ich meine in dieser ganzen Affäre, diesem Wahnsinn.«

»Ich wünsche mir ein erträgliches Ende. Mehr nicht«, entgegnete Krome.

»Damit würde die Story noch besser, stimmt's?«

»Ich könnte nachts einfach besser schlafen.«

JoLayne seufzte verzweifelt. »Du bist doch nicht ganz echt. Unmöglich.«

Krome versuchte, sich über seine Motive klarzuwerden. Vielleicht wollte er gar nicht, daß Moffitt den Lottoschein fand, denn dann wäre das Abenteuer beendet und er müßte wirklich nach Hause zurückkehren. Oder vielleicht wollte er selbst den Schein zurückholen, möglichst dramatisch, um JoLayne Lucks zu beeindrucken. Wahrscheinlich war es überhaupt nichts Edles und Selbstloses, sondern nur sein dämlicher Stolz und ein paar Hormone.

Er erklärte: »Wenn du willst, daß ich gehe, dann gehe ich natürlich.«

»Dein Magen knurrt. Hast du etwa schon wieder Hunger?«

»JoLayne, du hörst mir nicht zu.«

Sie hob den Kopf. »Laß uns für eine Weile so liegenbleiben. Im Bett. Mal sehen, was geschieht.«

»Okay«, entgegnete Tom Krome. Sie war einfach unglaublich.

Chub freute sich über ihre Flucht. Er sagte, daß sie es wohl kaum rechtzeitig geschafft hätten, wenn Bode seinen Pick-up nicht in der blauen Zone wenige Schritte vom Eingang des Restaurants geparkt hätte. Er meinte weiter, daß dem Typen hinter der Theke sicherlich noch niemals drei Behinderte unter die Augen gekommen wären, die sich so schnell bewegen konnten. Während der Truck in Richtung Homestead rollte, hielt Shiner nervös nach etwaigen Verfolgern Ausschau. Bode Gazzer saß angespannt hinter dem Lenkrad – er hatte zwar erwartet, daß diese Negerin ihre Kreditkarte irgendwann sperren lassen würde, aber es ärgerte ihn trotzdem. Der Manager des Restaurants würde sicherlich die Polizei benachrichtigen, daran bestand kein Zweifel.

»Wir müssen uns beraten«, meinte Bode. »Und zwar so bald wie möglich.«

»Mit wem?« fragte Shiner.

»Mit uns selbst. Die White Clarion Aryans.« Es wurde allmählich Zeit, daß sie operierten wie eine wohl-geordnete Miliz, Bode sagte: »Vielleicht halten wir heute nachmittag eine Versammlung ab.«

Chub beugte sich vor. »Warum nicht gleich jetzt?«

»Nicht im Wagen. Ich kann nicht den Vorsitz führen und gleichzeitig fahren.«

»Zum Teufel, du kannst ja noch nicht mal gleichzeitig pinkeln und ein Lied pfeifen.« Chub leckte sich mit seiner pelzigen Zunge über seine Schneidezähne. »Wir brauchen keine verdammte Versammlung. Wir brauchen unser Lottogeld.«

Bode schüttelte den Kopf. »Nein, es ist noch zu früh.«

Daraufhin holte Chub seine 357er heraus und legte sie zwischen seine Füße aufs Bodenblech. »Ehe noch irgend etwas anderes schiefgeht.«

Eingezwängt zwischen den beiden miteinander streitenden Kriminellen sitzend, fühlte sich Shiner unerklärlicherweise absolut sicher. Chub war der Zäheste, nicht nur wegen der Waffen. Bode konnte ebenfalls ein ziemlich harter Bursche sein, wenn er auch mehr von einem Denker an sich hatte. Er lieferte die Ideen. Shiner gefiel dieser Vorschlag für eine echte Milizversammlung, denn sie unterstützte seinen Hang zur Ordnung und Strategie. Aber ehe die White Clarion Aryans ihre Versammlung abhielten, wollte Shiner sich seine Tätowierung ändern lassen. Es konnte doch nicht so schwierig sein, aus dem W.R.B. ein W.C.A. zu machen. Der schreiende Adler war immerhin so, wie er war, einfach perfekt.

Als er nachfragte, ob sie nicht an einem Tätowierstudio anhalten könnten, lachte Chub schallend: »Mehr fällt dir nicht ein.«

»Es ist mir Ernst damit.«

Bode straffte sich auf dem Fahrersitz. »Wegen eines solchen Blödsinns halten wir ganz bestimmt nicht an.«

»Bitte, es muß sein!«

Chub schüttelte den Kopf. »Ach, sieh dir doch nur deinen verdammten Arm an. Er ist von der letzten Prozedur immer noch ganz wund und sieht aus wie eine faule Banane.«

»Sie verstehen mich nicht.« Shiners Kinn sackte nach unten, und er zog sich in seinen Schmollwinkel zurück.

Nicht das schon wieder, dachte Chub. Er hob den Colt vom Wagenboden auf und rammte dem Jungen den Lauf in den Schoß. »Mein Junge, du bist der weinerlichste kleine Scheißer, den ich je kennengelernt habe.«

Shiners Kopf zuckte ruckartig hoch. »Es tut mir leid.«

»Mit ›tut mir leid‹ ist es nicht mehr getan.«

Bode meinte zu seinem Partner, er solle nicht zu streng sein. »Wir sind von der vergangenen Nacht immer noch ein wenig durcheinander und stehen unter Strom. Ich weiß was: Wir fahren zum Wohnwagen und holen die Maschinenpistolen. Dann fahren wir raus zum Felsentümpel und lassen ein wenig Dampf ab.«

»Hey, super«, sagte Shiner erwartungsvoll. »Dann, danach, veranstalten wir unsere Versammlung.«

Chub schlug sich auf den Oberschenkel. »Whoop-dee-doo.« Er steckte sich die Pistole wieder in den Hosenbund. »Scheiß auf den Felstümpel. Ich will auf etwas schießen, das sich bewegt. Etwas Größeres und Schnelleres als eine gottverdammte Schildkröte.«

»Auf was denn, zum Beispiel?«

»Wartet ab, und ihr werdet schon sehen«, kündigte Chub an. »Erschieß einen Juden, schnapp einen Japs ...«

»Hol einen Polen«, ließ Shiner sich vernehmen.

»Ja.«

Bode Gazzer hoffte, daß die düstere Stimmung seines Partners verflog, wenn sie das schwere Spielzeug hervorholten.

Moffitt durfte eigentlich nicht wütend werden. Er war ein Profi, der sich ständig mit miesen Scheißkerlen herumschlug.

Aber als er das enge Apartment von Bodean James Gazzer durchsuchte, spürte der Agent, wie in ihm die kalte Wut hochstieg.

An der Wand hing ein Poster von David Koresh, dem Irren von Waco. Moffitt hatte bei dieser fehlgeschlagenen Aktion einen guten Freund verloren.

Dann waren da die Einschußlöcher im Verputz. Leere Patronenmagazine. Stapelweise Waffenkataloge und *Soldier-of-Fortune*-Exemplare. Pornovideos. Ein Taschenbuch mit dem Titel *Das Handbuch des Wilderers*. Eine Pfeffermühle, die mit einer Nazi-Armbinde verziert war. Ein Anleitungsbuch zum Bau von einfachen chemischen Bomben. Ein aus einer Zeitung ausgeschnittener Cartoon, der sich über den Holocaust lustig machte. Ein Sortiment NRA-Abzeichen und Autoaufkleber. Ein ganzer Schrank voll Tarnkleidung. An der sich ablösenden Tapete auf der Toilette war eine Konföderiertenfahne festgeheftet. Im Schlafzimmer hing sogar ein gesticktes Porträt von David Duke als Raumschmuck. Moffitt dachte, daß diese Kerle einen unbändigen Spaß gehabt haben mußten, als sie sich mit JoLayne beschäftigt hatten.

Er verriegelte die Wohnungstür hinter sich und sicherte sie mit einem Stuhl ab, den er mit der Lehne unter den Türknauf klemmte. Er öffnete ein Fenster im hinteren Teil der Wohnung und drückte das Fliegengitter aus dem Rahmen, um einen Fluchtweg zu finden, falls Bodean James Gazzer zurückkommen sollte. Die frische Luft schadete nicht – stank es doch in der Wohnung nach schmutziger Wäsche, Zigarettenasche und schalem Bier. Dann begann Moffitt mit einer methodischen Suche. Er wußte aus Erfahrung, daß auch der dämlichste Gauner gelegentlich so etwas wie ein Genie entwickeln konnte, wenn es darum ging, Diebesgut zu verstecken – und ein Lottoschein war weitaus einfacher zu verstauen als eine AK-47 oder ein Kilo Haschisch.

Zuerst nahm er sich die Küche vor. Ein Blick auf das verkrustete Besteck reichte, und Moffitt dankte im stillen seinem Instinkt, der ihn hatte Chirurgenhandschuhe überstreifen lassen. Mit einer einzigen Armbewegung räumte er den Dinette-Servierwagen ab. Er schüttete jeden Karton und jedes Glas aus Bodean James Gazzers Schränken aus – Zucker, Mehl, Schnellkaffee, Kakao-Crispies, Croutons, Haferflocken.

Kein Lottoschein.

Er holte tief Luft und hielt den Atem an, ehe er den Kühlschrank öffnete, aber es stank nicht so schlimm, wie er befürchtet hatte. Die Lebensmittelfächer waren praktisch leer bis auf einige Flaschen Budweiser, mit Marshmallows gefüllte Kekse, Tomatenketchup und ein verschimmeltes Stück Gouda. Da er dort nicht fündig wurde, hackte Moffitt sich ins Eisfach hinein, das besonders gerne von Schmugglern und Jung-Junkies als Versteck benutzt wurde. Eine halbe Gallone altes Vanilleeis wanderte in eine Rührschüssel, die wiederum in den Backofen gestellt wurde. Als das Eis geschmolzen war, goß Moffitt es durch ein Küchensieb. Dann leerte er die Eisschalen auf der Anrichte aus und inspizierte jeden Eiswürfel.

Kein Lottoschein.

Er suchte sich ein scharfes Steakmesser und begab sich damit ins Schlafzimmer, wo er die Kissen zerfetzte, die Matratze ausweidete, den Sprungrahmen auseinandernahm und die Ecken des Teppichbodens vom Fußboden löste. In Bodean James Gazzers Wäschekommode stieß Moffitt auf etwas, das er noch nie zuvor gesehen hatte: Unterwäsche in Tarnfarben. Außerdem fand er ein Bajonett aus dem Zweiten Weltkrieg, eine schmierige *Penthouse*-Ausgabe und einen Stapel Mahnungen von der National Rifle Association wegen rückständiger Beitragszahlungen. Moffitt war sicher, sein Ziel erreicht zu haben, als er in der untersten Schublade, unter einem Durcheinander löcheriger Socken, fünf Spielscheine des Staatlichen Lottos von Florida fand.

Aber keine der Zahlenfolgen hatte Ähnlichkeit mit JoLaynes Gewinnzahlen, und außerdem trugen alle das falsche Ziehungsdatum: 2. Dezember.

Das ist ja morgen, dachte Moffitt. Unglaublich – die 14 Millionen, die sie ihr gestohlen hatten, reichten ihnen nicht. Die Scheißkerle wollten noch mehr.

Er steckte die Lottoscheine ein und ging widerstrebend in Richtung Badezimmer. Eine Kolonie fetter Ameisen hatte das Waschbecken okkupiert und demonstrierte eine besondere Vorliebe für Bodean James Gazzers Zahnbürste. Moffitt öffnete den Medizinschrank, leerte die Tablettendöschen und Pillenschachteln. Mehrere davon waren für andere Personen als Mr. Gazzer verschrieben worden, der sie zweifellos gestohlen oder sie mit gefälschten Rezepten erworben hatte. Moffitt widmete sich besonders sorgfältig einem Haarcremespender und einer Tube Hämorrhoidensalbe, die er mit dem Schuh vollkommen ausdrückte und sie dann mit einem Saitenschneider öffnete.

Nichts.

Der Toilettentisch enthielt eine leere Schachtel Trojan-Kondome ohne Feuchtigkeitsfilm, was Moffitts Interesse weckte. In Bodean James Gazzers Apartment wies nichts auf die Anwesenheit einer Frau hin – erst recht nicht einer Frau, die darauf bedacht wäre, sich vor der Infektion mit irgendeiner Krankheit zu schützen. Vielleicht war Gazzer ja schwul, vermutete der Agent, obgleich ihm das eher unwahrscheinlich erschien, wenn man an die grundsätzlich antihomosexuelle Grundeinstellung von Waffenfreaks dachte. Außerdem gehörten die neben dem Fernseher aufgestapelten Pornovideos ausschließlich in die heterosexuelle Abteilung.

Vielleicht zog der Verrückte sich ein Kondom über, wenn er onanierte. Vielleicht benutzte er sie auch bei Prostituierten. Auf jeden Fall schien er in dieser Hinsicht ziemlich aktiv gewesen zu sein.

Die Lösung des Trojan-Rätsels fand sich in einem Plastikabfalleimer: fünf in Folie eingeschweißte Kondome und eine Rasierklinge. Moffitt reihte seinen Fund auf dem Klosettdeckel auf. Die Kondome befanden sich noch in ihren Verpackungen, und Moffitt holte sie vorsichtig mit Hilfe einer Pinzette heraus. Jedes Kondom wies deutliche Risse und Schnitte auf, wahrscheinlich der Grund, weshalb sie weggeworfen worden waren.

Moffitt konzentrierte sich auf die bunten Verpackungen. Sie waren ganz eindeutig nicht in hektischer Vorfreude auf lustvolle Vergnügungen aufgerissen worden. Statt dessen waren sie am Rand offenbar vorsichtig aufgeschnitten worden, zweifellos mit der Rasierklinge. Aber trotz aller Vorsicht hatte Bodean James Gazzer alle fünf Kondome beschädigt.

Beim sechsten war er dann offensichtlich erfolgreich gewesen. Und Moffitt glaubte mit ziemlicher Sicherheit zu wissen, wo das Kondom sich befand und was darin versteckt war.

»Scheiße«, fluchte er laut.

Mr. Gazzer mußte ein hoffnungsloser Optimist sein, überlegte der Agent. Warum sonst hatte er darauf geachtet, daß das Kondom, in dem er den Lottoschein versteckt hatte, immer noch verwendbar wäre?

Als er das Apartment verließ, traf Moffitt eine fette Ratte, die sich an den Bergen Zucker und Cerealien auf der Dinette labte. Sein erster Impuls bestand darin, sie zu erschießen, doch dann dachte er: Weshalb sollte er Gazzer irgendeinen Gefallen tun? Mit ein wenig Glück hatte das Tier die Tollwut.

Von Natur aus war Moffitt kein bösartiger Mensch, aber nun war er erfüllt mit primitivem Haß. Vor seinem geistigen Auge sah er Bodean Gazzer und seinen sadistischen Partner – der eine lag in seiner Unterwäsche auf dem Futonbett, während der andere an der Dinette kauerte. Sie tranken Budweiser, amüsierten sich im nachhinein über das, was sie mit JoLayne angestellt hatten, und erinnerten sich gegenseitig daran, von wem sie wohin geschlagen worden war. An den Ausdruck in ihren Augen. An die Schmerzenslaute, die sie von sich gegeben hatte.

Moffitt konnte nicht einfach hinausgehen und zulassen, daß solche Scheißkerle ihr nichtswürdiges Leben weiterführten, so als wäre nichts geschehen. Wann bekam man außerdem schon mal die Gelegenheit, auf paranoide Soziopathen einen bleibenden Eindruck zu hinterlassen?

Nicht oft genug? Moffitt fühlte sich geradezu moralisch verpflichtet, Bodean James Gazzer ein irritierendes Zeichen zu hinterlassen. Es dauerte nur wenige Minuten, und anschließend schien sogar die Ratte sich darüber zu amüsieren.

Sinclair war in dem Moment überwältigt, als er die Schildkröten berührte. Es war ein warmes Prickeln, das in seinen Handflächen einsetzte und sich über beide Arme bis zu seiner Wirbelsäule fortsetzte.

Er saß mit übereinandergeschlagenen Beinen am Rand des Grabens in Demencios Garten. Die tägliche Vorstellung war vorüber, die Pilger hatten sich verabschiedet. Sinclair hatte noch nie eine Schildkröte berührt. Demencio meinte, machen Sie nur, bedienen Sie sich. Sie beißen nicht und tun Ihnen auch sonst nichts.

Sinclair hob eine der bemalten Schildkröten hoch und setzte sie behutsam auf seinen Schoß. Das bärtige Gesicht, das vom rissigen Panzer hochschaute, war rein und engelhaft. Und die Schildkröte selbst erschien ihm genauso wunderbar – helle, diamantgleiche Augen, ein samtiger Hals mit grünen, goldenen und gelben Streifen. Sinclair griff ins Wasser und nahm eine zweite heraus, dann eine dritte. Nicht lange, und er war bedeckt mit jungen Schildkröten – gummiartige Beine ruderten und winzige Krallen kratzten harmlos über den Stoff seiner Hose. Die Empfindung hatte etwas Hypnotisches, beinahe schon Spirituelles. Von den Schildkröten schien eine warme, beruhigende Strömung auszugehen.

Demencio, der den Graben mit »geweihtem« Wasser auffüllte, fragte Sinclair, ob er sich wohl fühle. Sinclair begann sofort zu zittern und zu summen. Demencio konnte die Melodie nicht erkennen, es war jedenfalls nichts, was er gerne im Radio gehört hätte. Er wandte sich an Joan und Roddy und sagte: »Ich glaube, es wird Zeit, den Jungen nach Hause zu bringen.«

Aber Sinclair wollte nicht gehen. Er schaute zu Roddy hoch. »Ist das nicht erstaunlich?« Er hob beide Hände, die mit triefnassen Schildkröten gefüllt waren: »Hast du das schon mal gesehen?«

Demencios Stimme hatte einen scharfen Unterton. »Seien Sie mit den Dingern bloß vorsichtig. Sie gehören mir nicht.« Das hätte ihm gerade noch gefehlt. Daß irgend so ein dämlicher Großstadtheini eines von JoLayne Lucks wertvollen Babys fallen läßt. *Adios* tausend Dollar.

Demencio dachte daran, den Wasserschlauch auf den Kerl zu richten – was bei Trishs Kater immerhin überzeugend gewirkt hatte. Sinclairs Gesicht nahm einen konzentrierten Ausdruck an. Sein Kopf begann hin und her zu wackeln, so als habe sich sein Hals in Gummi verwandelt.

»Nyyah nurrha nimmy doo-dey«, deklamierte er.

Roddy schaute fragend seine Frau an. »Was ist das – Spanisch oder so was?«

»Ich glaube nicht.«

Erneut hob Sinclair die Stimme. *»Nyyah nyyah doo-dey!«* Es handelte sich um eine undeutliche Wiederholung einer Zeitungsschlagzeile, die er mal geschrieben hatte und die ihm noch immer am besten gefiel: NERVÖSER NUREJEW EINE NULL IN DISNEY DEBUT.

Durch die Übersetzung wäre Demencio, auch wenn er sie verstanden hätte, mit Sicherheit nicht sonderlich beruhigt worden. »Das reicht jetzt«, ordnete er knapp an. »Feierabend.«

Auf Roddys Drängen hin setzte Sinclair die zwölf bemalten Schildkröten wieder ins Wasser. Roddy brachte ihn zum Wagen, und Joan fuhr nach Hause. Dort fing Roddy an, Holzkohlenbriketts in den Garten zu schichten, aber Sinclair meinte, er habe keinen Hunger, und ging zu Bett. Er war schon weg, als Joan am nächsten Morgen aufwachte. Unter der Zuckerschale lag das Notizbuch des Journalisten. Es war auf einer neuen Seite aufgeschlagen:

Ich bin zum Heiligtum zurückgekehrt.

Dort fand sie ihn, andächtig und mit großen Augen.

Demencio nahm sie beiseite und flüsterte: »Nehmen Sie es mir nicht übel, aber ich betreibe hier ein Geschäft.«

»Ich verstehe«, sagte Joan. Sie begab sich zum Graben und ging neben ihrem Bruder in die Hocke. »Wie geht es dir?«

»Siehst du das?« erwiderte Sinclair und deutete nach oben. »Sie weint.«

Demencio hatte die Rohrleitungen der Madonna repariert. Tränen funkelten auf ihren Glasfiberwangen. Joan emfand es als peinlich, daß Sinclair davon so angetan war.

»Dein Chef hat angerufen«, teilte sie ihm mit.

»Das ist nett.«

»Es klang ziemlich wichtig.«

Sinclair seufzte. In jeder Hand saß eine Schildkröte. »Das ist Bartholomäus«, erklärte er, »und das ist, glaube ich, Simon.«

»Ja, sie sind einfach süß.«

»Joan, bitte. Du sprichst über die zwölf Apostel.«

»Liebling, ruf lieber die Zeitung an.«

Demencio bot ihm an, das Telefon im Haus zu benutzen. Er wollte nur, daß der Spinner endlich von dem Heiligtum verschwand, ehe die ersten wundergläubigen Touristen eintrafen.

Die Sekretärin des Chefs vom Dienst stellte Sinclair sofort durch. Mit monotoner Stimme entschuldigte er sich dafür, daß er am Vortag nicht wie versprochen angerufen hatte.

»Vergessen Sie's«, entgegnete der Chef vom Dienst. »Ich habe ganz beschissene Neuigkeiten: Tom Krome ist tot.«

»Nein.«

»Es sieht aber so aus. Die Brandstiftungstypen haben eine Leiche im Haus gefunden.«

»Nein!« wiederholte Sinclair. »Das ist nicht möglich.«

»Völlig verbrannt und nicht mehr zu erkennen.«

»Aber Tom ist mit der Lotto-Tante nach Miami gefahren.«

»Wer hat Ihnen denn das erzählt?«

»Der Mann mit den Schildkröten.«

»Ich verstehe«, sagte der Chef vom Dienst. »Was ist mit dem Mann mit den Giraffen – was hat er gesagt? Und die bärtige Dame mit den Pinguinen – haben Sie sie gefragt?«

Sinclair schwankte und drehte sich, wobei er sich in der Telefonschnur verhedderte. Joan schob ihm rechtzeitig einen Stuhl unter den Hintern. Er schnappte nach Luft. »Tom kann nicht tot sein.«

»Sie führen gerade einen DNS-Vergleich durch«, berichtete der

Chef vom Dienst, »aber sie sind sich zu neunundneunzig Prozent sicher, daß er es ist. Wir bereiten für morgen eine entsprechende Titelseite vor.«

»Mein Gott«, stammelte Sinclair. War es möglich, daß er tatsächlich einen Reporter verloren hatte?

Er hörte seinen Boß weiterreden. »Kommen Sie nicht zurück.«

»Wie bitte?«

»Nicht sofort. Warten Sie, bis wir uns überlegt haben, was wir sagen.«

»Zu wem?« fragte Sinclair.

»Dem Rundfunk. Den Sendern. Heutzutage werden nicht allzuoft Reporter ermordet«, erklärte der Chef vom Dienst, »erst recht keine Feature-Schreiber. Es ist eine ziemlich große Sache.«

»Das kann ich mir vorstellen, aber...«

»Es wird jede Menge unangenehmer Fragen geben. Wo haben Sie ihn hingeschickt? Woran hat er gearbeitet? War es gefährlich? Am besten nehme ich das Ganze in die Hand. Deshalb werde ich ja auch so gut bezahlt, nicht wahr?«

Sinclair kam sich vor wie in einer undurchdringlichen eisigen Nebelwand. »Ich kann es einfach nicht glauben.«

»Vielleicht hat es ja überhaupt nichts mit seinem Job zu tun. Vielleicht war es ein Räuber oder ein eifersüchtiger Freund«, sagte der Chef vom Dienst. »Vielleicht ist ja auch nur irgendein beschissener Kochtopf explodiert – wer weiß das schon? Der Punkt ist, daß Tom am Ende als Held dasteht, egal, was auch geschah. Das passiert immer dann, wenn Journalisten getötet werden – sehen Sie sich nur mal das Schicksal von Amelia Lloyd an. Sie konnte noch nicht mal einen überzeugenden Einkaufszettel schreiben, aber am Ende haben sie sogar einen Zeitungspreis nach ihr benannt.«

»Mir ist schlecht«, gestand Sinclair.

»Wir fühlen uns alle mies, glauben Sie mir. Wirklich«, versicherte der Chef vom Dienst. »Bleiben Sie für ein paar Tage in der Versenkung. Genießen Sie die Ruhe. Freuen Sie sich, daß Sie so lange bei Ihrer Schwester bleiben können. Ich melde mich wieder.«

Für einige Zeit rührte Sinclair sich nicht. Joan nahm ihm den

Telefonhörer aus der Hand und wickelte die Schnur vorsichtig von seiner Schulter und seinem Hals ab. Mit einem Papiertuch tupfte sie den Schweiß von seiner Stirn. Dann benetzte sie ein anderes Tuch mit Wasser und entfernte ein wenig Schildkrötenkot von seinem Arm.

»Was hat er gesagt?« fragte sie. »Was ist passiert?«

»Es geht um Tom – er ist nicht in Miami, er ist tot.«

»O nein, das tut mir aber leid.«

Sinclair stand auf. »Jetzt verstehe ich«, erklärte er.

Seine Schwester sah ihn nervös an.

»Endlich verstehe ich, weshalb ich eigentlich hier bin. Was mich an diesen Ort geführt hat«, fuhr er fort. »Vorher war ich mir nicht ganz sicher. Irgend etwas Phantastisches überkam mich, als ich die Schildkröten berührte, aber ich hatte keine Ahnung vom Wie oder Was. Jetzt weiß ich es.«

»Wie wäre es mit einem Glas Sodawasser?« erkundigte sich Joan.

Sinclair legte feierlich eine Hand auf seine Brust. »Ich wurde hierhergeschickt«, verkündete er, »um wiedergeboren zu werden.«

»Wiedergeboren?«

»Es gibt keine andere Erklärung«, sagte Sinclair und trottete auf das Heiligtum zu. Dort zog er sich aus und legte sich zwischen den Schildkröten ins trübe Wasser.

»Nimmy doo-dey, nimmy nyyah!«

Trish, die gerade die T-Shirt-Dekoration aufbaute, ließ sich auf ein Knie sinken. »Ich glaube, er ist erleuchtet!«

»Von wegen«, sagte Demencio. *»Coo-ca-loo-ca-Choo.«*

Wütend stampfte er aus der Werkstatt in die Garage, um den Thunfischhaken zu holen.

Krome wirkte geistesabwesend. Glücklich, dachte JoLayne, aber geistesabwesend.

Sie befand: »Du hast den Test bestanden.«

»Den Weißen-Test?«

»Jawohl. Mit fliegenden Fahnen.«

Krome brach in schallendes Gelächter aus. Es hörte sich nett an.

JoLayne wünschte sich, er würde öfter so lachen und nicht nur dann, wenn sie einen Scherz machte.

Er fragte: »Wann hast du beschlossen, dies passieren zu lassen?«

Sie lagen unter der Bettdecke und umarmten sich. Als herrsche draußen Frost, dachte JoLayne, und keine fünfundzwanzig Grad Celsius.

»Vor dem Kuß oder nachher?« präzisierte Krome seine Frage.

»Nachher«, antwortete sie.

»Du machst einen Scherz.«

»Nein. Es war eine ganz situationsbedingte, spontane Entscheidung.«

»Der Sex?«

»Sicher«, erwiderte JoLayne.

Was zwar nicht ganz zutraf, aber warum sollte sie ihm alles verraten? Er brauchte nicht über den genauen Augenblick oder die Hintergründe Bescheid zu wissen, die zu ihrem Entschluß geführt hatten. Es amüsierte JoLayne, daß Männer stets versuchten, sich einen Weg auszudenken, Frauen ins Bett zu kriegen – welchen unendlich cleveren Satz sie sagen mußten, welchen ausgeklügelten Ausdruck von Ernsthaftigkeit und Aufrichtigkeit sie einzusetzen hatten. Als würden nur sie allein über die Mächte der Verführung verfügen. Als wären sie die einzigen, die sie freisetzen konnten.

Für JoLayne Lucks lag in dem, was geschehen war, nichts übermäßig Rätselhaftes. Krome war ein sympathischer Kerl. Er sorgte sich um sie. Er war stark, zuverlässig und nicht zu blöde. Diese Dinge zählten. Er hatte überhaupt keine Ahnung, wie sehr das für sie zählte.

Ganz zu schweigen davon, daß sie Angst hatte. Das ließ sich nicht leugnen. Zwei bösartige Räuber quer durch den Staat zu verfolgen – das war absolut verrückt. Kein Wunder, daß sie beide unter extremem Streß standen, sie und Tom. Das hatte sicherlich auch etwas damit zu tun und war ein weiterer Grund, weshalb sie sich aneinanderklammerten wie Teenager.

JoLayne zog sich auf klassisches Bettgeflüster zurück.

»Woran denkst du jetzt?«

»An Moffitt«, antwortete er.

»Oh, sehr romantisch.«

»Ich hatte gehofft, daß er sich damit Zeit läßt, die Wohnung des einen Kerls zu durchsuchen. Eine Woche wäre ganz okay. Dann könnten wir beide nämlich hierbleiben und warten.«

»Ein netter Gedanke«, fand JoLayne und kniff ihn ins Bein. »Meinst du, er findet den Schein?«

»Wenn er wirklich da ist, dann ja. Er vermittelt den Eindruck höchster Kompetenz.«

»Und wenn er nicht da ist?«

»Dann brauchen wir einen Plan und ein wenig Glück«, sagte Krome.

»Moffitt meint, ich würde etwas Verrücktes tun.«

»Stell dir mal vor.«

»Im Ernst, Tom. Er will mir noch nicht mal den Namen des Burschen verraten.«

»Ich kenne den Namen«, erklärte Krome, »und auch seine Adresse.«

JoLayne richtete sich ruckartig auf, so daß das Laken von ihrem Körper herunterrutschte. »Was hast du da gesagt?«

»Mit allem gebührenden Respekt vor deinem Freund, aber man muß nicht unbedingt Sherlock Holmes sein, um ein Autokennzeichen überprüfen zu lassen. Man braucht lediglich einen Freund bei der Highway-Patrol.« Krome zuckte mit einem betont unschuldigen Gesichtsausdruck die Achseln. »Der Knilch mit dem Pick-up-Truck – sein Name lautet Bodean James Gazzer. Und wir können ihn mit oder ohne den tollkühnen Agenten Moffitt aufspüren.«

»Verdammt«, stieß JoLayne hervor. Der Junge war viel gerissener, als sie angenommen hatte.

»Ich hätte es dir ja schon viel früher erzählt«, sagte er, »aber wir waren ja anderweitig beschäftigt.«

»Komm mir nicht mit so was.«

Sie zuckten beide zusammen, als das Telefon klingelte. Krome nahm den Hörer ab. JoLayne drängte sich an ihn und formte stumm mit dem Mund einen Namen. »Moffitt?«

Krome schüttelte den Kopf. JoLayne hüpfte aus dem Bett und schlug den Weg zur Dusche ein. Als sie herauskam, stand er am Fenster und beobachtete die Schienen der Stadtbahn. Er schien gar nicht zu bemerken, daß sie ihre Fingernägel nun in Neongrün umlackiert hatte und nur ein Handtuch um ihren Kopf trug.

»Wer war es?« fragte sie.

»Schon wieder mein Anwalt.«

Hm-m, dachte sie und griff nach ihrem Bademantel. »Schlechte Nachrichten?«

»Irgendwie schon«, entgegnete Tom Krome. »Offenbar bin ich tot.« Als er sich umdrehte, wirkte er eher belustigt als beunruhigt. »Es wird morgen auf der Titelseite des *Register* gemeldet.«

»Tot.« JoLayne schürzte ihre Lippen. »Da hast du mich aber ganz schön getäuscht.«

»In meinem eigenen Haus zu einem Häufchen Asche verbrannt. Es muß wohl so sein, wenn es in der Zeitung steht.«

JoLayne fragte sich unwillkürlich, ob sie wirklich genug über diesen Tom wußte, so nett und zuverlässig er auch erschien. Ein brennendes Haus war schließlich keine harmlose Sache.

Sie sagte: »Mein Gott, und was wirst du jetzt tun?«

»Für eine Weile tot bleiben«, entschied Krome. »Jedenfalls hat mir das mein Anwalt geraten.«

- 15 -

Bodean Gazzer verlangte von Chub, er sollte es unterlassen, aus dem Truck zu schießen.

»Aber er ist es.«

»Ist er nicht«, widersprach Bode. »Und jetzt hör endlich auf.«

»Noch nicht.«

»Meine Trommelfelle!« jammerte Shiner.

»Memme.« Chub feuerte weiter, bis der schwarze Mustang auf nackten Felgen von der Fahrbahn rutschte. Wutschäumend bremste Bode und lenkte den Pick-up aufs Bankett. Allmählich drohten

Chub und Shiner seiner Kontrolle zu entgleiten. Es schien so, als förderten halbautomatische Waffen ihre schlechtesten Eigenschaften zutage.

Chub sprang aus dem Truck und trabte mit eindeutig mörderischen Absichten durch die Dunkelheit zu dem liegengebliebenen Wagen hinüber. Bode konnte den Weg seines Partners dank des orangefarbenenen Leuchtens seiner Zigarettenglut verfolgen. Der Mann gab für Shiner ein verdammt schlechtes Beispiel ab – es war nichts Wohlgeordnetes an der Praxis, Verkehrsteilnehmer auf dem Florida Turnpike unter Beschuß zu nehmen.

»Was zum Teufel tun wir jetzt?« fragte Shiner.

»Steig aus, Junge.« Bode Gazzer holte eine Taschenlampe aus dem Handschuhfach und rannte hinter Chub her. Als sie ihn erreichten, hielt er mit seiner Pistole einen jungen Latino in Schach, der das Pech hatte, dem verhaßten Freund der Hooters-Serviererin ähnlich zu sehen, die wiederum rein äußerlich an Kim Basinger erinnerte.

»Gute Arbeit, du Weltmeister«, lobte Bode spöttisch.

Chub spuckte seine Zigarettenkippe aus. Der Mann im Mustang war nicht Tony.

»Ist es nun derselbe Typ oder nicht?« wollte Shiner wissen.

»Verdammt, nein, er ist es nicht. Wie heißt du?« fragte Bode.

»Bob.« Der junge Mann preßte eine Hand auf den fleischigen Teil seiner Schulter, wo ihn eine Gewehrkugel gestreift hatte.

Chub versetzte ihm mit dem Lauf der Cobray einen unsanften Stoß. »Bob, hm? Du siehst aber gar nicht aus wie ein Bob.«

Der Fahrer gab ihm bereitwillig seinen Führerschein. Der Name darauf zauberte ein Grinsen auf Chubs Miene: Roberto Lopez.

»Genau so, wie ich es mir gedacht habe. Ein verdammter verlogener kubanischer Hurensohn«, krähte Chub.

Der junge Mann bekam es mit der Angst zu tun. »Nein, ich bin Kolumbianer!«

»»Ein raffinierter Trick.«

»Bob und Roberto sind dasselbe!«

Chub nickte grinsend. »Na klar. Aber auf welchem Planeten?«

Bodean Gazzer knipste die Taschenlampe aus. Der dichte Verkehr auf dem Highway machte ihn nervös. Sogar in Dade County konnte ein von Kugeln durchsiebtes Automobil Aufmerksamkeit erregen.

»Leuchte mal.« Chub blätterte die Brieftasche des jungen Mannes durch. »Ich meine, nachdem wir schon soviel Munition verschwendet haben.«

Fröhlich hielt er vier Hundertdollarscheine hoch, damit Bode sie sehen konnte. Shiner stieß einen Kriegsruf aus.

»Und seht mal hier – American Express«, verkündete Chub und wedelte mit einer goldfarbenen Kreditkarte in der Luft herum. »Wie zur Hölle kommt jemand wie du an etwas Amerikanisches?«

»Nehmen Sie sich, was Sie wollen«, flehte Roberto Lopez. »Aber, bitte, töten Sie mich nicht.«

Chub gab Shiner den Befehl, im Kofferraum nachzuschauen. Bode Gazzer war nur noch ein flatterndes Nervenbündel. Jeden Moment rechnete er mit dem Auftauchen zuckender Blaulichter eines Streifenwagens. Er wußte, daß es nur eine verschwindend geringe Chance gab, der Florida Highway Patrol die Existenz eines erschossenen Kolumbianers einleuchtend zu erklären.

»Beeilt euch! Verdammt noch mal!« knurrte er.

Sie fanden einen Aktenkoffer, eine 380er Beretta Modell 84 in einem Holster sowie ein Paar neuer, zweifarbiger Golfschuhe. »Größe zehn«, stellte Shiner fest. »Die trage ich auch.«

»Nehmen Sie sie!« rief Roberto Lopez vom Fahrersitz.

Bode leuchtete in den Aktenkoffer: Kurstabellen, Computerausdrucke und Bilanzunterlagen. Eine Visitenkarte identifizierte Roberto Lopez als Börsenmakler bei Smith Barne.

Hier sah Chub eine Chance, aus seinem Irrtum doch noch einen Vorteil zu ziehen. Auch wenn es sich bei dem Kerl nicht um Ambers beschissenen Freund handelte, so war er doch immer noch ein verdammter Fremder mit eleganter Kleidung und zuviel Geld. Bode würde sicherlich zugeben, daß die Schießübung am Ende nicht ganz umsonst gewesen war.

In entrüstetem Tonfall klagte Chub den verängstigten jungen

Kolumbianer an: »Ihr kleinen Scheißer schleicht euch in unser Land, klaut uns unsere Jobs und besetzt dann unsere Golfplätze. Das bringt mich zu einer ganz wichtigen Frage, Mister Roberto Börsenmakler: Was kommt als nächstes? Willst du Präsident werden?«

Shiner war derart wütend, daß er dem Wagen ein paar patriotische Tritte versetzte, wobei die Stollen der Golfschuhe das Karosserieblech sauber perforierten. Bode Gazzer hingegen verriet durch nichts seinen Unmut oder gar Zorn.

Chub legte das Gewehr beiseite und packte Roberto Lopez am Kragen. »Okay, Klugscheißer«, sagte er und erinnerte sich an Bodes strenge Befragung der beiden Wanderarbeiter, »dann nenn mir mal den vierzehnten Präsident der Vereinigten Staaten.«

Gepreßt antwortete der junge Kolumbianer: »Franklin Pierce.«

»Ha! Frankie wie?«

»Pierce!« Bodes Stimme troff vor Bitterkeit. »Präsident Franklin Pierce ist richtig. Der Mann hat es gewußt.«

Entgeistert wich Chub zurück. »Herr Jesus im Himmel!«

»Ich verschwinde«, erklärte Bodean Gazzer und kehrte zum Pick-up-Truck zurück. Chub machte seiner Enttäuschung Luft, indem er dem glücklosen Börsenmakler gegen die Nase boxte, während Shiner seine Energien weiter gegen das Äußere des Mustangs richtete.

Um den Gerichtsboten zu entgehen, die von ihrem getrennt lebenden Ehemann engagiert worden waren, nannte Mary Andrea Finley Krome sich neuerdings »Julie Channing«, eine nur unzureichend verschleierte Hommage an ihre beiden liebsten Broadwaydarsteller. Mary Andrea war derart wild entschlossen, dem Scheidungsrichter zu entgehen, daß sie sogar noch einen Schritt weiterging: In einer Highwayraststätte vor Jackson Hole, Wyoming, schnitt sie sich ihre üppige rote Haarmähne ab und verhalf sich mit einem Schminkstift zu völlig neuen Augenbrauen. Am gleichen Nachmittag fuhr sie in die Stadt und sprach ohne Erfolg für eine Rolle in einer eher ärmlichen, aber espritvollen Produktion von *Oliver Twist* vor.

In Brooklyn hatte der einfallsreiche Dick Turnquist sich aus dem World Wide Web eine Liste von Theateragenten in den ländlichen westlichen Bundesstaaten herausgeschrieben. Jedem faxte er ein aktuelles Pressefoto von Mary Andrea Finley Krome zusammen mit einer kurzen Information, in der von einem familiären Notfall im Osten die Rede war. Am Ende fragte er, ob irgend jemand sie in jüngster Zeit gesehen habe. Der Regisseur in Jackson Hole war derart besorgt, daß er sich sofort per Telefon meldete. Er berichtete, daß die Frau auf dem Foto eine entfernte Ähnlichkeit mit einer Schauspielerin hätte, die erst am Vortag für die Rollen des Fagin und des Listigen Diebs vorgesprochen hätte. Und während Miss Julia Channings Singstimme durchaus geeignet gewesen wäre, müßte sie unbedingt etwas gegen ihren auffälligen Cockneyakzent tun. »Damit hätte sie Richard III. spielen können«, fügte der Regisseur hinzu, »aber was ich brauchte, war ein Taschendieb.«

Als Dick Turnquist einen örtlichen Privatdetektiv engagiert und in Marsch gesetzt hatte, war Mary Andrea Finley Krome aus dem Gebirgsstädtchen längst wieder verschwunden.

Was Turnquist beeindruckte, war ihre Treue zum Bühnenleben. Obgleich sie wußte, daß sie verfolgt wurde, sorgte Mary Andrea dafür, daß sie überall gesehen wurde, und obgleich die Veränderung des eigenen Namens das Ego aufbaut, war das als Vorwand ziemlich schwach. Mary Andrea hätte in jeder Stadt untertauchen und jeden Allerweltsjob – Serviererin, Empfangsdame, Barkeeperin – mit nur einem geringen Einkommensverlust annehmen können. Dennoch blieb sie bei der Schauspielerei, trotz des Risikos einer Entdeckung und der daraus folgenden Vorladung. Vielleicht hatte sie sich untrennbar ihrem Gewerbe verschrieben, aber Turnquist glaubte, daß es dafür noch eine andere Erklärung gab: Mary Andrea brauchte die Aufmerksamkeit. Sie war süchtig nach Rampenlicht, egal, wie sparsam oder flüchtig es sie traf.

Nun ja, dachte Turnquist, wer war das nicht.

Sie konnte sich nennen, wie sie wollte – Julie Channing, Liza Bacall, das war völlig egal. Der Anwalt wußte, daß er am Ende die zukünftige Ex-Mrs. Krome finden und vor die Schranken der Justiz zerren würde.

Deshalb war er auch überhaupt nicht betroffen, als der *Register* ihn anrief, um ihn davon zu informieren, daß Tom Kromes Haus abgebrannt und er selber in diesem Feuer ums Leben gekommen sei. Da er kaum eine Stunde vorher mit seinem Klienten, der, lebendig und nicht versengt, in einem Motel in Coral Gables saß, telefoniert hatte, erkannte Turnquist, daß die Zeitung im Begriff war, einen kapitalen Fehler zu machen. Sie war im Begriff, ihre gesamte Titelseite einem Toten zu widmen, der keiner war.

Trotzdem beschloß der Anwalt, den jungen Reporter am anderen Ende der Leitung nicht ins Bild zu setzen. Turnquist achtete dabei sehr wohl darauf, keine offensichtlichen Lügen zu verbreiten. Aber das war auch nicht nötig. Glücklicherweise versäumte der junge Reporter nämlich, Turnquist zu fragen, ob er an diesem Tag schon mit Krome gesprochen habe oder irgendwelche Gründe habe anzunehmen, daß Tom Krome nicht verstorben sei.

Statt dessen erkundigte sich der Journalist: »Wie lange kennen Sie sich schon? Was sind Ihre schönsten Erinnerungen an ihn? Wie, meinen Sie, möchte er seiner Nachwelt am liebsten im Gedächtnis bleiben?«

All diese Fragen waren für Dick Turnquist leicht zu beantworten. Darüber hinaus schwieg er und war dem *Register* dankbar, daß er ihm weitere Anstrengungen ersparte, um Mary Andrea Finley Krome aufzustöbern. Sobald sie nämlich die Nachricht erhielt, würde sie natürlich zu dem Schluß gelangen, daß sie nicht mehr wegzulaufen brauchte. Toms Tod würde sie rechtsstreitmäßig vom Haken holen, und sie hätte nunmehr keinen Grund, ihre Flucht fortzusetzen. Mary Andrea war stets weniger daran interessiert gewesen, die Ehe zu retten als vielmehr dem Stigma der Scheidung zu entgehen. Nach den Worten ihres von ihr getrennten Ehemanns war sie die letzte wahre Katholikin.

Und außerdem war sie eine Schmierenkomödiantin. Dick Turnquist rechnete fest damit, daß Mary Andrea die erste Maschine nach Florida besteigen würde, um die unwiderstehliche Rolle der trauernden Witwe zu spielen, indem sie bewegende Fernsehinterviews gab, an stimmungsvollen Gedenkveranstaltungen teilnahm und mit einem Ausdruck mühsam gewahrter Fassung die Vergabe von Journalistenstipendien verkündete, die den Namen ihres sein Leben im Dienst geopfert habenden Mannes tragen würden.

Wir brauchen nur auf sie zu warten, dachte Dick Turnquist.

Am Telefon machte der Reporter des *Register* Anstalten, das Interview zu beenden. »Vielen Dank, daß Sie in einer so schwierigen Zeit mit mir gesprochen haben. Nur noch eine Frage: Was empfinden Sie als Toms Freund angesichts dieser Katastrophe?«

Der Anwalt antwortete durchaus wahrheitsgemäß: »Nun, irgendwie kommt mir das Ganze richtig unwirklich vor.«

Am Vormittag des 2. Dezember telefonierte Bernard Squires mit Carla Markham in Grange, um sich zu erkundigen, ob sein großzügiges Angebot an die Verkäufer von Simmons Wood weitergeleitet worden wäre.

»Aber es sind doch erst drei Tage vergangen«, meinte die Agentin.

»Sie haben noch nicht einmal mit ihnen gesprochen?«

»Ich habe angerufen«, wich Clara aus. »Es hieß, Mr. Simmons wäre in Las Vegas. Seine Schwester verbringt gerade einen Urlaub auf den Inseln.«

»In Las Vegas gibt es Telefone«, entgegnete Bernard Squires. »Das weiß ich mit Sicherheit.«

Normalerweise war Bernard nicht so ungeduldig, aber Richard »Der Eispickel« Tarbone mußte dringend eine verdeckte Entnahme aus dem Gewerkschaftspensionsfonds durchführen. Die Art des familiären Notfalls wurde Bernard Squires nicht mitgeteilt, und er demonstrierte auch einen ausgesprochenen Mangel an Neugier, was diese Angelegenheit betraf. Aber da der Immobilienkauf in Florida eine entscheidende Grundlage für die Geldwäsche war, zeigte »Der Eispickel« ein ganz persönliches Interesse an der Durchführung dieses Geschäfts. Nichts von alledem konnte in aller Offenheit von Bernard Squires an Clara Markham weitergegeben werden, die nun meinte: »Ich verspreche Ihnen, daß ich es gleich heute morgen noch einmal versuchen werde, sie zu erreichen.«

»Und es gibt wirklich keine anderen Angebote?« fragte Bernard.

»Nichts, was auf dem Tisch liegt«, erwiderte Clara. Es entsprach ja auch strenggenommen der Wahrheit.

Sobald der Mann aus Chicago aufgelegt hatte, wählte sie die Nummer in Coral Gables, die JoLayne ihr genannt hatte. Ein Angestellter an der Rezeption des Motels erklärte ihr, Miss Lucks und ihr Freund wären ausgezogen.

Überaus ungern rief Clara Markham daraufhin den Anwalt an, der das Erbe des verstorbenen Lighthorse Simmons verwaltete. Sie beschrieb das Angebot des Pensionsfonds für die vierundvierzig Acres vor den Toren von Grange. Der Anwalt meinte, drei Millionen klängen wie ein angemessener Preis. Er schien überzeugt zu sein, daß die Erben sofort annehmen würden.

Clara war sich dessen ebenfalls sicher. Ihre Freundin tat ihr aufrichtig leid, aber Geschäft war nun mal Geschäft. Falls nicht noch ein gnädiges Wunder geschah, war der Simmons Wood für JoLayne Lucks verloren.

Eine Stunde später, als Bernard Squires' Telefon klingelte, dachte er, daß am anderen Ende Clara Markham mit der guten Nachricht sei. Sie war es nicht. Es war Richard Tarbone.

»Mir reicht es jetzt«, teilte er Squires mit. »Bewegen Sie gefälligst Ihren Arsch in Richtung Florida.«

Und Squires bewegte sich.

Sie waren kurz nach Moffitts Besuch aus dem Comfort Inn ausgezogen. Der Agent kam direkt vom Apartment des Rednecks zu ihnen. Sein verkniffener Gesichtsausdruck sprach Bände: kein Lottoschein.

»Verdammt«, hatte JoLaynes Kommentar gelautet.

»Ich glaube, ich weiß, wo er ist.«

»Wo?«

»Er hat ihn in einem Gummi versteckt. Der Typ im Tarnzeug.«

»In einem Gummi.« JoLayne preßte die Knöchel gegen ihre Stirn und bemühte sich, die Fassung zu bewahren.

»Ein Trojan«, fügte Moffitt hinzu.

»Danke. Ich hab schon verstanden.«

»Ich wette, er trägt ihn ständig bei sich.«

»In seiner Brieftasche«, hatte Tom Krome vermutet.

»Ja, wahrscheinlich.« Moffitt erzählte ihnen in sachlichem Tonfall alles über die Durchsuchung von Bodean James Gazzers Wohnung – von den regierungsfeindlichen Plakaten und Autoaufklebern, von den Waffenkatalogen, dem Ungeziefer, den Kondomen im Abfalleimer.

»Und was nun? Wie finden wir den Schein?« hatte Krome gefragt.

»Geben Sie mir eine Woche Zeit.«

»Nein.« JoLayne schüttelte den Kopf. »Das kann ich nicht. Die Zeit wird knapp.«

Moffitt hatte versprochen, sich sofort darum zu kümmern, wenn er aus San Juan zurückkehrte. Er mußte dort im Zusammenhang mit einer Beschlagnahme aussagen – es ging um chinesische Maschinengewehre, die über Haiti in die Staaten geschmuggelt wurden.

»Wenn ich zurück bin, nehme ich mir diese Kerle vor. Ich halte sie auf der Straße an, filze sie. Und ich durchsuche den Pick-up.«

»Aber wenn er…«

»Wenn er nicht da ist… zum Teufel, dann weiß ich auch nicht weiter.« Moffitt biß die Zähne aufeinander und starrte aus dem Fenster.

»Wie lange sind Sie weg?«

»Drei Tage. Höchstens vier.«

Moffitt hatte JoLayne Lucks die Lottoscheine aus Bodean Gazzers Sockenschublade gegeben. »Für Samstagabend«, hatte er gesagt. »Für alle Fälle.«

»Sehr lustig.«

»Hey, es sind schon viel verrücktere Dinge passiert.«

JoLayne hatte die Scheine in ihrer Handtasche verstaut. »Übrigens, Tom ist tot. Es steht morgen in der Zeitung.«

Moffitt hatte Krome fragend angeblinzelt, doch der hatte nur mit den Achseln gezuckt. »Das ist eine lange Geschichte.«

»Ermordet?«

»So glaubt man jedenfalls. Mir ist lieber, es vorerst dabei zu belassen. Was dagegen?«

»Ich habe Sie noch nie gesehen«, hatte Moffitt erwidert, »und Sie mich auch nicht.«

An der Tür hatte JoLayne den ATS-Agenten spontan umarmt. »Danke für alles. Ich weiß sehr wohl, daß du deinen Hals riskiert hast.«

»Vergiß es.«

»Und es ist wirklich nichts passiert? Bist du sicher?«

»Es war kinderleicht. Aber die Bude ist ein Trümmerfeld – Gazzer kann sich denken, daß er nicht von einem ordinären Einbrecher besucht wurde.«

Nach Moffitts Abgang hatten sie sofort damit angefangen zu packen. Krome hatte darauf bestanden. Die Adresse des Einbrechers befand sich in Kromes Notizbuch – genau jenes Notizbuch, von dem JoLayne meinte, daß er es niemals benutzte.

Die erste formelle Versammlung der White Clarion Aryans wurde bei Laternenschein in einer leeren Hahnenkampfarena abgehalten. Sie begann mit einer Diskussion über Titel. Bode Gazzer meinte, militärische Disziplin wäre ohne eine genaue Zuordnung von Diensträngen nicht durchsetzbar. Er verlangte, von diesem Moment an mit »Colonel« angeredet zu werden.

Chub widersprach. »Wir sind gleichwertige Partner«, stellte er klar, »bis auf ihn.« Damit meinte er den Jungen, Shiner.

Bode bot Chub daraufhin den Rang eines Majors an, der, wie er ihm versicherte, mit einem Colonel auf der gleichen Stufe stehe. Chub dachte darüber nach und trank dazu aus der Jack-Daniels-Flasche, die sie – zusammen mit Bier, Benzin, Zigaretten, T-Bone-Steaks, Zwiebelringen und tiefgefrorenem Käsekuchen – mit dem Geld gekauft hatten, das von dem jungen kolumbianischen Börsenmakler stammte.

Major Chub klang nicht gerade vornehm, dachte Chub. Major Gillespie hörte sich dafür gar nicht so übel an, aber Chub war mental nicht darauf eingestellt, zu seinem alten Familiennamen zurückzukehren.

»Scheiß auf diese dämliche Idee«, murmelte er.

Shiner zeigte auf. »Darf ich Sergeant sein?«

Bode nickte. »Du kannst offenbar Gedanken lesen, mein Sohn.«

Chub hob die Whiskyflasche. »Darf ich dann ein Klingone sein? Bitte, Colonel Gazzer, Sir. Bitte, bitte!«

Bode ignorierte ihn. Er reichte jedem der Männer eine Broschüre, die vom First Patriotic Covenant verteilt wurde, einer berüchtigten ekelerregenden Vereinigung von Rassisten, deren Zentrale sich in West-Montana befand. Die Mitglieder des First Patriotic Covenant hausten in Betonbunkern und predigten, daß Schwarze und Juden direkte Abkömmlinge des Satans seien und der Papst sein Vetter ersten oder zweiten Grades sei. Mit dem schlechten Titel »Der Anfang« versehen, enthielt die Broschüre hilfreiche Ratschläge zur Organisation von Milizeinheiten: Spendenaufrufe, Steuerhinterziehung, Dienstordnung, Rekrutierungsregeln, Bekleidungsvorschriften, Pressearbeit und Waffenlagerung. Shiner konnte es kaum erwarten, mit der Lektüre zu beginnen.

»Seite acht«, sagte Bode. »›Sei verschwiegen.‹ Versteht jeder, was das heißt? Es heißt, daß man nicht auf dem Scheiß-Turnpike mit Gewehren herumballern soll.«

Von Chub kam ein verächtliches Schnauben. »Leck mich ...«

Shiner erschrak. Das hatte aber mit Militär wenig zu tun. Er spürte, wie sich ein feuchter Arm um seine Schultern legte. Als er sich umwandte, bekam er einen Schwall nach Whiskey stinkenden Atems ins Gesicht.

»Das ist aber reichlich seltsam«, wunderte sich Chub und spielte mit seinem Pferdeschwanz, »es ist für ihn durchaus in Ordnung, zwei miese Bohnenfresser für acht lausige Dollar aufzumischen, aber wenn ich dem armen ›Bob‹ Lopez vier große Scheine abknöpfe, bin ich plötzlich ein beschissener Soldat. Du kannst deinem Colonel bestellen, er kann mich mal am Arsch lecken, okay?«

Ein heiserer Wutschrei erklang, und ehe Shiner sich versah, hatten sie sich aufeinander gestürzt – Bodean Gazzer und Chub – und wälzten sich im Dreck der Hahnenkampfarena. Shiner glaubte zwar nicht, daß es ein ernsthafter Kampf war, da keine gezielten Schläge ausgetauscht wurden, aber er beobachtete trotzdem ziemlich beunruhigt, wie sie sich gegenseitig mit dem Fingernägeln bearbeiteten und an den Haaren zogen. Die beiden Männer auf dem Erdboden sahen überhaupt nicht aus wie kampfbereite Offiziere, sondern mehr wie armselige Säufer. Shiner fragte sich plötzlich mit einem Anflug von Scham, ob die White Clarion Aryans überhaupt den Hauch einer Chance gegen disziplinierte NATO-Soldaten hätten.

Erschöpfung setzte dem Kampf schnell ein Ende. Bode handelte sich ein zerrissenes Hemd und eine blutige Nase ein, Chub verlor seine Augenklappe. Der Colonel entschied, daß sie nun alle drei in seine Wohnung umziehen sollten, um dort die Steaks zu braten. Shiner wunderte sich insgeheim darüber, wie friedlich die Fahrt verlief. Niemand erwähnte den Streit. Bode erzählte weitschweifig von den zahlreichen Milizen in Montana und Idaho und meinte, er hätte nichts dagegen, sich ebenfalls dort niederzulassen, wenn dort bloß die Winter nicht so streng wären. Die Kälte wäre Gift für die Gicht in seinen Ellbogen. Unterdessen hatte Chub den Innenspiegel verdreht, um sein eingerissenes Augenlid zu untersuchen. Dabei stellte er fest, daß die ganze Augenhöhle unter dem luftdichten Fahrradschlauchflicken ein faulig-feuchtes Aussehen angenommen hatte. Shiner empfahl Antibiotika, und Bode meinte, er hätte eine Tube mit etwas Orangefarbenem und Wirksamem zu Hause in seinem Medizinschrank.

Als sie vor dem Apartmenthaus ankamen, lenkte Bode Gazzer den Dodge Ram auf den ersten Behindertenparkplatz. Ein wütender Blick von einem unter Schlaflosigkeit leidenden Nachbarn wurde ignoriert. Bode forderte seine weißen Brüder auf, sich um die Waffen zu kümmern, während er die Lebensmittel ins Haus trug.

Chub und Shiner hockten auf der Ladefläche, ließen die Beine herunterbaumeln und leerten ihre Bierdosen, als sie es hörten – es war eher ein Stöhnen als ein Schrei. Dennoch enthielt dieser Laut soviel Grauen und Entsetzen, daß sich ihre Nackenhaare aufrichteten. Sie stürzten hinauf zu Bodes Wohnung. Im Laufen zückte Chub die 357er.

In der Wohnung rutschte Shiner, der nicht bemekte, daß der Colonel die Lebensmittel einfach fallen gelassen hatte, auf einem Zwiebelring aus und ging zu Boden. Chub, der in den Käsekuchen getreten war, rauschte gegen den Fernseher, der mit einem lauten Krachen umkippte.

Bodean Gazzer achtete nicht darauf. Er blieb stocksteif mitten im Wohnzimmer stehen. Schweißtropfen glänzten auf seinem bleichen Gesicht. Mit beiden Händen preßte er seinen tarnfarbenen Leinenhut gegen seinen Bauch.

Die Wohnung war von der Küche bis zur Toilette zerlegt worden. Und zwar auf eine geradezu heimtückisch gründliche Art und Weise.

Verblüfft schob Chub den Colt in seinen Hosenbund.

»Lieber Himmel«, stieß er hervor. Jetzt sah er auch, was Bode sah. Ebenso Shiner, der, eine Wange voller Rattenkot, von den Küchenfliesen hochblickte.

Die Einbrecher hatten die Poster von David Koresh und den anderen Patrioten heruntergerissen. Auf die kahle Wand war in roten, einen Meter hohen Lettern eine Botschaft gemalt worden. Die erste Zeile lautete:

WIR WISSEN ALLES

Die zweite Zeile lautete:

DIE SCHWARZE FRONT MARSCHIERT

Die White Clarion Aryans brauchten nur eine Viertelstunde, um alles in den Pick-up zu laden – Waffen, Ausrüstung, Bettzeug, Wasser, einen Haufen Tarnkleidung. Wortlos zwängten die Männer sich ins Führerhaus, Shiner wie immer in der Mitte. Chubs Kopf lehnte kraftlos am Seitenfenster. Er war viel zu erschüttert, um Bode Gazzer nach einer möglichen Erklärung zu fragen.

Für Shiner sah es so aus, als wüßte der Colonel genau, wohin er wollte. Er wirkte hinter dem Steuer zu allem entschlossen, lenkte den Truck auf kürzestem Weg zum Highway One und bog scharf nach links ab.

Nach Süden, vermutete Shiner. In die Everglades vielleicht. Oder nach Key Largo.

Bode knipste die Innenbeleuchtung an und sagte: »Unterm Sitz müßte eine Landkarte sein.«

Shiner breitete sie auf seinem Schoß aus.

»Dreh sie um«, befahl Bode.

Statt dessen hätte er lieber auf seinen Rückspiegel achten sollen. Dann hätte er nämlich die Scheinwerfer des Mittelklassewagens bemerkt, der ihnen seit ihrer Abfahrt vom Apartmenthaus folgte.

In dem Honda drehte JoLayne Lucks das Radio leise und fragte: »Woher wußtest du, daß sie abhauen würden?«

»Weil es keine richtigen Kerle sind«, antwortete Tom Krome. »Sie sind nicht mutig, sondern können sich höchstens an Frauen vergreifen. Abhauen gehört zu ihrer zweiten Natur.«

»Vor allem wenn ihnen die ›Schwarze Front‹ auf den Fersen ist.« JoLayne lachte leise. Sie und Tom waren eine Stunde vorher eingetroffen und hatten durchs Apartmentfenster geschaut, um sich zu vergewissern, daß es die richtige Adresse war. Dabei hatten sie Moffitts drohenden Gruß an der Wand gesehen.

Während sie auf den Pick-up-Truck vor ihnen deutete, fragte JoLayne: »Meinst du, sie haben meinen Lottoschein bei sich?«

»Klar.«

»Hast du immer noch keinen Plan?«

»Nee.«

»Ich liebe ehrliche Menschen«, bekannte JoLayne.

»Gut. Ich habe noch etwas für dich: Ich bin auch nicht der Tapfersten einer.«

»Okay. Wenn wir erst mal in Oz sind, dann bitten wir den Zauberer, dir ein wenig Mut einzuflößen.«

»Toto auch?« fragte Krome.

»Ja, Liebling, Toto auch.«

JoLayne lehnte sich zu ihm herüber und schob ihm ein Zitronenbonbon in den Mund. Als er etwas sagen wollte, steckte sie gleich ein zweites hinterher. Kromes Mund zog sich zusammen, und er war zum Schweigen verurteilt. Er hatte zwar keine Ahnung, wohin der Pick-up-Truck unterwegs war, aber er wußte, daß er nicht umkehren würde. So ist das Junggesellendasein in den neunziger Jahren, dachte er. Was für eine Schlagzeile könnte Sinclair daraus machen:

TOTENTREIBJAGD AUF TAFFE TYPEN

- 16 -

Je weiter sie sich von Coconut Grove entfernten, desto mehr war Chub davon überzeugt, daß er seine hochgeschätzte Amber nie mehr wiedersehen würde. Tiefe Trauer, die schon an Panik grenzte, quälte ihn. Er hatte das Gefühl, als zerreiße es ihm das Herz in der Brust.

Keiner seiner Gefährten bemerkte es. Shiner beschäftigte sich in Gedanken mit der geheimnisvollen »Schwarzen Front«, und Bodean Gazzer wälzte zahlreiche Theorien. Beide Männer waren erschüttert über die Szene in der verwüsteten Wohnung, und über Nigger und Kommunisten zu schimpfen schien ihre Nerven zu beruhigen. Außerdem erzeugte eine ruhige Unterhaltung die Illusion von einer umsichtigen, geordneten Flucht, während Bode in Wirklichkeit keinen festen Plan hatte und nur daran dachte, so schnell wie möglich das Weite zu suchen. Sie wurden verfolgt, von einer unbekannten bösen Macht gejagt. Bodes Instinkt riet ihm, sich an irgendeinem fernen, abgelegenen Ort zu verstecken und so schnell wie möglich dorthin zu gelangen. Shiners naive und atemlose Fragen, die unter anderen Umständen den beißendsten Spott hervorgerufen hätten, wirkten nun als Tonikum, indem sie Bode in seiner Rolle als unbestrittener Miliz-Anführer bestätigten. Obgleich er nicht den geringsten Schimmer hatte, wer die »Schwarze Front« war, stellte er kraft seines Amtes die wildesten Spekulationen an. Dies hielt seinen Geist in Schwung, seine Laune im positiven Bereich, und Shiner hing geradezu an seinen Lippen. Chubs mangelndes Interesse und seine offensichtliche Gleichgültigkeit störten ihn kaum, denn Bode war daran gewöhnt, daß sein Partner in den unmöglichsten Situationen einfach einnickte.

Daher war er wie vom Donner gerührt, als er die Pistolenmündung in seinem Nacken spürte. Shiner – der bemerkt hatte, wie Chubs Arm hinter den Sitz glitt, und davon ausgegangen war, daß Chub sich nur reckte – zuckte bei dem scharfen Knacken direkt neben seinem linken Ohr zusammen. Es war das Klicken eines Hammers, der gespannt wurde. Er drehte den Kopf gerade so weit, um den Python Colt erkennen zu können, der auf den Colonel zielte.

»Fahr rechts ran«, befahl Chub.

»Weshalb?« fragte Bode.

»Weil das gut für dich ist.«

Sobald sein Partner den Wagen zum Stehen gebracht hatte, entspannte Chub den Hammer wieder vorsichtig mit dem Daumen. »Mein Sohn«, wandte er sich an Shiner, »ich habe eine neue Mission für dich. Vorausgesetzt, du willst in der Bruderschaft bleiben.«

Shiner zuckte zusammen wie ein geprügelter junger Hund. Er hatte angenommen, daß er bei den White Clarion Aryans mittlerweile einen festen, sicheren Platz hatte.

»Es ist auch nichts Schwieriges«, fuhr Chub fort. »Es wird dir gefallen.« Er stieg aus dem Pick-up und signalisierte Shiner anhand eines Winks mit dem Revolver, das gleiche zu tun.

Betrunken und erschöpft zu sein beeinflußte Bodean Gazzers hochgradige Reizbarkeit in keiner Weise. Das Prinzip gestaffelter Befehlsgewalt schien für Chub keine Bedeutung mehr zu haben. Der Trottel handelte impulsiv und gehorchte nur seinen Gefühlen. Wenn das so weiterging, würden sie alle irgendwann im Hochsicherheitstrakt von Raiford landen – nicht gerade rosige Aussichten für einen Kreuzzug zum Erhalt der weißen Vorherrschaft.

Als Chub wieder in den Truck stieg, stellte Bode klar: »Diese Scheiße muß endlich aufhören. Wo ist der Junge?«

»Ich habe ihn zurückgeschickt.«

»Warum?«

»Um etwas zu erledigen. Laß uns weiterfahren.« Chub legte den Revolver zwischen ihnen auf den Vordersitz – auf Shiners Platz.

»Verdammt noch mal.« Bode konnte die Stollen von Shiners Golfschuhen auf dem Asphalt klappern hören.

»Fahr einfach los«, befahl Chub.

»Hast du irgendein bestimmtes Ziel?«

»Wo auch immer du hinfährst, es ist okay, solange es vom Jewfish Creek nicht zu weit entfernt ist.« Chub schickte eine Ladung braunen Speichel aus dem Fenster: »Na los, nun frag schon.«

Bode Gazzer gehorchte. »Okay. Und warum Jewfish Creek?«

»Weil mir der Name ganz gut gefällt.«

»Aha.« Weil du ein kompletter Idiot bist, dachte Bode.

Bei Tagesanbruch erreichten die beiden einen Yachthafen in Key Largo und hielten Ausschau nach einem Boot, das sie stehlen könnten.

Tom Kromes Ableben wurde mit einer Riesenschlagzeile im *Register* bekanntgegeben, so als wäre das Ende der Welt gekommen. Dennoch konnte die Nachricht den amerikanischen Journalismus in seinen Grundfesten nicht erschüttern. Die *New York Times* ignorierte die Meldung völlig, während Associated Press den melodramatischen Artikel auf der Titelseite des *Register* in eine Kolumne von sachlichen elf Zoll zusammenstrich. Die AP-Redaktion wies vorsichtshalber darauf hin, daß, obgleich der ärztliche Leichenbeschauer an seinen ersten Erkenntnissen festhielt, die in Tom Kromes abgebranntem Haus gefundene Leiche immer noch eindeutig und zweifelsfrei identifiziert werden mußte. Der Chef vom Dienst des *Register* schien das Schlimmste anzunehmen – er meinte, daß Krome infolge einer besonders heiklen Recherche zu einem Zeitungsartikel den Tod gefunden habe. Nach Einzelheiten gefragt, erwiderte der Chef vom Dienst, daß er auf keinen Fall etwas über den Gang der Ermittlungen verlauten lassen dürfe.

Viele Zeitungen überall in den Vereinigten Staaten griffen die Associated-Press-Meldung auf und reduzierten sie weiter auf vier oder fünf Absätze. Eine etwas längere Version erschien im *Missou-*

lian, der Tageszeitung, die Missoula und andere Gemeinden im Bitterroot Valley in Montana mit Nachrichten versorgte. Zufälligerweise hatte Mary Andrea Finley Krome sich ausgerechnet hier einer kleinen Theaterproduktion von *Die Glasmenagerie* angeschlossen. Obgleich sie kein großer Fan von Tennessee Williams war – und auf jeden Fall mehr für Musicals als für Dramen übrig hatte –, brauchte sie Arbeit. Die Aussicht, in der Bedeutungslosigkeit einer Kleinstadt aufzutreten, bedrückte Mary Andrea zwar, aber ihre Laune besserte sich zusehends, als sie sich mit einer anderen Schauspielerin angefreundet hatte, einer Tänzerin in fortgeschrittenem Semester an der staatlichen Universität. Sie hieß Lorie oder vielleicht auch Loretta – Mary Andrea nahm sich vor, sich im Programmheft genauer zu informieren. An Mary Andreas zweitem Tag in der Stadt führte Lorie oder Loretta sie in ein gemütliches Café, in dem sich Studenten und ortsansässige Künstler trafen. Das Café war mit alten Sofas möbliert, auf denen Mary Andrea und ihre neue Freundin es sich mit ihren Capuccinos und Croissants gemütlich machten. Sie vertieften sich in die Zeitung vom Tage.

Mary Andrea hatte die Gewohnheit, jeden Morgen zuerst die Nachrichten aus der Prominenten- und Theaterwelt zu lesen, die man in größerem Umfang auch im *Missoulian* fand. Tom Cruise sollte 22 Millionen Dollar erhalten, um in einem Film die Rolle eines an Narkolepsie leidenden Herzchirurgen zu spielen, der eine sechsstündige Transplantation bei seiner Freundin auszuführen hat – Mary Andrea fragte sich dabei, welche der magersüchtigen Fellatio-Artistinnen Hollywoods sich diese Rolle erblasen hatte. Außerdem wurde gemeldet, daß eine der von Mary Andrea meistgehaßten Fernsehserien, die *Sag Harbour Saga*, nach drei Jahren endlich abgesetzt wurde. Mary Andrea befürchtete, daß Amerika trotzdem Siobhan Davies, diese unerträgliche irische Hexe, die ihr die Rolle der Darien, der habgierigen Textilerbin weggeschnappt hatte, nicht zum letzten Mal gesehen hatte. Und schließlich war ein Drogen konsumierender Schauspieler, mit dem Mary Andrea mal in einem Shakespeare-Drama auf Tournee gewesen war, in New York verhaftet worden, nachdem er sich in der Lobby des Trump Tower ausgezogen und während seiner Flucht den Portier am Eingang in der Fifth Avenue mit einem Kopfstoß zu Boden geschickt hatte. Mary Andrea konnte sich kaum über dieses Mißgeschick des Schauspielers freuen, denn er hatte sich ihr gegenüber während einer Aufführung des *Kaufmanns von Venedig* ausgesprochen freundlich und zuvorkommend verhalten, als nämlich ein desorientierter Maikäfer in Mary Andreas rechtes Ohr geflattert war und für mehrere peinliche Sekunden Portias berühmten Monolog über die Barmherzigkeit unterbrochen hatte.

Nachdem sie jeden Punkt in der »Leute«-Kolumne gelesen und ausgiebig kommentiert hatte, blätterte Mary Andrea Finley Krome zu den ertsen Seiten des *Missoulian* weiter. Die Überschrift, die ihre Aufmerksamkeit erregte, erschien auf Seite drei: ZEITUNGSREPORTER OPFER IN BRANDKATASTROPHE? Es war weniger der Aspekt des Journalistenmordes, der Mary Andrea fesselte, als vielmehr die Phrase »Brandkatastrophe«, denn Mary Andrea liebte interessante Geheimnisse über alles. Den Anblick des Namens ihres von ihr getrennten Mannes im zweiten Absatz war für sie ein totaler Schock. Die Zeitung entglitt Mary Andreas Fingern, und sie gab einen oszillierenden Stöhnlaut von sich, der von den anderen Kaffeetrinkern fälschlicherweise für eine New-Age-Meditationstechnik gehalten wurde.

»Bist du okay, Julie?« fragte Lorie oder Loretta.

»Nicht ganz«, krächzte Mary Andrea.

»Was ist denn los?«

Mary Andrea preßte sich die Fingerknöchel gegen die Augen und spürte echte Tränen.

»Brauchst du einen Arzt?« erkundigte sich ihre neue Freundin.

»Nein«, erwiderte Mary Andrea. »Ein Reisebüro.«

Joan und Roddy kauften eine Ausgabe des *Register* im Grab 'n' Go und brachten Sinclair die Zeitung zum Heiligtum. Doch er weigerte sich, sie zu lesen.

»Du bist namentlich erwähnt«, sagte Joan und hielt die Zeitung hoch, damit er es sehen konnte, »als Tom Kromes Chef.«

Roddy fügte hinzu: »Es wird erklärt, daß du zur Zeit außerhalb unterwegs bist und für einen Kommentar nicht erreichbar bist.«

»Nyyah nimmy doo-dey!« lautete Sinclairs Erwiderung.

Das Gelalle erzeugte ein an- und abschwellendes Gemurmel unter den christlichen Touristen, die sich entlang des schmalen Wassergrabens versammelt hatten. Einige knieten, einige standen unter Sonnenschirmen, einige hockten auf Klappstühlen und Kühlboxen. Sinclair selbst lag ausgestreckt zu Füßen der Glasfiber-Madonna.

Joan machte sich solche Sorgen wegen des Verhaltens ihres Bruders, daß sie in Erwägung zog, ihre Eltern zu benachrichtigen. Sie hatte schon von religiösen Fanatikern gelesen, die mit Giftschlangen spielten, aber eine Schildkröten-Manie schien ihr sogar um einiges abartiger zu sein. Roddy meinte, er habe von beidem noch nie etwas gehört. »Aber ich für meinen Teil«, fügte er hinzu, »bin verdammt froh, daß es Schildkröten sind und keine Diamondbacks. Sonst müßten wir jetzt nämlich einen Sarg kaufen.«

Sinclair hatte sich togamäßig in ein helles Bettlaken gewickelt, auf dem frische Salatstücke verstreut waren. Mit überraschender Gewandtheit verließen die apostolischen Schildkröten die Steine, auf denen sie sich gesonnt hatten, und erkletterten die wohlschmeckende Festtafel. Zielstrebig überquerten sie Sinclair vom Kopf bis zu den Füßen, während er leise summte und blinzelnd zu den vorüberziehenden Wolken aufschaute. Kameraverschlüsse ratterten und Videokameras surrten.

Trish und Demencio verfolgten die Vorstellung vom Wohnzimmerfenster aus. Sie sagte: »Er ist wirklich eine ganz besondere Nummer. Das mußt du zugeben.«

»Ja. Ein Fall fürs Irrenhaus.«

»Aber bist du denn nicht froh, daß wir ihm erlaubt haben hierzubleiben?«

Demencio nickte widerstrebend. »Ein Dollar ist nun mal ein Dollar.«

»Er muß irgendwie durchgedreht sein.«

»Schon möglich.« Demencio wurde durch den Anblick von Dominick Amador abgelenkt, der skrupellos zwischen den Pilgern umherhumpelte.

»Dieser Hurensohn! Er hat sich ein paar Krücken besorgt!«

»Weißt du, warum?« fragte Trish.

»Ich kann's mir schon denken.«

»Ja, er hat sich endlich die Füße durchbohren lassen. Dafür hat er einem Typen in der Autowerkstatt angeblich dreißig Dollar gezahlt.«

»Ein Irrer«, meinte Demencio.

Dann entdeckte Dominick Amador ihn am Fenster und winkte zaghaft mit einem voll Bratfett gefüllten Handschuh. Demencio erwiderte den Gruß nicht.

»Soll ich ihn verscheuchen?« fragte Trish.

Demencio verschränkte die Arme. »Also, verdammt noch mal – wer zum Teufel ist das denn?« Er deutete auf eine schlanke Gestalt in einem weißen Gewand mit Kapuze. Die Person hatte ein Klemmbrett in der Hand und wanderte mit klerikaler Effizienz von einem Touristen zum nächsten.

»Die Frau von der Sebring Street«, erklärte Trish, »die mit dem Ölfleck-Jesus. Sie sammelt Stimmen für eine Eingabe an die Straßenbaubehörde.«

»Von wegen! Sie belästigt meine Kunden!«

»Nein, Liebling, der Staat möchte ihr Heiligtum zupflastern …«

»Ist das mein Problem? Ich habe hier ein Geschäft, das ich in Gang halten muß.«

»Schon gut«, beschwichtigte Trish und ging hinaus, um mit der Frau zu reden. Demencio hatte seine Konkurrenz schon immer mit Argwohn betrachtet – er wollte stets einen Vorsprung vor den anderen haben, und es störte ihn gewaltig, wenn Dominick oder die anderen bei ihm herumspionierten. Trish verstand das. Das Wunder-Gewerbe war kein Zuckerschlecken.

Und die seltsamen Reaktionen des Zeitungsmannes hatten Demencio nervöser als gewöhnlich werden lassen. Er kam mit hydraulischen Defekten in einer weinenden Statue ganz gut zurecht, aber ein Irrer aus Fleisch und Blut war etwas ganz anderes. Im Augenblick lockte der liegende und wirres Zeug plappernde Sinclair eine ganze Menge Besucher an. Aber wenn er nun durchdrehte? Wenn sein harmloses Geplapper und Gelalle sich in wütende Beschimpfungen verwandelte?

Demencio befürchtete, daß ihm allmählich die Kontrolle über sein Heiligtum entglitt. Er ließ sich in einen Sessel sinken und betrachtete nachdenklich das Aquarium, wo die unbemalten jungen Schildkröten hungrig auf ihr Frühstück warteten. JoLayne hatte angerufen, um sich nach dem Wohlergehen der übelriechenden kleinen Bestien zu erkundigen, und Demencio hatte gemeldet, daß alle fünfundvierzig gesund und wohlauf seien. Von der Apostel-Nummer hatte er ihr selbstverständlich nichts erzählt. JoLayne hatte versprochen, sie käme in ein paar Tagen zurück, um ihre »lieben Kleinen« abzuholen.

Mir sind sie auch lieb, dachte Demencio. Ich muß sie melken auf Teufel komm raus.

Als Trish zurückkam, sagte er: »Laß uns den Rest auch noch fertig machen.«

»Wie bitte?«

»Die da.« Er deutete mit einem Kopfnicken auf das Aquarium.

»Wie kommt's?«

»Mehr bemalte Schildkröten, mehr Geld. Überleg doch mal, wie glücklich Mister Wiedergeboren sein wird.« Demencio schaute zum Vorderfenster. »Der verrückte Heini kann sich dann mit den verdammten Tieren zuschütten.«

Trish schüttelte den Kopf. »Aber, Schätzchen, es gibt doch nur zwölf Apostel.«

»Wer sagt denn, daß es nur Apostel sein müssen? Los, such die Bibel. Wir brauchen nur dreiunddreißig weitere Heiligentypen. Praktisch jeder kommt in Frage – ob aus dem Alten oder dem Neuen Testament.«

Wie könnte Trish da nein sagen? Der Instinkt ihres Mannes in solchen Dingen war schließlich stets unfehlbar. Während sie die Pinsel und Farbenbehälter bereitstellte, zeigte sie Demencio die Titelseite des *Register*, den Joan und Roddy ihr gegeben hatten. »Ist das nicht der Typ, der mit JoLayne nach Miami wollte?«

»Ja, nur ist er nicht tot.« Mit einem Zeigefinger schnippte Demencio verächtlich gegen die Zeitung. »Als sie heute morgen anrief, war dieser Tom bei ihr. Und zwar in einer Telefonzelle irgendwo in den Keys.«

»In den Keys!«

»Ja, aber sag unserem Schildkrötenfreund nichts davon. Noch nicht.«

»Wahrscheinlich hast du recht«, gab Trish zu.

»Wenn er erfährt, daß der Mann noch am Leben ist, dann hört er vielleicht auf zu beten. Und das wollen wir doch nicht, oder?«

»Nein.«

»Oder er hört damit auf, in dieser Engelssprache zu reden.«

»In Zungen. Er redet in Zungen«, korrigierte Trish ihn.

»Was auch immer. Ich will nicht lügen«, gestand Demencio. »Dieser Verrückte ist gut fürs Geschäft.«

»Ich sage ganz bestimmt nichts. Sieh mal, er wird sogar in dem Artikel erwähnt.«

Demencio überflog die ersten Absätze, während er sich damit abmühte, eine Flasche Verdünner zu öffnen. »Siehst du, dort? ›Stellvertretender Chefredaktionsassistent für Features und Lifestyle.‹ Was für ein Job ist das denn? Ha, kein Wunder, daß er sich lieber im Schlamm wälzt.«

Trish reichte ihm einen Strauß Farbenpinsel. »Was hältst du von geweihten Schildkröten-T-Shirts? Oder Schlüsselanhängern?«

Ihr Ehemann blickte hoch. »Ja«, erwiderte er und stieß einen Pfiff aus, und zum erstenmal an diesem Tag lächelte er.

Als Tom Krome endlich das Münztelefon benutzen durfte, rief er seine Eltern auf Long Island an, um ihnen zu erklären, sie sollten nicht glauben, was sie in der Zeitung lasen.

»Ich lebe.«

»Im Gegensatz wozu?« fragte sein Vater.

Newsday hatte die Meldung nicht im Sportteil plaziert, daher war sie Kromes altem Herrn entgangen.

Tom schilderte in knappen Worten die Brandstiftung, instruierte seine Eltern, mögliche Fragen von seiten der Medien nicht zu beantworten, dann rief er Katie an. Er war zutiefst gerührt, als er sie weinen hörte.

»Du solltest mal die Titelseite sehen, Tommy!«

»Nun, es stimmt aber nicht. Mir geht's gut.«

»Gott sei Dank.« Katie schniefte. »Arthur meint ebenfalls, daß du tot bist. Er hat mir sogar einen Solitär deswegen gekauft.«

»Zur Beerdigung?«

»Er glaubt, ich sei der Meinung, daß er irgend etwas mit deinem Tod zu tun hat – was ich bis jetzt auch tatsächlich angenommen habe.«

Krome erklärte: »Ich nehme an, daß er derjenige war, der mein Haus angezündet hat.«

»Aber nicht eigenhändig.«

»Du weißt, was ich meine. Der Tote in der Küche muß sein Gerichtshelfer gewesen sein, treu ergeben, aber unvorsichtig.«

»Champ Powell. Ja, das glaube ich auch«, entgegnete Katie. »Tom, was soll ich nur tun? Ich kann Arthurs Anblick nicht mehr ertragen, aber mir ehrlich gesagt doch nicht vorstellen, daß er gewollt hat, daß irgendwer zu Schaden kam...«

»Pack deine Sachen und zieh zu deiner Mutter.«

»Und der Diamant ist wunderschön. Ich möchte nicht wissen, was er gekostet hat. Du siehst, irgend etwas in ihm will aufrichtig...«

»Katie, ich muß jetzt Schluß machen. Bitte, erzähl niemandem, daß du mit mir gesprochen hast, okay? Behalte es einstweilen für dich, es ist wichtig.«

»Ich bin so froh, daß es dir gutgeht. Ich habe inständig dafür gebetet.«

»Dann hör noch nicht damit auf«, bat Tom Krome.

Es war ein sonniger, frischer Herbstmorgen. Der Himmel war wolkenlos und voller Möwen und Seeschwalben. Im Jachthafen herrschte Bewegung, aber kein hektischer Betrieb, typisch für die stille Zeit zwischen Thanksgiving und Neujahr, wenn sich die Touristen noch im Norden aufhielten. Für die Einheimischen war das eine herrliche und ganz besondere Zeit trotz des saisonbedingten Einnahmerückgangs. Viele Charterbootbesitzer machten sich noch nicht einmal die Mühe, zu den Docks hinunterzugehen, so gering war die Chance, Laufkundschaft zu finden.

JoLayne Lucks hatte im Wagen ein Nickerchen gehalten. Krome stieß sie sanft an, und sie schlug die Augen auf. Sie hatte einen säuerlichen Geschmack im Mund und ein Kratzen im Hals.

Sie schluckte, schüttelte sich und gähnte.

Krome reichte ihr einen Becher Kaffee. »Es war eine lange Nacht.«

»Wo sind unsere Jungs?«

»Immer noch im Truck.«

»Was meinst du«, sagte JoLayne, »warten Sie auf jemanden?«

»Keine Ahnung. Sie sind im Hafen rumgelaufen und haben sich die Boote angeschaut.«

JoLayne blickte in den grellen Sonnenschein und kniff geblendet die Augen zusammen. Sie setzte ihre Sonnenbrille auf. Dann erkannte sie den roten Dodge Pick-up am anderen Ende des Jachthafens. Er parkte direkt vor dem Angelladen.

»Schon wieder auf dem Behindertenplatz?«

»Ja.«

»Diese Arschlöcher.«

Sie waren zu dem Schluß gekommen, daß der Fahrer des Wagens Bodean Gazzer sein mußte, denn so lautete der Name des Wagenhalters, wie Tom von seinem Gewährsmann bei der Highway Patrol erfahren hatte. Wenn man die Einschußlöcher übersah, ließ der ansonsten makellose Zustand des Fahrzeugs auf einen Eigentümer schließen, der es nicht leichtfertig irgendwelchen auf der Flucht befindlichen Gaunern ausleihen würde. Den Namen von Gazzers Partner, dem Kerl mit dem Pferdeschwanz und dem lädierten Auge, kannten Tom und JoLayne noch nicht.

Und nun gab es noch ein weiteres Rätsel: einen dritten Mann, der mitten in der Nacht plötzlich an der Straße ausgesetzt worden war – JoLayne und Tom hatten das Intermezzo vom Parkplatz einer Videothek aus beobachtet, wo sie angehalten hatten, um darauf zu warten, daß der Truck seine Fahrt fortsetzte. Irgend etwas in Haltung und Bewegung dieses dritten Mannes war JoLayne irgendwie vertraut vorgekommen, aber in der blaugrauen Dunkelheit waren seine Gesichtszüge nicht zu erkennen gewesen. Die Scheinwerfer eines vorbeifahrenden Wagens hatten eine untersetzte Gestalt beleuchtet, die sich schwerfällig vorwärts bewegte. Auf dem Kopf hatte der Unbekannte einen australischen Buschhut getragen.

Morgens am Jachthafen war dieser dritte Mann nirgends zu sehen. Krome hatte keine Ahnung, was er davon halten sollte.

JoLayne erkundigte sich, ob er seine Eltern angerufen habe.

»Sie wußten noch nicht einmal, daß ich angeblich tot bin. Jetzt sind sie erst recht durcheinander«, berichtete Krome. »Wer bestimmt heute den Radiosender?«

»Ich.« Sie streckte die Hand nach dem Einstellknopf aus.

Während der langen Stunden im Wagen hatten die beiden festgestellt, daß sie einen unvereinbar gegensätzlichen Musikgeschmack hatten. Tom war der Meinung, daß Autofahrten in Süd-Florida von härtester Rockmusik untermalt werden müßten, während JoLayne Songs bevorzugte, die fröhlich und unbeschwert klangen und die Nerven beruhigten. Im Interesse der Fairneß hatten sie sich schließlich darauf geeinigt, sich bei der Auswahl der Sender und des Musikprogramms abzuwechseln. Wenn sie bei ihrer Suche auf Sade stieß, hatte er einen Tom-Petty-Song gut. Fand er die Kinks, hatte sie Anspruch auf Annie Lennox. Und so weiter. Gelegentlich fanden sie musikalische Gemeinsamkeiten: Van Morrison. Dire Straits. »The Girl with the Faraway Eyes«, wobei sie beide mitsangen, als sie durch Florida City rollten. Es gab sogar gemeinsame Antipathien – ein Paul-McCartney-Michael-Jackson-Duett zum Beispiel –, die sie gleichzeitig zum Einstellknopf greifen ließen.

»Mir ist etwas aufgefallen«, erklärte JoLayne und justierte die Lautstärke.

»Wer ist das?« unterbrach Krome sie.

»Céline Dion.«

»Mein Gott, es ist Samstagmorgen. Hab doch ein wenig Erbarmen.«

»Du kommst auch noch an die Reihe.« JoLayne lächelte besserwisserisch. »Also, Tom, ich habe folgendes festgestellt: Du magst kaum schwarze Musiker.«

»So ein Quatsch.« Er schien ehrlich verletzt zu sein.

»Dann nenn mir einen.«

»Marvin Gaye. Jimi Hendrix ...«

»Einen *lebenden*.«

»B. B. King. Al Green. Billy Preston. Dieser halbseidene, wie heißt er noch mal ...«

»Jetzt willst du es aber wissen«, sagte JoLayne.

»Prince!«

»Ich bitte dich.«

Krome nickte. »Aber klar, ›Little Red Corvette‹.«

»Ich denke, das kann man gelten lassen.«

»Mein Gott, was wäre, wenn ich so etwas zu dir sagen würde?«

»Du hast ja recht«, gab JoLayne zu. »Ich nehme alles zurück.«

»›Einen lebenden.‹ So ein Blödsinn.«

Sie musterte ihn über den Rand ihrer pfirsichfarbenen Brillengläser hinweg. »Du bist ziemlich empfindlich, was dieses Thema betrifft, nicht wahr? Ich denke, das ist das große Problem aller Weißen. Zumindest aller liberalen Weißen.«

»Wer hat denn behauptet, daß ich liberal bin?«

»Du bist einfach süß, wenn du dich verteidigst. Willst du den Rest von meinem Kaffee? Ich muß mal.«

»Aber nicht jetzt«, erklärte Tom Krome. »Nimm deinen Hut ab und geh in Deckung.«

Der rote Pick-up rollte auf sie zu, dann stoppte er und fuhr ein Stück rückwärts. Der Fahrer setzte ihn an einen Slip, an dem ein Zwanzigfußboot vertäut war. Es hatte zwei Außenbordmotoren, einen blau-grau gestrichenen Rumpf und ein klappbares Bimini-Verdeck. Es war vom Angelladen aus nicht zu sehen gewesen, da es zwischen einem aufragenden Hatteras und einem klobigen Hausboot lag.

Krome, der ebenfalls in Deckung gegangen war, beobachtete über den Rand des Armaturenbretts, was weiter geschah. Ein hochgewachsener, unrasierter Beifahrer stieg aus dem Truck. Es war der Mann mit dem Pferdeschwanz. In der einen Hand hielt er eine Bierflasche, in der anderen ein paar Werkzeuge – einen Schraubenzieher, einen Saitenschneider, einen Steckschlüssel. Der Mann kletterte mit leicht unsicheren Bewegungen ins Boot und verschwand hinter der Steuerkonsole.

»Was ist hier im Gange?« JoLayne richtete sich vorsichtig auf.

Krome riet ihr, unten zu bleiben. Er bemerkte eine kleine bläuliche Abgaswolke, dann hörte er, wie die Motoren ansprangen. Der Mann mit dem Pferdeschwanz kam hoch und winkte lässig dem Fahrer des Pick-up-Trucks zu. Dann löste er die Taue und drückte das Boot mit beiden Händen vom Pier weg.

»Sie stehlen es«, meldete Krome.

»Mein Hals tut weh«, klagte JoLayne. »Darf ich mich aufsetzen?«

»Gleich.«

Keine fünfzig Meter vom Pier entfernt, schob der Mann mit dem Pferdeschwanz den Gashebel nach vorne. Für einen kurzen Moment stieg der Bug des Bootes wie eine buntgestreifte Rakete hoch, dann sank er wieder herab, umgeben von einem Schaumkranz, während das Boot durch die Fluten der Florida Bay rauschte. Gleichzeitig und mit lautem Reifenquietschen schoß der rote Truck auf die Ausfahrt des Jachthafens zu.

»Jetzt?« fragte JoLayne.

»Alles klar«, entgegnete Krome.

Sie tauchte aus der Versenkung auf, schaute erst hinter dem davonjagenden Truck her und dann dem Boot, das immer kleiner wurde. »Na schön, du Schlaukopf. Jetzt verrat mir mal, wer meinen Lottoschein hat.«

»Woher soll ich das wissen?« fragte Krome.

- 17 -

Es war Shiners erstes Kidnapping, und abgesehen von einem ziemlich schwerfälligen Start lief es ganz gut.

Er war per Anhalter nach Coconut Grove gefahren und dort im Peacock Park eingeschlafen. Im Laufe des Nachmittags war er dann aufgewacht und hatte die Grand Avenue aufgesucht, um eine Pistole zu kaufen. Seine Erkundigungen, die er einzog, wurden derart unfreundlich aufgenommen, daß er von einer Gruppe schwarzer und hispanischer Teenager aus der Gegend weggejagt wurde. Natürlich hatte er dabei seinen Buschhut und die Golfschuhe verloren, die für eine Flucht zu Fuß denkbar ungeeignet waren.

Nur mit einem Kreuzschraubenzieher bewaffnet, den er unter einem Banyanbaum gefunden hatte, traf Shiner um kurz vor fünf im Hooters ein. Indem er sich an Chubs Instruktionen hielt, begann er ein Gespräch mit dem Barkeeper, der ihm bereitwillig Amber unter den Serviererinnen heraussuchte. Shiner taxierte sie – sie sah heiß aus, genauso wie Chub gesagt hatte, aber in der Regel sahen für Shiner die meisten Serviererinnen heiß aus. Und während Chub ausführlich auf Ambers Ähnlichkeit mit Kim Basinger hingewiesen hatte, war diese Information für Shiner völlig wertlos. Er wußte nämlich nicht, wer Kim Basinger war. Während er sich auf das Verbrechen vorbereitete, wurde Shiner nachdenklich bei der Vorstellung, daß er vielleicht das falsche Girl schnappen würde. Wenn in diesem Hooters nun mehr als eine Amber beschäftigt waren? Chub würde ihn auf der Stelle erschießen, ja, genau das würde passieren.

Stunden später kauerte Shiner hinter einer Hecke, als die vom Barkeeper bezeichnete Kellnerin herauskam. Sie setzte sich hinter das Lenkrad einer riesengroßen Ford Limousine, was Shiner für einen Moment aus dem Konzept brachte. Er hatte mit einem Sportwagen gerechnet – nach seinem Verständnis gehörten alle scharf aussehenden Frauen in Sportwagen. Er gewann jedoch seine Fassung wieder, warf sich auf der Beifahrerseite in den Wagen und drückte die Spitze des Schraubenziehers gegen Ambers weichen, makellosen Hals.

»Wow«, sagte sie.

Kein Schrei – nur *wow*.

»Sind Sie Amber?«

Sie nickte vorsichtig.

»Die aussieht wie die Schauspielerin – Kim Sowieso?«

Amber antwortete: »Du bist in dieser Woche schon der zweite, der mir das erzählt.«

Shiner war unendlich erleichtert. »In Ordnung. Fahren Sie.«

»Ist das ein Messer?«

Shiner nahm den Schraubenzieher von Ambers Hals. Die Kreuzklinge hinterließ eine kleine, sternförmige Druckstelle in ihrer Haut. Shiner konnte das Mal im grünen Lichtschein des Armaturenbretts erkennen.

Hastig verstaute er das Werkzeug in der Hosentasche. »Ja, es ist ein Messer. Ich hab auch eine Kanone dabei.«

»Ich glaube dir«, beteuerte Amber.

Nachdem sie ein paarmal falsch abgebogen waren, fuhren sie endlich nach Süden. Sie fragte nicht, wohin sie wollten, aber Shiner war auf diese Frage vorbereitet. *Ins Basislager,* würde seine Antwort lauten. Das Basislager der White Clarion Aryans! Dann hätte sie etwas, worüber sie nachdenken könnte.

»Ist das Ihr Wagen?« fragte er.

»Mein Dad hat ihn mir geschenkt. Fährt prima«, erwiderte sie.

Kein bißchen eingeschüchtert. Das ist cool, dachte Shiner.

»Mein Freund hat einen Miata«, fügte sie hinzu. »Vielmehr, er *hatte* einen Miata. Aber der hier gefällt mir trotzdem besser. Er hat mehr Beinfreiheit – ich habe nämlich superlange Beine.«

Shiner spürte, wie sich seine Wangen röteten. Aus der Nähe betrachtet, war Amber noch schöner. Immer wenn ihnen ein Automobil entgegenkam und das Scheinwerferlicht auf sie fiel, konnte Shiner in ihren langen Wimpern Gold funkeln sehen. Außerdem roch sie phantastisch für jemanden, der den ganzen Tag mit Hähnchenflügeln und Hamburgern – ganz abgesehen von den Zwiebelringen – herumhantiert hatte. Shiner glaubte, daß Amber etwa tausendmal lieblicher roch als der Korb voller Orangenblüten, den seine Mutter immer zum Ölfleck-Jesus mitnahm. Sicher, die Orangenblüten waren immer schon eine Woche alt – sie kaufte sie immer als Rest in einem Souvenirladen an der Schnellstraße –, aber sie enthielten noch eine ganze Menge Aroma.

Amber fragte: »Was ist denn mit deinem Kopf passiert?« Sie meinte die Verbrennungsnarbe.

»Ich hab mich verletzt.«

»Mit dem Auto verunglückt?«

»So in etwa.« Shiner war überrascht, daß sie es bemerkt hatte, da sie seit dem Moment, als er in den Wagen gestiegen war, den Blick kaum einmal von der Fahrbahn gelöst hatte.

»Wie wäre es, wenn du dich mal anschnallst?« fragte sie.

»Niemals.« Shiner erinnerte sich daran, daß Bodean Gazzer erklärt hatte, die Sicherheitsgurtpflicht wäre nur ein Teil des geheimen Plans der Regierung, »die Bürger kampfunfähig« zu machen. Wenn man Sicherheitsgurte anlegt, so hatte Bode angeführt, ist es schwieriger, aus dem Auto zu springen und zu fliehen, wenn die NATO-Hubschrauber erst mal auf den Highways landen. Das wäre der einzige Grund, weshalb sie die Gurtpflicht zum Gesetz gemacht hätten, hatte Bode erläutert. Damit wären Millionen von Amerikaner gefesselt und zur Hilflosigkeit verdammt, wenn der weltweite Angriff stattfände. So aufregend Bodes Erklärung auch war, Shiner entschied trotzdem, daß sie zu heikel war, um Amber hätte mitgeteilt werden zu können. »Was ist das da auf deinem Arm?« wollte sie wissen. Sie knipste die Innenbeleuchtung an, um Shiners Tätowierung besser erkennen zu können.

»Ein Adler«, erwiderte er ein wenig verlegen.

»Ich meine das W.R.B. Steht das für White Rebel Brotherhood?«

Shiner nickte. »Das ist aber eine lange Geschichte.«

»Ich hab sie im Konzert gehört. Sie waren absolut riesig.«

»Tatsächlich?«

»Der beste Titel von ihnen ist ›Nut-Cutting Bitch‹. Hast du ihn schon mal gehört? Magst du Hip-Hop?«

»Nur Heavy Metal.« Shiner spannte seinen verzierten Bizeps kurz an. Es geschah nicht oft, daß ihm ein hübsches Girl ungeteilte Aufmerksamkeit schenkte.

Sie sagte: »Was hat denn dann dein W.R.B. zu bedeuten? Die spielen doch überhaupt kein Heavy Metal.«

Shiner erklärte Amber, daß es mit seinem Tatoo ein kleines Durcheinander gegeben hätte. Zu seiner großen Freude erfuhr er, daß sie das in Ordnung bringen könnte.

»Aber nur, wenn du mich laufen läßt«, fügte sie hinzu.

»Das geht nicht.«

»Meine beste Freundin hat zwei Sommer lang in einem Tätowierstudio gearbeitet. Ich hab oft stundenlang dort gesessen und zugeschaut. Es ist gar nicht so schwierig, wie es aussieht.«

Shiner preßte die Lippen zusammen. Traurig murmelte er: »Ich kann Sie aber nicht freilassen. Jedenfalls nicht sofort.«

»Oh.« Amber knipste die Innenbeleuchtung aus. Längere Zeit redete sie nicht mit ihm. Als zwei mit Trikothemden bekleidete Studenten in einem Beemer Kabriolett sie beinahe von der Straße gedrängt hätten, fluchte sie »Scheißkerle«. Aber es war nur ein Flüstern und sollte kein Versuch einer Neuaufnahme des Gesprächs sein. Bald wurde Shiner nervös. Er hatte sich durchaus wohl gefühlt, solange Amber mitteilungsbedürftig gewesen war, aber jetzt führten seine Füße wie von selbst einen nervösen Steptanz auf. Außerdem kam er sich vor wie ein Dummkopf. Irgend etwas mußte er vermasselt haben.

Schließlich bemerkte sie: »Du willst mich vergewaltigen, nicht wahr?«

»Niemals.«

»Lüg mich nicht an. Es ist besser, wenn ich es weiß.«

»Ich lüge nicht.«

»Was soll das Ganze dann?« Ihre beiden Hände hielten das Lenkrad. Ihre schlanken Arme waren gestreckt und steif. »Was läuft hier?«

Shiner zuckte mit den Achseln. »Ich tue einem Freund einen Gefallen.«

»Ich verstehe. Dann vergewaltigt er mich.«

»Nur über meine Leiche!« Shiner erschrak über seine heftige Reaktion.

Er verdiente sich damit allerdings einen hoffnungsvollen Blick von Amber. »Ist das dein Ernst?«

»Und wie ernst ich das meine!«

»Danke«, entgegnete sie und konzentrierte sich wieder auf den Verkehr. »Du hast gar keine Pistole, oder?«

»Nein.«

»Dann verrat mir doch mal, wie du heißt«, bat Amber.

Beide Sekretärinnen Arthur Battenkills wußten, daß irgend etwas nicht stimmte, denn er hatte aufgehört, sie um Sex anzugehen. Die Frauen beklagten sich nicht deswegen, denn sie machten viel lieber Büroarbeit. Das Verhalten des Richters war nämlich im Bett nicht anders als an seinem Arbeitsplatz – arrogant und kurz angebunden.

Dana und Willow unterhielten sich häufig über ihre jeweiligen Intimitäten mit Arthur Battenkill, und dies geschah ohne einen Unterton von Besitzansprüchen oder Eifersucht. Viel eher waren diese Unterhaltungen eine Art gegenseitiger Unterstützung – der Mann erschien ihnen als eine Last, an der sie beide gleichviel zu tragen hatten.

»Er hat mich noch nicht mal gebeten, länger im Büro zu bleiben«, berichtete Willow.

»Mich auch nicht«, stellte Dana fest. »Und das schon an zwei Tagen hintereinander.«

»Wie findest du das?« fragte Willow.

»Er ärgert sich darüber, daß Champ aufgehört hat.«

»Durchaus möglich.«

»Wenn es wirklich so passiert ist«, fügte Dana hinzu und hob vielsagend eine Augenbraue.

Beide Sekretärinnen waren verdutzt über das plötzliche Verschwinden des Gerichtshelfers Champ Powell. Zuerst hatte Arthur Battenkill erklärt, er wäre wegen eines Notfalls in der Familie zu seinen Eltern gefahren. Dann hatte der Richter gemeint, diese Geschichte sei nur eine Tarnung gewesen. Tatsächlich sei Champ zum Sheriff's Department von Gadsen County wegen einer ganz speziellen Undercover-Operation zurückbeordert worden. Das Projekt sei so geheim und gefährlich, daß noch nicht einmal seine Familie darüber informiert worden sei.

Was eine Erklärung dafür sein würde, hatte der Richter gesagt, weshalb Champs Mutter ständig im Büro anrufe und nach ihm frage.

Dana und Willow hatten da so ihre Zweifel. »Er kam mir nicht gerade wie ein Undercover-Typ vor«, bemerkte Dana. »Außerdem hat er seinen Job hier richtig geliebt.«

»Und er hat den Richter geradezu angehimmelt«, ergänzte Willow.

»Das hat er wirklich.«

Champ Powells Ergebenheit war schon fast unnatürlich, waren beide Frauen sich einig. Der Bürogehilfe war von Arthur Battenkill derart gefesselt gewesen, daß die Sekretärinnen ihn anfangs sogar für schwul gehalten hatten. Tatsächlich hatten sie schon über die Möglichkeit gesprochen, daß Champ den Richter vielleicht zu verführen versuchte, was sie kein bißchen gestört hätte. Ihnen war alles recht, was den Mann ablenken würde.

Aber es war nicht dazu gekommen, zumindest hatten sie nichts davon mitbekommen.

Dana meinte: »Was immer auch in Art gefahren ist, lassen wir es auf sich beruhen.«

»Amen«, erklärte Willow.

»Machen wir es uns gemütlich und genießen wir den Frieden.«

»Richtig.«

»Hey, vielleicht hat er zu Gott gefunden.«

Willow lachte so heftig, daß Pepsi Cola Light aus ihrer Nase lief. Natürlich mußte in genau diesem Moment der Richter hereinkommen. Während Willow nach einem Karton Papiertaschentücher griff, meinte Arthur Battenkill: »Wie elegant.«

»Entschuldigung.«

»Man könnte fast meinen, eine echte Prinzessin als Telefonistin zu haben.«

Damit verschwand der Richter in seinem Büro und schloß die Tür hinter sich. Willow war von diesem frühmorgendlichen Sarkasmus ein wenig angeschlagen, daher brachte Dana ihm seinen Kaffee.

Sie machte den Richter darauf aufmerksam, daß er nicht gerade gut aussehe.

»Das lag an diesem Samstag«, schimpfte er. Der Oberrichter hatte Arthur Battenkill wegen des Terminüberhangs die Hölle heiß gemacht, so daß er am Wochenende gearbeitet hatte.

»Du hast kaum geschlafen.« Dana schlug einen mütterlichen Ton an.

»Ich habe Heuschnupfen.« Arthur Battenkill trank einen Schluck Kaffee. »Geschlafen habe ich ganz gut.«

Es war die Szene am Frühstückstisch, die ihn beunruhigt hatte – Katie verzehrte vier große Buttermilchportionen und ein Bagel, was ein deutliches Zeichen dafür war, daß sie nicht mehr trauerte. Als sie das Geschirr abräumte, hatte sie außerdem soviel Gelöstheit an den Tag gelegt, daß es dafür nur eine Erklärung geben konnte: Sie war aus irgendeinem Grund zu der Überzeugung gelangt, daß ihr allerliebster Tommy nicht tot war.

Widerwillig war der Richter bereits zu der gleichen Überzeugung gelangt. Der schlagendste Beweis dafür bestand in dem untypischen Mangel an Nachrichten von Champ Powell, der mittlerweile schon längst hätte angerufen haben müssen, um sich für die Brandstiftung Arthur Battenkills Lob und Anerkennung abzuholen. Fast genauso seltsam war, daß man Champs Harley Davidson auf einem Anliegerparkplatz, drei Straßen von Tom Kromes Haus entfernt, gefunden und abgeschleppt hatte. Der Richter war davon überzeugt, daß das Motorrad von Champ niemals im Stich gelassen worden wäre, würde dieser noch am Leben sein.

Der unerwartete Stimmungsaufschwung bei Katie hatte für Arthur Battenkill dann den Ausschlag gegeben. Während er lustlos in seinem Pfannkuchen herumstocherte, erinnerte er sich, daß das Telefon geklingelt hatte, während er unter der Dusche stand – wahrscheinlich hatte Krome nur Bescheid gesagt, daß Katie sich keine Sorgen zu machen brauchte. Dieser freche Scheißkerl.

Dana verschränkte die Arme vor der Brust. »Du hast in zehn Minuten diese vorgezogene Anhörung. Soll ich noch mal deine Robe bügeln?«

»Nein. Wer ist es denn?«

»Mrs. Bensinger.«

»Du meine Güte. Laß mich mal raten.«

Dana senkte die Stimme. »Schon wieder eine Unterhaltssache.«

Arthur Battenkill schüttelte den Kopf. »Ich hasse diese schrecklichen Leute. Gott sei Dank haben sie keine Kinder.«

»Nicht so laut. Sie ist draußen im Flur.«

»Ja?« Der Richter hielt sich eine Hand vor den Mund. »Diese habgierige Schnorrerin!«

Dana musterte ihn ausdruckslos.

Der Richter fuhr fort: »Ihr Mann ist auch ein habgieriges Arschloch.«

»Ja, das ist er.«

»Übrigens, ich habe mich entschlossen, für eine Zeit Urlaub zu machen. Ich denke, du und Willow werdet auch ohne mich durchhalten. Ich bin mir sogar ganz sicher.«

Dana richtete den Blick starr auf die Kaffeekanne. »Wie lange bist du weg?«

»Das weiß ich nicht. Mrs. Battenkill und ich verreisen gemeinsam.« Der Richter blätterte in seinem Terminkalender. »Sieh mal nach, ob Richter Beckman Ende der nächsten Woche für mich einspringen kann. Würdest du das für mich tun?«

»Sicherlich.«

»Und, Dana, es soll eine Überraschung für meine Frau sein, also verdirb sie mir nicht.«

Willow meldete sich über die Sprechanlage, um Bescheid zu sagen, daß Mr. Bensinger eingetroffen sei und sich die Atmosphäre im Flur zusehends verschlechtere.

»Die können mich mal«, knurrte Arthur Battenkill

»Hoffentlich schlagen sie sich gegenseitig tot. Das würde den Steuerzahlern eine Menge Dollars ersparen. Dana, hat nicht Richter Tigert drüben beim Nachlaßgericht einen Bungalow in Exuma?«

»In Abacaos.«

»Wo auch immer. Fragen Sie mal nach, ob er frei ist.«

Die Vorstellung, daß der Richter mit seiner Frau eine romantische Reise auf die Bahamas unternahm, war bestürzend. Offenbar erlitt der Mann gerade einen Nervenzusammenbruch. Dana konnte es kaum erwarten, ihrer Kollegin Willow diese heiße Neuigkeit mitzuteilen.

Während sie sein Büro verließ, rief Arthur Battenkill ihr hinterher: »Dana, Schätzchen, du schaffst es wirklich ganz hervorragend, deine Belustigung zu verbergen.«

»Von was redest du da?«

»Tu bloß nicht so, als wüßtest du alles über mich. Tu nicht so, als hättest du mich durchschaut. Ich habe tatsächlich noch Gefühle für Mrs. Battenkill.«

»Oh, das glaube ich dir«, meinte Dana. »Übrigens, Art, wie gefällt ihr die neue Halskette?«

Der überhebliche Gesichtsausdruck des Richters verflüchtigte sich. »Schick die verdammten Bensingers rein«, befahl er.

JoLayne Lucks war seit ihrer frühen Kindheit nicht mehr in den Keys gewesen. Sie war erstaunt, wie viel sich dort verändert hatte. Die heimelige und freundliche Verwahrlosung war durch Franchise-Filialen von Imbißketten, Striplokale und Hoteltürme ersetzt worden. Um sich von dem Gesindel abzulenken, hinter dem sie her waren, zählte JoLayne für Tom Krome eine ganze Liste einheimischer Vögel auf, und zwar sowohl seßhafte Arten wie auch Arten, die nur auf der Durchreise waren: Fischadler, Schneereiher, weiße Reiher, Blaureiher, Eisvögel, Fliegenschnäpper, Stare, Rotkehlchen, Falken, Kronentauben, Goldspechte, Löffelreiher…

»Früher gab es hier sogar Flamingos«, informierte sie ihn. »Rate mal, was mit ihnen passiert ist.«

Krome gab keine Antwort, denn er beobachtete Bodean James

Gazzer, der gerade damit beschäftigt war, ein halbautomatisches Gewehr auseinanderzunehmen und zu reinigen. Selbst aus dieser Entfernung von an die hundert Meter war zu erkennen, wie der Lauf gefährlich in der Mittagssonne blinkte.

»Tom, du hörst nicht mal zu.«

»Ich mag Flamingos«, sagte er, »aber im Augenblick beschäftige ich mich mit einem seltenen grüngefiederten Arschgesicht, das am hellichten Tag mit Waffen herumhantiert.«

»Ja, das sehe ich.«

Tom hatte ihren letzten Plan abgelehnt, der vorsah, Bodean Gazzer alleine zu stellen, um ihm den Lauf der Schrotflinte zwischen die Beine zu rammen und ihm seine Entmannung anzudrohen, wenn er nicht sofort den gestohlenen Lottoschein herausrückte.

Nicht hier, hatte Krome ihr erklärt. Noch nicht.

Sie parkten auf einem hellen Streifen Kalksteingeröll, das am Rand eines üppigen Mangrovenwalds aufgeschüttet worden war. In nicht allzu weiter Entfernung befand sich eine kiesbestreute Bootsrampe, die im Augenblick von Bodean Gazzers rotem Pick-up blockiert wurde. Die Fahrertür stand offen, und er war deutlich zu erkennen: Tarnanzug, Cowboystiefel, verspiegelte Sonnenbrille. Er hatte auf der Motorhaube ein Tuch ausgebreitet, auf dem die Einzelteile des Gewehrs lagen.

»Nerven aus Stahl, das muß man ihm lassen«, meinte Krome.

»Nein, er ist ein Idiot. Ein Verrückter.«

JoLayne hatte Angst, daß ein Polizist vorbeifuhr und sah, womit Bodean Gazzer sich beschäftigte. Wenn der Idiot durch seine eigene Dummheit in den Knast wandern sollte, wäre die Jagd vorbei. Dann würde am Ende nur noch JoLaynes Wort gegen das des Rednecks stehen, und er würde niemals den Lottoschein herausrücken.

Ein kleiner schwarzer Vogel landete in den Bäumen und begann zu singen. Krome schaute hoch. »Okay, was für einer ist das?«

»Eine Rotdrossel«, antwortete JoLayne widerwillig.

»Vom Aussterben bedroht?«

»Noch nicht. Findest du es nicht irgendwie – obszön – ich meine ihre Anwesenheit an einem solchen Ort? Sie sind wie... Dreck, Abfall.« Sie meinte die beiden Gauner. »Das haben sie nicht verdient – daß ihnen die Sonne warm auf den Pelz scheint und sie diese herrliche Luft atmen dürfen. Das ist bei solchen Kerlen eine totale Verschwendung.«

Krome drehte das Seitenfenster nach unten und inhalierte genußvoll die kühle, nach Salz riechende Luft. Mit schläfriger Stimme murmelte er: »Daran könnte ich mich, glaube ich, gewöhnen. Vielleicht in Alaska.«

JoLayne konnte es nicht begreifen. Wie konnte er nur so relaxed sein? Sie schaffte es nicht, sich durch die Natur ablenken zu lassen. Dafür regte sie der Anblick eines Bodean Gazzer, der seelenruhig sein Gewehr reinigte, viel zu sehr auf. Sie konnte auch nicht die Erinnerung an die schreckliche Szene in ihrem Haus verdrängen – und zwar nicht nur die Schläge und Tritte, sondern seine Stimme.

Hey, du Genie, mit einem Pistolenlauf im Mund kann sie schlecht reden.

Dann hatte er zu seinem schmierigen Freund mit dem Pferdeschwanz gemeint: *Willst du richtig Eindruck auf sie machen? Dann paß mal auf.*

Er hatte eine der jungen Schildkröten aus dem Glasbehälter geholt, sie auf den Holzfußboden gesetzt und seinen Freund mit dem Pferdeschwanz aufgefordert, auf sie zu schießen. Genau das alles hatte Bodean Gazzer getan.

Und da hinten war er, unbehelligt und frei unter der strahlenden Sonne Floridas. Mit einem 14-Millionen-Dollar-Lottoschein in irgendeiner Tasche, wahrscheinlich auch noch in ein Kondom gewickelt.

JoLayne meinte zu Tom: »Ich kann hier nicht untätig herumsitzen.«

»Du hast natürlich wie immer recht. Du solltest in den nächsten Laden fahren.« Krome holte seine Brieftasche hervor. »Dann solltest du bei einem der Motels anhalten und ein Boot mieten. Ich gebe dir Geld.«

JoLayne sagte, daß sie eine bessere Idee hätte. »Ich bleibe hier und behalte diesen Erzpatrioten im Auge. Und du besorgst das Boot.«

»Zu riskant.«

»Ich komme schon alleine zurecht«, widersprach sie.

»JoLayne, daran zweifle ich nicht. Ich habe von mir gesprochen. Tote Personen sollten sich tunlichst bedeckt halten – mein Gesicht war im *Herald*, vielleicht sogar im Fernsehen.«

Sie entgegnete: »Es war ein beschissenes Bild, Tom. Niemand wird dich erkennen.«

»Dieses Risiko kann ich nicht eingehen.«

»Du hast ausgesehen wie Pat Sajak im NyQuil-Rausch.«

»Die Antwort lautet nein.«

Tom traute ihr natürlich nicht. Er befürchtete, daß sie sich mit dem Redneck anlegte. »Das ist doch absolut bescheuert«, moserte sie. »Ich habe noch nie ein Boot gelenkt.«

»Und ich habe noch nie eine Schrotflinte abgefeuert«, erwiderte Krome, »also kann jeder vom anderen etwas Neues lernen. Genau das, was jede junge Romanze braucht.«

»Bitte.«

»Und wo wir gerade davon reden...« Er stieg aus, öffnete den Kofferraum und nahm die Remington heraus. »Nur für alle Fälle.«

JoLayne grinste säuerlich. »Schlechte Nachrichten, Rambo. Die Patronen sind in meiner Handtasche.«

»Auch gut«, sagte er. »Ich denke, wir haben noch eine Dreiviertelstunde, vielleicht sogar eine ganze Stunde Zeit. Eis ist jetzt am wichtigsten, besorg soviel Eis und frisches Wasser, wie du schleppen kannst.«

»Eine Dreiviertelstunde bis wann?«

»Bis unser Seemann mit dem Pferdeschwanz hier eintrudelt«, erklärte Krome.

»Tatsächlich? Wann hattest du vor, mich in deine weiteren Pläne einzuweihen?«

»Sobald ich mir sicher bin.«

JoLayne Lucks entschied sich, ihre skeptische Haltung beizubehalten. »Du meinst, sie bewegen sich auf dem Wasser weiter?«

»Jawohl.«

»Und wohin?«

»Keine Ahnung. Deshalb brauchen wir ein eigenes Boot. Und eine Seekarte wäre auch nicht schlecht.«

Hör dir das mal an, dachte JoLayne. Jetzt spielt er den Chef.

Sie überlegte, ob sie aufbegehren und seinen Vorschlag ablehnen sollte. Doch dann entschied sie sich anders. Es schien ein idealer Tag für einen Tag in der Bucht zu werden, vor allem wenn man bedachte, daß die Alternative aus sechs weiteren Stunden in einem engen Honda bestand.

»Wie groß soll das Boot sein?« fragte JoLayne.

Chub fühlte sich auf dem Wasser fast wie zu Hause. Eine der wenigen angenehmen Erinnerungen an seine Kindheit war das Wasserskiboot der Familie, das die Gillespies bei ihren Wochenendausflügen zum Lake Rabun benutzt hatten. Die damals schon beträchtliche Leibesfülle des jungen Onus hatte ihn zwar davor bewahrt, sich zu einem erstklassigen Wasserskiläufer zu entwickeln, aber er liebte es, das Boot zu lenken.

Dieser Reiz stellte sich auch jetzt wieder am Steuer der *Reel Luv* ein, deren Motoren er im Namen der White Clarion Aryans kurzgeschlossen hatte. Mit seinen beiden Merc-908-Motoren war das gestohlene Zwanzigfußboot viel spritziger als das Boot, das Chub als Junge gelenkt hatte. Das war prima. Mit der zusätzlichen Geschwindigkeit kam er ganz gut zurecht. Schwierigkeiten machte ihm dagegen die unregelmäßige Beschaffenheit der Florida Bay mit ihren wechselnden Farben, gewundenen Kanälen und trügerischen Untiefen. Dies Gewässer war nicht mit dem Lake Rabun zu vergleichen, der tief, klar umrissen und relativ frei von unbeweglichen Hindernissen wie Mangroveninseln war. Chubs einigermaßen bescheidene Navigationsfähigkeiten wurden zudem durch die stark reduzierte Sehfähigkeit seines linken Auges – das nun von einem neuen Gummiflicken bedeckt wurde, den er für zwei Dollar in einer Amoco Tankstelle erstanden hatte – und einen relativ hohen Blutalkoholpegel weiter eingeschränkt.

Es war nur eine Frage von Minuten, bis er das Boot auf Grund setzte. Daher war die breite Sandbank dank ihrer braunen Färbung, die scharf mit dem Azur- und Indigoblau der Kanäle kontrastierte, deutlich zu erkennen. Und auch eine Phalanx umherwatender Vögel signalisierte durch ihre langbeinige Anwesenheit eine dramatische Veränderung der Wassertiefe. Doch Chub bemerkte das alles nicht.

Die Grundberührung erfolgte schließlich ausgiebig und spektakulär, als die beiden großen Außenbordmotoren aufheulten und hohe Fontänen kakaofarbenen Schlicks hochwirbelten. Chub wurde gegen die Konsole geschleudert und bekam sekundenlang keine Luft mehr. Die Reiher schwangen sich sofort gemeinsam in die Lüfte, flogen noch einen weiten Kreis um die lärmende Szenerie, ehe sie sich nach Westen wandten und in den porzellanfarbenen Morgenhimmel entschwanden. Als die spuckenden und hustenden Motoren schließlich verstummten, lag die *Reel Luv* in etwa achtzehn Zentimeter tiefem Wasser und der Rumpf hatte einen Tiefgang von genau zwanzig Zentimetern.

Sobald Chub wieder atmen konnte und sich ein wenig erholt hatte, stand er auf und erkannte, daß es nur eine Möglichkeit gab, die Untiefen wieder zu verlassen. Er mußte aussteigen und schieben. Unter wüsten Flüchen streifte er die Schuhe ab und ließ sich vom Bootsrand ins Wasser gleiten. Augenblicklich versank er bis zu den Eiern im klebrigen Schlick. Unter größten Mühen, begleitet von wildem Gewürge und Gewühle, schaffte er es, sich bis zum Bug vorzuarbeiten und sich mit seinem Gewicht gegen den Rumpf zu stemmen.

Das Boot bewegte sich tatsächlich. Nicht viel, aber Chub schöpfte so etwas wie Hoffnung.

Jeder gewonnene Zentimeter beanspruchte seine Muskeln aufs äußerste, so als versuchte er durch nassen Zement zu waten. Der Schlamm zerrte an Chubs Beinen, und seine nackte Haut brannte von den Bissen der Wasserläuse. Auf seinen Armen und seinem Bauch klebten winzige rote Blutegel, nicht größer als Reiskörner, auf die er wütend einschlug. Zusätzliche Sorge bereitete ihm ein seltsames ungewohntes Kribbeln im Schritt, und es kam Chub so vor, als wäre irgendein exotischer Parasit in seinen Körper eingedrungen, indem er die Öffnung und die Röhre in seinem Schwanz benutzt hatte. Kein anderer Millionär auf der ganzen Welt hätte solche Probleme, dachte er wütend. Er war dankbar, daß Amber nicht zugegen war und diese entwürdigende Szene beobachtete.

Schließlich löste das gestohlene Boot sich von der stellenweise mit Gras bewachsenen Sandbank. Chub hievte sich mit letzter Kraft an Bord und streifte eilends die Hose ab, um nach der Ursache des brennenden Schmerzes zu forschen.

Und in diesem Moment fiel es ihm ein.

Der Lottoschein.

»Herrgott!« brüllte er heiser. »Lieber Gott im Himmel!«

Sein rechter Oberschenkel war nackt und triefnass. Das breite Heftpflaster hatte sich abgelöst. Der Lottoschein war verschwunden.

Chub stieß ein unmenschliches Krächzen aus und stürzte sich voller Sorge aus dem Boot zurück ins Wasser.

- 18 -

Bodean Gazzer war besessen vom Gespenst der Schwarzen Front. Er konnte sich nicht erinnern, daß diese Gruppierung in einem der rassistischen Pamphlete, die er sammelte, jemals erwähnt worden wäre.

Black Panthers, MOVE, Nation of Islam, NAACP – über diese Vereinigungen hatte Bode schon eine Menge gelesen, aber nichts über eine Vereinigung namens Schwarze Front.

Wer immer sich auch dahinter verbarg, seine Wohnung hatten sie sich jedenfalls gründlich vorgenommen. Ganz bestimmt waren es Neger! Bode glaubte zu wissen, weshalb ausgerechnet er ausgesucht worden war: Sie hatten von den White Clarion Aryans erfahren.

Aber wie? fragte er sich. Die WCA bestand seit kaum einer

Woche – er hatte ja noch nicht einmal ein Manifest formuliert. Sein Puls raste, als er sich die beiden einzigen möglichen Erklärungen durch den Kopf gehen ließ: Entweder verfügte die Neger-Streitmacht über einen hervorragenden Spionageapparat, oder es gab in der WCA eine gefährliche undichte Stelle. Letzteres betrachtete Bode Gazzer als nahezu unvorstellbar.

Statt dessen ging er von der Annahme aus, daß die Schwarze Front überaus raffiniert und leistungsfähig war und wahrscheinlich mit irgendeiner Regierungsbehörde zusammenarbeitete. Er ging weiterhin von der Annahme aus, daß, ganz gleich, wo die White Clarion Aryans sich auch verstecken würden, die hinterlistigen Negertypen sie am Ende aufstöbern würden.

Das ist durchaus in Ordnung, dachte Bode. Wenn dieser Zeitpunkt käme, stünde seine Miliz bereit.

Unterdessen gab es nur eine Frage: Wo blieb der verdammte Chub mit dem Boot?

Panik rumorte in Bode Gazzers Eingeweiden. Die Idee, seinen schießwütigen Partner abzuhängen, erschien zunehmend sinnvoll. Bode hatte immerhin vierzehn Millionen, die in ein Kondom eingewickelt waren. Wenn er den Lottoschein erst einmal eingelöst hätte, könnte er hingehen, wohin er wollte, und tun und lassen, was er wollte – sich zum Beispiel eine Festung in Idaho bauen mit einer riesigen Jacuzziwanne!

In letzter Zeit dachte Bode häufiger an Idaho, an lausige Winter und so weiter. Nach dem, was er gehört hatte, wimmelte es in den Bergen und Wäldern nur so von rechtschaffenen weißen Christen. Rekrutierungsaktionen für die WCA wären in solchen Gegenden weitaus einfacher durchzuführen und erfolgversprechender. Bode hatte Miami gründlich satt. Wohin man kam, traf man auf verdammte Fremde. Und wenn man denn mal einen echten, Englisch sprechenden Weißen traf, dann bestand die große Chance, daß er ein Jude oder ein ultraliberaler Schreihals war. Bode hatte es endgültig satt, wie auf rohen Eiern zu laufen und seine wahren, rechtschaffenen Überzeugungen flüsternd von sich zu geben. Er wollte seine Ansichten laut und vernehmlich in der Öffentlichkeit verkünden. In Miami mußte man immer so verdammt vorsichtig sein und stets darauf achten, nicht ungewollt jemanden zu beleidigen. Ständig drohte die Gefahr, daß der Betreffende einem sofort ins Gesicht sprang. Und das traf nicht nur auf die Kubaner zu.

Bodean Gazzer war überzeugt, daß die Minderheiten im Westen viel unterwürfiger waren und man sie viel leichter einschüchtern konnte. Er war sich mittlerweile sicher, daß es eine vernünftige Entscheidung wäre, vorausgesetzt, er konnte sich an die kalte Witterung gewöhnen. Bodean Gazzer glaubte, daß er sich sogar in Sommertarnzeug dort bestens einfügen würde.

Was Chub betraf, so würde er in Idaho nicht viel ausrichten können. Im Gegenteil: Wahrscheinlich würde er jeden anständigen Weißen von den Aryans abschrecken. Nein, dachte Bode, Chub gehörte eindeutig in den Süden.

Und es war ja nicht so, daß Bode den Mann völlig mittellos zurückließ. Chub hatte noch immer den anderen Lottoschein, den sie der Negerin in Grange abgenommen hatten. Mein Gott, er wäre damit reich genug, um seine eigene Miliz aufzubauen, wenn er das wollte. Und sein eigener Colonel zu sein.

Bode schaute auf seine Armbanduhr. Wenn er jetzt startete, könnte er bis Mitternacht in Tallahassee sein. Morgen um diese Zeit hätte er seinen ersten Lotto-Scheck in den Händen.

Es sei denn, sie erwischten ihn vorher – die gemeinen Schweine, die seine Wohnung verwüstet hatten.

Ironischerweise war der leicht verrückte Chub in einer solchen Situation am nützlichsten – nämlich im Angesicht der Gewalt. Er redete nicht viel, und er tat praktisch alles, was man von ihm verlangte. Es wäre schon verdammt günstig, ihn in der Nähe zu wissen, wenn es zu einer Schießerei kommen sollte. Das war etwas, worüber man eingehend nachzudenken hatte, etwas, das durchaus auf der positiven Seite von Chubs Persönlichkeitsprofil vermerkt werden mußte. Es war letztendlich ein Argument dafür, den Mann bei sich zu behalten.

Während er auf der Bootsrampe auf und ab ging, schwitzte er seinen Timber-Ghost-Overall durch. Der Wochenendverkehr raste auf der Straße vorbei, und Bode spürte die neugierigen Blicke der Reisenden in seinem Nacken – nicht alle waren Touristen oder Angler, davon war er überzeugt. Zweifellos beschäftigte die Schwarze Front zahlreiche Beobachter, und sie hielten sicherlich aufmerksam Ausschau nach einem roten Dodge Ram Pick-up-Truck mit einem FUHRMAN FOR PRESIDENT-Aufkleber, den Gazzer ohne Erfolg mit seinem Taschenmesser abzukratzen versucht hatte.

In diesem Moment war er auf den Gedanken gekommen, die AR-15 herauszuholen. Sollten die Scheißer sich doch ruhig ansehen, mit wem und was sie sich anlegen würden.

Er breitete ein Ledertuch auf der Motorhaube des Trucks aus und nahm die halbautomatische Pistole genauso auseinander, wie Chub es ihm erklärt hatte. Dabei hoffte er, daß die Schwarze Front alles mitbekam. Er hoffte, sie kämen zu dem Schluß, daß er geistig nicht zurechnungsfähig sei, weil er am hellichten Tag neben einem amerikanischen Highway mit einem Sturmgewehr herumhantierte.

Als es Zeit wurde, die AR-15 wieder zusammenzusetzen, ergaben sich für Bodean Gazzer die ersten Schwierigkeiten. Einige Teile paßten zusammen, andere nicht. Woraufhin er sich fragte, ob er vielleicht ein oder zwei Schrauben falsch eingesetzt hatte. Die Einzelteile der Pistole waren glitschig und verölt, und Bodes Finger waren feucht vor Schweiß. So rutschten ihm die ersten Einzelteile aus der Hand und fielen in den Kies.

Verzweifelt dachte er: *Das kann doch nicht so schwierig sein! Schließlich schafft Chub das sogar, wenn er sturzbetrunken ist!*

Nach einer halben Stunde gab Bode wütend auf. Er nahm die Ecken des Ledertuchs auf und legte das gesamte Bündel mitsamt den Einzelteilen des Gewehrs auf die Ladefläche des Pick-up. Dabei bemühte er sich, für die spionierenden Neger möglichst locker und lässig auszusehen.

Er setzte sich hinter das Lenkrad und drehte das Radio auf volle Lautstärke. Er suchte die flaschengrüne Wasserfläche in alle Richtungen ab. Ein flaches Anglerboot glitt durch sein Gesichtsfeld. Desgleichen ein hübsches Mädchen, das auf einem Segelbrett kreuzte. Dann zwei behaarte fette Burschen auf Jetskis, die sich eine ausgelassene Verfolgungsjagd lieferten.

Aber von Chub und dem gestohlenen Boot war nirgendwo etwas zu sehen. Vielleicht kommt dieser Scheißkerl gar nicht mehr, dachte Bode verärgert. Vielleicht hat er *mich* ja abgehängt.

Noch fünf Minuten, sagte er sich. Dann haue ich ab.

Auf dem Highway strömten Fahrzeuge nach Süden, als stünden sie auf einem Förderband. Allein ihnen zuzusehen machte Bode schläfrig. Er war schon seit fast zwei Tagen ständig auf den Beinen und physisch eigentlich gar nicht mehr in der Lage, nach Cutler Ridge zu fahren, geschweige denn nach Tallahassee. Liebend gerne hätte er jetzt ein Nickerchen gemacht, aber das wäre der reine Selbstmord gewesen. In diesem Moment würden sie nämlich aktiv werden – die Schwarze Front, was und wer immer das auch war.

Als Bode die Augen schloß, schoß ziemlich verspätet eine Frage durch sein Hirn: Was zum Teufel wollen sie eigentlich?

Er war noch nicht zu erschöpft, um darüber nachzudenken. Sie schienen alles zu wissen, nicht wahr? Wer er war, wo er wohnte. Sie wußten auch über die White Clarion Aryans Bescheid.

Also mußten sie auch Kenntnis von einem, wenn nicht gar von beiden Lottoscheinen haben. Genau das war es, wonach die habgierigen Burschen in seiner Wohnung gesucht hatten!

Bodean Gazzer durchfuhr ein eisiger Schreck, als ihm plötzlich klar wurde, daß ihm der bisher einzige Glücksfall in seinem Leben entrissen werden sollte. Alleine auf der Straße mit der auseinandergenommenen AR-15, war er eine extrem leichte Beute.

Aus einem plötzlichen Impuls heraus suchte Bode in seiner Hosentasche nach dem Portemonnaie, holte das Trojan-Päckchen heraus und schaute hinein. Der Lottoschein war unversehrt. Er steckte ihn wieder weg und brauchte nicht auf die Uhr zu schauen, um zu wissen, daß die fünf Minuten verstrichen waren. Vielleicht hatte Chub sich wirklich aus dem Staub gemacht. Oder er war von der Küstenwache erwischt worden. Oder er hatte eine Dose Glasfaserkleber zum Schnüffeln gefunden, war aus dem Boot gefallen und ertrunken.

Adiós, muchacho.

Bodes Herz hämmerte wie das eines Kaninchens. Rücksichtslos lenkte er den Truck quer über den Highway One und gelangte schlingernd auf die Fahrspur nach Norden. Mit zitternden Fingern justierte er den Rückspiegel, was er schon am Vortag hätte tun sollen. Es folgte ihm nur ein Molson-Lkw, als er Whale Harbor erreichte, was Bode etwas ruhiger machte. Während er die Brücke überquerte, blickte er an dem mit Bäumen gesäumten Kanal gen Westen. Und als wäre er plötzlich von einem Krampf befallen worden, rutschte sein Fuß vom Gaspedal.

Ein blau-graues Speedboot glitt über die Wasserstraße. Der Pferdeschwanz des Lenkers flatterte wie ein grauer Putzlappen im leichten Wind.

»Zum Teufel«, knurrte Bodean Gazzer. Bei den Charterdocks von Holiday Isle wendete er und fuhr schnellstens zurück zur Rampe.

Der Lebensmittelladen erwies sich als eine freudige Überraschung. Jeder war dort freundlich und hilfsbereit. Ganz anders ging es im Bootshafen des Motels zu. Der Mann, der sich um die Boote kümmerte – ein Rentner mit verkniffenem grauem Gesicht und einem gelbblonden Dreitagebart –, verhielt sich schwerfällig und abweisend. Es war ganz offensichtlich, daß er geschäftlich noch nie mit einer einzelnen schwarzen Frau zu tun gehabt hatte, und als dies nun geschah, schien er ziemlich verwirrt zu sein.

»Gibt es ein Problem?« fragte JoLayne und wußte sehr wohl, daß es eins gab. Sie trommelte mit ihren leuchtenden Fingernägeln auf der rissigen Tischplatte.

Der Hafentyp hüstelte. »Ich brauche Ihren Bootsführerschein.«

»Schön.«

»Und eine Kautionszahlung.« Erneutes Hüsteln.

»Natürlich.«

Der Hafentyp kaute auf seiner Unterlippe herum. »Haben Sie so was schon mal gemacht? Vielleicht sollten Sie es lieber mal mit einem Jetski versuchen?«

»Mein Gott, niemals.« JoLayne lachte. Sie entdeckte eine schekkige Katze neben dem Sodabehälter. Sie hob sie vom Fußboden hoch und begann sie unterm Kinn zu kraulen. »Die arme kleine Prinzessin hier hat Ohrenmilben, nicht wahr?« Dann meinte sie zu dem Hafenmenschen: »Chlorhexidin-Tropfen. Die kriegen Sie bei jedem Tierarzt.«

Der alte Mann fuchtelte mit seinem Kugelschreiber herum. »Ma'am, was genau haben Sie mit dem Boot vor? Brauchen Sie es zum Angeln oder zum Tauchen? Und wie weit wollen Sie damit kommen?«

JoLayne runzelte die Stirn. »Ich dachte, bis Borneo.«

»Jetzt seien Sie nicht gleich eingeschnappt. Ich tue nur das, was der Eigentümer von mir verlangt, und dazu gehört nun mal dieser Papierkram.«

»Ich verstehe.« An der Wand des Schuppens hing eine Seekarte von der Florida Bay. JoLayne betrachtete sie eingehend und meinte dann: »Cotton Key. Bis dorthin will ich.«

Der Hafenmeister verzog enttäuscht das Gesicht, als er das Ziel in den Mietvertrag eintrug. »Da draußen ist eine Barsch-Bucht. Ich schätze, die ganze verdammte Welt weiß das schon.«

JoLayne erwiderte: »Nun, von mir erfährt niemand etwas.« Die Katze sprang von ihrem Arm hinunter. JoLayne öffnete ihre Handtasche. »Haben Sie auch einen Gezeitenplan«, fragte sie, »und noch so eine Seekarte?«

Der Hafenmensch schien von der Bitte angenehm überrascht zu sein, als würden die meisten Touristen nie danach fragen. JoLayne konnte erkennen, daß sie in seinem Ansehen geradezu raketenhaft stieg. In seinen rot unterlaufenen Augen erschien ein Funkeln der Hoffnung, daß das wertvolle Sechzehnfußboot des Motels vielleicht doch heil und unversehrt zurückgegeben werden würde.

»Aber gerne, Lady.« Er reichte ihr die Karte und den Gezeitenplan.

»Hey, vielen Dank. Könnten Sie das Boot schon für mich anlassen? Ich bin gleich wieder zurück – ich habe Eis und Verpflegung draußen im Wagen.«

Der Hafenmensch nickte bereitwillig, was ein Glück war, denn

JoLayne hätte nicht gewußt, wie sie einen kalten Außenbordmotor in Gang bringen sollte. Als sie mit ihren Einkaufstaschen an Bord ging, hatte der alte Mann dafür gesorgt, daß der Motor ruhig und gleichmäßig schnurrte. Er hielt sogar für sie den Deckel der Kühlbox hoch, während sie diese füllte. Dann erinnerte er sie nochmals: »Vergessen Sie nicht – bei Sonnenuntergang müssen Sie wieder hier sein.«

»Alles klar.« JoLayne inspizierte die Kontrollinstrumente und versuchte sich an das zu erinnern, was Tom ihr über die Bedienung des Gashebels erklärt hatte. Der alte Mann kletterte schwerfällig aus dem Boot und stieß es mit einem zitternden Seufzer vom Pier ab. JoLayne schob den Hebel langsam nach vorne.

Der alte Mann erhob sich auf dem Pier und betrachtete sie wie ein bis auf die Knochen abgemagerter alter Storch. »Sonnenuntergang!« rief er.

JoLayne stieß einen Daumen nach oben als Zeichen, daß sie verstanden hatte. Dabei entfernte sie sich langsam vom Steg und steuerte das Boot in Richtung eines mit Bojen markierten Kanals. Sie hörte, wie der Hafentyp ihr noch etwas nachbrüllte. Dabei schienen seine Schultern noch tiefer herabgesackt zu sein.

»Hey!« schrie er.

JoLayne winkte. Es war ein automatisches Winken, das den Rufer beruhigen sollte.

»Hey, wie sieht's aus mit Köder?«

JoLayne winkte erneut.

»Wie wollen Sie denn Fische ohne Köder angeln?« rief er ihr nach. »Oder ohne irgendeine Angel?«

Sie lächelte und tippte sich mit dem Zeigefinger gegen die Schläfe. Der alte Mann sog seine geröteten Wangen nach innen und stapfte zurück in seine Baracke. JoLayne beschleunigte, so gut es bei der kabbeligen See ging, und konzentrierte sich darauf, unbeschädigt ins freie Wasser zu gelangen. Die größte Gefahr ging dabei von anderen Freizeitbooten aus, die zu einem sehr hohen Prozentsatz von hirnlosen jungen Männern mit Bierdosen in den Händen gesteuert zu werden schienen. Diese betrachteten JoLayne, als wäre sie ein exotischer Fisch, woraus sie den Schluß zog, daß im Bereich der Florida Keys nur wenige afro-amerikanische Frauen auf dem Wasser angetroffen wurden. Ein besonders scharfsinniger Freizeitkapitän rief sogar: »Haben Sie sich verfranzt? Nassau liegt in dieser Richtung!« JoLayne beglückwünschte sich selbst, daß sie ihm dafür nicht den Finger zeigte.

Um zu vermeiden, daß sie von Bodean Gazzer bemerkt wurden, hatte Tom dafür gesorgt, daß sie sich in sicherer Entfernung von der Bootsrampe trafen, an der der Pick-up-Truck parkte. Er hatte auf eine Lücke zwischen den Mangroven gedeutet, wo auf der Meeresseite des Highways kahler Fels zutage trat und das Ufer bildete. Ein tiefer Wasserarm, der mit rot-blauen Hummerbojen gekennzeichnet war, würde JoLayne helfen, sich zu orientieren und diese Stelle wiederzufinden.

Sie lenkte das Boot mit äußerster Präzision und zerteilte auf ihrem Weg zum Treffpunkt zwei der hellen Styroporkugeln. Krome erwartete sie bereits am Wasser, um den Bug festzuhalten. Nachdem er geduldig die Taue entwirrt hatte, kletterte er an Bord und sagte: »Okay, mach mal Platz. Sie haben zehn Minuten Vorsprung.«

»Hast du nichts vergessen?«

»Nun komm schon, JoLayne.«

Sie entgegnete: »Die Schrotflinte.« Und erwartete erneuten Widerspruch.

Aber Tom versetzte nur: »Ach ja!« Er sprang aus dem Boot und überquerte im Laufschritt die Straße. Nach knapp einer Minute kehrte er mit der Remington, die er in einen Müllbeutel aus Plastik gewickelt hatte, aufs Boot zurück. »Die hatte ich tatsächlich vergessen«, gestand er.

JoLayne glaubte ihm. Sie legte einen Arm um seine Schultern, während sie übers Wasser glitten und das Ufer hinter sich ließen.

Laut Chubs Befehl durfte Shiner nicht mit Amber reden, außer um ihr Anweisungen zu geben. Er fand, daß das unmöglich war. Die längste und engste Zeit, die er mit einer so schönen Frau bisher verbracht hatte, war eine halbminütige Liftfahrt mit einer ihn nicht beachtenden Stenotypistin im Gerichtsgebäude des Osceola County gewesen. Shiner brannte darauf, alles zu hören, was Amber zu sagen hatte – welche Stories sie kennen mußte! Außerdem kam er sich ziemlich mies vor, weil er sie mit dem Schraubenzieher bedroht hatte. Er wünschte sich sehnsüchtig, ihr klarmachen zu können, daß er kein blutrünstiger Krimineller war.

»Ich bin auf dem Junior College«, erzählte sie unaufgefordert und machte ihn selig.

»Tatsächlich?«

»Ich habe zwar mit Jura angefangen, interessiere mich aber eigentlich mehr für Kosmetologie. Kannst du mir einen Rat geben, für was ich mich entscheiden soll?«

Was sollte er jetzt tun? Trotz all seiner ziemlich krassen Mängel war Shiner im Grunde ein höflicher junger Mann. Und das, weil seine Mutter ihm schon in frühester Jugend die Unverschämtheiten aus dem Leib geprügelt hatte.

Dazu gehörte, wie ihm von seiner Mutter stets eingebleut worden war, zu antworten, wenn man angesprochen wurde.

Daher meinte Shiner zu Amber: »Kosmetologie – ist das nicht dieses Fach, wo sie einem beibringen, Astronaut zu sein?«

Amber lachte so heftig, daß sie beinahe ihren Teller Minestrone umgekippt hätte. Shiner schloß daraus, daß er etwas unerhört Dummes gesagt hatte, aber er schämte sich dafür nicht. Amber hatte ein herrliches Lachen. Er hätte nichts dagegen gehabt, die ganze Nacht nur dummes Zeug zu reden, um ihrem Lachen zuhören zu können.

Sie hatten in einem rund um die Uhr geöffneten Imbißrestaurant auf dem Festland haltgemacht, da Shiner es nicht besonders eilig hatte, nach Jewfish Creek zu kommen. Es war durchaus möglich, daß seine weißen Gesinnungsgenossen bereits dort waren und warteten, aber das störte ihn nicht weiter. Er wollte sich diese magischen Momente mit Amber durch nichts verderben lassen. In ihrer knappen Hooters-Kluft zog sie die neugierigen Blicke der anderen Gäste an. Shiner verzweifelte förmlich bei dem Gedanken, sie an Chub zu übergeben.

Sie erkundigte sich: »Was ist mit dir, Shiner? Was treibst du denn so?«

»Ich bin in der Miliz«, erwiderte er ohne Zögern.

»Oh, Donnerwetter.«

»Ich rette Amerika vor dem sicheren Untergang. Demnächst werden uns nämlich NATO-Truppen von den Bahamas aus angreifen. Es ist eine riesengroße internationale Verschwörung im Gange.«

Amber fragte, wer dahintersteckte. Shiner meinte, Kommunisten, ganz sicher auch Juden, vermutlich Schwarze und Homos.

»Wie bist du denn dahintergekommen?«

»Das werden Sie schon noch erfahren.«

»Und wie groß ist diese Miliz?«

»Das darf ich nicht weitergeben. Aber ich bin Sergeant.«

»Das ist toll. Habt ihr denn auch einen Namen?«

Shiner nickte eifrig. »Na klar, Ma'am. Wir sind die White Clarion Aryans.«

Amber wiederholte laut den Namen. »Hey, das reimt sich ja sogar ein wenig.«

»Ich denke mal, das ist Absicht. Hey, erinnern Sie sich noch, daß Sie mir versprochen haben, meine Tätowierung zu ändern? Ich brauche jemanden, der es schafft, aus W.R.B. ein W.C.A. zu machen.«

Sie erwiderte: »Ich helfe dir gerne, wirklich. Ich tu's bestimmt, aber vorher mußt du mir versprechen, daß du mich laufenläßt.«

Nicht das schon wieder, dachte Shiner. Nervös drehte er den Schraubenzieher zwischen den Handflächen hin und her. »Wie wäre es denn, wenn ich Sie statt dessen dafür bezahlen würde?«

»Was willst du mir denn zahlen?« fragte Amber skeptisch.

Shiner bemerkte, wie ihr Blick zu seinen schmutzigen nackten Füßen hinunterglitt. Schnell antwortete er: »Die Miliz hat jede Menge Geld. Zwar noch nicht im Augenblick, aber es kann jederzeit kommen.«

Amber leerte ohne große Eile ihren Teller, ehe sie zu der Frage kam, wieviel sie denn erwarteten. Vierzehn Millionen, entgegnete Shiner. Ja, Dollars.

Diesmal war das Gelächter noch heftiger, noch aufregender. Aber diesmal fühlte er sich auch bemüßigt, es zu unterbrechen. »Das ist keine Lüge. Ich weiß es ganz genau.«

»Ach ja?«

Er zündete sich eine Zigarette an. Dann meinte er mit gepreßter Stimme: »Ich habe selbst mitgeholfen, das Geld zu stehlen.«

Amber schwieg für eine Weile und verfolgte, wie eine lange weiße Jacht heranglitt und unter der Zugbrücke verschwand. Shiner machte sich Sorgen, daß er viel zuviel erzählt hatte und sie ihm nicht ein Wort davon glaubte. Verzweifelt platzte er heraus: »Es ist die Wahrheit. Ich schwöre bei Gott!«

»Okay«, erklärte Amber. »Aber was habe ich dabei zu suchen?«

Shiner dachte, ich wünschte, daß ich das wüßte. Dann hatte er eine Idee. »Glauben Sie an den weißen Menschen?«

»Schätzchen, ich glaube sogar an Kermit den Frosch, wenn er zwanzig Prozent Trinkgeld auf meinem Tisch zurückläßt.« Sie streckte die Hand aus und griff nach Shiners linkem Arm, woraufhin er vor kaum gebremster Erregung zu zittern begann. »Dann zeig mir doch mal deine Tätowierung«, forderte sie ihn auf.

Chub war nicht in der Stimmung, sich endloses Gejammere wegen des Pick-up-Trucks anzuhören.

»Laß ihn stehen«, meinte er ungehalten zu Bode Gazzer.

»Hier? Direkt am Wasser?«

»Es wird sich schon niemand daran vergreifen. Schließlich ist da der Behindertenaufkleber.«

»Jaja, als ob sie darauf Rücksicht nehmen würden.«

»Wer?«

»Na, die Schwarze Front.«

»Jetzt paß mal auf«, entgegnete Chub. »Die Sache mit dem Boot war deine Idee, also erzähl mir nun nicht, du hättest die Hosen voll. Nicht nach diesem beschissenen Tag, den ich hinter mir habe.«

»Aber...«

»Laß den verdammten Truck in Ruhe! Mein Gott, wir haben achtundzwanzig Millionen Bucks in der Tasche. Wenn du willst, kannst du dir eine ganze Dodge-Vertretung kaufen.«

Mit mürrischer Miene half Bode Gazzer seinem Komplizen beim Beladen des Bootes. Das letzte, was aus dem Pick-up geholt wurde, war das zusammengerollte Ledertuch.

»Was zum Teufel ist denn da drin?« wollte Chub wissen. »Oder hätte ich lieber nicht fragen sollen? Das klingt ja wie ein Haufen Budweiserdosen.«

Bode schüttelte den Kopf. »Die AR-15. Ich hab sie auseinandergenommen, um sie zu reinigen.«

»Gott helfe uns. Laß uns lieber ablegen.«

Bode verkniff es sich, den Platz am Steuer für sich zu beanspruchen. Er konnte deutlich sehen, daß es auf dem Boot Probleme gegeben hatte. Chubs Kleidung tropfte, und sein Pferdeschwanz war mit einer Ranke zimtfarbenen Seetangs verziert. Der Boden und die Plastiksitze waren mit winzigen Splittern übersät, die aussahen wie bläuliches Porzellan, so als hätte Chub einen Teller zertrümmert.

Während sie sich langsam von der Rampe entfernten, drehte Bode sich zu einem letzten Blick auf seinen roten Ram-Truck um. Er rechnete damit, daß er spätestens am Abend entweder teilweise zerlegt oder gar ganz gestohlen sein würde. Nicht weit entfernt am Strand bemerkte er einen Mann, der am Rand eines kleinen Mangrovenwäldchens stand. Es war ein Weißer, daher machte Bode Gazzer sich keine Sorgen. Wahrscheinlich handelte es sich nur um einen Angler auf der Suche nach einem guten Platz.

Während das Boot allmählich Tempo aufnahm, rief Bode: »Und wie läuft der Kahn?«

»Wie eine einbeinige Nutte.«

»Und was hat dieser Schlamm und das andere Zeug hier zu suchen?«

»Ich kann dich nicht verstehen!« brüllte Chub zurück.

Angesichts des schmutzigen Decks und des unregelmäßigen Betriebs der Außenbordmotoren wäre es völlig sinnlos gewesen, wenn Chub geleugnet hätte, daß das Boot von ihm auf Grund gesetzt worden war. Er sah jedoch keine Veranlassung, Bodean Gazzer auch noch zu schildern, wie knapp er der Katastrophe entgangen war, die Hälfte des Lotto-Jackpots zu verlieren.

Wie er sich tapfer in die Untiefen gestürzt hatte.

Dort im Schlick und Schlamm und im Gras herumgewühlt hatte, bis er ihn in vierzig Zentimetern Wassertiefe wiederfand: den Lottoschein, der – o Wunder – in der Gezeitenströmung trieb.

Natürlich befand dieser sich in den Scheren einer Königskrabbe. Die verdammte Bestie hatte dreist von dem Heftpflasterstreifen Besitz ergriffen, an dem der Schein klebte. Der vor Wut und Erschöpfung halb ohnmächtige Chub hatte keinen Moment gezögert und sich den frechen Räuber vorgenommen, der ihm daraufhin eine Schere unbarmherzig ins Fleisch gegraben und mit der anderen seine nasse Beute festgehalten hatte. Während die Krabbe unerschütterlich an seiner rechten Hand hing, war Chub ins Boot zurückgeklettert und hatte das Tier am Bootsrand zertrümmert. Auf solche Art und Weise hatte er sich den Lottoschein zurückgeholt. Für diesen Sieg mußte er jedoch einen hohen Preis bezahlen. War doch der einzige noch unversehrte Teil der Krabbe die blaue Schere, die an dem Hautlappen zwischen Daumen und Zeigefinger hing – ein ziemlich makabres Schmuckstück.

Bodean Gazzer hatte die Schere sofort entdeckt, jedoch entschieden, sich lieber nicht dazu zu äußern. Er dachte allerdings: Ich hätte direkt nach Tallahassee fahren und nicht zurückkehren sollen.

»Ich habe eine Seekarte«, überbrüllte er den Lärm der mit Schlamm verstopften Mercury-Motoren.

Von Chub war nichts zu hören.

»Ich hab auch schon eine Insel ausgesucht.«

Chub schien zu nicken.

»Pearl Key!« rief Bode. »Dort sind wir in Sicherheit.«

Chub spuckte über die Windschutzscheibe. »Vorher müssen wir aber noch woanders haltmachen.«

»Ich weiß, ich weiß.« Bode Gazzer senkte die Stimme, damit seine Bemerkung vom Motorenlärm verschluckt wurde. »Scheiß Jewfish Creek.«

- 19 -

Demencio verbrachte den ganzen Tag damit, die restlichen Schildkröten JoLaynes zu bemalen. Ohne ein zuverlässiges biblisches Archiv war es schwierig, dreiunddreißig einzelne Porträts zu finden, die sich auf die Schildkrötenpanzer übertragen ließen. Aus Zeitgründen entschied Demencio sich für eine einzige heilige Erscheinung, die er von Schildkröte zu Schildkröte nur in kleinen Details variierte.

Während die Reptilien trockneten, kam Trish ins Haus gestürzt und rief: »Vierhundertzwanzig Dollar!«

Demencios Augenbrauen führten einen wilden Tanz auf – das war eine absolute Rekordeinnahme.

»Sie haben diesen Burschen richtig ins Herz geschlossen«, meinte seine Frau.

»Sinclair? Ich tippe eher auf die Apostel.«

»Liebling, es ist das ganze Arrangement. Er, die weinende Maria, die Schildkröten ... Für jeden ist etwas dabei.«

Das stimmte. Demencio hatte noch nie eine Pilgergruppe gesehen, die so andächtig war.

Trish strahlte. »Stell dir nur mal vor, was wir noch einnehmen können – in der Weihnachtswoche alleine. Wann wollte JoLayne wieder zurück sein?«

»Irgendwann. Jederzeit.« Demencio schraubte die Farbdosen zu.

»Ich wette, sie leiht uns die Schildkröten für die Feiertage.«

Eins mußte man Trish lassen, sie setzte ein unerschütterliches Vertrauen in die menschliche Natur. »Leihen oder vermieten?« wandte Demencio ein. »Aber selbst wenn sie es täte, was ist mit ihm?«

»Sinclair?«

»Er wird nicht so lange durchhalten. Wenn er in dieser Weise weitermacht, zeigt er den alten Damen morgen seinen kleinen Herrn.«

Trish nickte. »Du solltest mal mit ihm reden.«

Demencio erinnerte sie daran, daß er von dem, was Sinclair von sich gab, nicht allzuviel verstand. »Es klingt, als hätte seine Zunge sich selbständig gemacht.«

»Nun, Mister Dominick Amador scheint keine Kommunikationsprobleme zu haben.« Trish stand am vorderen Fenster und schob die Vorhänge ein Stück auseinander, um einen ungehinderten Blick auf das Heiligtum zu haben.

Demencio sprang auf. »Dieser Hurensohn!«

Er rannte hinaus und verscheuchte Dominick von seinem Grundstück. In der Eile seines Rückzugs ließ der Stigmata-Mann seine Krücken fallen, die glitschig waren vom Bratfett. Demencio hob sie auf und schlug sie an einem Zaunpfahl aus Beton in Stücke. Demencio hoffte, daß dieser Wutausbruch als massive Warnung verstanden wurde. Er schaute suchend zu einer Ficushecke hinüber, in der Dominick Amador untergetaucht war. Hoffentlich würde der lästige Schwindler ihn von dort aus beobachten.

Zu Sinclair meinte er warnend: »Dieser Kerl ist ein einziges Ärgernis.«

Sinclair thronte wie ein Buddha inmitten der apostolischen Schildkröten. Das weiße Laken, das er trug, war zerknautscht, schmutzig und mit einem Zickzackmuster lehmiger Kriechspuren bedeckt.

»Was wollte dieses Arschloch?« erkundigte sich Demencio. »Hat er Sie gefragt, ob Sie mit ihm zusammenarbeiten wollen?«

Sinclairs Gesichtsausdruck war seltsam und unnahbar, ein genaues Spiegelbild seines Gemütszustandes.

»Hat er Ihnen seine Hände gezeigt?« wollte Demencio weiter wissen.

»Ja. Und auch seine Füße«, antwortete Sinclair.

»Ha! Dazu nur eine Information: Er hat sich das selbst zugefügt! Die verdammten Löcher und alles andere. Dieser Dominick ist ein absoluter Vollidiot.«

Demencio glaubte, ganz offen reden zu können, weil die Touristen längst abgezogen waren. »Wenn er Sie noch einmal belästigen sollte, sagen Sie mir Bescheid«, meinte er.

»Oh, mir geht's gut«, sagte Sinclair, was auch der Wahrheit entsprach. Noch nie hatte er einen solchen spirituellen Frieden gefunden. Den Wolken zuzuschauen war genauso gut wie fliegen: kühl und schwerelos, befreit von irdischer Last. Bis auf ein paar Trinkpausen hatte er den ganzen Tag über kaum einen Muskel gerührt. Unterdessen hatten ihn die Schildkröten erforscht – auf einem Arm hinauf, auf einem Bein nach unten, kreuz und quer über seine Brust. Das Trippeln ihrer winzigen Zehennägel kitzelte und beruhigte Sinclair. Eine der Schildkröten – war es Simon? – hatte sogar die Steilwand von Sinclairs Schädel erklommen und es sich auf seiner hohen, glatten Stirn gemütlich gemacht, wo sie sich stundenlang friedlich sonnte. Dieses Gefühl hatte Sinclair in eine Zen-ähnliche Trance versetzt. Er lagerte inmitten der winzigen Tiere wie ein Gulliver ohne Stricke. Das niederschmetternde Schuldgefühl, Tom Krome in den Tod geschickt zu haben, verging wie Nebel in der Sonne. Der hektische Nachrichtensaal des *Register* und der Job, den Sinclair früher so ernst genommen hatte, verblaßten zu einer vagen Erinnerung, die in mißtönenden und unzusammenhängenden Sequenzen zu ihm zurückkehrte. Immer wieder huschten sämtliche Schlagzeilen, die er jemals entwickelt hatte, nacheinander durch sein Bewußtsein wie ein dämonischer Dow-Jones-Ticker und animierten Sinclair dazu, irgendwelche unverständlichen Laute zu jodeln. Er deutete diese eruptiven Erinnerungsblitze als Zeichen dafür, daß er mit dem Tageszeitungsjournalismus ein für allemal fertig war, eine Offenbarung, die nicht wenig zu seinem inneren Frieden beitrug.

Demencio ging in die Hocke, um mit dem verträumten Schildkrötenheiligen besser Augenkontakt aufnehmen zu können. »Kann ich Ihnen irgend etwas bringen – ein Glas Sodawasser vielleicht? Ein halbes Sandwich?«

»Nuh-uh«, erwiderte Sinclair.

»Wollen Sie nicht zum Abendessen bleiben? Trish bereitet zum Nachtisch einen ihrer berühmten Biskuitkuchen.«

»Gerne«, antwortete Sinclair. Er war zu schläfrig für den Fußmarsch zu Roddys und Joans Haus.

»Sie können auch hier schlafen, wenn Sie wollen. Wir haben

ein Gästezimmer mit einem Bett«, bot Demencio an, »und genug frische Laken, die Sie tragen können, wenn Sie morgen wieder hierbleiben wollen.«

Sinclair hatte bisher noch überhaupt nicht über seine Zukunft nachgedacht, aber im Augenblick konnte er sich nicht vorstellen, sich jemals von den heiligen Schildkröten zu trennen.

Demencio war noch nicht fertig. »Ich habe eine Überraschung für Sie.«

»Ah.«

»Aber Sie müssen mir versprechen, nicht in Ohnmacht zu fallen, okay?«

Demencio eilte ins Haus und kam mit dem Aquarium wieder zurück, das er vor Sinclair hinstellte. Mit atemloser Gebanntheit betrachtete dieser die frisch bemalten Schildkröten. Er streckte die Hände nach ihnen aus und bewegte aufgeregt die Finger wie ein Kind, das versucht, ein Hologramm anzufassen.

Demencio verkündete: »Die sind für Sie. Viel Spaß damit.«

Als er das Becken auf eine Seite kippte, schwärmten dreiunddreißig frisch geheiligte Schildkröten aus, um zu ihren Gefährten im Wassergraben zu gelangen. Beglückt hob Sinclair mehrere hoch und betrachtete sie andächtig. Er legte den Kopf leicht in den Nacken und begann zu singen: »Muugghhh meechy makk-a-mamma«, eine aus dem Unterbewußtsein gesteuerte Rezitation der klassischen Schlagzeile MULI MIT MANN AUF MARATHONRITT.

Demencio zog sich derweil von dem deklamierenden Schildkrötenfreund zurück und verschwand wieder im Haus. Trish war in der Küche und bereitete gerade die Teigmischung zu. »Hast du ihn wegen der T-Shirts gefragt? Gibt er uns dazu die Erlaubnis?«

Ihr Ehemann zuckte mit den Achseln. »Der Typ ist derart weggetreten, daß er uns sogar erlauben würde, ihm die Nieren rauszuschneiden, wenn wir sie brauchten.«

»Also soll ich das Gästezimmer vorbereiten?«

»Ja. Wo sind die Autoschlüssel?« Demencio klopfte suchend seine Taschen ab. »Ich muß mal wieder Salat holen.«

Tom Krome verabschiedete sich ebenfalls aus dem Zeitungsgewerbe, allerdings ganz anders als sein Redakteur und ohne die mystische Begleitung von Reptilien. Während Sinclair transzendental aus den Schlagzeilen verschwand, war Krome selbst zu einer geworden. Er hatte sich in eine vertrackte Folge von Ereignissen hineingestürzt, bei denen er der Hauptbeteiligte und nicht nur deren Chronist war.

Er war zu einer Sensationsmeldung geworden. Raus aus den Kulissen und hinein ins Weltgeschehen.

Sich mit JoLayne Lucks zu verbünden bedeutete, daß Krome nicht mehr über ihre Mission schreiben konnte, jedenfalls nicht, wenn er sich weiterhin an die eherne Moral des Journalismus zu halten gedachte, was er vorhatte. Allein ehrliche Reporter konnten sich um eine aus gutem Glauben genährte Objektivität oder zumindest um professionelle Parteilosigkeit bemühen. Das war für ihn nun jedoch unmöglich geworden, angesichts der Beraubung und Mißhandlung einer farbigen Frau in Grange, Florida. Zuviel geschah, woran Tom Krome direkt beteiligt war, und mehr würde noch geschehen. Befreit von seinen journalistischen Pflichten, fühlte er sich frei und mit frischer Energie aufgeladen. Ein optimaler Zustand für jemanden, der auf der Titelseite für tot erklärt worden war.

Dennoch ertappte Krome sich gelegentlich dabei, wie er nach dem Notizblock griff, den er längst nicht mehr bei sich führte. Manchmal konnte er seine steife, rechteckige Form noch in der Gesäßtasche spüren. Es war wie ein Phantomschmerz nach einer Amputation.

Auch jetzt wieder zum Beispiel. Während er die Gauner beobachtete.

Normalerweise hätte Krome sein Notizbuch jetzt offen auf seinem Schoß liegen. Und würde seine Notizen in dem, was Mary Andrea als seine »Serienmörderklaue« bezeichnete, hineinkritzeln.

3.35 nachm. Jewfish Crk.
Tarn, Pferdeschw. Tanken Boot auf.
Streiten – wegen was?
Kaufen Bier, Proviant, usw.
Hinzu 2 Pers, nicht idf. m/w. Er Glatze u. barf. Sie blond, orange Shorts.
Wer?

Diese Beobachtungen sammelten sich automatisch in Tom Kromes Gehirn, als er zusammen mit JoLayne in dem ramponierten alten Boston Whaler saß, den sie gemietet hatte. Beide waren steif und müde nach einer langen Nacht in dem kleinen Boot. Sie hatten den Vorsprung der Rednecks aufgeholt, um schließlich zu beobachten, wie das Wasserskiboot erstaunlich zügig auf eine mit Gras bewachsene Sandbank auflief. Es war der erste von mehreren Umwegen. Die Räuber verbrachten Stunden damit, von einem nautischen Hindernis zum nächsten zu manövrieren. Tom und JoLayne, verblüfft über die totale Unfähigkeit ihrer Beute, folgten in sicherem Abstand.

Nun war ihr Boot an einem PVC-Pfahl an der Mündung eines seichten Kanals vertäut. Der Behelfsliegeplatz gestattete einen teilweise versperrten Blick auf die geschäftigen Piers von Jewfish Creek, wo die Rednecks es geschafft hatten, ohne weitere Zwischenfälle anzulegen.

Krome murmelte schon zum zweitenmal ungehalten: »Ich hätte ein Fernglas mitnehmen sollen.«

JoLayne Lucks meinte dagegen, sie brauche keins. »Es ist der Junge. Ich bin mir ganz sicher.«

»Welcher Junge?«

»Shiner. Aus dem Grab 'n' Go.«

»Hey … da könntest du recht haben.« Krome legte beide Hände über die Augen, um nicht geblendet zu werden.

»Dieser verkommene kleine Scheißer«, schimpfte JoLayne. »Das erklärt auch, weshalb er wegen des Lottoscheins gelogen hat. Sie haben ihm einen Anteil an der Beute versprochen.«

Unter den gegebenen Umständen, dachte Krome, nimmt sie es ziemlich gelassen auf.

»Und weißt du, was noch?« fuhr sie fort. »Die Kleine in den Shorts und dem T-Shirt – sie sieht aus wie die Kellnerin bei Hooters.«

Krome mußte grinsen. »Das Girl, an das sie sich an dem Abend rangemacht haben. Ja!« Er konnte sehen, wie sie in das gestohlene Boot stiegen: zuerst Bodean Gazzer, gefolgt von dem glatzköpfigen Shiner, dann dem Mann mit dem Pferdeschwanz, der die blonde Frau hinter sich herzerrte.

Nachdenklich stellte JoLayne fest: »Damit sind sie zu viert und wir zu zweit.«

»Nein, das ist ja phantastisch.« Krome gab ihr einen Kuß auf die Stirn. »Das ist das absolut Beste, was uns passieren konnte.«

»Spinnst du jetzt?«

»Ich rede von dem Girl, JoLayne. Daß sie dabei ist, ändert alles.«

»Das Girl?«

»Ja. Wie auch immer der grandiose Plan aussah, den die Kerle ausgeheckt hatten, der dürfte jetzt wohl endgültig gestorben sein.«

JoLayne hatte ihn noch nie so erregt und aufgekratzt erlebt. »In einem kleinen Boot«, erklärte er, »sitzen jetzt drei verliebte Idioten und eine schöne Frau, Liebling. Das Unwetter, das sich da zusammenbraut, kann man doch jetzt schon am Horizont erkennen.«

Sie erwiderte: »Eigentlich sollte ich durch das, was du gesagt hast, beleidigt sein, und zwar im Namen aller Frauen dieser Welt.«

»Überhaupt nicht.« Er band den Whaler vom Pfahl los. »Ich meine ausschließlich die Männer. Ihre typischen Verhaltensweisen. Du brauchst dir diese Trottel nur genau anzusehen, und schon erkennst du, daß die keine Ahnung haben, wie sie mit so einem Girl umgehen müssen.«

JoLayne begriff, daß er recht hatte. Das gestohlene Boot hatte sich in eine Zeitbombe verwandelt. Jeder Streit würde die Männer explodieren lassen – wegen Zigaretten, der letzten eisgekühlten Flasche Bier … oder wegen eines gestohlenen Lottoscheins.

Krome sagte: »Wir brauchten dringend etwas, wodurch diese

Jungs abgelenkt werden würden. Ich meine, unsere Gebete wurden erhört.«

»Gott segne einen Laden wie Hooters.« JoLayne deutete mit einer Kinnbewegung in Richtung Bootshafen. »Tom, sie kommen zurück.«

»Das tun sie.«

»Sollten wir nicht in Deckung gehen?«

»Nein«, widersprach Krome. »Bleib ganz ruhig und laß sie vorbeirauschen. Dreh dich zu mir um, okay?«

»Einen Moment mal. Soll das wieder ein Kuß werden?«

»Ein ganz langer, romantischer. Damit sie unsere Gesichter nicht erkennen können.«

»Aye, aye, Captain.«

Richter Arthur Battenkill jr. war ein intelligenter Mann. Er wußte, daß die sterblichen Überreste Champ Powells irgendwann identifiziert werden würden. Ein halbgares Stück Gewebe war zwecks DNS-Tests bereits unterwegs zum FBI, wie der Richter gehört zu haben glaubte.

Ein toter Gerichtshelfer im verbrannten Haus des Liebhabers der eigenen Ehefrau, das wäre nicht leicht zu erklären, vor allem, wenn der Liebhaber irgendwann zurückkehren und eine Untersuchung in Sachen Brandstiftung in Gang setzen könnte. Was dieser Bastard Tom Krome höchstwahrscheinlich tun würde.

Arthur Battenkill wußte, daß seine richterliche Karriere schon bald mit einem Skandal enden würde, wenn er den Stier nicht bei den Hörnern packte. Da er sowohl praktisch dachte als auch recht clever war, begann er Pläne zur Aufgabe des Richteramts und zum Verlassen des Landes zu schmieden.

Von vorne anzufangen, das würde sehr teuer werden. Am günstigsten, so entschied der Richter, wäre es, wenn die Versicherung der Save-King-Supermarktes für sein neues Leben auf den Bahamas, oder wo immer er und seine Frau sich niederließen, aufkommen würde. Das wiederum machte ein Telefongespräch mit dem Anwalt von Emil LaGort notwendig.

Emil LaGort war Kläger in einem Zivilprozeß, der in Arthur Battenkills Gerichtssaal verhandelt wurde. Tatsächlich war Emil LaGort Kläger in zahlreichen Prozessen von den Apalachen bis hinunter nach Key West. Er war nämlich ein gewohnheitsmäßiger Betrüger und begabter Ausrutsch-und-Sturz-Künstler. Er zählte außerdem vierundsiebzig Jahre, was bedeutete, daß er eines Tages tatsächlich ausrutschen und schwer stürzen würde.

Warum nicht gleich jetzt? dachte sich Arthur Battenkill. Warum nicht zwischen den Regalen eines Save-King-Supermarkts?

Emil LaGort verklagte zur Zeit die Ladenkette auf 5 Millionen Dollar, doch er würde sich großzügigerweise mit einem außergerichtlichen Vergleich über fünfzig Riesen plus Kosten zufriedengeben. Das tat er ständig. Daher war sein Anwalt äußerst überrascht, zu Hause von Richter Arthur Battenkill jr. angerufen zu werden.

In der Regel kniff Emil LaGort vor Richtern – falls kein Geschäft zu machen war, zog er ohne viel Aufsehen die Klage zurück. Sich auf einen Prozeß einzulassen war eine zeitraubende Unannehmlichkeit, die Emil LaGort sich angesichts zahlreicher Eisen, die er im Feuer hatte, einfach nicht leisten konnte. Seine Geschäfte mit außergerichtlichen Vergleichen liefen bestens. Die meisten Versicherungsgesellschaften gaben schnell nach, wenn es um gebrechliche alte Bürger ging, die behaupteten, auf dem Gelände ihrer Versicherungsnehmer gestürzt zu sein. Die meisten Versicherungsgesellschaften hatten den innigen Wunsch, Geschworenen den Anblick von Emil LaGort, ausgestattet mit Halsmanschette und Rollstuhl, zu ersparen. Deshalb wurde er dafür bezahlt, so schnell wie möglich zu verschwinden.

Die Klage, die in Arthur Battenkills Gerichtssaal zur Verhandlung kommen sollte, war von der üblichen Art. Sie besagte, daß Emil LaGort während eines Einkaufsbummels im Save King ausgerutscht und gestürzt wäre und sich dabei irreparable Schäden an Hals, Wirbelsäule und Extremitäten zugezogen hätte. Zu dem Unfall sei es auf Grund sträflicher Nachlässigkeit des Ladens gekommen. Eine extragroße Tube Hämorrhoidensalbe sei auf dem Fußboden der Gesundheits- und Hygieneabteilung liegengelassen worden, wo sie von einem oder wahrscheinlich mehreren Einkaufswagen überrollt worden war, so daß der rutschige Inhalt der geborstenen Tube sich in gefährlicher Weise auf dem Fußboden ausgebreitet hatte. Weiterhin hätten weder Save King noch die Angestellten des Supermarkts sich bemüht, die Gefahrenquelle schnellstens zu beseitigen oder die Kundschaft vor der akuten Gefahr zu warnen – eine Nachlässigkeit, die zu der schlimmen und bleibenden Gesundheitsschädigung von Emil LaGort geführt hätte.

Emil LaGort ging von der Annahme aus, daß Richter Arthur Battenkill jr. ebenso wie jeder andere, der mit dem Fall vertraut war, genau wußte, daß Emil die Tube ganz gezielt vom Regal gewischt und mit beiden Füßen darauf herumgestampft hatte, um sich dann vorsichtig auf den Fußboden der Gesundheits- und Hygieneabteilung zu legen. Was sein Anwalt jedoch nicht erwartet hatte, war die Tatsache, daß der Richter ihn an einem Sonntagmorgen anrief und sagte:

»Lenny, es wäre im Interesse Ihres Mandanten, hart zu bleiben und die Sache durchzufechten.«

»Aber, Euer Ehren, wir haben uns entschieden, uns zu einigen.«

»Das wäre ein wenig voreilig.«

»Hunderttausend lautete das Angebot.«

»Sie können weit mehr rausholen, Lenny. Vertrauen Sie mir.«

Der Anwalt hatte Mühe, ruhig zu bleiben. »Aber ich bin auf einen Prozeß gar nicht vorbereitet.«

»Sie brauchen doch nur eine kleine Show abzuziehen«, stichelte Arthur Battenkill. »Nehmen Sie diesen hochnäsigen Knochenbrecher, den Sie immer als Gutachter engagieren, ich meine den mit dem zerfransten Toupet. Oder schalten Sie diesen verlogenen Scheißkerl von einem sogenannten Neurologen aus Fort Lauderdale ein. Sie schaffen das schon.«

»Ja, ich glaube auch.« Der Anwalt begann allmählich zu begreifen.

Der Richter fuhr fort: »Eine Frage – meinen Sie, daß Mr. LaGort mit, sagen wir, 250 000 Dollar zufrieden wäre?«

»Euer Ehren, Mr. LaGort wäre verdammt noch mal begeistert.«

Und ich auch, dachte der Anwalt. Ich mit meinen fünfunddreißig Prozent.

»In Ordnung, Lenny, dann habe ich einen Vorschlag. Schauen wir doch mal, ob wir dem Steuerzahler nicht eine Menge Geld sparen können. Morgen früh treffen wir uns alle in meinem Büro, und danach, da bin ich ziemlich sicher, werden die Beklagten bereit sein für eine Einigung.«

»Für zweihundertfünfzig?«

»Nein, für eine halbe Million. Können Sie mir folgen?« fragte Arthur Battenkill.

Am anderen Ende der Leitung entstand eine unbehagliche Pause. Der Anwalt meinte: »Vielleicht sollten wir dieses Gespräch lieber persönlich fortsetzen.«

»Die Telefone sind sauber, Lenny.«

»Wenn Sie es sagen.«

»Fünfhundert sind eine vernünftige Zahl«, erklärte der Richter, »weil die Versicherung von Save King damit leben kann. Ein Prozeß würde ein zu großes Risiko bedeuten, vor allem dann, wenn zwei Greise unter den Geschworenen sind. Dann muß man von Anfang an mit einer siebenstelligen Zahl rechnen.«

Der Anwalt erwiderte: »Amen.«

»Nächste Frage – kann Mr. LaGort davon überzeugt werden, daß die Gerichtskosten in diesem Fall besonders hoch ausfallen?«

»Für das Geld, das er erhält, Euer Ehren, kann man Mr. LaGort davon überzeugen, daß Kühe Gummibärchen scheißen.«

»Gut«, meinte Arthur Battenkill. »Dann wissen Sie ja, was mit den anderen zweihundertfünfzig zu tun ist.«

»Weiß ich das?«

»Ein Treuhandkonto, Lenny. Haben Sie so etwas?«

»Natürlich.«

»Dorthin geht das Geld zuerst. Dann wird es telegraphisch nach Übersee geschickt. Ich nenne Ihnen die Kontonummer, sobald ich eine habe.«

»Oh.«

»Was ist los?«

Der Anwalt räusperte sich. »Es ist nur ... Auf diese Art und Weise habe ich so etwas noch nie gemacht.«

»Lenny, komme ich Ihnen etwa wie jemand vor, der sich in irgendeiner Gasse eine gefüllte Einkaufstüte zustecken läßt? Bin ich für Sie irgendein billiger Schmiergeldempfänger?«

»Nein, Euer Ehren.«

»Ich hoffe nicht«, sagte Arthur Battenkill. »Übrigens, nächste Woche wird öffentlich meine vorzeitige Pensionierung aus gesundheitlichen Gründen bekanntgegeben. Erklären Sie Mr. LaGort, er brauche sich also keine Sorgen zu machen.«

Der Anwalt schaffte es, aufrichtige Anteilnahme in seine Worte einfließen zu lassen. »Es tut mir leid, das zu hören. Ich wußte gar nicht, daß Sie so krank sind.«

Der Richter lachte ätzend. »Lenny, Sie sind nicht gerade einer der schnellsten Sorte, oder?«

»Ich glaube nicht, Euer Ehren.«

Nicht für einen Moment kam es Mary Andrea Finley Krome in den Sinn, daß die Zeitungen sich irren könnten und ihr Mann immer noch am Leben war. Sie verließ Missoula unter Mitgefühlsbekundungen von Loretta – oder hieß sie Lorie? – und ihren anderen neuen Freunden aus der *Glasmenagerie*-Besetzung sowie mit der persönlichen Zusicherung des Regisseurs, daß die Rolle der Laura Wingfield für sie reserviert bliebe, bis sie zurückkehren würde.

Was Mary Andrea natürlich überhaupt nicht beabsichtigte. Sie war vielmehr überzeugt, daß der Status einer berühmten Witwe ihr karrieremäßig ganz neue Türen öffnen würde.

Der lange Flug nach Florida gab Mary Andrea ausreichend Zeit, um sich auf die allgemeine Aufmerksamkeit vorzubereiten, die sie sicherlich erwartete. Damit rechnend, daß sie von Reportern entsprechende Fragen gestellt bekäme, versuchte sie, die letzte Begegnung mit Tom zu rekonstruieren. Unglaublicherweise konnte sie das nicht. Wahrscheinlich hatte sie in der Wohnung in Brooklyn stattgefunden, wahrscheinlich in der Küche während des Frühstücks. Dort hatte er stets die sogenannten ernsten Gespräche über ihre Ehe führen wollen. Und wahrscheinlich war sie vom Tisch aufgestanden und ins Badezimmer verschwunden, um sich die Augenbrauen zu zupfen, ihre übliche Reaktion, wenn das Thema Scheidung zur Sprache kam.

Alles, woran Mary Andrea sich mit Sicherheit erinnern konnte, war der Umstand, daß er eines Morgens vor vier Jahren nicht mehr dagewesen war. Peng.

Am Abend vorher war sie erst spät von der Probe nach Hause gekommen und auf dem Sofa eingeschlafen. Sie erwartete, wie an so vielen anderen Tagen dadurch geweckt zu werden, daß Tom lautstark sein Frühstücksmüsli verzehrte. Er bevorzugte Grape-Nuts, die in etwa die Konsistenz von zerkleinerten Granitsteinen hatten.

Die Stille in der Wohnung an diesem Morgen war in Mary Andreas Gedächtnis am deutlichsten haftengeblieben. Und, natürlich, die kurze Nachricht, die – weil sie mit Klebeband am Müslikarton befestigt worden war – kaum ernstgenommen werden konnte:

Wenn du mich nicht verläßt, dann such ich jemanden,
der es tut.

Erst später brachte Mary in Erfahrung, daß Tom sich einer Textzeile aus einem Warren-Zevon-Song bedient hatte, ein irritierendes Detail, das ihren Entschluß, verheiratet zu bleiben, erheblich festigte.

Was jedoch das letzte Mal anging, als sie ihren Mann gesehen und was er zu ihr gesagt hatte, seine Stimme, seine Kleidung, die er getragen hatte – daran konnte sich Mary Andrea einfach nicht erinnern.

Sie konnte sich jedoch entsinnen, was sie an dem Nachmittag getan hatte, als der Anwalt, dieses Arschloch von Turnquist, an der Strippe gewesen war. Sie hatte gerade in der *Daily Variety* gelesen und gleichzeitig ihre Stimmgymnastik absolviert. Sie erinnerte sich, daß Turnquist ihr mitgeteilt hatte, Tom wollte ihr noch eine weitere Gelegenheit geben, sich mit ihm zusammenzusetzen und die Einzelheiten der Scheidung zu diskutieren, ehe er den offiziellen Antrag stellte. Sie erinnerte sich, daß sie daraufhin ein belustigtes Kichern zustande gebracht und dem Anwalt erklärt hatte, er wäre wohl das Opfer eines Schabernacks geworden, den ihr Mann jedes Jahr anläßlich ihres Hochzeitstages inszenierte. Und sie erinnerte sich daran, daß sie den Telefonhörer aufgelegt hatte, in Tränen ausgebrochen war und anschließend drei Mars-Riegel verschlungen hatte.

Verglichen mit anderen nachrichtenträchtigen Trennungen erschien diese ziemlich nichtssagend, und Mary Andrea sah keinen Nutzen darin, auf ihre öffentliche Witwenschaft aufmerksam zu machen, indem sie die Medien langweilte. Daher erfand sie, während sie aus dem Flugzeug auf die zerklüfteten Gipfel der Rocky Mountains hinabschaute, eine angemessene Trennungsszene, die sie an die Presse weitergeben konnte. Zufälligerweise hatte Tom sie vor, sagen wir, etwa einem halben Jahr in, sagen wir, Lansing überrascht, wo sie anläßlich einer Theatertournee eine kleine Rolle in dem Stück *Sunset Boulevard* spielte. Er war unbemerkt ins Theater gekommen und hatte in der letzten Reihe gesessen, um sie nach dem Stück in der Garderobe mit einem Strauß violetter Rosen zu überraschen. Dabei erklärte er, daß er sich das mit der Scheidung noch einmal hätte durch den Kopf gehen lassen. Sie hätten sogar Pläne für ein gemeinsames Abendessen im, sagen wir, nächsten Monat gemacht, wenn sie mit der Produktion von *Das Schweigen der Lämmer* in den Osten zurückgekehrt wäre.

Das klang ziemlich plausibel, dachte Mary Andrea. Und wer wollte schon behaupten, daß es so nicht passiert war? Oder nicht hätte passieren können, wenn Tom nicht gestorben wäre? Während die Stewardeß ihr eine frische Diät-Cola brachte, überlegte Mary Andrea, daß das Weinen ihr keine Schwierigkeiten machen würde. Sobald die Kameras in Position gebracht würden, hätte sie literweise Tränen. Mein Gott, sie könnte sogar auf der Stelle losheulen.

Denn es war ja auch wirklich zu traurig, dieser sinnlose Tod eines jungen, halbwegs talentierten und im Grunde gutherzigen Mannes.

Was hieß es schon, daß sie nachts nicht wach im Bett lag und ihn vermißte. Sie hatte ihn niemals gut genug gekannt, um ihn zu vermissen. Auch das war irgendwie traurig. Und sie dachte an die Vertrautheit und die Sorge füreinander, die sie hätten teilen können, an jene Art von Nähe, die nur durch Jahre der Trennung entstehen kann.

Mary Andrea Finley Krome wühlte in ihrer Handtasche herum, bis sie den Rosenkranz fand, den sie in einem katholischen Trödelladen in Missoula gefunden hatte. Sie würde ihn in der linken Hand halten, wenn sie in Orlando aus dem Flugzeug stieg, und mit tränenerstickter Stimme erklären, daß er ein Geschenk von Tom wäre.

Was ja durchaus hätte sein können, wenn der arme Kerl nicht ermordet worden wäre.

- 20 -

JoLayne Lucks richtete sich derart abrupt auf, daß das Boot heftig zu schwanken begann. »Mein Gott, was für ein entsetzlicher Traum!«

Krome legte einen Finger auf ihre Lippen. Er hatte den Motor ausgeschaltet, und sie trieben in der Dunkelheit auf die Insel zu. »Stell dir vor«, sagte sie, »wir sitzen in dem Heißluftballon, dem gelben von neulich, und plötzlich verlangst du die Hälfte des Lottogewinns.«

»Warum die Hälfte?«

»Das Ganze passiert, nachdem wir den gestohlenen Lottoschein zurückgeholt haben. Plötzlich verlangst du einen Fifty-Fifty-Anteil!«

Krome entgegnete: »Danke, Agent Moffitt, wo immer Sie gerade sind.«

»Was?«

»Er setzt dir doch diese Rosinen in den Kopf.«

»Nein, Tom. Zufälligerweise hat er gemeint, daß du ihm nicht wie ein typischer geldgieriger Mistkerl vorkommst.«

»Hör auf! Ich werde gleich rot!«

Es war eine windige Nacht. Wolken trieben am Himmel vorüber. Das Sternenlicht wurde an- und ausgeknipst. Sie näherten sich der Insel in einem weiten Bogen. Der mit Bäumen gesäumte Strand sah schwarz und leblos aus – die Räuber waren nirgendwo zu entdecken, da sie auf der Leeseite in einem schmalen Wasserarm verschwunden waren. Krome vermutete, daß sie bisher noch keinen Wächter aufgestellt hatten. Die Männer waren sicherlich noch mit dem Entladen und Auspacken beschäftigt.

JoLayne fragte: »Bist du auch ganz sicher, daß sie uns nicht gesehen haben, während wir ihnen folgten?«

»Ich bin mir mit gar nichts sicher.«

Damit wären wir schon zu zweit, dachte sie.

Offensichtlich hielt Tom zu ihr, mit Schrotflinte und allem, was sonst noch dazugehörte. Sie fragte sich, weshalb. Es war ihr ein Rätsel, das aufklären zu wollen sie schon am ersten Tag aufgegeben hatte. Weshalb tat er das alles? Welchen Nutzen hatte er von dieser Sache? Krome hatte bisher nichts gesagt, was irgendwelche Zweifel in JoLayne hätte auslösen können. Es waren nur die Nachwirkungen eines Lebens, in dem sie von allen Männern, denen sie vertraut hatte, im Stich gelassen worden war.

Während das Boot auf die Mangroven zutrieb, hörte sie, wie Tom meinte: »Halt dich fest.« Gleichzeitig legte das Boot sich für einen kurzen Moment auf die Seite, und sie bemerkte, wie er sich über den Rand schwang und aufs Ufer zuwatete. Er hielt die Bugleine in einer Hand und zog den Whaler leise durch das seichte Wasser zu der Baumreihe hinüber.

JoLayne beugte sich vor. »Sei vorsichtig«, flüsterte sie.

»Das Wasser ist angenehm.«

»Mücken?«

»Nicht so schlimm«, raunte Krome ebenso leise.

Das liegt am Wind, dachte JoLayne. Moskitos lieben warme, stille Nächte. Wenn wir August hätten, würden sie uns verschlingen.

»Siehst du irgendeine Stelle, wo wir festmachen können?« erkundigte sie sich. »Wie wär's da drüben?«

»Dorthin wollte ich gerade.«

Die Lücke war nicht viel breiter als das Boot. Krome gab JoLayne den Rat, sich ins Boot zu legen und ihr Gesicht zu bedecken, während er sie durch das Mangrovendickicht zog. Die Äste kratzten über ihre nackten Arme, und hauchdünne Spinnweben blieben in ihrem Haar hängen. Viel mehr jedoch erschrak sie beim Klang der Wurzeln, die knirschend am Bootsrumpf entlangstrichen. Tom jedoch schien sich keine Sorgen zu machen. Er zog das Boot auf festen Untergrund und half ihr beim Aussteigen.

Innerhalb von fünfzehn Minuten hatten sie ihre Ausrüstung ausgepackt und sortiert. Beim Schein einer Taschenlampe säuberten sie die Remington und luden sie mit zwei Patronen. Es war das erste Mal seit Sonnenuntergang, daß JoLayne Toms Gesicht hatte sehen können, und es beruhigte sie ungemein.

»Was hältst du von einem Feuer?« fragte sie.

»Jetzt noch nicht.« Er lehnte das Gewehr an einen Baum und knipste die Lampe aus. »Laß uns einfach nur still dasitzen und lauschen.«

Die vibrierende Stille erwies sich als ein Labsal. Nichts war zu hören als das Summen von Insekten und das Flüstern der Wellen auf dem Strand. Der Frieden erinnerte JoLayne an den Abend im Simmons Wood, als sie und Tom stehengeblieben waren, um das Wild zu beobachten.

Nur drückte er diesmal ihre Hand. Er war angespannt.

Sie versuchte ihn zu beruhigen. »Du hast einen guten Platz gefunden. Hier sind wir sicher.«

»Ich höre ständig Geräusche.«

»Das ist der Wind in den Bäumen.«

»Ich weiß nicht so recht.«

»Es ist der Wind, Tom.« Es war für sie deutlich zu erkennen, daß er noch nicht sehr viel Zeit in der Wildnis verbracht hatte. »Zünden wir ein Feuer an.«

»Sie riechen den Qualm.«

»Das tun sie nicht, wenn sie auch eins anfachen«, widersprach sie, »und ich wette mit dir um fünf Dollar, daß sie ebenfalls eins brennen haben. Ich denke, daß diese reizende kleine Kellnerin sich sonst den Hintern in ihren kurzen Shorts abfrieren dürfte.«

Tom sammelte Treibholz, während JoLayne im Sand eine kleine

Grube aushob. Als Zunder benutzten sie Hände voll knisternden, ausgedörrten Seetangs, der haufenweise am Ufer lag. Es dauerte nicht lange, bis die Ranken Feuer fingen. JoLayne trat nahe heran und genoß die Wärme auf ihren nackten Armen. Tom nahm das dunkelblaue Leinenverdeck des Bootes ab und breitete es auf dem Erdboden aus. JoLayne machte ihn taktvoll darauf aufmerksam, daß er die Plane auf die dem Wind zugewandte Seite des Feuers ziehen sollte, damit ihnen der Qualm nicht in die Augen drang.

»Gute Idee«, bemerkte er gepreßt.

Sie setzten sich nahe ans Feuer – Tom mit einer Cola und einem Müsliriegel, JoLayne mit einer Canada-Dry-Limonade, einer Packung Knabber-Goldfische und der Remington.

»Das ist fast so gemütlich wie zu Hause«, stellte sie fest.

»Ja.«

»Bis auf das Radio. Wäre Whitney Houston jetzt nicht genau das richtige für diese Stimmung?« JoLayne versuchte Tom ein wenig aufzumuntern und sang mit dünner Stimme: »Aaahheeeayyyyy will all-way love you-aaaooooo...«

Ein knappes Lachen war die Antwort: »Stimmt etwas nicht?« fragte sie.

»Ich glaube, ich bin nur müde.«

»Nun, es ist ja auch schon spät genug.«

»Wir sollten uns im Morgengrauen ein wenig umschauen, wenn sie noch schlafen.«

»Vielleicht sind sie Frühaufsteher.«

»Das bezweifle ich. Sie haben eine Riesenladung Bier an Bord gehabt«, entgegnete Tom.

»Gut, morgen früh also. Und was dann?«

»Wir schleichen uns so nahe an ihr Lager wie möglich – zumindest nahe genug, um sehen und hören zu können, was dort läuft. Auf diese Art und Weise erfahren wir rechtzeitig, wenn dort der große Streit ausbricht.«

»Ich hoffe nur, daß du dich damit nicht irrst. Und was geschieht dann?«

»Wir holen sie uns nacheinander.«

»Ist das dein Ernst?«

»Nicht mit der Schrotflinte, JoLayne. Es sei denn, sie lassen uns keine andere Wahl.«

»Ich verstehe.«

Tom öffnete eine Dose Thunfisch und entleerte diese mit einer Gabel auf einen Pappteller. JoLayne winkte ab, ehe er ihr den Teller anbot.

»Ich habe über deinen Traum nachgedacht«, sagte er.

»Hm-m.«

»Ich nehme dir nicht übel, daß du mir gegenüber mißtrauisch bist. Nur ein Narr wäre das nicht, aber...«

»Das ist nicht das richtige Wort...«

»Sieh mal«, fuhr er fort, »wenn ich über diese Geschichte berichten würde, anstatt daran teilzuhaben, wäre dies die erste Frage, die ich stellen würde: ›Woher weißt du, daß dieser Typ nicht auch hinter deinem Lottogeld her ist?‹ Und ich kann darauf nur antworten, ich bin es nicht. Dieser Gedanke ist mir niemals gekommen, ehrlich. Woraus sich die naheliegende Frage ergibt, was zum Teufel stimmt nicht mit mir? Weshalb riskiere ich meinen Hals für eine Frau, die ich erst vor fünf Tagen kennengelernt habe?«

»Weil ich etwas ganz Besonderes bin?« fragte JoLayne mit vollem Mund. Sie aß gerade mit Appetit ihre Knabber-Goldfische.

»Hey, ich meine das völlig ernst.«

»Toll«, stellte sie fest. »Du kannst also wirklich nicht erklären, weshalb du hier bist? Du, dessen Job es ist, sich mit Worten auszudrücken? Ein intelligenter, erfolgreicher Bursche, der nicht zögert, alles hinter sich zu lassen, sozusagen aus seinem bisherigen Leben auszusteigen.«

»Unglaublich, ich weiß. Und wie ich das weiß.« Er starrte ins Dunkel jenseits des Feuers. »Es erschien mir... notwendig.«

JoLayne trank einen Schluck Ginger Ale. »Na schön, Mister Krome. Da keiner von uns beiden Ihre Motive ergründen kann, sollten wir über unsere Möglichkeiten nachdenken.«

»Das Feuer geht aus.«

»Bleib beim Thema«, forderte JoLayne. »Fangen wir mit Sex an.«

»Sex?«

»Ja. Das, was wir gestern im Motel getrieben haben. Erinnerst du dich? Man zieht sich aus, und einer steigt auf den anderen…«

»Du willst ernsthaft behaupten, ich riskierte, von irgendwelchen Psychopathen massakriert zu werden, nur um dich ins Bett zu bekommen?«

»Es gibt Männer, die tun alles dafür.«

»Nimm's mir nicht übel«, erwiderte Tom, »aber ich gehöre nicht zu der ausgehungerten Sorte.«

»Ach nein? Wann hattest du denn das letzte Mal vorher mit einer Frau geschlafen?«

»Vor einer Woche.«

»Unmöglich«, befand JoLayne und blinzelte spöttisch.

»Die Frau eines Richters.« Krome stand auf, um mehr Treibholz in die Glut zu werfen. »Offenbar hat sie genau darüber Buch geführt. Wenn du willst, kann ich dir eine Liste besorgen.«

JoLayne erholte sich schnell. »Demnach können wir Geld und Sex ausschließen. Wie steht's mit Heldenmut?«

Tom lachte traurig. »Ich wünschte, den hätte ich.«

»Das schlechte Gewissen des weißen Mannes?«

»Das ist möglich.«

»Oder wie wäre das denn als Erklärung: Du versuchst lediglich, dir selbst etwas zu beweisen.«

»Allmählich kommen wir zum Kern der Angelegenheit.« Er streckte sich aus und verschränkte die Hände hinterm Kopf. Im Feuerschein konnte JoLayne erkennen, daß er erschöpft war.

»Hey«, meinte er plötzlich, »wir haben die Ziehung der Lottozahlen versäumt.«

»Mein Gott, richtig – sie war gestern abend, nicht wahr? Ich glaube, wir waren mit etwas anderem beschäftigt.« Sie kramte in ihrer Tasche herum und fand die Lottoscheine, die Moffitt aus Bodean Gazzers Apartment hatte mitgehen lassen. Sie fächerte sie wie ein Kartenspiel auf, so daß auch Tom sie sehen konnte.

»Fühlst du dich gut?«

»Sehr«, antwortete er.

»Ich auch.« Sie beugte sich vor und ließ die Scheine nacheinander ins Feuer flattern.

Als sie Pearl Key erreichten, redeten Bodean Gazzer und Chub kaum noch miteinander. Der Grund war die Seekarte von der Florida Bay, die sie gekauft hatten und die keiner der beiden entziffern konnte. Chub gab Bode die Schuld, und Bode gab sie gleich weiter an die Kartographen der National Oceanic Atmospheric Administration, die – so behauptete er – die landeinwärts führenden Wasserläufe absichtlich falsch eingezeichnet hätten, um die Flucht von Überlebenskämpfern der White Clarion Aryans zu erschweren. Diesmal jedoch kaufte Chub es ihm nicht ab.

Die Unfähigkeit der beiden Männer, die Navigationszeichen zu lesen und zu verstehen, führte zu einer Reihe heftiger Grundberührungen, wodurch die Motorenschrauben erheblich in Mitleidenschaft gezogen wurden. Das Wasserskiboot vibrierte wie eine altersschwache Küchenmaschine, als die Milizionäre endlich die Insel erreichten.

Chub schäumte innerlich vor Wut – er hatte gehofft, Amber mit seinem nautischen Können imponieren zu können. Aber nach ihrem dritten Mißgeschick beim Verlassen des Jachthafens von Jewfish Creek hörte er sie sagen: »Das ist doch wohl ein Witz, nicht wahr?«

Zu diesem Zeitpunkt stand er bis zu den Hüften im Wasser und stemmte sich mit aller Kraft gegen den Bootsrumpf. Bode Gazzer planschte neben ihm im seichten Wasser auf der Steuerbordseite. Amber hielt sich mit Shiner im Boot auf.

Das ist doch wohl ein Witz, nicht wahr?

Und Chub hörte, wie Shiner meinte: »Wenn es mal nur so wäre.«

Dieser eingebildete Scheißer.

Während er sich durch den Schlamm wühlte, dachte Chub sorgenvoll an die Lottoscheine. Beide waren in der Steuerkonsole versteckt – der gestohlene noch feucht von der Beinahe-Katastrophe sowie Bodes Schein in seinem Portemonnaie –, als Chub ihn nötigte, über Bord zu springen und beim Schieben zu helfen.

Die Konsole war mit billigen Plastiktüren ausgestattet, die sich nicht abschließen ließen. Chub beschloß deshalb, Shiner in die Kniescheiben zu schießen, falls er sich zu nahe an die Konsole heranwagen sollte.

Die Nacht war bereits angebrochen, als sie auf Pearl Key an Land gingen. Bode Gazzer benutzte flüssigen Grillanzünder, um ein Feuer in Gang zu bringen. Chub zog sich aus und hängte seine triefnassen Kleider zum Trocknen in die Mangroven. Shiner erhielt den Befehl, das Boot auszuladen. Er konnte nicht fassen, daß Chub direkt vor Ambers Augen in Unterhose durch das Lager lief.

»Willst du Insektenspray?« fragte Chub sie.

»Mir ist kalt«, entgegnete Amber.

Augenblicklich brachte Shiner ihr eine Armeedecke. Chub riß sie ihm aus den Händen und legte sie um Ambers Schultern. Er reichte ihr eine Sprühdose Insektenvernichter und befahl: »Spritz mir davon was auf die Beine, ja?«

Sie gehorchte, wobei ihr Gesichtsausdruck in Chubs länglichem Schatten nicht zu erkennen war. Bode Gazzer schaute vom Lagerfeuer hoch – es war der absolute Irrsinn. So ein Girl hatte in einer paramilitärischen Einheit nun wirklich nichts zu suchen. Shiner war ähnlich bestürzt, allerdings aus völlig anderen Gründen.

»Bei der Ausrüstung ist auch noch trockenes Tarnzeug«, sagte er zaghaft.

Chub beachtete ihn nicht. Er schien sich in seiner mit Schlamm bespritzten Unterhose ausnehmend wohl zu fühlen.

»So, Amber«, meinte er schließlich, »wo habt ihr denn gestern nacht geschlafen?«

»Im Wagen.«

Chub fixierte Shiner mit einem drohenden Blick. »Am Straßenrand«, präzisierte der Jungmilizionär eilig.

»Stimmt das auch?«

»Was ist denn schon dabei?« Shiner paßte es überhaupt nicht, wie Chub ihn behandelte. Der starrte ihn wütend an und tat so, als ob Shiner irgend etwas verschwieg.

Amber kam ihm zu Hilfe. »Es ist ein Crown Victoria. Darin hat eine ganze Fußballmannschaft Platz«, erklärte sie. »Ich habe auf dem Rücksitz geschlafen und Shiner vorne. Willst du sonst noch was wissen?«

Chub wurde rot und nervös. Das letzte, was er wollte, war, sie zu verärgern – Scheiße, es gab Girls, die fühlten sich geschmeichelt, wenn man eifersüchtig war. Er bot Amber ein Budweiser an.

»Nein, danke.«

»Etwas Dörrfleisch?«

»Ich glaube, ich verzichte lieber.«

Bodean Gazzer kam heran. »Wir müssen uns beraten, Schätzchen, kannst du uns Männer mal für 'ne halbe Stunde allein lassen?«

Amber blickte hinüber zum grauen Wäldchen, dann drehte sie sich wieder zu Bode um. »Wohin genau soll ich denn gehen?«

Shiner ergriff das Wort und meinte, sie könnte ruhig dableiben. »Sie weiß, wer wir sind, und sie befürwortet unser Programm hundertprozentig.«

Nun war es der Colonel, der ihn wütend anstarrte. Doch Shiner hielt tapfer die Stellung. »Sie will sogar meine Tätowierung in Ordnung bringen.«

»Zu schade, daß sie das gleiche nicht auch mit deinem beschissenen Gehirn schafft.« Chub kratzte an seiner schwarzen Augenklappe herum, so als wäre diese ein Insektenstich.

Bodean Gazzer spürte, daß sein Einfluß auf die neu geschaffene Miliz allmählich zu schwinden begann. Amber sollte den Mund halten und gehorchen, mehr nicht. Ihre Anwesenheit spaltete die Gruppe, vor allem ihr Duft. Auch wenn sich Bode über jeden Geruch glücklich zeigte, der stark genug war, Chubs Schweißgestank zu überlagern, von Ambers Parfüm fühlte er sich geradezu benebelt. Sein Gehirn wurde von unreinen Gedanken überschwemmt, einige davon sogar ausgesprochen eindeutiger Natur. Bode war wütend auf sich selbst, daß er solchen animalischen Phantasien nachhing, während er sich eigentlich ausschließlich auf den Überlebenskampf hätte konzentrieren sollen.

Er breitete eine Plastikplane aus und berief die Versammlung ein.

Amber saß mit über Kreuz geschlagenen Beinen in der Mitte der Plane, während Shiner und Chub sie flankierten.

»Wie ihr alle wißt«, begann Bode, »sind wir auf diese Insel gekommen, weil etwas – jemand –, das sich selbst die Schwarze Front nennt, uns vernichten will. Ich bezweifle nicht, daß es sich um eine Neger-Vereinigung handelt, und zwar eine ziemlich clevere, und ich gehe davon aus, daß sie uns irgendwann finden werden. Wir sind hier herausgekommen, um uns zu sammeln, eine Strategie zu entwickeln, unsere Waffen in Ordnung zu bringen und um uns zu wehren.

Ich habe den festen christlichen Glauben, daß wir am Ende siegen werden. Aber um diese schwarzen Bastarde zu schlagen, müssen wir vorbereitet sein, und wir müssen vor allem ein festes Team bilden: bewaffnet, diszipliniert und wohlgeordnet. Schon bald wird Amerika angegriffen – aber darüber brauche ich euch ja nicht mehr viel zu erzählen. Ich verweise nur auf das New World Tribunal, die Kommunisten, die NATO und so weiter. Aber dies hier ist unsere erste große Prüfung, diese Schwarze Front… was ist denn?«

Die Hooters-Kellnerin zeigte auf.

»Du hast eine Frage?« meinte Bode Gazzer irritiert.

»Ja. Wohin soll das alles eigentlich führen?«

»Wie bitte?«

»Der Plan«, präzisierte Amber. »Was soll auf lange Sicht geschehen?«

»Wir sind die White Clarion Aryans. Wir glauben an die Reinheit und die Vorherrschaft der euro-kaukasischen Menschen. Wir glauben, daß unsere christlichen Werte von der Regierung der Vereinigten Staaten verraten und verkauft wurden…«

Während er redete, bombardierte Bodean Gazzer seinen Major mit wütenden Blicken. Wie sollten sie diesen Rassenkrieg mit einer verdammten Kellnerin im Schlepptau gewinnen?

Chub ärgerte sich in keiner Weise über Ambers Unterbrechung. Er war viel zu sehr damit beschäftigt, einen Blick unter ihre Shorts zu erhaschen. Shiner hingegen hörte wie gebannt zu. Indem er sich Amber zum Vorbild nahm, hob er den rechten Arm und winkte Bode zu.

»Was ist denn?«

»Colonel, Sie sprachen gerade von ›euro-undsoweiter‹…«

»Euro-kaukasisch.«

»Könnten Sie mir das bitte erklären?«

»Weiße Menschen«, raunzte Bode Gazzer. »Weiße Menschen, deren Eltern aus England oder Deutschland stammen. Aus solchen Ländern.«

»Auch Irland?« hakte Amber nach.

»Ja, sicher. Dänemark, Kanada … ihr wißt schon, was ich meine.« Diese Nimrods waren wirklich das allerletzte – die Idee von ethnischer Reinheit konnte doch nicht so kompliziert sein.

Dann meinte Shiner: »Weiße gibt es auch in Mexiko.«

»Quatsch.«

»Im Grab 'n' Go hat mal einer gearbeitet. Er hieß Bill. Und er sah ziemlich weiß aus, Colonel.«

Bode packte die kalte Wut. Er ging zu Shiner und versetzte ihm einen Tritt gegen den Kopf. Shiner schrie auf und kippte auf Ambers Schoß. Chub beobachtete es voller Neid.

Indem er sich bückte, legte Bode Shiner eine Hand unters Kinn und drückte seinen Kopf nach hinten. »Hör zu, du pickeliger kleiner Scheißer. Auf Gottes eigener Erde gibt es keine weißen Mexikaner namens Bill oder Ho-seee oder wie auch immer. Es gibt auch keine weißen Kubaner oder Spanier.«

»Aber Spanien liegt doch in Europa«, wandte Amber ganz ruhig ein und strich über Shiners stoppeligen Schädel.

Chub, dem es nicht paßte, daß die ganze Diskussion an ihm vorbeilief, verkündete: »Damit hat sie recht.« Dann, Amber zuzwinkernd, fuhr er fort: »Und der da nimmt noch nicht mal das Wort ›Nigger‹ in den Mund!«

Bodean Gazzer atmete mehrmals tief durch und umrundete mit stampfenden Schritten das Lagerfeuer. Er mußte sich beruhigen, mußte einen klaren Kopf bewahren. Er war schließlich der Denker dieser Truppe.

»Wenn ich von Euro-Kaukasiern rede«, stellte er klar, »dann meine ich damit *weiße* Weste, verstanden? Das ist die einfachste

Art, es zu erklären. Ich meine damit arische Vorfahren, auf die wir vier uns alle berufen können.«

Chub wurde ungeduldig. »Nun mach schon weiter.« Zu seiner unendlichen Erleichterung richtete Shiner sich auf und gab Ambers Oberschenkel frei. Der Feuerschein verlieh ihren Nylonstrümpfen einen verführerischen Schimmer. Chub konnte sich kaum zurückhalten, sie zu streicheln. Es war nur noch eine Frage von Sekunden, bis er der Versuchung erlag.

Als er es tat, verpaßte Amber ihm eine schallende Ohrfeige. »Paß auf, was du tust!« schimpfte sie.

Durch diese Reaktion blieb Chubs Hand an ihrer Strumpfhose hängen. Es war die Krabbenschere, wie er zu seinem Entsetzen erkannte.

»Hey, was fällt dir ein!« kreischte Amber und holte erneut aus. Sie wollte den Kidnappern klarmachen, daß sie eine Kämpferin war und daß die Kerle für alles, was sie ihr antaten, teuer bezahlen würden. Es war die Grundregel des Kellnerinnengewerbes: Verteidige deine Würde um jeden Preis!

Chub kippte seine Bierflasche um, als er versuchte, seine Hand loszubekommen. »Ich mach's schon«, zischte Amber.

Angeekelt spuckte Bode Gazzer ein Stück Dörrfleisch ins Lagerfeuer. Ambers Angst vor einer Vergewaltigung erschien ihm gar nicht mehr so weit hergeholt. Das gleiche konnte man von Shiners Entschlossenheit, sie zu verteidigen, allerdings nicht behaupten. Chub war viel stärker und ziemlich brutal. Abgesehen von dem Versuch, ihn im Schlaf zu töten, waren Shiners Möglichkeiten einigermaßen begrenzt.

Die Krabbenschere riß ein großes Loch in Ambers Strumpfhose.

»Verdammt«, murmelte sie. Dann giftete sie in Richtung Chub: »Hoffentlich bist du jetzt glücklich, Romeo.« Das war genau die gleiche beschissene Nummer, die auch ihr Freund Tony hätte abziehen können, nämlich ihr in aller Öffentlichkeit in den Schritt zu fassen.

Chub meinte, sie solle sich bloß beruhigen. Er holte eine weitere Flasche Bier aus der Kühlbox. Dann schlug er das Ledertuch auseinander und begann – mit einem spöttischen Kichern – die AR-15 wieder zusammenzusetzen. Bode tat so, als bemerkte er es nicht.

Amber nahm sich eine Taschenlampe und verschwand im Wäldchen, um sich umzuziehen. In einem von Bode Gazzers Tarnoveralls – Mooseiche – kam sie wieder heraus.

Chub reagierte tieftraurig. Er wünschte sich sehnlichst das knappe T-Shirt und die Satinshorts zurück. Und versuchte sich Kim Basinger als Bärenjägerin vorzustellen, was ihm allerdings nicht gelang. Bodean Gazzer hingegen wurde schlagartig von der im flackernden Licht stehenden Erscheinung in Tarnkleidung verzaubert. *Seiner* Tarnkleidung. Die zierlichen weißen Sandalen waren ein Accessoire mit umwerfender Wirkung.

»Die Versammlung ist beendet«, verkündete er und setzte sich schwerfällig.

Amber, die darüber erleichtert war, entschied, es lieber nicht offen zu zeigen. Sie ging direkt auf Chub zu und erklärte: »Wir müssen miteinander reden.«

»Warte einen Moment, bis ich mit dem Gewehr fertig bin.«

»Nein. Sofort.«

Sie ergriff seine Hand – die mit der Krabbenschere dekorierte – und zog ihn hinter sich her in den Schatten der Mangroven. Shiner war wie vom Donner gerührt. Hatte das Girl jetzt den Verstand verloren?

Bode Gazzer gefiel diese Entwicklung ebenfalls nicht. Er ertappte sich dabei, wie er knirschend die Zähne zusammenbiß. Das einzige, was eine solche Reaktion bei ihm hervorrief, war eine Frau. Dreh nur nicht durch, warnte er sich. Jetzt ist wirklich nicht der Zeitpunkt, um sich ablenken zu lassen. Trotzdem konnte er den Gedanken nicht verdrängen, wie sein Mooseiche-Overall wohl riechen würde, wenn sie ihn auszog. Oder nachdem Chub ihn ihr heruntergerissen hätte. In diesem Fall würde Bode den Mann wohl erschießen müssen. Und wenn auch nur als abschreckendes Beispiel für Disziplinlosigkeit.

Nachdem sie etwa zwanzig Meter weit in den Wald eingedrungen waren, blieb Amber stehen und leuchtete mit der Taschenlampe in Chubs Gesicht. »Ich weiß genau, was du willst«, erklärte sie.

»Dazu braucht man kein Genie zu sein.«

»Nun, es gibt zwei Möglichkeiten«, fuhr sie fort. »Du kannst entweder ein Schwein sein und mich vergewaltigen, und dann werde ich dich für immer hassen. Oder wir lernen uns nach und nach besser kennen und warten ab, was passiert.«

Mit seinem heilen Auge blinzelte Chub in den Lichtstrahl und versuchte Ambers Miene zu deuten. Er sagte: »Ich dachte, du magst mich. Jedenfalls kam es mir im Restaurant so vor.«

»Dann will ich dir mal eins erklären: Daß ich einen Gast anlächle, heißt noch lange nicht, daß ich auch mit ihm bumsen will.«

Das Wort erschütterte Chub zutiefst.

»Und wenn du mich vergewaltigst«, drohte Amber, »dann wird das die schlimmste Nummer sein, die du jemals mit einer Frau abgezogen hast. Die *allerschlimmste*.«

»W-warum?«

»Weil ich keinen Muskel rühren, keinen Laut von mir geben werde. Ich werde daliegen wie ein nasser Sack, total gelangweilt. Vielleicht stoppe ich sogar deine Zeit.« Sie hielt die Hand hoch, damit er ihre Armbanduhr funkeln sehen konnte.

Chub erschauerte unwillkürlich. »Lieber Himmel.« Als er merkte, wie er regelrecht einschrumpfte, wünschte er sich, eine Hose angezogen zu haben.

»Wir können aber auch versuchen, Freunde zu werden«, sagte Amber. »Meinst du, das könntest du schaffen?«

»Sicher.« Seine Ohren summten. Er schlug nach dem Geräusch.

»Mücken«, stellte Amber fest. Sie verscheuchte sie.

»Danke.«

»Sind wir uns einig?« Sie streckte die Hand aus. Chub ergriff sie. Für einen kurzen Moment erwog er, sie zu Boden zu stoßen und es ihr gleich an Ort und Stelle zu besorgen, aber dann entschied er sich dagegen. Einen nassen Sack zu bumsen wäre sicherlich kein Vergnügen, selbst wenn der Sack aussah wie ein Filmstar. Er dachte, verdammte Scheiße, Nutten taten wenigstens so, als machte es ihnen Spaß.

»Was für Typen bevorzugst du denn?« fragte er. »Dein Freund scheint ja auch nicht gerade allzu höflich zu sein.«

Amber nickte. »Manchmal ist er das tatsächlich nicht.«

»Und warum bist du dann bei ihm? Hat er Kohle?«

»Ihm geht es ganz gut.« Eine dicke, fette Lüge.

»Ich wette, ich bin reicher«, protzte Chub.

»Aber sicher.«

»Wie klingen vierzehn Millionen?«

Die Taschenlampe erlosch. In der Dunkelheit hörte er Ambers Stimme: »Du spinnst.« Der Parfümduft wurde intensiver, so als wäre sie näher gekommen.

»Nein, ich spinne nicht. Vierzehn Millionen.«

»Das mußt du mir genau erzählen«, forderte Amber.

Für einen kurzen Moment riß die Wolkendecke auf, und Chub konnte ihr Gesicht im Sternenschein sehen. Er spürte, wie er wieder zu den Lebenden zurückkehrte. Unwillkürlich wanderte die Krabbenhand zu seinem Schoß hinunter.

Sie schlug vor: »Vielleicht können wir ja einen Spaziergang machen. Nur wir beide.«

»Gefällt mir gut.« Die Erregung machte ihn ganz benommen.

Als Amber wieder zu reden begann, war ihre Stimme ein warmes Flüstern. »Oh, ich hab noch etwas für dich.« Sie tastete nach seiner unversehrten Hand – sie hing krampfhaft zur Faust geballt herab –, öffnete sie sanft und legte etwas Weiches hinein.

Sogar in der Dunkelheit erkannte Chub, was es war.

Ihre orange Hooters-Shorts.

»Ein kleines Zeichen unserer Freundschaft«, erklärte sie.

- 21 -

Ein kalter Regen setzte nach Mitternacht ein und prasselte auf das Laub der Bäume und Büsche. Bodean Gazzer lag zusammengerollt neben der zischenden Glut des Lagerfeuers, wo er vor Erschöpfung eingeschlafen war. Chub lümmelte im Cockpit der *Reel Luv*. Er drückte sich Ambers Kellnerinnenshorts, eine Bierflasche und eine Tube Polyurethan-Bootsklebstoff, die er beim Durchstöbern eines Ablagefaches gefunden hatte, an die Brust. Er hatte den Plastikverschluß abgebissen und den Kleber in eine Papiertüte gefüllt, deren Öffnung genügend Platz für sein Gesicht bot. Amber bezweifelte, daß das Unwetter ihn wecken würde. Seine Schnarchen erinnerte an eine bergauf fahrende Dampflokomotive.

Shiner hielt Wache. Er war triefnaß und einsam. Amber entfaltete die Plastikplane, drapierte sie über die Mangrovenäste und schuf so einen kleinen Unterstand. Sie zog Shiner aus dem Regen ins Trockene mit den Worten: »Du holst dir noch den Tod.«

»Nein, ich darf mich nicht hinsetzen.«

»Red keinen Blödsinn.«

»Aber der Colonel hat mich zum Wachdienst eingeteilt.«

»Der Colonel ist völlig weggetreten. Entspann dich«, schlug Amber vor. »Was für ein Gewehr ist das denn? Es sieht ja richtig gefährlich aus.«

»Es ist ein TEC-9«, antwortete Shiner.

»Schon das bloße Festhalten würde mir zuviel Angst einjagen.«

»Das ist doch gar nichts.«

»Es ist auf jeden Fall effektiver als der Schraubenzieher.«

Shiner entgegnete: »Ich finde die AR-15 besser.« Der Wind ließ die Zipfel der Plane heftig flattern. »Scheißwetter. Hören Sie das?«

»Das ist nur die Brandung.«

»Hoffentlich.« Durch die Bäume konnte er gerade mal die Umrisse des Bootes erkennen. Chub hatte in einem schmalen Kanal, der parallel zum Inselufer verlief, den Anker geworfen.

»Man kann ja so gut wie gar nichts sehen«, stellte Shiner fest.

Amber leuchtete ihm mit der Taschenlampe ins Gesicht. »Nur für alle Fälle«, erklärte sie.

»Sagen Sie jetzt bloß nicht, daß Sie flüchten wollen.«

Sie lachte hohl. »Wohin denn?«

»Ich müßte Sie aufhalten. So lauten meine Befehle.«

Amber schüttelte den Kopf. »Ich gehe nirgendwohin. Aber erzähl mir doch mal von dem Geld.«

Shiner verstummte für einige Zeit. Dann glaubte er, einen Hubschrauber zu hören. »Die NATO hat Blackhawks. Sie stehen am Strand von Andros Island bereit, hat Colonel Bode erzählt.«

Wasser strömte in Bächen von der Plane herab. »Heute nacht kommen ganz bestimmt keine Hubschrauber mehr, klar?« behauptete Amber. »Nicht bei diesem beschissenen Wetter. U-Boote vielleicht, aber keine Hubschrauber.«

»Sie halten das Ganze wohl für sehr lustig, nicht wahr?«

»Na klar. Entführt zu werden ist garantiert was zum Totlachen.«

Shiner hatte noch ein ganz anderes Problem. »Was hat Chub gewollt? Ehe Sie in den Wald gingen?«

»Was meinst du wohl?«

»Er hat doch nichts versucht, oder?«

»Doch, er hat was versucht. Er hat versucht, mir weiszumachen, er wäre Millionär.«

»Die Bruderschaft, meint er.«

»Nein. Er allein«, korrigierte Amber.

»Das glaube ich nicht.« Shiner schaute gequält drein.

»Vierzehn Millionen, hat er gesagt. Das ist die gleiche Summe, die zu stehlen du mitgeholfen hast, stimmt's?« Amber gab seinem Arm einen Stups. »Was ist?«

Erneut wandte Shiner sich ab und blickte zum Boot. »Hat er Ihnen die Hose wirklich abgenommen? Er hat jedenfalls so was erzählt.«

Sie konnte ihn beim Heulen des Windes und dem Rauschen der Bäume kaum verstehen.

»Er hat sie uns gezeigt«, fuhr Shiner fort. »Die orangene.«

»Er hat mir gar nichts weggenommen. Ich habe ihm die verdammte Hose gegeben.« Amber richtete den Taschenlampenstrahl auf sein Gesicht. »Reg dich nicht auf, es ist alles völlig in Ordnung.«

»Das sagen Sie.«

»Ich bin ein erwachsenes Mädchen.«

»Ja, aber er ist völlig verrückt«, wandte Shiner ein.

Einige kalte Tropfen zerplatzten auf Ambers Stirn. Sie schaute hoch und gewahrte eine glänzende Ausbuchtung in der Plane, wo das Wasser sich zu einer Pfütze gesammelt hatte.

Sie deutete mit einem Kopfnicken auf Shiners Waffe. »Paß bloß auf, deine Tex wird naß.« Gleichzeitig leuchtete sie auf das Gewehr.

»Es heißt T-e-c, nicht T-e-x.« Er trocknete den gedrungenen Lauf mit einem seiner Hemdärmel ab.

»Machst du dir noch immer Sorgen wegen irgendwelcher Hubschrauber?«

»Nee«, entgegnete Shiner.

»Wegen des Geldes?«

»Richtig.« Er schniefte spöttisch.

»Wo habt ihr eigentlich so viel hergekriegt?« fragte Amber. »Habt ihr Fort Knox überfallen oder so etwas Ähnliches?«

»Wissen Sie, was ein Lottoschein ist?«

»Du machst wohl Witze.«

»Es war ganz leicht.«

»Dann erzähl's mir mal«, forderte ihn Amber auf.

Und Shiner tat es.

Tom Krome fand in dem tobenden Unwetter keinen Schlaf. Die Schatten tanzten im Wind, und ohne ein Feuer wurde es empfindlich kalt. Er und JoLayne drängten sich unter der Abdeckplane des Bootes zusammen. Regentropfen trommelten auf den steifen, harten Stoff.

»Ich friere«, klagte sie.

»Das ist nicht so schlimm.«

JoLayne rieb sich die Hände an den Knien ihrer Jeans warm.

Tom schüttelte entgeistert den Kopf. »Unglaublich. Dabei hat den ganzen Tag die Sonne geschienen.«

»Typisch Florida«, bemerkte sie.

»Gefällt es dir hier unten eigentlich?«

»Ich mag das, was noch übrig ist.«

»Warst du schon mal in Alaska?«

»Nee«, erwiderte sie. »Gibt es da oben auch Schwarze?«

»Das weiß ich nicht genau. Aber du kannst mich ja später noch mal fragen.«

Sie holten die Seekarten hervor und versuchten herauszubekommen, wo sie sich befanden. Tom tippte auf eine von drei Inseln mitten in der Florida Bay – Calusa, Spy oder Pearl Key. Genaueres würden sie erst feststellen, wenn es hell genug wäre, um den Horizont zu erkennen.

»Nicht daß es von Bedeutung wäre. Sie sind alle unbewohnt«, meinte Tom.

JoLayne stieß ihn an. Ein großer Vogel mit langem Hals hockte in stolzer Haltung auf dem Heck des Whalers. Er legte den Kopf schief und studierte sie mit leuchtend gelben Augen. Regenwasser tropfte von der Spitze seines lanzenähnlichen Schnabels herab.

»Ein großer Blauer«, flüsterte JoLayne andächtig.

Der Vogel war wirklich etwas ganz Besonderes. »Hey, alter Junge«, sagte Tom. »Was liegt an?«

Der Reiher flog krächzend und schimpfend über die Baumwipfel davon.

»Er ist sauer«, stellte JoLayne fest. »Offenbar sind wir in sein Revier eingedrungen.«

»Entweder das, oder irgend etwas hat ihn erschreckt.«

Sie lauschten für einige Sekunden in Richtung Mangrovenwald. Die Schrotflinte lag unter der Plane vor JoLaynes Füßen.

»Ich höre nichts«, sagte sie.

»Ich auch nicht.«

»Diese Typen gehören nicht gerade zu den Green Berets. Die schleichen ganz bestimmt nicht bei diesem Wetter durch die Gegend.«

»Da hast du recht«, gab Tom zu.

Um sich die Zeit bis zum Morgengrauen zu vertreiben, unterhielten sie sich über ihre Zukunft. Er erzählte ihr von seinem Plan, nach Alaska zu gehen und einen Roman über einen Mann zu schreiben, dessen Frau sich nicht von ihm scheiden lassen will, egal, was er auch unternimmt. JoLayne meinte, ihr gefiele dieser Ansatz.

»Es könnte sehr lustig werden.«

»An lustig hatte ich eigentlich weniger gedacht«, merkte Tom an.

»Oh.«

»Ich hatte etwas Ernsteres im Sinn.«

»Ich verstehe. Mehr Cheever als Philip Roth.«

»Keiner von beiden«, erwiderte er. »Ich dachte eher an etwas in Richtung Stephen King.«

»Ein Horrorroman?«

»Klar. *Die Entfremdung*. Wie gefällt dir das?«

JoLayne schüttelte sich. »Unheimlich.«

Sie erzählte ihm von ihrer Absicht, aus dem Simmons Wood ein Naturreservat zu machen. Sie habe vor, einen Rechtsanwalt zu Rate zu ziehen, um eine Verfügung in ihre Besitzurkunde aufzunehmen, die für immer verhindern sollte, daß das Gelände bebaut würde.

»Auch nach meinem Tod«, bekräftigte sie. »Das wird den geldgeilen Bastarden eine Lehre sein.«

»Bleibst du in Grange?«

»Das kommt ganz darauf an.«

»Worauf?«

»Darauf, ob es in Alaska Schwarze gibt«, sagte sie. »Viele brauchen es ja nicht zu sein – einer wie Luther Vandross würde mir schon reichen.«

»Du stellst aber verdammt hohe Ansprüche.«

»Hey, ich habe mich gerade selbst eingeladen, falls du das nicht bemerkt haben solltest.«

Er fragte sich, ob sie es ernst meinte. Es klang zumindest so.

»Reiß dich zusammen, Tom.«

»Ich dachte nur, daß es zu schön ist, um wahr zu sein.« Er legte einen Arm um ihre Schultern.

»Meinst du das ernst?«

»Ich war gerade im Begriff, dich das gleiche zu fragen.«

»Gehen wir mal davon aus, daß es mir Ernst ist. Gehen wir weiter davon aus, daß wir beide es ernst meinen«, begann JoLayne. »Was passiert, wenn wir den Lottoschein nicht finden? Wenn wir total pleite sind?«

»Dann gehen wir trotzdem hin. Möchtest du denn keinen Grizzly in freier Wildbahn sehen, bevor sie alle verschwunden sind?«

JoLayne gefiel die Vorstellung von einer Wildnis im hohen Norden schon sehr, sie machte sich jedoch Sorgen wegen des Spießer- und Redneckquotienten. Alaska war nämlich für seine Faschisten fast genauso berühmt wie für seinen Wildbestand.

»Und dann wimmelt es dort von Adlern«, fügte Tom hinzu. »Jedenfalls habe ich es so gelesen.«

»Das wäre wirklich toll.«

Sie schlief mit dem Kopf an seiner Schulter ein. Er blieb wach und lauschte auf irgendwelche Störenfriede. Mit der freien Hand zog er die Remington näher zu sich heran. Eine kalte Windböe ließ ihn frösteln. Gerade mal fünfzehn Grad, dachte er, und schon friere ich bis auf die Knochen. Vielleicht sollte er sich die Sache mit den Grizzlys doch noch mal gründlich durch den Kopf gehen lassen. Außerdem hatte er den Eindruck, als wäre JoLayne von seiner Idee für den Scheidungsroman nicht gerade begeistert. Er hatte das Gefühl, daß sie ihm nur seinen Willen lassen wollte.

Er beschäftigte sich gerade mit seiner Romanidee, als er von einem Flattern hinter sich aufgeschreckt wurde. Der stattliche Reiher kehrte zurück. Diesmal landete er auf dem Bug des Bootes. Tom Krome winkte ihm grüßend zu, aber der Vogel beachtete ihn nicht. Ein kleiner, silbrig glänzender Fisch zappelte in seinem Schnabel.

Reife Leistung, dachte Krome, bei diesem Regen.

Dann machte der Reiher etwas Unerwartetes. Er ließ den Fisch fallen, der vom glatten Deck hochsprang und auf dem grasbewachsenen Strand landete. Der Vogel zeigte keinerlei Anstalten, sich seine Mahlzeit zurückzuholen. Statt dessen erstarrte er zu einem eisernen Wetterhahn, den Kopf vorgestreckt, den schlangenartigen Hals gereckt.

Hm-hm, murmelte Krome in Gedanken. Was hat er wohl gehört?

Er brauchte nicht lange zu warten. Zwischen dem Knattern von Gewehrschüssen und dem schrillen Schrei einer Frau breitete der Vogel die Schwingen aus und startete. Diesmal entfernte er sich von der Insel, segelte in den Wolkenbruch hinein und gab dabei keinen Laut von sich.

Amber hatte noch nie erlebt, daß in ihrer nächsten Nähe geschossen wurde.

Sie hatte es natürlich schon mal gehört. Jeder, der in Dade County wohnte, kannte den Klang einer halbautomatischen Waffe. Aber sie hatte noch niemals echtes Mündungsfeuer gesehen, bis Shiner mit der TEC-9 losballerte. Ihr Schrei erklang unabsichtlich, ließ einem aber trotzdem die Haare zu Berge stehen und schnitt wie eine Sense in Bodean Gazzers und Chubs Betäubungsschlaf. Fluchend stolperten sie mit trüben Augen auf die Lichtung – zuerst Bodean Gazzer, der mit der 38oer herumfuchtelte, die er dem kolumbianischen Autofahrer abgenommen hatte; dann Chub in seiner schlotternden Unterwäsche, klebstoffumnebelt und mit dem Colt in der Faust.

Shiner kam ihnen entgegen und traf sie am Rand der Lichtung. »Ich hab jemanden gesehen! Ganz ehrlich!« Er war ein einziges Bündel aus Unsicherheit und Scham.

Bode riß ihm die TEC-9 aus der Hand und drehte sich zu Amber um. »Sag verdammt noch mal die Wahrheit«, befahl er.

»Da draußen war tatsächlich etwas. Ich hab's gehört.«

»Ein Mensch? Ein Tier?«

»Keine Ahnung – es ist zu dunkel.«

Chub konnte es nicht fassen. »Das ist ja un-glaub-lich!« Er hustete, würgte und spuckte vor Shiners Füße.

Der Junge wußte, daß er in Schwierigkeiten steckte. Nach dem ersten Fiasko am Wohnwagen hatte der Colonel ihm eine strenge Lektion über das Vergeuden von Munition erteilt. »Es war ein Mensch«, beharrte Shiner murmelnd. »Es sah aus wie ein Nigger, ein ziemlich kleiner.«

Bode Gazzer streckte ungehalten die Hand nach der Taschenlampe aus. Amber reichte sie ihm. Er ordnete an, daß jeder auf seinem Platz bleiben und sich still verhalten sollte. Dann verschwand er zwischen den Bäumen. Zehn Minuten später tauchte er wieder auf und meldete, daß er keine Spuren von einem menschlichen Störenfried gefunden hätte. Weder von einem Neger noch von jemand anderem.

»Typisch.« Chubs Bemerkung war eher ein tierhaftes Knurren. Gehandikapt durch Abscheu und seinen Rauschzustand, versuchte er, Arme und Beine in einer von Bodes Tarnkombinationen unterzubringen. Seine eigenen Kleider waren vom Regen durchnäßt, und er fror sich in seiner Unterhose den Hintern ab.

Amber sah, wie Shiners Aktien rapide sanken, und versuchte helfend einzuspringen. »Der Nigger hat einigen Lärm verursacht. Und zwar dort drüben.« Sie zeigte in die Richtung, in die Shiner gefeuert hatte.

»Ja, das glaube ich glatt«, sagte Bode Gazzer. Aus einer Tasche seines Parkas holte er einen blutigen Fetzen braunen Tierfells. »Das hab ich in einem Busch gefunden.«

Amber wies das Angebot zurück, das Beweisstück einer eingehenderen Prüfung zu unterziehen. Shiner wandte sich verlegen ab.

»Du hast ein armseliges Karnickel erwischt«, meinte Chub spöttisch grinsend. »Vielleicht auch eine echte Killermaus.«

Amber erhob sich. Chub fragte, wo sie hinwolle.

»Ich will schlafen. Was dagegen?« Sie ging zum Unterstand und streckte sich unter der Plane auf dem Boden aus.

Chub grinste anerkennend. »Sieh mal an, die Kleine ist 'ne echte Pfadfinderin. Hat sich ihr eigenes Zelt gebaut.«

Bode befahl Shiner, zum Boot zurückzukehren. »Ich muß mit Major Chub unter vier Augen reden.«

»Nenn mich nicht so«, knurrte Chub. Der Tarnanzug sah einfach grotesk aus. Die Ärmel waren mindestens fünfzehn Zentimeter zu kurz, und das Gesäß wollte jeden Moment reißen. Er schaffte es jedoch noch nicht, dies gebührend wahrzunehmen und sich darüber zu ärgern, so high war er weiterhin von dem Bootsklebstoff. Er verkündete, er wäre völlig fertig, und trabte in Richtung Unterstand davon, um der großen Liebe seines Lebens Gesellschaft zu leisten.

Bode stoppte ihn. »Noch nicht.« Dann meinte er halblaut: »Du hast doch die Lottoscheine?«

»Ja. Irgendwo.« Chub bohrte vorsichtig in der Nase, die sich von innen wie verbrüht anfühlte. »Ich glaube, sie sind noch im Boot.«

»Du *glaubst* es nur.« Bode wirbelte herum und rief Shiner zu: »Hey, Sergeant, es gibt eine kleine Planänderung!« Er deutete auf den Unterstand. »Du kannst dort schlafen. Chub und ich übernehmen die nächste Wache.«

Wortlos befolgte Shiner die Aufforderung. Er streckte sich neben Amber aus, deren hübsche Augen geschlossen waren. Der Wind hatte spürbar nachgelassen und der Regen sich in ein unregelmäßiges Nieseln verwandelt, das auf der Plane wie ein leises Flüstern klang. Shiner war schon halb eingeschlafen, als er Ambers Stimme neben sich hörte:

»Es regelt sich alles, keine Angst.«

»Ich glaube kaum.«

»Du solltest dich nicht unterschätzen«, sagte sie zu ihm.

Nichts hätte für Shiner rätselhafter klingen und ihn mehr verwirren können.

Sie warteten ab, bis der Junge und die Kellnerin schliefen, ehe sie die *Reel Luv* überprüften. Die Lottoscheinabschnitte befanden sich nach wie vor im Ablagefach. Bodean Gazzer verstaute das wertvolle Kondom wieder in seinem Portemonnaie. Chub rollte den anderen Abschnitt zusammen und schob ihn in die leere Patronenkammer seines 357er. Vor lauter Stolz auf seine Cleverneß grinste er blöde.

»Peng, peng«, machte er.

Bode faßte neuen Mut, als er Chub so in Tarnkleidung sah, auch wenn der Anzug nicht gerade maßgeschneidert saß. Wenigstens waren sie jetzt gekleidet wie eine richtige Miliz – Bode, Chub, Amber und Shiner.

Shiner, allmächtiger Gott …

Sie hatten schon wieder Schwein gehabt. Dank des heftigen Unwetters schien niemand die wilde Herumballerei des Jungen und den Schrei der Frau gehört zu haben. Kein Flugzeug oder Boot war zur Insel rausgekommen. Das Versteck der Gruppe schien bislang noch sicher zu sein.

»Dieser dämliche Idiot«, sagte Bode zu Chub. »Am Ende sorgt er noch dafür, daß wir alle hopsgehen.«

»Stimmt.«

»Ich meine, wir sollten zusehen, daß wir ihn schnellstens loswerden.«

»Meine Stimme hast du.«

Sie kamen überein, daß Shiners Nützlichkeit für die White Clarion Aryans sich erschöpft hatte. Während er einerseits ihr Lottoschwindel-Märchen gedeckt und bestätigt und Amber wie befohlen in Jewfish Creek abgeliefert hatte, war er auf der anderen Seite zu einem Sicherheitsrisiko geworden. Es war nur eine Frage der Zeit, bis er einen von ihnen durch seine Dämlichkeit mit einer Kugel erwischte.

»Vielleicht sogar das Girl«, befürchtete Chub, obgleich er sich in Wahrheit mehr darum sorgte, daß Shiner sich an Amber heranmachte, als daß dieser sie erschoß. Nein, sie würde niemals mit einem pickelgesichtigen Skinhead schlafen, aber sie schien sich mehr und mehr wie ein Schutzengel des Jungen aufzuspielen. Und das gefiel Chub ganz und gar nicht.

»Wenn wir ihn einfach nur rausschmeißen«, sagte er, »verpfeift er uns am Ende noch. Wie wär's, wenn wir ihn alle machen?«

Bode lehnte das entschieden ab. »Ich erschieße niemals einen weißen Christen, das kann ich nicht.«

»Dann laß uns den kleinen Wichser auszahlen.«

»Wieviel?«

»Keine Ahnung. Einen Riesen?« Klebstoffdämpfe animierten Chub immer zur Großzügigkeit.

»Du spinnst wohl«, erwiderte Bode Gazzer.

Tausend Dollar würden die 28 Millionen zwar nicht gerade empfindlich mindern, aber es war trotzdem viel zuviel Geld für einen Schwachkopf. Vor allem wenn man bedachte, daß Bode Shiner immer noch als mögliche undichte Stelle in ihrer Organisation in Verdacht hatte. Was wäre, wenn der Junge insgeheim für die Schwarze Front arbeitete? Wenn seine sinnlosen Schießorgien nur eine Shownummer gewesen waren, die er abgezogen hatte, um den Negern ein Signal zu geben? Bode hatte dafür keinen Beweis, aber die Zweifel nagten ziemlich heftig an ihm.

Er sagte: »Wie wäre es denn mit einem Tausender minus der Kosten für einen neuen Pick-up-Kotflügel? Immerhin hat er ja hineingeschossen.«

»Das finde ich okay. Erklär ihm, daß er sein Geld in dem Moment bekommt, wenn wir unseres kriegen«, meinte Chub, »aber nur, wenn er auch die Klappe hält.«

Sie entschieden, daß Shiner von seinem Ausschluß gleich am nächsten Morgen in Kenntnis gesetzt werden sollte. Chub würde ihn mit dem Boot zum Overseas Highway bringen, von wo er nach Homestead trampen könnte, um seinen Wagen zu holen.

»Bei der Gelegenheit kann ich auch gleich noch eine frische Ladung Bier besorgen«, bemerkte Chub.

»Auch Zigaretten. Und Eis.«

»Und Chilisauce für mein Rührei.«

Bode Gazzer nickte. »Ich glaube, ich mache lieber eine Einkaufsliste.«

»Dann tu das sofort.«

Chub holte die Einkaufstasche mit der Tube Klebstoff hervor. Er drückte einen feucht glänzenden Schnörkel heraus und bot ihn Bode an, der jedoch ablehnte. Chub vergrub daraufhin das Gesicht in der Tüte und inhalierte genußvoll die Dämpfe.

»Vorsicht«, warnte Bode.

Chub gab einen Freudenlaut von sich. Auf einem Auge klebte ein Gummiflicken, in einer Hand steckte eine Krabbenschere, die langsam verfaulte, aber er fühlte sich trotzdem blendend. Er machte sich nicht die geringsten Sorgen wegen der Schwarzen Front, der NATO oder der verdammten Tri-Lateral Commission, nein, Mister, ganz bestimmt nicht. Niemand würde sie auf dieser abgelegenen Insel finden, nicht einmal der raffinierteste Nigger. Es war völlig okay, daß er sich an diesem Abend die Birne vollknallte, denn er und Bode waren weiß, frei und schwerbewaffnet, und, das allerbeste, sie waren gottverdammte Millionäre.

»Kannst du dir das vorstellen?« fragte Chub mit einem gierigen Grinsen.

Bode verzichtete darauf, ihn daran zu erinnern, daß der Gewinn ausschließlich für den Aufbau einer Miliz vorgesehen war. Über dieses Thema würden sie zu einem geeigneteren Zeitpunkt zu reden haben.

»Die süße Amber«, schwärmte Chub, »deren Gesicht hättest du mal sehen sollen, als ich ihr von dem Geld erzählte. Plötzlich meint sie, sie wolle morgen mit mir einen Spaziergang durch den Wald machen, nur sie und ich.«

»Ach du Scheiße«, stöhnte Bode. Er hätte wissen müssen, daß so etwas passieren würde. »Was hast du ihr erzählt?«

»Nur daß ich vierzehn Millionen Dollar wert bin. Man kann weiß Gott behaupten, daß das ihre Meinung über mich gründlich geändert hat.«

Das würde ein gründliches Bad auch schaffen, dachte Bode.

»Dieser Blick, den sie mir zuwarf«, fuhr Chub verträumt fort, »so als könnte sie mit Leichtigkeit einen Golfball durch einen Gartenschlauch saugen.«

»Paß auf, was du zu ihr sagst. Verstanden?«

Chub bekam einen Schluckauf und stülpte sich fast die Tüte über den Kopf.

»Hör mit dem Scheiß auf!« schimpfte Bode. »Paß lieber auf, was ich dir jetzt sage: Ich habe nichts gegen eine anständige Muschi, aber alles zur richtigen Zeit und am richtigen Ort. Im Augenblick stecken wir mitten in einem Kampf, um das Herz und die Seele Amerikas zu retten.«

Chub gab ein Geräusch von sich, das so klang, als entströmte die Luft aus einem Autoreifen. »Hilton Head«, krächzte er begeistert.

»Was ist?«

»Ich möchte Amber und mir ein Häuschen oben in Hilton Head

kaufen. Das ist auch eine Insel, nur ist sie verdammt noch mal um einiges besser als die hier.«

»Ist das dein Ernst?«

Später, als Chub eingenickt war, ertappte Bode Gazzer sich dabei, wie er sich für die Idee seines Partners anzuwärmen begann. An einem sonnenbeschienenen Strand in Carolina mit einem halbnackten Hooters-Girl im Arm spazierenzugehen klang viel verlockender, als sich im verdammten Idaho eine eisigkalte Betonbaracke mit einer Bande ziemlich primitiver weißer Typen zu teilen.

Bode fragte sich plötzlich, wie Amber sich wohl ihm gegenüber verhalten würde, wenn sie wüßte, daß auch er sich schon bald zu den Krösussen der Welt rechnen durfte.

Als JoLayne aufwachte, zielte Tom Krome mit der Schrotflinte über seine Kniescheiben hinweg. In diesem Moment wurde ihr auch bewußt, daß die Schreie kein Traum gewesen waren.

»Was ist passiert?« fragte sie mit leiser Stimme. »Liebling, vergiß nicht den Sicherungshebel.«

»Der ist umgelegt.« Er visierte weiter und wartete. »Hast du die Schüsse gehört?«

»Wie viele?«

»Fünf oder sechs. Wie eine Maschinenpistole.«

JoLayne fragte sich, ob die Rednecks die Kellnerin erschossen hatten. Oder vielleicht hatten sie sich ja auch beim Streit um die Kellnerin gegenseitig erwischt.

Hauptsache, die Kellnerin hatte nicht *sie* erschossen. Jedenfalls nicht bevor ich meinen Lottoschein zurückhabe, dachte JoLayne.

»Hör mal!« forderte Tom.

Seine Schulter spannte sich. Er legte den Finger an den Abzug.

JoLayne hörte es ebenfalls – jemand rannte durch den Wald.

»Moment, es ist etwas Kleines.« Sie umfaßte Toms Ellbogen. »Nicht schießen.«

Das Rascheln kam näher und änderte die Richtung. Krome folgte dem Geräusch mit dem Lauf der Remington. Hinter dem verwitterten Stumpf eines Knopfbaums kam die Bewegung zum Stillstand.

JoLayne schnappte sich die Taschenlampe und schlängelte sich unter der Behelfsdecke hervor. »Paß auf, daß du nicht plötzlich auf mich schießt«, warnte sie. »Ich bin nachts kaum zu sehen.«

Sie war nicht aufzuhalten. Tom ließ das Gewehr sinken und verfolgte, wie sie sich an einen Baumstamm anschlich. Sie wurde von einem unheimlichen, schrillen Geschnatter empfangen, das zu einem leisen Knurren absank. Tom sträubten sich die Haare, und er bekam eine Gänsehaut.

Er hörte JoLaynes Stimme. »Und jetzt sei schön still und manierlich«, sagte sie, so als würde sie auf ein Kind einreden.

Sie kam zurück und hatte einen kräftigen Waschbären auf dem Arm. Auf der Vorderseite ihres Sweatshirts war ein Blutfleck zu erkennen. Eine Gewehrkugel hatte eine der Vorderpfoten des Tiers gestreift.

»Arschlöcher«, schimpfte JoLayne. Mit der Taschenlampe zeigte sie Tom, was passiert war. Als sie den Waschbären berührte, knurrte er wieder und fletschte die Zähne. Krome war davon überzeugt, daß das Tier durchaus in der Lage war, ihm die Kehle aufzuschlitzen.

Er sagte: »JoLayne ...«

»Könntest du mir mal den Erste-Hilfe-Kasten geben?«

Sie hatte ein billiges Notfallset im Laden gekauft, ehe sie das Boot gemietet hatte.

»Du wirst bestimmt gebissen«, unkte Tom. »Wir werden *beide* gebissen.«

»Sie hat nur Angst, mehr nicht. Sie wird sich schon beruhigen.«

»Sie?«

»Könntest du mal einen Verband raussuchen?«

Sie behandelten das Waschbärbein bis zum Morgengrauen. Sie wurden beide gebissen.

JoLayne strahlte, als das Tier davontrabte, während es ungehalten vor sich hin schnatterte. Während Tom seinen verletzten Daumen verband, sagte er: »Und wenn sie uns nun mit Tollwut angesteckt hat?«

»Dann müssen wir uns halt jemanden suchen, den wir beißen

können«, erwiderte JoLayne. »Und da fallen mir nur unsere Freunde ein.«

Sie versuchten erneut ein Feuer anzufachen, aber der Wind hatte wieder aufgefrischt und wehte noch heftiger als vorher, allerdings nicht mehr so kalt. Während sie sich unter der Bootsplane zusammendrängten, waren sie damit beschäftigt, die Lebensmittel und die Schrotpatronen trocken zu halten. Kurz nachdem der Wolkenbruch versiegte, erhellte sich die blaugraue Dunkelheit. JoLayne streckte sich auf dem Boden aus und absolvierte zweihundert Sit-ups, wobei Tom ihre Füße festhielt. Der östliche Horizont färbte sich erst violett, dann golden und kündigte die Sonne an. Sie nahmen ein Frühstück aus Maischips und Müsliriegeln ein – alles schmeckte salzig. Im Morgengrauen schoben sie den Whaler aus den Mangroven hinaus und zu einem freien Stück Strand, um leichter fliehen zu können. Anschließend suchten sie in ihrem Lager alles zusammen, was sie brauchen würden, und machten sich auf den Weg zum anderen Ende der Insel.

- 22 -

Als Mary Andrea Finley Krome aus dem Flugzeug stieg, glaubte sie auf dem falschen Flughafen gelandet zu sein. Sie sah keine Zeitungsfotografen, keine TV-Scheinwerfer, keine Reporter. Sie wurde lediglich von einem energisch wirkenden Mann mit schmalem Gesicht und frühzeitig ergrautem Haar begrüßt. Er stellte sich ihr als Chef vom Dienst des *Register* vor.

»Und wo sind die anderen?« wollte Mary Andrea wissen.

»Wer?«

»Die Reporter. Ich hatte eine ganze Meute von ihnen erwartet.«

Der Chef vom Dienst meinte: »Dann betrachten Sie mich als Meute aus einer Person.«

Er griff nach Mary Andreas Reisetasche. Sie folgte ihm nach draußen zu einem Wagen.

»Fahren wir in die Redaktion?«

»Genau.«

»Warten dort die Medien?« Maria Andrea spielte verlegen mit den Perlen des Rosenkranzes.

»Mrs. Krome, wir sind die Medien.«

»Sie wissen genau, was ich meine. Das Fernsehen.«

Der Chef vom Dienst machte Mary Andrea darauf aufmerksam, daß der tragische Tod ihres Mannes bei weitem nicht so sensationell gefunden wurde, wie sie erwartet habe.

»Ich verstehe nicht ganz«, erklärte sie. »Ein Journalist verbrennt mit seinem Haus zu Asche, und niemand ...«

»Erzählen Sie mal genauer.«

Der Chef vom Dienst fuhr außerordentlich schnell und hatte nur eine Hand am Lenkrad. Mit der anderen drückte er ungeduldig auf den Radioknöpfen herum und schaltete zwischen den Programmen mit klassischer Musik hin und her. Mary Andrea wünschte sich insgeheim, er würde sich endlich für einen Sender entscheiden.

»Ich weiß, daß es in den Zeitungen steht«, beharrte sie, »und zwar bis rauf nach Montana.«

»Natürlich. Es kam sogar im Fernsehen«, sagte der Chef vom Dienst. »Ganz kurz.«

»Und was passierte?«

»Ich würde die öffentliche Reaktion«, antwortete er, »als durchaus gesteigerte, aber dennoch sehr flüchtige Neugier einstufen.«

Mary Andrea verschlug es die Sprache. Verzweiflung überkam sie. Diese Reaktion hätte durchaus als aufrichtige Trauer interpretiert werden können, allerdings nicht von denen, die über Mary Andreas Tätigkeit als Schauspielerin Bescheid wußten.

Der Chef vom Dienst tröstete: »Nehmen Sie es nicht persönlich. Es war für uns alle ziemlich ernüchternd.«

»Aber Sie hätten Tom zu einem Helden machen müssen«, protestierte sie.

Der Chef vom Dienst erklärte ihr daraufhin, daß ein Zeitungsreporter schon lange nicht mehr das Ansehen und den Einfluß genoß wie in seligen Watergate-Tagen. Die neunziger Jahre zeichneten sich aus durch einen boomenden Prominentenjournalismus, einen deutlichen Niedergang des ernsthaften investigativen Recherchierens und Berichtens sowie durch ein gezieltes »Weichspülen des Produkts« durch Verleger und Herausgeber. Die Folge, so erklärte er, sei, daß Tageszeitungen bei ihren Lesern nur selten eine Reaktion auslösten und die Menschen ihnen immer weniger Beachtung schenkten.

»Daher hat auch der Tod Ihres Mannes«, resümierte der Chef vom Dienst, »nicht gerade einen Aufschrei der Entrüstung ausgelöst.«

Betrübt starrte Mary Andrea aus dem Wagenfenster. Wenn Tom bei der *New York Times* oder der *Washington Post* gewesen wäre, dann hätte es auch einen öffentlichen Aufschrei gegeben.

»Hat er denn an irgendeiner großen Sache gearbeitet?« fragte sie voller Hoffnung.

»Überhaupt nicht. Das ist ja ein Teil des Problems – es war lediglich eine Routinegeschichte, wenn auch eine ausführliche.«

»Über was denn?«

»Irgendeine Frau, die im Lotto gewonnen hat.«

»Und deshalb wurde er umgebracht?«

»Die Polizei hat da einige Zweifel. Wie ich schon sagte, das ist ein Teil unseres Problems. Es ist alles andere als erwiesen, daß Tom in Ausübung seines Jobs gestorben ist. Es könnte genausogut ein Raub oder etwas ... ganz Persönliches gewesen sein.«

Mary Andrea bedachte ihn mit einem säuerlichen Blick. »Erzählen Sie mir bloß nicht, er habe etwas mit der Frau eines anderen gehabt.«

»Es ist nur ein Gerücht, Mrs. Krome. Aber ich fürchte, es reichte trotzdem aus, um Ted Koppel und seine Fernsehtypen abzuschrekken.«

»Scheiße«, fluchte Mary Andrea. Sie hätte sogar mit Batteriesäure gegurgelt, um einen Auftritt in *Nightline* zu kriegen.

Der Chef vom Dienst fuhr fort: »Wir haben uns alle Mühe gegeben, aber sie wollten es nun mal als Mafia-Mord oder als Racheakt eines Drogenkönigs anbieten und waren dann zutiefst enttäuscht, als sie erfuhren, daß Tom lediglich ein Feature-Schreiber war. Und nach den Ehebruchgerüchten reagierten sie überhaupt nicht mehr auf unsere Anrufe.«

Mary Andrea sackte gegen die Tür. Es war, als rutsche sie unaufhaltsam in einen Alptraum. Daß die Medien bereits das Interesse an Tom Kromes Ermordung verloren hatten, bedeutete eine rapide reduzierte Fernsehpräsenz seiner trauernden Witwe – und sinnlos vergeudete Geldmittel für ein Flugticket, dachte Mary Andrea verbittert. Noch schlimmer war, daß sie Gefahr lief, eine öffentliche Erniedrigung über sich ergehen lassen zu müssen, falls die tödliche »Feuersbrunst« auf einen eifersüchtigen Ehemann und nicht einen rachsüchtigen Drogenbaron zurückgeführt werden würde.

Du bist ein verdammter Mistkerl, Tom, dachte sie. Deinetwegen steht meine Karriere auf dem Spiel.

»Wie ist das Hotel?« fragte sie mißgelaunt.

»Wir haben ein Nichtraucherzimmer gebucht, wie Sie es gewünscht haben.« Der Chef vom Dienst kaute nun auf einem Zahnstocher herum.

»Und gibt es dort einen Fitneßraum mit einem Stair Master?«

»Kein Fitneßraum«, bedauerte er. »Und auch kein Stair Master, tut mir leid.«

»Na, das ist ja prima.«

»Es ist ein HoJo's Hotel, Mrs. Krome. Wir bringen alle unsere Gäste in einem HoJo's unter.«

Nachdem sie zehn Minuten lang geschmollt hatte, verkündete Mary Andrea, daß sie es sich anders überlegt habe. Sie wollte direkt zum Flughafen zurückgebracht werden. Sie sagte, sie sei zu sehr von der Trauer mitgenommen, um den Journalistenpreis entgegennehmen zu können, den Tom gewonnen hatte.

»Wie hieß er noch gleich – der ›Emilio‹?«

»Amelia«, korrigierte der Chef vom Dienst, »und es ist durchaus eine große Sache. Tom ist der erste, dem der Preis posthum verliehen wird. Es wäre schon sehr wichtig, wenn Sie an seiner Stelle erscheinen würden.«

Mary Andrea schniefte. »Für wen wäre es sehr wichtig?«

»Für mich. Die Belegschaft. Seine Kollegen.« Der Chef vom

Dienst drehte den Zahnstocher mit der Zunge hin und her. »Und wahrscheinlich auch für Ihre Zukunft.«

»Ich bitte Sie, Sie haben mir gerade erklärt...«

»Wir haben eine Pressekonferenz vorbereitet.«

Mary Andrea Finley fixierte ihn mit einem stechenden Blick. »Eine *echte* Pressekonferenz?«

»Die Fernsehleute sind auch da, wenn Sie das meinen sollten.«

»Woher wissen Sie das so sicher?«

»Weil es der absolute Knüller ist.«

»Sicher?«

»Warme Luft. Menschlich«, erklärte der Chef vom Dienst. »Sie wollen sich zwar nicht mit den unschönen Details des Mordes befassen, aber sie hoffen auf zwanzig Sekunden über eine hübsche junge Witwe, die eine Ehrenmedaille für ihren toten Gatten entgegennimmt.«

»Ich verstehe.«

»Und ich würde lügen«, fügte der Chef vom Dienst hinzu, »wenn ich nicht zugeben würde, daß auch meine Zeitung die Publicity ganz gut gebrauchen kann. Es ist ein bedeutender Preis, und so viele davon gewinnen wir auch nicht.«

»Wenn Sie vom Fernsehen sprechen, meinen Sie damit die großen Gesellschaften?«

»Ihre Ableger, klar. CBS, ABC und FOX.«

»Oh. Fox auch?« Mary Andrea dachte dabei: Ich brauche unbedingt ein neues Kleid, und zwar etwas erheblich Kürzeres.

»Machen Sie's?« fragte der Chef vom Dienst.

»Ich denke, ich kann Ihnen den Gefallen tun«, erwiderte sie würdevoll.

Und dachte: zwanzig Sekunden Sendezeit, wie jämmerlich.

Katie Battenkill stellte eine Liste von Dingen auf, die sie Arthur verziehen oder einfach bewußt übersehen hatte, weil er Richter und es etwas Tolles war, mit einem Richter verheiratet zu sein. Zu der Aufzählung gehörten seine schrecklichen Tischmanieren, seine Schroffheit gegenüber ihren Freunden und Verwandten, seine Respektlosigkeit gegenüber ihrer Religion, seine krankhafte Eifersucht, seine billigen und wiederholten Seitensprünge, seine vorzeitigen Ejakulationen und, natürlich, sein bestialisch stinkendes Rasierwasser.

All das stellte Katie den Vorteilen gegenüber, Mrs. Arthur Battenkill jr. zu sein. Dazu gehörten ein schickes Auto jüngeren Baujahrs, ein geräumiges Haus, Einladungen zu allen wichtigen gesellschaftlichen Anlässen, eine alljährliche Reise zu den Bahamas mit der örtlichen Anwaltskammer und gelegentliche extravagante Geschenke wie zum Beispiel die große mit Brillanten besetzte Brosche, die Katie gerade im Spiegel ihres Schminktisches bewunderte.

Sie hatte sich niemals als oberflächliche, materialistisch eingestellte Frau betrachtet, aber daß sie genau das war, dämmerte ihr in diesem Moment. Art war eindeutig der sprichwörtliche notorische Sünder, aber Katie lebte nun schon seit acht Jahren mit dieser Erkenntnis. Bisher hatte sie kaum den Versuch unternommen, ihn zu ändern, sondern sich vielmehr von seinen ätzenden Bemerkungen einschüchtern und durch Geschenke besänftigen lassen. Sein Treiben zu ignorieren war eben einfacher, als ihm deshalb Vorwürfe zu machen. Außerdem tröstete sich Katie damit, daß es keine vollkommen lieblose Ehe war, da sie es ja durchaus liebte, die Frau eines Kreisrichters zu sein. Es war nur Arthur selbst, für den sie keine tieferen Gefühle mehr hatte.

Oftmals war sie sonntags in die Kirche gegangen und hatte Gott um Rat gefragt, was sie tun sollte, und kein einziges Mal hatte ER ihr geraten, eine Affäre mit einem reisefreudigen Zeitungsmann zu beginnen. Aber genau das war geschehen. Es hatte Katie Battenkill völlig unerwartet getroffen. Sie war absolut wehrlos gewesen und hatte nicht widerstehen können – es glich ihrer unkontrollierbaren Gier nach Godiva-Schokolade, nur hundertmal stärker. In dem Moment, als sie Tom Krome das erste Mal gesehen hatte, wußte sie, daß es passieren würde …

Sie hatte an einem Demonstrationsmarsch für vernachlässigte Kinder teilgenommen, als plötzlich dieser gutaussehende Typ die James Street in entgegengesetzter Richtung heruntergejoggt kam und sich durch die Phalanx mit einheitlichen T-Shirts bekleideter Demonstranten schlängelte. Als er sich Katie näherte, war er gerade lange genug stehengeblieben, um sie anzulächeln und ihr einen Fünfdollarschein in die Hand zu drücken. Für die Kinder, hatte er gesagt und war weitergerannt. Und Katie hatte zu ihrer Verblüffung augenblicklich kehrtgemacht und war ihm nachgelaufen.

Tom Krome war der erste Mann, den sie je verführt hatte, wenn man denn eine schnelle Nummer auf dem Vordersitz eines Automobils so nennen darf.

Jetzt, als sie auf jene wilden und schuldbeladenen Wochen zurückschaute, erkannte Katie den Sinn. Alles geschieht aus einem bestimmten Grund – eine göttliche Macht hatte Tommy in ihr Leben joggen lassen. Gott versuchte, ihr damit etwas mitzuteilen: daß es da draußen gute Männer gab, anständige und treusorgende Männer, denen Katie vertrauen, auf die sie sich verlassen konnte. Und während ER wahrscheinlich nicht daran gedacht hatte, daß sie gleich mit dem erstbesten, der ihr begegnete, schmutzigen, heftigen Sex haben würde, hoffte Katie, daß ER dennoch dafür Verständnis hätte.

Das Wichtige war, daß Tom Krome ihr klargemacht hatte, daß sie sehr gut ohne Arthur, dieses verlogene Dreckstück, auskommen konnte. Alles, was sie brauchte, war ein wenig Selbstvertrauen, eine Neuordnung ihrer Prioritäten und den Mut, sich hinsichtlich ihrer sinnentleerten Beziehung mit ihrem Ehemann nichts mehr vorzumachen. Die Zeit hatte zwar nicht ausgereicht, um sich in Tommy zu verlieben, aber sie mochte ihn trotzdem ganz eindeutig lieber als Arthur. Die Art und Weise, wie Tom sich dafür entschuldigt hatte, daß er an dem Abend neulich vergessen hatte, sie aus Grange anzurufen – Katie konnte sich nicht entsinnen, daß Arthur jemals irgend etwas bedauert hätte. Tom Krome war nichts Besonderes und in keiner Weise auffällig, er war ganz einfach nur ein freundlicher, liebevoller Zeitgenosse. Das reichte schon aus. Die Tatsache, daß Katie Battenkill sich so schnell und einfach aus der Bahn werfen ließ, verhieß der Ehe eine recht ungewisse Zukunft. Sie entschied, daß sie schnellstens aussteigen mußte.

Katie erinnerte sich an eine östliche Weisheit: »Die Sünde zu dulden heißt, ihr Vorschub zu leisten und sich daran zu beteiligen.« Sie dachte an Arthurs zahlreiche Sünden, darunter auch Dana, Willow und andere, deren Namen sie nicht kannte. Diese Seitensprünge waren an sich schon schlimm genug, doch nun hatte der Richter den Auftrag zu einer Brandstiftung gegeben, und ein Mann war dabei gestorben.

Keine unschuldige Seele, das nun ganz sicher nicht, sondern ein mieser kleiner Scheißkerl. Trotzdem – in den Augen eines gütigen Gottes war selbst er noch ein wertvolles Wesen.

Das war eine Sünde, die Katie nicht tolerieren konnte, wenn sie sich selbst retten wollte, was sie inständig zu schaffen hoffte. Was sollte sie jetzt bloß tun?

Im Spiegel funkelte die Brosche wie ein winziger Stern zwischen ihren vielen Sommersprossen. Natürlich war dieses Schmuckstück nichts anderes als ein Schmiergeld, damit sie auch weiterhin schwieg, aber, lieber Himmel, der Schmuck war dennoch unglaublich schön.

Die Badezimmertür öffnete sich, und heraus kam ihr Mann mit einer zusammengefalteten Ausgabe des *Register* unterm Arm.

»Art, wir müssen miteinander reden.«

»Ja, das müssen wir. Laß uns in die Küche gehen.«

Katie war erleichtert. Das Schlafzimmer war wirklich nicht der geeignete Ort, um die Bombe platzen zu lassen.

Sie bemerkte, wie ihre Hände zitterten, als sie die Kaffeemaschine füllte. Über die Schulter hörte sie Arthur sagen: »Katherine, ich habe mich entschlossen, das Richteramt aufzugeben. Wie würde es dir gefallen, auf den Inseln zu leben?«

Sie drehte sich langsam um. »Wie bitte?«

»Mir reicht es. Der Job bringt mich um«, erklärte er. »Im nächsten Jahr steht meine mögliche Wiederwahl an, aber ich habe nicht mehr die Energie für einen weiteren Wahlkampf. Ich bin ausgebrannt, Katie.«

Alles, was ihr in diesem Moment an Erwiderung einfiel, war: »Wir können es uns nicht leisten, uns zur Ruhe zu setzen, Art.«

»Vielen Dank, Ms. Dean Witter, aber ich bin so frei, anderer Ansicht zu sein.«

Dabei schlug er jenen ätzenden Tonfall an, den Katie so sehr haßte.

»Es mag zwar schockierend erscheinen«, fuhr der Richter fort, »aber ich habe ein paar bescheidene Investitionen getätigt, ohne dich davon zu unterrichten. Eine hat sich als sehr lukrativ erwiesen und einen beachtlichen Gewinn erzielt, und zwar im Bereich von rund einer Viertelmillion Dollar.«

Katie verriet durch nichts, daß sie davon beeindruckt war, aber es kostete sie einige Mühe, die Fassung zu wahren. »Was für eine Investition?«

»Ein Investmentfonds. Es ist ein wenig kompliziert und nicht so einfach zu erklären.«

»Das kann ich mir vorstellen.«

»Es geht um Immobilien, Katherine.«

Sie bereitete den Kaffee und schenkte Arthur eine Tasse ein.

»Du bist erst dreiundvierzig Jahre alt und schon bereit, dich zur Ruhe zu setzen?«

»Das ist der amerikanische Traum«, erwiderte der Richter und schnalzte mit der Zunge.

»Warum die Inseln? Und welche Inseln überhaupt?« Dabei dachte Katie, daß sie ihn bislang ja noch nicht einmal dazu hätte überreden können, mit ihr an den Strand zu gehen.

Arthur Battenkill entgegnete: »Roy Tigert hat mir angeboten, uns seinen Bungalow auf den Bahamas zur Verfügung zu stellen. In Marsh Harbour, damit wir ausprobieren können, ob es uns dort gefällt. Wenn nicht, dann versuchen wir es eben woanders – auf den Caymans oder auf Saint Thomas.«

Katie war sprachlos. Ein Bungalow auf den Bahamas – das klang wie ein kitschiger Traum.

Unbeholfen streckte ihr Mann die Hand aus, langte über den Tisch und tätschelte ihre Wange. »Ich weiß, daß hier einiges in letzter Zeit nicht gerade ideal gelaufen ist. Wir brauchen eine grundlegende Veränderung, Katherine, um zu retten, was noch vorhanden ist. Wir gehen von hier weg und fangen von vorne an, nur wir beide, und mit nichts und niemandem, der unser Glück gefährdet.«

Er meinte Tom Krome – oder dachte er an seine Sekretärinnen?

»Wann?« fragte Katie.

»Sofort.«

»Oh.«

»Weißt du noch, wie gut dir Nassau gefallen hat?«

»Ich war noch nie dort, Art. Das muß Willow gewesen sein.«

Der Richter trank hastig seinen Kaffee.

Katie sagte: »Es geht dir doch gar nicht darum, unsere Ehe zu retten, sondern nur darum, daß Tommys Haus abgebrannt ist und eine Leiche in den Trümmern gefunden wurde. Du machst dir vor Angst in die Hosen, weil es deine Schuld war.«

Arthur Battenkill jr. starrte blicklos in seine Kaffeetasse. »Du hast aber eine lebhafte Phantasie, Katherine.«

»Du läufst weg. Gib's zu, Arthur. Du hast irgendwelches Geld zusammengeklaut und willst jetzt das Land verlassen. Glaubst du, ich bin blöde?«

»Nein«, erwiderte der Richter. »Ich glaube, du bist recht praktisch veranlagt.«

An diesem Montagmorgen, dem vierten Dezember, hatte die Immobilienagentur von Clara Markham einen unerwarteten Besucher: Bernard Squires, Investmentmanager der Central Midwest Brotherhood of Grouters, Spacklers and Drywallers International. Er war mit einem privaten Gulfstream-Jet, für ihn von Richard »Eispickel« Tarbone gechartert, nach Florida geflogen. Der Auftrag von Bernard Squires bestand darin, eine umfangreiche Anzahlung für das Simmons-Wood-Gelände zu hinterlegen und es auf diese Weise für die Pensionskasse der Gewerkschaft zu sichern, aus welcher der Tarbone-Clan sich regelmäßig bediente. Nachdem er durch Grange gefahren war, zeigte sich Bernard Squires mehr als je zuvor davon überzeugt, daß das für den Simmons Wood geplante Einkaufszentrum ein gleichermaßen überzeugendes wie auch grandioses Pleiteunternehmen werden würde.

»Wir haben miteinander telefoniert«, stellte er sich bei Carla Markham vor.

»Ja, natürlich«, sagte sie, »aber ich fürchte, ich kann Ihnen nichts Neues mitteilen.«

»Deshalb bin ich hier.«

Clara Markham fragte, ob Squires nicht ein wenig später zurückkommen könnte, da sie noch ein wichtiges Geschäft abschließen müßte.

Squires war zwar höflich, aber hartnäckig. »Ich bezweifle, daß es so wichtig ist, wie dies hier«, erklärte er und deutete auf den schwarzen Aktenkoffer auf ihrem Schreibtisch.

Die Grundstücksmaklerin hatte noch nie soviel Bargeld auf einmal gesehen. Es waren akkurate, kompakte Bündel aus Fünfzigern und Hundertern. Irgendwo zwischen diesen appetitlich riechenden Stapeln versteckte sich, wie sie genau wußte, ihre Provision – wahrscheinlich die größte, die sie je erhalten würde.

»Dies nur als Beweis dafür, wie Ernst es uns damit ist, das Gelände zu erwerben«, versicherte Squires, »und um die Verhandlungen ein wenig zu beschleunigen. Die Leute, die ich repräsentiere, wollen so bald wie möglich mit dem Bau beginnen.«

Clara Markham steckte in der Klemme. Während des Wochenendes hatte sie nichts von JoLayne Lucks gehört. Sie waren eng befreundet – und JoLayne wirkte wahre Wunder an Kenny, der geliebten Perserkatze Claras –, aber die Grundstücksmaklerin konnte nicht zulassen, daß persönliche Gefühle ein derart umfangreiches Geschäft gefährdeten.

Sie deutete auf das Geld und sagte: »Das ist sehr eindrucksvoll, Mr. Squires, aber ich muß Ihnen mitteilen, daß ich noch ein Gegenangebot erwarte.«

»Tatsächlich?«

»Es liegt zwar noch nichts Schriftliches vor, aber man hat mir versichert, daß es unterwegs ist.«

Squires schien sich darüber zu amüsieren. »Na schön.« Mit einer vielgeübten Geste klappte er den Aktenkoffer zu. »Wir sind bereit, auf jedes vernünftige Gegenangebot zu reagieren. In der Zwischenzeit bitte ich Sie, sich bei Ihren Klienten zu melden und ihnen klarzumachen, wie Ernst es uns mit diesem Projekt ist.«

Clara Markham nickte. »Sehr gerne. Gleich nach dem Mittagessen.«

»Warum nicht jetzt sofort?«

»Ich… ich weiß nicht, ob ich sie erreichen kann.«

»Versuchen wir es doch«, schlug Squires vor.

Clara Markham erkannte, daß Hinhaltemanöver sinnlos waren. Der Mann würde niemals ohne eine Antwort nach Chicago zurückkehren. Bernard Squires machte es sich in einem Sessel gemütlich, während sie den Nachlaßverwalter von Lighthorse Simmons anrief. Fünf Minuten später rief der Anwalt zurück, nachdem er eine Konferenzschaltung mit Lighthorses verschwenderischen beiden Erben – seinem Sohn, Leander Simmons, und seiner Tochter, Janine Simmons Robinson – zustande gebracht hatte. Leander beschäftigte sich mit fossilen Brennstoffen und Vollblutpferden, während Janine ihr Geld für ausgefallene chirurgische Eingriffe und die Renovierung von Ferienhäusern ausgab.

Indem sie sich dicht über das Mikrofon beugte, faßte Clara Markham in sorgfältig gewählten Worten das Angebot der Gewerkschaft zusammen, dessen wesentlicher Punkt die Summe von 3 Millionen Dollar war.

»Außerdem«, schloß sie, »hat Mr. Squires in meinem Büro eine größere Summe als Baranzahlung vorgelegt.«

Am anderen Ende der Leitung erkundigte sich Leander Simmons: »Wieviel?« Er stieß einen Pfiff aus, als die Grundstücksmaklerin ihm den Betrag nannte.

Als alter Profi der Konferenzschaltung erhob Bernard Squires seine Stimme gerade so weit, daß man ihn verstehen konnte, und meinte: »Wir wollen damit nachdrücklich klarmachen, wie Ernst es uns mit dem Kauf ist.«

»Nun, *mein* Interesse ist geweckt«, verkündete Janine Simmons Robinson.

»Meins auch«, schloß sich ihr Bruder an.

Im Interesse von JoLayne Lucks und des dem Untergang geweihten Wildtierbestandes des Simmons Wood fühlte sich Clara Markham verpflichtet hinzuzufügen: »Mr. Squires und seine Gruppe möchten auf dem Land Ihres Vaters ein Einkaufszentrum errichten.«

»Mit einem Kinderspielplatz im Innenhof«, schob Squires in kühlem Ton nach.

»Und einem italienischen Brunnen vor dem Eingang«, säuselte der Anwalt, »mit echten Enten und Gänsen. Es wird eine einmalige Attraktion für Ihre kleine Stadt.«

Aus dem Lautsprecher meldete sich umgehend Leander Simmons zu Wort: »Mich persönlich interessiert das einen Scheißdreck, meinetwegen könnt ihr Typen dort nach Steinkohle graben. Was sagst du dazu, Schwesterlein?«

Und Janine meinte: »Drei Millionen Bucks sind nun mal drei Millionen Bucks.«

»Genau. Also auf was zur Hölle warten wir dann noch?« entgegnete Leander. »Schlagen wir ein.«

»Wir sind dazu bereit«, bekräftigte Bernard Squires. »Mrs. Markham teilte mir jedoch mit, daß es vielleicht noch ein anderes Angebot gibt.«

»Von wem?« erkundigte sich Janine Simmons Robinson.

»Wie hoch?« fragte ihr Bruder.

Clara Markham sagte: »Es handelt sich um einen einheimischen Investor. Ich wollte Sie nach Erhalt der entsprechenden Unterlagen anrufen, was bisher noch nicht der Fall gewesen ist.«

»Dann pfeif drauf«, meinte der Nachlaßverwalter. »Schließen wir mit Squires ab.«

»Wie Sie wünschen.«

»Moment mal.« Das war Leander Simmons. »Warum denn diese Eile?«

Er witterte noch mehr Geld. Bernard Squires Miene verdüsterte sich bei der Aussicht auf eine Auktion. Clara Markham entdeckte plötzlich ein paar neue Adern, die an seinem Hals pulsierten.

Wie sich herausstellte, sendete Janine Simmons Robinson auf der gleichen opportunistischen Wellenlänge wie ihr Bruder. »Was kann es schaden, wenn wir noch ein paar Tage warten?« ließ sie sich vernehmen. »Und uns die Vorstellungen dieses anderen Interessenten anhören.«

»Es liegt bei Ihnen«, entgegnete ihr Anwalt. Dann: »Ms. Markham, würden Sie sich bei uns melden, sobald Sie etwas Genaueres wissen – sagen wir, bis spätestens Mittwoch?«

»Wie wäre es mit morgen?« schlug Bernard Squires vor.

»Mittwoch«, verkündeten Leander Simmons und seine Schwester unisono.

Ein mehrfaches Klicken ertönte, dann schwieg der Lautsprecher. Clara Markham schaute voller Bedauern erst Bernard Squires, dann den Aktenkoffer auf ihrem Schreibtisch an. »Ich zahle das sofort auf unser Treuhandkonto ein«, sagte sie.

Squires erhob sich schwerfällig aus seinem Sessel.

»Sie kommen mir nicht so vor, als würden Sie mit irgendwelchen Tricks arbeiten«, meinte er. »Sie scheinen nicht zu denen zu gehören, die ihre Provision in die Höhe treiben wollen, indem sie sich irgendwelche nicht existenten Gegengebote aus den Fingern saugen.«

»Ich bin keine Betrügerin«, stellte Clara Markham klar, »und ich bin nicht verrückt. Simmons Wood wird für mich das größte Geschäft des Jahres sein, Mr. Squires. Ich würde niemals das Risiko eingehen, mir diesen Deal wegen ein paar Dollars mehr zu verderben.«

Er glaubte ihr. Er hatte sich die Stadt sehr genau angesehen. Es war ein Wunder, daß sie in diesem Nest noch nicht verhungert war.

»Ein einheimischer Investor, sagten Sie?«

»Das ist richtig.«

»Ich nehme nicht an, daß Sie so entgegenkommend sind und mir den Namen verraten?«

»Ich fürchte, das kann ich nicht, Mr. Squires.«

»Aber Sie sind sicher, daß die betreffende Partei über ausreichende Mittel verfügt?«

»Das tut sie«, erwiderte Clara Markham und dachte: Das war zumindest das Letzte, was ich gehört habe.

Shiners Mutter verschlief. Die Straßenbaumaschinen weckten sie.

Eilig zwängte sie sich ins Brautkleid, schnappte sich den Sonnenschirm und rauschte durch die Tür hinaus. Als sie die Kreuzung Sebring Street und Highway erreichte, war es schon zu spät. Die Straßenbaubehörde war gerade im Begriff, den Ölfleck-Jesus zu asphaltieren.

Shiners Mutter kreischte und hüpfte herum wie ein kostümierter Zirkusaffe. Sie spuckte dem Vorarbeiter ins Gesicht und versuchte erfolglos, den Fahrer der Dampfwalze mit ihrem Sonnenschirm zu durchbohren. Am Ende warf sie sich bäuchlings auf den heiligen Fleck und weigerte sich, den Maschinen Platz zu machen.

»Asphaltiert mich ebenfalls, ihr gottlosen Schweine!« schrie sie. »Laßt mich eins werden mit meinem Retter!«

Der Vorarbeiter wischte sich die Wange ab und gab seinen Männern das Zeichen zum Anhalten. Er telefonierte mit dem Sheriff's Office und meldete: »Wir haben hier draußen eine Verrückte in einem Brautkleid, die sich auf der Fahrbahn herumwälzt. Was soll ich tun?«

Zwei Deputies trafen ein, wenig später gefolgt von einem Fernsehübertragungswagen.

Shiners Mutter küßte die Fahrbahn an der Stelle, wo sie Jesus' Stirn vermutete. »Sorge dich nicht, Sohn Gottes«, sagte sie. »Ich bin bei dir. Und ich gehe nicht weg von hier.« Ihre Hingabe an den Fleck war um so bemerkenswerter angesichts der Tatsache, daß er sich in allernächster Nähe eines plattgefahrenen Opossums befand.

Eine Kleinbusladung besorgt dreinblickender Pilger traf ein, aber die Deputies warnten sie, gefälligst nicht im Weg herumzustehen. Shiners Mutter hob den Kopf und sagte: »Auf der Kühlbox steht eine Sammelbüchse. Nehmen Sie sich doch eine Dose Sprite, wenn Sie Durst haben!«

Mittlerweile war der Verkehr in beiden Richtungen blockiert. Der Vorarbeiter, der aus Tampa stammte und keine Ahnung vom Legendenreichtum des Ortes hatte, erkundigte sich bei den Deputies, ob es in der Stadt vielleicht ein Irrenhaus gäbe.

»Nee«, erwiderte einer von ihnen, »aber so etwas ist bei uns längst überfällig.«

Jeder griff sich einen Arm, und sie trugen Shiners Mutter vom Highway herunter. »Er schaut von oben zu! Er sieht euch genau!« kreischte sie.

Die Deputies verstauten sie im Käfig eines Streifenwagens und verscheuchten die neugierigen Touristen. Ehe sie mit dem Asphaltieren fortfuhren, versammelten der Vorarbeiter und seine Leute sich in einem Halbkreis an der Mittellinie. Sie versuchten herauszubekommen, worüber die verrückte Alte sich beschwert hatte.

Indem er sich über den Fleck beugte, erklärte der Vorarbeiter: »Wenn das Jesus Christus ist, dann bin ich Michael Jackson.«

»Verdammt, das ist nichts als Bremsflüssigkeit«, verkündete einer seiner Männer, offenbar ein Mechaniker.

»Nein, Öl«, behauptete ein anderer.

Dann meldete sich der Fahrer der Dampfwalze zu Wort. »Von hier oben sieht es fast so aus wie eine Frau. Wenn man ein Auge zukneift, wie eine nackte Frau auf einem Kamel.«

Das reichte dem Vorarbeiter. »Zurück an die Arbeit«, befahl er knapp.

Die Fernsehcrew blieb während des Asphaltierens an Ort und Stelle. Sie bekamen eine hervorragende Naheinstellung vom Ölfleck-Jesus, wie er unter einer blubbernden schwarzen Kruste heißen Asphalts verschwand. Als Gegenschnitt zu dieser Szene wurde eine junge Pilgerin gezeigt, die gerade in ihr Papiertaschentuch weinte, so als trauerte sie. In Wirklichkeit hielt sie sich nur die Nase zu, um sich vor dem Gestank des toten Opossums zu schützen.

Die Meldung wurde in den Mittagsnachrichten von Orlando gebracht. Sie begann mit einer Videoaufnahme von Shiners Mutter, wie sie gerade andächtig den heiligen Fleck küßte. Joan rief Roddy aufgeregt an seinem Arbeitsplatz an. »Fernsehleute sind in der Stadt. Was ist, wenn sie von dem Schildkröten-Heiligtum erfahren?«

»Tu einfach so, als würden wir ihn gar nicht kennen«, empfahl Roddy.

»Aber er ist mein Bruder.«

»Prima. Dann gib du auch die Interviews.«

Shiners Mutter wurde wegen Störung des öffentlichen Friedens verhaftet und drei Stunden später ohne Kaution wieder freigelassen. Sie ließ sich sofort von einem Taxi zur Kreuzung Sebring Street mit dem Highway bringen. Der Asphalt war mittlerweile abgekühlt und hart geworden. Shiners Mutter konnte nicht einmal mehr mit Sicherheit sagen, wo genau der Fleck sich befunden hatte. Sie stellte aber fest, daß jemand ihre Sammelbüchse und fast das gesamte gekühlte Sodawasser gestohlen hatte. Damit war sie ganz offiziell aus dem Geschäft.

Sie begab sich daraufhin zu Demencios Haus und stellte die leere Kühlbox im Schatten einer Eiche, ein gutes Stück von Sinclairs Verehrern entfernt, ab. Trish bemerkte sie dort und brachte ihr eine Limonade.

»Ich habe gehört, was passiert ist. Es tut mir ja so leid.«

»Die Schweine haben mein Kleid zerrissen«, berichtete Shiners Mutter.

»Das läßt sich im Handumdrehen wieder nähen«, beruhigte Trish sie.

»Aber was ist mit meinem Heiligtum? Wer bringt das in Ordnung?«

»Warten Sie ein wenig. Es wird bald neue Flecken auf dem Highway geben.«

Shiners Mutter warf den Kopf in den Nacken. »Ha!«

Trish schaute hinüber zum Haus, um sich zu vergewissern, ob Demencio sie beobachtete. Er wäre ziemlich sauer, wenn er die verrückte Alte auf dem Grundstück anträfe. Ihr eisblauer Sonnenschirm war so auffällig wie ein Schutzzelt.

»Sie sollten jetzt erst mal nach Hause gehen und sich ein wenig Ruhe gönnen«, empfahl Trish.

»Nicht nachdem ich die beiden wichtigsten und wertvollsten Dinge auf dieser Welt verloren habe – den Ölfleck-Jesus und meinen einzigen Sohn.«

»Oh, Shiner kommt sicher bald zurück.« Spätestens, sobald er Geld braucht, dachte Trish.

»Aber er wird nicht mehr so sein wie vorher. Ich habe das sichere Gefühl, daß er von den bösen Mächten des Satans verführt wurde.« Shiners Mutter leerte das Glas Limonade. »Haben Sie auch noch ein Stück Biskuitkuchen für mich?«

»Ich fürchte, davon ist nichts mehr übrig. Soll Sie jemand nach Hause bringen?«

»Später vielleicht«, meinte Shiners Mutter. »Zuerst muß ich mit diesem Schildkröten-Typen reden. Mein Herz ist unter eine Dampfwalze gekommen, ich brauche jetzt spirituellen Trost.«

»Sie armes Ding.« Trish entschuldigte sich und rannte ins Haus, um Demencio zu warnen. Shiners Mutter zündete sich eine Zigarette an und wartete ab, daß die Warteschlange am Schildkrötengraben sich auflöste.

- 23 -

Die Everglades entleeren sich vor der Halbinsel Florida in ein funkelndes Panorama von Gezeitentümpeln, vielfach gewundenen Kanälen und hellgrünen Mangroveninseln. Das natürliche Gleichgewicht des Lebens basiert auf einem jahreszeitlich bedingten regelmäßigen Zufluß von frischem Wasser vom Festland. Früher war dies ein völlig natürlicher Vorgang, doch dies ist nicht mehr der Fall. Die Schmarotzer, die in den vierziger Jahren dieses Jahrhunderts Gräben und Kanäle durch die oberen Everglades gezogen haben, dachten keine Sekunde lang darüber nach, was stromabwärts mit den Fischen und Vögeln, ganz zu schweigen von den Indianern, geschehen würde. Für die Ingenieure bestand ihre heilige Mission darin, den Komfort und Wohlstand der nicht eingeborenen Menschen zu sichern. In der trockenen Jahreszeit pumpte der Staat Wasser aus den Everglades zu den Städten und den landwirtschaftlichen Anbaugebieten. Während der Regenzeit leitete er Millionen von Gallonen zum Ozean ab, um der Überflutung von Baulandparzellen, Viehweiden und anderen landwirtschaftlichen Nutzungsflächen vorzubeugen.

Im Laufe der Zeit gelangte deshalb immer weniger Frischwasser in die Florida Bay, und was dort ankam, war alles andere als sauber und frisch. Als die unvermeidliche Trockenzeit einsetzte, veränderte sich so die ohnehin schon unter Wassermangel leidende Bucht drastisch. Meerespflanzen starben hektarweise ab. Der Grund verwandelte sich in Faulschlamm. Erbsengrüne Algen begannen zu wuchern und deckten Hunderte von Quadratmeilen an Wasserfläche zu. Es entstand ein Gebiet, das sogar mit bloßem Auge aus dem Weltall zu erkennen war. Vom Sonnenlicht weitgehend abgeschnitten, starben massenweise Schwämme ab und stiegen in fauligen Haufen an die Wasseroberfläche.

Der ökologische Kollaps der berühmten Bucht löste die vorhersehbare, betont unschuldig verwirrte Reaktion unter den Bürokraten aus. Angesichts eines katastrophalen Imageverlusts und einer geradezu tödlichen Bedrohung der Fremdenverkehrsindustrie suchten nun ausgerechnet die Leute, durch deren Ignoranz die Florida Bay ausgetrocknet war, krampfhaft nach Wegen, die Bucht zu retten und wiederzubeleben. Das gestaltete sich allerdings sehr schwierig, wenn man nicht ausgerechnet die Farmer und Investoren gegen sich aufbringen wollte, für die die Marschlandschaften so aufwendig hergerichtet worden waren. Politiker steckten plötzlich in einer argumentativen Klemme. Diejenigen, die niemals auch nur eine Minute Schlaf wegen des Schicksals des Graureihers verloren hatten, äußerten sich plötzlich in geradezu lyrischen Tönen über seine perfekte Eleganz. Insgeheim versicherten sie jedoch ihren Wahlkampfspendern, daß – scheiß auf die Vögel – die Landwirtschaft auch in Zukunft ihr Vorrecht beim Zugriff auf das wertvolle Wasser behalten würde.

Für jeden, der sich in Süd-Florida für ein öffentliches Amt zur Wahl stellte, wurde die Wiederherstellung der Everglades nicht nur ein Versprechen, sondern ein Mantra. Reden wurden gehalten, großzügige Versprechen abgegeben, erstklassig besetzte Projektgruppen zusammengestellt, Forschungsstipendien gewährt, wissenschaftliche Symposien veranstaltet... aber es änderte sich nicht viel. Der Staat zapfte weiterhin gierig das ab, was eigentlich ungehindert hätte in die Florida Bay fließen müssen. In den trockenen Jahren kämpfte die Bucht ums Überleben und verwandelte sich in einen stinkenden Tümpel. In regenreichen Jahren wimmelte es dort von Leben.

Der Zustand der Region konnte am besten auf abgelegenen Inseln wie Pearl Key überprüft werden. Wenn die Mangroven mit Pelikanen und Silberreihern besetzt waren, wenn am Himmel Fischadler und Fregattvögel ihre Kreise zogen und wenn sich in den Untiefen Meeräschen und Hornhechte tummelten, dann strömte eine Menge frisches Wasser aus den Glades in die Bucht, genug für eine Atempause von dem Raubzug stromaufwärts.

Es war Chubs Pech, daß er nach einer ausgesprochen regenreichen Zeit auf Pearl Key gelandet war, als die Insel in üppigem Grün stand und von Leben wimmelte. Kaum zwei Monate vorher waren die Gezeitentümpel noch zähflüssig wie Schokoladenmilch gewesen, Sportfische und Wattvögel hatten das Weite gesucht, und im Wasser waren nur wenige Lebewesen anzutreffen, die einem Klebstoff schnüffelnden Kidnapper, der mit einer Hand im Wasser eingeschlafen war, hätten gefährlich werden können.

Natürlich betraf das, wie es der Zufall wollte, Chubs verletzte Hand, die geschwollen und grau und immer noch mit einer abgetrennten Krabbenschere geschmückt war.

Jeder Angler und Fischer weiß, daß sich der Geruch von Köder schnell und wirkungsvoll im Salzwasser ausbreitet und alle möglichen Aasfresser anlockt. Chub wußte das ebenfalls, nur war diese Information in einem für ihn zur Zeit nicht abrufbaren Winkel seines Bewußtseins gespeichert. Nicht einmal ein Doktorgrad in Meeresbiologie hätte die Wirkung der betäubenden Schwaden Polyurethandampfes, die er aus der Tube Bootsklebstoff inhaliert hatte, abschwächen können. Er hatte keine Ahnung, daß seine verletzte Hand so verlockend im Wasser hing, und ebensowenig Ahnung hatte er von den kannibalistischen Neigungen der *Callinectes Sapidus*, der gemeinen Blaukrabbe.

Tatsächlich war Chub derart weggetreten, daß die Empfindung extremen Schmerzes – die normalerweise seinen Hirnstamm innerhalb von einer Nanosekunde erreicht hätte – statt dessen von einer benebelten Synapse zur nächsten schlich. Als sein Unterbewußtsein schließlich den Schmerz registrierte, war bereits etwas Furchtbares im Gange.

Seine Schreie ruinierten einen ansonsten strahlenden Morgen.

Die anderen drei waren schon seit Stunden wach. Bodean Gazzer patrouillierte nicht weit vom Lager durch den Wald. Amber versuchte Shiners Tätowierung zu verändern, wozu sie einen scharf geschliffenen Angelhaken und einen Tropfen violettes Maskara benutzte. Ehe sie angefangen hatte, hatte sie seinen Oberarm mit Eis betäubt, aber die Stiche taten dennoch höllisch weh. Shiner hoffte, daß die Prozedur nur von kurzer Dauer sein würde, da ja nur zwei Initialen geändert werden mußten. Amber wies ihn jedoch darauf hin, daß es sicherlich nicht einfach werden würde, die Inschrift von W.R.B. in W.C.A. umzuändern.

»Das *B* wird nicht so schwierig. Ich füge einfach zwei Striche hinzu, so daß es aussieht wie ein großes *A*. Aber das *R* ist heikel«, erläuterte sie und runzelte dabei nachdenklich die Stirn. »Ich kann nicht versprechen, daß anschließend wirklich ein deutlich erkennbares C herauskommt.«

»Tun Sie Ihr Bestes, 'kay?« preßte Shiner zwischen zusammengebissenen Zähnen hervor.

Er wandte sich ab, damit er die Stichelei nicht mit ansehen mußte. Gelegentlich gab er ein unterdrücktes Stöhnen von sich, was für Amber das Zeichen war, die Eispackung aufzufrischen. Obwohl es ziemlich unangenehm war, stellte Shiner fest, daß er es durchaus genoß, im Mittelpunkt ihrer Aufmerksamkeit zu stehen. Ihm gefiel die sachliche Art und Weise, wie sie die Ärmel des Tarnoveralls hochgekrempelt und sich das Haar zu einem Pferdeschwanz zusammengesteckt hatte. Und ihre Berührung – so klinisch und neutral sie auch war – löste bei ihm ein wohliges Prickeln aus, das bis in seinen Schoß hinunterreichte.

»Ich hatte mal einen Freund«, erzählte sie, »der eine geradezu paranoide Angst hatte, bei einem Flugzeugabsturz zu sterben. Daher ließ er sich seine Initialen auf Arme und Beine, auf die Schultern, auf die Fußsohlen und auf beide Gesäßbacken tätowieren. Er tat das, weil er mal gelesen hatte, daß das eine Möglichkeit wäre, nach einem Absturz Körperteile eindeutig zu identifizieren.«

»Das ist aber verdammt clever«, meinte Shiner.

»Ja, aber geholfen hat es ihm dennoch nicht. Er war nämlich Schmuggler.«

»Oh.«

»Sein Flugzeug stürzte vor den Bahamas ab. Die Haie haben ihn erwischt.«

»Und es ist nichts von ihm übriggeblieben?«

»Man hat nur einen seiner Reeboks gefunden«, erzählte Amber. »Darin steckte etwas, das wie eine Zehe aussah. Natürlich war sie nicht tätowiert.«

»Verdammt.«

Zu Shiners Überraschung begann Amber zu singen, während sie ihn mit dem Angelhaken bearbeitete.

»Smile like a princess but bite like a snake–
Got ice in her vein and a heart that don't ache.
She a nut-cutting bitch and that's no lie,
hack 'em both off with a gleam in her eye…«

»Sie haben eine schöne Stimme«, stellte Shiner fest.

»White Rebel Brotherhood«, entgegnete Amber, »der Song, von dem ich dir erzählt habe. Absolut super.« Während sie sich an seiner Tätowierung zu schaffen machte, war ihm Ambers Gesicht so nahe, daß er ihren warmen, sanften Atem auf seiner Haut spürte.

»Vielleicht höre ich mir doch mal die CD von denen an«, sagte er.

»Sie bringen es natürlich mehr im Hip-hop-Stil.«

»Ja, das habe ich mir schon gedacht.«

»Tue ich dir weh?«

»Nee«, log Shiner. »Ich hab sogar schon überlegt, ob Sie nicht noch irgend etwas Spezielles hinzufügen können. Unter dem Adler.«

»Was denn?«

»So 'n Kreuz«, sagte Shiner.

»Was für ein Kreuz?«

»Sie wissen schon – mit solchen Haken. Wie die Nazis es hatten.«

Amber schaute abrupt hoch. »Du meinst ein Hakenkreuz.«

»Ja!« Er nickte eifrig. »Das wäre doch total cool, oder?«

»Ich weiß nicht, wie man es zeichnet. Tut mir leid.«

Shiner ließ sich diese Antwort durch den Kopf gehen und zuckte immer wieder zusammen, wenn der Angelhaken seine Haut ritzte. »Ich hab ein paar richtig gute in der Wohnung des Colonels gesehen«, sagte er schließlich. »Wenn ich mich nur an ihre genaue Form erinnern könnte. Sehen Sie mal ...«

Shiner wischte mit einer Hand über den Sand und glättete ihn. Dann zeichnete er mit dem Zeigefinger seine Version des berüchtigten deutschen Kreuzsymbols.

Amber schüttelte den Kopf. »Das ist nicht richtig.«

»Sind Sie sicher?«

»So, wie du es zeichnest, erinnert es an ... einen Buchstaben aus dem chinesischen Alphabet.«

»Ich bitte Sie«, meinte Shiner, wurde jedoch abrupt unterbrochen. Kam doch in diesem Moment Bodean Gazzer aus dem Mangrovenwald heraus, ließ sich dicht neben dem Feuer nieder und fing an, den Tau von seinem Gewehr abzuwischen. Shiner rief ihn herüber.

»Colonel, können Sie ein Hakenkreuz zeichnen?«

»Kein Problem.« Bode sah eine Gelegenheit, bei Amber auf Kosten des Jungen Eindruck zu schinden. Er legte das Gewehr beiseite und kroch zu ihnen unter die Plane. Mit einer lässigen Handbewegung löschte er Shiners krakelige Hakenkreuz-Variante aus und zeichnete mit breiten, sicheren Strichen seine Version in den Sand.

Amber betrachtete kurz die Zeichnung, ehe sie erklärte, daß sie »zu viele Häkchen« hätte. Sie meinte damit die winzigen Fortsätze, die Bode jeweils an die Enden der Haken gehängt hatte.

»Du irrst dich, Schätzchen«, belehrte er Amber. »Genau so haben die Nazis es auch gezeichnet.«

Amber widersprach nicht, aber sie dachte: Jeder ernstzunehmende Judenhasser und Verfechter der Vorherrschaft der weißen Rasse wüßte, wie ein Hakenkreuz aussieht. Bode und Shiners Unsicherheit in diesem Punkt bestätigte nur ihren Verdacht, daß die White Clarion Aryans eine ziemlich lahme Truppe waren.

»Okay, Sie sind der Experte«, sagte sie zu Bode und begann wieder, mit einem Feuerzeug die Spitze des Angelhakens zu erhitzen.

Shiner spürte, wie sein Magen sich verkrampfte. Er hatte den vagen Verdacht, daß Amber im Recht war – das Hakenkreuz des Colonels sah wirklich ein wenig seltsam aus. Es hatte zu viele rechte Winkel, und die Linien schienen in die falsche Richtung zu zeigen. Das verdammte Ding stand entweder auf dem Kopf oder hatte irgendwie einen Linksdrall. Shiner konnte nicht entscheiden, was zutraf.

»Wo soll das hin?« fragte Bode.

»Unter den Vogel.« Amber prüfte die entsprechende Stelle auf Shiners linkem Bizeps.

Bode nickte zustimmend. »Perfekt.«

Shiner wußte nicht, was er tun sollte. Er wollte seinen vorgesetzten Offizier nicht verärgern, aber auch keine zweite fehlerhafte Tätowierung riskieren. Vor allem, weil sich ein falsches Hakenkreuz kaum mehr korrigieren ließ, dachte Shiner. Auf jeden Fall würde es schwierig und schmerzhaft sein.

Amber preßte einen frisch gefüllten Beutel mit Eiswürfeln gegen seinen Arm. »Sag mir Bescheid, wenn du die Kälte nicht mehr spürst.«

Bode Gazzer rutschte näher heran. »Das will ich mir ansehen.«

Shiner konzentrierte sich auf die geschwärzte Spitze des Angelhakens, und für einen kurzen Moment verschwamm alles vor seinen Augen.

»Bereit?« erkundigte sich Amber.

Shiner holte tief Luft – er hatte einen Entschluß gefaßt. Er würde es für die Bruderschaft tun.

»Jederzeit«, verkündete er gepreßt und schloß krampfhaft die Augen.

Zuerst glaubte er, daß es seine Schreie waren. Doch dann, als das tierhafte Geheul in einen Strom von Flüchen überging, erkannte Shiner das charakteristische Timbre von Chubs Stimme.

Kurz darauf rief Amber: »O mein Gott.«

Und Bodean Gazzer: »Was zum Teufel ist da denn los?«

Shiner schaute hoch und sah Chub. Er war nackt bis auf Ambers Shorts, die er auf dem Kopf trug. Die Shorts hatte er tief heruntergezogen, so daß sie wie eine Mütze auf seinem Kopf saßen und Chubs Augenklappe verbargen.

Aber das war es nicht, was die anderen in Staunen versetzte.

Das war am Ende von Chubs rechtem Arm zu erkennen, der schlaff und schwer an seiner Seite herunterhing. Wo vorher nur eine tote Krabbenschere zu sehen gewesen waren, befand sich nun eine vollständige, lebendige Krabbe. Eine der größten Krabben, die Amber jemals außerhalb des Seaquariums gesehen hatte.

»Was soll ich tun?« jammerte Chub. »Herr Jesus Christus, was zur Hölle soll ich tun?« Mit vom Schlaf oder vom Klebstoff verquollenen Augen hob er die andere Hand – seine heile Hand – hoch, damit die anderen sie sehen konnten. Die Knöchel waren blutig, nachdem er damit wie wild auf das Krustentier eingeschlagen hatte.

Amber schaute zu Shiner, der mit Meerestieren nur wenig Erfahrung hatte und daher auch keine Gegenmaßnahme vorschlagen konnte. Trotz der offenbar schrecklichen Qualen seines weißen Bruders, empfand er tatsächlich so etwas wie Genugtuung. Während die anderen, von Chubs Anblick wie gebannt, reglos dastanden, scharrte Shiner mit den Füßen heimlich im Sand, bis er Bode Gazzers zweifelhafte Hakenkreuzzeichnung weggewischt hatte.

»Die Krabbe!« heulte Chub. »Die Krabbe ist hinter der verdammten Schere her!«

»Sie will sie entweder fressen oder ficken«, stellte Bode eine Vermutung auf.

In ihrem geschwollenen und verfärbten Zustand konnte Chubs Hand von einer weitsichtigen Krabbe durchaus für einen anderen Vertreter ihrer Spezies gehalten werden. Darauf lief Bodes Hypothese hinaus. Amber konnte keine einleuchtendere Erklärung anbieten.

Shiner brannte jedoch noch eine Frage auf den Lippen. »Wie kommt es, daß er Ihre Hose auf dem Kopf trägt?«

»Das weiß der Himmel«, seufzte sie.

Chub rannte zum Wasser. Als die anderen ihn einholten, hatte er damit begonnen, wie ein Wilder seinen leblosen Krabbenarm gegen den Stumpf eines alten Knopfbaums zu schlagen.

Shiner ging zu ihm hin. »Ich erledige das verdammte Biest.«

Bode gewahrte mit Schrecken den matten Glanz der Beretta in der Hand des Jungen. »O nein, das tust du nicht«, schrie er und entriß ihm die Waffe. »Das übernehme ich, mein Junge.«

»Was denn?« fragte Amber.

Sie spürte Shiners Hand auf ihrer Schulter. »Treten Sie lieber ein Stück zurück«, riet er ihr.

Obgleich es ihm überhaupt nicht bewußt war, Bodean Gazzer hätte es beinahe nicht zurück zum Lager geschafft. Er wäre nämlich um ein Haar von Tom Krome und JoLayne Lucks alleine abgefangen worden.

Sie hatten ihn in etwa hundert Metern Entfernung entdeckt, wie er auf dem höchsten Punkt der Insel durch eine Salzpfanne marschierte. Diese war breit und oval geformt und wurde von Mangroven und Hurrikantrümmern gesäumt. Normalerweise füllte die Pfanne sich während der hohen Herbstfluten und bildete eine Lagune, aber die zwei Tage währenden heftigen Winde hatten den größten Teil des Wassers bereits weggeblasen. Das Sturmgewehr in der Hand, waren ganze Schwärme stelzenbeiniger Vögel von Bode aufgescheucht worden, als er durch den eiercremeähnlichen Schlick watete.

JoLayne und Tom hatten keine zwei Minuten nach ihm das Baumdickicht verlassen. Sie konnten es nicht riskieren, den gleichen Weg durch die Pfanne zu nehmen, da es dort für sie keinerlei Deckung gab. Daher duckten sie sich, so gut sie konnten, und blieben am Rand des Beckens, wo sie sich ihren Weg zwischen den störrischen Mangroven suchten. Sie kamen nur langsam voran. Tom bildete die Vorhut und hielt die zurückfedernden Äste fest, bis JoLayne sich mit der Remington unterm Arm daran vorbeigeschlängelt hatte. Als sie die Stelle erreichten, wo sich der gedrungene Redneck in den Wald geschlagen hatte, konnten sie seine schweren Schritte und das Knacken von Ästen unter seinen Füßen deutlich hören. Sie gingen langsam weiter und machten dabei winzige Schritte, so daß er sie nicht hören konnte.

Dann verstummte das Knacken von brechenden Ästen und Zweigen. JoLayne zupfte an Toms Ärmel und gab ihm durch Gesten zu verstehen, daß er stehenbleiben und sich ruhig verhalten sollte. Sie schob sich neben ihn und flüsterte: »Ich rieche Holzrauch.«

Gesprächsfetzen, die zu ihnen drangen, bestätigten es. Sie waren ganz nahe beim Lager der Diebe, vielleicht sogar schon zu nahe. Leise zogen sich JoLayne und Tom deshalb wieder zurück und versteckten sich im dichten Unterholz. Ringsum an den Baumästen flatterten frischgewebte Spinnennetze. Tom lehnte sich staunend zurück.

»Gelbe Krabbenspinne«, erläuterte JoLayne.

»Es ist wunderschön.«

»Das ist es.« Sie fand es höchst bemerkenswert, daß er so ruhig, fast schon entspannt war, seit sie sich auf der Jagd befanden. Dieses Herumsitzen und Warten schien ihm überhaupt nichts auszumachen.

Als JoLayne darüber eine Bemerkung machte, entgegnete Tom: »Das liegt nur daran, daß ich viel lieber der Jäger als der Gejagte bin. Du etwa nicht?«

»Nun, wir sind ziemlich nahe an das Schwein herangekommen.«

»Ja. Du kannst das sehr gut.«

»Für ein schwarzes Girl, meinst du sicher, oder?«

»JoLayne, fang nicht schon wieder damit an.«

»Nicht alle von uns hängen an Straßenecken herum. Einige von uns kennen sich auch im Wald ganz gut aus… aber vielleicht hast du ja die Frauen insgesamt gemeint.

»Das habe ich tatsächlich.« Tom entschied, daß es besser war, für einen Chauvinisten als für einen Rassisten gehalten zu werden – falls JoLayne das alles überhaupt halbwegs ernst meinte.

Sie fragte: »Soll das etwa heißen, daß deine Frau niemals mit dir durch die Botanik geschlichen ist?«

»Nicht, soweit ich mich erinnern kann.«

»Und auch keine von deinen Freundinnen?« Jetzt lächelte JoLayne. Offensichtlich machte es ihr großen Spaß, ihm von Zeit zu Zeit etwas ganz Neues von sich zu zeigen.

Indem sie seinen Hals küßte, sagte sie: »Es tut mir leid, wenn ich gelegentlich an deiner Kette zerre, aber das macht mir einen Heidenspaß. Du hast ja keine Ahnung, wie lange es schon her ist, seit ich einen schuldbeladenen weißen Jungen für mich ganz allein hatte.«

»Damit bin ich gemeint, oder?«

»Wir hätten uns wieder lieben sollen«, erklärte sie und wurde plötzlich nachdenklich. »Gestern abend – zur Hölle mit dem Regen und der Kälte, wir hätten es einfach tun sollen.«

Tom überlegte für einen kurzen Moment, ob er die Bande schwerbewaffneter Irrer in hundert Metern Entfernung erwähnen sollte.

»Ich habe schon vor langer Zeit entschieden«, fuhr sie fort, »daß, wenn mir der genaue Zeitpunkt meines Todes bekannt wäre, ich dafür sorgen würde, mich in der Nacht vorher dumm und dämlich zu bumsen.«

»Ein guter Plan.«

»Und wir könnten auf dieser Insel tatsächlich auf der Strecke bleiben. Denn das sind wirklich ganz üble Burschen, denen wir da auf den Fersen sind.«

Tom entgegnete, er zöge es vor, positiv zu denken.

»Aber du gibst doch zu«, wandte JoLayne ein, »daß die Chance besteht, daß sie uns töten.«

»Zum Teufel, ja, diese Chance besteht in der Tat.«

»Mehr sage ich ja auch gar nicht. Deshalb wünschte ich mir, wir hätten uns geliebt.«

»Ach, ich denke, dazu haben wir noch genügend Gelegenheit.« Tom versuchte, Zuversicht zu demonstrieren.

JoLayne schloß die Augen und legte den Kopf in den Nacken. »Ich habe mal irgendwo gelesen, daß Todesangst die Sex-Qualität steigern soll.«

»Todesangst?«

»Nein, nein, es stand nicht im *Cosmopolitan*. Es tut mir leid, daß ich solchen Unsinn schwätze, Tom, aber ich bin nur...«

»Nervös. Das bin ich auch«, gab er zu. »Konzentrieren wir uns lieber darauf, was wir mit diesen Arschlöchern tun, die deinen Lottoschein geklaut haben.«

Der verträumte Ausdruck verflüchtigte sich schlagartig aus JoLaynes Gesicht. »Das war nicht das einzige, was sie getan haben.«

»Ich weiß.«

»Trotzdem bin ich mir immer noch nicht sicher, ob ich mich überwinden kann abzudrücken.«

»Vielleicht kommt es gar nicht dazu«, meinte er.

JoLayne deutet nach oben in die Mangrovenäste. Ein winziger runder Käfer hatte sich in einem der hauchdünnen Netze verfangen. Langsam, beinahe gleichgültig spazierte die Spinne über das Netz auf das um sein Leben kämpfende Insekt zu.

»Das ist es, was wir brauchen«, sagte JoLayne. »Ein Netz.«

Sie beobachteten das Anschleichen der Spinne, bis ein langgezogener Schrei die Stille zerriß. Diesmal war es nicht der Schrei einer Frau, sondern der eines Mannes. Doch er hörte sich nicht weniger furchteinflößend an.

JoLayne erschauerte und kniete sich hin. »Verdammt. Was nun?«

Tom Krome erhob sich schnell. »Nun, mir ist es viel lieber, wenn sie schreien, als wenn sie Lieder am Lagerfeuer singen.« Er streckte die Hand aus. »Komm. Sehen wir mal nach, was da los ist.«

Chub traute weder Bode noch Shiner zu, ihm die Krabbe halbwegs gefahrlos von der Hand zu schießen. Er traute es noch nicht einmal sich selbst zu.

»Ich fühle mich wie Hundescheiße«, gab er zu.

Sie überredete ihn, sich hinzulegen, und das Gefühl der Panik verflüchtigte sich nach ein paar Minuten. Der stechende Schmerz ließ nach und ging in ein dumpfes Pochen über. Bode brachte Chub eine lauwarme Flasche Budweiser, und Shiner bot ihm einen Schinken-Kräcker an. Von Amber kam nichts, nicht einmal ein Laut des Mitgefühls.

»Mir ist kalt«, klagte Chub. »Ich habe Schüttelfrost.«

Bode erklärte ihm, daß sich die Wunde entzündet hatte. »Zumindest das, was ich davon sehen kann«, fügte er hinzu. Die Krabbe hatte ganz schön zugeschnappt.

»Lebt das Scheißding noch, oder ist es schon tot?« Chub beäugte die Krabbe mißtrauisch.

Shiner erklärte: »Das Tier ist tot.«

Bode korrigierte: »Es lebt.«

Chub schaute zu Amber, die diese Streitfrage entscheiden sollte. »Ich kann es wirklich nicht erkennen«, sagte sie.

»Mein Gott, ist mir kalt. Meine Haut brennt, aber der Rest ist so kalt wie Eis.«

Amber zerrte die Plane vom Baum herunter und deckte Chub damit bis zum Hals zu. Er war selig über diesen von ihm fälschlicherweise als Geste der Zuneigung und des Mitgefühls interpretierten Akt. Ambers wahre Absichten waren eindeutig selbstsüchtig: Sie wollte sich damit den Anblick von Chubs magerer Nacktheit und der entsetzlichen Krabbe ersparen.

Er sagte: »Vielen Dank, Liebling. Später machen wir den Spaziergang, den du mir versprochen hast.«

»Sie sind momentan gar nicht in der Lage, auch nur einen einzigen Schritt zu machen.«

Shiner nickte. »Das dürfte stimmen.« Dabei quälte ihn die Vorstellung, die beiden alleine durch den Wald spazieren zu sehen.

Bodean Gazzer stellte eine Kanne Kaffee ins Feuer. Chub döste ein. Amber versuchte behutsam, sich ihre Kellnerinnenshorts zurückzuholen, aber sie blieb damit an Chubs Pferdeschwanz hängen, wodurch er geweckt wurde. »Nein, untersteh dich! Die Hose gehört mir, du hast sie mir geschenkt!« Er schüttelte heftig den Kopf.

»Okay, okay.« Amber ließ ihn in Ruhe.

Unter der Plane tauchte Chubs heile Hand auf. Sie drapierte die glänzenden Shorts wieder auf Nase und Mund, so daß sein freies Auge durch eins der Hosenbeine blicken konnte.

Shiner, der Chub den Rücken zuwandte, formte mit dem Mund stumm die Worte: »Er ist verrückt.«

»Danke für diese sensationelle Neuigkeit«, erklärte Amber.

Sie tranken den Kaffee, während Bodean Gazzer laut aus den Schriften des First Patriot Covenant vorlas. Als er zu dem Abschnitt kam, in dem davon gesprochen wurde, daß Neger und Juden direkt vom Teufel abstammen, hob Amber die Hand. »Wo steht denn das in der Bibel?«

»Oh, es steht drin. ›Wer mit dem Satan das Lager teilt, der wird aus seiner dämonischen Saat nur Kinder der Finsternis oder des Bösen großziehen.‹« Bode improvisierte heftig. Er hatte seit der Junior Highschool keine Bibel mehr aufgeschlagen.

Amber blieb skeptisch, aber Shiner piepste: »Wenn der Colonel sagt, daß es da drinsteht, dann steht's auch drin.« Obgleich Shiner sich nicht daran erinnern konnte, daß seine fanatische Mutter jemals einen derart gewichtigen Satz zitiert hatte. Es klang allerdings auch nicht gerade wie etwas, das sie freiwillig in den Mund nehmen würde – dämonische Saat!

Chub hob den Kopf und verlangte seine Tüte mit dem Klebstoff. Wütend entgegnete Bode: »Diesen Scheiß kannst du vergessen, klar?«

»Das tue ich ganz bestimmt nicht.« Immer wenn Chub redete, bauschte sich der seidige Stoff von Ambers Shorts vor seinem Mund. Amber war sicher, diesen bizarren Anblick bis an ihr Lebensende nicht mehr zu vergessen.

Bodean Gazzer sagte: »Mein Gott, du hast schon ein lädiertes Auge und eine lädierte Hand – das letzte, was du jetzt noch brauchst, ist ein lädiertes Gehirn. Du bist Soldat, denk daran. Ein Major.«

»Leck mich.« Chub linste wütend durch die Hose.

Bode las weiter, aber nur Shiner hörte aufmerksam zu. Seine Fragen betrafen im wesentlichen die Unterkunft in Montana, die vom

First Patriot Covenant bereitgestellt wurden. Verfügten die Baracken über Zentralheizung? Gab es dort Kabelfernsehen oder eine Satellitenschüssel?

Chub, der wieder eingenickt war, fuhr plötzlich auf. »Meine Pistole! Wo ist sie?«

»Wahrscheinlich im Boot«, antwortete Bode mißbilligend, »bei deiner Tarnkleidung.«

»Hol sie her!«

»Ich bin beschäftigt.«

»Sofort! Ich will meine verdammte Pistole haben!« Chub war soeben der Lottoscheinabschnitt eingefallen, der in einer der Patronenkammern steckte.

»Ich gehe ja schon«, bot sich Shiner an.

»Einen Teufel wirst du«, schnaubte Chub. Sein Blick fiel auf Amber. Sie befand sich auf der anderen Seite des Lagerfeuers und saß neben dem Jungen. Sogar *dicht* neben ihm. Sie berührte ihn – spielte mit seinem nackten Arm.

Chub begriff nicht, daß sie die Tätowierung vereiste, aber es hätte wahrscheinlich sowieso nicht viel geändert. Er wandte sich an Bode Gazzer. »Zeit für eine Versammlung.«

»Wie bitte?«

»Eine Versammlung der WCA. Es gibt wichtige Dinge zu besprechen, klar?«

»Ja klar«, sagte Bode. Er hätte allerdings lieber bis zur Lösung der Krabben-Krise damit gewartet. Angeschlagen wie er war, hatte Chub viel von seiner drohenden Präsenz verloren, die in kritischen Auseinandersetzungen so nützlich war.

Bode berief die Versammlung mit derart wenig Elan ein, daß Amber sofort wachsam wurde. Sie versetzte Shiner mit dem Ellbogen einen Rippenstoß, um ihm anzudeuten, daß nun offenbar das geschehen würde, worüber sie in den Stunden vor Tagesanbruch gesprochen hatten. Shiner war am Boden zerstört. Er sah aus wie ein Kind, dem soeben mitgeteilt worden war, daß es so etwas wie den Weihnachtsmann nicht gab.

»Mein Sohn«, begann Bode Gazzer, »zuerst möchte ich dir versichern, wie sehr wir zu schätzen wissen, was du für die Miliz getan hast. Das werden wir nicht vergessen, niemals. Wir hatten vor, uns in Kürze richtig zu etablieren. Aber es läuft nicht so, wie wir uns das vorgestellt haben. Vor allem im Hinblick auf die Waffen, mein Sohn – du bist einfach zu nervös und zu schnell erregbar.«

Chub ergriff nun das Wort. »Wenn du ständig nur auf Vögel oder Kaninchen schießt, triffst und tötest du am Ende noch einen von uns, mein Gott!«

»Ich hab mich doch entschuldigt«, erinnerte Shiner sie. »Und, Colonel, habe ich nicht versprochen, für die Löcher in Ihrem Truck zu zahlen?«

»Das hast du, und das wirst du, und davor habe ich auch eine große Hochachtung. Wirklich. Aber wir befinden uns in einer sehr brisanten Situation. Wir haben die Schwarze Front im Nacken, von den NATO-Truppen auf den Bahamas ganz zu schweigen. Neger, wohin wir schauen, mein Junge. Wir können uns keine Fehler leisten.«

»Es geht um Leben und Tod«, ergänzte Chub. »Das hier ist kein Spiel.«

»Und deshalb müssen wir dich ausschließen«, verkündete Bode Gazzer. »Kehr nach Hause zurück und paß auf deine Mami auf. Das ist keine Schande.«

Shiner überraschte sie beide. Er stand auf und sagte: »So läuft das nicht.« Er schaute zu Amber, die ihm aufmunternd zunickte. »Sie können mich nicht so einfach rausschmeißen. Das geht nicht.« Er deutete auf die blutige und geschwollene Tätowierung. »Sehen sie das? W.C.A. Ich gehöre für immer dazu.«

»Mein Sohn, es tut mir leid, aber das nützt dir gar nichts.« Bode begriff, daß es nun seine Aufgabe war, sich mit dem Jungen auseinanderzusetzen, denn mit Chub konnte man nicht diskutieren. »Alles, was wir tun können, ist, uns bei dir zu bedanken und dich ziehen zu lassen. Außerdem schenken wir dir tausend Dollar für deine Treue und Zuverlässigkeit.«

Amber kicherte spöttisch. Diese Typen waren unglaublich.

Mutig geworden, verkündete Shiner: »Tausend Dollar sind ein gottverdammter Witz.«

Bode fragte, was er denn wolle.

»In der Miliz bleiben«, antwortete Shiner forsch. »Außerdem verlange ich ein Drittel des Lottogewinns. Ich hab es mir verdient.«

Chub schleuderte die Plane von sich und kam schwankend auf die Füße. »Erschieß den Scheißkerl«, forderte er Bode auf.

»Warte ab.«

»Wenn du es nicht tust, dann tu ich es.«

Bode Gazzer starrte Shiner finster an. »Verdammt noch mal, mein Junge.« Er zog die gestohlene 38oer aus dem Hosenbund. »Warum bringst du mich in diese Lage?«

Amber sah, daß Shiner vor Angst beinahe den Verstand verlor. Sie mischte sich ein und sagte: »Colonel, da ist noch etwas, das Sie wissen sollten. Erzähl's ihm, Shiner. Erzähl ihnen, was du in Jewfish Creek getan hast.«

Jetzt kam der große Bluff. Shiner hatte Mühe sich daran zu erinnern, was Amber ihm am Abend vorher eingetrichtert hatte und was er wie sagen sollte. Er bekam einfach nicht mehr alles zusammen – der Anblick der Beretta brachte ihn völlig durcheinander.

»Es geht um das Videoband«, drängte Amber.

»Oh… ja.«

»Und um das Telefongespräch, das du geführt hast«, fügte sie hinzu.

Bode runzelte die Stirn. »Welches Telefongespräch?«

»Richtig«, fiel Shiner ein. »Das Video aus dem Supermarkt, erinnern Sie sich? Sie haben doch von mir verlangt, daß ich es aus dem Grab 'n' Go mitgehen lasse. Weil darauf der Beweis dafür ist, daß Sie gar nicht im Lotto gewonnen haben…«

»Halt verdammt noch mal endlich die Klappe«, schnauzte Chub dazwischen.

»…denn Sie kamen ja erst am Tag nach der Ziehung der Zahlen in Grange an. Das ist alles auf dem Video zu sehen.«

Bode klopfte mit der 38oer ungeduldig gegen seinen Oberschenkel. »*Welches* Telefongespräch?«

»Nun sag's ihm schon«, verlangte Amber von Shiner.

»Mit meiner Ma«, log Shiner. »Das Band ist in meinem Wagen

versteckt, und der Wagen steht bei Major Chubs Anhänger. Ich habe meiner Mutter gesagt, sie solle den Wagen holen, wenn sie bis Donnerstag nichts von mir hört…«

»Dienstag«, korrigierte Amber.

»Richtig, Dienstag. Dann soll sie den Wagen holen.«

»Und was dann?« Bodean Gazzers Kehle war plötzlich wie ausgetrocknet.

»Ich habe ihr erklärt, sie solle das Video dem schwarzen Girl geben. Dieser JoLayne. Sie wüßte schon, was sie damit tun muß.«

»Du bist ein Riesenhaufen Scheiße«, erklärte Bode ohne große Überzeugung.

»Das bin ich nicht.«

»Ich habe gehört, wie er telefoniert hat«, bekräftigte Amber.

»Dann seid ihr beide ein Haufen Scheiße.«

Amber verkündete, daß sie jetzt schwimmen gehen wollte, und zwar alleine. Shiner war zutiefst erleichtert, denn er mußte ganz dringend ausgiebig pinkeln.

Chub und Bode zogen sich derweil zu einer hitzigen Konferenz auf die *Reel Luv* zurück. Selbst in seinem benommenen und angegriffenen Zustand verstand Chub, was der Junge getan hatte, nämlich daß er sich abgesichert hatte. »Heißt das, wir können diesen Scheißer nicht töten?«

»Ich wüßte nicht, wie«, gestand Bode.

»Und was sollte das mit dem Geld?«

»Er will einen Anteil, und den müssen wir ihm wohl auch geben«, meinte Bode. »Gott sei Dank weiß er nur von einem der Lottoscheine. Also, nun… wieviel ist ein Drittel von vierzehn Millionen?«

Chub führte die Division mühsam im Kopf durch. »Vier und etwas. Vier Komma fünf, vier Komma sechs.«

»Also wird das sein Anteil sein. Solange er nichts von dem anderen verdammten Lottoschein erfährt.«

Chub hatte das Gefühl, als müßte er sich jeden Moment übergeben. Viereinhalb Millionen für diesen dämlichen Trottel! Das konnte doch nicht angehen. Das war eine Sünde, genau.

»Erpressung«, stellte Bode düster fest. Es ließ sich nicht leugnen, daß sie tief in der Klemme steckten. Die Rettung des weißen Amerika würde noch warten müssen. Zuerst hatten sie sich selbst zu retten.

»Und ich verrate dir noch etwas«, sagte er zu Chub. »Dein hübsches blondes Schätzchen hat ebenfalls seine Finger in dieser Sache.«

»Nicht Amber. Das ist völlig unmöglich.«

»Du meinst, Shiner wäre schlau genug, um sich einen solchen Scheiß auszudenken? Der Junge findet ohne fremde Hilfe ja noch nicht mal seinen eigenen Schwanz.«

»Aber trotzdem.« Chub wollte einfach nicht glauben, daß Amber sich mit Shiner zusammengetan hatte. Warum will sie mit ihm klüngeln, fragte er sich, wenn sie mich haben könnte?

Bode Gazzer riet ihm, ein paar Kleider anzuziehen. »Ehe dein Schwanz gegrillt wird.«

»Aber ich verbrenne von innen. Fühl doch mal die Hitze.« Er schlug mit seinem angeschwollenen Krabbenarm auf die Decksplanken.

»Nein, danke«, lehnte Bode ab und wich ein paar Schritte zurück. Er hatte eine Idee. »Heute ist Montag, nicht wahr?«

»Frag mich nicht.«

Bode trommelte mit den Fingern auf dem Bootsrand. »Damit haben wir einen ganzen Tag Zeit, bis Shiners Mutter aktiv wird und losfährt. Deshalb hauen wir sofort ab, schaffen das Jüngelchen rauf zum Highway, springen in den Wagen und geben Gas. Schon morgen mittag können wir in Tallahassee sein.«

Chub schaute wie ein Frettchen aus Ambers oranger Shorts heraus. »Und was ist mit dem Video?«

»Wir halten auf dem Weg nach Norden beim Anhänger an. Dann suchen wir das Video und verbrennen es. Wenn es sein muß, verbrennen wir den ganzen Anhänger, so wie wir es mit dem Miata von diesem Arschloch gemacht haben.

»Absolut phan-tas-tisch.« Chubs Lachen klang wie ein trockenes Röcheln. Er konnte es kaum erwarten, von dieser armseligen Insel wegzukommen. »Wir sollten diesen hinterlistigen Bastard hier zurücklassen, damit er auf dieser Insel verfault. Das würde mir gefallen, Mann.«

»Sie auch.«

»Nee, sie nicht.«

»Das sollten wir aber tun«, widersprach Bode Gazzer.

»Aber ich habe sie noch nicht gebumst. Sie hat mir noch nicht mal einen geblasen.«

»Komm schon. Laß uns das Boot beladen.«

Chub entgegnete: »Wir haben noch genügend Zeit, Mann, wenn wir uns beeilen. Zeit, so daß wir uns beide was Gutes tun können.«

Bode hätte diese Idee sofort ausblenden sollen, aber statt dessen ließ er zu, daß sie in seiner Phantasie herumgeisterte. Er sah vor sich eine überaus reizvolle Vision von Amber, wie sie nackt vor ihm kniete.

»Wir fesseln den Glatzkopf«, schlug Chub vor, »nehmen uns nacheinander das Girl vor, und dann hauen wir ab.«

»Meinst du, sie macht da mit?« Bode beschlich ein seltsames Gefühl bei der Vorstellung, eine weiße Frau zu vergewaltigen. Um so mehr, weil das als schweres Verbrechen galt.

Chub nickte. »Angenommen, es wäre die einzige Möglichkeit für sie, von dieser Insel wegzukommen. Dann dürfte sie schon mitmachen, darauf möchte ich wetten.«

»Kein schlechter Gedanke«, gab Bode zu.

Es war ein historischer Augenblick: Chub hatte eine eigene Idee entwickelt. Er kletterte in die *Reel Luv*, um seine Klebstofftüte zu suchen.

Bode hörte Schritte und wirbelte herum. Er hätte seine Beretta ziehen sollen, aber er tat es nicht.

Amber stand im Tarnoverall vor ihm, das Oberteil halb offen, das Haar verklebt und glänzend von ihrem Bad im Ozean. »Ich kann Shiner nicht finden«, meldete sie.

»Das ist aber schade«, meinte Chub und lugte grinsend durch den Schoß der Kellnerinnenshorts.

Bode Gazzer erklärte Amber in sachlichem Ton ihren Plan und

nannte ihr auch gleich den Preis für die Bootsfahrt zurück zu den Keys. Sie weinte nicht, rannte nicht weg, bekam keinen Wutanfall. Ihr Gesichtsausdruck war vielmehr völlig neutral und erzeugte bei den Männern ein Gefühl der Vorfreude, das allerdings völlig fehl am Platze war. Chub hatte plötzlich sogar einen federnden Gang, als er aus dem Boot stieg und an den Strand kam.

»Nimm endlich diese lächerliche Hose vom Kopf«, forderte Amber.

Bode wurde kurzzeitig von der Krabbe an Chubs Hand abgelenkt. Er glaubte, bei ihr eine Bewegung wahrgenommen zu haben.

Amber wiederholte ihre Forderung. »Nimm sie schon runter. Du siehst ja aus wie ein Perverser.«

»Hör mal an«, sagte Chub und machte einen Schritt auf sie zu. In diesem Moment sah er den 357er Colt Python. Seinen Colt. Seinen Lottoschein, sein Lebensglück, seine gesamte Zukunft – alles in den Händen einer wütenden Hooters-Puppe.

»Herrgott im Himmel«, stieß er hervor.

Bodean Gazzer staunte, wie schnell alles zusammenbrach – nur wegen ein wenig Pech, blinder Begierde und Dummheit.

»Nimm noch eine Portion Klebstoff«, empfahl er seinem Partner. »Mal sehen, was du noch alles vermasseln kannst.«

Amber schoß mit der Pistole vor Chubs Füße. Die Kugel peitschte Sand gegen seine Schienbeine und Fußknöchel. Er riß sich die orangen Shorts vom Kopf und warf sie weg.

»Vielen Dank«, sagte Amber. »Und nun – was habt ihr Kerle mit Shiner gemacht?«

»Nichts«, antworteten sie, Bode zuerst und dann Chub.

Keiner von ihnen konnte ahnen, daß Shiner genau einhundertsiebenundzwanzig Schritte von ihnen entfernt war und sich vor namenloser Angst in die Hose machte.

- 24 -

Während er die Schrotflinte in Anschlag brachte, formulierte Tom Krome im Kopf bereits den Vorspann der Story:

> *Ein bisher noch nicht identifizierter Supermarktangestellter wurde am Montag bei einem bizarren Zwischenfall auf einer abgelegenen Insel in den Florida Keys erschossen.*
>
> *Wie aus Polizeikreisen verlautet, wurde das Opfer verfolgt und überfallen, als es in einem Mangrovendickicht seine Notdurft verrichtete. Verhaftet wegen Mordes ersten Grades wurde Thomas Paine Krome, 35, ein Zeitungsreporter, der als vermißt galt und für tot gehalten wurde.*
>
> *Kollegen beschreiben Krome als einen zum Trübsinn neigenden und launischen »Einzelgänger«. Einer seiner ehemaligen Redakteure meinte, er wäre »nicht im mindesten überrascht« über den Mordvorwurf.*

Krome befahl Shiner, die Hände zu heben. JoLayne instruierte ihn, keinen Muskel zu rühren.

»Aber ich habe mich naß gemacht«, jammerte der Junge.

»Ich denke, das dürfte der absolute Höhepunkt deines heutigen Tages sein.«

Shiner blinzelte hektisch.

»Okay, Freundchen«, sagte Krome. »Wo ist der Lottoschein?«

»Ich h-habe ihn nicht.« Shiners Augen zuckten, als seine Blicke von der Remington zu dem dunklen Fleck sprangen, der sich auf der Vorderfront seiner Hose ausbreitete. »Darf ich mich wenigstens einpacken?«

»Nein, das darfst du nicht«, erklärte JoLayne streng. »Ich möchte, daß dein kleiner weißer Willi dort hängen bleibt, wo er ist, nämlich in der frischen Luft, damit wir ihn nötigenfalls wegschießen können.«

Der Supermarktangestellte machte ein Gesicht, als wollte er jeden Moment zu weinen anfangen.

»Aber, JoLayne, ich habe Ihren Schein nicht. Ich weiß nicht, was sie damit gemacht haben. Das schwöre ich bei Gott.«

JoLayne sah Tom Krome an. »Gib mir die Schrotflinte.«

»Bleib ganz ruhig.«

»Mach keine Schwierigkeiten.«

Mit einer Mischung aus Angst und Erleichterung reichte Krome ihr die Schrotflinte. Sofort begann Shiner zu winseln. Er bemerkte, daß sein Schwanz total eingeschrumpft war und sich in seine Hose zurückgezogen hatte. JoLayne stocherte mit der Gewehrmündung in seinem Hosenstall herum.

»Ist jemand zu Hause?« Ihre Stimme klang so vergnügt, daß Shiner von eisiger Kälte durchdrungen wurde.

»Bitte nicht«, quiekte er.

»Dann verrat mir, wo der Schein ist.«

Krome klopfte auf das Glas seiner Armbanduhr. »Beeil dich, Kleiner.« Er nahm nicht an, daß JoLayne den Jungen erschießen würde. Die beiden Scheißkerle vielleicht, aber nicht Shiner.

Es sei denn, er versuchte irgend etwas Dummes.

Ein bisher noch nicht identifizierter Supermarktangestellter wurde am Montag während eines bizarren Zwischenfalls auf einer abgelegenen Insel in den Florida Keys erschossen.

Wie aus Polizeikreisen verlautet, wurde das Opfer von einer unzufriedenen Kundin überfallen, die überzeugt war, um einen 14-Millionen-Dollar-Lottoschein betrogen worden zu sein. Verhaftet wegen Mordes Ersten Grades wurde JoLayne Lucks, 35, die als Sprechstundenhilfe in einer Tierklinik in Grange beschäftigt ist.

Nachbarn schilderten sie als ruhige, friedliche Person und reagierten mit Entsetzen und Unglauben auf den Mordvorwurf.

Krome sagte zu Shiner: »Wenn dir auch nur noch ein bißchen an deinen Eiern liegt, dann würde ich an deiner Stelle der Lady schnellstens verraten, was ich weiß.«

»Aber ich habe den verdammten Wisch nirgendwo gesehen, und das ist die absolute Wahrheit!« stieß Shiner mit zusammengebissenen Zähnen hervor.

JoLayne schaute Tom Krome fragend an. »Glaubst du ihm?«

»Ich gebe es ungern zu, aber ja.«

»Nun, ich bin mir da noch nicht ganz sicher.«

Sie machte einen Schritt zurück. Shiner nutzte diesen Moment, um nach der Remington zu greifen. Er war überrascht, daß JoLayne die Flinte ohne Gegenwehr losließ. Und kurz darauf, daß er nicht fähig war, diese festzuhalten, weil seine beiden Daumen plötzlich ausgekugelt und völlig nutzlos waren.

Während Shiner sich auf dem Boden herumwälzte wie ein Fisch auf dem Trockenen, bedankte sich JoLayne bei Tom dafür, daß er ihr diesen Trick beigebracht hatte. Er packte Shiner lässig im Nacken und forderte ihn mit recht kräftigen Worten auf, gefälligst in aller Stille zu leiden, um seine Reisegefährten nicht zu warnen.

»Was anderes – wo ist eigentlich das Videoband?«

»Ich hab's in meinem Wagen versteckt«, flüsterte Shiner heiser. »Er steht in der Nähe von Chubs Trailer.«

»Ist Chub der Mann mit dem Pferdeschwanz?«

»Und mit einem Reifenflicken auf dem Auge, ja. Und einer ausgewachsenen Krabbe an der Hand.«

Krome ließ Shiners Hals los und riß ihn hoch. »Wie lautet sein richtiger Name?«

»Chubs? Keine Ahnung. Er hat ihn nie genannt.« Der Junge hatte feuchte Augen und keuchte. Als er einen schnellen Blick auf seine schiefen Daumen warf, wäre er beinahe in Ohnmacht gefallen.

»Was würde deine Mami nur zu alldem sagen? Mein Gott, ich kann es mir richtig vorstellen.« JoLaynes Tonfall war scharf. Sie ergriff die Schrotflinte und setzte sich neben Shiner in den Sand. Er schreckte vor ihr zurück, als wäre sie eine Tarantel.

»Warum tust du das?« fragte sie. »Warum hast du diesen Schweinen geholfen?«

»Weiß ich nicht.« Shiner wandte sich ab und wurde stumm wie

eine Muschel. Es war die gleiche Strategie, die er benutzte, wenn seine Mutter mit ihm schimpfte, weil er am Sonntag die Kirche geschwänzt oder versucht hatte, Bier auf sein Zimmer zu schmuggeln.

»Es ist hoffnungslos, Jo«, meinte Tom Krome. »Laß uns verschwinden.«

»Noch nicht.« Sanft berührte sie mit einem Fingernagel das Kinn des jungen Mannes und drehte seinen Kopf so weit, daß sich ihre Blicke trafen.

»Es ist nur ein Club, okay?« erklärte Shiner. »Sie haben mich gefragt, ob ich mitmachen wollte, und ich antwortete, klar. Es sei eine Bruderschaft, erzählten sie mir. Mehr nicht.«

»Klar«, sagte Tom. »Wie die Pfadfinder, nur daß es Nazis sind.«

»Ich bin nicht der, für den Sie mich halten«, murmelte Shiner in einem kindlichen Tonfall. »Zumindest habe ich das Ganze hier von Anfang an nicht gewollt.«

JoLaynes Augen funkelten. »Weißt du, was deine ›Brüder‹ mit mir gemacht haben? Soll ich es dir mal zeigen?«

Wortlos beugte sich der Glatzkopf nach vorne und übergab sich. JoLayne interpretierte das als ein uneingeschränktes Nein.

Anders als andere Frauen ihres Alters betrachtete Amber das Leben, die Liebe, die Männer und ihre Aussichten sehr nüchtern. Sie wußte genau, wie weit ihr gutes Aussehen sie bringen konnte und wie weit sie die Dinge kommen lassen durfte. Sie fiel nicht auf Versprechungen für eine Karriere als Fotomodell herein und zog die Grenze bei Kalender-Fotos, sie tanzte auch nicht auf Tischen – trotz der horrenden Summen, die man damit verdienen konnte. Sie würde Kellnerin bei Hooters bleiben, das Junior College abschließen und am Ende einen anständigen Job als Kosmetikerin oder Anwaltsgehilfin annehmen. Sie würde mit dem eifersüchtigen Tony zusammenbleiben, bis jemand Besseres daherkam oder sie seine Dummheit nicht länger ertragen konnte. Sie würde niemals die Geliebte eines Mannes werden, der alt genug wäre, um ihr Vater zu sein, ganz gleich, wieviel Geld er auch hätte oder wie groß das

Apartment mit Blick auf die Bucht wäre, das er für sie mieten würde. Sie würde sich von ihren Eltern nur in äußersten Notfällen Geld leihen und jeden Penny so schnell wie möglich zurückzahlen. Sie würde nur eine einzige Kreditkarte besitzen. Sie würde keine zwei Nächte hintereinander einen Orgasmus vortäuschen. Sie würde keine Zigaretten rauchen, an denen ihr Onkel gestorben war, und sie würde sich von Absolut Wodka fernhalten, der nur immer dazu führte, daß sie sich in der Öffentlichkeit danebenbenahm. Und sie würde schließlich niemals Männern in schwarzen Kabrioletts oder mit Fremdsprachenkenntnissen automatisch zu Füßen liegen.

Aber sogar die nüchternste und vernünftigste junge Frau wäre völlig zu Recht entsetzt gewesen, wenn sie von einer bewaffneten Miliz gekidnappt worden wäre. Der Umstand, mit grotesk knappen Shorts bekleidet als Serviererin zu arbeiten, hatte Amber jedoch zu einem unerschütterlichen Vertrauen in ihre Fähigkeiten verholfen, sich alle möglichen Idioten vom Leib zu halten. Von den drei Rednecks war Shiner das schwächste Glied und infolgedessen das Hauptziel ihrer Aufmerksamkeit. Amber hatte natürlich noch nie in einem Tätowierungssalon gearbeitet und deshalb auch keine Ahnung von dieser Kunst, aber sie hatte völlig zu Recht angenommen, daß Shiner so sehr nach ihrer Berührung hungerte, daß er ihr gestatten würde, mit einem rostigen Angelhaken Löcher in seine Haut zu pieksen.

Schon sehr früh hatte sie gespürt, daß Shiners Herz an diesen Haßtiraden gar nicht beteiligt war und er sich Chub und Bodean Gazzer vorwiegend aus kleinstädtischer Langeweile sowie Neugier angeschlossen hatte. Nachdem Shiner ihr von dem gestohlenen Lottoschein und dem 14-Millionen-Dollar-Preis erzählt hatte, erkannte Amber, daß seine beiden Kumpel versuchen würden, ihn bei der nächstbesten Gelegenheit loszuwerden. Was bedeutete, daß sie dann mit dem Colonel im Tarnanzug und dem einäugigen, an Damenschlüpfern schnüffelnden Klebstoffliebhaber, die sie beide für brutaler und weniger beeinflußbar hielt als den Jung-Skinhead, alleine wäre. Dabei war so gut wie sicher, daß sie vor der Möglichkeit des durch Gewalt erzwungenen Geschlechtsverkehrs nicht zurückschrecken würden.

Amber glaubte, daß ihre Chancen, einer Vergewaltigung zu entgehen und fliehen zu können, sich entschieden erhöhten, wenn sie Shiner unterstützte und mithalf, seine Position zu stärken.

Aus diesem Grund hatte sie für den jungen Mann eine Strategie der angedrohten Erpressung entwickelt. Sie war verblüfft, daß er gar nicht daran gedacht hatte, einen Anteil an dem Lotteriegewinn zu verlangen – er benahm sich wie ein schwachsinniger Hilfskellner, zu dumm oder zu schüchtern, um am Ende seiner Schicht seinen Trinkgeldanteil einzufordern. Sein Faustpfand sei, wie Amber dem Jungen geduldig erklärte, das Überwachungsvideo aus dem Grab 'n' Go.

Sie hatte im Hinblick darauf, daß sie dem Jungen half, sich einen Teil des Lotto-Jackpots zu sichern, nur in einem Punkt Bedenken, nämlich daß das Geld jemand anderem gehörte. Laut Shiner irgendeiner Schwarzen. Einer Frau aus seiner Heimatstadt. Amber beschlich dabei ein ziemlich mieses Gefühl. Sie entschied aber, daß es im Augenblick noch viel zu früh war, um sich ein schlechtes Gewissen leisten zu können.

Im Augenblick erschien es viel wichtiger, den Erpressungsplan umzusetzen. Er war wirklich nicht schlecht ausgedacht, wenn man berücksichtigte, daß er ziemlich hastig aufgestellt worden war und einer der daran Beteiligten nur über eine begrenzte kognitive Intelligenz verfügte. Das erfundene Telefongespräch mit Shiners Mutter sowie der Hinweis auf ihre Bereitschaft, das Videoband im Falle eines hinterlistigen Betrugs abzuholen – all das waren raffinierte Feinheiten. Das wesentliche Manko des Plans war jedoch, wie Amber nun erkannte, der zeitliche Ablauf. Er schenkte Bode und Chub eine Frist von fast einem ganzen Tag und somit Zeit genug, um die Insel zu verlassen, das belastende Videoband zu vernichten, nach Tallahassee zu rasen und den Lottogewinn abzuholen.

Was beide gerade in Angriff nehmen wollten, als sie die zwei nach ihrem morgendlichen Bad am Boot zur Rede stellte.

»Nimm endlich diese dämliche Hose vom Kopf.« Mit einer Hand zog sie den Reißverschluß ihres Overalls zu, in der anderen hielt sie Chubs Pistole, die Amber einige Zeit vorher von der *Reel Luv* heruntergeholt und in einem Gebüsch in der Nähe des Lagerfeuers versteckt hatte.

»Nimm sie runter. Du siehst ja aus wie ein Perverser.« Dann schoß sie einmal vor Chubs Füße, nur um rauszukriegen, was für ein Gefühl es war, wenn eine große, schwere Pistole losging. Und auch um den Rednecks klarzumachen, daß sie es ernst meinte und niemals mit einem erwachsenen Mann verhandeln würde, der eine Damenshorts auf dem Kopf trug.

»Also, was habt ihr mit Shiner gemacht?«

Nichts, erwiderten beide.

»Er ist pinkeln gegangen«, berichtete Bodean Gazzer.

»Nun, er ist weg.«

»Scheiße«, fluchte Chub.

»Wir sollten nach ihm suchen. Zieh dir was an«, befahl Amber.

»Noch nicht sofort.« Chub grinste schief. »Bist du sicher, daß du nicht etwas versäumst, was dir gefällt? Etwas wirklich Heißes und Aufregendes?«

Er schwenkte seinen sonnenverbrannten Stengel und animierte Amber, ein zweites Mal zu schießen. Diesmal sprang ihr der Colt beinahe aus der Hand. Die Kugel flog zwischen Bode und Chub hindurch, zischte durch die Mangroven und klatschte ins Wasser.

Während Blätter und Zweige ins Boot flatterten, löste sich die Teufelskrabbe unerwartet von Chubs immer stärker anschwellender Hand und fiel zu Boden. Wie sich herausstellte, war das Tier schon lange tot. Chub stieß mit dem nackten dicken Zehn gegen die stinkende blaue Schale und murmelte: »Verdammtes Biest.«

Bode Gazzer hob beide Arme vor Amber. »Okay, Süße, nimm die Pistole runter. Du hast dein Ziel erreicht.«

»Machen Sie das Ihrem Freund klar.«

»Keine Angst. Er macht mit.«

»Einen Teufel werde ich tun«, stellte Chub klar. »Nicht bevor wir uns miteinander vergnügt haben, sie und ich.«

Bode verzog angewidert das Gesicht. Dieser Mann war unfaßbar. Er hatte keinen Sinn für Prioritäten. Überhaupt keinen.

Amber sagte: »Er will es scheinbar darauf ankommen lassen, Colonel.«

»Was kann ich dafür? Manchmal ist er eben ein kompletter Idiot.«

»Meinen Sie, ich sollte ihn erschießen?«

»Mir wäre es lieber, sie täten das nicht.«

Chub studierte derweil seine entzündete Hand, so als wäre diese ein defekter Vergaser. »Ich habe immer noch die verdammte Schere im Fleisch.«

»Eins nach dem anderen«, sagte Bode Gazzer zu ihm. »Zieh jetzt gefälligst deine Klamotten an und laß uns den Glatzkopf suchen.«

»Nicht, bevor mein Schätzchen Amber mir einen geblasen hat.«

»Das wird sie schon tun. Und zwar so heftig, daß dir dein armseliger Arsch um die Ohren fliegt.«

Chub schüttelte den Kopf. »Nein, das glaube ich nicht. Ich glaube, es ist an der Zeit, daß auch ich mal ein wenig Glück habe.«

»Zum Teufel, was soll *das* denn nun wieder heißen?«

»Es heißt, daß Amber auf niemanden schießen wird. Genau das heißt es.«

Er stakste auf sie zu, machte einen übertriebenen hitlermäßigen Stechschritt, dann einen zweiten. Mittlerweile umfaßte sie die Pistole mit beiden Händen und zielte auf ihn.

»Er will es offenbar nicht anders«, warnte sie Bode.

»Das sehe ich. Ich denke, es liegt an diesem verdammten Kleister.«

Chub kicherte. »Es ist nicht der Kleister, Colonel. Es ist die wahre Liebe.«

Mit einem freudigen Gurgeln griff er an. Amber betätigte den Abzug, aber alles, was sie hörte, war ein leises, harmloses Klicken. Kein Schuß ging los – die Trommel drehte sich, der Hammer schlug nach unten, dennoch kam keine Kugel aus dem Lauf.

In dieser Kammer befand sich nämlich keine Patrone, sondern ein kleines Stück mit Sand verklebtes Papier, ausgelaugt von

Schweiß und Salzwasser und ganz klein zusammengefaltet, um in das winzige runde Loch zu passen. Wenn sie das Papier hätte herausholen und auseinanderfalten können, wäre Amber aufgefallen, daß sechs Zahlen darauf standen und außerdem ein rosaroter Flamingo – das offizielle Wappentier Floridas – darauf abgebildet war.

»Ich hab's dir gesagt!« krähte Chub.

Er lag nackt auf der Erde und winkte mit seinem heilem Arm und dem zurückeroberten Colt Python. Unter ihm im Sand und Seetang lag Amber und wehrte sich stumm.

»Ich hab's dir ja gesagt, hab ich.« Chub brach in ein heiseres, gemeines Lachen aus. »Ich habe euch Scheißern doch gesagt, daß ich schon längst überfällig bin für ein bißchen Dusel.«

Bodean Gazzer hatte seit elf Monaten keinen Sex mehr gehabt. Er rechtfertigte dies damit, daß es gegen das Gebot der Bibel war, sich mit nicht-weißen Frauen einzulassen, und alle weißen Frauen, die er kennenlernte, verlangten zuviel Geld. Dennoch wurden seine fieberhaft aufwallenden Begierden hinsichtlich der wohlriechenden und verfügbaren Amber von ernsten Zweifeln gebremst.

Ihr Widerwille dagegen, den White Clarion Aryans zu Diensten zu sein, offenbarte sich beispielsweise in ihren heftigen Attacken gegen Chub, als dieser sie recht unsanft entkleidete. Und obgleich Bode von dem Anblick von Ambers aus dem Mooseiche-Tarnanzug hervorquellenden Brüsten geradezu berauscht war, störte es ihn trotzdem, daß er an der Vergewaltigung – und genau in diese Richtung bewegte sich das Geschehen – einer weißen christlichen Frau europäischer Abstammung beteiligt war. Tatsächlich hätte Bode sogar Hemmungen gehabt, wenn sie eine Negerin oder eine Kubanerin gewesen wäre, und zwar nicht so sehr wegen der krassen Unmoral dieses Verbrechens, sondern wegen des juristischen Risikos. Im Gegensatz zu Chub hatte Bode Gazzer nämlich genug Monate hinter Gittern verbracht, um zu wissen, daß es sich nicht lohnte, einen Burger King auszurauben, einen Cadillac kurzzuschließen oder auch nur zwei Minuten lang eine naturblonde Muschi zu bumsen. Vergewaltigung war ein schweres Verbrechen, und in Florida konnte die Vergewaltigung einer weißen Frau – sogar durch einen weißen Mann – einen langen Aufenthalt im landschaftlich nicht sehr reizvollen Starke zur Folge haben.

Bode wußte auch, daß Chub in seinem derzeitigen Geistes- und Gemütszustand für eine solche Logik absolut taub war. Alles, was Bode also tun konnte, war, den Colt im Anschlag zu halten, dazustehen und zu hoffen, daß es nicht zu lange dauerte und die beiden nicht allzuviel Lärm machten. Der Schauer der Erregung, der durch Ambers Nacktheit ausgelöst worden war, hatte sich bereits beim Anblick eines seinen rosigen Hintern schamlos zur Schau stellenden schmutzigen, grunzenden und vollgesabberten Chub verflüchtigt. Dieser Anblick und die dazugehörigen Gerüche erinnerten Bode Gazzer nachdrücklich an die vielen hygienischen Nachlässigkeiten seines Partners und erstickten jeglichen Anreiz, aktiv in das Geschehen einzugreifen.

»Halt still! Halt still!« keuchte Chub in einem fort.

Aber genau das wollte die lebhafte Amber überhaupt nicht.

»Beeil dich«, forderte Bode und blickte über die Schulter. Der Glatzkopf Shiner würde wie eine Rakete in die Luft gehen, wenn er sähe, was geschah.

»Ich komme nicht rein! Verdammt noch mal, sorg endlich dafür, daß sie sich still verhält.« Chub setzte sein gesamtes Körpergewicht ein, um sie festzuhalten. Fetzen von dunkelbraunem Schildkrötengras klebten an seinen Oberschenkeln.

»Benutz die verdammte Pistole!« brüllte er seinen Partner an.

»Scheiße.« Bode kniete sich hin und preßte die Revolvermündung gegen Ambers Kopf. Woraufhin sie aufhörte, sich hin und her zu winden. Hinter einem Wust zerzausten hellblonden Haars verengten sich ihre Augen zu einem Ausdruck der Duldung. Nicht vor kalter Wut wie bei dieser verrückten Negerin in Grange.

Genau so sollte es schließlich auch sein, dachte Bode. Sobald man eine Kanone sieht, hatte man den Widerstand einzustellen. »Sei endlich ruhig«, sagte er. »Es ist ja bald vorbei.«

»Hör lieber auf den Mann.« Chub packte Ambers Handgelenke, drückte sie auseinander und zog sie von ihrer Brust hoch. »Und zeig deine Lippen … üppig und schmollend … du weißt schon, genauso wie Kim Basinger.«

Amber lenkte ein. »Okay, unter einer Bedingung – sag mir, wie du heißt.«

»Weshalb?«

»Ich kann nicht mit einem Mann schlafen«, erklärte sie, »solange ich seinen Namen nicht kenne. Ich kann es wirklich nicht. Lieber würde ich sterben.«

Bode Gazzer wandte sich an Chub. »Sei kein Idiot.«

Chub nagelte Ambers Arme über ihrem Kopf fest und schöpfte Atem. »Gillespie«, sagte er. »Onus Gillespie.«

Bode war erleichtert – das war so ein seltsamer Name, daß er annahm, sein Partner hätte ihn sich ausgedacht.

Kühl entgegnete Amber: »Sehr erfreut, dich kennenzulernen, Otis.«

»Nee, ich heiße *Onus*. O-n-u-s.«

»Oh. Und ich heiße Amber.« Sie blinzelte unschuldig. »Amber Bernstein. Geschrieben B-e-r-n-s-t-e-i-n.«

Es war so, als hätte ein Maultier Bodean Gazzer in den Bauch getreten.

»Geh runter!« kreischte er Chub an.

»Niemals!«

»Aber hast du nicht gehört? Sie ist … sie ist eine Jüdin!«

»Von mir aus kann sie ein Vietcong sein. Ich stecke auf jeden Fall mein Ding rein.«

»Nein! NEIN! Runter da, das ist ein Befehl!«

Chub schloß die Augen und versuchte Bodes Nörgelei auszublenden. *Hilton Head*, sagte er sich. *Du bist mit Blondie in Hilton Head, und ihr treibt es am Strand. Nein, noch besser – ihr treibt es auf dem Balkon eures nagelneuen Eigentumapartments!*

Aber Ambers ständiges Herumzappeln ging ihm auf die Nerven. Als würde man versuchen, einen lebendigen Aal zu bumsen. Außerdem, so stellte Chub fest, brachte er in seinem klebstoffseligen Zustand alles andere als eine erstklassige, diamantharte Erektion zustande.

»Kein weißer Christ« – ernst und streng wie ein Gerichtsarzt beugte sich Bode über die beiden – »kein weißer Christ soll seine Saat an einen ungläubigen Nachkommen des Satans weitergeben!«

Amber unterbrach ihre Gegenwehr, um darauf hinzuweisen, daß ihr Vater Rabbi wäre. Bode Gazzer stöhnte entsetzt auf. Chub schaute wütend zu ihm hoch. »Du kannst dir von mir aus Sorgen wegen deiner eigenen Saat machen. Jetzt solltest du lieber verschwinden, damit ich meine eigene einpflanzen kann.«

»Nichts zu machen! Als kommandierender Offizier der White Clarion …«

Chub richtete sich auf den Knien auf und entriß dem Colonel mit seiner heilen Hand den Revolver. Er hielt Amber die Mündung an den Hals und befahl ihr, die Beine zu spreizen.

Bode fiel die Beretta des Kolumbianers ein, die noch in seinem Gürtel steckte. Er erwog, die Waffe zu ziehen, aber nicht um Amber zu schützen, sondern um seinem Befehl Nachdruck zu verleihen. Ohne eine entscheidende Besserung der allgemeinen Disziplin, so dachte Bode, würde die frisch gegründete Miliz gleich wieder auseinanderbrechen.

Seine Bestürzung vertiefte sich durch die unerwartete Ankunft Shiners, des jungen Erpressers selbst, der durch den Wald gestolpert kam. Seine Wangen waren aufgedunsen, seine Hose schmutzig und seine verdrehten Fäuste seltsam zur Seite gestreckt wie bei einer Vogelscheuche. Als er Major Chub nackt auf Amber sah, startete Shiner brüllend zu einem Sturmangriff.

Bodean Gazzer bereitete sich gerade darauf vor, den armseligen Glatzkopf abzufangen, als irgend etwas hinter ihm am Strand explodierte. Chub wurde von Amber heruntergeschleudert, als hätte er Sprungfedern im Hintern gehabt. Dann vernahm Bode ein beängstigendes dumpfes Dröhnen, bei dem es sich, wie er später erfuhr, um den Kolben der Remington handelte, der gegen seinen eigenen Schädel krachte.

Als er das Bewußtsein wiedererlangte, spürte Bode, daß er gefesselt wurde. Ein Weißer, den er nicht kannte, band ihn mit einem langen Stück Ankertau am Stumpf eines Knopfbaums fest. Chub lag immer noch auf der Erde, stieß undeutliche Flüche aus und schwamm in seinem eigenen Blut. Shiner hockte niedergeschlagen im Bug des gestohlenen Bootes. Sein melancholischer Blick war auf die blutigen Reste seiner Tätowierung gerichtet. Amber stand ein Stück von ihm entfernt. Sie hatte sich in die Plane aus Plastik gewickelt. Unwirsch pflückte sie sich Laub und Grashalme aus dem Haar.

Sämtliche Waffen der Miliz waren auf dem Boden aufgestapelt worden. Das beschlagnahmte Arsenal wurde von einer muskulösen jungen Negerin mit neongrünen Fingernägeln und einer Remington Schrotflinte unter dem Arm inspiziert. Bode Gazzer erkannte sie auf Anhieb.

»Nicht du!« war alles, was er sagen konnte.

»Richtig, Freundchen. Sag mal artig der Schwarzen Front guten Tag.«

Himmel und Erde begannen sich für Bode Gazzer rasend zu drehen, als er plötzlich mit entsetzlicher Klarheit erkannte, welches Schicksal ihm blühte. Der weiße Mann knüpfte die letzten Knoten und trat dann von dem Baumstumpf zurück. Die Negerin nahm dafür seinen Platz ein. Sie trug die Flinte so lässig unter dem Arm, daß sich Bodes empfindlicher Schließmuskel krampfartig zusammenzog.

»Was wollen Sie von uns?« fragte er.

JoLayne schob ihm den Lauf der Schrotflinte zwischen die Lippen.

»Fangen wir mal mit deiner Brieftasche an«, verkündete sie.

- 25 -

Der Rechtsstreit *LaGort gegen Save King Enterprises, Allied-Cagle Casualty, et al.* wurde in einem Gerichtsflur nach einer vorprozessualen Beratung von weniger als zwei Stunden Dauer beigelegt. Die Anwälte der Haftpflichtversicherung des Supermarktunternehmens hatten sich, nachdem sie bei Richter Arthur Battenkill jr.

eine eisige und unerklärliche Voreingenommenheit entdecken mußten, bereit erklärt, Emil LaGort die ärgerliche, aber nicht unüberschaubare Summe von 500 000 Dollar zu zahlen. Das Ziel war, einen Prozeß zu vermeiden, in dem die Verteidigung nicht das geringste Entgegenkommen von seiten des Richters erwarten konnte, der bereits erklärt hatte, keinerlei Aussagen zuzulassen, die die Ehrlichkeit des Klägers sowie die Rechtmäßigkeit der sehr langen Liste seiner Schadenersatzklagen beträfen. Emil LaGort nahm in einem lärmenden motorgetriebenen Rollstuhl mit braunen, mit Glimmer verzierten Armlehnen an der Beratung teil. Um den Hals trug er einen zweifarbigen Stützkragen aus Schaumstoff. Dieser Kragen war eins von neun Modellen aus Emil LaGorts Wandschrank, in dem er alle medizinischen und orthopädischen Hilfen aufbewahrte, die während der angeblichen Genesungsphasen nach seinen zahlreichen, kunstvoll inszenierten Unfällen nötig gewesen waren.

Nachdem die den Vergleich betreffenden Papiere unterschrieben waren, die sauertöpfisch dreinblickenden Anwälte der Versicherung sich in den Fahrstuhl drängten und Emil LaGort sich und seinen Rollstuhl über die James Street in einen Oben-ohne-Imbiß lenkte, ließ sich sein Anwalt von Richter Arthur Battenkill jr. diskret die Nummer seines neu eingerichteten Bankkontos in Nassau geben, auf das innerhalb der nächsten vier Wochen 250 000 Dollar überwiesen würden.

Nicht gerade königlich, wie Arthur Battenkill wußte, aber allemal genug für einen Schnellstart in ein neues Leben.

Die Frau des Richters packte jedoch nicht für die Tropen. Während Arthur Battenkill sich um die Beseitigung belastender Beweise für die Save-King-Zahlung kümmerte, kniete Katie in der Kirche. Sie betete für göttliche Führung oder wenigstens größere Klarheit in ihren Gedanken. An diesem Morgen hatte sie im *Register* gelesen, daß Tom Kromes getrennt lebende Ehefrau in die Stadt gekommen wäre, um für ihren »verstorbenen« Mann einen Journalistenpreis in Empfang zu nehmen. Ungeachtet Tommys Ressentiments gegenüber der nur schwer faßbaren Mary Andrea Finley, erschien es Katie Battenkill durchaus möglich, daß die Frau einen eingebildeten Verlust beklagte und Tom Krome auf irgendeine besondere Art und Weise immer noch liebte.

Sollte ihr nicht irgend jemand mitteilen, daß er gar nicht wirklich tot war? An ihrer Stelle, dachte Katie, würde ich die Wahrheit ganz bestimmt wissen wollen.

Aber Katie hatte Tommy versprochen, kein Wort zu sagen. Wenn sie ihr Versprechen brach, dann wäre das eine Lüge, und zu lügen war eine Sünde, wo Katie doch gerade versuchte, mit dem Sündigen aufzuhören. Andererseits konnte sie den Gedanken nicht ertragen, daß Mrs. Krome – ganz gleich was diese auch für Fehler hatte – unnötigerweise den schmerzhaften Anflug einer Witwenschaft erleben mußte.

Das Wissen darum, daß Tom lebte, entwickelte sich so zu einer unerträglichen Last für Katies überbeanspruchtes Gewissen. Es gab allerdings noch ein zweites Geheimnis, das mindestens genauso belastend war. Sie wurde daran durch eine andere Meldung im *Register* erinnert, die besagte, daß die menschlichen Überreste, die man Tom Krome zuschrieb, zwecks »genauerer Analyse« in ein FBI-Labor geschickt würden. Dies bedeutete die Durchführung von DNS-Tests, was wiederum zur Folge hätte, daß über kurz oder lang der Tote als Champ Powell, Gerichtshelfer von Bezirksrichter Arthur Battenkill jr., identifiziert werden würde.

Dem verschlagenen Mistkerl also, mit dem Katie das Land für immer zu verlassen im Begriff war.

»Was soll ich nur tun?« flüsterte sie flehend. Den Kopf tief gesenkt, kniete sie in der ersten Bank. Sie betete und wartete, und dann betete sie wieder.

Als Gottes Antwort schließlich erfolgte, war diese als Anweisung typischerweise eindeutig, wenngleich auch eher vage, was die Details betraf. Doch Katie Battenkill wollte nichts erzwingen. Sie war für alles dankbar.

Während sie die Kirche verließ, nahm sie die Diamantbrosche ab und schob dieselbe durch den Schlitz der großen eichenen Sammelbüchse, in der sie ohne großes Fanfarengetöse, vielmehr nur mit einem leisen Klirren landete. Kein Blitz zuckte hernieder, kein Donner grollte. Kein Engelschor ließ seine Stimmen ertönen.

Das kommt vielleicht alles später, dachte Katie.

Nachdem die letzten Pilger abgezogen waren, näherte Shiners Mutter sich dem in Bettlaken gehüllten Sinclair, der verspielt mit den Schildkröten im Morast herumplanschte. Sie bat: »Hilf mir, Schildkröten-Mann, ich brauche spirituelle Führung.«

Sinclairs unrasiertes Kinn hob sich gen Himmel. »*Küikkkeeeaay ka-koo katttkin*.«

Seine Besucherin konnte den Ausruf – KINDERSPIEL FÜR ULTRACOOLE KATHLEEN aus einem ausführlichen Porträt der Schauspielerin Kathleen Turner – nicht entschlüsseln.

»Wie wäre es mit einer Antwort auf englisch?« hakte Shiners Mutter ungehalten nach.

Sinclair winkte sie zu sich in den Graben, woraufhin sie aus ihren ramponierten Brautschuhen schlüpfte und hineinstieg. Sinclair bedeutete ihr mit einer Geste, sich zu setzen. Dann sammelte er mehrere Schildkröten auf und legte diese behutsam zwischen die weißen Falten ihres Kleides.

Shiners Mutter nahm eine hoch, um sie eingehend zu betrachten. »Bemalen Sie diese Kerlchen selbst?«

Sinclair lächelte geduldig. »Sie sind nicht bemalt. Das ist das Zeichen des Herrn.«

»Ohne Scherz? Soll dieser kleine Typ nun Lukas, Matthäus oder irgendein anderer von den Burschen sein?«

»Leg dich hin.«

»Haben Sie schon davon gehört, daß sie heute vormittag meinen Jesus zugepflastert haben? Das Straßenbauamt hat das getan.«

»Leg dich hin«, entgegnete Sinclair.

Er watete auf sie zu, faßte sie bei den Schultern und drückte sie wie bei einer Taufe nach unten. Shiners Mutter schloß die Augen und spürte die Kälte des trüben Wassers an ihrem Hals und das Kitzeln winziger Schildkrötenfüße auf ihrer Haut.

»Sie beißen doch nicht, oder?«

»Nein«, entgegnete Sinclair und hielt sie fest.

Schon bald war Shiners Mutter von einem Gefühl inneren Friedens und Vertrauens und wahrscheinlich noch etwas anderem erfüllt. Der letzte Mann, der sie so feinfühlig berührt hatte, war ihr Periodontist gewesen, in den sie sich Hals über Kopf verliebt hatte.

»Oh, Schildkröten-Mann, ich habe meinen Sohn und mein Heiligtum verloren. Ich weiß nicht, was ich tun soll.«

»Kiiikkkeeeaay ka-kooo«, murmelte Sinclair.

»Okay«, bemerkte Shiners Mutter. »Kiki-kakeee-kooo. Ist das vielleicht die Bibel auf japanisch?«

Unbemerkt von den Meditierenden im Morast, stand Demencio, die Hände auf die Hüften gestützt, an einem Fenster. Er sagte zu Trish: »Ist denn so etwas zu fassen – sie ist bei den Schildkröten!«

»Liebling, sie hatte einen harten Tag. Das Straßenbauamt hat ihren Ölfleck asphaltiert.«

»Sie soll gefälligst von meinem Grundstück verschwinden.«

»Ach, was kann sie denn schon Schlimmes tun? Es ist ja fast dunkel.«

Trish war in der Küche und briet ein Huhn fürs Abendessen. Demencio hatte parfümiertes Wasser zubereitet und den Tränentank in der weinenden Madonna aufgefüllt.

»Wenn diese verrückte Tante nicht spätestens nach dem Abendessen verschwunden ist«, drohte er, »verscheuchst du sie. Und denk daran, die Schildkröten zu zählen und dich zu vergewissern, daß sie keine mitgehen läßt.«

»Hab doch ein Herz für sie«, meinte Trish.

»Ich traue dieser Frau nicht.«

»Du traust niemandem.«

»Ich kann nichts dafür. Das liegt nun mal an diesem Gewerbe«, entschuldigte sich Demencio. »Haben wir noch rote Lebensmittelfarbe?«

»Für was?«

»Ich hab nachgedacht… wie wäre es, wenn sie Blut weinte? Die Jungfrau Maria, meine ich.«

»Parfümiertes Blut?« fragte seine Frau.

»Nun mach doch nicht so ein Gesicht. Es war ja nur eine Idee«, erklärte Demencio, »nur eine Idee, die mir gerade erst gekommen ist. Für die Zeit, wenn wir keine Schildkröten mehr haben.«

»Ich muß mal nachschauen«, verkündete Trish und öffnete den Gewürzschrank.

Unter weniger stressigen Umständen hätte Bernard Squires die ländliche Farmhausidylle von Mrs. Henricks Frühstückspension genußvoll auskosten können, aber sogar die wohlige Anschmiegsamkeit einer handgefertigten Quiltdecke konnte seine nervöse innere Anspannung nicht lindern. Daher unternahm er einen Abendspaziergang – allein, in seinem eleganten Nadelsteifenanzug – durch dieses kleine Nest namens Grange.

Bernard Squires hatte den größten Teil des Nachmittags auf Telefongespräche mit Geschäftspartnern von Richard »Eispickel« Tarbone und, kurz, mit Mr. Tarbone persönlich verwendet. Squires hielt sich selbst für wortgewandt und präzise im Ausdruck, doch er hatte größte Schwierigkeiten, dem Eispickel verständlich zu machen, weshalb der Simmons Wood nicht eher erworben werden konnte, als bis das Gegenangebot vorgelegt und abgelehnt worden wäre.

»Und es wird ganz bestimmt verworfen«, hatte Bernard Squires versichert, »denn wir werden die Schweine überbieten.«

Aber Mr. Tarbone war wütender geworden, als Squires ihn jemals erlebt hatte, und hatte unmißverständlich klargemacht, daß der Abschluß dieses Geschäfts nicht nur Auswirkungen auf Squires' weitere Tätigkeit, sondern auch auf seine bislang zufriedenstellende Gesundheit haben würde. Squires hatte dem alten Herrn versprochen, daß es sich lediglich um eine kurze zeitliche Verzögerung handelte und der Simmons Wood spätestens am Wochenende der Central Midwest Brotherhood of Grouters, Spacklers and Drywallers International gehören würde. Squires war dahingehend instruiert worden, auf keinen Fall ohne einen unterschriebenen Vertrag nach Chicago zurückzukehren.

Während er durch die angenehm kühle Abenddämmerung schlenderte, dachte Bernard Squires darüber nach, weshalb die Tarbones so versessen darauf waren, dieses Land zu erwerben. Die nächstliegende Erklärung bestand in einem kurzfristig eingetretenen Mangel an herkunftsmäßig nicht identifizierbaren Geldmitteln, der einen weiteren sorgfältig verschleierten Griff in die Pensionskasse der Gewerkschaft nötig machte. Vielleicht hatte die Familie vor, das Simmons-Wood-Gelände als Nebensicherheit für ein Baudarlehen einzusetzen, und wollte den Handel schnellstens unter Dach und Fach bringen, ehe die Zinsen wieder stiegen.

Oder vielleicht hatten sie tatsächlich die Absicht, in Grange, Florida, ein Einkaufszentrum mit mediterranem Flair zu bauen. So lachhaft das auch anmutete, Bernard Squires konnte diese Möglichkeit keinesfalls völlig ausschließen. Vielleicht war der Eispickel das Mafia-Leben leid geworden. Vielleicht versuchte er, von nun an ein gesetzestreues Leben zu führen.

Wie dem auch sei, es war letztendlich ohne Bedeutung, weshalb Richard Tarbone es so eilig hatte. Von Bedeutung war nur, daß Bernard Squires die vierundvierzig Acres so bald wie möglich erwarb. Wenn es um schwierige Verhandlungen ging, war Squires nicht daran gewöhnt zu verlieren, und ihm standen zahlreiche außergesetzliche Überredungsmethoden zur Verfügung. Falls es – wie Clara Markham ihm versichert hatte – tatsächlich Mitinteressenten für den Simmons Wood gab, würde er – dessen war sich Squires sicher – sie entweder überbieten oder ganz einfach einschüchtern, so daß sie ihr Angebot zurückzögen.

Squires hatte so viel Selbstvertrauen, daß er sich wahrscheinlich einen ausgedehnten Nachmittagsschlaf gegönnt hätte, hätte der alte Tarbone nicht etwas gemurmelt, das durchs Telefon wie eine ernste Drohung klang.

»Regle die Angelegenheit, verdammt noch mal! Wenn du nicht enden willst wie Millstep, dann erledige die verfluchte Sache.«

Bei dem Namen Jimmy Millstep hatte Bernhard Squires gespürt, wie sein Seidenunterhemd schlagartig feucht wurde. Millstep war Anwalt der Tarbone-Familie bis zu jenem Freitag gewesen, an dem er mit zwanzig Minuten Verspätung zu einer Kautionsverhandlung für Richard Tarbones homophoben Neffen Gene erschienen war, welcher infolgedessen ein ganzes Wochenende mit einer wohlerzogenen, aber unternehmungslustigen Tunte in einer winzigen Zelle verbringen mußte. Anwalt Millstep machte für sein zu spätes Erscheinen im Gericht zwar eine hilfsbedürftige Geliebte und einen unfähigen Taxifahrer verantwortlich, fand dafür jedoch bei Richard Tarbone kein Verständnis, der ihn nicht nur feuerte, sondern auch den Befehl für seine Ermordung gab. Eine Woche später wurde Jimmy Millsteps von Kugeln durchlöcherte Leiche im Büro der Anwaltskammer von Illinois abgeladen. Auf einem Zettel, der an sein Revers geheftet war, stand die Frage: »Ist das einer von eurem Verein?«

So war es kein Wunder, daß Bernard Squires ziemlich schreckhaft war, ein Zustand, der durch das plötzliche Erscheinen eines zerknitterten Fremden mit blutigen Löchern in den Handflächen noch verschlimmert wurde.

»Halt ein, Sünder!« forderte der Mann und näherte sich humpelnd. Bernard Squires machte ihm Platz.

»Halt ein, Pilger«, rief der Mann und winkte mit einem Bündel rosafarbener Flugblätter.

Squires schnappte sich eins und wich sofort wieder außer Reichweite zurück. Der Fremde murmelte einen Segen, während er schlurfend in die Dämmerung entschwand. Squires blieb unter einer Straßenlaterne stehen, um einen Blick auf den Zettel zu werfen.

ERSTAUNLICHE JESUS CHRISTUS STIGMATA
Kommen Sie zum einmaligen Dominick Amador,
dem einfachen Zimmermann, der eines Tages
aufwachte und an sich die Kreuzigungswunden
von Jesus Christus, dem Sohn Gottes, entdeckte!
Blutung täglich von 9.00 Uhr bis 16.00 Uhr
Samstags von 12.00 Uhr bis 15.00 Uhr (Nur Hände)
Zutritt für jedermann. Spenden sind durchaus erwünscht!
4834 Haydon Burns Lane
(Achten Sie auf das Kreuz im Vorgarten!)

Und kleingedruckt am unteren Rand des Zettels:

Wie seinerzeit vorgestellt in Rev. Pat Robertsons Fernsehshow »Himmlische Zeichen«!!!

Bernard Squires zerknüllte das Flugblatt und warf es weg. Verrückte, dachte er, ganz gleich, wohin man auf diesem Planeten kommt. Überall traf man auf Verrückte. Squires betrat den Grab 'n' Go Supermarkt, wo seine Frage nach einer Ausgabe der *New York Times* mit einem leeren Blick beantwortet wurde. Er entschied sich für *USA Today* und eine Tasse koffeinfreien Kaffee und kehrte danach in seine Pension zurück. Doch irgendwo bog er falsch ab und fand sich in einer Straße, die er nicht wiedererkannte – der Gesang verriet es ihm.

Squires hörte das Geträller aus einem Block Entfernung. Es handelte sich um einen Mann und eine Frau, die ziemlich disharmonisch in irgendeiner fremden Sprache sangen. Die Klänge lockten Squires zu einem hell beleuchteten Haus – ein schlichter, einstöckiger Betonbau mit weißer Gipsfassade, wie er für den Reihenhausstil Floridas in den sechziger und siebziger Jahren typisch war. Squires versteckte sich hinter einer alten Eiche und verfolgte von dort aus das Geschehen.

Drei Gestalten waren zu sehen – vier genaugenommen, wenn man eine Statue der Jungfrau Maria mitzählte, die ein dunkelhaariger Mann in einem Overall auf eine kleine erleuchtete Plattform hob und dort in die Mitte schob. Zwei andere Personen – wie sich herausstellte, die Sänger – saßen mit ausgestreckten Beinen in einem gekrümmten Graben, der auf einer Rasenfläche ausgehoben und mit Wasser gefüllt worden war. Der Mann im Graben war in schmuddelige Bettlaken gehüllt, während die Frau ein formelles weißes Kleid mit spitzenbesetzten Schultern trug. Das Alter des Paares zu bestimmen war auf diese Entfernung unmöglich, aber beide hatten bleiche Haut und nasses Haar. Bernhard Squires entdeckte im Wasser V-förmige Bugwellen. Offenbar schwammen dort irgendwelche Tiere herum…

Schildkröten?

Squires wagte sich näher heran. Sehr schnell begriff er, daß er Zeuge eines exzentrischen religiösen Rituals war. Das Paar im Graben hatte sich untergehakt und gab irgendein Kauderwelsch von sich, während unzählige Reptilienköpfe im Wasser tanzten und sie umschwammen. Squires erinnerte sich an einen Dokumentarfilm im Kabelfernsehen über einen Schlangenkult in Kentucky – vielleicht handelte es sich hier um eine abtrünnige Gruppe von Schildkrötenanbetern! Interessanterweise beteiligte sich der dunkelhaarige Mann im Overall nicht an der Wassergraben-Zeremonie. Statt dessen wandte er sich immer wieder von der Madonnenstatue ab, um die beiden Sänger mit, wie es Squires vorkam, offenem Mißfallen zu betrachten.

»Küikkkeeeaay ka-kooo katttkin!« blökte das Paar und schickte damit einen derart eisigen Schauer über Squires Rückgrat, daß er schnellstens die Straße überquerte und davoneilte. Er war kein gläubiger Mensch und glaubte schon gar nicht an irgendwelche Omen, aber die Schildkrötenfreunde und der Fremde mit dem Blut auf den Handflächen beunruhigten ihn doch zutiefst. Die Ortschaft Grange, die Squires zu Beginn wie ein typisches, Touristen anlockendes Südstaatennest vorgekommen war, erschien ihm nun düster und geheimnisvoll. Seltsame Dämpfe trübten das klare, von der Kirche bestimmte Klima mit seinen festgefügten Ehen, konservativen traditionellen Glaubensinhalten und blinder Ablehnung von Fortschritt – jedem Fortschritt –, der es aalglatten Typen wie Bernard Squires erlaubte, einzufliegen und ihre Geschäfte zu machen. Er ging geradewegs zur Pension zurück, wünschte Mrs. Hendricks schon frühzeitig eine gute Nacht – verzichtete gleichzeitig auf ihren Schweinebraten mit Kartoffelbrei, Bohnen und Nußkuchen –, verriegelte die Tür seines Zimmers – so leise wie möglich, um seine Gastgeberin nicht zu stören – und schlüpfte unter die Quilt-Decke mit der hohlen, hilflosen, irrationalen Ahnung, daß der Simmons Wood für ihn längst verloren war.

Die *Reel Luv* roch nach Urin, Salz und Krabbenteilen. Wie hätte sie auch anders riechen können?

Shiner hing über dem Ruder. Sie waren mit halber Kraft unterwegs, um Sprit zu sparen. Bode Gazzers Seekarte lag auseinandergefaltet auf Ambers Schoß. Die Route nach Jewfish Creek war für sie von der hilfsbereiten Vertreterin der Schwarzen Front eingezeichnet worden.

Die Florida Bay hatte kabbeliges Wasser, keine ausgeprägten Wellen, die bei den Reisenden Übelkeit auslösten. Trotzdem lag auf Shiners Wangen ein grünlicher Schimmer, und seine Augen hatten dunkle Ränder.

»Bist du okay?« erkundigte Amber sich.

Er nickte ohne richtige Überzeugungskraft. Das Fett an seinen Armen und seinem Bauch wabbelte bei jedem Hüpfer, den das Boot machte. Er lenkte sehr vorsichtig. Die Schwarze-Front-Lady hatte seine ausgekugelten Daumen wieder eingerenkt, aber sie schmerzten immer noch und waren geschwollen.

»Stopp das Boot«, befahl Amber.

»Ich bin okay.«

»Halt an. Sofort.« Sie griff über das Armaturenbrett hinweg und schob den Gashebel zurück. Shiner widersprach nicht, denn sie hatte die Pistole – Chubs Colt Python. Der Lauf lugte unter der Seekarte hervor.

Sobald das Boot zur Ruhe gekommen war, beugte Shiner sich über den Rand und würgte sechs von den acht Wiener Würstchen heraus, die er zum Frühstück auf Pearl Key hinuntergeschlungen hatte.

»Es tut mir leid.« Er wischte sich den Mund ab. »Normalerweise werde ich niemals seekrank. Ehrlich.«

»Vielleicht bist du gar nicht seekrank«, meinte Amber. »Vielleicht hast du nur Angst.«

»Ich habe keine Angst!«

»Dann bist du ein verdammter Narr.«

»Vor was soll ich denn Angst haben?«

»Davor, in einem geklauten Boot erwischt zu werden«, bemerkte sie. »Oder davor, von meinem eifersüchtigen Freund in Miami nach Strich und Faden verprügelt zu werden. Oder vielleicht hast du auch nur Angst vor den Cops.«

»Vor welchen Cops?« fragte Shiner.

»Vor den Cops, die ich anrufen sollte, sobald wir in die Nähe eines Telefons kommen. Um ihnen zu erzählen, daß ich von dir entführt wurde und von deinen Faschistenfreunden beinahe vergewaltigt worden wäre.«

»O mein Gott.« Lautstark trennte sich Shiner von seinem restlichen Frühstück.

Danach ließ er wieder die Motoren an, und sie setzten ihre Fahrt fort, wobei der Rumpf der *Reel Luv* wie eine Trommel dröhnte, als er über die Wellen tanzte. Amber versuchte noch immer, sich ein Bild davon zu machen, was auf der Insel geschehen war. Shiner war dabei jedoch bisher keine große Hilfe gewesen. Je ernsthafter er versuchte, alles zu erklären, desto verrückter klang es.

Soviel hatte sie wenigstens herausbekommen. Die Frau mit der Schrotflinte war diejenige, der die Rednecks den Lottoschein gestohlen hatten.

»Wie hat sie euch alle hier draußen aufstöbern können?« hatte Amber staunend gefragt, woraufhin Shiner ein unglaublich verworrenes Szenario geliefert hatte, das aus Liberalen, Kubanern, Demokraten, Kommunisten, bewaffneten militanten Schwarzen, Helikoptern mit Nachtsichtgeräten und Bataillonen fremdsprachiger Soldaten auf den Bahamas bestand. Klugerweise hatte Shiner nicht auch noch die Juden ins Spiel gebracht, obwohl er sich nicht verkneifen konnte, Amber zu fragen – natürlich im Flüsterton –, ob ihr Nachname tatsächlich Bernstein lautete, wie Chub wutschnaubend verkündet hatte.

»Oder haben Sie ihn sich nur ausgedacht?«

»Welchen Unterschied macht das?« erwiderte sie.

»Weiß ich nicht. Keinen wahrscheinlich.«

»Du würdest mich wahrscheinlich immer noch heiraten, oder? Und zwar auf der Stelle.« Amber zwinkerte ihm grinsend zu, woraufhin Shiner puterrot anlief und sich abwandte.

Das war, nachdem Chub angeschossen und der Colonel niedergeschlagen worden war und Amber sich frischgemacht und saubere Kleidung angezogen hatte. Dann hatten die schwarze Frau und der weiße Typ die Waffen der Miliz eingesammelt – die AR-15, die TEC-9, die Cobray, die Beretta, sogar Shiners kümmerliche 22er Marlin – und sie nacheinander ins Wasser der Bucht geworfen. Das einzige, was nicht dort landete, war eine Dose Reizgas, die die schwarze Frau in ihrer Handtasche verstaute.

Anschließend befahl sie Shiner und Amber, das gestohlene Boot zum Festland zurückzubringen. Die schwarze Frau – ihr Name war JoLayne – hatte den Weg dorthin auf der Karte eingezeichnet und ihnen frisches Wasser und kalte Getränke für die Fahrt mitgegeben. Dann hatte der weiße Typ Shiner beiseite genommen und war mit ihm in den Wald gegangen, und als sie zurückkehrten, war Shiner aschfahl gewesen. Der weiße Typ hatte Amber den Colt Python von Chub in die Hand gedrückt und ihr geraten, »den kleinen Scheißer zu erschießen, falls er irgendwelche Dummheiten machen sollte«.

Amber hatte zwar nicht allzuviel Vertrauen zu dem großen Revolver, da er schon einmal versagt hatte, aber sie verriet Shiner nichts davon. Außerdem sah er viel zu leidend und niedergeschlagen aus, um irgend etwas Schlimmes im Schilde zu führen.

Was auch tatsächlich zutraf. Der weiße Mann, JoLaynes Freund, hatte ihn im Mangrovenwald nicht angerührt, sondern statt dessen dem Jungen in die Augen geschaut und gedroht: »Mein Sohn, wenn Amber nicht heil nach Hause kommt, dann besuche ich deine Mutter in Grange und erzähle ihr, was du getan hast. Danach setze ich deinen Namen und ein häßliches Glatzenbild von dir auf die Titelseite der Zeitung, so daß du auf die schlimmstmögliche Art berühmt wirst.«

Und dann war er mit Shiner in aller Ruhe zum Strand zurückgekehrt und hatte ihm dabei geholfen, ins Boot zu klettern. JoLayne Lucks hatte mit der Schrotflinte auf sie gewartet und Bodean Gazzer und Chub bewacht. Der weiße Mann war ins Wasser gewatet und hatte das Bootsheck in tieferes Gewässer geschoben, damit Shiner und Amber den Außenbordmotor herunterklappen konnten, ohne damit den Grund zu berühren.

»Gute Fahrt!« hatte die schwarze Frau ihnen zugerufen. »Und paßt bloß auf Seekühe auf!«

Eine Stunde später hörte Shiner das, wovor er sich schon die ganze Zeit gefürchtet hatte – einen Helikopter. Aber er war grellorange, nicht schwarz. Und es war nicht die NATO, sondern die Küstenwache, die Ausschau nach einer Frau hielt, die in einem gemieteten Boot unterwegs und längst überfällig war, einer Frau, die erklärt hatte, daß sie nicht weiter als bis Cotton Key wollte.

Shiner hatte von alldem keine Ahnung. Er war überzeugt, daß der Hubschrauber es auf ihn abgesehen hatte, warf sich auf das Deck und zog Amber mit sich nach unten.

»Achtung! Passen Sie auf!« rief er.

»Würdest du dich bitte zusammenreißen?«

»Aber sie sind es!«

Der Helikopter ging über dem Boot herunter. Die Crew sah das ineinander verschlungene Paar auf dem Deck und flog, an derartige amouröse Beobachtungen gewöhnt, weiter. Das war ganz sicher nicht das Schiff, nach dem sie Ausschau halten sollten.

Sobald der Hubschrauber verschwunden war, raffte sich Shiner mit einem verlegenen Grinsen auf. Amber hielt ihm die Seekarte unter die Nase und ermahnte ihn, endlich damit aufzuhören, sich wie eine Memme zu benehmen. Eine Stunde später kam die Zugbrücke von Jewfish Creek in Sicht. Sie lenkten die *Reel Luv* zum Liegeplatz, der vom Hafenmeister am weitesten entfernt lag. Der Eigner würde sicherlich ziemlich verwirrt aber letztendlich froh sein, sein Boot wiederzusehen, und der Diebstahl würde sicherlich als Schabernack ausgelassener Teenager zu den Akten gelegt werden. Indem er seine schmerzenden Daumen so wenig wie möglich benutzte, hatte Shiner Mühe, das Bugtau loszumachen und das Boot anzubinden. Amber hielt für alle Fälle nach der Küstenpatrouille Ausschau. Zu ihrer Erleichterung entdeckte sie ihren Wagen unversehrt auf dem Parkplatz.

Shiner winkte ihr mit niedergeschlagener Miene zu. »Bis dann.«

»Wo willst du denn hin?«

»Zum Highway. Ich versuche zu trampen.«

»Ich kann dich bis Homestead mitnehmen«, bot Amber an.

»Nee, nee, es geht schon.« Er machte sich Sorgen wegen ihres eifersüchtigen Freundes Tony. Am Ende handelte er sich noch eine Tracht Prügel ein.

»Wie du willst«, entgegnete sie.

Shiner dachte, mein Gott, sie ist so schön. Zum Teufel, was soll's. Er sagte: »Ich glaube, ich nehme Ihr Angebot doch an.«

»Wie du willst. Aber du fährst.«

Sie waren auf dem Highway One unterwegs und hatten bereits die Hälfte der Strecke nach Florida City hinter sich, als Amber wieder Chubs Pistole hervorholte, woraufhin Shiner glaubte, daß er sich in ihren wahren Absichten geirrt hatte.

»Sie werden mich jetzt töten, nicht wahr?«

»Na klar«, erwiderte Amber. »Ich erschieße dich am hellichten Tag mitten im Verkehr, nachdem ich schon den ganzen Morgen genug Gelegenheit hatte, dir weit weg von allem den Schädel wegzublasen und deine Leiche ins Meer zu werfen. So dämlich bin ich. Fahr einfach weiter, okay?«

So wie Shiner sich in diesem Moment fühlte, hätte ihn eine Kugel in den Bauch nicht schlimmer treffen können als ihr ätzender Sarkasmus. Er konzentrierte sich auf die Straße und versuchte, sich eine Geschichte für seine Ma auszudenken, wenn er wieder in Grange auftauchte. Als er das nächste Mal zu Amber blickte, hatte sie den Colt aufgeklappt. Sie drehte die Trommel und lugte mit einem Auge in die Patronenkammern.

»Hey«, entfuhr es ihr.

»Was ist denn los?«

»Halt mal an.«

»Okay, sofort«, sagte Shiner. Vorsichtig lenkte er den riesigen Ford auf das grasbewachsene Bankett, wobei er einen ganzen Schwarm Fischreiher aufscheuchte.

Die Pistole lag aufgeklappt in Ambers Schoß. Sie faltete ein kleines Stück Papier auseinander, das aus einer der Patronenkammern herausgerutscht war.

»Lassen Sie mich mal sehen«, forderte Shiner.

»Hör mal zu: einundzwanzig … neunzehn … siebenundzwanzig … zweiundzwanzig … dreißig … siebzehn.«

Shiner riß die Augen auf. »Sagen Sie bloß nicht, daß das der verdammte Lottoschein ist!«

»Doch. Deine beschissenen Freunde hatten ihn im Revolver versteckt.«

»O Mann, o Mann. Aber – verdammt noch mal, was tun wir jetzt?«

Amber klappte den Revolver zu und verstaute den Lottoabschnitt in einer Reißverschlußtasche ihres Overalls.

»Soll ich weiterfahren?« erkundigte sich Shiner.

»Ich denke, ja.«

Sie redeten nicht mehr bis Florida City, wo sie an einem McDonald's Drive-Thru haltmachten. Sie waren in der Schlange an fünfter Stelle.

»Wir müssen eine Entscheidung treffen, nicht wahr?« meinte Amber.

»Ich esse immer den Viertelpfünder.«

»Ich rede von dem Lottoschein.«

»Oh«, seufzte Shiner.

»Vierzehn Millionen Dollar.«

»Mein Gott, das weiß ich.«

»Manchmal gibt es einen Unterschied«, führte Amber aus, »zwischen dem, was recht, und dem, was vernünftig ist.«

»Gut.«

»Ich sage nur, daß wir diese Sache von allen Seiten betrachten müssen. Es ist eine wichtige Entscheidung. Bestell mir einen Salat, okay? Und eine Cola Light.«

»Können wir uns eine Portion Pommes frites teilen?« fragte Shiner.

»Klar.«

Später, als sie vor einer roten Ampel an der Auffahrt zur Schnellstraße anhielten, hörte Shiner, wie Amber fragte: »Was glaubst du, was sie mit deinen Kumpels gemacht haben? Auf der Insel, meine ich. Was, glaubst du, ist nach unserem Verschwinden dort passiert?«

Shiner hob die Schultern. »Keine Ahnung, aber ich kann es mir vorstellen.« Traurig inspizierte er die verdorbene Miliztätowierung auf seinem Arm.

»Es ist grün«, stellte Amber fest. »Wir können weiterfahren.«

- 26 -

Bodean Gazzer beobachtete, wie die schwarze Frau sein Portemonnaie durchsuchte, bis sie das Kondompäckchen fand. Wie konnte sie davon nur gewußt haben?

Ein weiteres Rätsel, dachte Bode mutlos. Ein weiteres Rätsel, dessen Aufklärung am Ende bedeutungslos wäre.

So lässig wie eine Krankenschwester entrollte die Frau den Präser und fischte den Lottoscheinabschnitt heraus, den sie in eine Tasche ihrer Jeans steckte.

»Das ist nicht Ihrer«, platzte Bode Gazzer heraus.

»Pardon?« Die Schwarze deutete ein Lächeln an. »Was hast du gesagt, Kumpel?«

»Das ist nicht Ihr Schein.«

»Tatsächlich? Wem soll er denn sonst gehören?«

»Egal.« Bode gefiel überhaupt nicht, wie sie immer wieder auf die Schrotflinte schielte, die sie dem weißen Typen gegeben hatte, während sie das Portemonnaie durchsuchte.

»Seltsam«, sagte sie. »Ich hab mir die Zahlen auf dem Schein angesehen. Und es waren *meine* Zahlen.«

»Ich sagte doch, es wäre egal.«

Chub begann zu stöhnen und sich zu winden. Der weiße Typ meinte: »Er verliert eine Menge Blut.«

»Ja, das tut er wohl«, erwiderte die Schwarze.

Bode fragte: »Wird er sterben?«

»Höchstwahrscheinlich.«

Der Weiße sagte zu der Frau: »Du bist dran.«

»Ich denke auch.«

Sie verschwand für einen Moment aus Bodes Sichtfeld. Dann erschien sie wieder und trug einen kleinen weißen Kasten mit einem roten Balkenkreuz auf dem Deckel. Sie kniete sich neben Chub in den Sand und öffnete den Kasten.

Bode hörte, wie sie erklärte: »Ich wünschte, ich könnte zusehen, wie du stirbst, aber das kann ich leider nicht. Ich konnte noch nie zusehen, wie ein lebendes Wesen stirbt. Noch nicht einmal eine Kakerlake. Noch nicht mal so ein beschissener Hundesohn wie du...«

Die Worte ließen Bode neue Hoffnung schöpfen. Heimlich begann er, seine Handgelenke hin und her zu bewegen, um den Strick zu lockern, mit dem er an den Baum gefesselt war.

Der Treffer mit der Schrotflinte hatte aus Chubs linker Schulter ein baseballgroßes Stück Fleisch, Muskel und Knochen herausgerissen. Er hatte nicht soviel Glück, von dem Schmerz sofort ohnmächtig zu werden. So löste die Berührung der Frau bei ihm einen Strom von Flüchen und Beschimpfungen aus.

Mit Nachdruck befahl sie ihm, sich still zu verhalten.

»Laß mich ja in Ruhe, du Niggerschlampe! Hau ab!« In Chubs Augen lag ein wilder Ausdruck, und seine Stimme rasselte.

»Du hast es gehört.« Der weiße Typ bewegte den Lauf der Remington. »Er möchte verbluten. Er hat es selbst verlangt.«

Eine weitere erregte Stimme erklang. Sie mußte Bode Gazzer gehören. »Um Gottes willen, Chub, halt die Klappe! Sie versucht nur, dir das Leben zu retten, du dämlicher Arsch!«

Ja. Das war eindeutig der Colonel.

Chub schüttelte sich wie ein Hund. Er spuckte Blut und Sandkörner. Der Fahrradschlauchflicken hatte sich abgelöst, daher hatte er nun zwei offene Augen, mit denen er das Niggergirl beobachten konnte. Eher waren es anderthalb Augen, da das verletzte Lid herunterhing wie ein zerrissener Theatervorhang.

»Was hast du mit mir vor, wenn ich fragen darf?«

»Ich säubere die Wunde und versuche, die Blutung zu stoppen.«

»Warum tust du das?«

»Das ist eine gute Frage«, erwiderte die Schwarze.

Indem er seinen Kopf drehte und reckte, stellte Chub fest, daß dieser auf einem gestreiften, mit Sand bedeckten Körper saß, der unmöglich ihm gehören konnte. Sein bestes Stück war auf die Größe einer Himbeere zusammengeschrumpft. Es war ganz eindeutig nicht der Schwanz eines Millionärs.

Er hatte offensichtlich nur einen Alptraum, wahrscheinlich eine Folge von zuviel Klebstoff. Vermutlich deshalb sah die Negerin auch genauso aus wie das schwarze Girl, das sie vor einiger Zeit beraubt hatten und das ihnen mit ihren teuflischen neonblauen Fingernägeln die Visagen zerkratzt hatte.

»Du bist doch keine Ärztin«, sagte Chub zu ihr.

»Nein, das nicht, aber ich arbeite bei einem Arzt. In einer Tierarztpraxis...«

»Allmächtiger Gott im Himmel!«

»...und du bist das armseligste, stinkendste Tierzeug, das ich je gesehen habe«, stellte die Frau in beiläufigem Ton fest.

Chub war zu schwach, um sich dagegen zu wehren, sie vielleicht zu schlagen. Er war sich noch nicht einmal hundertprozentig sicher, ob er richtig gehört hatte. Das Delirium lähmte ihm die Sinne.

»Was hast du denn mit dem vielen Lottogeld vor, Niggergirl?«

»Nun, ich dachte, ich kauf mir ein oder zwei Cadillacs«, antwortete JoLayne, »und einen Farbfernseher mit Jumboschirm.«

»Erzähl mir keinen Scheiß.«

»Und vielleicht ein Wassermelonenfeld!«

»Willst du mich umbringen, Herzchen?« fragte Chub.

»Nun, reizen würde es mich.«

»Warum kannst du mir nicht ganz normal antworten?«

Das Gesicht des weißen Typen tauchte hinter der Schulter der Frau auf. Er stieß einen Pfiff aus und erkundigte sich: »Hey, Kumpel, was ist denn mit deinem Auge passiert?«

Chub übertraf sich selbst, indem er höhnisch grinste. »Du mußt so was wie 'n Niggerfreund sein.«

»Ich fange gerade damit an«, bestätigte der Weiße.

Das letzte, was Chub hörte, ehe er das Bewußtsein verlor, war Bodean Gazzer, der plötzlich brüllte: »Hey, ich hab's mir anders überlegt! Sie können ihn sterben lassen! Von mir aus soll er verrecken!«

JoLayne Lucks konnte es einfach nicht.

Sie konnte es nicht, obgleich der Gestank des Räubers alles wieder wachgerufen hatte, die Galle in ihrem Mund und das Brennen in ihren Augen. Alles das, was an jenem Tag in ihrem eigenen Haus passiert war – die entsetzlichen Worte, die sie benutzt hatten, die lässige Art und Weise, mit der die beiden sie mißhandelt hatten, die Stellen an ihrem Körper, wo die Typen sie angefaßt hatten.

Sie hatte noch immer den öligen und kalten Geschmack des Revolverlaufs auf der Zunge, trotzdem konnte sie den Mann nicht sterben lassen.

Auch wenn er es verdient hatte.

JoLayne zwang sich, Chub als ein Tier zu betrachten – als ein krankes, verwirrtes Tier, dem Waschbären nicht unähnlich, den sie am Vortag behandelt und verbunden hatte. Es war der einzige gangbare Weg, der es ihr ermöglichte, ihre Wut zu unterdrücken und sich auf den blutenden Krater in der Schulter des Mannes zu konzentrieren. Sie säuberte die Wunde so gut sie konnte, drückte die ganze Tube Antibiotikum aus und bedeckte die weiche Masse mit mehreren Gazekompressen.

Der Kerl verlor schließlich das Bewußtsein, was das Ganze für sie ein wenig einfacher machte. Sich nicht mehr anhören zu müssen, daß er sie »Nigger« nannte, war eine große Hilfe.

Irgendwann, als JoLayne den Verband mit Heftpflaster fixieren wollte, lag plötzlich sein Kopf in ihrem Schoß. Anstatt Ekel zu empfinden, reagierte sie mit einer Art anthropologischer Neugier. Indem sie Chubs schlaffes bewußtloses Gesicht studierte, suchte sie nach Anzeichen für den vergifteten Urquell. Ließ der Haß sich in seinen tiefliegenden Augen lokalisieren? Oder in den offenbar von Zorn geschaffenen Falten auf seiner sonnenverbrannten Stirn? Oder im unzufriedenen Ausdruck seines Mundes und der unrasierten Wangen? Falls es ein verräterisches Anzeichen gab, ein einzigartiges angeborenes Merkmal, das den Mann als grausamen Soziopathen entlarvte, so konnte JoLayne nichts dergleichen finden. Sein Gesicht unterschied sich um keinen Deut von denen tausend anderer Typen, die sie kennengelernt hatte und die sich mühsam für ihren Lebensunterhalt abrackerten. Nicht alle von ihnen waren eingefleischte Rassisten.

»Bist du okay?« erkundigte sich Tom Krome und blieb neben ihr stehen.

»Klar. Ich werde wieder an meine Zeit in der traumatischen Abteilung erinnert.«

»Was macht unser Freund?«

»Die Blutung ist einstweilen gestoppt. Mehr kann ich nicht tun.«

»Möchtest du mit dem anderen reden?«

»Aber sicher doch«, sagte JoLayne.

Als Krome sich dem Knopfbaumstumpf näherte, spürte er, daß irgend etwas anders war. Er hätte sofort stehenbleiben sollen, um zu klären, was es war, aber das tat er nicht. Statt dessen beschleunigte er seine Schritte und rannte zu Bodean Gazzer.

In dem Moment, als Krome den schlaffen Strick sah und bemerkte, daß der Gefangene mit angewinkelten Beinen in der Hocke saß – wobei er die Stiefelabsätze gegen den Baumstumpf stemmte –, war es schon zu spät. Mit einem wilden Kampfschrei schnellte sich der untersetzte Dieb vom Boden hoch und sprang Krome vor die Brust. Dieser kippte nach hinten, schnappte nach Luft, hielt jedoch verzweifelt die Schrotflinte umklammert. Im feuchten Sand liegend, hob er den Kopf und sah Bode Gazzer davonrennen, in die Mangroven.

Sein Ziel war offenbar das andere Ende von Pearl Key, wo Tom und JoLayne ihr Boot versteckt hatten.

Das wiederum die einzige Möglichkeit darstellte, die Insel zu verlassen.

Krome hatte schon seit Jahren niemanden mehr verprügelt. Das letzte Mal war es im Stadion in Meadowlands passiert, wo er und Mary Andrea sich das Spiel der New York Giants gegen die Dallas Cowboys angesehen hatten. Die Temperatur betrug damals achtunddreißig Grad, und der Himmel von New Jersey sah aus wie gequirlter Morast. Direkt hinter Tom Krome und seiner Frau saßen zwei unwahrscheinlich laute Männer aus Queens. Hafenarbeiter, vermutete Mary Andrea mürrisch, obgleich sie sich später als Warenterminhändler entpuppten. Die Männer tranken abwechselnd Wodka Screwdrivers und Bier und hatten ein Feldtor der Giants gefeiert, indem sie ihre Mäntel und ihre Trikots ausgezogen und sich gegenseitig in die Brustwarzen gekniffen hatten, bis ihnen die Augen tränten. Während des zweiten Viertels hielt Krome Ausschau nach anderen Sitzplätzen, während Mary Andrea ihre Sachen zusammenpackte, um sich auf den Heimweg zu begeben. Einer der New Yorker bediente ein pneumatisches Nebelhorn, das er immer wieder im Abstand von zwanzig bis dreißig Zentimetern von Kromes Schädel losblöken ließ. Wütend drehte Mary Andrea sich um und fauchte die beiden Männer an, woraufhin einer von ihnen – er hatte einen vom Bier triefenden Schnurrbart, wie Krome sich erinnern konnte – sich bemüßigt fühlte, lauthals über die bescheidenen Dimensionen von Mary Andreas Brüsten abzulästern, ein Thema, auf das sie bekanntermaßen sehr empfindlich reagierte.

Das Gespräch artete – obgleich die Disputanten kurzzeitig durch einen geblockten Punkt der Dallas Cowboys abgelenkt wurden – sehr schnell aus, bis einer der Männer mit dem Nebelhorn auf Mary Andreas makellose Nase zielte und diese ein wenig deformierte. Krome sah keine andere Möglichkeit, als auf das fette Schwein einzuschlagen, bis es zu Boden ging. Sein Busenfreund zielte daraufhin natürlich mit einem weit hergeholten Schwinger auf Toms Schädel, aber Tom hatte ausreichend Zeit, sich zu ducken – Mary Andrea hatte dabei einen erheblichen Vorsprung vor ihm – und einen soliden Uppercut in Richtung Schrittbeuge abzufeuern. Die Abreibung, die die beiden Männer bekamen, löste allgemeinen Beifall aus, da die anderen Footballfans Kromes Wutausbruch für einen Akt von ehelicher Ritterlichkeit hielten. Dabei war es in Wahrheit nichts anderes als ganz persönliche, eigensüchtige Wut, die Krome unmißverständlich demonstrierte, als er das Nebelhorn schnappte, es direkt auf das rechte Ohr des zu Boden gegangenen Walroßbartes setzte und losbrüllen ließ, bis die Druckluftflasche leer war und das Horn nach einer Folge spaßiger Rülpslaute verstummte.

Cops erschienen, schrieben Namen auf und verhafteten niemanden. Krome selbst brach sich zwei Knöchel an der rechten Hand, aber es tat ihm nicht leid. Mary Andrea schimpfte ihn aus, weil er sich hatte gehenlassen, telefonierte jedoch mit allen Freundinnen, um mit ihm zu prahlen. Einen Monat später hörten die Kromes von einem Anwalt, der einen der Warenterminhändler vertrat, welcher als Folge der Tracht Prügel über chronische Kopfschmerzen, Taubheit und unzählige psychische Probleme klagte. Eine Nebenklage wurde von dem anderen Fan eingereicht, der sich angeblich einem schwierigen chirurgischen Eingriff zwecks kosmetischer Reparatur eines verrutschten linken Hodens unterziehen mußte. Tom Kromes eigener Anwalt riet ihm dringend, einen Prozeß zu vermeiden, was er auch tat, indem er sich bereit erklärte, für jeden der geschädigten Händler Saisondauerkarten für die Giants sowie – dank der Beziehungen eines Reporterkollegen aus der Sportredaktion – offiziell aussehende NFL-Bälle zu besorgen, die mit Autogrammen von Lawrence Taylor versehen waren.

Derartige lästige Reaktionen erwartete Krome von Bode Gazzer nicht. Er war daher entschlossen, alle notwendigen Schritte zu unternehmen, um zu verhindern, daß der Räuber von Pearl Key entkam und Tom und JoLayne ohne Boot stranden ließ. Um zu verhindern, daß er sich selbst die Zehen zerschoß, legte Krome vernünftigerweise die Schrotflinte beiseite, ehe er losrannte. Der Redneck hatte fünfzig Meter Vorsprung, aber da er wie ein tollwütiges Nashorn durchs Unterholz walzte, war es nicht schwierig, ihn zu verfolgen. Jegliche Deckung, die Gazzers Tarnanzug spendete, wurde durch seine Schwerfälligkeit neutralisiert. Da Krome außerdem längere Beine hatte, schaffte er es aufzuholen, und in null Komma nichts verwechselte er den flüchtenden Gauner mit einem Mangrovenbaum.

Er überholte Gazzer auf einer Lichtung und rempelte ihn an. Der Redneck streckte seinerseits ein kräftiges Bein aus und schmetterte seinen Stiefel kräftig gegen Tom Kromes Wangenknochen. Schnell war Gazzer wieder auf den Beinen und rannte weiter. Er erreichte den Boston Whaler, den er mühsam ins Wasser zu ziehen versuchte, als Krome ihn erneut einholte. Sie tauchten unter heftigem Geplansche unter, wobei der Mann im Tarnanzug wild mit den Armen ruderte.

Krome stellte fest, wie sich ein ganzes Leben emotionaler Gleichgültigkeit in einem Strom von Luftbläschen und elektrisierender unkontrollierbarer Wut auflöste. Es war der erste Impuls reinster Mordlust in seinem Leben, und für den Bruchteil einer Sekunde erschienen sämtliche Mordtaten, über die er für die Zeitungen berichtet hatte, in perverser Klarheit. Krome begriff, daß er eigentlich entsetzt sein müßte, empfand jedoch nur eine primitive Wut. Er nahm Bodean Gazzer in einen brutalen Schwitzkasten und drückte seinen Kopf mit den schlimmsten und ernsthaftesten Absichten unter Wasser. Als Krome von einem unkontrolliert zustoßenden Ellbogen am Hals getroffen wurde, begriff er, daß er – mit fünfunddreißig Jahren – in seinen ersten Kampf auf Leben und Tod verwickelt war.

Er hätte allerdings lieber eine bessere Choreographie gehabt – analog etwa der Auseinandersetzung im Giants Stadion –, doch das wäre zugegebenermaßen höchst ungewöhnlich gewesen. Im Zuge seiner Tätigkeit hatte Krome einfach zu viele Tatorte gesehen, um zu wissen, daß Gewalt nur selten filmreif war. Gewöhnlich war sie plump, unüberlegt, chaotisch – kurz, ein verdammtes Durcheinander.

Genauso wie hier, dachte er. Wenn ich den Kopf nicht wenigstens für eine halbe Sekunde aus dem Wasser kriege, saufe ich wahrscheinlich ab.

In einem lausigen Meter Wasser!

Sie hatten soviel Schlick aufgewühlt, daß Krome nicht mehr sehen konnte als einen grünen Schimmer. Er lockerte die Klammer um Gazzers Hals, aber sie blieben ineinander verschlungen – er und der Gauner, die nicht mehr gegeneinander kämpften, sondern ganz einfach nach Luft rangen.

Als sich die tödliche Dunkelheit herabsenkte, entstanden in Tom Kromes Kopf die Zeilen:

Reporter tot aufgefunden...

Totgeglaubter Reporter tot aufgefunden...

Totgeglaubter Reporter auf geheimnisvoller Insel tot aufgefunden...

Schlagzeilen! dachte Krome.

Er stellte sie sich vor, wie sie unterhalb des Falzes auf der Titelseite erschienen. Er hatte die Vision von einer blinkenden Schere, als der Artikel über sein Ertrinken von irgend jemandem ohne erkennbares Gesicht sorgfältig ausgeschnitten wurde – von seinem Vater, von Katie, von JoLayne oder sogar von Mary Andrea –, natürlich ausschließlich aus versicherungstechnischen Gründen.

Tom Krome stellte sich vor, wie sein bisheriges Leben zu einem beschissenen, wahrscheinlich grammatikalisch fehlerhaften Zeitungsartikel komprimiert wurde. Diese Aussicht war noch deprimierender als der Tod selbst.

Mit letzter Kraft riß er sich von Bodean Gazzer los und kämpfte sich zur Oberfläche hoch. Keuchend und halb erstickt, erkannte Krome nun, daß die Dunkelheit sich nicht in seinem Geist ausbreitete, sondern im Wasser. Es war eine dunkelrote, düstere Wolke, die seine Beine umwallte.

Blut.

Mein Gott, dachte Krome, hoffentlich ist es nicht meins.

In der einen Sekunde hatte Bode Gazzer das Boot erreicht und in seiner Gewalt, und schon im nächsten Moment wurde er ins Wasser gerissen. Er war natürlich überholt worden, eine Folge kurzer Beine und teerverklebter Lungen. Vielen Dank, Mom und Dad. Vielen Dank, Philip Morris.

Wen konnte er sonst noch dafür verantwortlich machen?

Chub, weil er high, blind vor Geilheit und unfähig war.

Die Regierung, weil sie schwarzen Terroristen gestattete, Lotterielose zu kaufen.

Und sein eigenes Pech, völlig unwissend ein offizielles Mitglied der Schwarzen Front, was immer das auch für ein Verein war, beraubt und mißhandelt zu haben. Eine Frau, die offensichtlich ihre

NATO-Kohorten benutzte, um die White Clarion Aryans zur abgelegensten Insel zu verfolgen und seine Soldaten nacheinander wie kleine Babyrobben abzuschlachten.

Aber nicht mit mir, schwor Bode sich und tauchte im Griff des weißen Komplizen der Negerin unter. No, Sir, Sie lassen mich nicht hier draußen zurück, damit ich mit diesem Weichei Chub verrecke.

Major, so ein Quatsch. Null würde viel besser passen.

Bode wehrte sich ohne viel Stil, aber voller Entschlossenheit. Die schweren Stiefel behinderten ihn erheblich, da sie sich schnell mit Salzwasser füllten – er hätte sich ebensogut Ziegelsteine unter die Füße binden können. Ebensowenig war der triefnasse Tarnanzug die ideale Schwimmkleidung, aber Bode meisterte diese Handikaps, so gut es irgend ging. Da er schon zwei- oder dreimal vorher im Verlauf von Gefängnisprügeleien gewürgt worden war, erkannte er schnell die ersten Anzeichen von akutem Sauerstoffmangel.

Der weiße Typ war stärker, als Bode Gazzer erwartet hatte, daher nahm Bode Zuflucht zu einer Taktik, die aus wildem Umsichschlagen und -treten bestand. Die Folge war, daß der Schlick sich so gründlich im Wasser ausbreitete, daß Bode den Stachelrochen nicht einmal erahnte, der so platt wie ein Cocktailtablett auf der Lauer lag.

Wie die meisten Kriminellen, die sich nach Süd-Florida verziehen und sich dort niederlassen, hatte auch Bodean Gazzer nur wenig Zeit darauf verwendet, sich mit der einheimischen Fauna vertraut zu machen. Er wußte zwar, daß Hummer eine Schwäche für Hummerkörbe haben, aber ansonsten waren seine Kenntnisse von der Vielfalt der Lebewesen im Meer allenfalls bruchstückhaft. Ein winziges Maß an Aufwand – zum Beispiel ein Besuch im Seaquarium – hätte ihm zwei lebensrettende Tatsachen über den gemeinen Stachelrochen Süd-Floridas nahegebracht.

Erstens: Er sticht nicht richtig. Der leicht abbrechende Stachel am Ende seines Schwanzes, der mit einem infektiösen Schleim bedeckt ist, wird nur in der Verteidigung als Lanze benutzt.

Zweitens: Sollte man auf einen Rochen treffen, der im seichten Wasser schläft, ist es das Schlimmste, was man tun kann, wenn man nach ihm tritt.

Was Bodean Gazzer – indem er ihn irrtümlich für eine besonders große Flunder hielt – natürlich tat. Die Schmerzen, die er empfand, waren die Folge eines Rochenstachels, der ihm ins Fleisch drang. Das Blut, das er im Wasser sah, stammte aus seiner eigenen Oberschenkelarterie.

Als Bode hochkam und nach Luft rang, sah er, wie der Weiße verbissen hinter dem Boot herwatete, das langsam abtrieb. Bode selbst schlug die Richtung zum Land ein, stellte jedoch fest, daß er nicht aufrecht stehen, geschweige denn gehen konnte. Ein Frösteln schüttelte ihn bis ins Mark durch, und plötzlich war er völlig benommen.

Was nun? dachte er. Dann kippte er langsam zur Seite.

»Aufwachen«, sagte JoLayne zu dem stöhnenden Redneck.

»Es könnte zu spät sein«, meinte Tom Krome zu ihr.

»Nein, das ist es nicht.«

Bodean Gazzer öffnete mühsam die Augenlider. »Verpißt euch.«

»Ich hab's dir doch gesagt.«

»Verschwinde!«

»Nein. Ich habe eine Frage. Und ich möchte eine ehrliche Antwort von Ihnen, ehe Sie sterben, Mr. Gazzer. Weshalb haben Sie gerade mich herausgepickt? Warum ausgerechnet mich? Weil ich schwarz bin, oder weil ich eine Frau bin –«

»Er ist weggetreten«, unterbrach Tom sie.

»Einen Teufel bin ich«, murmelte der Redneck.

»Dann antworten Sie mir bitte«, forderte JoLayne.

»Keins von beidem. Wir haben Sie rausgepickt, weil Sie im Lotto gewonnen hatten. Es war ein purer Zufall, daß Sie eine Schwarze waren – zur Hölle, wir hatten keine Ahnung.« Bode Gazzer kicherte matt. »Es war nichts weiter als ein Zufall.«

»Aber es hat alles einfacher gemacht, nicht wahr? Daß ich schwarz bin.«

»Wir glauben an die V-v-v-vorherrschaft der weißen Rasse, wenn Sie das meinen. Wir glauben, daß die Bibel genetische R-r-r-reinheit predigt.«

Sie hatten ihn auf den Strand geschleift und aus seinem Tarnanzug geschält. Sobald sie seine heftig blutende Beinwunde bemerkten, wußten sie, daß es für ihn vorbei war.

Der Redneck pöbelte: »Ihr wollt mir also weismachen, daß ich krepiere – haltet ihr mich denn wirklich für so blöde, daß ich darauf hereinfalle?« Seine Augen schlossen sich. JoLayne legte ihm eine Hand auf die Wange und forderte ihn auf, wach zu bleiben.

»Bitte«, sagte sie, »ich versuche doch nur, den Grund für Ihren Haß zu verstehen. Reden wir darüber.«

»Ach, jetzt kapiere ich. Ihr wollt mich nicht erschießen, sondern totlabern.«

»Was habe ich Ihnen getan?« fragte sie. »Was hat Ihnen ein Schwarzer irgendwann einmal getan?«

Bodean Gazzer hustete. »Im Knast, da hat mir ein Neger mal die Zeitungen geklaut. Unter meiner Pritsche weg. Und ein paar NRA-Aufkleber.«

»Er fällt ins Koma«, stellte Tom fest.

JoLayne nickte enttäuscht. »Ich wünschte, ich könnte ihn verstehen – es gab überhaupt keinen Grund für das alles. Der Kerl kannte mich überhaupt nicht, er kam in mein Haus, tat, was er tat...«

»Dann haben sie mir mal die Stereoanlage aus dem Wagen geholt.« Bodes Stimme schwankte. »Das war in Tampa, entweder sie oder die Kubaner...«

»Es dauert nicht mehr lange«, bemerkte Tom. »Laß uns verschwinden, Jo.«

Sie stand auf. »Der Herr sei Ihnen gnädig«, sagte sie zu dem Sterbenden. »Ich kann für Sie nichts mehr tun.«

»Tatsächlich.« Der Redneck kicherte traurig. »Für mich kann niemand was tun. Ich stehe auf Gottes Abschußliste, das ist die Geschichte meines ganzen verdammten Lebens. Numero uno auf Gottes Abschußliste.«

»Adieu, Mr. Gazzer.«

»Sie erschießen mich nicht? Nach allem, was passiert ist?«

»Nee«, erwiderte JoLayne.

»Dann begreife ich überhaupt nichts mehr.«

Tom Krome zuckte mit den Achseln. »Vielleicht ist das heute Ihr Glückstag.«

Der Helikopterpilot beschloß, noch eine Runde zu fliegen und dann Feierabend zu machen. Der Passagier zeigte dafür Verständnis. Die Küstenwache hatte wie alle anderen nur ein mageres Budget.

Die Suchbedingungen waren ideal: wolkenloser Himmel, meilenweite Sicht und so gut wie kein Seegang. Wenn das Boot sich irgendwo in der Florida Bay befand, dann hätten sie es längst sichten müssen. In diesem Punkt war sich der Pilot ganz sicher: Es gab in der Nähe von Cotton Key keinen Sechzehn-Fuß-Boston-Whaler. Entweder war die Frau, die den Kahn gemietet hatte, in dem schlechten Wetter am Wochenende verschüttgegangen, oder sie hatte den Mann in der Motel-Marina angelogen.

Indem er auf fünfhundert Fuß Höhe runterging, schlug der Pilot mit dem Chopper einen Schlängelkurs ein, der ihn von den Cowpens entlang Cross Bank nach Captain Key, Calusa, den Buttonwoods und Roscoe führte. Dann ging es in einem weiten Bogen über Whipray Basin nach Corinne Key, Spy und Panhandle. Er näherte sich gerade zügig den Gophers, als sich sein Beobachter meldete: »Hey, wir haben was.«

Es war ein offenes Boot, das durch einen Kanal bei Twin Key Bank glitt. Der Pilot der Küstenwache nahm Gas weg und blieb in der Luft stehen.

»Ein Sechzehner-Whaler?«

»Roger«, bestätigte der Beobachter. »Zwei Personen an Bord.«

»Zwei? Bist du sicher?«

»Bin ich. Roger.«

Der Passagier schwieg.

»Sind sie okay?« fragte der Pilot den Beobachter.

»Scheint so. Wie es aussieht, wollen sie nach Islamorada.«

Der Pilot drehte sich zum Notsitz um. »Was meinen Sie, Sir?«

Der Passagier hatte sein eigenes Fernglas mitgebracht, ein wassergeschütztes Tasco-Glas. »Können Sie noch etwas näher rangehen?« fragte er und schaute durchs Glas.

Von seinem Platz in der Helikoptertür meldete der Beobachter, daß es ein Mann und eine Frau seien. »Sie winkt. Er gibt mit dem Daumen das Okay-Zeichen.«

Der Pilot der Küstenwache hob fragend die Augenbrauen. »Nun, Mr. Moffitt?«

»Sie ist es. Eindeutig.«

»Na prima. Sollen wir dranbleiben?«

»Nicht nötig«, entgegnete der Agent. »Sie ist so gut wie zu Hause.«

- 27 -

Shiner zog zu keinem Zeitpunkt ernsthaft in Erwägung, Amber den Lottoabschnitt zu stehlen und sich selbst den Gewinn zu holen. Dafür war er viel zu vernarrt in sie. Nach diesen gemeinsam verbrachten Tagen beschlich ihn das Gefühl, daß sie praktisch ein Paar waren. Außerdem war er der typische Komplize, ein Mitläufer. Ohne jemanden, der ihn herumkommandierte, hing Shiner völlig in der Luft. Wie seine Mutter immer sagte, war er ein junger Mann, der eine Richtung brauchte. Ganz gewiß hatte er nicht den Mut, alleine nach Tallahassee zu fahren und dort zu versuchen, den Lotto-Jackpot zu beanspruchen. Allein der Gedanke daran war für ihn schon entsetzlich. Shiner wußte, daß er einen denkbar schlechten ersten Eindruck hinterließ, daß er ein ungeschickter und leicht zu durchschauender Lügner war. Die häßliche Tätowierung ließ sich ja noch verdecken, aber wie sollte er seine Korkenzieherdaumen und seinen Glatzenhaarschnitt verbergen? Oder die Getriebe-Narbe? Shiner konnte sich einfach keine Situation vorstellen, in welcher der Staat Florida ihm bereitwillig 14 Millionen Dollar auszahlen würde.

Amber hingegen könnte alles schaukeln. Sie war gewandt und selbstsicher, und ihr tolles Aussehen war sicherlich auch kein Nachteil. Wer könnte einem solchen Gesicht und einem solchen Körper schon irgend etwas abschlagen? Shiner kam jedenfalls zu dem Schluß, daß es für ihn am besten wäre, sich ausschließlich aufs Fahren zu konzentrieren – worin er ganz gut war – und Amber die Details der Lottogewinn-Beschaffung zu überlassen. Bestimmt hatte sie einen Anteil für ihn vorgesehen – wahrscheinlich nicht gerade fünfzig Prozent aufgrund des Kidnappings und der Sachen, die mit Chub anschließend auf der Insel passiert waren, aber vielleicht vier oder fünf Millionen. Amber brauchte ihn trotz allem. Es wäre schließlich dumm von ihr, den Lottoschein vorzulegen, ohne vorher das Videoband aus dem Grab 'n' Go zu vernichten, und nur Shiner konnte sie zu seinem Versteck führen. Er beschloß, der verdammt beste Chauffeur zu sein, der sie jemals gefahren hatte.

»Wo steht dieser Anhänger?« fragte sie.

»Wir sind fast da.«

»Was ist das alles auf den Feldern, Mais oder so was?«

»Der Colonel meinte Mais, Tomaten und grüne Bohnen, glaube ich. Sind Sie auf einer Farm aufgewachsen?«

»Nicht einmal in der Nähe von einer«, entgegnete Amber.

Sie kam Shiner ein wenig gereizt vor. Um ihre Laune ein wenig aufzubessern, sang er ein paar Zeilen von »Nut-Cutting Bitch«, trommelte den Rhythmus dazu auf dem Armaturenbrett und hoffte, daß sie mit einstimmte. Er gab auf, als ihm der Text ausging.

Amber betrachtete gleichgültig die vorbeiziehenden Ackerflächen. »Erzähl mir mal von dem schwarzen Girl«, verlangte sie. »Von dieser JoLayne.«

»Was gibt's da zu erzählen?«

»Was treibt sie so?«

Shiner zuckte mit einer Achsel. »Sie arbeitet bei einem Tierarzt. Als Sprechstundenhilfe, glaube ich.«

»Hat sie Kinder?«

»Ich glaube nicht.«

»Einen Freund? Einen Ehemann?« Amber biß sich auf die Unterlippe.

»Nicht daß ich wüßte. Sie ist irgendein Girl. Ich weiß so gut wie nichts von ihr.«

»Mögen die Leute sie?«

»Meine Mom meint, ja.«

»Shiner, gibt es dort, wo du wohnst, viele Schwarze?«

»In Grange? Einige. Was heißt ›viel‹? Ich meine, ein paar gibt es schon.« Dann kam ihm in den Sinn, daß sie vielleicht einen Umzug in Erwägung zog, daher fügte er hinzu: »Aber nicht viele. Und sie bleiben vorwiegend unter sich.«

Sehr vernünftig, dachte Amber.

»Ist alles in Ordnung?«

»Wie weit noch?«

»Nur noch die Straße runter«, antwortete Shiner. »Wir sind fast da.«

Er war erleichtert, als er den Impala neben dem Anhänger entdeckte, wo er ihn geparkt hatte. Allerdings hatte er offenbar den Kofferraumdeckel offengelassen. Wie blöde von ihm!

»Die Lackierung ist toll«, lobte Amber.

»Ich hab ihn eigenhändig abgeschliffen. Wenn ich fertig bin, dann ist er bonbonrot.«

»Und die ganze Welt wird begeistert sein.«

Sie stieg aus und streckte die Beine. Sie entdeckte ein Opossum auf dem Anhängersockel. Es war das ekligste Tier, das sie je gesehen hatte. Es blinzelte sie aus schwarzen Knopfaugen an und reckte eine mit Schnurrhaaren versehene rosige Schnauze witternd in die Luft. Als Shiner in die Hände klatschte, trottete es gemächlich in die naheliegenden Büsche. Amber wünschte sich, es hätte eine schnellere Gangart angeschlagen.

Sie sagte: »Ich kann nicht glauben, daß hier jemand wohnt.«

»Chub ist eben ein harter Bursche. Wahrscheinlich der härteste, den ich je kennengelernt habe.«

»Klar. Sieh dir an, wohin ihn das gebracht hat – auf eine Müllkippe.« Amber wollte damit nur jeglichen Vorstellungen Shiners zuvorkommen, sie hereinzubitten. »Und wo ist nun das Band?« fragte sie ungeduldig.

Er ging zum Impala und öffnete die Beifahrertür. Das Handschuhfach war offen – und leer.

»O Scheiße.«

»Was nun?« Amber beugte sich in den Wagen, um sich die Bescherung anzusehen.

»Ich kann das verdammt noch mal nicht glauben.« Shiner schlang sich die Arme um den Kopf. Jemand war in seinem Automobil gewesen!

Das Videoband war verschwunden. Desgleichen das falsche Behindertenzeichen, das Shiner ins Heckfenster gehängt hatte. Außerdem fehlte das Lenkrad des Impala. Ohne war der Wagen nur ein Haufen Schrott.

»Das waren die schon wieder. Die Schwarze Front!« Shiner spuckte die Worte voller Haß aus.

Amber wirkte unangemessen amüsiert. Er fragte sie, was sie daran so verdammt lustig fände.

»Nichts ist lustig. Aber es ist irgendwie perfekt.«

»Schön, daß Sie so denken. Mein Gott, was wird jetzt aus dem Lottogewinn?« fragte er. »Und was ist mit meinem Auto? Ich hoffe, Sie haben noch einen Plan B.«

»Hauen wir ab«, schlug Amber vor. Als er zögerte, senkte sie die Stimme: »Beeil dich lieber. Ehe sie zurückkommen.«

Sie ließ Shiner fahren und zwang ihn damit, sich abzulenken. Schon bald gelang es ihm, sich durch sein eigenes Gerede zu beruhigen. In Homestead befahl sie ihm, neben einem Entwässerungskanal anzuhalten. Sie wartete ab, bis ein Müllwagen, der ihnen gefolgt war, vorbeigefahren war, dann schleuderte sie Chubs Colt Python ins Wasser. Anschließend blieb Shiner für einige Meilen sehr still. Amber wußte, daß er an das viele Geld dachte. Sie tat es auch.

»Es sollte nicht sein. Es wäre nicht recht gewesen«, bekräftigte sie, »egal aus welcher Perspektive.«

»Ja, aber für vierzehn Millionen Bucks …«

»Weißt du, weshalb ich mich nicht aufrege? Weil wir vom Haken sind. Jetzt brauchen wir nicht mehr zu entscheiden, was wir tun sollen. Diese Entscheidung hat uns jemand anders abgenommen.«

»Aber Sie haben doch noch immer den Abschnitt.«

Amber schüttelte den Kopf. »Aber nicht mehr lange. Derjenige, der sich das Video geholt hat, weiß, wer tatsächlich im Lotto gewonnen hat. Sie wissen Bescheid, klar?«

»Ja.« Shiner verzog mürrisch das Gesicht.

Sie fuhr fort: »Ich bin noch nie verhaftet worden. Wie ist es mit dir?«

Er schwieg.

»Du hast deine Mom erwähnt, nicht wahr? Ich dachte an meinen Dad«, erzählte Amber. »Und daran, wie er wohl reagieren würde, wenn er eines Tages den Fernseher einschaltet und seine kleine blonde Prinzessin in Handschellen sähe, weil man sie verhaftet hat, als sie versuchte, einen gestohlenen Lottoscheinabschnitt einzulösen. Das würde meinen Dad wahrscheinlich umbringen.«

»Den Rabbi?«

Sie lachte verhalten. »Richtig.«

Shiner hatte keine Ahnung, wie er nach Coconut Grove zurückgelangte, daher riet Amber – die einen kleinen Wochenendkoffer packen, Tony Bescheid sagen und ihre Feundin Gloria bitten mußte, ihre Schicht bei Hooters zu übernehmen –, er sollte auf dem U.S. 1 bleiben, auch wenn er alle naselang vor einer Ampel stoppen müßte. Shiner beklagte sich nicht. Sie mußten an der Kreuzung Bird Road vor einer Ampel anhalten, wo ein älterer Kubaner, der langstielige Rosen verkaufte, auf den Wagen zukam. Spontan holte Shiner eine Fünfdollarnote aus einer Tasche seines Tarnanzugs. Der alte Mann lächelte freundlich. Shiner kaufte drei Rosen und reichte sie Amber, die sich mit der kühlen Andeutung eines Kusses bedankte. Es war das erste Mal in seinem Leben, daß er einer Frau Blumen schenkte, und gleichzeitig seine erste Begegnung mit einem echten Miami-Kubaner.

Was für ein Tag, dachte er. Und er ist noch lange nicht zu Ende.

Das Videoband verursachte Moffitt Kopfschmerzen. Es war die typische Supermarktqualität. Billigste Schwarzweiß-Aufzeichnung mit schwankender Geschwindigkeit und so verschwommen, daß man das Geschehen auf dem Band eher erahnen mußte, als es deutlich erkennen konnte. Eine digitale Zeit- und Datumsangabe flackerte am unteren Bildrand. Ungeduldig spulte Moffitt das Band durch eine verschwommene Käuferschlange aus Lkw-Fahrern, Handelsvertretern, steifbeinigen Autotouristen und betrunkenen Teenagern, deren ungesunde Eß- und Trinkgewohnheiten sowie Nikotinsucht aus dem Grab 'n' Go eine Goldgrube für die holländische Dachgesellschaft machte, der der Supermarkt gehörte.

Schließlich kam Moffitt zu JoLayne Lucks und sah, wie sie durch die gläsernen Schwingtüren hereinkam. Sie trug Jeans, ein weites T-Shirt und eine Sonnenbrille mit großen runden Gläsern, wahrscheinlich die mit der pfirsichfarbenen Tönung. Die Uhr der Kamera gab 5.15 Uhr an. Eine Minute später stand sie an der Theke. Moffitt kicherte, als er die Rolle Certs gewahrte. Sicherlich Spearmintgeschmack. JoLayne wühlte in ihrem Portemonnaie und gab dem schwammigen halbwüchsigen Angestellten etwas Geld. Er reichte ihr die Wechselgeldmünzen sowie einen Schein aus dem Lotto-Automaten. Sie sagte etwas zu dem Angestellten, lächelte und ging durch die Tür hinaus in den grellen Nachmittagssonnenschein.

Moffitt spulte das Band zurück, um sich noch einmal das Lächeln anzuschauen. Es war so schön, daß es ihm das Herz zusammenzog.

Er hatte einen Tag vorher Puerto Rico verlassen, nachdem die La-Hoya-Vettern klugerweise ihre ursprüngliche Erklärung für die dreihundert chinesischen Maschinengewehre widerrufen hatten, die in ihrem Strandhaus in Rincón gefunden worden waren. Sie hatten behauptet, daß das Haus von ihnen vorher unwissentlich an eine Bande linker Guerilleros vermietet worden wäre, die sich als amerikanische Surfer ausgegeben hätten. Die La-Hoya-Anwälte erkannten, daß sie in Schwierigkeiten waren, als sie feststellten, wie Mitglieder der Jury spöttisch grinsten – sogar ein unterdrücktes Kichern war aus ihren Reihen zu hören –, als das Surfer-Alibi während der Eröffnung der Verhandlung präsentiert wurde. Nach einer hastigen Beratung entschieden sich die La-Hoyas dann, das Angebot der Regierung für einen Handel anzunehmen, womit sie Moffitt und einem halben Dutzend anderer ATF-Agenten stundenlange nervtötende Aussagen ersparten. Sobald die Verhandlung beendet war, zogen Moffitts Kollegen schnurstracks nach San Juan und machten Jagd auf tropische Muschis, während Moffitt nach Hause flog, um JoLayne zu helfen.

Die, natürlich, nirgendwo zu finden war.

Moffitt hatte gewußt, daß sie seinen Rat nicht befolgen und sich zurückhalten und warten würde. Dagegen war einfach nichts zu machen. Sie war stur wie ein Panzer. So war sie schon immer.

Sie zu suchen, falls sie überhaupt noch am Leben war, hieße, auch die Lottoscheindiebe zu suchen, hinter denen sie zweifellos her war. Um sich irgendwelche Hinweise zu holen, kehrte Moffitt in die Wohnung von Bodean James Gazzer zurück, die offenbar in panischer Hast verlassen worden war. Die Lebensmittel in der Küche fingen bereits an zu vergammeln, und die Ketchup-Inschrift an den Wänden war zu einer gummiartigen braunen Kruste getrocknet. Moffitt machte einen weiteren Rundgang durch die Räume und förderte eine zerknüllte Räumungsverfügung für einen gemieteten Wohnwagenplatz am Rand von Homestead zutage. Mit einem Bleistift hatte jemand auf die Rückseite sechs Zahlen gekritzelt, die den Zahlen auf JoLaynes gestohlenem Lottoschein entsprachen.

Moffitt war gerade im Begriff, die Wohnung zu verlassen, als das Telefon klingelte. Er konnte nicht widerstehen. Der Anrufer war ein Deputy aus dem Sheriff's Office von Monroe County. Er stellte Erkundigungen über einen 1996er Dodge Ram Pick-up-Truck an, der unweit der Müllkippe von Indian Key am Overseas Highway aufgefunden worden war. Der Deputy erklärte, der Wagen wäre auf einen gewissen Bodean J. Gazzer zugelassen.

»Sind Sie das?« erkundigte sich der Deputy am anderen Ende der Leitung.

»Mein Mitbewohner«, erwiderte Moffitt.

»Nun, wenn Sie ihn sehen«, sagte der Deputy, »könnten Sie ihm dann bestellen, er möchte sich umgehend bei uns melden?«

»Klar«, versprach Moffitt und dachte: Dann haben die Arschlöcher sich also in die Keys abgesetzt.

Sofort rief er Marinas an der Küste an. Er begann in Key Largo und arbeitete sich weiter nach Süden vor. Dabei fragte er in seiner strengsten Agentenstimme nach ungewöhnlichen Mietwünschen oder Diebstählen. So erfuhr er von dem überfälligen Whaler in Islamorada, der laut dem alten Knacker am Motelpier an ein »Niggergirl mit scharfer Zunge« vermietet worden wäre. Die Küstenwache suchte die Gegend bereits mit einem Hubschrauber ab, daher führte Moffitt ein weiteres Telefongespräch und erhielt die Erlaubnis mitzufliegen. Er wartete in Opa-Locka, als der Helikopter zum Nachtanken landete.

Anderthalb Stunden später hatten sie die beiden gefunden – JoLayne mit ihrem neuen Freund Krome. Unterwegs in dem vermißten Boot.

Als er durchs Fernglas blickte, kam Moffitt sich ein wenig dumm vor, weil er sich um sie solche Sorgen gemacht hatte. Aber welcher halbwegs vernünftige Mensch hätte das nicht getan?

Nachdem der Helikopter ihn abgesetzt hatte, fuhr Moffitt nach Homestead, um den Wohnwagen zu suchen, den ein Mann, der seinem Vermieter nur als »Chub Smith« bekannt war, räumen mußte. Bei dem Wagen handelte es sich um ein zerbeultes einfaches Modell an einer unbefestigten Fahrstraße draußen im Farmland. Im Wagen fand Moffitt stapelweise alte Waffenillustrierte, leere Munitionsschachteln, ein T-Shirt mit der Aufschrift WHITE POWER, ein FRY-O.J.-T-Shirt, einen Wimpel mit der Aufschrift GOD BLESS MARGE SCHOTT und – im Schlafzimmer – eine behelfsmäßige Fälscherwerkstatt für die Herstellung von Behinderten-Parkemblemen – deren Qualität, wie Moffitt feststellte, verdammt gut war.

Die Post war dürftig und wenig aufschlußreich. Es handelte sich vorwiegend um Rechnungen und Waffenprospekte, die an einen »C. Smith«, »C. Jones« oder einfach »Mr. Chub« adressiert waren. Nicht ein Fetzen Papier lieferte einen Hinweis auf die wahre Identität des Mieters, aber Moffitt war sich ziemlich sicher, daß es der einen Pferdeschwanz tragende Partner von Bodean James Gazzer war. Eine Kugel aus fettigen langen Haarsträhnen ums Abflußsieb der Dusche schien diese Theorie zu bestätigen.

Vor dem Anhänger parkte ein alter Chevrolet Impala. Moffitt notierte sich das Kennzeichen, ehe er den Kofferraum öffnete – wo er eine Leinengewehrtasche und einen Fünf-Pfund-Karton Fleischkräcker fand –, unter den Sitzen nachschaute und dort zwei Jointreste sowie ein ramponiertes *OUI*-Magazin entdeckte. Anschließend öffnete er das Handschuhfach und stöberte hier die Videokassette auf, die er sich gerade ansah.

Moffitt schaltete den Videorecorder ab und öffnete eine Flasche Bier. Er fragte sich, was geschehen war, während er sich außerhalb der Staaten aufgehalten hatte, und wo die weißen Räuber abgeblieben waren. Außerdem brütete er darüber, was JoLayne Lucks und ihr neuer Freund Tom im Schilde führten.

Er wählte ihre Telefonnummer in Grange und hinterließ eine Nachricht auf ihrem Anrufbeantworter: »Ich bin zurück. Ruf mich sobald wie möglich an.«

Dann legte er sich schlafen, wobei er grübelte, wie intensiv er fragen sollte und wieviel er tatsächlich wissen mußte.

Mary Andrea Finley Krome schillerte wie ein Filmstar.

Das sagte jeder beim *Register*. Sogar der Chef vom Dienst gab zu, daß sie einschlug wie eine Bombe.

Sie hatte sich das kurze Haar aufhellen und die Fingernägel lackieren lassen, sich außerdem winzige goldene Ohrringe angesteckt, einen blaßrosa Lippenstift aufgetragen und war in hauchdünne Strümpfe und in einen aufregend kurzen schwarzen Rock geschlüpft. Der *coup de grâce* war jedoch der Rosenkranz, der sinnlich zwischen Mary Andreas Fingern herabhing.

Als sie den Nachrichtensaal betrat, wandte der Polizeireporter sich an den Chef vom Dienst und meinte: »Tom muß völlig bescheuert gewesen sein, *so etwas* sitzenzulassen.«

Vielleicht, dachte der Chef vom Dienst. Vielleicht aber auch nicht.

Die elegante Witwe kam auf ihn zu und fragte: »Nun, wo sind sie?«

»In der Lobby.«

»Ich bin gerade durch die Lobby gekommen. Aber ich habe keine Kameras gesehen.«

»Wir haben ja auch noch zehn Minuten Zeit«, beruhigte sie der Chef vom Dienst. »Sie werden hier sein, keine Sorge.«

Mary Andrea hatte noch eine Frage. »Gibt es hier einen Ort, wo ich alleine sein kann?«

Der Chef vom Dienst schaute sich ratlos im Nachrichtensaal um, der die Ungestörtheit eines Busbahnhofs bot.

»Mein Büro«, schlug er wenig begeistert vor und ging nach unten in die Kantine, um eine Kleinigkeit zu essen. Als er zurückkam, wurde er von einem Hilfsredakteur aus der Lokalredaktion angesprochen.

»Raten Sie mal, was Mrs. Krome da drin treibt.«

»Sie hat einen Weinkrampf?«

»Nein, sie …«

»Ist vor Trauer zusammengebrochen?«

»Machen Sie keine Witze.«

»Sie durchsucht meinen Schreibtisch. Darauf würde ich glatt wetten.«

»Nein, sie probt«, berichtete der Hilfsredakteur. »Sie probt ihren Text.«

»Wunderbar«, entgegnete der Chef vom Dienst.

Als sie die Lobby betraten, warteten Teams von drei regionalen Fernsehstationen sowie das versprochene Team der Fox-Tochter. Ein Standfotograf vom *Register* erschien – angemessen mürrisch – und erweiterte das Medienkontingent auf vier Abordnungen.

»Nicht gerade eine Meute«, stellte Mary Andrea unwirsch fest.

Der Chef vom Dienst lächelte kühl. »Nun, nach unseren bescheidenen Standards ist es eine Meute.«

Schon bald füllte sich der Raum mit weiteren Redakteuren, Reportern und anderen Büroangestellten. Die meisten von ihnen kannten Tom Krome gar nicht, waren jedoch von ihren Vorgesetzten angehalten worden, an der Pressekonferenz teilzunehmen. Es waren sogar Abordnungen aus Vertrieb und Werbung vertreten. Sie waren leicht zu erkennen, weil sie erheblich eleganter gekleidet waren als die Bande aus dem Nachrichtensaal. Unter den Zuhörern befanden sich auch neugierige Bürger, die den *Register* besucht hatten, um Annoncen aufzugeben, den Chefredakteur mit Beschwerdebriefen einzudecken oder um ihre Abonnements wegen der schamlosen rechts- oder linkslastigen Kommentare der Zeitung zu kündigen.

Eine Person, die bei der Preisverleihungszeremonie allerdings fehlte, war der Verleger selbst, der von der Nachricht von Tom Kromes wahrscheinlichem Feuertod nicht gerade erschüttert worden war. Krome hatte einmal einen hohntriefenden Artikel über die strengen Aufnahmebeschränkungen eines Country Clubs geschrieben, in dem der Verleger und seine vier Golf spielenden Söhne Mitglieder waren. Nachdem der Artikel erschienen war, hatten die Mitglieder des Clubs sich dafür ausgesprochen, die Söhne zu verschonen, jedoch den Vater hinauszuwerfen, weil dieser Tom Krome nicht feuerte und sich nicht öffentlich dafür entschuldigte, sie alle dem Spott und Hohn preisgegeben zu haben. Krome hatte nämlich den Club unter anderem als »blendend weiß und protestantisch bis auf die Caddies« beschrieben.

Der Chef vom Dienst hätte liebend gerne diese Zeile – und ein Dutzend weiterer Knaller – in seinem Nachruf auf Tom Krome benutzt, doch er wußte es besser. Er mußte schließlich an seine Pension und seine Aktienoptionen denken. Als die Fernsehscheinwerfer schließlich aufflammten, beschränkte er sich daher auf einige unverfängliche Bemerkungen und versuchte, den Amelia Award mit Bedeutung und wenn möglich sogar mit Prestige zu erfüllen. Der Chef vom Dienst erinnerte an die Namensgeberin, die verstorbene Ms. Lloyd, die, wie er mit nicht geringer Ironie bemerkte, in Wahrnehmung ihrer Tätigkeit als Journalistin den Tod gefunden hatte. An dieser Stelle wechselten mehrere Reporter zweifelnde Blicke, denn laut der umlaufenden Gerüchte stand Tom Kromes Tod in keinerlei Verbindung mit seinem Job und war in Wahrheit die Folge überaus lockerer Verabredungsgewohnheiten. Diese Auffassung erhielt weitere Nahrung durch die höchst verdächtige Abwesenheit von Kromes unmittelbarem Vorgesetzten, Sinclair, der normalerweise keine Gelegenheit ungenutzt verstreichen ließ, um Lob für die gute Arbeit eines Schreibers einzuheimsen. Offensichtlich war irgend etwas nicht ganz sauber, denn sonst wäre Sinclair in der Lobby aufgetaucht und hätte, vor Stolz fast platzend, darauf gewartet, ans Rednerpult treten zu dürfen.

Der Chef vom Dienst war sich der Gerüchte um Toms Tod durchaus bewußt, doch er hatte sich entschlossen, in dieser Hinsicht jedes Risiko einzugehen. Ein Grund dafür war seine feste Überzeugung, daß die örtlichen Behörden einfach zu unfähig waren, um die wahren Hintergründe – wie immer diese auch aussehen mochten – des tödlichen Brandanschlags auf Kromes Haus aufzuklären. Solange es keine anderslautenden Erklärungen gab, war der Chef vom Dienst entschlossen und gewillt, den ersten Amelia der Zeitung als eine posthume Auszeichnung eines untergegangenen Sterns zu betrachten. Falls im nächsten Frühjahr Kromes Märtyrerrolle nicht durch eine Flut peinlich intimer Enthüllungen gelitten haben sollte, könnte der Chef vom Dienst vielleicht sogar versuchen, ein Pulitzer-Komitee dafür zu interessieren. Weshalb zum Teufel denn nicht?

»Ich – wir bedauern zutiefst«, erklärte er abschließend, »daß Tom in diesem Moment nicht hiersein kann, um an der Zeremonie teilzunehmen. Aber wir alle hier beim *Register* werden heute seiner mit Stolz und Bewunderung gedenken. Seine Hingabe, sein Geist, sein Eintreten für die Prinzipien des Journalismus leben in diesem Nachrichtensaal weiter …«

Innerlich krümmte sich der Chef vom Dienst geradezu während dieser Ansprache, denn die Worte klangen gestelzt und künstlich. Es war ein abgebrühtes Publikum, und er rechnete jeden Moment damit, eine halblaute spöttische Bemerkung oder ein gequältes Stöhnen zu vernehmen. Schnell ging er über zum Hauptpunkt seiner Rede.

»Ich möchte Ihnen jetzt eine ganz besondere Persönlichkeit vorstellen – Toms Ehefrau Mary Andrea, die einen weiten Weg zurückgelegt hat, um bei uns zu sein und einige Erinnerungen an den Verblichenen zu teilen.«

Der Applaus war respektvoll und kam wahrscheinlich sogar von Herzen. Am heftigsten applaudierten – wahrscheinlich aus einem animalischen Reflex – die Werbetypen in ihren frisch gebügelten Oberhemden. Ein wenig reservierter reagierte die Nachrichtentruppe, obgleich der Chef vom Dienst drohend in die Runde blickte, als er einen scharfen Pfiff hörte. Wie sich herausstellte, hatte sich ein Sportreporter dazu hinreißen lassen. Als er später zur Rede gestellt wurde, behauptete der junge Mann, sich der Ernsthaftigkeit und Bedeutung dieses Anlasses nicht bewußt gewesen zu sein. Mit einer Sensationsmeldung von einer bedeutenden Neuerwerbung im Profi-Eishockey bestückt, war er durch die Lobby des *Register* zum Fahrstuhl geeilt, als er Mary Andrea Finley Krome auf dem Podium entdeckt hatte und von ihrem blendenden Aussehen geradezu überwältigt worden war.

Als sie ans Mikrofon trat, überreichte der Chef vom Dienst ihr das übliche Stück poliertes und lackiertes Fichtenholz, das mit einer billigen goldfarbenen Plakette versehen worden war. Eine erstaunliche geschnitzte Darstellung von Amelia J. Lloyd mit runden Backen und fröhlichem Lächeln war auf der Trophäe zu sehen, die Mary Andrea enthüllte, als wäre sie ein echter Renoir.

»Mein Mann ...«, setzte sie an, gefolgt von einer perfekten Pause. »Mein Mann wäre ja so stolz.«

Eine zweite Woge des Applauses rollte durch die Lobby. Mary Andrea bedankte sich dafür, indem sie die Amelia-Trophäe an ihre Brust drückte.

»Mein Tom«, begann sie erneut, »war kein einfacher Mensch. Während der letzten Jahre vertiefte er sich derart fanatisch in seine Arbeit, daß wir, ich muß es leider feststellen, auseinanderzutreiben begannen ...«

Als Mary Andrea endlich zu ihrer eingebildeten Versöhnung hinter der Bühne in Grand Rapids – was, wie sie im letzten Moment entschieden hatte, ein weitaus romantischerer Ort als Lansing war – gelangte, war die Versammlung in Tränen aufgelöst. Die Fernsehkameras liefen. Zwei Teams mußten sogar frische Batterien nachladen. Mary Andrea triumphierte innerlich.

Zwanzig Sekunden, von wegen, dachte sie und tupfte sich die Wangen mit einem Taschentuch ab, das ihr der Chef vom Dienst gereicht hatte.

Am überraschendsten war, daß Mary Andreas Tränen, die als viel geübtes Bühnenweinen begonnen hatten, mittlerweile echt waren. Vor so vielen Menschen über Tom zu reden erfüllte sie zum erstenmal, seit sie von dem Feuer erfahren hatte, mit aufrichtiger Trauer. Obgleich sie im wesentlichen ihre intakte Beziehung zusammenphantasierte – indem sie Anekdoten, Intimitäten und Vertraulichkeiten erfand, die es zwischen ihnen niemals gegeben hatte –, taute dieser Akt Mary Andreas Herz auf. Tom war, trotz allem, eigentlich ein ganz patenter Bursche gewesen. Ein wenig durcheinander – wie die meisten Männer –, aber im Kern durchaus anständig. Es war schade, daß er sich nicht als anpassungsfähiger erwiesen hatte. Wirklich, eine verdammte Schande, dachte sie und mußte blinzeln, weil die Tränen wieder zu fließen begannen.

Eine Person, die die Zeremonie völlig ungerührt verfolgte, war der Chef vom Dienst des *Register*. Bei der anderen Person handelte es sich um Dick Turnquist, der höflich wartete, bis Mary Andrea ihre Ansprache beendet hatte, ehe er sich durch die begeisterte Menge drängte und ihr die gerichtliche Vorladung überreichte.

»Endlich lernen wir uns mal kennen«, begrüßte er sie.

Und Mary Andrea, die ihre Rolle total verinnerlicht hatte, nahm an, daß er ein Fan aus dem Theater war, der ein Autogramm von ihr haben wollte.

»Sie sind ja so nett«, flötete sie, »aber ich habe nichts zum Schreiben.«

»Sie brauchen auch nichts zum Schreiben. Sie brauchen einen Anwalt.«

»Wie bitte?« Mary Andrea starrte verwirrt und ungehalten auf das Dokument in ihrer Hand. »Soll das ein schlechter Witz sein? Mein Mann ist tot.«

»Nein, das ist er nicht. Nicht im mindesten. Aber ich gebe ihm gerne all die netten Dinge weiter, die Sie heute über ihn erzählt haben. Er wird sich freuen.« Turnquist machte kehrt und marschierte davon.

Der Chef vom Dienst war von dem, was er da gerade gehört hatte, wie vom Donner gerührt. Unter den Anwesenden entstand Unruhe, dann ertönte ein lauter Knall, hervorgerufen von einer lackierten Holzfigur, die auf den Terazzoboden aufschlug. Der Chef vom Dienst wirbelte herum und sah seinen geliebten Amelia auf dem Lobbyboden, wohin die Nicht-mehr-Witwe Krome ihn geschleudert hatte. Nur wenige Zentimeter weiter: ein ausrangierter Rosenkranz, verschlungen wie ein Säuglingsspielzeug.

Der letzte bewußte Akt in Bodean Gazzers Leben bestand darin, sich die Zähne mit WD-40 zu putzen.

In einem Artikel über das Überleben in der Wildnis hatte er einmal von der vielfältigen Verwendbarkeit dieses bekannten medizinischen Gleitsprays gelesen und verspürte nun – während er verblutete – den unwiderstehlichen Drang, sein Lächeln zum Strahlen zu bringen. Chub durchwühlte ihre Habseligkeiten und fand die vertraute blau-gelbe Sprühflasche, die er zusammen mit einer kleinen Spezialbürste für die Reinigung von Handfeuerwaffen zu Bode brachte. Chub kniete sich in den blutverkrusteten Sand und schob seinem Partner eine Bettrolle aus Tarnstoff unter den Kopf.

»Würdest du mir bitte die Backenzähne putzen?« Halbbenommen klappte Bode Gazzer den Mund auf und deutete hinein.

»Du lieber Himmel«, seufzte Chub, aber er zielte mit der Düse auf Bodes mit braunen Flecken übersäte Kauwerkzeuge und sprühte. Zum Teufel, was soll's, dachte er. Die arme Sau stirbt ja sowieso.

Bode bürstete mit mechanischem Eifer. Er sprach mit der schmiermittelfreien Hälfte seines Mundes. »Ist so was zu fassen? Wir haben gerade achtundzwanzig Millionen Bucks an eine schwarze Terroristin und eine verdammte Serviererin verloren! Sie haben uns erwischt, Bruder. Die NATO und die Tri-Lateral Negroes und die verdammten Kommunisten... Ist so was zu fassen?«

Chub war am Boden zerstört, und seine bandagierte Schulter

brannte wie Feuer. »Weißt du... weißt du, was ich nicht fassen kann?« sagte er. »Ich kann nicht fassen, daß du sie nach allem, was sie uns angetan hat, immer noch nicht ›Nigger‹ nennen kannst. Verdammt, Bode, ich kann dich einfach nicht verstehen!«

»Ach, na ja.« Bodean Gazzers Augenlider sanken auf Halbmast. Die eine Hand vollführte eine schlaffe Geste der Entschuldigung und planschte dabei in einer Blutpfütze herum. Sein Gesicht war so blaß und grau wie ein toter Fisch.

»Sie hat auf dich geschossen. Sie hat dich auch getroffen, Mann!« Chub kauerte vor ihm. »Ich will, daß du es aussprichst. ›Nigger‹. Ehe du endgültig abtrittst, will ich, daß du dich endlich einmal so verhältst wie ein gottesfürchtiger Angehöriger der weißen Herrenrasse und dieses kleine Wort nur einmal aussprichst. Kannst du das für mich tun? Für die dahingeschiedenen White Clarion Aryans?« Chub kämpfte mit einem irren Lachen gegen die höllischen Schmerzen an.

»Komm schon, du sturer kleiner Scheißer. Sag es: N-i-g-g-e-r.«

Aber Bodean James Gazzer konnte nichts mehr sagen. Er starb mit der Waffenreinigungsbürste im Mund. Sein letzter Schnaufer war ein sachter nekrotischer Hauch aus WD-40-Dämpfen.

Chub verschaffte sich davon einen winzigen Rauschzustand, zumindest bildete er sich das ein. Er schnappte die Spraydose, kämpfte sich auf die Füße und stolperte davon ins Mangrovendickicht, um zu trauern.

- 28 -

Die Pilger wurden unruhig. Sie wollten den Schildkröten-Mann sehen.

Doch Sinclair wollte nicht eher rauskommen, bis er einen Handel abgeschlossen hatte. Shiners Mutter saß neben ihm auf dem Sofa. Die beiden hatten sich die Hände gereicht und hielten einander so krampfhaft fest, als säßen sie in einem Flugzeug, das in einem heftigen Sturm unterwegs war.

Der Bürgermeister, Jerry Wicks, hatte sich schnurstracks zu Demencios Haus begeben, nachdem er von den Schwierigkeiten gehört hatte. Trish bot Kaffee und frisch gepreßten Orangensaft an. Shiners Mutter verzichtete zugunsten eines Omelettes auf die Pfannkuchen.

Demencio verspürte zwar wenig Lust zu verhandeln, aber diese verrückten Spinner hatten ihn in die Enge getrieben. Irgend etwas stimmte nicht mit der Lebensmittelfarbe, und seine Glasfiber-Madonna hatte begonnen, ölig braune Tränen zu vergießen. Hastig hatte er die Statue ins Haus geschafft und die heilige Vorstellung abgebrochen. Nun drückten sich an die vierzig christliche Touristen im Garten herum und schossen lustlos Fotos von jungen Schildkröten im Graben. Der Verkauf von »heiligem Wasser« war völlig zum Erliegen gekommen.

»Mal sehen, ob ich das richtig verstanden habe...« Demencio ging im Wohnzimmer auf und ab. »Sie wollen also dreißig Prozent von der täglichen Kollekte *und* dreißig Prozent von den Einnahmen im Andenkenverkauf? Daraus wird nichts. Das können Sie vergessen.«

Sinclair, immer noch benommen und leicht desorientiert von seinen Offenbarungsauftritten, hatte seine Stichworte von Shiners Mutter erhalten. Sie schmiegte eine lehmbeschmierte Wange an seine Schulter.

»Wir sagten doch schon«, meinte sie zu Demenico, »daß wir mit zwanzig Prozent von den Einnahmen zufrieden sind.«

»Was soll dieser ›Wir‹-Scheiß?«

»Aber nur, wenn Sie auch für Marva einen Platz finden«, warf Sinclair ein. Marva war der Name von Shiners Mutter. »Ein neues Heiligtum«, fuhr Sinclair fort und wischte sich ein Salatblatt aus den Haaren, »um das zu ersetzen, was frisch asphaltiert wurde.«

Er erkannte kaum seine eigene Stimme wieder. Sie war Trillionen Lichtjahre weit weg von seinem früheren Leben. Der Nachrichtensaal und all seine schnöden Angelegenheiten hätten genausogut auf Pluto liegen können.

Demencio ließ sich in seinen Lieblingsfernsehsessel sinken. »Ihr habt vielleicht Nerven, liebe Leute. Das hier ist mein Laden. Wir haben ihn in all den Jahren alleine aufgebaut – Trish und ich. Und jetzt taucht ihr beide auf und wollt ihn einfach übernehmen ...«

Shiners Mutter wies darauf hin, daß Demencios Pilgerverkehr sich dank Sinclairs mystischer Schildkrötennummer mindestens verdreifacht hatte. »Außerdem habe ich meine eigene Klientel«, fügte sie hinzu. »Diese Leute kommen ebenfalls hierher – das ist so sicher wie das Amen in der Kirche, haha – und kaufen Ihre T-Shirts, Getränke und Ihren tollen Biskuitkuchen. Sie beide könnten hier ein Vermögen verdienen, wenn Sie nur ein wenig Hirn im Schädel hätten.«

Trish wollte etwas bemerken, aber Demencio schnitt ihr einfach das Wort ab. »Ich brauche euch nicht, das ist der Punkt. Aber ihr braucht *mich*.«

»Tatsächlich?« Shiners Mutter grinste spöttisch. »Sie haben eine Jungfrau Maria, der die Schokoladensauce aus den Augen rinnt. Da ergibt sich doch die Frage, wer hier wen braucht.«

»Fahrt zur Hölle«, knurrte Demencio. Aber diese bescheuerte Tante hatte tatsächlich einen wunden Punkt getroffen.

Selbst in seinem glückseligen abgedrehten Zustand würde Sinclair keinen Deut von seinen Forderungen abweichen. Er kannte sich ein wenig aus im Geschäft – sein Vater hatte in Boston einen Käseladen für Feinschmecker betrieben, und es war ziemlich oft der Fall gewesen, daß er sich mit diesen dämlichen Großhändlern in Wisconsin hatte herumschlagen müssen.

»Darf ich einen Vorschlag machen?« versuchte Bürgermeister Jerry Wicks den Vermittler zu spielen. Der Geschäftsführer des Holiday Inn, der einen Rückgang des Autobustourismus befürchtete, hatte ihn angefleht, sich einzuschalten. »Ich habe eine Idee«, erklärte der Bürgermeister. »Was wäre, wenn ... Marva, eine Frage: Was brauchen Sie an technischen Einrichtungen?«

»Wofür?«

»Für eine andere Manifestation?«

Shiners Mutter runzelte die Stirn. »Mein Gott, keine Ahnung, Sie meinen für einen neuen Jesus?«

»Ich denke, Sie haben es erfaßt«, sagte der Bürgermeister. »Demencio hat schon ein Monopol auf die Muttergottes. Der Schildkröten-Mann – ich darf Sie doch so nennen, oder? – arbeitet mit den Aposteln. Bliebe noch als dritter Bereich das Jesuskind.«

Shiners Mutter drohte neckisch mit einem knochigen Zeigefinger. »Nein, nein, nicht den kleinen Jesus. Ich bin viel eher am erwachsenen interessiert.«

»Prima«, entgegnete der Bürgermeister. »Ich finde, dieses ganze Anwesen hier wäre doch ein idealer Wallfahrtsort, oder etwa nicht? Hier könnten doch wirklich alle Bedürfnisse befriedigt werden!« Er schaute Demencio auffordernd an. »Nun kommen Sie schon. Geben Sie's doch zu.«

Demencio spürte Trishs Hand auf seiner Schulter. Er wußte genau, was sie dachte: Das könnte tatsächlich eine ganz große Sache werden. Wenn sie es nur richtig anfingen, dann wären sie schon bald die absolute Attraktion der Pauschal-Busreise nach Grange.

Nichtsdestoweniger glaubte Demencio, noch einen Einwand vorbringen zu müssen. »Aber ich will keine heiligen Flecken auf meiner Auffahrt. Und auf den Gehsteigen auch nicht.«

»Das ist ganz okay.«

»Und ich gebe nicht mehr als fünfzehn Prozent von der Kollekte ab.«

Sinclair wechselte mit Shiners Mutter einen kurzen Blick, und sie nickte zustimmend. »Damit können wir leben«, erklärte sie.

Daraufhin versammelten sie sich am Eßtisch, um über die Gestaltung eines neuen Jesus-Heiligtums nachzudenken. »Wo immer er auch erscheint, dort ist die Stelle«, verkündete Shiners Mutter und hob beschwörend ihre Hände. »Und vielleicht erscheint er auch gar nicht, nach dem, was draußen auf dem Highway passiert ist – diese verdammten Heiden vom Straßenbauamt.«

Stets der sprichwörtliche Optimist, meinte Bürgermeister Jerry Wicks: »Ich wette, wenn Sie rausgehen und richtig innig zu beten anfangen … Also wenn Sie mich fragen, ich habe da so eine Ahnung.«

Shiners Mutter drückte Sinclairs Arm. »Vielleicht ist es genau das, was ich tun sollte. Auf die Knie fallen und beten, was das Zeug hält.«

»Aber nicht auf meiner Auffahrt«, warnte Demencio sie knapp, aber entschieden.

»Ich habe Sie schon beim erstenmal verstanden, klar? Mein Gott!«

Trish meldete sich zu Wort. »Möchte noch jemand Kaffee?«

Von dort, wo er saß, hatte Demencio einen ungehinderten Blick auf das Geschehen vor dem Haus. Die Besucherschar verlief sich allmählich, die Pilger waren zu Tode gelangweilt. Das war schlecht. Der Bürgermeister bemerkte es ebenfalls. Er und Demencio wechselten fragende Blicke. Es war eine unwidersprochene Tatsache, daß das bescheidene Wirtschaftsleben von Grange mittlerweile nahezu ausschließlich vom jahreszeitlich bedingten christlichen Pilgergeschäft abhängig war. Die Stadt konnte sich in diesem Bereich keinen Rückgang leisten. Auf keinen Fall durfte sie eine ihrer Hauptattraktionen verlieren. Überall in Florida verschärfte sich die Konkurrenz im Kampf um die Pilgerdollars, wobei stellenweise unter Einsatz von Hightech-Einrichtungen bereits Disney-World-Qualität erreicht wurde. Kaum eine Woche verstrich, in der nicht im Fernsehen von einer neuen religiösen Erscheinung oder einer Wunderheilung berichtet wurde. Erst vor kurzem war ein drei Stockwerke hohes Ebenbild der Jungfrau Maria auf der Wand einer Hypothekenbank in Clearwater erschienen. Es war zwar nicht mehr als ein von der Sprinkleranlage hervorgerufener riesiger Rostfleck – aber trotzdem waren dreihunderttausend Leute erschienen, um dieses »Wunder« zu besichtigen. Sie sangen und weinten und ließen in Taschentücher und Windeln eingewickelte Geldspenden zurück.

Spenden für eine Hypothekenbank!

Demencio brauchte keinen Jerry Wicks, der ihm klarmachte, daß man jetzt auf keinen Fall nachlassen durfte. Demencio wußte, was da draußen los war, er wußte, daß es lebenswichtig war, seine Marktposition zu halten.

»Warten Sie nur«, kündigte er dem Bürgermeister an, »warten

Sie nur, bis meine Maria wieder Blut weint. Sie werden sich wundern.«

Das Telefon klingelte. Demencio ging ins Schlafzimmer, wo es still genug war, um das Gespräch anzunehmen. Als er herauskam, schaute er mürrisch drein. Shiners Mutter erkundigte sich, was passiert war.

»Sagten Sie nicht, Sie würden beten? Nun, dann nichts wie ran.« Demencio deutete nach draußen. »Beten Sie wie verrückt, Marva, denn wir brauchen ein neues Wunder, und zwar so schnell wie möglich. Ein neuer Jesus wäre jetzt genau das richtige.«

Jerry Wicks rutschte auf seinem Stuhl nach vorne und stützte die Ellbogen auf die Tischplatte. »Was ist denn los?«

»Der Anruf gerade kam von JoLayne. Sie ist auf dem Heimweg«, berichtete Demencio mißgelaunt. »Sie kommt nach Hause, um ihre Schildkröten abzuholen.«

Sinclair erbleichte. Shiners Mutter strich ihm über die Stirn und meinte, er sollte sich mal keine Sorgen machen, es würde schon alles gut werden.

Sie kauften neue Kleider und gingen ins beste Restaurant in Tallahassee. Tom Krome bestellte Steaks, eine Flasche Champagner und eine Portion Apalachicola-Austern. Er versicherte JoLayne Lucks, daß sie phantastisch aussähe, was auch stimmte. Sie hatte sich für ein langes Kleid – eng geschnitten und tannengrün – mit Spaghettiträgern entschieden. Er war mit einer schlichten schiefergrauen Hose, einem einfachen dunkelblauen Blazer und einem weißen Oxfordhemd ohne Krawatte zufrieden.

Der Lottoscheck steckte in JoLaynes Handtasche: fünfhundertsechzigtausend Dollar nach Abzug von Uncle Sams Anteil. Es war die erste von zwanzig jährlichen Zahlungen von JoLaynes Anteil am großen Jackpot.

Tom lehnte sich über den Tisch und küßte sie. Aus dem Augenwinkel beobachtete er ein förmliches weißhaariges Ehepaar an einem anderen Tisch, das zu ihnen herüberstarrte. Daher küßte er JoLayne noch einmal, nur diesmal viel länger. Danach erhob er sein Glas. »Auf Simmons Wood.«

»Auf Simmons Wood«, prostete JoLayne viel zu leise.

»Was ist los?«

»Tom, es reicht nicht. Ich habe nachgerechnet.«

»Und was hast du rausbekommen?«

»Das andere Angebot beläuft sich auf drei Millionen mit einer zwanzigprozentigen Anzahlung. Ich habe Clara Markham versprochen, daß ich mehr bezahlen kann, aber ich glaube nicht, daß ich es zusammenbekomme. Zwanzig Prozent von drei Millionen sind sechshunderttausend – ich habe immer noch zu wenig, Tom.«

Er riet ihr, sich nicht nervös machen zu lassen. »Wenn es ganz schlimm kommen sollte, kannst du dir die Differenz immer noch leihen. Es dürfte in ganz Florida keine Bank geben, die sich nicht freuen würde, mit dir ins Geschäft zu kommen.«

»Du hast gut reden.«

»JoLayne, du hast soeben vierzehn Millionen Dollar gewonnen.«

»Meine Haut ist immer noch schwarz, Mr. Krome. Und *das* macht einen Unterschied.«

Aber nachdem sie sich alles noch einmal hatte durch den Kopf gehen lassen, erkannte sie, daß er hinsichtlich des Kredits offenbar recht hatte. Ob schwarz, weiß oder gepunktet, sie war immer noch ein Krösus, und Bankiers lagen Krösussen gewöhnlich zu Füßen. Ein Finanzierungspaket mit einer dicken Anzahlung würde sich sehr leicht zusammenstellen lassen, und das ergäbe ein sehr verlockendes Gegenangebot. Die Simmons-Familie würde gierig sabbernd ihren Gewinn einstreichen, und die Gewerkschaftstypen aus Chicago müßten sich einen anderen Flecken suchen, um ihr armseliges Einkaufszentrum zu errichten.

JoLayne attackierte ihren Salat und meinte zu Tom Krome: »Du hast recht. Ich habe mich entschlossen, alles positiv zu sehen.«

»Gut, wir schwimmen nämlich im Geld.«

»Dem kann ich nicht widersprechen.«

Sie hatten den überfälligen Boston Whaler ohne große Aufregung zurückgegeben und den Zorn der alten Dockratte besänftigt, indem sie sich einverstanden erklärt hatten, den hinterlegten Sicherheitsbetrag nicht zurückzuverlangen. Nachdem sie sich von einem Taxi zur Bootsrampe hatten bringen lassen, waren sie in Toms Honda gestiegen und auf direktem Weg zum Miami International Airport gefahren. Dort hatten sie noch Plätze für einen Direktflug nach Tallahassee bekommen. Als sie dort eingetroffen waren, hatte das Lottobüro bereits geschlossen. Deshalb hatten sie sich ein Zimmer im Sheraton genommen, waren gemeinsam unter die Dusche gesprungen und anschließend erschöpft aufs Kingsize-Bett gefallen. Das Abendessen bestand aus Cocktailkräckern und Schokoriegeln aus der Minibar. Sie waren beide zu müde gewesen, um sich zu lieben, und waren eingeschlafen, während sie sich köstlich darüber amüsierten und versuchten, nicht mehr an Pearl Key zu denken.

Als das Lottobüro am nächsten Tag die Tore öffnete, warteten JoLayne und Tom bereits mit dem Lottoschein an der Tür. Ein Angestellter glaubte, sie wollte ihn zum Narren halten, als sie erklärte, der Abschnitt wäre in einem nicht angefeuchteten Kondom versteckt gewesen. Der Papierkram nahm etwa eine Stunde in Anspruch, dann schoß ein Fotograf aus der Presseabteilung ein paar Fotos von JoLayne, wie sie eine vergrößerte Version des mit Flamingos verzierten Gewinnschecks hochhielt. Tom war es nur recht, daß sie jegliche Fernseh- und Zeitungspublicity vermeiden konnten, weil sie unangekündigt erschienen waren. Wenn eine Pressemeldung herausgegeben würde, wären sie längst wieder in Grange.

»Es wird alles bestens klappen«, versicherte er JoLayne und schenkte Champagner nach. »Das verspreche ich dir.«

»Was ist mit dir und mir?«

»Das auch.«

JoLayne studierte ihn prüfend. »Wirklich, Tom?«

»O Gott. Jetzt kommt's.« Krome stellte sein Glas auf den Tisch.

Sie erklärte: »Ich denke, du hast etwas von dem Geld verdient.«

»Weshalb?«

»Für alles. Dafür, daß du deinen Job aufgegeben hast, um bei mir zu bleiben. Dafür, daß du deinen Hals riskiert hast. Daß du mich da draußen davon abgehalten hast, etwas Verrücktes zu tun.«

»Sonst noch was?«

»Ich hätte ein viel besseres Gefühl«, beteuerte sie, »wenn ich dir etwas geben würde.«

Tom trommelte mit der Gabel auf dem Tischtuch. »Meine Güte, diese Schuld – die bringt einen noch um. Du tust mir richtig leid.«

»Du irrst dich.«

»Nein, ich habe recht. Wenn ich das Geld nicht annehme, dann wird es dir später viel schwerer fallen, mich loszuwerden. Du wirst dich so mies fühlen, daß du es vor dir herschiebst, mich mitschleppst, wahrscheinlich monatelang ...«

»Iß deinen Salat«, befahl JoLayne.

»Aber wenn ich jetzt einen Anteil nehme, dann fühlst du dich nicht so mies, wenn du mich abschiebst. Dann kannst du sagen, daß du mich nicht benutzt hast, daß du dich nicht eines hoffnungslos verliebten Trottels bedient und ihm dann einen Tritt gegeben hast. Du kannst dir einreden, daß du fair, ja, sogar hochanständig gehandelt hast.«

»Bist du fertig?« Innerlich mußte JoLayne voller Scham zugeben, daß er mit seiner Einschätzung gar nicht so falsch lag. Sie suchte tatsächlich nach einer Möglichkeit eines glatten Ausstiegs, falls die romantische Seite ihrer Beziehung nicht funktionieren sollte. Sie suchte nach einer Möglichkeit, wie sie friedlich weiterleben konnte, falls sie sich eines Tages von ihm trennen müßte, nach allem, was er für sie getan hatte.

»Ich will dein verdammtes Geld nicht«, stellte Tom klar. »Verstehst du? *Nada*. Nicht einen einzigen Penny.«

»Ich glaube dir.«

»Na endlich.«

»Nur fürs Protokoll – ich habe nicht vor, dich ›abzuschieben‹.« JoLayne schlüpfte aus einem Schuh und legte den Fuß unterm Tisch in Toms Schoß.

Toms Augen weiteten sich. »Das ist aber alles andere als ein fairer Kampf!«

»Ich habe mit Männern ziemlich schlechte Erfahrungen gemacht. Ich glaube, ich bin einfach mittlerweile darauf geeicht, immer mit dem Schlimmsten zu rechnen.«

»Verstanden«, erwiderte er. »Und auch das nur fürs Protokoll – du solltest völlig frei entscheiden, wie lange du mich mitschleppen willst. Tu es, so lange du es ertragen kannst, denn ich werde jede Minute mit dir genießen.«

»Du scheinst dich mit Schuldgefühlen aber verdammt gut auszukennen.«

»Ach, ich bin darin ein alter Profi«, gab Tom zu. »Einer der besten. Hier ist mein Vorschlag: Gib uns ein halbes Jahr zusammen. Wenn du nicht glücklich bist, verschwinde ich heimlich, still und leise. Kein Streit, keine Tränen. Das einzige, was es dich kostet, ist ein Flugticket nach Alaska.«

JoLayne legte die Fingerspitzen gegeneinander und faltete dann die Hände. »Hmm. Ich nehme an, du bestehst auf einem Erste-Klasse-Ticket.«

»Darauf kannst du wetten. Ganz vorne bei den angewärmten Handtüchtern und dem Champagner, das bin ich. Abgemacht?«

»Okay. Abgemacht.«

Sie reichten sich die Hände. Der Kellner erschien mit ihrer Bestellung, großen T-Bone-Steaks, sehr englisch. Tom wartete ab, bis JoLayne den ersten Bissen gekostet hatte.

»Köstlich«, lobte sie.

»Na prima.«

»Hey, mir ist gerade was eingefallen. Was geschieht denn, wenn *du* mich abschiebst?«

Tom Krome grinste. »Das ist dir wohl gerade erst eingefallen?«

»Klugscheißer!« polterte sie und fand mit ihrem dicken Zeh bei ihm eine besonders empfindliche Stelle. Sie schlangen ihre Steaks hinunter, verzichteten auf das Dessert und rannten nach oben auf ihr Zimmer, um hungrig übereinander herzufallen.

Als Richter Arthur Battenkill jr. heimkam, war das Haus leer. Katie war vermutlich im Supermarkt oder beim Friseur. Der Richter schaltete den Fernseher ein und machte es sich gemütlich, um sich einen Martini zu genehmigen und seine Pensionierung zu feiern. Die Nachrichten begannen, aber er schenkte ihnen keine Beachtung. Statt dessen dachte er über die passende Garderobe für die Karibik nach. Am besten wäre es, wenn er in Nassau einkaufte. In der Bay Street, um genau zu sein, wo er Willow einmal eine handgefärbte Leinenbluse und einen neonfarbenen Schnurbikini gekauft hatte, den er ihr schließlich in ihrer Strandhütte mit den Zähnen gnadenlos vom Körper gerissen hatte.

Arthur Battenkill versuchte sich vorzustellen, wie er in bunten Shorts und geflochtenen Strandsandalen durch den Sand stapfte. Er sah seine behaarten Füße und seine kreidebleichen, vogeldünnen Beine vor sich und beschloß, alles Nötige zu tun, um ein ansehnlicher Exilant zu sein und sich nahtlos in seine neue Umgebung einzufügen. Er freute sich schon darauf, das Inselleben kennenzulernen.

Der Name Tom Krome riß ihn aus seinen Tagträumen. Er kam aus dem Lautsprecher des Fernsehers.

Der Richter griff nach der Fernbedienung und stellte die Lautstärke hoch. Während er sich den kurzen Filmbericht anschaute, rührte er mit einem sorgfältig manikürten kleinen Finger den Gin um. Eine Art Pressekonferenz beim *Register* war zu sehen. Außerdem eine gutaussehende Frau in einem kurzen schwarzen Kleid – Tom Kromes Ehefrau laut dem Kommentar des Moderators. Sie nahm einen Journalistenpreis für ihren verstorbenen Ehemann entgegen. Dann brach das totale Chaos aus.

Arthur Battenkill rutschte nach vorne auf die Sesselkante. Er umklammerte sein Martiniglas mit beiden Händen. Verdammt noch mal, es war amtlich – Krome war tatsächlich noch am Leben!

Im Fernsehen war der Anwalt des Mannes zu sehen, der eine entsprechende Erklärung abgab. Er hatte der erstaunten und nun äußerst verwirrten Mrs. Krome soeben die Scheidungspapiere überreicht.

Normalerweise hätte der Richter den kaltblütigen Überfall des Anwalts mit einem anerkennenden Lächeln quittiert, doch im Augenblick fand Arthur Battenkill diese Szene nicht im mindesten erfreulich. Er stürmte die Treppe hinauf, dabei immer drei Stufen auf einmal nehmend, und überlegte, was er wohl vorfinden würde, wenn er das Schlafzimmer erreichte. Er bereitete sich innerlich auf die katastrophale Tatsache vor, daß Katie weder zum Einkaufen noch beim Friseur war. Sie war einfach weg.

Ihre Schubladen in der Kommode waren leer. Ihre Hälfte des Badezimmerschranks war ausgeräumt. Außerdem fehlte ein Koffer – der große braune mit den ausklappbaren Transportrollen. Dafür war ein lavendelfarbener Zettel mit Katies schnörkeliger Handschrift mittels Klebeband auf dem Kopfbrett ihres gemeinsamen Bettes befestigt, und für einen kurzen Moment war der Richter wie gelähmt.

Ehrlichkeit, Arthur. Schon vergessen?

Was natürlich bedeutete, daß seine Frau, Katherine Battenkill, bei der Polizei gewesen war.

Der Richter begann mit der Hektik eines aufgeregten Flüchtlings zu packen, der er nun tatsächlich war. Die Zeitungsschlagzeilen des nächsten Tages würden Tom Krome exhumieren und, was noch wichtiger war, das Rätsel der im verbrannten Haus aufgefundenen Leiche erneut zur Sprache bringen. Detectives, die Katies Schilderungen wahrscheinlich als Boshaftigkeiten einer vernachlässigten Ehefrau abgetan hätten – vor allem auch deshalb, weil sie Arthur Battenkill schon länger kannten –, würden sich im grellen Scheinwerferlicht der Medien bemüßigt fühlen, sie in jeder Hinsicht ernst zu nehmen.

Was wiederum eine umfangreiche und sorgfältige Suche nach Champ Powell, dem vermißten Gerichtshelfer, zur Folge hätte.

Ich könnte dabei in Teufels Küche geraten, dachte Arthur Battenkill. Und zwar gründlich.

Er füllte ihren zweiten Koffer, einen stahlgrauen Samsonite, mit Unterwäsche, Toilettenartikeln, jedem kurzärmeligen Hemd, das er besaß, Jeans und Leinenhosen, einer Windjacke, PAB-freier Sonnencreme, Schwimmhose, einem Bündel Travellerschecks – die er am Vormittag von der Bank geholt hatte – und ein paar Gegenständen von ideellem Wert – gravierte Manschettenknöpfe, ein Hammer aus Elfenbein und zwei Kartons Titleist-Golfbälle mit seinen Initialen. Er versteckte fünftausend Dollar in bar – die er während desselben Banktermins abgehoben hatte – in einem Paar Nylonsocken. Hinzu kamen ein dunkelblauer Anzug – allerdings ohne die Weste – und eine seiner Richterroben für den Fall, daß er bei irgendeinem widerspenstigen Zollbeamten auf den Bahamas Eindruck schinden müßte.

Was Arthur Battenkill im ehelichen Schreibsekretär nicht fand, war sein Reisepaß, den Katie zweifellos an sich genommen hatte, um seine Flucht zu vereiteln.

Cleveres Mädchen, dachte der Richter beeindruckt.

Was seine Frau allerdings nicht wußte – dafür aber Arthur Battenkill von seinen heimlichen Reisen mit Willow und Dana –, war die Tatsache, daß US-Bürger keinen Reisepaß für die Einreise in den Commonwealth der Bahamas benötigten. Eine Geburtsurkunde reichte dafür völlig aus, und so eine hatte der Richter stets in seiner Brieftasche.

Er klappte den Koffer zu, schloß die Gurte und schleifte ihn ins Wohnzimmer, wo er mit einem kleinen Charterflugservice in Satellite Beach telefonierte. Die Eigentümer schuldeten ihm einen Gefallen, da er ihnen einmal ein Vermögen eingespart hatte, indem er ein katastrophales Geschworenenurteil überstimmt und damit außer Kraft gesetzt hatte. Dabei war es um eine 323 Pfund schwere Passagierin gegangen, die während eines Fluges nach Andros von einer umherrutschenden Kiste voller Hähne verletzt worden war. Die Geschworenen machten den Charterservice für den Unfall verantwortlich und sprachen der Passagierin 100 000 Dollar Entschädigung für jede ihrer vier gebrochenen Zehen zu. Arthur Battenkill war jedoch aufgrund eines Sachverständigengutachtens der festen Überzeugung, daß die Frau ebenfalls erhebliche Schuld an dem Unfall trug, da es ihre gewichtige Anwesenheit im hinteren Teil des Flugzeugs gewesen war, auf Grund derer sich die Ladung während des Starts so verhängnisvoll verschoben hatte. Der Richter kürzte deshalb die zugestandene Entschädigungssumme um fünfundsiebzig Prozent, eine Entscheidung, die in der Berufung bestätigt und geradezu begeistert von der Fluggesellschaft angenommen wurde.

Deren Eigentümer Arthur Battenkill jr. nun versicherten, daß es ihnen nicht die geringste Mühe mache, ihn nach Marsh Harbour zu fliegen.

Während der Richter das letzte Mal als amerikanischer Bürger duschte und sich rasierte, versuchte er sich vorzustellen, wie sein neues Leben auf den Inseln wohl aussehen würde. Mit Katie wäre es sicherlich besser und einfacher gewesen, denn ein lediger Mann mittleren Alters erregte nun mal größeres Aufsehen und erweckte Zweifel. Dennoch, er konnte sich leicht als frisch geschieden ausgeben – nein, oder noch besser als Witwer. Höflich, gebildet, regionale Eigenarten respektierend. Er hätte ein kleines Haus am Wasser, würde bescheiden von seinen Geldanlagen leben und dabei diskret einen Hinweis fallenlassen, daß er in den Vereinigten Staaten eine höhere Position eingenommen hätte. Vielleicht würde er dann irgendwann auch wieder zu arbeiten beginnen, etwa indem er einheimische Rechtsanwälte, die mit den Gerichten in Florida zu tun hatten, beriet. Er würde außerdem das Tauchen erlernen und sich Bücher über die Meeresfauna der Bahamas besorgen. Er würde nur noch barfuß laufen und seinen von der Sonne gebräunten Teint pflegen. Er würde auch wieder Zeit zum Malen haben, wozu er seit seinen ersten Universitätssemestern nicht mehr gekommen war – Aquarelle von Segelbooten im Wind und schwankenden Palmen, helle tropische Stilleben, die sich höchst profitabel in Nassau oder Freeport an die Touristen verkaufen ließen.

Während er die Stirn gegen die Wandfliesen der dampferfüllten Duschkabine lehnte, konnte der ehrenwerte Arthur Battenkill jr. alles genau vor sich sehen. Was er jedoch nicht sehen konnte, war die schlichte blaue Limousine, die in seine Auffahrt einbog. Darin saßen drei Männer: ein FBI-Agent und zwei Detectives der County-Polizei. Sie waren erschienen, um dem Richter Fragen nach seinem Gerichtshelfer zu stellen, dessen Name ihnen von der hilfsbereiten Frau des Richters und seinen Sekretärinnen genannt und dessen verkohlte Überreste soeben – vor weniger als einer Stunde – durch eine Reihe von DNS-Untersuchungen identifiziert worden waren. Falls, wie Mrs. Battenkill erklärte, der Richter den verstorbenen

Champ Powell tatsächlich mit Brandstiftung beauftragt hatte, in deren Verlauf er selbst zu Tode gekommen war, dann erwartete den Richter eine Anklage wegen Anstiftung zum Mord.

Dieses Thema wurde schon in Kürze akut, nachdem Arthur Battenkill sich abgetrocknet, angezogen, seinen Koffer geschnappt hatte und – fröhlich die Melodie von »Yellow Bird« summend – durch seine Haustür nach draußen trat, wo die Männer ihn schon erwarteten.

»Was ist mit Ihrem Mann geschehen?«

»Er sitzt im Gefängnis, nehme ich an«, erwiderte Katie Battenkill.

»Mein Gott.« Mary Andrea Finley Krome dachte: Die ist ja noch viel härter, als sie aussieht.

»An der nächsten Ausfahrt gibt es ein Denny's. Haben Sie Hunger?«

Mary Andrea schüttelte den Kopf. »Erzählen Sie mir noch einmal, wohin wir unterwegs sind. Ich meine den Namen des Ortes.«

»Grange.«

»Und Sie sind sicher, daß Tom dort ist?«

»Ich denke schon. Ich bin mir ziemlich sicher«, entgegnete Katie.

»Und wie haben Sie ihn kennengelernt? Oder haben Sie mir das schon erzählt?«

Mary Andrea hatte eigentlich nicht die Angewohnheit, mit völlig Fremden durch die Gegend zu reisen, aber die Frau hatte einen vertrauenerweckenden Eindruck gemacht, und Mary Andrea war ziemlich aufgelöst gewesen – zuerst hatte Toms Anwalt sie zu Tode erschreckt, und anschließend hatten ihr die Reporter im Maschinengewehrtempo alle möglichen Fragen in die Ohren gebrüllt. Niemals würde sie die Hitze der Fernsehscheinwerfer in ihrem Nacken vergessen, als sie flüchtete, und auch nicht dieses entsetzliche Gefühl des Erstickens, während sie sich einen Weg durch die Menge in der Lobby des Zeitungsgebäudes bahnte. Sie hatte sogar einen weiteren, durch die Aufregung hervorgerufenen Schwächeanfall in Erwägung gezogen, sich dann jedoch dagegen entschieden. Die perfekte Ausführung wäre inmitten dieses ganzen Tumults äußerst schwierig gewesen.

Plötzlich hatte sich eine Hand mit festem Griff um ihren Ellbogen gelegt, und sie war herumgefahren, um dieser Frau in die Augen zu sehen – eine hübsche Rothaarige, die sie durch die Tür hinausgeleitet und dabei gesagt hatte: »Sehen wir zu, daß wir Sie aus diesem Chaos rausholen und in Sicherheit bringen.«

Und Mary Andrea, geschlagen und erniedrigt, hatte die trostreiche Fremde begleitet, denn es war außer Wegrennen, was Andrea am liebsten sofort getan hätte, das Beste, was sie in dieser Situation tun konnte. Die Frau stellte sich als Katie Und-so-weiter vor und führte Mary Andrea schnell zu einem Automobil.

»Ich hatte mich bemüht, schon eher herzukommen«, hatte sie erklärt. »Ich wollte Ihnen mitteilen, daß Ihr Mann lebt – Sie haben es verdient, das zu wissen. Aber dann wurde ich im Sheriff's Office festgehalten.«

Anfangs hatte Mary sich nicht zum letzten Teil der Bemerkung der Frau geäußert, doch sie brachte die Sprache später darauf, sozusagen, um das Eis zu brechen, als sie auf dem Highway waren. Katie berichtete freimütig, daß ihr Mann ein örtlicher Richter sei, der ein furchtbares Verbrechen begangen habe, und daß ihr Gewissen und ihre Religion von ihr verlangten, ihn bei der Polizei anzuschwärzen. Die Geschichte weckte zwar Mary Andreas Neugier, doch sie war stärker daran interessiert, das Gespräch wieder auf das verlogene, intrigante Schwein von Ehemann zu bringen. Wie sonst ließe sich ein Mann beschreiben, der so rücksichtslos war, daß er sein eigenes Haus niederbrannte, um seine Frau – auch wenn er von ihr getrennt lebte – der per Fernsehen in der Öffentlichkeit verbreiteten Lächerlichkeit preiszugeben!

»Sie irren sich. So war es gar nicht«, widersprach Katie Battenkill.

»Sie kennen Tom nicht.«

»Doch, das tue ich. Sehen Sie, ich war seine Geliebte, seine Freundin.« Katie folgte damit ihrer neuen Doktrin der totalen Ehrlichkeit. »Für etwa zwei Wochen. Sehen Sie in meiner Handtasche nach. Darin befindet sich eine Liste, in der aufgeführt ist, wann und wo wir uns geliebt haben. Es ist ein lavendelfarbener, zusammengefalteter Notizzettel.«

»Sie meinen das offenbar ernst, oder?« erkundigte sich Mary Andrea unsicher.

»Sehen Sie nach.«

»Nein, vielen Dank.«

»Die Wahrheit ist in dieser Welt wichtiger als alles andere. Ich erzähle Ihnen deshalb alles, was Sie wissen wollen.«

»Und noch viel mehr«, murmelte Mary Andrea halblaut. Sie erwog, die Eifersüchtige zu spielen, um die Frau von weiteren Offenbarungen abzuhalten.

Aber Katie überrumpelte sie, indem sie fragte: »Freuen Sie sich denn nicht, daß er noch lebt? Sie sehen nicht gerade begeistert aus.«

»Ich... ich glaube, ich stehe noch unter Schock.«

Katie schien da so ihre Zweifel zu haben.

Mary Andrea bequemte sich deshalb zu einer Erklärung. »Wenn ich nicht so schrecklich wütend auf ihn wäre, ja, dann würde ich mich freuen.« Was möglicherweise sogar stimmte. Mary Andrea wußte, daß ihre Gereiztheit nicht zu dieser Situation paßte, aber die junge Katie konnte ja nicht wissen, wie die Krome-Ehe aussah oder zu was sie sich vielmehr entwickelt hatte. Und so gut Mary Andrea auch schauspielern konnte, sie wußte trotzdem nicht genau, wie sich eine Ex-Witwe verhalten sollte. Ihr war nämlich noch nie eine begegnet.

Katie sagte: »Ärgern Sie sich nicht. Tom hat Sie nicht reingelegt. Was passiert ist, war einzig und allein die Schuld meines Mannes – und meine, weil ich mit Tom geschlafen habe. Sehen Sie, deshalb hat Arthur das Haus angezündet...«

»Donnerwetter. Wer ist Arthur?«

»Mein Ehemann. Ich habe schon von ihm erzählt. Es ist ganz schrecklich, ich weiß«, erklärte Katie, »aber Sie müssen begreifen, daß Tommy das Ganze nicht arrangiert hat. Er hatte ja gar keine Ahnung davon. Als es passierte, war er außerhalb und arbeitete an einem Artikel für seine Zeitung. Zum gleichen Zeitpunkt schickte Art einen Mann zum Haus …«

»Okay, Auszeit!« Mary Andrea bildete mit ihren Händen ein T. »Ist das der Grund, weshalb Ihr Mann ins Gefängnis wandert?«

»Genau.«

»Mein Gott!«

»Ich bin ja so froh, daß Sie mir glauben.«

»Oh, ich bin mir nicht sicher, ob ich das wirklich tue«, schränkte Mary Andrea ein. »Aber es ist eine tolle Geschichte, Katie. Und falls Sie sich das alles tatsächlich selbst ausgedacht haben, dann sollten Sie mal über eine mögliche Karriere im Showbusineß nachdenken. Das ist mein Ernst.«

Etwa eine halbe Stunde vor ihrer Ankunft in Grange redete Katie Battenkill wieder.

»Ich bin zu der Überzeugung gelangt, daß alles aus irgendeinem bestimmten Grund geschieht, Mrs. Krome. Es gibt keine Zufälle, kein willkürliches Glück oder Pech. Alles, was geschieht, soll uns etwas lehren, uns leiten. Nehmen Sie zum Beispiel Tom. Hätte ich nicht dreizehnmal mit Tom geschlafen, dann hätte ich Arthur niemals als den erkannt, der er in Wirklichkeit ist. Und ebensowenig hätte er dieses Haus niedergebrannt, und Sie wären nicht bei mir und unterwegs nach Grange, um Ihren Mann zu treffen.«

Dieses eine Mal schaffte Mary Andrea es nicht, ihre Reaktion zu unterdrücken oder zu überspielen. »Dreizehnmal in zwei Wochen?«

Damit ist unser alter Rekord endgültig gebrochen, dachte sie.

»Dabei ist allerdings Oral-Sex mitgezählt«, schränkte Katie ein, um den Schock dieser Information ein wenig zu mildern. Sie kurbelte das Seitenfenster herunter. Kühle Luft strömte durch den Wagen.

»Ich weiß nicht, wie es Ihnen geht, aber ich würde jetzt für einen Cheeseburger sterben.«

»Nun, ich würde dafür sterben, endlich mit Mr. Krome sprechen zu können.«

»Es dauert ja nicht mehr lange«, entgegnete Katie unbeschwert.

»Aber wir müssen noch zweimal anhalten. Einmal, um zu tanken.«
»Und weshalb noch?«
»Aus einem ganz speziellen Grund. Sie werden schon sehen.«

- 29 -

Am Morgen des 6. Dezember fuhr Clara Markham in ihr Immobilienbüro, um endlich einen Käufer für das Grundstück, das allgemein als Simmons Wood bekannt war, zu bestimmen. Auf dem Parkplatz wartete Bernard Squires, Investmentmanager der Central Midwest Brotherhood of Grouters, Spacklers and Drywallers International. Während Clara Markham die Bürotür aufschloß, erschien JoLayne – in Jeans, Sweatshirt, pfirsichfarben getönter Sonnenbrille und Baseballmütze. Ihre Fingernägel hatte sie mandarinefarben lackiert.

Der elegante Squires schaute unbehaglich drein. Er nahm den Aktenkoffer von einer Hand in die andere. Clara Markham machte ihre Besucher miteinander bekannt und setzte die Kaffeemaschine in Gang.

Sie erkundigte sich: »Wie war deine Reise, Jo? Wo warst du?«

»Zum Camping.«

»Bei diesem Wetter?«

»Weißt du, Schätzchen, der Regen hat das Ungeziefer abgehalten.« JoLayne wechselte schnell das Thema. »Wie geht es meinem Freund Kenny? Wie bekommt ihm seine neue Diät?«

»Wir haben an die zwei Pfund verloren! Ich gebe ihm nur noch Trockenfutter, wie du es empfohlen hast.« Clara Markham berichtete es mit sichtlichem Stolz. Sie reichte Bernard Squires eine Tasse Kaffee, für die er sich in reserviertem Ton bedankte.

Die Immobilienmaklerin lieferte ihm eine Erklärung. »Kenny ist meine Perserkatze. Jo arbeitet nämlich beim Tierarzt.«

»Oh. Meine Schwester hat eine Siamkatze«, entgegnete Squires ausschließlich aus Höflichkeit.

JoLayne nahm die Sonnenbrille ab und blendete ihn mit einem

Lächeln. Er konnte seine Verärgerung kaum verbergen. *Das* war also seine Konkurrenz für den Erwerb eines drei Millionen Dollar teuren Stücks Bauland – eine Schwarze mit orangen Fingernägeln, die in einer Tierklinik angestellt ist!

Clara Markham setzte sich hinter ihren Schreibtisch, der einen ordentlichen und aufgeräumten Eindruck machte. JoLayne Lucks und Bernard Squires nahmen in ziemlich unbequem erscheinenden Sesseln mit geraden hohen Lehnen Platz. Sie standen fast direkt nebeneinander. Die Kaffeetassen stellten sie auf kleinen Korkuntersetzern ab. »Können wir anfangen?« fragte Clara.

Ohne weitere Einleitung öffnete Squires den Aktenkoffer auf seinem Schoß und reichte der Immobilienmaklerin ein Bündel amtlich aussehender Papiere. Clara warf einen Blick auf das Deckblatt.

Zu JoLaynes Information stellte sie laut fest: »Das Angebot der Gewerkschaft beläuft sich auf drei Millionen bei einer fünfundzwanzigprozentigen Anzahlung. Mr. Squires hat bereits eine beträchtliche Summe in bar hinterlegt, die wir treuhänderisch angenommen haben.«

Sie haben also das Angebot erhöht, dachte JoLayne düster. Diese Schweine.

»Jo?«

»Ich biete drei Komma eins«, erklärte sie, »und dreißig Prozent Anzahlung.« Sie war vorher bei der Bank gewesen. Tom Krome hatte recht gehabt – ein junger stellvertretender Direktor in Designerhosenträgern hatte ihr großzügig eine offene Kreditlinie angeboten, um mögliche Engpässe bei der Anzahlung für den Simmons Wood zu vermeiden.

Squires schüttelte ungehalten den Kopf. »Ms. Markham, ich bin an solche… Hemdsärmeligkeiten nicht gewöhnt. Kaufangebote für ein Gelände von dieser Größe werden normalerweise schriftlich eingereicht.«

»Wir sind nur eine kleine Stadt, Bernard. Und im Augenblick sind *Sie* derjenige, der es so eilig hat«, erklärte Clara mit einem zuckersüßen Lächeln.

»Ich vertrete nur die Interessen meiner Klienten, das wissen Sie doch.«

»Natürlich.«

JoLayne Lucks war entschlossen, sich nicht einschüchtern zu lassen. »Clara weiß, daß ich zu meinem Wort stehe, Mr. Squires. Meinen Sie nicht, daß die Dinge erheblich beschleunigt werden, wenn wir drei direkt miteinander verhandeln?«

Ein geringschätziger Ausdruck glitt über das Gesicht des Investmentmanagers. »Na schön, so geht es wirklich schneller. Wir bieten 3,25 Millionen.«

Clara Markham rutschte in ihrem Sessel hin und her. »Müssen Sie sich nicht erst mit Ihren Leuten in Chicago abstimmen?«

»Das ist nicht nötig«, entgegnete Squires mit einem Ausdruck eisiger Freundlichkeit.

»Drei-drei«, bot JoLayne.

Squires klappte lautlos den Aktenkoffer zu. »Wir können auf diese Art und Weise so lange weitermachen, wie Sie wollen, Miss Lucks. Der Pensionsfonds hat mir einen enormen Spielraum zugestanden.«

»Drei Komma vier.« JoLayne bekam es insgeheim mit der Angst zu tun. Dieser Mann war ein Haifisch. Er war in seinem Element, denn das hier war sein Job.

»Drei-fünf«, schoß Squires zurück. Nun war er es, der lächelte. Die Kleine ging schnell in die Knie. Weshalb habe ich mir eigentlich solche Sorgen gemacht, fragte er sich. Das liegt nur daran, daß es so eine armselige kleine Stadt ist – ich hab mich dadurch beeinflussen lassen.

Er erläuterte: »Sehen Sie, die Gewerkschaft verläßt sich in dieser Angelegenheit hundertprozentig auf mein Urteil, was die Erschließung und Entwicklung des Geländes angeht. Sie hat mir die Verhandlungen übertragen. Und der Wert eines solchen Grundstücks wird durch die allgemeine Marktlage festgelegt. Heute scheint mir, um es klipp und klar auszudrücken, die Marktlage sehr günstig zu sein.«

JoLayne schaute zu ihrer Freundin Clara, die angesichts der steigenden Gebote und ihrer in die Höhe schießenden Provision erstaunlich unbeeindruckt zu bleiben schien. Doch in Claras sanften braunen Augen war aufrichtiges Mitgefühl zu lesen.

Düster dachte JoLayne: Wenn doch die Lottogesellschaft die großen Gewinne auf einen Schlag auszahlen würde, dann könnte ich den Simmons Wood auf der Stelle kaufen. Ich könnte mit jedem Dollar mithalten, den Squires bietet, bis ihm der Schweiß über seine rosige Visage rinnt.

»Entschuldige, Clara, darf ich …«

»Drei Komma sieben«, murmelte Bernard Squires reflexartig.

»… mal dein Telefon benutzen?«

Clara Markham tat so, als hätte sie Squires nicht gehört. Während sie das Telefon zu JoLayne hinüberschob, klingelte es. Clara nahm den Hörer ab und drehte sich gleichzeitig auf dem Sessel, damit man ihr Gesicht nicht sehen konnte. Ihre Stimme sank zu einem Murmeln herab.

JoLayne warf einen kurzen Blick auf Bernard Squires, der ein unsichtbares Stäubchen von seinem Aktenkoffer schnippte. Sie schauten beide fragend hoch, als sie hörten, wie Clara Markham sagte: »Kein Problem. Schicken Sie ihn herein.«

Sie legte auf und drehte sich auf dem Sessel zu ihnen um. »Ich fürchte, es kommt etwas Wichtiges dazwischen.«

Bernard Squires runzelte die Stirn. »Doch nicht etwa ein dritter Interessent?«

»O nein.« Die Immobilienmaklerin kicherte leise.

Als die Tür aufging, winkte sie den Besucher herein – einen athletisch gebauten Schwarzen mit einer Brille mit runden Gläsern und in einem Busineßanzug, der noch eleganter geschneidert war als Squires' Arbeitskleidung.

»O Gott«, stöhnte JoLayne Lucks. »Ich hätte es mir fast denken können.«

Moffitt schnippte mit den Fingern gegen ihren Mützenschirm. »Schön, dich zu sehen, Jo.« Dann, übertrieben freundlich, zu Squires: »Bleiben Sie ruhig sitzen.«

»Wer sind Sie?«

Moffitt holte seine Dienstmarke hervor. Bernards Reaktion, so sollte Clara Markham später ihren Kollegen erzählen, war so unbezahlbar, daß es sich fast lohnte, auf die zusätzliche Provision zu verzichten.

Als er von JoLayne nichts gehört hatte, war Moffitt nach Grange gefahren, hatte sich mit Hilfe eines Dietrichs durch die Hintertür Zutritt zu ihrem Haus verschafft und während einer vorsichtigen, aber gründlichen Durchsuchung die Nachrichten auf ihrem Anrufbeantworter abgehört. Auf diesem Weg war er auf Clara Markham gestoßen, eine Frau, die – im Gegensatz zu einigen anderen Immobilienverkäufern Floridas – noch aus ganzem Herzen an die Zusammenarbeit mit den Vollstreckungsbehörden glaubte. Clara hatte Moffitt über JoLaynes Interesse am Erwerb des Simmons Wood informiert und ihn zu sich gebeten, um die Verhandlungen zu beschleunigen. Irgend etwas klingelte im Gedächtnis des Agenten, als er erfuhr, daß es sich bei dem anderen Kaufinteressenten um die Central Midwest Brotherhood of Grouters, Spacklers and Drywallers International handelte. Moffitt hatte daraufhin den frühen Vormittag damit verbracht, sich mit den Kollegen zu unterhalten, die Zugang zu den Computern besaßen. Was sich als außerordentlich hilfreich erwiesen hatte.

Clara Markham bot ihm einen Sitzplatz an, doch Moffitt verzichtete. Seine lauernde Haltung machte Bernard Squires nervös, was Moffitts Absichten durchaus entgegenkam.

Squires betrachtete eingehend den Ausweis des Agenten. Er sagte: »Alkohol, Tabak und Schußwaffen? Ich verstehe nicht.« Und dann, um seine Gelassenheit zu demonstrieren: »Ich hoffe, Sie sind nicht in irgendeinem Regierungsauftrag hergekommen, Mr. Moffitt, denn ich trinke und rauche nicht und habe auch keine Waffe bei mir.«

Der Agent lachte. »Damit gehören Sie in Florida zu einer verschwindend kleinen Minderheit.«

Bernard Squires fühlte sich zu einem Lachen genötigt. Es fiel allerdings ziemlich brüchig und wenig überzeugend aus. Er konnte bereits spüren, wie sein Unterhemd an der Verlängerung seines Rückens festzukleben begann.

Moffitt fragte: »Kennen Sie jemanden namens Richard Tarbone?«

»Ich weiß, wer das ist«, erwiderte Squires – die gleiche Antwort hatte er schon vor drei verschiedenen Grand Jurys gegeben.

»Kennen Sie ihn als Richard oder als ›Eispickel‹?«

»Ich kenne ihn«, entgegnete Squires vorsichtig, »als Richard Tarbone. Er ist ein seriöser Geschäftsmann in Chicago und Umgebung.«

»Das ist er ganz bestimmt«, meinte Moffitt, »und ich bin Little Richards kleine Schwester.«

JoLayne preßte sich die Hand auf den Mund, um nicht laut loszuplatzen. Clara Markham tat derweil so, als sei sie in die Lektüre des Kaufangebotes der Gewerkschaft vertieft. Als Moffitt darum bat, sich mit Mr. Squires unter vier Augen unterhalten zu können, hatten die beiden Frauen keine Einwände. JoLayne versprach, in der Zwischenzeit ein paar Doughnuts zu besorgen.

Sobald er und Squires im Büro alleine waren, stellte Moffitt klar: »Sie wollen das Grundstück eigentlich gar nicht kaufen. Glauben Sie mir.«

»Die Pensionskasse ist aber sehr daran interessiert.«

»Die Pensionskasse ist, wie wir beide wissen, eine Fassade für die Tarbone-Familie. Also reden Sie keinen Quatsch, Bernie.«

Squires bewegte seine Kiefer, als hätte er den Mund voller Kaugummi. Er hörte, wie die Tür verriegelt wurde. Der Agent stand jetzt hinter ihm.

»Das ist eine Verleumdung, Mr. Moffitt, es sei denn, Sie haben dafür Beweise.«

Er wartete auf eine Reaktion. Doch nichts geschah.

»Welches Interesse haben Sie an dieser Sache?« fragte Squires. Er konnte überhaupt nicht verstehen, weshalb die Behörde für Alkohol, Tabak und Schußwaffen sich für ein Immobiliengeschäft interessierte, das mit keinerlei illegalen Waffen- oder Alkoholgeschäften in Verbindung stand. Gangster kauften und verkauften in

Florida jeden Tag irgendwelche Grundstücke. Wenn die Regierung sich doch einmal für solche Transaktionen interessierte, was selten genug geschah, dann waren es fast ausschließlich FBI und die Finanzbehörden, die dabei in Erscheinung traten.

»Mein Interesse«, erklärte Moffitt, »ist rein persönlicher Natur.«

Der Agent setzte sich und rutschte noch näher an Bernard Squires heran. »Sie«, drohte er, »sollten sich jedoch darüber im klaren sein, daß am 10. Mai 1993 ein gewisser Stephen Eugene Tarbone alias Stevie ›Boy‹ Wonder wegen des Transports von verbotenen Schalldämpfern, Maschinengewehrteilen und Schußwaffen über Staatsgrenzen hinweg in der Nähe von Gainesville verhaftet wurde. Die Teile fand man im Kofferraum eines gemieteten Lincoln Mark IV während einer routinemäßigen Verkehrskontrolle. Der Fahrer des Wagens war Stephen Tarbone. Begleitet wurde er von einer vorbestraften Prostituierten und einem anderen prominenten Bürger namens Charles ›Die Rennmaus‹ Hindeman. Die Tatsache, daß Stephens Verurteilung in der Berufung aufgehoben wurde, mindert in keiner Weise mein Interesse an den derzeitigen Waffenhandels-Aktivitäten des jungen Mannes oder seines Vaters Richard. Daher unterliegt all dies meiner Zuständigkeit, falls ich so etwas nachweisen müßte. Haben Sie mich verstanden?«

Ein metallischer Geschmack brodelte plötzlich Squires' Kehle hoch und machte sich in seinem Mund breit. Irgendwie schaffte er es trotzdem, den Agenten ausdruckslos zu fixieren.

»Nichts von dem, was Sie gerade gesagt haben, interessiert mich im mindesten oder hat irgend etwas mit dieser Transaktion zu tun.«

Moffitt grinste und klatschte einmal laut in die Hände. Squires zuckte zusammen.

»Transaktion? Mann, ich erkläre Ihnen mal die Transaktion«, meinte der Agent grinsend. »Wenn Sie nicht schnellstens Ihren Eidechsenlederkoffer zuklappen, Ihre Baranzahlung nehmen und nach Chicago zurückkehren, wird Ihr Freund Richard ›Der Eispickel‹ als Schlagzeile in die Geschichte eingehen. ›MUTMASSLICHER MAFIA-DON AN GEPLANTEM EINKAUFSZENTRUM BETEILIGT.‹ Ich bin kein Journalist, Mr. Squires, aber Sie kapieren schon, wo es langgeht. Der Artikel wird sich ziemlich eingehend mit Mr. Tarbone und seinen Geschäften sowie mit seiner Verbindung zu Ihrer Gewerkschaft auseinandersetzen. Ich wette, Mr. Tarbone wird über den Detailreichtum und die Aktualität der Informationen in dieser Meldung staunen. Aus diesem Grunde werde ich sie nämlich selbst in die Öffentlichkeit lancieren.«

Bernard Squires hatte Mühe, seine überhebliche Miene beizubehalten. »Bluffen ist reine Zeitverschwendung«, entgegnete er.

»Da gebe ich Ihnen völlig recht.« Aus einer Brusttasche zog Moffitt eine Visitenkarte, die er Squires überreichte. »Das ist der Reporter. Er wird Sie in ein paar Tagen anrufen.«

Squires Hand zitterte, daher knallte er die Karte auf den Tisch. Darauf stand:

Thomas P. Krome
Journalist
The Register

»Ein abgebrühter Hund«, fügte Moffitt hinzu. »Er wird Ihnen gefallen.«

Bernard Squires griff wieder nach der Visitenkarte des Reporters und zerriß sie. Die Geste sollte verachtend sein, aber der Regierungsagent schien sich darüber köstlich zu amüsieren.

»Demnach macht es Mr. Tarbone nichts aus, seinen Namen in der Zeitung zu lesen? Das ist gut. Typen wie er brauchen ein dickes Fell.« Moffitt erhob sich. »Aber vielleicht sollten Sie ihn doch warnen, Bernie, vor Grange.«

»Was ist damit?«

»Eine sehr konservative kleine Ortschaft. Die Menschen hier sind sehr religiös. Wohin Sie auch kommen, überall finden Sie irgendeinen heiligen Ort mitsamt Altar oder zugehöriger Erscheinung – haben Sie das noch nicht bemerkt?«

Mißgelaunt dachte Squires an den Trottel mit den blutigen Löchern in den Händen und an das seltsame Pärchen, das singend zwischen den Schildkröten thronte.

»Die Menschen hier«, fuhr Moffitt fort, »wollen mit der Sünde nichts zu tun haben. Nicht das geringste. Deshalb haben sie auch für Gangster nicht allzuviel übrig, Bernie. Gangster aus Chicago oder von sonstwo. Wenn diese Geschichte in die Zeitung kommt, dann erwarten Sie bloß nicht, daß Ihr Freund Richard ›Der Eispickel‹ hier mit offenen Armen empfangen wird. Genausowenig sollten sie damit rechnen, daß die Stadtväter von Grange sich für Ihre Baugenehmigung und die Kanalnutzung ein Bein ausreißen werden. Begreifen Sie, worauf ich hinauswill?«

Bernard Squires hielt sich aufrecht, indem er sich mit den Ellbogen gegen die Rückenlehne stemmte. Er ahnte, daß der Agent hinter ihm auf und ab ging, dann hörte er, wie der Türknauf gedreht wurde.

»Noch irgendwelche Fragen?« tönte Moffitts Stimme.

»Nein. Keine Fragen.«

»Hervorragend. Ich hole mal die Ladies. Es war nett, mit Ihnen zu schwatzen, Bernie.«

»Sie können mich mal«, knurrte Squires.

Er hörte, wie die Tür geöffnet wurde und Moffitts Gelächter draußen durch den Flur hallte.

Ohne aufzustehen, meinte Demencio: »Sie kommen aber früh. Wo ist denn das Glückskind?«

»Sie hat eine Verabredung«, erklärte Tom Krome.

»Haben Sie das Geld bei sich?«

»Klar.«

Trish bat ihn herein. Es war eine merkwürdige Szene an der Frühstücksbar: sie und ihr Mann in gelben Gummihandschuhen und damit beschäftigt, die Panzer von JoLaynes Babyschildkröten abzuschrubben.

Krome nahm eins der Tiere hoch, auf dessen Rücken ein bärtiges Gesicht aufgemalt war.

»Fragen Sie nicht«, bat Demencio.

»Wer soll das sein?«

»Einer von unseren Aposteln, vielleicht auch ein Heiliger. Es ist eigentlich egal.« Demencio polierte sorgfältig den winzigen Panzer in seiner Hand.

Trish fügte hinzu: »Die Farbe löst sich ganz leicht mit Windex und Wasser. Es schadet ihnen kein bißchen.«

Tom Krome setzte die Schildkröte behutsam zu den anderen ins Becken. »Soll ich Ihnen helfen?«

Trish meinte, nein, danke, sie seien fast fertig. Dann deutete sie an, wie sehr ihnen die kleinen Tierchen mittlerweile ans Herz gewachsen seien. »Sie fressen uns sogar aus der Hand.«

»Ist denn das zu fassen?«

»Ja, Salat und sogar rohe Hamburger.«

»Was meine Frau Ihnen damit sagen will«, schaltete Demencio sich ein, »ist, daß wir JoLayne gerne ein Angebot machen würden. Wir würden diese Gelegenheit gerne nutzen.«

»Um was zu tun?«

»Sie zu kaufen. Alle fünfundvierzig«, sagte er. »Wie wäre es mit zwei Riesen für alle?«

Der Mann machte keinen Scherz. Er wollte tatsächlich die Schildkröten.

»Sie haben hier ein schönes Zuhause, Mr. Krome«, zwitscherte Trish.

»Das hätten sie bestimmt. Aber ich kann sie nicht verkaufen, es tut mir leid. JoLaynes Herz hängt an ihnen.«

Das Ehepaar war sichtlich enttäuscht. Krome holte seine Brieftasche hervor. »Es wird nicht so schwierig sein, ein paar neue zu fangen. In den Seen wimmelt es davon.«

Demencio nickte fahrig. »Ja, ja.« Er beendete die Säuberung der letzten Schildkröte und ging zur Spüle, um aufzuräumen. »Ich hab's dir doch gesagt«, murmelte er seiner Frau zu.

Tom Krome bezahlte den Babysitterlohn mit Hundertdollarscheinen. Demencio nahm das Geld an, ohne es zu zählen. Das war Trishs Job.

»Wie wäre es mit einem Stück Kuchen und einer Tasse Kaffee?« fragte sie.

Krome war einverstanden. Er rechnete sich aus, daß JoLayne sicherlich noch für einige Zeit in der Immobilienagentur aufgehalten werden würde. Außerdem hatte er das Gefühl, er müßte freundlich sein und das Paar ein wenig trösten, nachdem er dessen Schildkröten-Geschäft so abrupt beendet hatte.

Um Demencios Laune ein wenig aufzubessern, sagte er: »Ich finde sehr hübsch, was Sie mit der Madonna gemacht haben. Diese roten Tränen sind wirklich schön.«

»Ja? Meinen Sie, sie sehen echt aus?«

»Aber hundertprozentig!«

»Es ist Lebensmittelfarbe«, vertraute Trish ihm an. Sie stellte einen Teller mit zwei Scheiben Walnußkuchen vor Krome auf die Frühstücksbar. »Wir haben fast einen ganzen Tag gebraucht, um die Mischung richtig hinzukriegen«, fügte sie hinzu, »aber jetzt haben wir es geschafft. Niemand in Florida hat eine, die blutige Tränen weint. *Duftende* blutige Tränen! Wollen Sie Butter oder Margarine?«

»Butter ist okay.«

Demencio bemerkte, daß die erste Busladung christlicher Pilger bald eintreffen müßte. »Aus South Carolina – die glauben an Hölle und Schwefel, eine ziemlich kritische Truppe«, erzählte er. »Wenn die uns das abnehmen, dann wissen wir, daß es so okay ist.«

»Oh, es ist okay«, versicherte Trish loyal.

Während Krome Butter auf ein Stück Kuchen strich, fragte Demencio: »Lesen Sie Zeitung? Dort hat gestanden, Sie wären tot. In einem Haus verbrannt.«

»Das habe ich auch schon gehört. Mir war das völlig neu.«

»Was hatte das alles denn zu bedeuten? Wie kann so etwas Verrücktes passieren?« Demencio klang mißtrauisch.

»Ein anderer ist dabei ums Leben gekommen«, erklärte Tom Krome. »Es war eine Verwechslung.«

Trish fand das aufregend. »Genauso wie im Kino?«

»Jawohl.« Krome kaute schneller.

Demencio äußerte sich besorgt über den Bluterguß auf Kromes Wange – Bodean Gazzers letzte Spur, die er auf Erden hinterlassen hatte. Trish meinte, es tue sicherlich höllisch weh.

»Ich bin aus einem Boot gestürzt. Es ist nicht so schlimm«, erwiderte Krome und erhob sich. »Vielen Dank für das Frühstück. Ich sollte jetzt lieber gehen – JoLayne wartet sicher schon auf ihre Schildkröten.«

»Wollen Sie sie nicht zählen?«

Natürlich hatte Krome das längst getan. »Nein, ich vertraue Ihnen«, sagte er zu Demencio.

Er packte die Kanten des großen Aquariums und hob es hoch. Trish hielt die Haustür auf. Krome hatte die erste Stufe noch nicht erreicht, als er einen Schrei hörte, unmenschlich und zitternd. Es war ein Ausdruck schrecklichsten Leids und klang wie aus einer Folterkammer.

Krome blieb stocksteif in der Türöffnung stehen.

Trish blickte an ihm vorbei. »Hm-m. Ich dachte, er schliefe noch.«

Eine schlanke Gestalt in Weiß schwebte quer durch das Wohnzimmer auf sie zu. Demencio griff umgehend ein. Mit einem langstieligen Fischhaken trieb er die Gestalt zurück.

»Nyyahh frooohhmmmm! Hoodey nyyahh!« jodelte das zerbrechliche Wesen.

»Das reicht jetzt aber«, meinte Demencio streng.

Ungläubig kam Tom Krome ins Haus zurück. »Sinclair?«

Die Aussicht, die Schildkröten zu verlieren, hatte ihn ins Trudeln geraten lassen. Trish hatte Tee aufgebrüht und ihn ins Gästezimmer gebracht, damit er nicht mitbekam, wie sie die heiligen Konterfeis von den Schildkrötenpanzern schrubbten. Das – so hatte sie Demencio gewarnt – könnte den armen Teufel endgültig um den Verstand bringen.

Um ganz sicherzugehen, daß Sinclair auch wirklich schlief, hatte sie seinen Kamillentee mit einer Dosis NyQuil versetzt, die einen Büffel umgehauen hätte. Doch sie reichte nicht aus. Er kam im denkbar ungünstigsten Moment benommen ins Wohnzimmer geschlurft, nämlich als die Babyschildkröten gerade hinausgetragen wurden. Sinclairs erster Versuch einzugreifen wurde von Demencio und dem runden Ende des Fischhakens vereitelt. Eine zweite

Attacke endete abrupt, als das lehmverschmierte Bettlaken, in das Sinclair sich gehüllt hatte, an Demencios Golfsack hängenblieb. Der Schildkrötenbeschwörer wurde zu Boden geworfen, wo er sich in wilden Zuckungen wand, bis die anderen ihn ruhigstellten. Sie hoben ihn in Demencios La-Z-Boy-Sessel und stellten diesen auf Liegeposition.

Als Sinclair die Augen blinzelnd wieder aufschlug und das Gesicht sah, das sich über ihn beugte, platzte er heraus: »Aber Sie sind doch tot!«

»Ganz bestimmt nicht«, sagte Tom Krome.

»Das ist ein Wunder!«

»Eigentlich hat die Zeitung nur irgend etwas durcheinandergebracht.«

»Gepriesen sei Gott!«

»Sie hätten lieber auf das Ergebnis der DNS-Analyse warten sollen«, bemerkte Krome, der von der spirituellen Veränderung seines Chefredakteurs noch nichts bemerkt hatte.

»Dank, Jesus! Dank sei dem Herrn!« sang Sinclair und wiegte sich dabei hin und her, so gut es im Liegen ging.

»Entschuldigen Sie«, meinte Krome, »aber sind Sie vielleicht verrückt geworden?«

Demencio und seine Frau zogen ihn beiseite und erläuterten, was geschehen war. Wie Sinclair auf der Suche nach Tom in Grange aufgetaucht war und plötzlich nur noch Augen für die apostolischen Schildkröten gehabt hatte.

»Er ist ein völlig anderer Mensch geworden«, flüsterte Trish.

»Sehr gut«, erwiderte Krome. »Das war auch dringend nötig.«

»Sie sollten es sehen. Er liegt bei ihnen im Wasser. Er spricht in Zungen. Er... wie lautet dieses Wort, Liebling?«

»Verströmt«, half Demencio.

Seine Frau nickte aufgeregt. »Ja! Er verströmt heitere Gelassenheit.«

»Außerdem bringt er uns massenweise Geld ein«, fügte Demencio hinzu. »Die Pilger, die lieben es – Schildkröten-Mann nennen sie ihn. Wir haben sogar ein paar T-Shirts anfertigen lassen.«

»T-Shirts?«, fragte Krome, als wäre es die selbstverständlichste Sache von der Welt.

»Na klar. Da gibt es einen Typen am Cocoa Beach, der Siebdrucke herstellt – vorwiegend Surfer-Motive. Er war ganz heiß darauf, mal was Neues auszuprobieren.« Demencio seufzte traurig. »Das kann man jetzt wohl vergessen, da Ihre Freundin uns nicht die Schildkröten verkaufen will. Was zur Hölle sollen wir jetzt mit den T-Shirts anfangen?«

Trish legte eine wahrhaft christliche Haltung an den Tag. »Liebling, es ist doch nicht JoLaynes Schuld.«

»Ja, ja«, sagte ihr Mann.

Krome betrachtete den in Leinen gehüllten Haufen auf dem Liegesessel. Sinclair hatte seinen Kopf verhüllt und sich in eine fetale Haltung zusammengerollt.

Schildkröten-Mann? Irgendwie paßte die Bezeichnung. Sinclair lugte heraus und winkte ihn mit einem bleichen Finger heran. Als Krome näher trat, bettelte er: »Tom, ich flehe Sie an.«

»Aber sie gehören mir nicht.«

»Sie verstehen das nicht – sie haben Wunder gewirkt, diese kleinen Burschen. Sie waren tot, und jetzt sind Sie wieder lebendig. Nur weil ich gebetet habe.«

Krome schüttelte den Kopf. »Aber ich war doch gar nicht tot, ich ...«

»Alles nur dank dieser Schildkröten. Tom, bitte. Sie sind mir etwas schuldig. Sie sind *ihnen* etwas schuldig.« Sinclairs Hand schoß unter dem Laken hervor und umklammerte Kromes Handgelenk. »Die innere Ruhe, die ich spüre, wenn ich im Graben liege und von diesen kleinen, vollkommenen Lebewesen umringt bin, von Gottes Geschöpfen – mein ganzes Leben, Tom, habe ich nie einen solchen Frieden verspürt. Es ist wie ... eine Epiphanie!«

Demencio gab Trish ein Zeichen, indem er ihr unbemerkt zuzwinkerte: Schreib das auf. Epiphanie.

»Demnach wollen Sie hierbleiben?« meinte Krome zu Sinclair.

»Du meine Güte, ja! Roddy und Joan haben mir bereits ein Zimmer besorgt.«

»Und Sie kehren nicht mehr zur Zeitung zurück?«

»Niemals.« Sinclair lächelte milde.

»Versprochen?«

»Auf einen ganzen Stapel Bibeln, mein Bruder.«

»Okay. Dann tue ich folgendes...« Krome löste sein Handgelenk aus dem Griff seines ehemaligen Chefs und ging zum Aquarium. Er kam mit einer einzigen Schildkröte mit hellgelbem Bauch zurück, die er auf die offene Handfläche seines Chefredakteurs setzte.

»Die gehört Ihnen«, erklärte Krome. »Wenn Sie noch mehr wollen, dann fangen Sie sich welche.«

»Gott segne Sie, Tom!« Sinclair wiegte die bunt gestreifte Schildkröte in der Hand und betrachtete sie, als wäre sie ein besonders wertvolles Schmuckstück. »Sehen Sie nur, es ist Bartholomäus!«

Natürlich war auf dem Schildkrötenpanzer kein Gesicht mehr zu sehen, jedenfalls kein aufgemaltes. Demencio hatte es gründlich entfernt.

Tom Krome verließ Sinclair und begab sich zum Aquarium, das er wieder hochhob. Während er das Haus verließ, sagte Trish: »Mr. Krome, das war wirklich nett von Ihnen. Nicht wahr, Liebling?«

»Ja, das war es«, pflichtete Demencio ihr bei. Eine Schildkröte war besser als keine. »Wird JoLayne nicht sauer sein?«

»Nein. Ich glaube, sie hat dafür volles Verständnis.«

Tom Krome verabschiedete sich von ihnen und trug das schwere Becken die Treppe hinunter.

Die beiden Frauen trafen am Dienstag abend in Grange ein, zu spät für Katie Battenkills Sightseeing-Tour. Sie mieteten sich ein Zimmer in einer hübschen Pension, wo ihnen zum Abendessen ein deftiger Rostbraten mit einem knackigen Salat serviert wurde. Während des Desserts – Nußkuchen mit Vanilleeis – versuchten sie, mit dem einzigen anderen Gast, einem elegant gekleideten Geschäftsmann aus Chicago, ins Gespräch zu kommen. Doch der war derart wortkarg und geistesabwesend, daß er keiner von ihnen einen unsittlichen Antrag zu machen versuchte. Die Frauen waren überrascht, aber nicht enttäuscht.

Am Morgen erkundigte sich Katie bei Mrs. Hendricks nach dem Weg zum Heiligtum. Mary Andrea Finley Krome tat so, als ärgerte sie sich über den Umweg, aber in Wahrheit war sie dafür dankbar. Sie brauchte noch etwas Zeit, um sich zurechtzulegen, was sie ihrem Ehemann sagen wollte, falls sie ihn fänden. Katie war in dieser Hinsicht sehr zuversichtlich.

»Was wir bis dahin tun, wird Ihnen sicher gefallen.«

»Müssen wir irgend etwas mitnehmen?« fragte Mary Andrea.

»Nur ein wenig Aufgeschlossenheit.«

Der Wallfahrtsort war nur ein paar Straßen entfernt. Katie parkte hinter einem langen silbernen Autobus, aus dem eine Pilgerschar herausquoll. Sie hatten Gebetbücher, Kruzifixe, Regenschirme – gegen die Sonne – und natürlich Fotoapparate jeden denkbaren Typs bei sich. Einige Männer trugen weitgeschnittene Wandershorts, und einige Frauen hatten breitkrempige Hüte auf dem Kopf. Ihre Gesichter waren offen, freundlich und sorgenfrei. Mary Andrea dachte bei sich, daß es die glücklichste Gruppe war, die sie je gesehen hatte, glücklicher noch als das *Cats*-Publikum.

Katie sagte: »Stellen wir uns an.«

Die Andachtsstätte der Jungfrau Maria befand sich im Garten eines typischen Vororthauses. Die etwa ein Meter fünfzig hohe Figur stand auf einer selbstgezimmerten Plattform jenseits eines mit Wasser gefüllten Grabens. Eine freundliche Frau in einem mit Blumen bedruckten Hosenanzug ging zwischen den wartenden Pilgern umher und bot Erfrischungsgetränke, kleine Snacks und Sonnenschutzcreme an. Mary Andrea entschied sich für einen Snapple und eine Tube Hawaiian Tropic 30. Katie wollte nur eine Cola Light.

In der Warteschlange wurde erklärt, daß die weinende Madonna gerade eine kurze Pause eingelegt hätte. Ein Tourist vor Katie drehte sich um und schimpfte: »So ein Mist, hoffentlich ist dies nicht schon wieder eine Trockennummer.«

»Was meinen Sie damit?«

»Das, was das letzte Mal passierte, als ich hier war, im Frühling – sie hat kein einziges Mal geweint, nicht eine Träne. Erst am Morgen, nachdem wir wieder abgereist waren. Freunde haben uns Fotos geschickt – es sah aus wie bester Bourbon.«

Mary Andrea wurde durch eine von Wind und Wetter gegerbte Frau in einem Brautkleid abgelenkt. Sie saß auf einem Hocker unter einem Baum, murmelte halblaut irgendwelche Litaneien und gestikulierte hektisch mit den Armen. Ein halbes Dutzend Bustouristen umstanden sie, allerdings kamen sie ihr nicht zu nahe. Als Schauspielerin hatte Mary Andrea sich schon immer für solche Typen aus dem prallen Leben interessiert. Sie bat Katie Battenkill, ihr den Platz in der Warteschlange freizuhalten.

Shiners Mutter wurde durch das Klappern von Stöckelschuhen gewarnt, denn die typische Pilgerin kleidete sich nicht so elegant. Die Kürze des Rockes der neu Hinzugekommenen weckte ebenfalls Zweifel an ihrer Frömmigkeit, dennoch war Shiners Mutter nicht bereit, ein vorschnelles Urteil zu fällen. War es denn nicht möglich, daß auch rothaarige reiche Frauen wiedergeboren werden konnten? Und konnten nicht auch sie, sogar als Sünderinnen, sich beim Spenden großzügig zeigen?

»Hallo, ich heiße Mary Andrea.«

»Willkommen in Grange. Ich bin Marva«, antwortete Shiners Mutter auf ihrem Hocker.

»Mir gefällt Ihr Kleid. Haben Sie es selbst geschneidert?«

»Ich bin mit dem Wort Gottes verheiratet.«

»Was haben Sie denn dort?« fragte Mary Andrea. »In der Schüssel, meine ich?«

Andere Touristen gingen weiter in Richtung der Madonna, wo plötzlich lebhafte Bewegung entstand. Mit beiden Armen hob Shiners Mutter das Objekt ihrer Verehrung. Es war eine Tupperware Tortenplatte, seegrün und undurchsichtig.

»Siehe, der Sohn Gottes!« verkündete sie.

»Ohne Scherz? Darf ich mal sehen?«

»Das Antlitz unseres Herrn Jesus Christus!«

»Ja, ja«, entgegnete Mary Andrea. Sie öffnete ihre Handtasche und holte drei Eindollarscheine hervor, die sie zusammenfaltete und in den Schlitz der Sammelbüchse der Frau steckte.

»Wir danken dir, Kind.« Shiners Mutter setzte die Tupperwareschüssel auf ihren Schoß und nahm mit einem angestrengten Seufzer den Deckel ab.

»Sieh doch!«

»Ist das ein Omelette?« Mary Andrea legte den Kopf schief.

»Siehst du Ihn denn nicht?«

»Nein, Marva, ich sehe nichts.«

»Dort… sieh nur genau hin.« Shiners Mutter drehte die Tupperwareplatte ein Stück. Dann begann sie auf die einzelnen Gesichtszüge zu deuten. »Das ist Sein Haar… und das sind Seine Augenbrauen…«

»Die Pfefferschoten?«

»Nein, nein, der Schinken… sieh doch, Seine Dornenkrone.«

»Die gehackten Tomaten?«

»Genau! Ehre sei Gott!«

»Marva«, begann Mary Andrea, »so etwas habe ich noch nie gesehen. Niemals!« Nicht, seit ich das letzte Mal bei Denny's gegessen habe, dachte sie.

Das Omelette sah absolut nicht anders aus als ein stinknormales Omelette. Die Frau war entweder verrückt oder eine Schwindlerin, aber wen interessierte das schon?

»Sei gesegnet, Kind.« Shiners Mutter legte den Deckel wieder auf die Platte und drückte sie mit dem typischen Tupperware-Zischen zu. Auf diese Art und Weise tat sie kund, daß die Pilgerin in Stöckelschuhen ihre Drei-Dollar-Portion Offenbarung erhalten hatte.

Mary Andrea erklärte: »Ich möchte gerne, daß sich meine Freundin das auch einmal ansieht. Hätten Sie etwas dagegen?« Während sie Katie fröhlich winkte, dachte sie: Wenigstens ist es allemal besser, als untätig im HoJo's rumzusitzen.

»Katie, kommen Sie mal bitte her!«

Aber Katie Battenkill war derzeit anderweitig gefesselt. Die Schlange bei der weinenden Madonna hatte sich zu einem lockeren und aufgeregten Menschenschwarm aufgelöst, der summend zum Graben schwirrte.

Shiners Mutter zuckte mit den Achseln. »Tränenzeit. Sie sollten sich lieber beeilen.«

Mary Andrea ertappte sich dabei, daß ihr die Verrückte im Brautkleid irgendwie leid tat. Es war sicherlich nicht leicht, mit einer weinenden Jungfrau Maria zu konkurrieren. Nicht, wenn alles, was einem zur Verfügung stand, ein Teller kaltes Rührei in Tabascosauce war. Mary Andrea steckte der Frau weitere fünf Dollar zu.

»Wollen Sie Ihn noch einmal sehen?« Shiners Mutter strahlte.

»Vielleicht ein anderes Mal.«

Mary Andrea schlug die Richtung zum Haus ein. Sie ging auf Zehenspitzen und suchte Katie unter den sich drängelnden Pilgern. Sogar in ihrem Eifer verhielten sie sich ordentlich und gesittet. Mary Andrea war beeindruckt. In New York hätte es einen wahren Sturm auf das Heiligtum gegeben wie bei einem Bruce-Springsteen-Konzert.

Plötzlich wurde Mary Andrea der Gehsteig versperrt – durch einen hochgewachsenen Mann, der ausgerechnet ein Aquarium voller Schildkröten schleppte.

Junge, Junge, dachte sie, ist diese Stadt vielleicht ein besonderer Anziehungspunkt für Irre?

Mary Andrea trat beiseite, um den Fremden vorbeizulassen. Er trug das Becken ziemlich hoch, in Augenhöhe, um es vor dem Gedränge der Touristen zu schützen. Dabei entschuldigte er sich in einem fort bei ihnen, während er sich zwischen ihnen durchschob.

Durch die mit Algen bewachsenen Glasscheiben erkannte Mary Andrea das Gesicht des Mannes.

»Thomas!«

Neugierig lugte er über den Aquariumrand. Es war ihr Mann.

»Ich will verdammt sein«, entfuhr es ihm.

»Ja, das wirst du auch sein!« rief Mary Andrea Finley Krome. »Ich glaube wirklich, daß du verdammt bist!«

Wütend klappte sie ihre Handtasche auf und wühlte darin herum. Für einen kurzen Moment fragte sich Thomas Paine Krome, ob die Ironie des Schicksals wirklich so kraß sein konnte, fragte sich, ob er nun tatsächlich ermordet werden würde – mit einem Arm voll Babyschildkröten, deren Herkunft zu erklären er keine Gelegenheit mehr gehabt hätte.

- 30 -

Leander Simmons und Janine Simmons Robinson waren beleidigt, als sie erfuhren, daß Bernard Squires sein Kaufangebot für das Grundstück ihres verstorbenen Vaters zurückgezogen hatte. Während einer Telefonkonferenz mit Clara Markham erklärten die Geschwister, daß es ihnen überhaupt nicht gefiel, von irgendeinem glattzüngigen Heini aus dem Norden an der Nase herumgeführt zu werden. Sie hätten all ihre Hoffnungen auf eine aggressive Auktion gesetzt, und nun wären nur ein einziger Käufer und ein Angebot übriggeblieben.

»Was«, erinnerte Clara sie, »mehr ist, als Sie noch vor zwei Wochen hatten.«

Sie verriet nicht, daß JoLayne im Büro saß und über den Ohrhörer das Gespräch genau verfolgte.

Leander Simmons war dafür, das 3-Millionen-Dollar-Angebot abzulehnen, da das Land des alten Herrn offensichtlich viel mehr einbringen würde. Was sie bräuchten, sei Geduld. Seine Schwester äußerte sich entschieden dagegen zu warten, da sie bereits ihren Anteil am Erlös für einen Tennisplatz und neue Gästehäuser auf ihrem Wintersitz in Bermuda verpfändet hätte.

So diskutierten sie etwa eine halbe Stunde lang voller Heftigkeit, gelegentlich von einer Frage Clara Markhams am anderen Ende der Leitung unterbrochen. Unterdessen amüsierte sich JoLayne beim Mithören köstlich. Der arme Lighthorse, dachte sie. Bei solchen Kindern war es wirklich kein Wunder, daß er soviel Zeit damit verbracht hatte, durch die Wälder zu streifen.

Am Ende einigten sich Janine und Leander auf einen Betrag von 3,175 Millionen Dollar, zu dem JoLayne leise ihre Zustimmung gab, indem sie Clara mit dem Daumen »Okay« signalisierte. Die Immobilienmaklerin erklärte den Geschwistern daraufhin, sie wolle diese neue Zahl dem Käufer nennen und sich umgehend wieder bei ihnen melden. Gegen Mittag war man bei glatten drei-eins angelangt und der Handel wurde abgeschlossen. Die neue Eigentümerin des Simmons Wood schaltete sich in das Konferenzgespräch ein und stellte sich Leander und Janine vor, die sich auf einmal als die nettesten Menschen der Welt gaben.

»Was haben Sie denn mit dem Gelände vor?« erkundigte die Schwester sich freundlich. »Apartments? Büros?«

»Ach, ich lasse das Land so, wie es ist«, antwortete JoLayne Lucks.

»Sehr schlau. Holz ist eine außerordentlich gewinnträchtige Langzeitinvestition.« Der Bruder gab sich alle Mühe, den gerissenen Geschäftsmann herauszukehren.

»Davon ist keine Rede«, stellte JoLayne klar. »Ich werde das Land in dem Zustand belassen, in dem es sich im Augenblick befindet… und zwar für immer!«

Verblüfftes Schweigen auf seiten der Geschwister.

Clara Markham ergriff nun das Wort. »Es war mir ein großes Vergnügen, mit Ihnen allen dieses Geschäft gemacht zu haben. Sie hören in Kürze von mir.«

Moffitt wartete draußen. Er bot JoLayne an, sie mit dem Wagen mitzunehmen, und entschuldigte sich unterwegs dafür, daß er in ihr Haus eingedrungen war.

»Ich hab mir große Sorgen gemacht und mich auch bemüht, kein allzu großes Durcheinander zu hinterlassen.«

»Es sei dir verziehen, du hinterhältiger kleiner Mistkerl. Und jetzt erzähl mal«, forderte sie, »was ist zwischen dir und Bernie-Boy losgewesen – wie hast du ihn abgeschreckt?«

Moffitt schilderte es ihr. Grinsend schüttelte JoLayne den Kopf. »Du bist einfach ganz große Klasse. Warte nur, bis ich das Tom erzähle.«

»Ja, ja. Die Macht der Presse.« Moffitt lenkte den großen Chevy in ihre Garageneinfahrt.

»Wie wäre es mit einem kleinen Imbiß?« fragte sie.

»Vielen Dank, aber ich muß weiter.«

Sie gab ihm einen Kuß und versicherte ihm, daß er immer noch ihr großer Held sei. Es war ein vertrauter Scherz zwischen ihnen.

Moffitt lächelte traurig. »Ja, ich weiß, aber trotzdem wäre ich viel lieber an Toms Stelle.«

Woraufhin JoLayne in ein melancholisches Schweigen verfiel. Manchmal wünschte sie sich, sie hätte sich ebenso in ihn verlieben können wie er in sie. Er war einer der besten Männer, die sie je kennengelernt hatte.

»Halte durch«, sagte sie. »Eines Tages findest du ganz bestimmt die Richtige.«

Er legte den Kopf in den Nacken und lachte schallend. »Hast du dir schon mal selbst zugehört? Du klingst wie meine Tante.«

»Teufel auch, du hast recht. Ich weiß gar nicht, was in mich gefahren ist.« Sie stieg aus dem Wagen. »Moffitt, du warst sensationell wie immer. Vielen Dank für alles.«

Er salutierte grinsend. »Ruf an, wenn du mich brauchst. Vor allem falls Mister Thomas Krome sich als Arschloch entpuppen sollte.«

»Ach, das glaube ich nicht.«

»Paß auf dich auf, Jo. Du bist jetzt ein reiches Mädchen.«

Sie runzelte die Stirn. »Verdammt noch mal, ich glaube, das bin ich wirklich.«

Sie winkte, bis Moffitts Wagen um die Ecke gebogen und damit außer Sicht war. Dann trabte sie über den Weg zum Hauseingang, wo die Post aufgestapelt vor der Tür lag. JoLayne hob sie auf und öffnete die Haustür.

Der Kühlschrank war eine einzige Katastrophe – Schimmel und Fäulnis von zehn Tagen füllten ihn. Vor allem ein Croissant war aufgeblüht wie eine exotische Pflanze. Das einzige, das so aussah, als ließe es sich noch gefahrlos genießen, war eine Dose Ginger Ale, die JoLayne öffnete, während sie die Briefe und Rechnungen durchblätterte. Ein Briefumschlag fiel dabei zwischen den anderen auf, denn er war blaßblau und trug keine Adresse, sondern nur ihren Namen.

Ms. Jo Lane Lucks war mit Kugelschreiber daraufgeschrieben worden.

In dem blauen Umschlag befand sich eine Karte mit einem Aquarell von Georgia O'Keeffe, und in der Faltkarte steckte ein Stück Papier, das JoLayne zu einem lauten Ausruf veranlaßte: »O mein Gott!«

Und genauso meinte sie es auch.

Amber ließ den Motor laufen.

»Hast du dabei ein gutes Gefühl? Ganz ehrlich.«

»Ja, ich finde es in Ordnung«, antwortete Shiner.

»Hab ich es dir nicht vorher gesagt?«

»Wollen Sie nicht reinkommen? Es sieht so aus, als sei sie nicht zu Hause.« Alle Lampen waren gelöscht, auch die im oberen Stockwerk.

Amber schüttelte den Kopf. »Ich kann nicht, Schätzchen. Ich muß schnellstens zurück nach Miami und sehen, ob ich noch einen Job habe. Außerdem habe ich bereits ziemlich viel in der Schule versäumt.«

Shiner wollte sich nicht verabschieden. Er war überzeugt, seine große Liebe gefunden zu haben. Sie hatten zwei Nächte miteinander verbracht – eine an der Raststätte in der Nähe von Fort Drum und die andere im Auto in einem Waldstück außerhalb von Grange. Es hatte sich nichts Sexuelles abgespielt – Amber hatte auf dem Rücksitz des Crown Victoria geschlafen, Shiner auf den Vordersitzen –, aber das machte ihm nichts aus. Es war für ihn wie ein Rausch, so lange einer solchen Frau nahe zu sein. Er kannte nur den Geruch ihres Haars, den Rhythmus ihres Atmens und tausend andere Dinge, allesamt von absoluter weiblicher Exotik.

»Wir haben das Richtige getan«, entschied sie.

»Ja.«

»Aber ich möchte immer noch wissen, wer das in dem anderen Wagen war.«

Ich weiß es nicht, dachte Shiner, aber ich glaube, ich bin ihm einiges schuldig. Er hat mir zu zusätzlichen Stunden in der Nähe meiner Angebeteten verholfen.

Als sie das erste Mal an JoLayne Lucks' Adresse vorbeigefahren waren, hatte der andere Wagen mit laufendem Motor am Bordstein gestanden. Es war eine kompakte graue Chevrolet Limousine. Die Peitschenantenne wies das Fahrzeug als Polizeiwagen aus. Shiner hatte einen Fluch ausgestoßen und aufs Gaspedal getreten.

Sie hatten es später noch einmal versucht, mit Amber am Lenkrad. Diesmal hatte der Beobachter um die Ecke neben einem Zeitungskasten geparkt. Shiner hatte ihn deutlich sehen können – ein elegant gekleideter Schwarzer mit Brille.

»Nicht anhalten! Fahren Sie weiter!« hatte Shiner befohlen.

Er hatte schreckliche Angst, direkt nach Hause zurückzukehren. Er befürchtete, daß die Schwarze Front – und wer sollte es sonst sein, der vor JoLaynes Haus herumlungerte? – sein Haus verwüstete und seine Mutter auf die Bahamas entführte. Amber hatte ebenfalls Angst gehabt. Für sie sah der Typ in der grauen Limousine ganz klar nach Polizei aus – und er konnte eigentlich nur wegen einer Sache hier erschienen sein.

Daher war sie weitergefahren, bis die Stadtgrenze von Grange hinter ihnen lag und sie zu einem lichten Waldstreifen neben der Schnellstraße gelangten. Dort hatte sie eine Lücke im Stacheldrahtzaun entdeckt und durch diese den Wagen gelenkt. Beide hatten eine klare, kalte Nacht zwischen Fichten und Palmettos verbracht. Nach Pearl Key war das richtig komfortabel. Im leichten Nebel, der im Morgengrauen zwischen den Bäumen hing, hatten sie ein Rudel Rehe und einen Rotfuchs beobachtet.

Es war immer noch sehr früh, als sie wieder vor JoLaynes Haus anhielten. Die graue Polizeilimousine war verschwunden. Sie waren dreimal um den Block gefahren, um sich davon zu überzeugen. Amber hatte den Ford anschließend rückwärts in die Einfahrt gelenkt, damit sie schneller flüchten konnten, falls es nötig wäre. »Soll ich es tun?« hatte sie schließlich gefragt.

Shiner hatte es verneint. Er wollte derjenige welcher sein.

Daraufhin hatte sie ihn auf eine Art und Weise angesehen, daß er sich vorkam wie ein Weltmeister. Dabei wollte er nichts anderes, als endlich einmal etwas richtig machen.

Sie hatte ihm den blauen Umschlag gereicht, und er war zu JoLaynes Hauseingang getrottet – Amber hatte ihn dabei im Rückspiegel beobachtet, um sicherzugehen, daß er nicht doch noch auf dumme Gedanken kam. Anschließend waren sie frühstücken gefahren. Und jetzt fuhren sie nach Hause. Shiner wünschte sich, daß die Fahrt nie zu Ende ginge.

Sie winkte ihn auf dem Vordersitz näher zu sich. »Krempel mal den Ärmel hoch und laß mich sehen.«

Sein Muskel war mit blauen Flecken übersät. Die Buchstaben der Tätowierung waren blutverkrustet und unleserlich.

»Nicht gerade ein Meisterwerk«, stellte Amber stirnrunzelnd fest.

»Ist schon okay. Wenigstens habe ich meinen Adler gekriegt.«

»Das schon. Und er ist wirklich sehr schön.« Mit einer Fingerspitze zeichnete sie die Konturen der Flügel nach. Shiner blieb vor Sehnsucht fast die Luft weg. Er kniff die Augen zu und hörte in seinen Ohren das Blut rauschen.

»Hey!« rief Amber erschrocken aus.

Ein Fremder linste durch die Windschutzscheibe – ein seltsamer Bursche mit zerfransten Socken über den Händen.

»Hey, das ist Dominick«, sagte Shiner und setzte sich in Positur. Er kurbelte das Fenster nach unten. »Wie geht's denn, Dom?«

»Du bist zurück?«

»Ja, das bin ich.«

»Ist das deine Freundin? Und was ist mit deinen Daumen passiert?«

»Das ist Amber. Amber, das ist Dominick Amador.«

Der Stigmata-Mann streckte eine Hand in den Wagen. Amber ergriff diese und schüttelte sie höflich, obgleich ihr Gesicht tiefen Ekel ausdrückte, als sie den cremigen Tropfen sah, der zwischen den seltsamen Sockenhandschuh-Maschen des Fremden hervorquoll.

Shiner beruhigte sie. »Das ist nur Crisco Bratfett.«

»Das hätte ich höchstens als zweites geraten«, gab sie zu und wischte sich die Hand gründlich an seinem Ärmel ab.

Dominick Amador fühlte sich dadurch nicht beleidigt. »Suchst du deine Ma, Shiner?« fragte er. »Sie ist drüben bei Demencio. Sie haben irgendeinen Handel miteinander abgeschlossen.«

»Wie das denn?«

»Die Behörden haben ihren Fleck zugepflastert. Hast du nichts davon gehört?«

»Nee.«

»Ja, sie ist jetzt mit diesem Schildkröten-Mann zusammen.«

»Mit wem?«

»Weißt du, eigentlich war ich es ja, der Demencio als erster auf die Idee mit den Schildkröten gebracht hat – es sollte so eine Art Noah-Nummer werden. Jetzt mußt du dir mal ansehen, was sie mit JoLaynes Tierchen gemacht haben! Es ist die reinste Goldgrube.«

Amber hatte genug gehört. Sie teilte Shiner im Flüsterton und mit Nachdruck mit, daß sie jetzt verschwinden müßte. Er nickte traurig.

»Dort werde ich wohl auch enden«, redete Dominick weiter, »nämlich als Demencios Angestellter, vermute ich. Er hat sich ein tolles Geschäft aufgebaut. Außerdem besitzt er genügend Parkplätze für diese Pilgerbusse. Ich habe morgen mit ihm eine Verabredung. Wir sind uns, was die Aufteilung angeht, fast einig.«

Amber wollte das Gespräch gerade etwas heftiger unterbrechen, als sich der Mann plötzlich ins Gras fallen ließ und beide Beine in die Luft streckte. Stolz entblößte er seine Fußsohlen. »Sieh mal, endlich habe ich es machen lassen.«

»Gute Arbeit.« Shiner lächelte gezwungen.

Amber wandte ihren Blick schnell von den durchbohrten Füßen des Fremden ab. Dafür gab es sicherlich irgendeine einleuchtende Erklärung – ein Strahlenfleck auf der Wochenstation. Eine giftige Substanz in der städtischen Wasserversorgung.

Dominick sprang auf und drückte jedem ein violettes Flugblatt in die Hand, mit dem er für seine Auftritte warb. Dann humpelte er davon.

Shiner spürte, wie er aus dem Wagen geschoben wurde. Mit hängenden Schultern ging er um den Crown Victoria herum zur Fahrerseite und stützte sich mit den Unterarmen auf die Tür.

»Ich nehme an, das war's dann«, sagte er zu Amber.

»Ich hoffe, daß zwischen dir und deiner Mom wieder alles ins Lot kommt.«

»Ich auch.« Seine Miene hellte sich beim Anblick der drei Rosen auf dem Rücksitz auf. Sie waren grau und verwelkt, aber Amber hatte sie nicht weggeworfen. Dieser unwichtigen Tatsache maß Shiner völlig unberechtigte Bedeutung bei.

Amber bemerkte: »Wenn es nicht funktioniert, dann denk an das, was ich dir gesagt habe.«

»Aber ich habe noch nie als Kellner gearbeitet.«

»Ach, ich glaube, du schaffst das schon«, versicherte sie ihm.

Das war mit Sicherheit eine Perspektive, über die sich nachzudenken lohnte. Miami machte Shiner zwar schreckliche Angst, aber ein Job bei Hooters könnte die Antwort auf die meisten, wenn nicht gar auf alle seine Probleme sein.

»Sind sie wie Sie?« fragte er. »Die andern Kellnerinnen, meine ich. Ich fände es cool, wenn sie alle so schön wären wie Sie.«

Amber streckte die Hand aus und streichelte sanft seine Wange. »Sie sind alle genauso wie ich. Und zwar jede einzelne von ihnen«, bekräftigte sie.

Dann fuhr sie davon und ließ ihn leicht benommen zurück.

Später erklärte Shiners Mutter, daß ihr Sohn während seiner geheimnisumwitterten Abwesenheit von Grange reifer geworden zu sein schien, daß er nun mit einer Entschlossenheit und Verantwortungsbereitschaft und mit einer gewissen Zielstrebigkeit auftrat. Sie teilte ihm mit, wie sehr sie sich darüber freute, daß er seinem heidnischen Leben eine Wendung gegeben habe, und ermutige ihn, die Verwirklichung seiner Träume durchzusetzen, egal, wohin sie ihn auch führten.

Und da er kaum den Wunsch verspürte, das neugewonnene Ansehen bei seiner Mutter zu schädigen, entschied Shiner, daß er ihr lieber nicht die Geschichte von dem 14-Millionen-Dollar-Lottoschein erzählte und berichtete, wie es zur Rückgabe desselben gekommen war.

Denn dann hätte sie ihm wohl heftigst in den Hintern getreten.

In Mary Andreas Handtasche befand sich keine geladene Pistole, sondern eine gerichtliche Vorladung.

»Dein Anwalt«, schimpfte sie und wedelte anklagend mit dem Papier, »ist ein gemeiner, gefühlloser Kerl.«

Tom Krome entgegnete: »Du siehst gut aus.« Was auch der Wahrheit entsprach.

»Wechsle nicht das Thema!«

»Okay. Wo hat Dick dich denn am Ende aufgestöbert?«

»Bei deiner verdammten Zeitung«, antwortete Mary Andrea. »Mitten in der Lobby, Tom.«

»Das ist aber ein seltsamer Aufenthaltsort für dich.«

Sie erzählte ihm, was sie dorthin geführt hatte. »Da jeder dich für tot hielt – deine geliebte Gattin inklusive –, bat man mich, hinzukommen und deinen dämlichen Preis in Empfang zu nehmen. Und was habe ich davon? Ich werde von einem Scheidungsanwalt überfallen!«

»Welchen Preis?« wollte Tom wissen.

»Wage ja nicht so zu tun, als wüßtest du das nicht.«

»Ich tue nicht so, Mary Andrea. Welchen Preis?«

»Den Emilio«, erwiderte sie säuerlich. »Oder so ähnlich.«

»Amelia?«

»Ja, so heißt er.«

Krome schickte dem Haus, wo Sinclair sich verkrochen hatte, einen vernichtenden Blick. Dieses Arschloch! dachte er. Die Amelias waren wirklich die dämlichsten Journalistenpreise. Er staunte darüber, daß Sinclair ihn für den Wettbewerb gemeldet hatte, und raste innerlich vor Zorn, daß er nicht vorgewarnt worden war. Krome kämpfte gegen den Impuls an, zurückzurennen und dem Redakteur die gelbbäuchige Schildkröte aus der Hand zu reißen, nur um zu sehen, wie er winselte und sich vor Qualen wand und zuckte.

»Komm schon.« Tom geleitete seine Frau vom Gedränge um das Heiligtum hinaus und um das Haus herum in den Garten. Er stellte das sperrige Aquarium in die Sonne, damit die kleinen Schildkröten ein wenig mit Wärme verwöhnt wurden.

»Ich denke, du hast es im Fernsehen gesehen, Turnquists großen Coup.«

»Das war im Fernsehen?«

»Tom, hast du mich hereingelegt? Sag die Wahrheit!«

Er schüttelte traurig den Kopf. »Ich wünschte, ich wäre so clever. Ehrlich.«

Mary Andrea blies die Backen auf, was Tom als ein Zeichen von Wut deutete. »Ich glaube nicht, daß ich mich danach erkundigen sollte, was es mit diesen Schildkröten auf sich hat«, sagte sie.

»Das ist eine sehr lange Geschichte. Übrigens, ich mag dein Haar. So kurz sieht es richtig gut aus.«

»Hör auf damit. Hast du verstanden?« Sie hätte beinahe zugegeben, daß sie es hatte färben lassen, weil sie die ersten grauen Strähnen entdeckt hatte.

Tom deutete auf die Vorladung, mit der Mary Andrea sich kühle Luft zufächelte. Er mußte lachen. Fünfzehn Grad, und sie tat so, als sei sie in der Sahara.

»Und wann haben wir unseren großen Tag im Gericht?«

»In zwei Wochen«, erwiderte sie knapp. »Herzlichen Glückwunsch.«

»O ja, ich habe schon die Partyhüte bestellt.«

»Was ist eigentlich mit deinem Gesicht passiert?«

»Da hat jemand reingetreten. Jetzt ist er tot.«

»Red schon!« Aber sie sah, daß er keinen Scherz machte. »Mein Gott, Tom, hast du ihn getötet?«

»Sagen wir, ich habe ein wenig dazu beigetragen.« Das war alles, was er ihr zu berichten bereit war. Sollte sie sich doch selbst eine passende Geschichte dazu ausdenken. »Nun«, meinte er, »wie wird es laufen? Hast du vor, gegen die Vorladung anzugehen?«

»Ach, beruhige dich.«

»Oder haust du wieder ab? Änderst deinen Namen und machst noch mehr von diesem Quatsch?«

»Wenn du die Wahrheit wissen willst«, erklärte Mary Andrea, »bin ich es leid wegzulaufen. Und ich habe es genauso satt, auf Tournee zu gehen und für einen Hungerlohn zu arbeiten. Ich muß zurück in den Osten und endlich meine Bühnenkarriere richtig in Angriff nehmen.«

»Vielleicht findest du abseits vom Broadway etwas Passendes.«

»Genau. Ich meine, o Gott, das letzte Mal bin ich mitten im tiefsten Montana gelandet.«

»Ja?« Dabei dachte Krome, kein Einkaufszentrum auf tausend Meilen.

»Ich in Cowboyland! Kannst du dir das vorstellen?«

»Alles nur, weil du keine Scheidung wolltest.«

»Ich werde die erste weibliche Finley in fünf Jahrhunderten sein, die so etwas tut.«

»Und die vernünftigste«, urteilte Tom.

Mary Andrea schaute ihn mit einem übertrieben bösen Gesichtsausdruck an. »Ich habe übrigens deinen Abschiedsbrief aufbewahrt, den Text, den du bei Warren Zevon abgeschrieben hast.«

»Hey, wenn ich nur ein bißchen schreiben könnte«, sagte er, »dann würde ich nicht für Idioten wie Sinclair arbeiten.«

»Was ist mit deinem Roman?« wollte sie wissen.

Er erstarrte.

»Deine Freundin hat mir davon erzählt. *Die Entfremdung*. Ein spannender Titel.«

Mary Andreas Tonfall war tödlich affektiert. Tom schaute zum Himmel, überschattete die Augen und tat so, als verfolge er den Flug eines Entenschwarms. Er versuchte Zeit zu schinden. Und überlegte, wann, wo und unter welchen unmöglichen Umständen JoLayne Lucks und Mary Andrea Finley Krome sich kennengelernt hatten.

»Wie weit bist du damit?«

»Hm?« fragte Tom mit einem vagen Seitenblick.

»Mit deinem Buch«, hakte Mary Andrea nach.

»Oh. Ich bin noch ziemlich am Anfang.«

»Aha.«

Ein wissendes Lächeln war eine ihrer Spezialitäten, und jetzt zeigte sie davon die absolut gerissenste Version. Gerade als Tom im Begriff war, sich geschlagen zu geben und nach JoLayne zu fragen, bog Katie Battenkill, zufrieden eine Melodie summend, um die Ecke. In diesem Moment begriff er alles.

»*Ex*-Freundin«, meinte er halblaut zu Mary Andrea.

»Von mir aus.«

Katie kam schnell auf ihn zu und schlang ihm unverfroren die Arme um den Hals. »Wir sind zusammen hergefahren«, berichtete sie. »Deine Frau und ich.«

»Soviel habe ich schon vermutet.«

Diese Information hatte eine paralytische, wenngleich nicht grundsätzlich unangenehme Wirkung auf ihn. Tom war noch nie von zwei Frauen gleichzeitig bedrängt worden, mit denen er geschlafen hatte. Auch wenn ihm die Situation ein wenig peinlich war, so versetzte dieser Moment ihn geradezu perfekt in die Lage zu verstehen, weshalb er sich von ihnen beiden angezogen gefühlt hatte und doch mit keiner von beiden zusammenleben konnte.

»Nun sag ihr schon, daß sie blendend aussieht«, forderte Mary Andrea ihren Mann schelmisch auf. »Wir *alle* sehen blendend aus.«

»Nun, du bestimmt.«

»Ich glaube«, meinte Katie, »daß ihr beide für einen Moment alleine sein wollt.«

Tom legte einen Arm um ihre Taille, ehe sie sich zurückziehen konnte. »Es ist schon in Ordnung. Mary Andrea und ich haben soeben unsere ernste Aussprache beendet.«

Seine Frau fragte: »Was haben Sie denn da an Ihrer Hand, Katie? Haben Sie sich geschnitten?«

»O nein. Das ist eine echte Träne von der weltberühmten weinenden Madonna.« Katie hielt fröhlich lächelnd einen rot beschmierten Ringfinger hoch. »Ich tippe auf Leitungswasser, Lebensmittelfarbe und Parfüm. Dem Geruch nach könnte es Charlie sein.«

Nachdem sie diskret daran geschnüffelt hatte, pflichtete Mary Andrea ihr bei.

Krome sagte zu Katie: »Ich hoffe, du bist jetzt nicht allzu enttäuscht.«

»Daß die Tränen nicht echt sind? Mein Gott, Tom, du mußt mich ja für einen totalen Trottel halten. Es ist eine wunderschöne Wallfahrtsstätte, und das alleine zählt. Die Tränen sind doch nur ein Werbegag.«

Mary Andrea schien tatsächlich ihren Spaß zu haben. »Sein Buch«, berichtete sie Katie in vertraulichem Ton, »befindet sich noch in einem sehr frühen Anfangsstadium.«

»Autsch.« Katie schlug verlegen die Hände vors Gesicht. Sie wußte, daß sie Toms Frau gegenüber seine Idee von einem Scheidungsroman nicht hätte erwähnen sollen.

»Was hast du ihr sonst noch erzählt?« erkundigte er sich. »Oder ist das eine sehr dumme Frage?«

Katies grüne Augen weiteten sich. Mary Andrea reagierte mit einem schnellen Kopfschütteln.

Krome bemerkte es und murmelte: »Na wunderbar.« Katie und ihre Lust-Liste. »Du solltest in der Sportredaktion arbeiten«, empfahl er ihr.

Sie lächelte verloren. »Vielleicht brauche ich den Job irgendwann.«

Mary Andrea gab ihrer neuen Freundin einen mütterlichen Klaps auf den Rücken und äußerte, daß es für sie Zeit wurde, sich zu verabschieden. »Wir haben eine lange Fahrt vor uns, und Sie müssen nach Hause.«

»Es geht um Art«, klärte Katie Tom auf. »Man hat ihn verhaftet – darüber wurde ausführlich im Radio berichtet.«

Krome brachte noch nicht einmal eine halbherzig mitfühlende Bemerkung zustande. Sein Haus war wegen Arthur Battenkill verbrannt, dazu noch mit einem Menschen darin. Der Richter verdiente zwanzig Jahre bis lebenslänglich.

»Die Polizei möchte sich noch einmal mit mir unterhalten«, erklärte Katie.

»Es ist gut, daß du dich kooperativ zeigst.«

»Natürlich Tommy, es ist doch das einzige, was ich tun kann. Ach, sieh doch mal die kleinen Schildkröten – sie sind ja so reizend.«

Tom Krome lud sich wieder das Schildkrötenbecken auf und geleitete die beiden Frauen durch die begeisterte Pilgerschar, vorbei an der blutige Tränen vergießenden Madonna, dem wäßrigen Jesus-Omelette und hinaus auf die Straße.

Katie Battenkill war begeistert, als sie erfuhr, was mit den kleinen Schildkröten geschehen sollte. »Das ist wahnsinnig lieb von dir!« sagte sie und gab Tom einen Kuß auf die Nasenspitze. Sie faltete züchtig ihre langen Beine in den Wagen und meinte, sie freue sich schon darauf, ihn zu Arthurs Prozeß wiederzusehen. Tom winkte zum Abschied.

Mary Andrea schien sich zu amüsieren. Sie weidete sich an dem Anblick ihres Ehemannes, der versuchte, seine widerstreitenden Empfindungen und seine bizarre Last im Gleichgewicht zu halten. Die einzig mögliche Erklärung für das Schildkrötenprojekt war eine neue Frau, aber Mary Andrea stellte keine aufdringlichen Fragen. Sie wollte nichts wissen, was die Wirkung der Geschichte bei der späteren Rekapitulation irgendwie beeinträchtigen konnte.

»Nun«, meinte Tom, »ich nehme an, wir beide sehen uns dann bei einem anderen Prozeß wieder, oder nicht?«

»Mich nicht. Ich habe dafür keine Zeit.«

Das klang aufrichtig, aber Krome blieb dennoch wachsam. Mary Andrea konnte sehr überzeugend sein. »Ist das dein Ernst?« fragte er. »Wir können diese Angelegenheit endlich regeln?«

»Ja, Tommy. Aber nur, wenn ich das erste Exemplar von *Die Entfremdung* bekomme. Mit einer persönlichen Widmung des Autors.«

»Mein Gott, Mary Andrea, es gibt kein Buch, ich habe bloß irgendwas dahergeredet.«

»Gut«, sagte sie zu ihrem zukünftigen Ex-Ehemann. »Dann wären wir uns ja einig. Und jetzt stell endlich dieses verdammte Aquarium ab, damit ich dich zum Abschied anständig umarmen kann.«

Bernard Squires trank Alkohol nur in äußerst bescheidenen Mengen, aber nach dem Abendessen ließ er sich von Mrs. Hendricks in ihrer Pension gerne zu einem Glas Sherry einladen. Dann zu einem zweiten und schließlich auch noch zu einem dritten. Er hätte vor anderen Gästen niemals so viel Alkohol getrunken, vor allem nicht vor den beiden attraktiven Frauen, die am Vortag angekommen waren. Aber weil sie schon wieder ausgezogen waren, glaubte Squires, daß untadeliges Benehmen nicht mehr das Gebot der Stunde sei.

Der arme Kerl litt schrecklich, das konnte Mrs. Hendricks deutlich sehen. Er erzählte ihr, daß ein Geschäft geplatzt sei, das der einzige Grund gewesen sei, weshalb er den weiten Weg von Chicago, Illinois, nach Grange zurückgelegt habe.

Kaputt! Finito!

Mrs. Hendricks war voller Mitgefühl – »O du meine Güte, solche Dinge passieren schon mal« – und versuchte, die Unterhaltung auf freundlichere Themen wie den Dow Jones zu bringen, aber Mr. Squires verstummte vollständig. Sich auf der antiken Couch lümmelnd, starrte er düster auf seine Schuhspitzen. Nach einer Weile verschwand Mrs. Hendricks deshalb ins obere Stockwerk und ließ ihn mit der Sherryflasche alleine.

Als diese leer war, ergriff er seinen Aktenkoffer und unternahm einen kleinen Bummel. In seiner Tasche befanden sich drei zerknüllte Telefonnotizen in Mrs. Hendricks' makelloser Handschrift. Die Notizen nannten alle Mr. Richard Tarbone als Anrufer und waren zunehmend dringend. Doch Bernard Squires brachte nicht den Mut auf, den extrem reizbaren Gangster anzurufen und ihm zu erklären, was geschehen war.

Squires wußte es ja selbst noch nicht einmal genau. Er hatte keine Ahnung, wer die farbige junge Frau war und woher sie soviel Geld hatte. Er wußte auch nicht, wie der Agent der Behörde für Alkohol, Tabak und Schußwaffen in die ganze Angelegenheit verwickelt war und weshalb. Alles, was Bernard Squires mit Sicherheit wußte, war, daß weder die Pensionskasse noch der Tarbone-Clan sich weitere Schlagzeilen leisten konnten, und das hieß, daß das Simmons-Wood-Geschäft vermasselt worden war.

Und daß es nicht seine Schuld war. Ganz und gar nicht.

Aber das war bedeutungslos, denn Richard »Der Eispickel« hielt nicht viel von langen Erklärungen. Er verließ sich statt dessen darauf, den Überbringer solcher Botschaften aus dem Weg zu räumen.

Jede Minute, die verstrich, minderte die Chancen, daß Bernard Squires die nächste Woche überlebte. Das war ihm klar. Er wußte es, ganz gleich, ob er nüchtern oder betrunken war.

In seiner Laufbahn als Geldwäscher für den Mob war Squires nur wenigen Problemen begegnet, die mit einer Viertelmillion Dollar nicht hätten gelöst werden können. Das war genau der Betrag, den er nach Grange mitgebracht hatte, um sich das Simmons-Wood-Gelände zu sichern. Anschließend, als der Handel offiziell für null und nichtig erklärt worden war, hatte Clara Markham persönlich die Bank aufgesucht, um das Geld zurückzuholen, und Squires sogar dabei geholfen, die Bündel zu zählen, als er sie in den Aktenkoffer zurücklegte.

Denselben trug er nun lässig durch die schlafenden Straßen von Grange. Es war ein milder, ruhiger Herbstabend. So ganz anders, als er sich Florida immer vorgestellt hatte. Die Luft war kühl, roch süß und angenehm nach Erde. Er wich einem gelben Kater aus, der dösend unter einer Straßenlaterne lag und ihn kaum eines Blickes würdigte. Gelegentlich kläffte ein Hund in irgendeinem Garten. Durch die Fenster der Häuser konnte er das beruhigende bläuliche Flackern von Fernsehgeräten erkennen.

Squires hoffte, daß der Spaziergang sein benebeltes Hirn wieder auf Vordermann brachte. Irgendwann würde er schon eine Lösung finden und wissen, was zu tun sei – das gelang ihm doch stets. Daher wanderte er weiter. Es dauerte nicht lange, und er fand sich in derselben Straße wieder, in die er schon zwei Tage zuvor geraten war. Vor derselben Eiche, vor demselben unauffälligen einstöckigen Haus. Hinter den zugezogenen Vorhängen war eine lebhafte Unterhaltung im Gange. Mehrere Fahrzeuge parkten in der Garageneinfahrt.

Aber Bernard Squires war alleine im Heiligtum der Jungfrau Maria. Niemand huldigte der von einem Scheinwerfer beleuchteten Statue, die ihre Glasfiberhände zu einer segnenden Geste erhoben hatte. Aus dieser Entfernung konnte Squires unmöglich erkennen, ob sich in den Augen der Statue Tränen befanden.

Während er langsam weiterging, entdeckte er eine einsame Gestalt im Wassergraben. Es war der in weiße Laken gehüllte Mann, der dort mit hochgezogenen Knien hockte.

Da er keinen Gesang hörte, ging Squires noch näher heran.

»Hallo, Pilger«, begrüßte ihn der Mann, als hätte er ihn die ganze Zeit genau beobachtet. Sein Gesicht wurde von einem Schatten verhüllt.

»Oh, habe ich Sie bei irgend etwas gestört?« fragte Squires.

»Nein, überhaupt nicht.«

»Geht es Ihnen da drin gut?«

»Es könnte nicht besser sein.« Der Mann senkte die Knie und streckte sich langsam im Wasser aus. Als er die Arme ausbreitete, umwallte ihn das Bettlaken, wodurch er aussah wie ein Engel.

»Ist Ihnen denn nicht kalt?« erkundigte sich Squires.

»Sah-kasau-rassebog-sonk!«, lautete die Antwort, die allerdings eher einer Melodie als einem Gebet glich.

SAKE-SÄUFER SAMT SEGELBOOT GESUNKEN – auch dies eine von Sinclairs legendären Schlagzeilen. Er konnte nichts dafür. Sie wiederholten sich, kamen immer wieder hoch, ähnlich wie ein Bohneneintopf.

»Was für eine Sprache ist das?« wollte Bernard Squires wissen.

»Komm ins Wasser, Bruder.«

Sinclair war jede Gesellschaft willkommen. Momentan fand im Haus eine erregte Konferenz statt – Demencio und seine Frau, Joan und Roddy, die energische Marva, der Bürgermeister und der schneidige Stigmata-Mann. Sie diskutierten über Geld. Es ging um Provisionen, Vermittlungsgebühren und Gewinnanteile, weltliche Dinge, die für Sinclair keinerlei Bedeutung mehr hatten.

»Komm her«, lockte er den Besucher, und der Mann stieg gehorsam in den flachen Graben. Er zog weder sein teures Jackett aus, noch krempelte er die Hosenbeine hoch oder stellte den Aktenkoffer beiseite.

»Ja! Phantastisch!« rief Sinclair aus.

Während Bernard Squires sich dem schwimmenden Mann im Laken näherte, erkannte er im Scheinwerferlicht, daß ein kleiner Gegenstand auf seiner Stirn lag. Zuerst hielt Squires das Objekt für einen Stein oder eine Muschelschale, doch dann identifizierte er es als eine winzig kleine Schildkröte.

Das Objekt war lebendig.

»Was ist das?« fragte er mit andächtig leiser Stimme.

»Eine heilige Schildkröte, Bruder.«

Aus der Schale schob sich ein stecknadelkopfgroßer Kopf hervor, so glatt wie Satin und mit haarfeinen Streifen versehen. Bernard Squires war von Ehrfurcht ergriffen.

»Darf ich sie berühren?«

»Vorsichtig. Sie ist die einzige, die mir geblieben ist.«

»Darf ich?«

Am nächsten Tag, während des langen Fluges nach Rio de Janeiro, schilderte Bernard Squires sein Erlebnis mit der Schildkröte einer gertenschlanken Reebok-Managerin, die neben ihm in der Busineßklasse saß. Er beschrieb ihr, wie er plötzlich Trost für seine Seele, eine innere erleuchtende Befreiung und eine Reinigung von allen Sünden erfahren hatte. In diesem Moment habe er instinktiv gewußt, was er mit seinem restlichen Leben anfangen sollte.

Es war wie ein kosmischer Fensterladen, der plötzlich aufgesprungen war und das strahlende Sonnenlicht hereinließ – »allumfassende Klarheit« nannte Bernard Squires seinen Zustand nach dem Erlebnis, während er sich zum wiederholten Mal von der Stewardeß den angebotenen Sherry einschenken ließ. Er erzählte der hübschen Kauffrau von der surrealistisch erscheinenden kleinen Stadt – von der weinenden Madonna, dem verträumten Schildkröten-Mann, dem geschäftstüchtigen Schreiner mit den Löchern in den Händen, von der exzentrischen Millionärin, die in der Tierarztpraxis arbeitete.

Und danach offenbarte er der Frau einige persönliche Dinge: wo er geboren war, welche Schulen er besucht hatte, seine Hobbys, seinen Musikgeschmack und sogar – allerdings eher vage – die Art seiner Tätigkeit. Er war jedoch unter keinen Umständen bereit, auch nur andeutungsweise etwas über den Inhalt des Aktenkoffers im Gepäckfach über seinem Sitzplatz verlauten zu lassen.

Epiphanie

Tom Krome schleppte das Schildkrötenbecken die Eingangstreppe hinauf und schob sich damit rückwärts und mit äußerster Vorsicht durch die Haustür. Im Haus war es warm, und es roch appetitlich aus der Küche: Spaghetti mit Fleischbällchen.

JoLayne kostete soeben von der Sauce, als er hereinkam. Sie war barfuß und mit einer Bluejeans bekleidet. Dazu trug sie ein weites kariertes Herrenhemd, dessen Schöße sie vor dem Bauch miteinander verknotet hatte.

»Wo warst du so lange?« rief sie. »Ich bin in sehr anlehnungsbedürftiger Stimmung! Beeil dich, sonst kriegst du nichts davon mit.« Sie kam herüber, um nach den Schildkröten zu sehen.

»Eine fehlt«, berichtete Tom. Er erzählte ihr von Demencios »Aposteln« und Sinclairs Verrücktheit. »Mir tut der Bursche aufrichtig leid«, gestand er. »Deshalb habe ich ihm eine Schildkröte geschenkt. Er glaubt, es wäre Bartholomäus.«

JoLayne war irritiert. »Was genau tut er denn mit ihnen? Erzähl mir bloß nicht, daß er ...«

»Er berührt sie nur. Und dazu heult er wie eine Furie aus der griechischen Sage.«

»Diese Stadt ist wirklich zum Verlieben«, stellte sie fest.

Die verbliebenen vierundvierzig Schildkröten schienen in bester Verfassung zu sein, allerdings bedurfte das Aquarium einer gründlichen Reinigung. JoLayne tröstete sie zärtlich. »Keine Angst, Leute«, säuselte sie. »Es dauert nicht mehr lange.«

Sie spürte Toms Arm um ihre Taille. Er säuselte: »Dann verrat uns doch mal die sensationelle Neuigkeit – bist du eine Gräfin oder immer noch ein Luder?«

JoLayne schlug ihn mit dem Saucenlöffel zum Ritter. Er hob sie hoch und wirbelte sie herum. »Paß auf die Tiere auf! Achtung!« warnte sie kichernd.

»Es ist phantastisch, Jo. Du hast die Schweine überlistet. Der Simmons Wood gehört dir!«

Sie setzten sich atemlos hin. JoLayne drängte sich an ihn. »Eigentlich ist es vorwiegend Moffitt zu verdanken«, sagte sie.

Tom hob eine Augenbraue.

»Er erzählte dem Kerl, daß du einen großen Artikel über dieses geplante Einkaufszentrum und das Grundstücksgeschäft schreiben würdest«, berichtete JoLayne. »Er meinte weiter, die ganze Sache würde Schlagzeilen machen – Die Mafia kommt nach Grange!«

»Zum Schreien.«

»Nun, es hat funktioniert. Squires hat sich jedenfalls aus dem Staub gemacht. Aber, Tom, wenn sie es glauben? Wenn sie jetzt hinter dir her sind? Moffitt meinte zwar, das wagen sie nicht, aber ...«

»Er hat ganz recht. Der Mob bringt keine Reporter mehr um. Reinste Munitionsverschwendung, und außerdem wäre es sehr schlecht fürs Geschäft.« Krome bewunderte insgeheim den Mut und die Gerissenheit des Agenten. »Es war ein grandioser Bluff. Nur schade, daß ...«

»Was?«

»Nur schade, daß ich nicht auf diese Idee gekommen bin.«

JoLayne gab ihm einen Sauce-Marinara-Kuß und ging zum Herd. »Komm mit, König der Sensationspresse, und hilf mir, den Tisch zu decken.«

Während der Mahlzeit ging sie mit ihm die einzelnen Punkte des Grundstückskaufvertrags durch. Tom rechnete und meinte schließlich: »Du solltest dir darüber klar sein, daß du selbst nach Abzug der Steuern und Zinsen immer noch ein fürstliches Einkommen hast. Aber das ist dir wohl egal, oder?«

»Wie fürstlich?«

»Etwa dreihunderttausend im Jahr.«

»Nun. Das ist wirklich eine Neuigkeit.«

Okay, dachte JoLayne, jetzt kommt der Test. Jetzt werden wir erfahren, ob Mr. Krome tatsächlich so ganz anders ist als Rick der

Automechaniker oder Lawrence der Anwalt oder irgendeiner von den anderen Helden, die ich mir in diesem Leben an Land gezogen habe.

»Du könntest dir davon ganz gut einen Wagen leisten«, schlug Tom vor.

»Ja? Und was sonst noch?« JoLayne spießte ein Fleischbällchen auf.

»Du könntest das alte Klavier reparieren lassen. Und es könnte gestimmt werden.«

»Prima. Weiter.«

»Anständige Lautsprecher für deine Stereoanlage«, sagte er. »Die sollten an erster Stelle stehen. Und vielleicht sogar einen CD-Player, wenn du tatsächlich richtig zuschlagen willst.«

»Okay.«

»Und vergiß nicht ein neues Gewehr als Ersatz für die Flinte, die wir über Bord geworfen haben.«

»Okay, und was sonst noch?«

»Das wär's. Mir fällt nichts mehr ein«, erklärte Tom.

»Bist du da ganz sicher?«

JoLayne hoffte von ganzem Herzen, daß er jetzt nicht dieses gierige Funkeln in den Augen bekam und etwas sagte, das sie in dieser Situation sicherlich von den anderen zu hören bekommen hätte. Colavito der Börsenmakler, zum Beispiel, hätte sicherlich vorgeschlagen, ihr gesamtes Geld in biotechnische Unternehmen zu stecken, um dann erleben zu müssen, wie dieser Markt zusammenbrach. Officer Robert hätte sicherlich eine ähnliche Idee gehabt und ihr geraten, alles in die Kreditkasse der Polizei einzuzahlen, damit er unbemerkt größere Summen abheben konnte, die er dann heimlich mit seinen diversen Freundinnen verjubelt hätte.

Aber Tom Krome hatte keinerlei Pläne dieser Art, wußte nichts von potentiellen Goldgruben und konnte ihr auch keine lukrativen Beteiligungen empfehlen. »Ich bin wirklich der Falsche, um dir irgendwelche Tips zu geben«, gab er zu. »Leute, die bei der Zeitung arbeiten, verdienen so wenig, daß sie kaum je erfahren, wie man spart.«

Das war es. Er bat um keinen Penny.

Und JoLayne dachte nicht daran, ihm etwas anzubieten, denn dann hätte er angenommen, daß sie versuchte, ihn loszuwerden. Was ihr jetzt mehr als fern lag.

Das Fazit war, daß der Mann vom ersten Moment an Wort gehalten hatte. Der erste dieser Art, den ich je gefunden habe, dachte sie. Vielleicht hatte sie tatsächlich eine Glückssträhne erwischt.

Tom sagte: »Na los – du mußt doch eine eigene Wunschliste haben.«

»Doc Crawford könnte gut ein neues Röntgengerät für die Tiere gebrauchen.«

»Ach, du spinnst doch, Jo. Zahl ihm die Reparatur.« Er zog an dem Knoten ihres Oberhemdes. »Man gewinnt schließlich nur einmal im Lotto.«

Sie hoffte, daß ihr Lächeln sie nicht verriet.

»Tom, wer weiß eigentlich, daß du hier bei mir wohnst.«

»Tue ich das?«

»Red keinen Scheiß. Wer weiß es?«

»Niemand. Warum?«

»Dann wirf mal einen Blick auf das Klavier«, verlangte sie. »Dort liegt ein weißer Briefumschlag. Er war in der Post, als ich nach Hause kam.«

Er untersuchte ihn sorgfältig. Sein Name stand in neutralen Lettern darauf. Er mußte von einem der Bewohner des Ortes stammen – von Demencio, vielleicht. Oder von der Schwester Sinclairs, die ihn um Hilfe bat.

»Willst du ihn nicht öffnen?« JoLayne gab sich Mühe, ihre Spannung nicht allzu deutlich zu zeigen.

»Klar doch.« Tom kam mit dem Briefumschlag zum Küchentisch und öffnete ihn behutsam mit einem Gabelzinken. Der Lottoscheinabschnitt flatterte heraus und landete in der Schüssel mit dem Parmesankäse.

»Was zum Teufel ist denn das?« Er ergriff den Abschnitt mit Daumen und Zeigefinger, so als wäre es ein kriminalistisches Beweisstück.

JoLayne beobachtete ihn mit unschuldiger Miene.

»Deine Zahlen. Wie lauteten die noch mal?« Tom schämte sich ein wenig, weil seine Hände zitterten. »Ich hab sie vergessen – die sechs Zahlen, mit denen du gewonnen hast.«

»Ich nicht«, erwiderte sie und begann sie aufzusagen. »Siebzehn...«

Krome dachte, das ist völlig unmöglich.

»Neunzehn, zweiundzwanzig...«

Es ist ein Witz, dachte er. Was sonst?

»Vierundzwanzig, siebenundzwanzig...«

Moffitt, dieser Hurensohn! Er wäre fähig, so ein Ding zu drehen. Einen falschen Lottoschein drucken zu lassen, um ihm einen Streich zu spielen.

»Dreißig«, sagte JoLayne. »Das waren meine Zahlen.«

Doch der Abschnitt wirkte zu echt, um falsch zu sein. Er war voller Wasserflecken, ausgefranst und sah aus, wie mehrmals zusammen- und wieder auseinandergefaltet. Jemand mußte ihn lange Zeit bei sich getragen haben.

Dann fiel es Krome wieder ein. Es hatte bei dieser Ziehung ja zwei Gewinner gegeben.

»Tom?«

»Ich kann nicht... Das ist völlig verrückt!« Er zeigte ihr den Zettel. »Jo, ich glaube, der ist echt.«

»Tom!«

»Und der war in deiner Post?«

»Unglaublich«, meinte sie. »Absolut unglaublich!«

»Das ist genau das richtige Wort dafür.«

»Du und ich, die zwei zynischsten Menschen auf Gottes schöner Erde... das ist doch fast wie eine Offenbarung, nicht wahr?«

Er versuchte, einen Gang zurückzuschalten und wieder wie ein Zeitungsreporter zu denken. Er hatte eine ganze Liste von Fragen: Wer würde wohl, wenn er halbwegs bei Verstand war, einen 14-Millionen-Dollar-Lottoschein hergeben? Warum war er ausgerechnet ihm zugesandt worden? Und woher wußte der Absender, wo er sich aufhielt?

»Das ergibt alles überhaupt keinen Sinn.«

»Nein«, gab JoLayne ihm recht. Das war ja das Seltsame und Unfaßbare. Sie hatte sich diese Fragen ebenfalls immer wieder gestellt – und keine vernünftigen Antworten darauf gefunden, denn es war eigentlich unmöglich. Was passiert war, durfte eigentlich gar nicht passieren. Sie glaubte nicht an Wunder, aber allmählich bekam sie eine etwas andere Einstellung zum göttlichen Wirken.

»Die Lottogesellschaft erklärte doch, der andere Schein sei in Florida City abgegeben worden. Und das ist dreihundert Meilen entfernt.«

»Ich weiß, Tom.«

»Wie um alles in der Welt...«

»Liebling, steck ihn jetzt weg. An einen sicheren Ort.«

»Was sollen wir nun tun?« fragte er.

»›Wir‹? Auf dem Umschlag steht dein Name, Kumpel. Komm schon, wir haben noch viel zu erledigen, bevor es zu dunkel ist.«

Ein paar Stunden später, nachdem sie von ihrer Mission zurückgekehrt waren und JoLayne eingeschlafen war, fand Tom Krome die Antwort auf eine der vielen, vielen Fragen.

Die einzige Antwort, die er je erhalten sollte.

Er schlüpfte aus dem Bett, um sich im Fernsehen die Spätnachrichten anzusehen, für den Fall, daß die Männer auf Pearl Key gefunden worden waren. Er wußte, daß er sich keine Sorgen zu machen brauchte – ob tot oder lebendig, die beiden Gauner würden bestimmt nicht viel reden. Sie mußten schweigen, wenn sie nicht ins Gefängnis wollten.

Nichtsdestoweniger klebte Krome regelrecht am Bildschirm. So als brauchte er einen neutralen Beweis, eine Bestätigung dafür, daß die Ereignisse der vergangenen zehn Tage real und kein Traum gewesen waren.

Aber in den Nachrichten kam nichts. Daher beschloß er, JoLayne zu überraschen und seine hauswirtschaftliche Verwendbarkeit zu beweisen, indem er das Geschirr spülte. Er kratzte einen Rest Nudeln aus einem Topf und wollte sie gerade in den Abfalleimer schütten, als er darin etwas entdeckte.

Einen blauen Briefumschlag für »Ms. Jo Lane Lucks«.

Er holte ihn aus dem Eimer und legte ihn auf die Frühstücksbar.

Der Umschlag war sauber geöffnet worden, möglicherweise mit einem sehr langen Fingernagel. Darin steckte eine Karte. Es war ein bunter Georgia O'Keeffe-Druck.

Und in der Karte ... nichts. Nicht ein Wort.

Und Tom Krome wußte Bescheid. So also war der Lottoschein ins Haus gekommen. Er war für JoLayne bestimmt gewesen, nicht für ihn.

Er hätte weinen können, so glücklich war er. Oder lachen, so verrückt war er.

Schon wieder war sie einen Schritt weiter als er. Es würde immer so sein. Er würde sich daran gewöhnen müssen.

Sie war einfach unfaßbar.

Geier beherrschten seine Alpträume, und Chub gab dafür der schwarzen Frau die Schuld.

Ehe sie ins Boot geklettert war, hatte sie ihn eindringlich und in allen schrecklichen Einzelheiten vor schwarzen Geiern gewarnt. Am Himmel über Pearl Key wimmelte es von ihnen. »Sie kommen wegen deines Freundes«, hatte sie gesagt, während sie im Sand neben ihm kniete, »und du kannst nichts dagegen tun.«

Die Leute denken, daß alle Geier nur dem Geruch folgen, hatte sie erklärt, aber das trifft nicht zu. Truthahngeier benutzen ihre Nasen. Schwarzgeier jagen dagegen ausschließlich auf Sicht. Ihre Augen sind zwanzig- bis dreißigmal leistungsfähiger als die eines Menschen, hatte sie gesagt. Wenn sie auf diese Weise da oben kreisen – die Schwarze hatte nach oben gedeutet, und tatsächlich, da waren sie schon –, dann bedeutet es, daß sie Aas suchen.

»Was ist das?« Chub bemühte sich, sein zerfetztes Augenlid zu öffnen, damit er die Vögel besser sehen konnte. Jedes Körperteil an ihm brannte wie Feuer. Er kam sich von Kopf bis Fuß vor wie eine einzige Entzündung.

»Aas«, erwiderte die Frau, »ist nur ein anderes Wort für totes Fleisch.«

»Himmelherrgott.«

»Wichtig ist, daß man sich bewegt, klar? Was immer du auch tust, du darfst dich niemals hinlegen und einschlafen«, hatte sie gewarnt, »denn dann denken sie, daß du tot bist. Erst dann wagen sie sich an dich heran. Und wenn sie erst einmal mit der Mahlzeit angefangen haben, lieber Gott ... Denk stets daran, was ich dir gesagt habe. Hör niemals auf, dich zu bewegen. Arme, Beine, was auch immer. Solange sie Bewegung sehen, bleiben Geier gewöhnlich weg.«

»Aber ich muß doch schlafen.«

»Nur, wenn es dunkel ist. Sie fressen vorwiegend bei Tag, in der Helligkeit. Nachts dürftest du eigentlich sicher sein.«

Dann hatte sie ihm noch eine Dose Reizgas in seine vom Krabbenbiß geschwollene Hand gedrückt. »Nur für alle Fälle«, hatte sie gemeint.

»Kann man sie denn damit aufhalten?« Chub betrachtete zweifelnd den Behälter. Bode Gazzer hatte ihn bei der Waffenausstellung in Fort Lauderdale gekauft.

»Das Zeug soll stark genug sein, um einen Grizzly umzuhauen«, hatte die Frau erwidert. »Zehnprozentiges Oleoresin capiscum. Das sind ungefähr zehn Millionen Scoville Wärmeeinheiten.«

»Und was zum Teufel soll das heißen?«

»Es heißt große Medizin, Kamerad. Viel Glück.«

Sekunden später heulte ein Außenbordmotor auf. Sie hatten ihn tatsächlich in der Wildnis zurückgelassen. Sie und dieser weiße Typ – sie hatten ihn auf dieser gottverdammten Insel bei seinem toten Freund liegengelassen, und der Himmel verdunkelte sich nach und nach vor lauter Geierschwärmen.

Die Vögel waren am späten Nachmittag wegen Bode runtergekommen, so wie die Frau es prophezeit hatte. Zu diesem Zeitpunkt hockte Chub zwischen den Mangroven und inhalierte die letzten Reste WD-40. Es war zwar nicht annähernd so wirkungsvoll wie Bootsleim, aber besser als gar nichts.

Als er sich stolpernd aus dem Dickicht herauswagte, hatte er die Geier entdeckt, wie sie gerade eifrig an der Leiche seines Partners herumpickten – es waren sechs, sieben, vielleicht auch mehr. Einige hatten Fleischstücke in den Schnäbeln, andere verzehrten Fetzen von Tarnstoff. Am Boden hockend, hatten die Vögel riesengroß ausgesehen, vor allem mit ihren kahlen, wie verbrüht aussehenden Schädeln und den Flügeln mit ihren weißen Spitzen – Chub war überrascht gewesen. Als er auf sie zurannte, hatten sie gezischt und waren geflüchtet, aber nicht sehr weit. Nur bis in die Baumwipfel.

Auf dem hellen Sand ringsum hatte er die drohenden, ständig schrumpfenden Schatten von anderen Vögeln gesehen, die sich ebenfalls eingefunden hatten und immer engere Kreise zogen. Daraufhin hatte Chub entschieden, daß es wohl am besten wäre, sich von Bodes Leiche zu entfernen und sich auf einen sicheren Teil der Insel zurückzuziehen. Er hatte die Dose Reizgas aufgehoben und war schlurfend und schwankend durch die Mangroven davongetrabt. Schließlich war er zu einer versteckten Lichtung gekommen, dort erschöpft zusammengebrochen und dabei auf seiner verletzten Schulter gelandet.

Fast im gleichen Moment begann der erste Alptraum: Unsichtbare Schnäbel hackten nach seinem Gesicht. Er setzte sich ruckartig auf und war in Schweiß gebadet. In seinem nächsten Traum, der gleich darauf folgte, hatten die stinkenden Aasfresser ihn umzingelt und bildeten, indem sie die Flügel zu einer Wand aufspannten, eine Gasse, aus der es kein Entkommen gab. Erneut wachte er fröstelnd auf.

Es war alles ihre Schuld. Diese Negerin von der Schwarzen Front hatte ihn mit ihrem verrückten Gequatsche über die Geier irre gemacht. Es waren doch nur Vögel, verdammt noch mal. Blöde, stinkende Vögel.

Trotzdem beobachtete Chub mit seinem heilen Auge ihre Flugbahnen und achtete auf ihre Kreise, wenn sie sich von der Thermik tragen ließen.

Bei Einbruch der Dämmerung kehrte er zum Lagerplatz zurück in der Hoffnung, eine trockene Plane und Bier zu finden. Als er die Einkaufstüte in den Büschen entdeckte, hatte er eine Idee, wie er die lange, an den Nerven zerrende Nacht überstehen könnte. Er kramte die zerknautschte Tube Bootskleber hervor, drückte den letzten Rest aus und vergewisserte sich, daß wirklich nichts mehr übrig war. Dann schüttelte er die Reizgasdose und sprühte eine Portion in die leere Einkaufstasche.

Dabei dachte er: Das Zeug soll stark genug sein, um einen Grizzly umzuhauen.

Chub hatte zwar noch nie etwas von »Scoville Wärmeeinheiten« gehört, aber er glaubte dem eindrucksvollen Namen entnehmen zu können, daß eine Wolke von zwei Millionen Einheiten sicherlich einen phänomenalen Rausch hervorrufen würde – also genau das richtige, um ihn von den Geiern und Bodean Gazzer abzulenken. Chub nahm – ebenfalls irrigerweise – an, daß das Reizgas nur auf einen Angreifer störend und hemmend wirkte, daß die Dämpfe genauso ungefährdet inhaliert werden könnten wie die von herkömmlicher Sprühfarbe und daß er sich vor den unangenehmen Auswirkungen würde schützen können, wenn er sich nur die Augen zuhielte.

Was er auch tat, ehe er das Gesicht in die Tasche steckte.

Woraufhin er für etwa fünfundzwanzig Minuten schrie und sich mindestens doppelt so lange erbrach.

Chub hatte sich noch nie so elend gefühlt – Haut, Kehle, Augen, Lunge, Kopfhaut, Lippen, alles schien in hellen Flammen zu stehen. Er schlug sich beinahe selbst bewußtlos bei dem Versuch, das Gift abzuwischen. Dieses schien durch die Poren der Haut in seinen Körper eingedrungen zu sein. Taub und irr vor Schmerz, kratzte und rieb er an sich herum, bis seine Fingerspitzen blutig waren.

Als ihn seine Kraft verließ, blieb Chub reglos im Sand liegen und dachte über seine weiteren Möglichkeiten nach. Als erstes bot sich Selbstmord an, eine sichere Erlösung von der Qual, aber er war noch nicht soweit, diesen Schritt ernsthaft in Erwägung zu ziehen. Vielleicht, wenn er noch seinen 357er hätte ... aber er brachte ganz bestimmt nicht den Mut auf, sich an einem Baum zu erhängen oder sich die Pulsadern aufzuschneiden.

Vernünftiger wäre es, meinte Chub, sich selbst bewußtlos zu schlagen und in diesem Zustand zu verharren, bis die Wirkung des Gifts verflogen wäre. Aber er konnte die Geier und das, was die schwarze Frau von ihnen erzählt hatte, nicht aus seinen Gedanken verdrängen: Bleib in Bewegung! Sobald die Sonne aufging, wäre Bewußtlosigkeit eine große Gefahr. Je toter man aussah, desto eher würden die hungrigen Bestien sich an einen heranmachen.

Daher sorgte Chub dafür, daß er wach blieb. Am meisten wünschte er sich, gerettet und von der Insel geholt zu werden. Und er war gar nicht wählerisch, denn es war ihm völlig egal, ob der Rettungshubschrauber schwarz, rot oder kanariengelb wäre. Oder ob er von Niggern, Juden und sogar eingefleischten kommunistischen Infiltratoren gelenkt werden würde. Außerdem war ihm völlig schnuppe, ob sie ihn zurück nach Miami, direkt ins Zuchthaus von Raiford oder gar zu einer geheimen NATO-Festung auf den Bahamas brächten.

Hauptsache war, er käme so bald wie möglich von diesem schrecklichen Ort weg. Nichts sonst.

Und wenn, im Morgengrauen des nächsten Tages, tatsächlich ein Rettungshubschrauber die Florida Bay abgesucht hätte, und wenn er niedrig über Pearl Key hinweggeflogen wäre, hätte die Crew etwas entdeckt, das sie mit Sicherheit dazu veranlaßt hätte, eine scharfe Kehre zu fliegen, um ein zweites Mal nachzuschauen:

einen nackten Mann, der um Hilfe winkte.

Der Beobachter im Helikopter hätte durch sein leistungsstarkes Fernglas erkannt, daß der Gestrandete einen langen, grauen Pferdeschwanz trug; daß sein Körper mit getrocknetem Blut besudelt war; daß eine Schulter von einer dicken Bandage geziert wurde und eine Hand zur Größe eines Baseballhandschuhs angeschwollen war. Hinzu kam, daß sein von der Sonne verbranntes Gesicht gerötet und streifig war und ein Auge ausgekratzt und schwarz erschien.

Und die Crew wäre beeindruckt gewesen, daß der Gestrandete es trotz der ernsten Verletzungen und offenkundigen Schmerzen geschafft hatte, eine Vorrichtung zu basteln, um Flugzeuge auf sich aufmerksam zu machen. Die Crew hätte sicherlich bewundert, wie er Mangrovenäste zusammengebunden und so eine lange Stange konstruiert hatte, an deren Ende von ihm ein glänzendes Stück Stoff befestigt worden war.

Aber es erschien niemand am Himmel, der den gestrandeten Mann hätte sehen können. Kein Helikopter kreiste im Morgengrauen des nächsten Tages über Pearl Key, und auch nicht am Tag danach oder an den anderen Tagen, die darauf folgten.

Niemand suchte nach Onus Gillespie, der Person, die als Chub bekannt war, denn niemand wußte, daß er vermißt wurde.

Jeden Morgen stand er auf dem sonnigsten Punkt der Insel und winkte fieberhaft mit seiner selbstgebastelten Fahne den glitzernden Punkten am Himmel zu – 727ern von Miami International, F-16ern von Boca Chica, Learjets von North Palm Beach, die alle viel zu hoch über die Florida Bay hinwegflogen, um ihn zu entdecken.

Schließlich ging das Bier aus, dann die Fleischkräcker und am Ende auch der letzte Rest Trinkwasser. Kurz darauf legte Chub sich in den rauhen, ausgebleichten Sand und bewegte sich nicht mehr. Dann kamen die Geier, genau so wie die Niggerschlampe es prophezeit hatte.

Neun Monate später fand ein Wilderer einen Schädel, zwei Oberschenkelknochen, eine verrostete Dose Reizgas und eine Plane aus Ölhaut. Er staunte über die von dem Toten selbst gebastelte Stange und den daran befestigten ungewöhnlichen Wimpel: eine knappe orange Shorts, wie sie von den Hooters-Kellnerinnen getragen wurde.

Während der Fahrt zum Simmons Wood wechselten sie sich am Radio ab. Tom bekam einmal Clapton, während JoLayne jeweils einmal Bonnie Raitt und Natalie Cole auswählte – mit dem Argument, daß »Layla« lang genug war, um als zwei normale Songs gezählt zu werden. Dann entspann sich eine Diskussion über Gitarristen, ein Thema, das in ihrer Beziehung bisher noch nicht zur Sprache gekommen war. JoLayne erfuhr dabei zu ihrer großen Freude, daß Tom auch Robert Cray zu seinen großen Idolen zählte, und überließ ihm dafür die nächsten beiden Titel. »Fortunate Son« dröhnte aus den Lautsprechern, als sie ankamen.

JoLayne sprang aus dem Wagen, rannte zum Schild ZU VERKAUFEN und zog es triumphierend aus der Erde. Tom nahm nacheinander die Babyschildkröten aus dem Becken und deponierte sie in einem leinenen Kopfkissenbezug, den er mit einem lockeren Knoten verschloß.

»Sei bloß vorsichtig«, bat JoLayne.

Eine kirchenhafte Stille hüllte sie ein, sobald sie den Wald betraten, und sie sagten kein Wort, bis sie an den Bach gelangten. JoLayne ließ sich auf dem Felsvorsprung nieder. Sie klopfte neben sich auf den Boden und befahl: »Setzen, Mr. Krome.«

Die Sonne war schon fast untergegangen, und die blasse Himmelskuppel über ihnen schimmerte magentafarben. Die Luft war frisch und kühl. JoLayne deutete auf ein paar Säger im Wasser und, am Ufer, auf einen Futter suchenden Waschbären.

Tom beugte sich vor, um mehr sehen zu können. Sein Gesicht strahlte. Er sah aus wie ein Kind in einem großen Museum.

»Was denkst du?« fragte sie.

»Ich denke, daß alles möglich ist. Wirklich alles. Das empfinde ich, wenn ich hier draußen bin.«

»So soll es auch sein.«

»Wie dem auch sei, was ist schon ein Wunder? Es ist doch alles relativ«, sinnierte er. »Es geschieht alles im Kopf.«

»Oder im Herzen. Hey, wie geht es meinen Babys?«

Tom warf einen Blick in den Kopfkissenbezug. »Sie sind aufgeregt«, meldete er. »Sie ahnen bestimmt, was mit ihnen geschehen soll.«

»Nun, warten wir ab, bis Mister Waschbär sich verzogen hat.«

JoLayne lächelte versonnen und schlang die Arme um ihre Knie. Ein Schwarm Schwalben kam herangeschossen und machte über dem Bach Jagd auf Mücken. Später glaubte Tom, das Wiehern eines Pferdes zu hören, aber sie meinte, nein, das sei bloß eine Eule.

»Ich lerne das noch«, versprach er.

»Nicht weit von hier gibt es noch ein anderes Gelände. Dort habe ich mal eine Bärenspur gesehen.«

Im Zwielicht konnte Tom kaum ihr Gesicht erkennen.

»Ein Schwarzbär«, fuhr sie fort, »kein Grizzly. Um so einen zu sehen, muß man immer noch bis nach Alaska.«

»Mir gefällt eigentlich jeder Bär.«

Sie nickte. »Man kann es ebenfalls kaufen, das Land, meine ich, wo ich die Spur gefunden habe. Ich habe keine Ahnung, wie groß es ist.«

»Clara weiß das bestimmt.«

»Ja. Das glaube ich auch. Komm, es wird Zeit.«

Sie ging mit ihm hinunter zum Bach. Die beiden spazierten an seinem Ufer entlang und blieben ab und an stehen, um ein paar Schildkröten ins Wasser zu setzen.

JoLayne fragte: »Wußtest du, daß sie bis zu fünfundzwanzig Jahre alt werden? Ich hab einen Artikel in *BioScience* gelesen...«

Sie erzählte es im Flüsterton – Tom wußte zwar nicht, weshalb, aber es erschien ihm nur natürlich und völlig richtig.

»Stell dir mal vor«, sagte sie. »In zwanzig Jahren können wir da oben sitzen und beobachten, wie sie auf den Baumstämmen in der Sonne liegen. Bis dahin sind sie so groß wie Stahlhelme, Tom, und ganz mit grünem Moos bewachsen. Ich kann es kaum erwarten.«

Er griff in den Kissenbezug und holte das letzte Tier heraus.

»Das ist eine Rotbandschildkröte«, erklärte sie. »Sie haben die Ehre, Mr. Krome.«

Er setzte die winzige Schildkröte auf einen flachen Stein. Sofort schob sich der winzige Kopf aus dem Panzer. Dann folgten die stummeligen krummen Beine.

»Sieh doch, wie sie in die Welt zieht«, freute sich JoLayne. Die Schildkröte krabbelte spaßig los wie eine Aufziehpuppe und landete mit einem leisen Plätschern im Bach.

»Mach's gut, Kumpel. Ich wünsch dir ein schönes Leben.« Sie streckte Tom beide Hände entgegen. »Ich muß dich etwas fragen.«

»Spuck's aus.«

»Wirst du über all das etwas schreiben?«

»Niemals«, versprach er.

»Aber ich hatte doch recht, nicht wahr? Hab ich dir nicht prophezeit, daß es ganz toll werden würde?«

»Ja, das hast du. Und das war es auch. Aber du wirst trotzdem niemals etwas darüber in der Zeitung lesen.«

»Vielen Dank.«

»In einem Buch, vielleicht«, neckte er sie und machte sich von ihr los. »Aber nicht in einer Zeitung.«

»Tom, ich bringe dich um.« Sie lachte, als sie ihn den Hügel hinaufjagte und mit ihm zwischen den hohen Fichten verschwand.